Best Time

白马时光

指间生长

上

金十四钗 著

百花洲文艺出版社
BAIHUAZHOU LITERATURE AND ART PRESS

图书在版编目（CIP）数据

指间生长 / 金十四钗著 . — 南昌 : 百花洲文艺出版社 , 2021.3

ISBN 978-7-5500-4039-7

Ⅰ . ①指… Ⅱ . ①金… Ⅲ . ①长篇小说－中国－当代

Ⅳ . ① I247.5

中国版本图书馆 CIP 数据核字（2021）第 014214 号

指间生长

ZHI JIAN SHENGZHANG

金十四钗　著

出 版 人　章华荣
出 品 人　李国靖
特约监制　何亚娟　夏　童
责任编辑　刘　云　黄文尹
特约策划　张　丝
特约编辑　张　丝　茶小贩
装帧设计　80零 · 小贾
营销编辑　于文燕
封面绘图　陶　然
内文绘图　青阳鹤山
版式设计　彭　娟
出版发行　百花洲文艺出版社
社　　址　南昌市红谷滩世贸路 898 号博能中心Ⅰ期 A 座 20 楼
邮　　编　330038
经　　销　全国新华书店
印　　刷　三河市金元印装有限公司
开　　本　710mm × 980mm　1/16
印　　张　43.5
字　　数　702 千字
版　　次　2021 年 4 月第 1 版第 1 次印刷
书　　号　ISBN 978-7-5500-4039-7
定　　价　79.80 元（全二册）

赣版权登字：05-2021-116

发行电话　0791-86895108　　网　址　http://www.bhzwy.com

目 录 CONTENTS

第一部分 我不与众谋

第一章 **青春的子弹** 002

第二章 **冤家路窄** 020

第三章 **深圳** 035

第四章 **八个坛子七个盖** 047

第五章 **兜头一盆冷水** 057

第六章 **祸起一棍** 074

第二部分 野蛮生长

第七章 **你好，特区** 086

第八章 **揾食艰难** 094

第九章 **“七国八制”下的商机** 106

第十章 **农村包围城市** 118

第十一章 **大江必有大鱼** 131

第十二章 **香港回归** 146

目录 CONTENTS

第三部分　扎西德勒

第十三章　进藏　164

第十四章　不挑九百九　173

第十五章　神草山莨菪　186

第十六章　托遗响于悲风　198

第四部分　手机

第十七章　香山会议　216

第十八章　背靠大树好乘凉　226

第十九章　误会　243

第二十章　陈家洛不爱霍青桐　256

第二十一章　冲冠一怒为红颜　268

第二十二章　好兄弟一辈子　283

第二十三章　乐极　291

第二十四章　生悲　310

第一部分

我不与众谋

第一章

青春的子弹

都说 1994 年是个神奇的年份。

这一年，大洋彼岸的“肖申克”发生了一场举世瞩目的越狱事件，阿甘捧着盒巧克力实现了“美国梦”，比尔·盖茨即将荣登世界首富，巴乔却踢飞了一生中最重要的一个点球……一种充斥着智谋与主见的、自我实现的必备力量正在全世界范围内四处破土。当然，中国人民也没闲着，以“魔岩三杰”为代表的内地摇滚乐强势绽放，震撼世界的三峡工程正式动工，中国历史上第一通 2G 网络移动电话被打通，《国务院关于进一步深化对外贸易体制改革的决定》发布，令无数一直跃跃欲试的年轻人准备下海淘金……

一切野蛮、蓬勃得濒于失序，似乎都与二十岁的顾蛮生没有干系。

春节之后，乍暖还寒时候，一场小雨刚刚洗遍城市，顾蛮生已经蹬着他的凤凰牌二八大杠，在路上奔波了一个多小时。二八大杠的车轮碾过一路坑坑洼洼的水塘子，最后停在了门罗坊前。

门罗坊位于汉海市上只角，是由四十几栋美式小联排构成的高级弄堂。这个年代罕见的红瓦白墙、疏林草地，鹤立于一片灰扑扑的棚户区中，显得格外恢宏洋气。

上只角，意为有钱人住的地方，所以外头人都说，住门罗坊的不是豪绅富贾就是专家教授。这话顾蛮生信了一半。他认识门罗坊里一个叫曲知舟的男人，就是市邮电研究所的总工程师，国内邮电系统著名专家，曾在全国科学大会上获过奖，还受过主席接见。

一个尚待孵化的毛头小子，有幸结识这么一位享誉全国的大人物，完全归功于对方有个名叫曲夏晚的漂亮女儿。

曲夏晚到底多招人爱呢？她十三四岁的时候，便初乱长安蜂蝶；待过了二十，追求者更是络绎不绝，出入门罗坊必经的那条石板路上有个深坑，据说就是被曲夏晚的追求者们踏出来的。

这时候全国粮票刚刚退出历史舞台，中国人民的米袋子、菜篮子都开始无节制地满了起来。

有言道：饱暖思淫欲，和那些人一样，顾蛮生也不能免俗地被勾动了这方面的心思。自打在校园的樱花树下对曲夏晚一见钟情，他便趁着寒假，时不时起早贪黑地前来门罗坊报到——每回也必不走正门，只翻窗子来去。

在曲夏晚的一众追求者中，顾蛮生外貌优势明显，一米八六的个头，鼻梁又挺又直，嘴唇有棱有型，尤其一双眼睛顾盼生辉，总令人疑心他正有意勾挑，四送秋波。

曲夏晚似乎也对顾蛮生颇有好感，与他一起肩并肩地看过电影，手牵手地逛过公园，还坐过他那辆二八大杠的车后座，在弄堂口或校园间都留下过一抹长发飘飘、白裙猎猎的倩影。

但家里人一直反对曲夏晚把顾蛮生当结婚对象。曲母不止一次告诫女儿，顾蛮生这人风一阵火一阵，一颗心总飘忽在很高的地方，不踏实。

此刻，顾蛮生蹬车蹬得浑身发热，他脱下了厚实外套，身上只留一件白衬衣，汗水依稀沁透后背。他刚从车把上取下装着油墩子与糖炒栗子的纸袋，一条白色大狗就从院子里扑了出来。顾蛮生有备而来，从口袋里掏出一根沾着肉屑的骨头，打得那条大狗有去无回，然后就叼着纸袋，利索地踩着爬满藤本月季的花架，爬上了三层楼高的美式小别墅。

顾蛮生人在窗外，透过粉白相间的窗帘往里瞧了瞧，便曲起手指，扣响了曲夏晚卧室的窗玻璃。

油墩子与糖炒栗子都是曲夏晚爱吃的。汉海市最好吃的油墩子在西浦，最好吃的糖炒栗子在北街，顾蛮生不辞辛劳地在两个地方跑了个来回，花了两个多小时。曲夏晚见了他却不让进屋，只隔着窗户道："我爸在家呢。"

“你爸在？那敢情好，我正巧要跟他谈谈。”顾蛮生将糖炒栗子搁在窗台上，随手摘了窗边一朵月季，笑着嗅一嗅，便插在了自己的衬衣口袋里。

初春季节，月季花芽刚刚萌动，偶有一朵半开半抿的，好似新郎胸花一般，格外殷红可爱。顾蛮生以一种韵味十足的戏曲念白风格道：“非是某家来掳抢，你自己的女儿选才郎。姻缘已定不多讲，今晚花轿娶新娘。”

“呸，不要脸。”曲夏晚乐在心里却佯作生气，板下脸道，“谁是你的新娘？”

“我也没说要娶你啊，这是京剧《桃花村》里的戏词，唱的是桃花山寨主周通抢亲。”

顾蛮生小时候跟着住在隔壁的一个票友学过戏，所以行腔、吐字有模有样，几可乱真于名家。他打小喜欢京剧里一张张浓墨重彩的花脸，总想着人这一辈子也得活得那么夸张而鲜艳。像被这段戏词招来了兴致，他还真把自己当成了活土匪、山大王，自说自话地就推开窗子，爬进了曲夏晚的卧室。

“你跟我爸能有什么事情要谈？”曲夏晚垂眸，看了看顾蛮生胸口的那枝红色月季。

“两院合并，你爸不是就快变成我们学校的教授了吗？我想提前拍拍他老人家的马屁，请他到时候别老点我的名，挂我的科。”顾蛮生睃了曲夏晚一眼，嘴角坏模坏样地勾起来，“怎么着，我这不是来抢亲，你瞧着还挺失望啊。”

曲夏晚没绷住一张生气的脸，自己倒笑了：“我爸这会儿还不在。但家里来客人了，他一会儿就得回来，你还是先走吧。”

顾蛮生脑子转得快，眯着眼睛怀疑道：“你爸妈都不在，这客人是冲谁来的？”

果然疑心得没错。情敌更比冤家路窄，他还没走，那人倒自己进屋了。顾蛮生循声抬头，看见了一张方头阔腮的男性面孔，模样还算周正，只是立在中庭的鼻子不够挺拔，嘴又显小，便显得五官凑作一堆，难免拥挤。

来人叫刘岳，曾是曲知舟的一个学生，两年前成立了一家叫“众声”的寻呼台，发展势头迅猛，如今已稳居汉海市行业老大的位置。刘岳也趁着春节假期常往门罗坊跑，说是来拜访师父、师母，其实醉翁之意不在酒，就是奔着曲夏晚来的。

这心思曲夏晚也知道，但知道只当不知道。曲母倒是没少拿刘岳与顾蛮生放在一起比较，她认为刘岳虽长得不如顾蛮生精神，但胜在勤奋踏实，事业也好。曲夏晚多多少少受了母亲影响，所以面上不动声色，心中的一杆秤却左起右伏，一直也没静下来。

“人家是来看我爸妈的。”见刘岳已经推门进来，曲夏晚附耳小声地警告顾蛮生，别乱说话。

刘岳也刚来不久，听见人声就自己进来了，牛皮公文包还夹在腋下，没来得及放下。他人生得矮，厚底的皮鞋擦得锃亮，一身宝蓝色的西服特别亮眼。在不久前落幕的春晚上，“央视一哥”程前就是这么穿的，与一袭露背无袖红旗袍的倪萍站在一起，简直养眼得没了边。所以春晚之后，满大街都是全身宝蓝色的小伙儿，仿佛一个个还没骚动又渴望骚动的大茄子。

顾蛮生注意到，刘岳西装扣子没扣，可能这么穿更显潇洒，也可能只是为了显摆他的 BP 机。他的 BP 机用一条闪亮的银链子系着，外头裹着黑色的皮质机套，这么别在腰间，微凸的肚子再煞有介事地一挺，很容易就攫住旁人的视线。

刘岳进门后目光一直不打弯地落在顾蛮生脸上，见屋里的两人郎才女貌，着实相配，脸色就不太好看。

曲夏晚正犹豫着该怎么跟刘岳介绍，顾蛮生倒很热情地自己迎了上去。他堆着浮夸的假笑，双手握住了刘岳的手，跟领导接见同志一般用力地上下晃动：“表姐夫，你是我表姐夫吧？”

“不……不是……”刘岳被这突如其来的热情唬住了，“你是？”

“我是你表弟啊，”生怕对方不信，顾蛮生很自然地又补了一句，“我这人天生散漫，不讨我舅这老古板的喜欢，所以每回来找我表姐，从来不敢走正门。”

“曲老师是挺严格。”刘岳估摸信了他的胡扯，脸色由阴转晴，笑着自报了家门。

刘岳是来送东西的。他说他知道曲知舟在外工作，经常一去一两个月，跟家里联络不方便，所以特地给曲知舟还有曲夏晚各送一只 BP 机过来。

BP 机是这年头的时髦货，学名无线寻呼机，又被一些社会上的二流子称作“泡妞神器”，谁能把它挎在腰里，走路都比别人趾高气扬。但顾蛮生没觉得自己的油墩子矮人一等，他想：不就是“电蛐蛐”吗？这玩意儿最多再火三年，这种不怎么便利的单向沟通，早晚是要被时代淘汰的。

曲夏晚不好意思收这么贵重的礼物，前前后后已经推辞过好几次了，但刘岳送礼心切，把两只 BP 机从公文包里拿出来，一个劲儿地往她手里塞。

他特别骄傲地说："再过几年，寻呼行业会发展得更好，'众声'的寻呼业务更会遍布全中国。"说着又往顾蛮生的腰上睨了一眼，笑着问，"小表弟不给自己配一只？等到人人手头一只 BP 机的时候，你就落伍啦。"

"早赶不上队伍了，他这人土在骨子里，朽木雕不了。"曲夏晚有心硌硬顾蛮生，接下刘岳的 BP 机，跟着对方一起笑他，嘻嘻哈哈的。

顾蛮生岂肯吃闷亏，见刘岳腾出双手，就把刚才放在窗台上的油墩子与糖炒栗子塞到了刘岳手里。

一下被抹了满手的油，刘岳诧异道："这是？"

顾蛮生说："都是我表姐最爱吃的东西，西浦的油墩子，北街的糖炒栗子。"

嫌这两样东西不上台面，曲夏晚红了脸："胡说，我什么时候喜欢吃这些了？"

顾蛮生不理她，只凝神注视刘岳，一脸真诚地嘱咐道："表姐夫，你以后好好劝劝我表姐，油墩子还行，糖炒栗子可真不能吃了。"

"为什么？"刘岳不解。

"我表姐肠胃不好，二两栗子一串屁，这么一大袋子吃下去……"顾蛮生入戏快，拿眼梢睨了睨曲夏晚，便以手掩住鼻梁，做味臭难忍之状。

"你才放屁呢！你满嘴放屁！"仙女儿哪能放屁，曲夏晚气得连挥粉拳，当场就把顾蛮生往窗外轰，"你快走吧，打哪儿来的回哪儿去！"

"好好好，我这就走。"顾蛮生爬出窗外，站在不锈钢花架上，又仰起脸，冲窗前袅袅立着的佳人语重心长道，"表姐，放出来的屁也别浪费，我诚恳地建议你拿个塑料袋把它们兜好，以后再碰见那类夸夸其谈、欺诱民女的坏分子，就拿出来崩他一脸——"

顾蛮生听不得刘岳刚才显摆自己的事业，更不满这俩人孤男寡女地共处一室，没想到曲夏晚听不下去他的指桑骂槐，拿起浇花的喷壶，一接盖子，兜头浇了过来。

一旁的刘岳被吓了一大跳，当事人顾蛮生却放声大笑，一抹脸上的水珠道："凉快，再来。"

"别跟他一般见识，他有病。"曲夏晚搭着刘岳的胳膊往外走，"我爸马上回来了，我们出去等他吧。"

顾蛮生踩着花架爬下楼的时候，刘岳的公文包里突然传出一阵短促活泼的铃声，他抬起头，看见对方从里头摸出一件东西，十分小心。

一台大哥大。

顾蛮生以前只在报上见过，这还是他第一次亲眼近距离看见移动电话。

刘岳掏出来的是第一款进入中国的移动电话，好像叫什么爱立信，黑色的直板机身非常笨重，像在砖头上安装了天线。

刘岳接起电话，惜字如金地说了两句。这年头大哥大比 BP 机还稀罕，一旁的曲夏晚眼睛一眨不眨地望着他，眼底流露的尽是向往之色。

顾蛮生已经完全顾不上吃味儿了。他落在地上，仰头望着月季花架后的刘岳与他手中的大哥大，只感胸中热血翻涌，如狼奔、如豕突，所有的狼狈与憾恨瞬间都被另一种情绪取代了。

顾蛮生永远不会忘记自己的 1994 年。

冥冥之中似有天意，二十多年后，他回忆不起那年的巴乔、阿甘与肖申克，只记得自己当时看见了潮流裹挟中的一种崭新可能，像春水东奔、行星聚拢，它发乎一个人的手掌之间，即将摧枯拉朽地到来。

顾蛮生一个寝室四个男生，到了大二下半学期，只有贝时远一个脱了单。另外两个是客观条件不允许，而顾蛮生是主观因素不愿意。这不，陈一鸣与朱亮刚走进正筹备着迎新晚会的小礼堂，就看见一个女生告白失败，掩着脸，哭哭唧唧地跑了出去。

顾蛮生读的是通信与信息工程系，属于瀚海大学通信与信息工程学院。节前上头突然传来消息，领导脑门一拍，决定将汉海科技大学的无线电电子学系、电子信息工程系以及汉海邮电研究所一起合并入瀚海大学。瀚大与汉科两所大学自建校以来，为争汉海市第一，一直有些“势不两立”，如今汉科的学院被拆分吞并，明显落了下风，所以全校师生都不乐意。但就合并一事，占了便宜的瀚大学生也未必高兴。

“咱瀚大本就以理工科见长，男女比例九比一，汉科跟咱们难兄难弟，也没好到哪里去。本来就狼多肉少了，还把他们并过来，还不如合并别的学校的文学院呢。”陈一鸣一边说，一边心怀暗恨，系里统共七个女生，革命形势已经很严峻，偏偏这为数不多的几块肉都对顾蛮生情有独钟。他扭头又看朱亮一眼，摇头苦笑，朱亮回他一个充满惋叹的眼神，一切尽在不言中。

顾蛮生正在摆弄他的电子吉他。今晚是学院的开学晚会，这是两所学校决定合并之后，两方的学生头一回一起参加活动。他被院学生会主席赶鸭子上架，必须以院草之名表演一个节目，借此杀杀新生锐气，壮壮我院声威。

陈一鸣还惦记着刚才跑出去的那个女生，冲顾蛮生捻酸道："刚那是施小苒吧，系花啊，你居然不理人家。"

"就咱学院这男女比例，食堂那打饭阿姨来了都是仙女下凡。"顾蛮生刚学吉他不久，一直微垂眼睑，煞有介事地拨弄吉他弦，比应付女同学更显兴致盎然，"施小苒被评上系花，纯属霍布森选择效应，你们爱将就你们将就，我不乐意。"

"别扯这些高深难懂的，就是饿了糠如蜜，饱了蜜不甜。你跟我们不一样，你就没饿过。"陈一鸣早把施小苒奉为了心中女神，哪儿听得了这话，虎下脸就要跟顾蛮生好好掰扯，"再说，施小苒还不算漂亮？她长得多像倪萍啊！"

"还真没看出像倪萍，倒有几分像赵忠祥。"顾蛮生懒得再跟这人废话，一拨琴弦，嘶吼着唱出来："姑娘姑娘你漂亮漂亮，警察警察你拿着手枪，你说要汽车你说要洋房，我不能偷也不能抢——"

摇滚歌手何勇准备发一张叫《垃圾场》的摇滚专辑，专辑 5 月待发，这首《姑娘漂亮》就已经通过电台传唱至大街小巷了。顾蛮生天生嗓音条件出众，唱戏余音绕梁，唱歌可美声可流行，好像什么音乐到他嘴里都有模有样，但他自认不是艺术青年。他没有那么多不满不甘与愤世嫉俗，最近迷恋上摇滚，用他的话说，只是图那股热闹劲儿。

顾蛮生的歌声戛然而止，朱亮来自青海农村，头一回听摇滚，觉得新鲜："这歌怪热闹的，后面呢？"

"后面？"顾蛮生笑了，又胡乱拨了一把吉他，"后面没了。"

"他就会这么点。"陈一鸣那股酸劲儿还没过去，便怪模怪样地对朱亮说，"你没听过这小子的绰号吗？本院院草顾蛮生，又名'顾一曲'，甭管钢琴、吉他、手风琴，还是美声、京剧、摇滚乐，他都只练熟了一首曲子一支歌儿，反正上台表演下台撩妹，这就够唬人的了。"

被人戳穿也不介意，顾蛮生大笑，扭头看向陈一鸣：“少废话，上个学期那俩随身听的钱赶紧给我结了。”

顾蛮生弄来的随身听是山寨货，卖同性一个一百八，卖异性一个一百六。这些山寨随身听外观结实耐看，音质也差动辄上千元的正品货不算太远，所以在学生当中非常紧俏。

陈一鸣从兜里掏出两张百元大钞，又摸遍口袋，紧巴巴地凑了些零钱，十分不舍地递了上去。

“还差四十。”顾蛮生清点完零钞，随手就抽了一张大票给朱亮，“上回让你买烟的钱，拿着。”顾蛮生原本是不抽烟的，但他龙蛇混杂的朋友实在太多，有时一根烟就能拉近南墙北角间的距离，如此一来二去的，便也成了烟民。

朱亮要给他找零，顾蛮生大方挥手：“留着自己花吧。”

陈一鸣一听就不服气了：“都是一个土炕上的兄弟，凭什么对朱亮这么大方，我欠你那点钱，你天天追着不放。”

“在商就言商，一码归一码。”顾蛮生叼了根烟进嘴里，他烟瘾不算大，也不点燃，就这么咬着。陈一鸣来自首都北京，是个一口一个“你丫”的京片子，顾蛮生跟他混得最熟，说话也不自觉地带上了京腔：“差的四十限你三天交齐，不然阉了你丫的。”

顾蛮生是瀚大小有名气的“倒爷”。一个20世纪90年代还挺稀罕的大学生，却基本不务学习之正业，成天跟小偷或二手贩子一起蹲在天桥下，还被巡逻警误会过卖白粉，当场拿手铐逮了。别人都嫌晦气的经历，他却觉得很有意思。人这一辈子能进几回看守所？末了误会澄清还被警车风风光光送回学校，更是瀚大校史上独一桩的奇闻。所以回来后他添枝加叶地跟所有朋友都讲了一遍，跟英雄凯旋似的。

这人性子也奇，好像视财如命，又好像根本不把钱当一回事。寝室里四个人，朱亮的条件最为困难，上头有个风瘫的爸爸，下头还有四个嗷嗷待哺的弟妹，一家人时常要为生计发愁，所以朱亮成熟懂事，每个月的补贴能省则省，全都寄回家里。自己只吃馒头就咸菜，一年在校两百来天，几乎顿顿如此。

大伙儿平日里对其吆五喝六各种瞧不上，朱亮从来没脾气，不仅包圆儿了寝室里所有的打扫工作，还常主动帮着应付老师的点名或者交课程作业。有回顾蛮生在校外跟流氓纠缠，朱亮意外撞见，二话不说就冲上去帮忙，结果被打折了一条胳膊。对家人有担当，对朋友也够仗义，这样的人不说万中无一，那也不常见。顾蛮生陡然生出一点歉意，于是就常让朱亮帮着跑跑腿、送送货，算是不着痕迹地接济他。

陈一鸣与朱亮说话间，顾蛮生垂眸继续摆弄他的吉他，胡弹乱拨，兴起了就号两嗓，如愿制造出种种不堪入耳的噪声。陈一鸣他们只得忍着，他们都知道他一直苦追校花未果，一腔无处宣泄的荷尔蒙亟待发泄。

这时贝时远从小礼堂外走进来。陈一鸣跟朱亮见了，都很自觉地站起来，冲他恭敬地喊了一声："时远。"

贝时远与顾蛮生一样，都是瀚海大学的风云人物，但跟顾蛮生的风风火火、褒贬不一不同，旁人谈起贝时远，少夸一句都显得自己不客观。也是，基本科科全优的尖子生，家境殷实，人也帅，据说外公还是京里很大的一个官，实情大伙儿都不清楚，但从校领导对待贝时远的态度，基本能窥知一二。

尽管贝时远对他的室友们挺客气，但他的室友们似乎都不喜欢他，用陈一鸣的话来说——这人客气都是装的，其实目下无尘，觉得别人都是鹌鹑，就他是孔雀。

唯独顾蛮生不这么认为。人家那家世，要往前推一百年，那妥妥就是八旗子弟，傲点正常，更何况，即便从同性相见眼红的角度，他也无法完全否认贝时远的优秀。所以他俩之间没有群众喜闻乐见的瑜亮之争，尽管有贝时远这株品学兼优的校草在，顾蛮生只能屈居第二，但他这人想得开，不计较这些虚名。

寝室里四个人都到齐了，陈一鸣说："我高中同学就考的汉科，听他说他们通信工程学院的男生们拼死护校，都对这次被咱们学校合并非常不满。所以一早商量好了，今天要给我们一个下马威。"

顾蛮生天生反骨，唯恐天下不乱，一听这个就乐了："那敢情好，咱也来它一百杀威棒，让那些小王八蛋知道这是谁的地盘。"

"还一百杀威棒呢，"陈一鸣偷瞄了贝时远一眼，人家正准备插耳机听音乐，摆明了不想理他们，他接着对顾蛮生说，"你小子失个恋，一蹶不振，今晚就这么代表我院全体男生上台，丢人要丢大发了。"

"谁失恋就一蹶不振了？志在婆娘炕头，那还叫男人吗？"顾蛮生嘴角微微一弯，懒洋洋地道，“我是真的觉得，爱情这东西太没劲了。娶老婆、生孩子，混一日温饱，再盼孩子娶老婆、生孩子，一辈子就这么混过去了。”倒不是剃头挑子一头热下说的气话，他好像一夜间醍醐灌顶了，就是没劲。

贝时远这时放下耳机，扭头问顾蛮生：“那你觉得什么有劲？”

自打那天看见刘岳手中的大哥大，他确实有了个念头，但这念头目前还没着没落儿，朦胧得很。顾蛮生一时答不上来，忽地想起前两天在一本外文诗集中译本上看见的话，便半开玩笑半作深奥地说：“‘我还年轻，我渴望上路。’”

其实贝时远在外面就听见他的弹唱了，知道顾蛮生远不止这个水平，便用目光指指他的吉他，微微一笑道：“别谦虚了，也让我们受受艺术的熏陶。”

收敛刚才那副玩世不恭的痞子气，顾蛮生做了个深呼吸，然后以非常娴熟的手势弹奏起吉他，唱道：

原谅我这一生不羁放纵爱自由，
也会怕有一天会跌倒，
背弃了理想谁人都可以，
哪会怕有一天只你共我。

这首粤语歌顾蛮生已经练熟了，他唱得很忘我，很投入，他的歌声高亢明亮，充满热情，像一把燃烧的火，将在场的年轻人都引入一种噤口的状态之中，更有甚者，血管里凭空一阵潮涌，心也振奋久之。

到了晚上七点，迎新生晚会准时举办，地点定在院学生会大楼的活动中心，院领导们个个都忙，露了个面、讲了讲话，就走了。朱亮帮着学生会干部把一箱箱啤酒搬了出来。晚会还没正式开始，男生们急着解放天性，待领导们一走，立马对瓶吹上了。

瀚海大学的电信工程学院就俩班级，八十多号人，只有七个女生，人称“电信七公主”，平时在校享受的是太皇太后的待遇。陈一鸣早早到了，一双三角形的小眼睛一直在人群里东瞥西瞄，目的就是在迎新晚会上解决一下个人问题，毕竟不管怎么说，多个姑娘就多个可能。但没想到汉科比他们还寒碜，这次合并而来整整齐齐六十个学生，居然一个女的都没有。

汉科的学生是带着怨气来的，所以看瀚大的男生都不拿正眼，却对女生倍加殷勤。施小苒贵为系花，刚刚在顾蛮生那里受了打击，所以对新来男同学的恭维格外受用。眼见心中女神被一群异性包围在中央，笑得两眼弯弯花枝乱颤，陈一鸣终于悟到大事不妙。

耐不住胃里阵阵泛酸，陈一鸣决定先使出自己的杀威棒。他猛地从角落蹿出来，拦住一个挤破头了还往施小苒那儿贴凑的男同学，用力握了握他的手："有句话叫，宁在顶尖名校当凤尾，不在次尖大学做鸡头。我由衷地恭喜你，从今儿起就脱胎换骨，由山鸡变凤凰了。"

哪知对方一点不怵生，只拿眼白嫌弃地剜他一下："都说瀚大国内顶尖，今儿百闻不如一见，虽说女同学个顶个地优秀，男同学的素质还真都不怎么样。"

陈一鸣嘴上没捞着便宜，愤愤然退回顾蛮生的身边。他苦着脸、歪着嘴抱怨："你看看这群王八蛋，明目张胆地在嗅咱的蜜！"

"怪不得都说人有从众心理，我这会儿再看施小苒，好像是挺像倪萍的。"顾蛮生的目光收拢在群狼环伺的施小苒身上，饶有兴味地打量一番，便对陈一鸣说，"你想追人家就赶紧动手，别被后来的豺狼把肉叼走了。"

汉科的学生显然有备而来，精心准备了诗朗诵与情景剧作为晚会节目。八个男生一同上台，一个戴着眼镜、下颌四方的男生率先起了范，说要为大家来上一首《沁园春·长沙》。他目视台下七位女生，故意弓腰行礼，拿腔拿调地说："献给我们的七公主。"

七个女生集体回头冲顾蛮生他们挤眉弄眼，六十个汉科男生也感觉占了大便宜，现场嘘声一片。

"听听，'我们的七公主'。怎么就变成他们的'七公主'了？"陈一鸣扭头看顾蛮生，"这也太不把我们放在眼里了。"

顾蛮生微微蹙起眉头，沉吟了几秒钟后复一笑，他附在陈一鸣耳边，简单交代了几句。陈一鸣心领神会，忙附和点头。

一句“恰同学少年，风华正茂”还挺应景，八个男生你一声我一声地朗诵起来，一声更比一声洪亮，也一声更比一声矫作。但女生们大受恭维，都很买账地掩着嘴笑。

台上是那个戴眼镜的男生带头，台下也有人引导大家起哄，反正表演成了比赛，瀚海的女生们一笑，汉科的男生们就冲着顾蛮生他们发出嘘声，跟部队拉歌一样，气势排山倒海，一下就反客为主了。

台上的男生刚念完“挥斥方遒”这一句，不等对面再次发出挑衅的哄笑声，陈一鸣忽然自说自话地站起来，拿起啤酒瓶，用瓶底磕响了身前的木头桌子：“《沁园春》谁没学过，照本宣科太没意思了，我即兴发挥，改了这最后两句，给大家念来听听。”

说罢他便架起胳膊，摆出一副革命先驱者的姿势，摇头晃脑又抑扬顿挫地念起来：“七朵鲜花，六十猪狗，火燎猴急太下流。看我辈……我辈……”

诗词讲究合辙押韵，陈一鸣光顾着逞口舌之快，一激动就把顾蛮生交代的后文给忘了，忙低头向他求助道：“我辈干什么来着？”

一句话就被出卖了。顾蛮生也不介意，调整了一下跷着二郎腿的坐姿，冲一众扭头愤愤看他的男生展露迷人微笑，理所当然地把所有人的目光都攫在自己身上。然后他抬起手，并拢两指，舒展手臂，以一种字正腔圆的朗诵腔，接着陈一鸣念下去：“看我辈，又骟猪劁狗，不减风流。”

他说“骟猪”时指了指台上那个“四眼”，念到“劁狗”又指了指台下带头起哄的汉科学生，顾蛮生举止从容大方，气定神闲。

女生还没回过神，但瀚海的男生们一点就透，顿时感到扬眉吐气，满场回荡着充满下流意味的笑声与嘘声。

待一个个的全反应过来，七个姑娘笑倒了六个，汉科的男生基本都青了脸。台上那个率先起范的“四眼”尤其生气，透过酒瓶底厚的眼镜片，目光紧铆着台下的顾蛮生：“迎新晚会，你怎么含沙射影地耍流氓？”

“吟吟诗嘛，这么风雅的事情到你们嘴里怎么就成耍流氓了？”顾蛮生故作一本正经，以诚恳目光望向正齐刷刷回头看他的七个女生，哗众取宠得恰到好处，“让我们的鲜花评评理，我这词儿是韵脚没押对，还是格律不工整，怎么就耍流氓了？”

这才第一个节目，双方的火药味就很足。院学生会主席拉下脸，正要批评顾蛮生不顾大局、不讲团结，可顾蛮生早有所料，抢在对方开口前就找了个上厕所的借口，当着满场被他开罪的汉科男生的面，迎着一双双充满敌意的斜瞟着他的眼睛，大大方方溜了。

推开活动中心大门，正巧与打门外进来的一个男生擦肩而过。顾蛮生走出两步，忽然止住脚步，回头盯着这人的挺拔背影，怔神儿了三五秒。他依稀觉得这小子有点眼熟。

3 月的星星皎白无瑕，夜风横穿校园，格外清畅。顾蛮生的节目是晚会压轴，他两手插兜夜逛校园，算到差不多时间该他上场了，才慢悠悠地折回来。刚到楼下，陈一鸣就忙不迭地跑过来，拽着他的袖子喊道："打、打起来了！"

顾蛮生一惊，忙问他怎么回事，陈一鸣气喘吁吁，情急之下也解释不清楚，反正差不多就是一方觉得自己学校特牛，也特看不上新来的同学，另一方觉得王牌专业被摘走，自己学校蒙受了损失。两拨人本就互相瞧不顺眼，再加上顾蛮生先前那首歪诗煽了风点了火，一言不合就真的干上了。

"走，去看看。"顾蛮生迈开长腿，大步跑了回去。

荷尔蒙这东西就是青春的子弹，再经酒精酝酿发酵，稍不留神就义愤填膺，一点火星就把它逼出膛了。顾蛮生与陈一鸣回到活动中心时，男生们没人管，已经乱成了一锅粥。拉拉扯扯的人群中，顾蛮生一眼看见朱亮被好几个汉科的男生围在中央，对方又推又搡，手上动作不小，而朱亮老实巴交，不懂得还手，渐渐显出不支来。

"怎么办？赶紧去找辅导员？"生怕事态发展得不可收拾，陈一鸣十分紧张。

"找屁的辅导员，打不赢就告家长，太没出息了。"不比陈一鸣头一回见这种混乱场面，顾蛮生居然摩拳擦掌，兴奋不已，"揍他们丫的！"

再没二话，他抄起自己的电吉他，向着其中一个包围朱亮的小子冲过去——正是刚才那个他觉得眼熟的男同学，瘦瘦高高的身板，肩膀背脊瞧来也算瓷实。顾蛮生根本没意识到这位男同学始终人在乱局之外，抡高了吉他，朝着他的后背就猛砸下去。

他确实带了点兴风作浪的反叛劲头，但本意还是把人砸开，从哄闹的人群中砸出一条路，哪想到对方闻声竟然回了头。

顾蛮生来不及收手，吉他撞上那人眉骨，血溅当场。

这是顾蛮生“二进宫”了。不同的是，上回进的是街道派出所，这回进的是校保卫处。贝时远在这场青春的骚动开始前就退场了，院里领导问他情况，他也没替同寝的三人打掩护，悉数吐露了实情。

所以，这会儿保卫处办公室里就站着顾蛮生他们仨。

全院连带新来的汉科学生一百多号人，基本都只动口不动手，动手也是小推小搡，原本酿不成见血的惨案。只有顾蛮生，一出场就下黑手。

保卫处处长叫陶刚，上上下下一打量为首的这个英俊男生，脸色严峻起来：“我认得你，瀚大独一份，你叫顾蛮生。”

顾蛮生摸了摸鼻梁：“过奖，没想到我还挺有名。”

陶刚一愣，旋即气得猛拍了一下桌子，震得桌上的保温杯都跳了一跳：“我这是夸你吗？！像你这样唯恐天下不乱的坏分子在那些差学校里多的是，可我就不明白了，这么好的大学，怎么就招了你？”

“怪我，”顾蛮生微蹙着眉头，特别诚恳地解释着，“考数学的时候，我算着进北大应该够了，所以最后一题偷懒没答，哪知道天意弄人，不多不少就差这几分。”

“报告！”陈一鸣在旁边帮着插话，一起胡搅蛮缠，“我跟顾蛮生一个高中，他说的是真的。”

“你这意思是，进瀚大还委屈你了？”

“不能这么说，做人应当虚怀若谷。”

说什么对方都能兵来将挡，你气得够呛、噎得半死，他却笑意脉脉、不疾不徐，短短几句话令陶刚对眼前这个男生有了个基本判断——要搁在旧社会，这人就是草寇，是奸匪，敢揣着两把菜刀雄霸一方。他辩不过他，只能把话扯回正题上：“你别绕弯子，先说说，为什么要打人？”

“我没有打人，我只是砸吉他。”顾蛮生没打算狡赖，砸了就是砸了，说自己砸失手了岂不是更丢人？他临危不乱，迅速调动脑细胞，给自己的行为找出了一个合情合理的解释：“砸吉他这种艺术行为，在我们摇滚圈是有传统的。”

陶刚又是一愣：“什么？还艺术行为？”

顾蛮生煞有介事地点头道：“1964 年，有个叫汤申德的老外，他在酒吧演出时突然唱嗨了，想用吉他撞击墙壁多制造一点响声，结果一不留神把琴头卡在了天花板上，使了吃奶的力气也拔不出来。这哥们儿望着满场期待的观众，心想：坏了，这多丢人，还不如直接把琴砸了。没想到插柳成荫，这一砸砸出了摇滚史上的经典一幕，后来的摇滚歌手们纷纷效仿，演出时不砸吉他观众还都不乐意了。”顿一顿，他补了一句，“我当时正准备演出呢。”

陶刚都快被他绕进去了，虎下脸说：“别扯这些外国人的歪门邪道，你是摇滚歌手吗？”

顾蛮生继续诚恳地点头：“您说得我都惭愧了，那我再讲几个中国人的。‘弦断有谁听’的钟子期，还有王羲之的儿子王献之，他们都与砸琴的典故有关。”顾蛮生说话时引经据典，神态很正经，但俏皮话频出。保卫处俩小保安在一旁听得如痴如醉，好像没有这人不懂的道理，没有这人讲不出的故事，听着听着就忘乎所以地乐出了声。

陶刚被笑声引回了注意力，低声呵斥：“别扯不相干的！听你扯了那么多，你倒说说看，别人砸琴都往地上砸，怎么就你往人头上抡？”

“问题就出在这儿。我本来是往地上砸的，也就胳膊抡高了一点，那位男同学非要杵到我跟前来。”

话音刚落，陈一鸣又搭腔：“报告，我做证，那位男同学劝都不听，可能是个傻的。”

接着陈一鸣的话，顾蛮生装模作样地抱怨道：“您说那位男同学杵哪儿不好，他脑袋跟铁打的一样，把我的琴都磕掉了一块漆，我没找他赔就不错了。”

陶刚也算处理过不少校内、校外的坏分子，还没见过这么会颠倒黑白、指鹿为马的，这会儿居然还倒打一耙，怪别人站的不是地方。

“这件事情就是你挑的头！你指桑骂槐，骂人家学生是猪是狗，还说要把人家都阉了。”

瀚大的保卫处刚跟附近的派出所签署了警校协作，按陶刚的火暴脾气，恨不能马上把这满嘴歪理的坏分子揪到派出所去，亏得这时候顾蛮生的辅导员于新华来了。在陶刚被气得背过气去之前，他赶紧把人领走。

于新华一介书生，明明还不到四十岁，却微微驼背，似个小老头，身上常年一件淡蓝色条纹衬衫，每穿必熨，特别平整干净。平日里他给学生上课还兼自发的素质教育，三句话不离思想政治教育，不上课的时候就与研究所一起搞科研，主攻大容量数字程控交换机。

于新华了解顾蛮生家里的情况，知道他的父亲顾长河这会儿正在服刑，所以对这个令所有人头疼的学生格外关照，颇有几分“世人皆欲杀，吾意独怜才”的意思。

于新华将自己的三个学生带出了保卫处，还带来了一个不算坏的消息，那位男同学伤得不严重，正在校医院缝针呢。

上回被抓进看守所虽是乌龙事件，但鉴于顾蛮生这些“前科”，于新华还是担心这事会影响他大学毕业后的工作分配。他来领人之前，已经向院领导建议从轻发落，再给顾蛮生一个机会。

事情没闹大，但对于始作俑者，该受的教育还得受，该挨的批评还得挨。

见顾蛮生仍是一脸的满不在乎，于新华生气道：“轻微脑震荡也能构成故意伤害，你知道吗？如果那男生坚持要学校处理，你可能会被开除！”

于新华面前的顾蛮生还算老实，挨训时一语不发，却在用眼睛笑。那种从眼底漾出来的活跃的眼波，还有稍稍歪斜的嘴角，摆明了就是面服心不服，还觉得自己没错。

“两所学校刚刚合并，院里也不想让这事态扩大化，所以检讨书就不必了，那男生要求你给他写封道歉信，你就好好道歉——”

“我一定好好道歉，”生怕于新华还要唠叨，顾蛮生赶紧打断了他，“我这道歉信一定写得诚恳真挚，掏肝掏肺，保管把那小子感动得怆然而涕下。”

挨完训后，他就蹬着二八大杠回了趟家。这会儿他真挚不起来，这封道歉信搞不好是要全院传阅的，输人不能输阵，所以他突发奇想，打算拿小时候写过的道歉信蒙混过关。

顾蛮生打出生起就是佻达孟浪的混世魔王，拆家里的电器、堵邻居的烟囱、偷爬寡妇家的阳台……简直无所不为，所以检讨书、道歉信写了足足一抽屉，素材相当丰富。

继母唐茹这两天不在家，顾蛮生成年之后，她终于得闲能够自己出门转转。

顾蛮生没满月的时候，亲妈就死了，三年后顾长河续弦，娶的是比自己小了整整一轮的外来妹子唐茹。尽管年纪相差得大，生活习惯也迥然不同，唐茹却一直是个好妻子、好母亲。尤其在顾长河锒铛入狱后，家中主心骨一下没了，以她的条件，完全可以另嫁他人。但唐茹没有把顾蛮生扔回农村老家，而是淑女变作蛮婆，以一介女流的瘦弱肩膀生生挑起了一个家。对此，顾蛮生始终心存感激。

当然一开始，唐茹也是跟着顾长河过过好日子的。

顾长河原本只是一个农民，在改革开放还没启动时，他就敏锐地捕捉到了致富的商机。他从当地一些经营不善的国营或集体商店进货，再倒腾去别的城市，从中赚取差价。生意渐渐做大之后，顾长河索性落户在了汉海，办了一家工贸一体化的服装公司。红红火火发展了一阵子，顾长河胃口渐开，主动向当地政府提出将国营纺织厂兼并过来投资经营，这在汉海的发展历史上还是头一遭。

顾蛮生依稀对这件事情存有印象，当时针织六厂已经全面停产，父亲顾长河拍着胸脯跟领导说："把这个厂子承包给我个人，我能让厂里两百多名工人全免于下岗！"

搞有奖销售，搞按件计酬，搞那些比资本家更资本家的经营活动，别人一个月挣一两百块钱的时候，顾长河的年收入已经达到了一百万，还得了个"服装大王"的称号。因此，顾蛮生是过了一阵子阔少爷的日子的。他住的是三层楼带小花园的别墅，出入都有红旗牌轿车接送。

可惜十分红处便成灰，顾长河在 1986 年年底的时候遭人举报，一番奔走折腾未果，终于在第二年因投机倒把罪、行贿罪、流氓罪三罪并罚，判了十年。

唐茹是个细心的女人，把顾蛮生从小到大的重要信件都收在了陪嫁而来的一只红木匣子里。顾蛮生从大衣柜子里翻出那只匣子，找到了自己少年时期写的检讨书，也找到了父亲顾长河在牢里时写给家人的信。说是写给家人，其实都是写给儿子顾蛮生的。他身陷囹圄时顾蛮生正值青春期，所以顾长河担心儿子不理解自己，更担心儿子从此心头烙下阴影，难以抬头做人。

当时顾长河对来带他走的经侦警说："我全配合，就是请别当着我儿子的面铐我。"

承办民警体恤一位父亲对儿子的感情，最后取了一条唐茹的提花丝巾，盖在了男人被铐住的双手上。

“服装大王”被抓的新闻轰动一时。据报纸记载，顾长河是个损公肥私的贼，是个囤积居奇的坏分子，但在年少的顾蛮生看来，这个男人却是第一个吃螃蟹的勇者，是个敢闯敢试的时代先锋。

匣中信有的有些年头了，泛着岁月陈旧的淡黄，透着紫檀独特的微香。顾蛮生找自己的检讨书时忽然兴起，将这八年来父亲的全部来信都取出来，按着时间顺序，将一张一张信纸铺展开，一字一字地认真阅读起来。

开头都是一句“见信如晤”，四个字工整又大气，相当漂亮。顾长河经商之后特意练过字，就怕别人说他农民出身没文化，做不成大生意。顾蛮生的字也漂亮，但是比父亲的潦草一些，不上心时更是神鬼莫辨。

顾长河因三罪入狱，判得最重的一条就是“投机倒把”。所以刚入狱时他很不淡定，早期的信里最常出现的一句话就是“跨省流动得有证明，跑业务还有政府部门的介绍信，都是白底红字盖着公章的，怎么能说是‘投机倒把’呢？”

大约两年前，顾长河的信开始淡定了。十四大顺利召开，改革开放大刀阔斧，新目标就是由市场经济体制取代计划经济体制。

那时起，顾长河闻见了高墙外清新的空气。

这些家信不再充斥郁闷、夹杂愤气，取而代之的都是好消息。

半边是大浪淘沙的艰险，半边是令人受用终生的财富，这是每个时代在巨大变革时期必然出现的衍生物。顾父在最近一封信里对儿子说：“即使在里头我也能感觉到，一个全新的、充满希望与奇迹的时代就要来了。”

通过父亲的信，那些辉煌与苦难共存、反叛与理想糅合的故事在顾蛮生眼前一一闪回，他忽然想到，如果将这些书信整理成册，放到阳光下晾一晾，它将会是一本好书。

早春三月，天亮得出奇地早。顾蛮生红着眼眶将父亲全部的书信读完，然后起身来到窗边。远处，暗色的天与地互相衔接吻合，鲜活的太阳正在地平线下跳动，一道金色的弧光呼之欲出。

他推开窗，深深地吸了一口新鲜空气。

第二章

冤家路窄

曲颂宁因轻微脑震荡躺在校医院的病房里。按说这点轻伤是不用住院的，但曲母太紧张，非要儿子留院观察几天不可。

曲母本不打算善罢甘休，谁把她宝贝儿子砸进医院，谁就得被扭送去派出所。曲颂宁只得劝慰母亲，大家以后都是同学，酒后情绪失控也能体谅，没必要为一点口角揪着不放。可乌泱乌泱一拨被顾蛮生占了便宜的汉科男生不同意，坚持要他追究，好狠下一回顾蛮生的面子。曲颂宁想了想，也就遂了大伙儿的意，故意冷下脸对顾蛮生的辅导员说："打人者必须以书面形式郑重道歉，不然这事没完。"

姐姐曲夏晚从病房外进来，见弟弟百无聊赖地翻着手上的书，像是一个字没看进去，便坐在了他的病床边，笑着说："看你这么无聊，我陪你聊聊吧。"

难怪那天顾蛮生一眼就觉得曲颂宁眼熟，这对姐弟是双胞胎，小的时候是男女莫辨、一模一样，长大以后才日渐迥异。姐姐曲夏晚身材高挑，眉眼婉媚，弟弟曲颂宁更是蹿着长的，身高早早过了一米八，五官非常凌厉清俊。

曲颂宁放下手中的书，对姐姐说："我见到你常常提起的那个顾蛮生了。"

曲夏晚惊讶地问："什么时候？"

"院迎新晚会上，我这头就是他砸的。"曲颂宁抬手，指了指自己刚缝完针的脑袋，笑笑说，"他应该不知道我们的关系。"

"你怎么不跟妈说啊？要知道是他，我非撕了他。"曲夏晚真的对顾蛮生挺生气，有眼不识荆山玉，活该别人都对他有偏见。

“我这不是担心破坏了你的金玉良缘嘛。”

“呸，”曲夏晚笑着啐了一口，却又忍不住想探探弟弟的口风，“你觉得他人怎么样？”

“人痞，嘴欠，既不宽厚，又不忠直，但整体还是个有意思的人。”那天他站在活动室门外，将顾蛮生与陈一鸣的浮夸表演全看在眼里，对顾蛮生的印象是：典型的北方侉子。但不得不说，对方确实令他印象深刻。

曲颂宁想了想，又嫌不够地补了一句：“追你的臭小子车载斗量，就数他最有意思。”

不怪顾蛮生没认出自己的“准小舅子”，他一心求偶、天天上门的时候，曲颂宁根本就不在国内。汉科跟日本某名牌大学有个交换生的项目，曲颂宁品学兼优，曲父又是国内通信领域的专家，理所当然地获得了这个交换生的名额。然而他没想到人走事迁，交换了一个学期后回到汉海，居然发现整个学院都被拆分出去，跟瀚大合并了。

“怕你住院太闷，妈让我给你带来的。”曲夏晚奉父母之命前来探视弟弟，见没大恙，就准备回去了。临走时，她从自己的布包里取出一台随身听，搁在了曲颂宁的床头。这台随身听是曲颂宁离开日本时，一个关系不错的日本同学送给他的。

姐姐走后，曲颂宁一边躺在床上闭目小憩，一边听着 Walkman 里窦唯的声音。这个眼神犀利、气质清冷的摇滚青年是天后王菲的男朋友，一出道就红遍了大街小巷。但曲颂宁对他的认知不是来自充斥八卦的小报，而是一盘不经意间听见的卡带。那哪儿是一盘卡带？那是一片生机盎然的树林。

窦唯唱得真好，“离别了昨天去拥抱希望，告别夜晚等待天亮”，曲颂宁跟着默念歌词，一首歌还没囫囵听完，门外突然传来一阵窸窸窣窣的动静，像是有谁悄悄地来了。他扭头看了过去，看见一张对折的纸片，被人从门缝里递了进来。

曲颂宁赶紧扯下耳机下了床，先将纸片捡起来，再赶紧打开病房的门。门外空无一人，医院灯光惨淡，四面白墙像伤寒病人的脸。

曲颂宁回到病房里，将纸片展开一看，才发现原来是一封道歉信。只不过不是他意料之中的那一封，信上字迹非常稚嫩，像是出自一个小孩儿之手。信的开头几句是这么写的：

亲爱的陈叔叔，您好！前天下午我偷偷溜进您家拆了您的收音机，还趁您大号的时候把您反锁进公厕，又往里头扔了一只蛤蟆。老师常教育我们“小心驶得万年船”，所以我为我这次的不谨慎深感惭愧，并在此向您保证，下次一定不会再被人发现……

简直语不惊人死不休，亏得这封道歉信没写多长，否则非把这信上的“陈叔叔”活活气出现不可。信纸的最后留下了一句话，字迹一下子大气起来了，横竖舒展了，撇捺豪放了，曲颂宁知道，这代表着这个混世小霸王长大了。

这是我人生中第一份检讨，只有“第一”的仪式感才能充分表达我道歉的诚意——对不起。

顾蛮生

这封道歉信蒙混之意明显，但当落款的三个飘逸大字落进眼里，曲颂宁还是绷不住一张脸，笑了。

接下来的两天，曲颂宁仍躺在校医院里，里里外外被检查了个遍。经医生再三确认无恙，才劝动了母亲，总算获准回了家。

曲父曲知舟原是汉海邮电研究所的教授，如今两校合并，他也顺理成章成了瀚大的教授。曲母贺婉莹原本是汉科的教职工，嫁作人妻之后早早赋闲在家，一腔心思便全扑在了儿女身上。

曲颂宁去日本交流归来，正赶上曲父工作调动，一家人都忙里忙外，还没工夫正经围坐一桌，吃一顿饭。所以为了这顿迟来的团圆饭，贺婉莹一早就带着保姆张罗开了，基本都是儿子爱吃的菜，战场从菜市场延续到厨房，煎、炒、烹、炸、烧、焖、炖，忙活得热火朝天。

好容易摆齐一桌好菜，曲知舟接到了一个工作电话，饭厅里的娘儿仨就得一动不动地等着。一个家的主心骨没上桌，谁都不准动筷子。曲家规矩大，老学究的脾气也大，曲知舟一直走的是“严父”路线，工作起来尤其六亲不认，倘使在他看书写字时打扰，他能当场把书本笔墨摔在对方脸上。

贺婉莹就是地地道道的“慈母”，对一双儿女宠爱到了毫无原则的地步。曲家姐弟受了二十年“一边鞭子一边糖”的教育，一直保持着根正苗红的喜人势头，都没长歪。

一通电话打了四十多分钟，对面盛意难却，曲知舟好容易劝服对方收了线，这才重新回到饭桌上。

贺婉莹听出是工作上的事，往丈夫碗里夹了一块鱼腹上的雪白肉膘，问他：“联通公司的人？”

联通公司，全名中国联合通信有限公司，刚在北京钓鱼台国宾馆举行了成立大会，群贤毕至，曲知舟作为国内光纤通信领域的专家自然也受邀参加了大会。

他点头道：“那边的领导邀我过去。”

“还是别去了，新成立的企业也不知道后边发展怎么样，比不上研究所旱涝保收。”丈夫工作上的事情她不感兴趣，也不太明白，“刚把电信局从国家邮电部独立出来，这又成立了联通公司，拆来拆去的，不都是国有企业，多此一举，有什么意思？”

曲颂宁年纪虽轻却颇有见识，不待父亲考验的目光扫来，就先一步开口道：“当然有意思了。全世界的电信业都在飞速发展，改革势在必行，这样拆分是为了在我国的基础电信业内引入竞争，有竞争才能提高效率、兼顾公平嘛。”怕母亲听不懂，曲颂宁特意往母亲碗里夹了一筷子鱼，继续道，“就好比你买鱼，如果只有一个鱼摊，那就是垄断，鱼贩提价有恃无恐，鱼肉也不一定新鲜。”

比喻挺生动，贺婉莹笑了：“你妈就算不是高知，也不是傻的，不用你说得这么详细。”

曲知舟倒也没想过离开干了半辈子的研究所，但他对儿子的看法很赞同：“联通成立，总书记还亲自题了词，‘发展电信事业，为现代化建设服务’，这说明什么？一个学院的拆并不算大事，电信改革的浪潮是真的要来了。”

父子俩光顾着说话，菜都凉了。贺婉莹不禁嗔怪道：“好了，你们爷儿俩也真有意思，就爱在饭桌上聊国家大事，活活把别人的好胃口都糟践了。”

“妈说得对。每回爸和小宁说话，都没劲透了，我就不爱听这个。”曲夏晚主动给弟弟夹菜，先盛了一碗参鸡汤，又用筷子撕下鸡腿一道放进他的碗里，“喏，你刚刚出院，用鸡腿把嘴堵上，好好补补。”

女儿刚一帮腔，贺婉莹就似想起什么，反倒掉转注意力，把矛头对准了她：“春节那阵子常来的那个小顾，最近怎么不来了？”

小顾应该指的就是顾蛮生。一家人同桌吃饭，忽然话题转向一个外人，曲颂宁想起了那封不同凡响的道歉信，越发好奇地竖起了耳朵。

“不知道！”曲夏晚一听这名字就来了脾气，菜不夹了，饭也不吃了，噼噼啪啪地撂碗摔筷，动静弄得很大。

她担心顾蛮生对自己只是心血来潮。

“不来最好，那个顾蛮生看着就不踏实。”尽管只遥遥看了这么两三眼，贺婉莹本能地就不太喜欢顾蛮生，她觉得他像活在“演义”或者“野史”里的人物，一生必将与顿挫波折相伴，“我记得你说过，他爸是不是还在坐牢？”

曲颂宁心中微微一震。他对顾蛮生的观感大抵与母亲相同，倒没想到这人还有这么复杂的家庭情况。

曲夏晚有意护着顾蛮生，只说：“也不是穷凶极恶的犯罪分子，就是投机倒把。”

曲颂宁及时帮着姐姐打圆场：“英雄不问出处。再说了，这是特殊历史时期的遗留问题，当一个国家还在摸着石子过河，个人的步子迈得太大，总难免会出些问题，跟品行什么的没大关系。”

“怎么没关系？我跟你们爸爸也是从那个时代过来的，我们怎么就没被抓起来？龙生龙，凤生凤，我看那顾蛮生吊儿郎当的样子，早晚会惹出大乱子。”曲母对顾蛮生的偏见显然已经根深蒂固，姐弟俩互相看了一眼，都识趣地咽下了后话。

一顿气氛还算愉快的晚饭后，曲颂宁帮着母亲收拾了碗筷后，回到了自己的房间。他的房间比一般男生的干净，住院时的东西还都塞在一只旅行包里。曲颂宁自立惯了，不要母亲替自己收拾，自己动手忙碌起来。他从包里取出姐姐带来的那台随身听，目光一瞥又落到书桌上——

汉海市长河服装厂

亲爱的陈叔叔，您好！前天下午我偷偷溜进您家拆了您的收音机，还趁您大号的时候把您反锁进公厕，又往里头扔了一只蛤蟆。老师常教育我们"小心驶得万年船"，所以我为我这次的不谨慎深感惭愧，并在此向您保证，下次一定不会再被人发现……

这是我人生中第一份检讨，只有"第一"的仪式感才能充分表达我道歉的诚意——对不起。

丁顽童生

书桌上还摆着另一台随身听，也是一个日本同学“送”的。

曲颂宁将两台随身听拿起对比了一下，都是蓝白相间的金属机身，乍看没区别，但仔细一瞧就会发现原来书桌上的那台做工粗糙，“Sony”底下还有一行不伦不类的白色中文小字，说明了它是来自中国的仿品。

触物生情，曲颂宁很快想起了自己在日本当交换生的那段经历。

与那些同龄的日本男生相比，曲颂宁身材更挺拔，长相更清俊，因此也格外受异性欢迎。

木秀于林难免遭人嫉恨，虽说日本同学里友好的占大多数，但也有一小撮“仇中”分子尽日地找他麻烦，其中最严重的是一个叫高桥的男生。

高桥的父亲就是索尼的高管，有一天他拿了这只出自中国的随身听仿品，当着全班的面扔在了曲颂宁的面前，相当不客气地扬声道：“你们中国人就只会抄袭假冒吗？”

班上还有两位中国学生，都垂着头不敢说话，所有人都瞪着眼睛看着曲颂宁。曲颂宁拿起这只仿品看了看，微微蹙起眉头。高桥便又乘胜追击，言词之间都是日本工业领先全球，绝干不出中国企业这么下三烂的抄袭行为。

“不对吧，”曲颂宁不卑不亢，只以流利日语反击道，“从20世纪50年代开始，日本工业的抄袭之风兴起，你们派出大量技术人员，购买西方的先进设备进行拆解仿造，还美其名曰‘逆向工程’。比如DSK抄袭宝马，Nicca仿造徕卡，你们是靠着这些仿造企业的崛起才迅速恢复了生产和经济。”

高桥一时语塞，但很快又反应过来：“那又怎么样？我们现在有了超越徕卡的品牌，我们已经成功取代了德国，成了名副其实的相机王国。”谈起佳能、尼康、奥林巴斯，这个日本学生特别自豪，而这种自豪感更使得他咄咄逼人：“从战后的一片废墟到日本品牌风靡全球，成为仅次于美国的世界第二经济强国，我们只用了二十三年的时间，你们中国要用多久？”

“对于技术落后的企业来说，短时间内只能在发达国家身后跟跑，”曲颂宁微蹙着眉头，沉吟半晌才继续道，“中国与中国企业正在经历日本曾经历过的‘跟跑’阶段，这个过程可能很漫长，也并不令人感到自豪。但我跟你打赌，总有一天，我们也会有领先于世界的民族品牌。”

人在异乡为异客，曲颂宁没落下风，没丢份子，但高桥言谈间的自豪感与优越感，他久久难忘。

瀚大正式开学后，两拨学生一起上了几堂课，吃了几顿饭，打了几场球，迎新晚会上的群架事件差不多就平息了。这种与青春相关的激情本来就不带什么恶意，来时如洪水，去也去得快。

但曲夏晚一点没担心错，顾蛮生确实变了，变得不再像殷勤采酿的蜜蜂那样围着她转。她既急且气，又抹不开面子，只旁敲侧击地向弟弟打听了好几次。

自打群架事件之后，曲颂宁基本就没见过顾蛮生。两院合并，他跟顾蛮生不在一个班级，也就上通信专业课的时候有机会碰见。但那小子神龙见首不见尾，开学至今统共也就露面一回，还是点了名就想溜号，被通信原理课的教授当场拿住了。

“能在学校里见你一回不容易啊，顾蛮生。”几百个学生就记住这一个名字，教授推了推眼镜道，“你这火烧火燎的要上哪儿啊？”

顾蛮生在教室门口被人拿住，倒也不窘，大大方方回头道：“我不能说啊，怕难为情。”

“你也知道难为情？不就是想要‘托疾如厕’吗？”教授一扔手中粉笔头，打定主意要跟这不求上进的学生耗到底，“这招儿你在我的课上已经用过了，不好使了。”

“我这脸皮跟咱教学楼的墙皮似的，我怕什么？我是怕您难为情。”顾蛮生表现得还很客气，停了一会儿才慢悠悠道，“您这课教得太浅了，我早都学通了。”

教授笑着“哟”了一声，显然不信。

大一主要上的是理工科的公共课，他不信这个流里流气、不学无术的男生真把课本都学通了，所以直接道：“我也不考你难的，你就讲讲香农和他的三大定理，你要讲不出来又不想上课，以后也别上了，我这门课，你直接按旷考处理。”

“香农定理给出了信道信息传送速率的上限……”顾蛮生刚才就是信口胡诌，这下骑虎难下了。香农定理他一知半解，但他迅速调动知识组织语言，仍不慌不忙地继续诌道：“克劳德·香农，不仅是信息论之父，也是头一个提出二进制系统代替十进制运算的人，牛掰程度不逊图灵。都说图灵是‘计算机之父’，那香农就是计算机的舅老爷。可这舅老爷也不务正业啊，先是由他的同事将他在信息论基础上处理长途电话线噪声的应用引申到了投资领域，研究出了特能赚钱的‘凯利公式’，后来，他干脆把这公式传授给了一个叫爱德华·索普的‘赌徒’，两个人带着各自的老婆，组团在拉斯维加斯的赌场里出老千……”

顾蛮生讲到兴头上，自说自话走进了教室，跟授课似的在排排端坐的学生中间穿梭，比画着手势滔滔不绝：“这个故事也给了我不少启发，我们打小受的教育都是不能赌博，说赌到最后必然利令智昏。但我们舅老爷已经证明了，连轮盘赌都可以被预测，说明在一个看似混乱又充满机会的世界，赌博精神不可无，而成功的赌徒从来不打无准备之仗……”

“这课你上还是我上？你给我坐下！”眼见顾蛮生满嘴歪理越说越偏，教授赶紧呵斥他坐下。他其实看出顾蛮生根本没把课本学透，但他确实聪明又机敏，知识广度也同样惊人。老教授心里不免惋惜：要把这劲儿都用在正道上，这小子的前途不可限量。

坐在课堂前排的曲颂宁也看出来了，顾蛮生的正经心思就不在所谓的“正道”上。

姐姐的忙到底没帮上，倒是他自己的注意力很快被一件稀奇事引了过去。

曲颂宁发现，他的室友以及班上许多同学都开始用上随身听了。Walkman 横空出世即风靡全球，在中国市场更是所向披靡。可它的价格一直居高不下，对一般学生来说，还是可望而不可即的奢侈品。

这天下了课，曲颂宁照常两点一线地回寝室，他的室友照常先去打球。然而没一会儿对方就汗漉漉、气咻咻地回来了，把随身听往书桌上一扔，说：“真晦气，刚买就坏了。”

“怎么坏了？”曲颂宁问室友把随身听借过来，先听音质，虽说比不上他从日本带回来的索尼，倒也还凑合。接着再看做工，外观看着与 Walkman 的新机型完全一致，但机身外壳嵌合得不太紧密，应该就是出自中国的仿品。

室友说：“一开始听得挺好，刚刚打球的时候突然就跳音了，一首歌时断时续的，肯定是坏了。”

曲颂宁问：“你从哪儿买的？索尼不至于质量这么差。”

“就是问上回打破你头的那个顾蛮生买的，看这价格估摸也不是索尼，就是国内仿制的。”室友愤然道，“国产的就是没好货！”

高桥那张倨傲的脸又乍现眼前，曲颂宁心里一个不舒服的咯噔，一拍桌子道：“走，找他去！”

解放路过街天桥横贯汉海中心区，人流密集，一直都是小商贩们的必争之地。

顾蛮生比平时去得晚了些，老老少少多达三十档摊贩一早就占道摆卖了，有看手相、测八字的，也有猜瓜子、赌象棋的，叫卖吆喝声此起彼伏，讨价还价声不绝于耳。顾蛮生人生得俊俏，又兼是大学生，这里的摊贩们对他都很客气。有个卖烤玉米的孙老头常会给他留个位置，顾蛮生的随身听不占地方，还乐得帮人看摊，他笑容迷人、巧舌如簧，逮谁套谁近乎，经他照看的生意通常都会变得更好，小贩们都喜欢他。

但最近不行。有个叫赵斗的男人连着几天占了顾蛮生的摊位。赵斗人称斗哥，瘦得猴精似的，却一脸能豁出命去的凶悍之气。他其实是个贼，不常在天桥下蹲摊，也就有货的时候才来。最近可能干了票大的，既卖传呼机，也卖随身听，所以他认定顾蛮生撞了自己的生意，一早就霸占地方，不准任何人把桥面上的摊位留给他。

卖玉米的孙老头跟赵斗是邻居，看着这小子从不谙世事长成了一个坏事干尽的恶痞，一看顾蛮生走近，赶紧冲他递眼色，示意他千万别过来找晦气。

顾蛮生看了看赵斗与他腰上别着的一把弹簧刀，会意一笑，秀才遇到兵，大学生哪能跟地痞流氓争地盘。他主动让出天桥上面的好市口，自己在引桥附近落下脚。

地方偏了就得另想法子招揽顾客，顾蛮生其实早想好了，他指挥着朱亮将一台收音机从背包里拿了出来。这个收音机已经经过了他的改造。理科男生的动手能力不容小觑，何况顾蛮生打小就有拆解家里电器的癖好，他将收音机的音量电位器处断开，接入一个插座，又将随身听的一路输出取出，接上收音机的插座。如此一来收音机无须插电使用，随身听又能通过收音机扩音，一举两得。

音乐声悠扬而起，顾蛮生调大音量，确保来往的路人都能听到，然后又拿出了吉他。他不怎么会弹吉他，但滥竽充数也有模有样，遇见差不多同龄的男孩儿，他唱老狼或者 Beyond；遇见比他年长的异性，就唱甜美悦耳的邓丽君。当火候煽呼得恰到好处，顾蛮生便咧出白牙笑对路人，说什么“四大天王比我唱得好，你们听听，这放的就是我随身听里的歌，店里卖一千多，我才卖两百，还送你一盘磁带”。

磁带是翻录的，一盘花不了两块钱。

跟古时候那种光膀子卖大力丸的差不多，还有朱亮与陈一鸣充当托儿，来来回回地给他撬边叫好，反正人家秀蛮力，他秀嗓子，玩儿似的就把生意做了。

“云亮偶则呀僧把给放纵爱既有，呀微怕有呀天微迪倒（原谅我一生放荡不羁爱自由，也会怕有一天会跌倒）。”

正唱到高潮部分，密匝匝的人群后头突然冒出一个人，嘴角十分严肃地抿着，眼神直勾勾地、捕猎似的望着他。顾蛮生认出这张年轻清俊的面孔，不就是上回被他砸得脑袋开花的曲颂宁吗？

顾蛮生没少在陈一鸣他们面前嘀咕，说，姓曲的小白脸够损的，非要写什么道歉信下他面子，多亏了自己略施小计才蒙混过去。

一个优秀同性的目光像关公那柄华丽无敌的大刀，他陡生较量之心，连着把高潮部分唱了两遍，才“唰啦”一声重重拨了下吉他弦。人群中爆发出阵阵掌声，都说他唱得太好了。

顾蛮生脚边一只黑色条纹大背包，里头装的全是仿造索尼的随身听，一个男性顾客被歌声引来，瞧着三十啷当岁，他指了指背包，让顾蛮生开价。

“两百，多给你两盘磁带，你自己挑。”

拿耳机试了试，随身听的音质确实不差，性价比却比动辄千把块的索尼高多了，顾客够爽气，付完钱就走人。顾蛮生把清点完的钞票收进腰包里，抬起头，用目光踅摸出去，果不其然，天桥上的斗哥如俯瞰猎物的鹫，正恶狠狠地盯着他。顾蛮生嘴角一勾，两指并拢举过头顶，非常挑衅地冲人敬了个礼，以示感谢对方让出了这么好的市口。这下赵斗恨得眼都红了，跟身旁一个混混交头接耳，不知在说些什么。

趁着顾蛮生一曲唱罢、中场休息的时候，曲颂宁从围观的人群里走出来，一路走到他的跟前。

“冤家路窄，”一眼看出对方预备生事，顾蛮生收了吉他，似笑非笑地乜斜着曲颂宁，“冤家，有何指教？”

“指教谈不上，”曲颂宁不正面回答，只朝顾蛮生的背包投去一眼，见里头少说二三十台随身听，倒被吓了一跳，“你哪儿来这么多随身听？”

顾蛮生皱皱眉，佯作生气：“下家不打听上家的供货渠道，你懂不懂生意规矩？”

“我不来抢你生意，我是来退货的。”曲颂宁拿出从室友那里借来的随身听，扬起声音，“这是你卖的吗？你卖的都是假货。”

一个刚想上前的顾客被这句话劝退了，顾蛮生喊了一声没把人留住，也不介意，笑着从兜里掏了包黄鹤楼，递了一根烟给曲颂宁。

哪有大学生随身揣着烟盒的？曲颂宁一脸厌弃地紧紧眉头：“我不抽烟，你也不该抽。”

“矫情。”顾蛮生随手把烟扔给身旁一个卖盗版录像带的广东小贩，又点燃了自己手上的那根，接着他将烟衔咬在嘴角，用既不标准也不流利的方言跟对方称兄道弟，谈笑往来。

曲颂宁听不出这格格楞楞的方言具体出自什么地方，只大约判断出应该是广东那边的土话。他发现，不夸张地说，这附近做生意的小贩顾蛮生好像都认识，这人天生的好人缘。

曲颂宁当顾蛮生有意打哈哈，又板着脸孔提醒他：“你卖的假货打算怎么处理？”

顾蛮生不接他这一茬儿，只问：“音色怎么样？”

“还可以。”

“那不就结了。”

“音色再好你还是制假售假，是欺骗消费者——”

“你懂个屁！这叫师夷长技以制夷。”顾蛮生一弹烟灰，粗鲁地打断曲颂宁，“再说我骗谁了？你瞪大眼睛仔细看看，日本那叫 Walkman，我这叫 Walkwoman，”他把头凑近曲颂宁，指了指随身听上白色 logo 下的一行英文，歪理一套一套的，“毛主席都说‘妇女能顶半边天’，凭什么只有 Walkman，不能有 Walkwoman 呢？”

“索尼最新款的磁带机上有 ANTI-ROLLING MECHANISM 的标志，这是我一个日本朋友送我的正版货。”曲颂宁取出自己的随身听，递给了顾蛮生，习惯性地说了一句日语，又翻译道，“你的随身听差得可不止一个标志，一震动就没法听了，我要退货。”

曲颂宁这一局简直搅得漂亮，剩下的围观者一听“质量差”，也都散了。

“退货就退货，”顾蛮生接来正版的索尼看了看，果然有这么一个标志。眼见生意全被搅黄了，他嘴上仍强词夺理，还倒打一耙：“看你小子油头粉面、满口‘八嘎呀路’，怎么着，抗战那会儿没赶上，跑这儿当汉奸来了？”

话不投机半句多，两人正对峙着，交锋着，顾蛮生抬头朝曲颂宁背后看了一眼，突然变了脸色。他三两下收拾完自己的东西，一把拽起曲颂宁就跑。

那个收了顾蛮生一根烟的小广东还当是城管又来逮人，也警觉地跟着他跑。如此一个带动一个，那些打惯了游击的摊贩一下全跑了。一些人卷起布兜，抡上肩头；一些人手推板车，吱吱嘎嘎，全都跟着顾蛮生瞎跑一气。整个场面鸡飞狗跳，蔚为壮观。

4 月的尾巴端，仲春的气温节节攀高，一天比一天赳赳昂昂，白花花的太阳抬头可见，有锅口那么大。

顾蛮生一口气跑出一条长街，才累得停下来。

“城管？”曲颂宁也停下来，大口喘气。

“不是，”顾蛮生弓着腰，喘着说话，“我妈。”

“你妈……你跑什么？”曲颂宁不解。

“你不懂。”也不知道自己逃没逃出继母的眼睛，顾蛮生努力平稳呼吸，表情却越发严肃。

顾父因一条“投机倒把罪”一去十年，所以唐茹一朝被蛇咬，不仅坚决反对儿子从商，连生出一点这样的想法都不行。顾蛮生感念继母的恩情，即使早有了下海掘金的念头，但为了不让唐茹担心，也一直把它藏得很妥，很深。可刚才，他在围观的人群里看见唐茹了。

跟着跑的摊贩们都停了下来，也都汗水涂地，好些个跑得太急，板车上的小商品都散落在了半路上。他们瞪着眼睛，抻长脖子，四下张望：“哪有城管？哪有城管？”

顾蛮生这才注意到这场由他而起的混乱，他饶带歉意地对大伙儿说：“不好意思，劳各位受累，我请大家喝茶。”说着就从今天的营收里抽了两张百元大钞，递给了最先跟着他瞎跑的小广东。

两百块抵得上汉海一位普通职工半个月的工资了，曲颂宁惊讶地望着顾蛮生：“你倒大方。”

“钱嘛，能花才能挣，千金散尽万金来。”顾蛮生回头再看曲颂宁，敛了笑容，一张脸陡见认真之态，“先回学校，你刚刚说的问题我来解决。”

事到眼前却不推诿，曲颂宁将顾蛮生这态度看在眼里，觉出这人还挺仗义，也就彻底收起了一副来挑事儿的态度。

他们循原路返回学校，刚走到寝室楼下，就看见七八个男生堵在了宿舍门口，齐声冲楼上高喊：“顾蛮生，快退货！”

“你找来的？”场面很乱，顾蛮生扭头看了曲颂宁一眼。

“不是。”怕再闹下去又得引来校领导，曲颂宁摇着头，面色凝重。

一个学生的随身听出了问题，大伙儿就都觉得买了次品，加上开学晚会上那点旧恨，所以汉科的男生们约好了一起来退货，仗着人多嗓门大，非把事情闹大了不可。

一个个脑袋从宿舍楼的窗口探出来，全都巴巴地盼着一场好戏，就连路过的女同学也停下脚步，三两簇成一堆，一刻儿嘁嘁喳喳，一刻儿指指点点。围观者越来越多。

陈一鸣与朱亮在顾蛮生之前就回了学校，他们都在两三米外看着他，露出一副束手无策的表情。顾蛮生却临危不乱，他吩咐陈一鸣先把背包拿上楼，自己则留下来面对来势汹汹的男同学们。

“随身听的质量问题我必须弄清楚，”当着所有人的面，他将今天挣来的一叠人民币全拿出来，高高举起，“可以现在就拿钱退货，也可以给我三天时间，三天之后如果我解决不了这些随身听在运动中跳音的问题，一定双倍退款。”

时近黄昏，太阳的余晖像金色麦芒，一线一线洒下来，刺在顾蛮生与一群大男孩儿中间。顾蛮生没了一贯轻佻与嬉戏的态度，他的脸上纹丝不动，他的影子被这麦芒似的斜阳拉得很长。他挺着腰板迎难而上，对大伙儿掷出一句响亮的话——

我来解决。

三天解决随身听的跳音问题，听来颇不可信，曲颂宁的室友就是这群男同学里打头的，他从曲颂宁的眼神里得来了一个肯定的信息，于是决定为了双倍退款也要等一等。打头的表了个态，别的男生也跟着点头，顾蛮生吩咐朱亮将男生们带来的随身听全部回收，待围拢的人群逐渐散去，他回头看了看曲颂宁，对他说：“能不能把你的 Walkman 借我三天？”

曲颂宁也想看看这人如何在三天内化腐朽为神奇，于是大方地将自己的随身听出借。顾蛮生一刻不待，拿了随身听就回宿舍，没想到曲颂宁快步跟了上来，随他一起上了楼。

顾蛮生回头，疑惑道："你又不住这栋楼，也要跟着来？"汉科的男生来者是客，住的是新造的宿舍楼，也离"七公主"的女生宿舍更近，没少惹得瀚大男生的不快。

曲颂宁不答反问："你知道你为什么被迫写了人生当中第一份检查吗？"顾蛮生不解其意，反问对方为什么。

"不是因为你拆了你邻居的收音机，而是因为你拆了以后复原不了，这才留下把柄，被人捉贼捉赃了。"曲颂宁似乎对顾蛮生那点解决问题的伎俩了若指掌，拆了再研究，不就是日本人率先发明的"逆向工程"吗？他耸耸肩膀，半真半假道，"我当然得跟着来，我这 Walkman 千把块呢，我怎么也得亲眼看着你'完璧归赵'。"

曲颂宁陪着顾蛮生倒腾了三天。顾蛮生拆起千把块的机器果然毫不手软，不一会儿，两人眼前就只剩下零散的壳料与电路板。

"还 ANTI-ROLLING MECHANISM，不就是橡胶垫圈吗？"顾蛮生很快就破解了其中的奥秘，索尼磁带机的防震设计，就是能够保证磁带对位的金属卡簧与保证机盖压紧的橡胶垫圈。虽说对比国产随身听，只是蜗角蝇头的一点点改进，但带来的防震效果非常出众，足见日本制造业的设计巨细靡遗。

顾蛮生手边没有橡胶垫圈，便顺手拿了陈一鸣洗澡用的海绵，剪了使用。然后他索性将准备退货的八个随身听全拆了，极其仔细地调整了线路板上引线的长度，用海绵固定电池盒盖，用钳子弯曲卡簧，提高固定磁带的弹性。

曲颂宁愿意跟着来，一开始抱着的还是看戏的心态，可这会儿已完全被顾蛮生的创新思维与动手能力折服。他看见钳子、剪子与海绵垫在他手指间翻飞、起落，简直像在播种秧苗，能预见此后一片野蛮生长的春天。当顾蛮生埋头改进这些随身听时，曲颂宁仔细打量起顾蛮生的宿舍环境，跟自己收拾的房间比不了，倒也不算脏乱差。他看见书桌上一盘磁带压着一张信纸，拿起一看，是 Beyond 去年的专辑《乐与怒》。

曲颂宁道："内地摇滚乐也不错，何勇、窦唯，你都可以听听。"

"你还知道何勇和窦唯？"这下换顾蛮生惊奇了，他抬头看了一眼曲颂宁，仍觉得这人烟不碰酒不沾、一脸书生气，横竖不像个听摇滚的，"我觉得你的随身听里应该是那些歌吧，什么《大海航行靠舵手》，什么《红星照我去战斗》。”

曲颂宁轻哼了两句窦唯的歌，随手又拿起了先前被磁带压着的信纸，上头写着的并不全是歌词，看样子顾蛮生是跟着粤语歌在学粤语。

顾蛮生竟像是突然露了怯，一把从曲颂宁手里把那信纸夺了回来，笑着揉成了团。

“先用海绵这么将就着，”言归正传，顾蛮生对自己的改进成果相当满意，拿起一台随身听在灯下反复观看，“赶明儿我就亲自跑一趟东莞，跟那位刘老板说一声，只要多出一份人力，只需一点点改进，以后咱们的随身听也能打上这个标志了。”

听上去刘老板就是这些山寨随身听的生产商，曲颂宁问：“你们很熟？”

顾蛮生点头：“熟到家了。”

他跟这刘老板都是先拿货再结款的，两人间的信任关系不言而喻，确实熟到家了。

曲颂宁认真思考了一下，便向顾蛮生提议说：“能不能带我见见那位刘老板？”

顾蛮生疑惑地问：“见他干什么？”

曲颂宁用微笑卖了个关子，只模棱两可地说：“想看看有没有可能跟你一起创个业。”

这话总算令顾蛮生来了兴趣。其实打从曲颂宁将千把块的随身听慷慨相借，他就觉出了对方非但没恶意，相反还颇为仗义。想了想，他故意打趣道：“威武不能屈，我这人不吃软也不吃硬，但要换个漂亮的女同志过来，兴许我就全招了。”

“就你这样还说我是汉奸？你要生在战争年代，不用上刑就成叛徒了。”曲颂宁都快被他逗笑了，“不过这么说，我倒是认识一位漂亮的女同志，跟你还挺熟的。”

曲在百家姓里不算大姓，顾蛮生这会儿终于起疑了，他斜睨着对方，上下打量一番，还真从这双俊俏打眼的眉眼间觑出一丝熟悉的味道：“难道你是……”

曲颂宁眼底笑容加深：“曲夏晚是我的双胞胎姐姐。”

第三章

深圳

顾蛮生成天瞎忙，确实有阵子没想起曲夏晚来。但是那点青春悸动，就是花满地、月朦胧，一旦想起来了就很愉悦人心。这样一来，曲颂宁的事情就是小舅子的事情，曲颂宁的要求就是小舅子的要求，所以顾蛮生真就给那位刘老板打了个电话，约定了趁着即将到来的五一假期，带个同学一起上门拜访。

刘老板全名刘传富，出生在汕头，眼下人在深圳。顾蛮生原本对这次出行不怎么上心，这一听就非去不可了。说不上为什么，他的内心深处，始终对那座他从未去过的城市充满难以名状的好感。

曲夏晚知道后也闹着要同行，曲颂宁拗不过姐姐的软磨硬泡，只好答应。姐弟俩在父母面前互相打了个掩护，就收拾行囊，跟着顾蛮生一起坐上了南去的火车。

先去广州，再由广州转深圳，即使是特快列车，路上少说也得二十几个小时。软座也坐得人腰酸背疼，曲夏晚弯腰揉了揉自己的小腿肚子，肿了。

火车车轮轰隆转动，摇头风扇像苍蝇挨食似的"嗡"个不停，一种浓重的混杂了体臭的味道充溢车厢，车窗却只能上下开启。一车的男女老少，说的说，笑的笑，吃东西的吃东西，睡觉的睡觉，仿佛在这狭仄空间里过起了家常日子，一点不以奔走为苦。

曲夏晚几乎从没离开过汉海，她是这座城市的女儿，出生至今一直享受着它的精致、便利与井井有条，所以顾蛮生对深圳的狂热令她不解、不适，甚至隐隐感到不安，她问顾蛮生："你为什么对深圳这么感兴趣？"

"给你们念首诗吧，"没有正面回答，顾蛮生反倒抑扬顿挫念起诗来，嗓音又脆亮又好听，"深圳只有三件宝：苍蝇、蚊子、沙井蚝；十室九空人离去，村里只剩老和小。"

曲夏晚笑了："你哪儿听来的这么混不吝的诗？"

顾蛮生也笑："我练摊的时候认识了一个小广东，他说这首诗传遍南粤，说的就是改革开放前的深圳，可现在的深圳却是歌里唱的春雷滚滚、金山座座，我这人疑心大，不亲眼看看不相信。"

曲夏晚的注意力压根儿不在"春雷与金山"上，一听"练摊"二字，立马转晴为阴，蹙着眉头道："我妈有回在天桥底下看见你了，回家以后就很不高兴，说你流里流气，不务正业。我就不明白了，你到底为什么老摆地摊啊，看你平时大手大脚的，也不差这点钱。"

顾蛮生答得理所当然："学东西。"

"学什么？"曲夏晚已完全掩不住鄙夷之态，撇嘴道，"那里三教九流什么人都有，还能学到东西？"

"能啊，能学的多了去了。比如天桥下有个给人算卦的老头，我就跟他学看相，还问他讨了一枚这个。"顾蛮生伸手往衣兜里一摸，掏出一枚十分古拙的银币来。他把银币摊在掌心里，递到了曲夏晚的眼皮子底下。

一枚流通于民国时期的"袁大头"，正面是袁世凯侧身像，背面是"壹圆"字样，环着稻穗组成的嘉禾纹。顾蛮生掌心里的银币，袁世凯头像朝上。曲夏晚对这枚罕见的银币心生好奇，想拿起来也看看背面。

"不能看，看了就不灵了。"顾蛮生一下将掌心合拢，收回手掌，他故弄玄虚地说，"这种有些年代的银币都是拿来占卜用的，一件事情干或不干、成或难成，算得奇准。"

不解释还不打紧，这么一说曲夏晚反倒来了兴趣，非夺来瞧瞧不可了。她整个人扑上去，使着蛮力去掰顾蛮生的手指，结果反倒被顾蛮生一下捉住手腕，动不得了。

"替你看看相。"顾蛮生一根根掰开曲夏晚攥紧的手指，让她洁白的掌心摊在自己眼前，装模作样地瞧起来。手指在细嫩皮肤上比比画画，掌心被挠得很痒，曲夏晚笑着挣脱："我不信这个，我不算！"

"别动，'三不灵五不看'，你吵得我心烦意乱，这相就看不准了。"顾蛮生还真干啥像啥，唬谁谁信，他行话术语张口即来，俨然一个算命先生，"我看出你命格带福，一生贵人如云，生活无忧。"

"还有呢？"因为看相的这个姿势，两个人不免离得很近。曲夏晚一直瞪着眼睛，眼睛一眨不眨地望着顾蛮生，望着他低垂的、长长的睫毛，如俯首花丛般深情认真。

装模作样瞧了会儿，顾蛮生又说："我还看出你命里定有良婿，你将来的老公一定会大有作为。"

曲夏晚笑着"呸"了一声，旋即心弦一动，决定哪壶不开提哪壶，激一激顾蛮生："你说刘岳？他倒真挺符合你算的这一卦，年少有为，还有魄力卖房子扩张他的寻呼事业，将来的成就更是不可限量。"

"小舅子，你劝劝你姐，这么鲜亮的一朵花，就算不考虑我，也别把自己往那'刘'粪上插。"顾蛮生松开曲夏晚的手，转头看向坐在他们身前的曲颂宁，"姓刘的小子居然还打算把房子卖了，这些搞寻呼的都太逗了。"

"是挺逗的。"同是学电信技术的，知道BP机被取代是早晚的事，曲颂宁一下就听懂了姐姐没听懂的，嘴角轻勾道，"就前两天上课，老师说如今寻呼机行业火爆，人人扎堆淘金，一个他认识的老校长就跟着下海搞寻呼台，随便用了个频段在机场附近发射信号，结果占了人家飞机塔台通信的频段，干扰了起降，飞机全在天上盘旋落不下来，警察都怒冲冲找他公司去了，他还一脸莫名呢。"

曲颂宁颇有冷面笑匠风范，曲夏晚都前仰后合了，他还是一脸心气特别高的平静镇定。顾蛮生发现，姐弟俩长得虽像，性子却完全不一样，姐姐爱笑爱动，弟弟却十分好静，你不主动跟他搭话，他能一路都不吱一声。难得对方主动开口，顾蛮生便趁机问："对了，小舅子为什么一定要见那刘老板，这会儿能说了吧。"自打那天曲颂宁说要跟他一起创业，那话就一直在他心坎上撩拨，刺挠好半天了。

三人都在车上了，曲颂宁便也不再掩藏，和盘托出了自己的想法。他说顾蛮生经销的这些"Walkwoman"不似别的山寨随身听音质不堪入耳，如今又解决了国产随身听厂商都没意识到的防震问题，完全可以成立自己的品牌，不求品质赶超日本的索尼，至少能在性价比上跟它较一较劲。他这次来深圳，就想劝刘老板转做"正规军”，自己出钱，顾蛮生出力，他们一起做他的合伙人。

顾蛮生一下严肃起来。他没想到，曲颂宁一介白面书生，居然还有这么远大的抱负。而这抱负乍听天方夜谭，再一细想，就意识到不是不可行。他先前参观过刘传富那间作坊似的小工厂，麻雀虽小，五脏俱全，他还知道刘传富的随身听出自一条成熟的生产线，各个环节的生产组装都分工完成，生产力是靠谱的。

“你这野心太大了。”顾蛮生噤口半天，脱口而出这么一句。

“倒不是野心，我这人爱较真，也爱较劲。我留学日本的时候，跟一个日本同学打了赌。他爸就是索尼的高管。”

曲颂宁没详细往下说，但顾蛮生好像听懂了。他会意一笑，挺直并拢中指、食指，做出一个京剧中的剑指动作，又亮嗓来了一句《单刀会》中关羽的戏词：

“观江水滔滔浪腾，波浪中隐隐伏兵，俺惊也么惊，凭着俺青龙偃月敌万兵。”

三个人在去广州的火车上将将对付了一宿，顾蛮生与曲颂宁都很能随遇而安，仿佛种子，哪儿落地哪儿生根，毫无怨言，但曲夏晚不行。曲大小姐既不任劳，也不任怨，一路上抱怨不停，最后拿顾蛮生的肩膀当枕头，歪头靠着才勉强入睡了。

待坐上广深特快列车，曲夏晚倒又来了精神，她说她一早就将深圳的景区打听好了。深圳河蜿蜒如龙，小梅沙碧海金滩，还有珠三角第一峰，都很值得一去。

顾蛮生却道：“不准，你也得跟我们一起去谈生意。”

“我不想去，我又不懂你们的生意。”曲家姐弟骗父母是利用假期出来旅游的，而对曲夏晚来说，她还真是来旅游的。她对两个男生的宏图愿景丝毫不感兴趣，只想洗个澡，睡一觉，第二天把深圳玩个遍。

“你什么也不用说，什么也不用懂，就直板板地坐在那儿，跟蒙娜丽莎似的微笑就行了。”顾蛮生笑道，“舍不得媳妇逮不着流氓，你笑得刘传富那老龟蛋意乱神迷，我看这事就成了。”

曲夏晚扭头看向弟弟：“你就让人这么欺负你姐？”

曲颂宁一本正经道：“你们这是人民内部矛盾，我不参与。”

三个人放开了说笑，在心理上缩短了三个多小时的车程，倒不似先前坐车那么劳累。

抵达深圳时，天已经黑透了，但城市完全没有入夜的迹象。他们被铁路新客站凶猛的人流推搡着往前走，特区经济高歌猛进，到处是急着发财的人，像雨天碌碌的蚂蚁。

顾蛮生摸出身份证，在火车站附近的招待所里开了两间房，他与曲颂宁一间，曲夏晚单独一间。热水冲洗掉一路的风尘与疲惫，顾蛮生洗完澡，坐在床头，瞧着跟自己同样构造的曲颂宁，颇觉扫兴："要不你跟你姐换一间，我以我的人格担保，君子坐怀不乱。"

曲颂宁眼睛一睨："你是君子？"

"不是，我属狼的。"顾蛮生挺诚实地回答，"前半夜勉强忍得住，后半夜可能连你都不放过。"

曲颂宁笑了："这会儿时间还早，咱们合计合计，明天见了刘老板怎么说。"

曲颂宁有这念头不是心血来潮，自打跟高桥打了赌，他就一头扎进音频设备领域，做了不少功课。他侃侃而谈，从产品外观到广告宣传再到如何开拓市场，从追求体积小、续航时间长的高性价比产品再到加入台式音响才会用的元器件、将钽电容替换为普通贴片电容，打造音质出众的高端产品……

他们是学电信工程的，课上学过制图，都能画两笔。顾蛮生起初听得不敢眨眼，后来也亢奋起来，拿出纸笔一通写写画画："你看我这设计，比那 Walkman 帅多了，干脆就叫 Walking 吧……"

这一夜，三个年轻人做了同一个梦，梦见自己站在河堤边，整个世界过于安静，只有河水奔流，有隆隆之声，灿若鲜血与黄金。曲夏晚多半是还惦记着三山环抱的大鹏湾、小梅沙，但顾蛮生与曲颂宁没这个理由。三个人天刚亮就出门，在公交车上互相说了自己昨夜里的梦，也都感到神奇。

顾蛮生跟刘传富约的是上午十点，去深圳一家老字号茶楼喝早茶。南方城市热得早，太阳一冒头便吐露火辣的舌尖，万物打蔫。街头高楼林立，街边摊贩成堆，马路上人挤着人来来回回，解放路天桥下那点人流跟这儿比起来，根本不够看的。

曲夏晚看见一个跟自己一般年纪的女摊贩站如圆规伶仃，正点着一位男性城管的鼻子破口大骂，听口音还不像本地人。双方几番唇枪舌剑，外地女人一点不落下风。

她被这彪悍的民风吓了一跳，拉了拉顾蛮生的手问："这里的女人怎么都这样？"

"野蛮生长，适者生存，你脚下的这片土地就是所有梦想家的丛林，像你跟你弟这么斯文的，一天都活不下去。"顾蛮生不以为意，抬手往不远处的一栋高楼指了指，"你看，特区最早的高楼。"

曲夏晚循着顾蛮生的手指望出去，一栋墙体雪白发亮的大楼，目测二十多层高，接近楼顶的地方是四个鲜红瞩目的大字——电子大厦。这栋大厦在一片广场式的平房中拔地而起，与周遭打了鸡血似的发展氛围相衬。

天黑的时候还没发现，白天才觉出这座城市的生猛来，曲夏晚不禁在心中感喟：原来这就是深圳。

深圳给她的观感并不算好。

"电子工业是整个深圳的龙头产业，"顾蛮生如数家珍，似乎对这块地方了若指掌，他又朝另一片密集的楼房指了指，"这片低层与多层楼房都是电子元器件厂或电子产品的来料加工厂，后头一片高楼则全是电子配套市场，这条叫华强北路，这条叫深南路，全国想组装家用电脑的，十之八九都得到这儿来。"

曲颂宁听着听着就笑了："你不是说你是第一次来深圳吗，怎么知道得那么清楚？"

"虽不能至，心向往之，"望着满街攒动的人影，顾蛮生热血沸涌，莫名感到兴奋，"我有预感，总有一天这里会成为全中国乃至全世界的电子产品中心。"

曲颂宁也循着顾蛮生的视线望出去，街区里拉着两条巨幅横幅，一条是"时间就是金钱，效率就是生命"，一条是"二次创业铸辉煌"，红底白字，非常气派，在湿热的风中猎猎抖动，仿佛下一秒，就将拉开一场大戏的帷幕。

三个人进了茶楼，刘传富先他们一步，已经到了。一眼看见顾蛮生朝自己走过来，他忙起身相迎："好耐冇见啦！（好久不见啦！）"

顾蛮生用学了一阵子的粤语回他："刘生，呢段时间过得顺唔顺吖？屋企人好唔好吖？（刘先生，这段时间怎么样啊？家里人还好吧？）"

刘传富切换回普通话，用力拍了一把顾蛮生的肩膀："行啊，这粤语说的，都快听不出你是北方人了。"

“我也刚学这么几句，糊弄糊弄人。”顾蛮生笑着向刘传富介绍曲家姐弟，很自然地说，“一个是准老婆，一个是准小舅子。”

刘传富殷勤地向曲颂宁递来一只手掌，曲颂宁也就顺便多看了一眼这个男人。刘传富深眼窝、宽鼻根，肤色黝黑，下颌方正，原本该是张端正近乎木讷的脸，却硬生生被生活糊了一脸的油滑气，确实像商人的样子。

早茶被穿红旗袍的服务员摆上了桌。刘传富是这里的老食客，服务员笑盈盈地跟他打招呼，多送了一盘豆豉蒸凤爪。凤爪相当酥烂嫩滑，入口即化，连成天嚷嚷减肥的曲夏晚都筷不离手。

“别看这茶楼装潢一般，这里的早茶是出了名的，外省人没来这儿尝过肠粉与凤爪就不算真正来过深圳。”刘传富起身布菜，把一屉肠粉放到曲家姐弟面前，忽地抬眼冲他们狡黠一笑，“我等老半天了，你们怎么不问问，我是怎么认识的顾蛮生？”

曲颂宁笑说他早想问了，看大家的注意力都在凤爪、肠粉上就没好意思开口。刘传富做出神秘状，连连称呼顾蛮生为奇人，惹得曲夏晚也莫名自豪，忙放下筷子，追问故事经过。

曲颂宁先前没看走眼。刘传富出生在汕头贵屿，就是个古时候常说的行脚商人。贵屿镇从 80 年代开始从事垃圾回收生意。刘传富天生没有读书的慧根，却有颗改变命运的心，所以见样学样，也跟着别人一起捣鼓垃圾。但他在老家起步晚了，垃圾回收人人在做，刘传富觉得跟在人屁股后头没出路，决定出去闯闯。没承想，这一闯就闯出一个大商机来，他结识了顾蛮生。

他来到汉海，发现这里是块还没被人发现的新大陆，于是每天背着崭新的不锈钢脸盆走街串巷，大、中、小三个尺寸，像罗锅似的扣在背上，吆喝着谁家有弃置的报废电器都可以拿来跟他换一只崭新的脸盆。还真有不少跟他换的。

那天来了一个男孩儿，虽说比同龄男孩儿略略高出一些，但脸庞依然稚气，瞧来也就十二三岁的模样。男孩儿提着一台半导体收音机要求换一只最大的脸盆，刘传富没同意。他一开始想的是把收来的废料卖给钢厂，这么小一台收音机连本儿都不够回的，所以他对男孩儿说：“大风扇、大冰箱才能换大脸盆。”

结果那个男孩儿转了转眼睛，反倒笑了，说：“你跟我换我还亏了，我这小收音机能提炼黄金。”

曲夏晚啧啧称奇，顾蛮生笑着搭茬：“我当时突然想起来，上课的时候听化学老师提过一句，说在电子工业中，为了提高电子元件的抗腐蚀能力和导电性能，通常会在其表面镀一层黄金，而这些黄金是可以通过特殊手段提取出来的。我平时上课一般不听讲，不知怎么，就这句话扎进了脑袋里，关键时刻就冒芽了。”

“也许这就是缘分。”刘传富接着道，“后来他让我等他一天，让我多准备些收来的电子产品，说第二天当着我的面提炼黄金。”

曲颂宁问：“为什么还要等一天？”

顾蛮生道：“因为我就记得那一句，具体怎么提炼可能我没听，也可能老师没说，所以我特地跑了一趟化学老师家里，虚心跟他讨教这个问题，说我改邪归正了，想上高中、考清华。这个老师是个返聘退休老教师，一心只为桃李满天下，感动得当场哭了出来。”

以双氧水和浓硫酸按比例做反应试剂，再用锌粉和稀硝酸处理，当金灿灿的粉屑出现在眼前，刘传富目瞪口呆。在他看来，炼金的过程比想象中简单，但他吃了没读过书的亏，顾蛮生不说方法，他就参悟不了其中的秘密。

“后来我说我要买他的配方，他倒不肯了，说这是祖传的秘方，他要靠这个入股。”说到这里刘传富连连摇摇头，道，“那时顾蛮生才十四岁，真是天生的商人。”

曲颂宁是高才生，脑袋里早跑了几遍化学反应方程式，他看了顾蛮生一眼：“用强酸提金也不是多难掌握的技术，你就拿这个唬人，不太道德。”

顾蛮生不以为然，微笑道：“尼采说了，‘道德是弱者用来束缚强者的工具’。再说了，舍不得媳妇逮不着流氓，我为了凑够电子废料，把我家的电视机都给拆了，我妈回来差点宰了我。”

刘传富不舍得把自己收来的电子产品交给顾蛮生，顾蛮生就真的拆了自家的电视机，虽说提出来的金子只有一点点，但他们共同算了笔账，集腋成裘，这么干收入还是相当可观的。顾蛮生那点年纪没可能真入股去倒腾电子垃圾，但还是跟着刘传富一起掘到了人生当中的第一桶金。而刘传富认定对方将来必成大器，两人自此结成了忘年交，甚至不夸张地说，顾蛮生的奇思妙想在他此后的致富路上大有推助作用。

十四岁的孩子能想出这样的主意，道一声“奇人”不为过，曲颂宁想了想，接着问刘老板：“那你怎么又做起随身听的生意了？”

“也是阴差阳错。”刘传富喝了口肉骨茶，“咱们国家的电子行业远不如发达国家普及，咱们的老百姓家里没那么多电子垃圾要扔，我在汉海干了没多久，就收不到什么电子废料了。所以我就回了老家，想试试能不能从海外收。”

曲夏晚根正苗红，一听就花容失色：“这是走私吧。”

“也算吧，但当时贵屿百废待兴，这个行业能致富，所以镇里的领导也就睁一只眼闭一只眼了。人家发达国家有转移污染产业的需求，而汕头有港口，深圳又跟香港离得近，所以有的是办法弄到国外的电子废料。”

比起一惊一乍的姐姐，曲颂宁倒听得相当认真，与深圳一河之隔的就是国人眼中神秘莫测的香港，他想到，还有三年，香港就要回归祖国了。

刘传富见两个男孩儿都听得目不转睛，油然而生得意之情，接着道：“一次偶然机会，我跟朋友去收一批来自日本的电子垃圾，发现里头有一批废弃的随身听物料。别说，小日本的标准是高，这批物料还可以再利用，我就还当垃圾按斤称了回来，然后找了两位朋友将这批物料翻成了新货，结果一下就卖光了。”

趁刘传富吸溜吸溜嘬茶喝汤之际，顾蛮生替他说下去：“一来，强酸炼金没啥技术含量，贵屿镇上人人都干了之后，利润便薄了；二来，这翻新了一下才发现，随身听行业没那些日本企业吹得那么高精尖，刘老板就跟他那两位朋友华丽转身，从电子垃圾大王成了广东第一的国产音频厂商。”

“第一不敢当，不敢当，小打小闹罢了。”刘传富摇头如拨浪鼓，含着嘴里的黑枣说，“其实挣得没以前收垃圾多，但挣再多没命花到底不行。炼金污染太严重，镇上那味儿实在叫人受不了，我妈都被熏病了，我几次想接她来深圳，她都不答应。”

曲颂宁看了看顾蛮生，忽地起疑道：“就你这土匪性子，没在刘总的音频厂里掺和一脚？”

“他妈铁定不同意，他不敢——”

“我这不掺和了嘛，”顾蛮生打断刘传富，不正经地笑了笑，“我现在也算是刘老板华东地区的经销商吧。”

曲颂宁已经全听明白了，对刘传富夸赞道：“我其实比较过不少国产随身听，为什么刘总的产品比别的国产随身听音质要好呢？”

“信噪比，也是一个音频设备的常用指标，信噪比越大，说明混在信号里的噪声越小，声音回放的音质越高，否则相反。”说起自己的产品，刘传富眉飞色舞，“我们用的也是杜比降噪系统，在这一点上，跟目前领先全球的索尼、松下是一致的。”

曲颂宁与顾蛮生对视一眼，认为时机已到，再次把目光投向刘传富，问他：“刘总刚才说挣得不多，就没想过登报纸、上电视，把你的产品铺开了，搞大了？”

刘传富呛了自己一口，没听出弦外之音：“这怎么铺开搞大，要被日本那边发现我们打着‘索尼’的旗号在卖自己的产品，还不派人打上门来？”

曲颂宁斩钉截铁道：“所以只要我们做自己的品牌，就不怕他们打上门。”

刘传富眼爆瞪，嘴微张，半晌没接话。

这样的反应顾蛮生早就料到了，还是忍不住笑了：“怎么，吓傻了？”

刘传富好容易缓过神来，结巴道：“这……这……卖得出去吗？”

他的顾虑不是没道理。借着索尼的东风，他的山寨随身听才能卖得如此红火，但如果变成了自己的品牌，消费者肯不肯买账还是个大问题。他认为他们异想天开，所以对于曲颂宁与顾蛮生的提议，他始终瞧着兴致缺缺。他几次打断他们，最后推说办厂的事情不是他一个人能决定的，他得回去和另外两个朋友商量一下。

他其实根本不想听。

“刘总……”曲颂宁还想说下去，但马上就被对方打断了。

“小姑娘，再来一份虾仁肠粉。”刘传富将最后一条肠粉夹进曲颂宁的碗里，似乎想借它堵住他的嘴，他嘻嘻哈哈地说，“吃这个，吃这个，这家店做了三十年肠粉，老板亲自下厨，除了虾仁、牛腩，还有一种以药膳作为馅料的，我听老板说这种药膳肠粉不仅养生还美容。”

一听“美容”二字，曲夏晚来了兴趣，笑盈盈地对刘传富说：“这肠粉怎么做的？能让老板教教我吗？”

“这是秘方，不能外传，”刘传富看了一眼曲夏晚，被这么娇声娇气的姑娘晃了眼睛，立马又托大道，“不过谁让我跟这里的老板熟呢，这就带你到后头看看去。”

待曲夏晚跟着刘传富离开，顾蛮生忽然想抽烟，独自走到茶楼门外去，顺手把账结了。不到一顿早茶的工夫，街上摊贩陡增，不只过街天桥，就连人行道两旁都聚集着摆摊的小贩，卖什么的都有。

一片初夏的阳光泼来，他们头发飘着灰尘、脸上浮着油垢，拼拼打打，忙忙碌碌，时不时从热火朝天的生意中抽出身来，舒臂展腰，喘上一口大气。尽管嘈杂混乱，整座城市欣欣向荣。

不像整个解放路天桥就只能找到一个卖电子产品的顾蛮生，深圳的地摊上还就属这类产品居多，但顾蛮生仔细看了一圈，摊上没有国产随身听，全是水货与二手。他看着这些腰包横陈的小贩，想起来，刘传富还未小富之前，也曾是其中一员。

听见身后曲颂宁走来的脚步声，顾蛮生神色一片空白，说了一句：“你看他们。”

“他们并不想做出自己的品牌，他们只想成为有钱人。”在刘传富那儿吃了瘪，曲颂宁也挺沮丧，沉默好一会儿才问顾蛮生，“你呢？”

“我是属狼的。”顾蛮生思考良久，微笑道，“都想。”

曲夏晚从茶楼中走出，看见顾蛮生与曲颂宁都在门外，不知眼望何处，就这么站着不说话。她喊了他们一声，他们也没反应。

“蒙娜丽莎”这回没白跟着来，事情还真有转机。一直没机会插话的曲夏晚趁着刚才与刘传富到后厨学习讨教，还真打听出来了对方的真实想法。顾蛮生想到餐桌上刘传富频频投向曲夏晚的色眯眯的眼神，话没听全就怒了：“老色胚，敢打我女人的主意，我弄死他！”

“你想哪儿去了，”曲夏晚翻他一个白眼，“其实那位刘老板对你们的提议也很感兴趣，可说到底他怕打上自主品牌的随身听卖不出去，不比索尼大树底下好乘凉，要是能保证生产出来就能卖掉，他也就不怕了。”

顾蛮生仍没转过弯来，骂道：“狗屁，这谁能保证。”

“那刘老板的意思是他们生产多少，你得吃进多少，卖不卖得出去都不得退货。我虽然不会回去告诉我爸妈，但我还是反对的，这合同签了就太吃亏了。”曲夏晚的担心不无道理，曲家家境虽不赖，到底不是大富之家，这种模式对两个学生来说，压力太大了。

凭着两人这么多年的交情，以前顾蛮生都是先拿货再结款，从来没提前付过供货资金，更别提这种风险巨大的模式。他沉下脸，微眯眼，不说话。

曲颂宁也不完全支持，起初他是为了跟日本同学高桥较劲，觉得刘传富的

Walkwoman 可以一试，但对方真把条件开出来，才知道事情没那么简单，这诡谲商海不定还有多少风暴、多少暗礁，是目前尚且稚嫩的他们预测不到、解决不了的。

一行三个人，一个坚决反对，一个模棱两可，出发前的豪情壮志似乎全打消了。顾蛮生看看忧心忡忡的曲夏晚，又看看顾虑重重的曲颂宁，低头想了想，忽然展眉笑道："看样子我们谁也说服不了谁，倒不如就交给它来决定。"

顾蛮生摸出那枚据说相当灵验的袁大头，望着曲颂宁道："人头在上，就干。人头在下，明天就打道回府，以后再也不提这事。"

曲夏晚不表态，觉得这么做决定很是儿戏，顾蛮生这话也不是说给她听的，曲颂宁的主意拿捏不定，需要这么推一把。

果然，曲颂宁闭上眼睛，半晌也说："就听天由命吧。"

也没有阴爻阳爻这些弯弯绕，顾蛮生将银币高高抛起，看着银币在空中闪过一道雪亮的弧线，旋即在最高点急速下坠。他利索地将它接住，合在两掌之间，然后顾左觑右，一翻两瞪眼。

曲家姐弟屏住呼吸，小心翼翼地探头去看，一见露出的是袁世凯的头像，都不说话了。

顾蛮生轻吁一口气，说："摸着石头过河，试试吧。"

第二天，顾蛮生再次联系了刘传富，意思要跟他签个合同，品牌诞生之后，甭管他的随身听生产多少，他们作为代理方都得先买它一批，不能退货，用以保证他们不会亏损。至于卖不卖得出去则完全不必在他们厂家的考虑范畴之内。但作为这种模式的回报，他不仅要代理权，也要入股。

第三天，刘传富同意了，他向顾蛮生要求品牌投入生产前的第一笔货款，天文数字，二十万。

第四章

八个坛子七个盖

顾蛮生人生有两大偶像：一是毛泽东，二是胡雪岩。

他八岁的时候就能将毛泽东语录倒背如流，拿弹弓把邻居家小孩儿打得头破血流，还美其名曰“枪杆子里面出政权”，谁见了这样的孩子都头疼。

顾蛮生同样欣赏胡雪岩。胡雪岩有句名言：八个坛子七个盖，盖来盖去不穿帮，这就是做生意。

坛子是实业，盖子是资金。东挪西借倒是可行，富家子曲颂宁也能凑一点，但刘传富开口就要二十万，他实在差得太远，很难不穿帮。

从深圳回来后一连两个星期，顾蛮生都在为二十万货款的事情发愁。杯水难解车薪，他没精神去天桥底下当他的“倒爷”，而是躺在床上看天花板，闷闷不乐。

“劝你有钱的时候省着点花。”陈一鸣优哉游哉地听着自己的随身听，数落顾蛮生道，“你小子挣钱没数，花钱没谱，现在后悔了吧。”

“钱是兔崽子，王八蛋才后悔。”顾蛮生确实不悔，抄起一只枕头砸向陈一鸣，“我爱怎么花怎么花，高兴。”

一低头，瞅见朱亮躲在角落里，边看一封信边抹眼泪，忙问陈一鸣：“他怎么了？”

“好像是家里来了封信，”陈一鸣满脑子男盗女娼的淫秽思想，拍了拍朱亮的肩膀，“是不是你老家的青梅竹马跟别人跑啦？”

朱亮老实巴交地摇摇头，又抹一把兔子似的红眼睛：“我弟的信，家里人都听说了‘招生并轨’的消息。”

原来不久前国家教委下发了一份文件，三十七所试点大学将实行所谓的“招生并轨”，即高考的录取分数和收费标准实行统一标准，毕业后国家也不再分配工作。瀚大名列三十七所试点大学之一，原本不但学费全免，每个月还有三十块钱的饭票补贴，如今一下子每年要多收一千元的学费，对一些贫困生来说，影响不可谓不大。

一旦不能分配工作，“读书无用论”便又在农村抬头了，朱亮家人就受了这种观点的洗脑，让朱亮十六岁的弟弟朱旸写了封信，说家里培养出一个大学生也就够了，打算让他高中毕业就出去打工。朱旸成绩很好，然而三十七所名牌大学都要收费，他又不愿退而求其他暂时不收费的普通高校，所以也跟着没文化的父母一起赌气。

朱亮这会儿捧着家信唉声叹气。他很自责，说他读书全靠死记硬背，他弟其实比他聪明，偏偏生不逢时，没有赶上好光景。

“我弟马上就高考了，现在突然决定要出去打工——”朱亮话还没完，就被陈一鸣使了一个眼色，一下噤口不言了。

寝室一刹静了静，贝时远从寝室外走了进来。自打群架事件之后，大伙儿没少腹诽贝时远不够义气，出卖兄弟是男人间最不齿的行为，不帮忙打架也就算了，怎么还跟校领导把实情都说了呢？

贝时远没把兄弟们的不快当回事儿，以热报冷，仍是一脸关切地温声问：“朱亮，你家里怎么了？”

陈一鸣打定了主意要孤立贝时远，又朝朱亮挤眉弄眼，朱亮不敢不合群，也不说话，只垂头盯着地板看，装没听见。

顾蛮生从床上翻身下来，陈一鸣赶紧伸手扯他一把，凑在他耳边阴阳怪气：“校长面前嘴挺快啊，这会儿充什么好人呢。”

顾蛮生嫌他小肚鸡肠，横了他一眼，便主动搭上贝时远的腔：“还不是为了‘招生并轨’的事情。”

贝时远以为朱亮是担心自己毕业以后的出路问题，安慰他道：“别想那么多了，老生老办法。我们都在末班车上，毕业以后国家不会不管的。”

“我倒巴不得国家不管。大学生包分配的出路基本是政府部门、国企或者事业单位。人这一辈子就好像被圈定了，哪一个地方都没意思。”顾蛮生又看朱亮，问他，

“你弟打算去哪儿打工？”

朱亮回答：“估计是深圳。同村有个和他打小玩到大的朋友就在深圳打工，每年能往家里寄不少钱，朱旸去了，也好有个照应。”

顾蛮生刚从深圳回来，对这城市的好感又添一层，当即笑道：“深圳好啊，国家批准的经济特区，你也别丧着脸了，那城市野蛮着呢，你弟以后没准比咱们都有出息。”

“可他成绩很好，是能考清北的。”听了这话，朱亮也没宽慰多少，一张本就比同龄人老相的面孔更拧得皱皱巴巴。他是家里老大，担着照顾六个弟妹的重大责任，自己沾了政策的光，便格外愧见弟弟妹妹。

顾蛮生想了想道：“成绩这么好，辍学确实可惜了。要不这样，你弟第一学期的学费，我们几个凑一凑，不够，就把班上男生都叫来。”顾蛮生在还穿着开裆裤的时候就是孩子王，说话一直很有一种演讲似的感召力，往往他交代什么，别人就跟着干什么。

陈一鸣掏了掏口袋，只摸出二十块，他苦着脸对顾蛮生道：“我真没钱了，我的钱上回不都被你搜刮走了。”

顾蛮生睨他一眼，一把将陈一鸣的随身听夺过来，道：“没钱还听什么Walkman，这一百八我出了，算你的。”

顾蛮生拿出了五张百元大钞，又来到贝时远面前。贝时远颇大方，一出手也是五百。这就把第一学期的学费凑齐了。

“不过，授人以鱼到底不如授人以渔，”贝时远不稀罕五百块钱，望着顾蛮生，道，“我给你提个醒，很快瀚大就会出台奖贷学金与校内勤工助学政策，你可以试着帮朱亮争取一下。”

这话一下子点醒了顾蛮生。早在“招生并轨”的文件见诸新闻前，贝时远就听闻一些消息了。生来站得高的人，自然比别人望得远，这人说话自带一点官腔，声音又低沉柔软，很是动听。

顾蛮生眼睛发亮，不顾陈一鸣又在一旁挤眉弄眼，忙问贝时远：“你说什么校内勤工俭学政策？”

“‘招生并轨’改革在即，目前高校学费还无统一标准，学费标准实行属地化管理，汉海作为沿海开放城市，收费标准明显高于内陆地区，但优秀生源却来自五湖四海。'招生并轨'一来，学校声誉与生源都可能受到影响，所以你等着看，瀚大一定会出台一些政策，用来帮扶贫困学生。”

这下顾蛮生彻底大悟，扭头对朱亮道：“你弟不还有一个月才高考吗？你现在就给他写一封信，让他别辍学，考瀚大。”他激动地在虚空中挥了挥拳头，也不知砸的是什么，“我能让他自己把学费挣出来。”

朱亮不明就里，木愣愣地回一句：“可他想考清华……”

榆木脑袋不开窍，顾蛮生抬手敲了朱亮的后脑勺一下，下令道：“别清华了，就报瀚大。”

贝时远见顾蛮生说着就往外走，似乎在寝室里一刻也待不住，问他：“你上哪儿？”

顾蛮生回过头，玄秘地笑笑：“找我的盖子去。”

正为二十万的货款发愁，忽然之间，得来全不费工夫。

顾蛮生知道自己是沾了政策的光，高校收费之后，为了确保贫困学生不会辍学，政府要求试点高校尽快落实特困生的资助政策。所谓火借风势，风助火威，1994 年的中国处处在改革，上头有文件，下头就好办，顾蛮生很快打起了学校大礼堂的主意。他计划以朱旸的名义将其承包下来开办学生电影院。

一部二手的放映机、一台二手的音响、一匹白色幕布，设备简陋点也没关系，关键是他弄得到好片源。那个卖盗版录像带的小广东跟他关系好，片子直接租他的就行，还能天天都不带重样的。学校附近唯一的电影院在工人文化宫内，一场电影五块钱，进口片还很少。顾蛮生打算每晚两场电影三块钱，去掉租金与人力成本，大礼堂六百个座位，就按八成上座率来算，一晚上也能净赚上千把块。

瀚大也是全国名列前茅的高校，朱旸听哥哥说不用辍学，也就把考清华的念头收了起来，高高兴兴地准备填报新的志愿。

一切计划妥帖，顾蛮生是个耐不住性子的行动派，还没等朱旸的录取通知书寄来，就直接找上了学校后勤部门。然而每每话还没说完，就被对方以一句“学生就该好好读书”为由撵了出去。

接连碰了几鼻子灰，朱亮与陈一鸣开始打退堂鼓了，也认为几个学生还想承包学校电影院，简直异想天开。顾蛮生却与他们的想法不同，都说阎王好见，小鬼难缠，后勤部门那些喽啰兵对“招生并轨”的事情不上心，但作为“招生并轨”改革试点的重点院校，学校内外，社会上下，多少双眼睛眈眈逐逐，领导们不可能不在意。

打定主意继而改变策略，顾蛮生从贝时远那里了解到，学校主管后勤工作的副校长姓高，为人还算谦和，责任心强，在保卫部与学生工作部都有工作经历，其间事必躬亲，也没少搞些形式主义的花架子，颇有几分好大喜功之嫌。

于是他一连几天悄悄尾随其后，将高副校长的生活习惯摸得透熟，终于瞅准时机，在厕所门口堵住了对方。

冷不防眼前多了个大活人，高副校长问：“干什么？”

顾蛮生不说话，只朝左右使了一个眼色，陈一鸣与朱亮便从角落里杀出，两个人一左一右将高副校长本人架在中间，不由分说就往厕所里拖。

高副校长被两个学生挟持得动弹不得，体内一股恶气乱窜，又低吼道：“干什么！”

“这不马上‘招生并轨’了嘛，我想就学校的贫困生问题跟您好好聊聊。”顾蛮生倚仗身高优势，微微弯腰，抬手就将高副校长箍在了墙上——两个尿池之间。他摆足架势要纠缠到底。

当着学生的面，高副校长不好意思直接说自己尿急，只能推说有急事。但三两句话根本打发不了眼前的这个男生。劝不听、呵不住，挣不脱、动不了，高副校长被一泡尿憋得脸色由白转红，由红转青，最后不得不撂下一句话：“行行行，你明天这个时候到我办公室来。”

获准再跟领导见一面，顾蛮生明显胸有成竹多了。

校长办公室里，他把贝时远的那番关于学校声誉与生源的话照搬过来，一股脑扔给了高副校长。他说：“希望学校能为贫困学生提供校内劳动岗位，让学生利用业余时间取得合法的劳动报酬。”

高副校长还为昨天厕所门口被堵的事情生气，虎着脸看了眼前这个学生一眼，问他：“你手里拿的是什么？”

“哦，《新华日报》。”顾蛮生赶紧把手中的报纸放在高副校长的办公桌上，明晃晃的新闻标题自然映入对方眼帘——《不让一个大学生因贫困而辍学》。

高副校长边拿起报纸阅读，边继续绷着脸道："学校已经有了奖贷学金政策，且对于一些特殊家庭条件的学生会适当减免他们的学杂费，总之不会让贫困生上不起学的，你就别瞎操心了。"

"这怎么能叫瞎操心呢？"顾蛮生早把报上那段新闻背熟了，说起话来头头是道，"国家教委刚刚发文，要求高校进一步做好勤工助学工作，我这也是先天下之忧而忧嘛。"

"难道同意让你们这些学生去瞎折腾就是做好了勤工助学工作？"高副校长放下报纸，打起官腔，"勤工助学没你想的那么容易。"

"是不容易，"顾蛮生点头，"就您说的这个问题，我认为困难主要有四点。"

高副校长没想到这小子还是有备而来，警惕又好奇地问道："哪四点？"

顾蛮生侃侃而谈："第一，学校缺乏工作岗位，一个萝卜一个坑，现有的坑都被萝卜占了，贫困生无处安排；第二，社会上许多岗位需要在白天工作，与学生课程有所冲突，鱼与熊掌难以兼得；第三，学校本身偏重奖贷学金，但'择优而奖'能解决的贫困生问题毕竟有限，学校对勤工助学活动重视不够，给予的场地或者政策支持也不够；第四……第四点不是困难，是我个人提出的一个解决办法，学校应该广开渠道，一方面加强与社会组织联系，提供更多适合学生的助学岗位，另一方面积极鼓励学生自己发现机会，创造岗位。"

高副校长没有应声，只锁着眉头做沉吟状，顾蛮生觉出有戏，继续推波助澜道："国教委让完善'奖贷助补'政策，但瀚大明显在'助'上还有所欠缺。前两天我在路上遇见汉科的人，他说他们学校专门给予场地扶植学生们的勤工助学活动，还当面诋毁我们瀚大与瀚大学子，说什么'反正你们学校办学经费不紧张，遇上困难向国家伸手要拨款就行'。您听听这叫什么话？所以我想到由学生承包校礼堂办电影院这个法子之后，就迫不及待地来找您了。我在这儿向您表个态，万事开头难，我愿意身先士卒、抛砖引玉，为瀚大的发展壮大尽微薄之力。"

文件里的这些条条框框，校党政领导也早都记得滚瓜烂熟了，高副校长不自觉地又瞥了《新华日报》一眼，抬脸看着顾蛮生："怎么，你还觉得自己挺劳苦功高？"

也辨不出校长这态度是支持还是反对，顾蛮生只管拣好听的说，微笑道："那肯定比不了您。以前只听人说我们的高校长为人随和，德业并重，全心全意为学生奉献，我还将信将疑，心说：这世上能有这么好的校领导吗？今天看您对我这么关怀备至，耐心有加，我真的心悦诚服。”

“别给我戴高帽子。”高副校长差点笑出来，但还得保持校领导的威仪，又及时把脸板了回去，“既然你想承包电影院，你先说说，你打算怎么做？”

顾蛮生就说：“这个由贫困生集体承包的电影院出发点就是拓宽勤工助学的渠道，启发别的学生以劳养学，自力更生。基地、卖票的、检票的、宣传的、打扫卫生的、放映的、卖零食的，再加上这些工作还得轮换，一口气就给学校解决了十来个勤工助学的岗位，按小时计薪，就晚上工作两三个小时，也不会影响学生白天的课程，同时，我还愿意交出盈利的两成作建立学校勤工助学的基金。”

句句在情在理，高副校长不由得大吃一惊，一个尚未涉足社会的大学生居然这么有生意头脑，他再次细细辨认眼前这张年轻英俊的男性面孔，这小子眯着眼睛微笑，神情像只狡黠、慵懒又笃定的狐狸。高副校长想起保卫处的陶刚曾跟自己提过的一个名字，终于反应过来：“你刚刚说你叫顾蛮生？我可听说，你在我们学校很有名气，那些上房揭瓦的事情全是你干的？”

顾蛮生忙摇头：“不至于，我就一普通学生，天底下找不到第二个像我这么老实的人。”

高副校长忍笑道：“你说你这么干是为了帮扶学弟，可你说的那个学弟还没考进瀚大呢。你自己又够不上特困生的标准，我为什么要答应你呢？”

“供人以鱼，只解一餐；授人以渔，终身受用。‘奖、贷、补’说到底只是‘只解一餐’，我想瀚大之所以名列全国高校之前茅，正是因为瀚大从来不拘一格，永远鼓舞瀚大学子开拓思维、开阔视野，身体力行地教导我们担负起肩头责任，”顾蛮生终于敛起一副玩世不恭的笑容，抬起头，将目光落定在墙上由国家领导人题写的校训上，一字一顿认真道，“博学创新，兴业安邦。”

一直到这场谈话结束，高副校长仍未对学生承包电影院一事明确表态，言下之意还得再讨论研究。

这点小事高副校长一个人就能拍板了，顾蛮生吃不准他的意思，思来想去觉得还得再激他一把。他请人脉广博的贝时远介绍一位记者，贝时远欣然答允，第二天，

《新民晚报》的记者就带着摄像师，长枪短炮全副武装地来了。

记者当着高副校长的面，夸他扶贫助学工作搞得好，鼓励贫困生承包学校电影院的做法更是别出机杼，走在了所有试点高校的最前沿。

高副校长被唬了一大跳，只能强带笑脸地带着记者参观将用于承办电影院的大礼堂，事情到了这一步，就算骑虎难下了。

记者走后，高副校长特意派人叫来了正在操场打篮球的顾蛮生，对他说："我不是受了你的激，也不是喜欢听你拍的那些马屁，你说的那么多话里，确实有一句打动了我，授人以渔，终身受用。"

他向顾蛮生强调道，学校批准了他承包电影院，但前提是绝对不能违反学校现有的学校规章制度。

高副校长总算点了头，朱旸也不负众望，拿到了瀚大的录取通知书。顾蛮生吩咐陈一鸣印刷了一些学校电影院的宣传单，在学校里派发，又做了几个展架，就放在每天人流量最大的学校食堂前面。

高副校长起初对他们不太放心，生怕他们为了盈利，放些不雅的影片，所以常常派陶刚去大礼堂检查。陈一鸣一见陶刚出现，便大喊一声"鬼子来了"，朱旸立马闻风而动。待陶刚走进大礼堂，白幕上投放的鬼片已经变成了《焦裕禄》。陶刚哪有这等心眼，回回扑空，回回讪讪而去。

理工科大学狼多肉少，单身的男学生来看电影的不多，加上电影院刚刚开幕，上座率离预想中的还差一些。虽然没亏钱，但照这个盈利速度，猴年马月才能凑齐二十万。

顾蛮生又心生一念，立即吩咐朱亮与陈一鸣把学校的各项规章制度翻看一遍，确认里头没说校园不能对外开放。然后，大家一致得出一个结论：也可以让学校附近小区的居民来看电影。

于是除了宣传单页，他还精心设计了一款奖券，跟刮彩票一个形式，中奖的人能兑换一卷软糖或者一支牙膏，当然前提是他们得来买票看电影。顾蛮生找来一个跟他小时候颇像的孩子王，塞他一把香烟牌，条件是对方得答应自己带着别的孩子挨家挨户地为他发传单。

一切准备就绪之后，顾蛮生自己也没闲着，他特意在后座加了一个软乎的粉色坐垫，每天骑着他的二八大杠，带着曲夏晚一起去瀚大附近的其他大学、商业街与居民区转悠。他车把上挂着糨糊桶，见公交车站就贴小广告。曲夏晚是一幕风景，也是一块活的广告牌，尤其对瀚大附近其他大学里的男生来说。

9 月、10 月秋老虎，顾蛮生背烤火辣骄阳，汗滴车轮下的柏油路，二八大杠几乎行遍瀚大方圆五千米内的每一寸地方。但他乐在其中。宣传着他的电影院，捎带着还把恋爱一起谈了，非但不辛苦，简直逍遥得很。

校园电影院经营得如火如荼，顾蛮生便有了底气开口问人借钱，他第一个想到的就是同寝室的贝时远。陈一鸣对此有点微词，上回与汉科学生打群架，全寝室就贝时远一个人没参与，说明此人只能同富贵，不能共患难。

但顾蛮生认为此言差矣。贝时远家庭背景既红又专，本来就犯不上跟他们一起厮混折腾，这种人眼界资源都非一般人可比，倘若不能成为挚友，也万万不能成了死敌。

电影院的事情贝时远当然也没参与，但他知道顾蛮生的志向不仅仅在此，背后必然还有更大的动作。所以当顾蛮生来问他借钱时，他二话不说就给了他几万块，还是现金。

“你这爽快的，我都不敢要这钱了。”钱是用牛皮信封包好的，厚厚一捆，顾蛮生掂着信封问他，“你就不怕我最后还不上？”

贝时远反问他：“你先回答我，为什么不承包食堂？”

“一来食堂回本太慢，学生的食品卫生是个大问题，各项行政管理文件审批时间太长，二来，”顾蛮生笑笑，“二来嘛，君子远庖厨。”

贝时远也笑：“你是君子？”

顾蛮生想也不想：“我是小人。”

贝时远又问：“就算你有了这笔钱，人家好好地卖假货挣大钱，也未必要劳心劳力地做品牌，你还用了什么法子，才让自己变成了合伙人？”

“就是包产包销。”顾蛮生简单地解释了一下。

“是‘照付不议’吧，”贝时远道，“天然气供应有个国际惯例和规则，就是指在市场变化情况下，付费不得变更，用户用气未达到此量，仍须按此量付款。引申到别的行业也常见，是上游公司转嫁商业风险的一种模式。”

“厉害啊，我跟那书呆子一听就被唬住了，差点就不想干了。”顾蛮生想了想，大方问道，“倘使我一开始就问你借钱，你借不借？”

“不借。”贝时远答得干脆，盯着顾蛮生看了一晌，忽然没来由地轻轻叹气，“实话说，以前我挺瞧不上你们的。”

“正常。”顾蛮生不以为忤，还点头道，“我要有你这眼界与能力，我也谁都瞧不上。”

“可我没想到你真能把一件大事给做成了，”贝时远瞧不上陈一鸣他们是真的，但他认定顾蛮生这块别人眼中粗粝不堪的石头是璞玉，总有一天会焕发出令所有人失色的光彩，“顾蛮生，十年八年之后，不管你在干什么或想干什么，只要你来找我，我都愿意做你的合伙人。”

朱旸负责放映影片，朱亮负责影片结束后打扫礼堂卫生，陈一鸣负责望风，还有部分赶上“招生并轨”第一年的贫困大一学生，每个人各司其职。电影院每晚两场电影，几乎场场爆满。其实用顾蛮生自己的话说，学校里文娱活动也实在太少，他本来还想再开个校园卡拉 OK，但那点意思刚露头，就被高副校长以“大逆不道”四字厉声驳回了。

校园电影院热火朝天地开了四个月，在 1995 年的元旦到来之前，顾蛮生就凑齐了二十万。

第五章

兜头一盆冷水

生活这东西的玄理就在于，你永远无法预见它的顺逆更替、吉凶变化，无数次你看着它对你动人地微笑，转眼就得面对它令人惊悸的獠牙。

1995 年的开端，生活给了顾蛮生一个沉重的下马威，一些人对他的谶语应验了，那笔东拼西凑得来的二十万汇过去之后，刘传富居然失踪了。

顾蛮生隐约感到不妙，也没在寝室里声张，他抱着最后一丝侥幸心理边找边等，半个月联系不上，又亲自跑了一趟深圳。他几经辗转，找到刘传富的两个合伙人，才知道刘传富签合同前就已经退伙了，他们也不知道他现在人在哪里。

直到这一刻，顾蛮生终于意识到自己还是道行太浅。他少年时代就结识了刘传富，六年间共克难关无数，刘传富虚长他近二十岁，既像朋友，又像长辈，平日里对他跟他妈都很照顾，他前前后后拿了对方那么多货都没出过一回经济纠纷，真的没想到这次这人会把钱卷走。

在曲夏晚的提议下，顾蛮生报了警，民警先后去了顾家与瀚大，二十万被卷跑的事情就再瞒不住了。

二十万对绝大多数中国家庭来说都是天文数字，天塌了，地陷了，顾蛮生的继母唐茹一急之下就病倒了，急性心肌梗死，少说得在医院里住半个月。

顾蛮生连着几夜守在医院里，病床上的唐茹泪盈于睫，不住地对他哀声央求："算是妈妈求你，这笔钱还了以后，你就好好念书，再也别动做生意的念头了，好不好？"

唐茹打算把房子卖了，再动用多年积蓄，替他把欠几个同学的钱先还上。

面对苦苦哀求的母亲，顾蛮生眼眶通红，牙关紧咬，硬是忍下了眼泪。他说什么不愿母亲露宿街头，自己的钱当然得自己找回来。

顾蛮生先前法律意识淡薄，合同也签得形同废纸，不伦不类。所以这案子属于合同纠纷还是刑事诈骗，公安人员也尚未有定论。但他们统一有个认识，就是大学生不该不务学习之正业，折腾这等幺蛾子。

后来有一个承办过顾长河案子的老公安说了一句："怪就怪老鼠的儿子会打洞，不然怎么不骗别人就骗你？"态度轻蔑，语气不屑，分明瞧不起这对"投机倒把"惯了的父子。

这话彻底把顾蛮生惹毛了，他一股急怒喷涌欲出，差点直接冲上去跟对方理论，幸亏朱亮他们在场，生拉硬拽地才把他劝下来。

为了尽早凑齐二十万，朱亮、朱旸都分文未取，把经营校园电影院该得的报酬全都算作了投资，就连铁公鸡似的陈一鸣也拔下几根砢碜的毛来，因为顾蛮生承诺他们，以后会从自己的盈利里给他们分红。这样一来，寝室里的气氛就变得非常紧张。已经到了期末，这场突如其来的变故令所有人无精打采，都没心思准备考试了。

"信道带宽为 2000Hz，信噪比为 30dB，则最大数据速率……"朱亮有个毛病，读书常常不自觉要读出声音，然而一见顾蛮生进门，他就立马打住话音，深深长长地叹了口气。这笔钱本来就是顾蛮生带他挣出来的，他没法责怪他，只能叹气。

顾蛮生为了随时打听刘传富的消息，问曲夏晚借来了她的寻呼机，他人还没坐下，兜里的寻呼机就响了。

"要不怎么说，饱汉子不知饿汉饥呢。"这么大笔钱说没就没了，陈一鸣忍不住阴阳怪气，"哥几个饭都吃不上了，有人还新买了 BP 机呢。"

朱亮推了陈一鸣一把，陈一鸣也觉出自己有些过分，寝室里又没人说话了。但几个人投向自己的眼神意味深长，顾蛮生能感受到。他拿出寻呼机看了一眼，是刘传富的合伙人来的消息，又一言不发地掉头离开了寝室。

公安让等消息，但顾蛮生知道，这二十万如肉包子打狗有去无回，到头来就算把人抓着，只怕钱也早花光了。所以一旦刘传富的行踪传来，他便连期末最后一门考试都不顾了，提上背包就赶赴火车站。

站在汉海新客站南大门口的一家杂货店前，顾蛮生买了一个豆沙面包、一瓶二两装的北京二锅头，又花了五毛钱给曲夏晚打了一个电话，他说，离开之前，他特别想再见她一面。

顾蛮生的声音听着太荒凉了，仿佛只剩一种触白刃、冒流矢的决绝之意，里头莫说听者曲夏晚，就连他自己都占比幽微，是真的准备豁出一切了。

曲夏晚一听就急欲落泪，忙问他："你这是要去哪里？"

"贵屿。"顾蛮生淡淡道，"钱不是我一个人的，却是从我手上丢的。无论如何我得找回来。"

曲夏晚又问："你怎么知道刘传富在贵屿？"

"他的一个合伙人说，有人在姓刘的老家看见他了。"顾蛮生道，"这王八蛋虽然人不地道，但一直很孝顺。年关要到了，他妈身体一直不好，挨不挨得过这个冬天还不好说，他很可能会回老家跟他妈一起过年，我得先去候着。"

曲夏晚想起那日在深圳刘传富提起母亲时的样子，若不是成心做戏，倒确实是个孝子。但她还是不放心："这钱还是让警察去找吧，你一个人就算找到刘传富，他要不把钱给你，你又能拿他怎么办？"

"鱼死网破，他死我活。"顾蛮生平静地吐出八个字，不成功便成仁的心意已决。旋即他轻轻一笑，语气又一百八十度地转变柔和了："我在新客站的南大门口，我等着你。"

曲夏晚担心顾蛮生这样的状态会惹出大祸，忙扔下手头期末的复习资料，打着车就赶了过来。

大约一小时后，她一脸忧忡与悲戚地出现在了候车大厅里。她看见顾蛮生两手插兜，笔管条直地站在一幅巨大的传呼广告牌前，正微仰着头，凝神注视。新客站里人来人往，人群之中的顾蛮生一如既往地招人眼。

然而一日不见，如隔三秋，二十岁的顾蛮生鬓边竟有了明显的白发，一些细细的胡楂刺破了他的下巴，一张脸又英俊又落拓，曲夏晚看得心口一疼。

听见曲夏晚走近的声音，顾蛮生缓缓掉过头来，像是宽慰自己的女友，笑笑道："要钱要命他自己选，刘传富的胆子没那么大，他会给的。"

曲夏晚没了辙，只能搬出唐茹："你妈还病着呢，你不能说走就走，万一她有个三长两短……”

“这不还有你吗？”人已经来到身前，顾蛮生垂下眼睛，很认真地嘱托道，“我走的这些天，我妈就麻烦你了。”

急急忙忙坐上出租车前，曲夏晚曾认定事情还有转机，此刻才发现顾蛮生是彻头彻尾水泼不进。她悲愤交加，有些失控地嚷起来：“你非要见我这一面，就是为了交代遗言，让我关照你妈？”

“不是，”顾蛮生眼睛漆黑发亮，笑起来尽露白牙，脸上那点失意者的浊气一扫而空，“我就想抱抱你。”

他伸手抱了抱她，像将一只美丽脆弱的鸽子拥入怀中。

如此静静相拥一晌，顾蛮生附在曲夏晚耳边说了一句：“等我回来。”

说完他就一提背包，匆匆忙忙转身上路。

曲夏晚一把没把人拉住，在顾蛮生身后急急跺脚，撕心裂肺地喊：“顾蛮生，你要敢去，咱们就分手！”

舍得媳妇儿逮流氓，这是顾蛮生常挂在嘴边的口头禅，他顿了顿脚步，三五秒钟之后，便头也不回地走了。

不顾佳人要挟，顾蛮生坐上绿皮火车直奔贵屿，却在当地得悉噩耗，刘传富的母亲已经搬走了。

这地方果然家家都在电子垃圾中提炼黄金，污染严重，空气中臭味弥漫，天上飘着的云形似煤渣。当地人见顾蛮生到处打听最早致富了的刘老板，便问他是谁，打哪儿来的。

顾蛮生怕刘传富听到风声又躲起来，也不报真名，他假冒金店老板来当地收黄金，曲折询问，辗转打听，总算从刘家一个老邻居的口中探知刘母去向——她被儿子接去了她自己的老家潮阳。

顾蛮生二话不说又奔潮阳，潮阳去年刚改县制，县内有多处文化遗址与重点景区，环境确实比贵屿好得多。刘传富素爱露富，不难探知他家情况，顾蛮生不多久便打听出刘老太太的住址，于是抱定了打持久战的决心，天天在她家门外守株待兔。

1995年的大年三十，顾蛮生守来了他出生至今最冷的一个除夕。按说汕头冬天最低气温也不过五六摄氏度，但夜一深，便有阵阵寒气从农村崎岖不平的田埂、从弯曲有度的河流中冒出来，四周又阴秽，又潮湿。顾蛮生独自坐在不易为人发现的角落里，像蛰伏在黑暗中的兽，不出一点声音。他看见，村里人为拜老祖公忙得不亦乐乎，祭祖用的三牲与斋菜满满摆了一桌，待祖宗受罢家中老小焚香跪拜，一家人便开筵守岁，彼此劝酒佐兴，热热闹闹地吃一顿团圆饭。

到处是火树银花、人间喜乐，只剩一个孤独异乡人。

顾蛮生啃两口面包就得就一口二锅头。他在汉海新客站买的面包与二锅头早就吃完、喝完了，这是在村头小店里买的。面包一块钱一大袋，奶油齁甜，提子发苦；二锅头瓶身上的字迹全是糊的。

终于，功夫不负有心人，在又一年春晚“难忘今宵”的歌声响起时，顾蛮生遥遥看见一个人影，腋夹一只皮包，朝着刘家大门晃晃悠悠、飘飘忽忽地挪了过来。他在暗处蹲守近一个月，目力很好，一眼认出来人就是刘传富。

人影游魂似的慢慢飘近，又飘到自己视线前方，顾蛮生拾起脚边一块板砖，默不作声地尾随上去。待拉近彼此距离，他动似疾箭，突然扑了过去，在刘传富来得及反应前，就对准其秃了半瓢的后脑勺挥过去，猛然将其砸倒。

人倒地了都不罢手，挥砖又砸两下，每一下都又沉又狠。刘传富挨第一下的时候就眼冒金星，破头见血了，待挨了三下，连站都站不起来了。他瘫在地上，依然夹着皮包，用手撑着一点点往后挪移，眼见顾蛮生抄着血淋淋的砖头，一步步向自己逼近，忙狡辩道：“我没卷你的钱，就是手续上出了点问题，你再等我两个月……”

“把钱还我。”顾蛮生近前一步，垂眸冷静地看着地上的刘传富，眼睛荫蔽在一片由浓长睫毛与深邃眉弓构筑的阴影中。

“我跟那俩闹翻了，但你别急呀，深圳、东莞这类电子元器件小厂多的是，再找个合伙的不就行了……”

“五……”顾蛮生提着板砖开始倒计时，一脸杀人前的平静。

“你也知道搞品牌不是小事，搞不好得把咱那么多年的积蓄全赔进去，你是初生牛犊不怕虎，可你也得容我再想想……”刘传富边狡赖，边连滚带爬地想逃走，像撒上盐的蚯蚓般搐动。

“四……”顾蛮生不为所动。

“我……”

“三……二……”

刘传富见顾蛮生来到身前，扬起砖头就要砸他的天灵盖，忙摆手大喊：“我、我现在就给我朋友打电话，钱在他那儿，我用大哥大给他打电话……”

倒计时戛然而止，顾蛮生及时收手，冷声道：“我等着。”

头疼总算缓过一些，刘传富调整姿势，伸手去钩自己的皮包，装模作样地打开一通翻找，忽地把砖头似的大哥大朝顾蛮生的脸掷过去，然后拔腿就跑。

为躲避袭击阻滞了一下，回过神来的顾蛮生无比愤怒地追上去，他年轻腿长，很快逼得刘传富前无去路。刘传富眼见面前一条大河，一听身后追兵将至，一头就扎河里了。

顾蛮生少年那会儿跟着刘传富去过水上乐园，知道这老小子不会游泳，所以他滞了脚步。果不其然，刘传富慌不择路，蹚到河水深处，一下就陷了下去。他手脚并用地胡乱扑腾，在水里沉沉浮浮。

“还真他妈要钱不要命！”冷眼旁观的顾蛮生骂了一声，一脱外套，也跟着跳进漆黑的河里。河水又腥又浑，刘传富刚被顾蛮生捞起来，本能地又想逃跑，二人在河中厮打、翻滚，刘传富几次想要从水中冒头呼吸，都被顾蛮生抓着后脖子狠狠摁回水里，他呛了好几口河水，满嘴令人欲吐的腥臭味。

刘传富即将被溺毙的时候，顾蛮生也快脱力了，这才提着刘传富的领子，又奋力划水，将对方带回岸上。

刘传富筋疲力尽，仰倒在堤岸上一动不动，顾蛮生将他囫囵一下剥尽，只剩一条裤头，旋即解了自己的鞋带，将对方的双手捆在身后。夜里风大又浑身湿透，他脱下衬衣绞干，穿上，然后又将干的外套与裤子穿回去。

刘传富佝在地上，活像只卸了壳的王八，冻得直打哆嗦。他盯着自己被扒干净的外衣外裤，但手被捆着穿不上，只能又转过头，死乞白赖地望着顾蛮生。

顾蛮生知道他的意思，冷冷睃去一眼，斥道：“冻着！”

刘传富边打抖边讨饶，嘴里呼出一股一股的白气：“我不跑了，论年纪好歹我也是你的叔，你就不能让我穿上衣服再绑吗……”

顾蛮生面无表情地注视着刘传富："你呛上我的火了，你要不吃点苦头，我怕我控制不住要弄死你。"

眼神太骇人，刘传富被吓得不再吱声，蹲坐在地上，佝偻成一团。待衣服穿完，劲儿也全缓过来，顾蛮生问他："你从什么时候开始算计我的？"

刘传富道："这个主意其实是你妈给的。"

这话听得顾蛮生怒从心起，骂道："你放屁！"

直到顾蛮生凑出那二十万之前，刘传富都没想过卷款携逃，说二十万的时候是为了让顾蛮生知难而退，他一直认为他凑不出这笔钱。然而顾蛮生真把钱凑来了，他思来想去、瞻前顾后，还是觉得搞自己的品牌不靠谱。

他本想上门跟顾蛮生说清楚，没想到顾蛮生为承包校园电影院放假也不回家，只遇上了唐茹。唐茹其实早就在解放路天桥边看见过摆摊的顾蛮生了，虽在儿子面前一字不提，却痛在心里。他腰包横陈，油腔滑调，哪里像个前途无限的高才生。

唐茹也算熟识刘传富，劝他别带着顾蛮生瞎折腾，或者干脆先压着他那笔钱不动，让他受点挫折，彻底弃了做生意的念头。她本意只是想吓唬吓唬儿子，哪里想到听者有心，这个时候的刘传富真的打上了歪主意。

空中寒气集结成团，东方渐渐露了鱼肚白。顾蛮生一直沉着脸，反复咀嚼刘传富这段话的真实性，结果得出了一个基本属实的结论。他太了解唐茹，顾长河的案子束缚了她这些年，她真如惊弓之鸟，怕得很了。

顾蛮生站起身，将地上瑟缩着的刘传富一把揪起："今天你不还钱，我俩就只能活一个。"

刘传富被顾蛮生推着往前走，一路磕磕碰碰跌跌撞撞。不管刚才抡砖还是下河，顾蛮生那股不要命的劲头他是彻底领教了，寒冷加剧，他浑身疼痛不止，结结巴巴地说："我……我已经花了一点了，再说这大过年的，谁也不会在身边放那么多钱。"

"我的钱你可以慢慢还，还不上就当我交学费了，但我那几个同学凑来的十万块钱我非带回去不可。"

转眼来到屋门口，刘传富忽然止住脚步不动，冷汗哗哗往下流："我……我妈身体不好，她要知道我伤天害理坑人钱，一准当场气死，你行行好，一会儿别在我妈面前提这个行不行？”

“还真是个孝子。”顾蛮生依旧不置可否地冷着脸，伸手在刘传富背后重推一把，刘传富一脑袋磕在门上，直接把门撞开了。

刘老太太素来醒得早，听见异声就出门查看，一眼看见儿子与他身后的一个年轻人，两人同样全身湿透，狼狈不堪。老太太惊得手直抖，哆哆嗦嗦地问：“这……这是谁？这……这是怎么了？”

顾蛮生微眯眼睛，看见刘传富的嘴无声开合，似在向他乞饶。

顺手解了绑着刘传富的鞋带，顾蛮生白了他一眼，却在对上老太太的瞬间弯眼一笑。他上前将老人家搀扶住，嘴比蜜甜地喊：“奶奶！奶奶，我是来给您拜年的！”喊得老太太边点头边纳闷，既疑惑又开心，自己哪来这么个盘靓嘴甜的大孙子。

等刘传富四处打电话筹钱的日子，顾蛮生怕这老孙子再逃跑，自说自话就在刘家住下了。他一点没把自己当外人，给刘老太太垂肩捏脚逗闷子，赔刘家亲戚喝酒划拳搓麻将，等到刘传富的朋友把十万块送过来，才笑眯眯地跟刘家人道别。

直到顾蛮生离开，刘老太太都没发现这个可劲儿招人喜欢的年轻人是来讨债的。

顾蛮生凭着那股不要命的流氓劲儿，铁公鸡身上拔毛，总算从刘传富手里要回了十万块。坐着火车直奔汉海，他成功解决了弥漫寝室数月的低气压问题，却彻底惹毛了曲夏晚。

顾蛮生不在汉海的这一个多月，曲夏晚倒是依言照顾了还在住院的唐茹，尽心尽力地陪床不说，甚至不顾母亲微词，陪着唐茹一起吃了顿年夜饭。顾蛮生一去杳无音信，是死是活、闯没闯祸都不知道，大年三十晚上，一老一少两位美人各自揪着一颗心，柳悴花憔，相顾无言。

然而顾蛮生回来之后，她就说到做到，通过弟弟向对方提了分手。她不肯接他电话，更不肯出来见他。曲夏晚已经大四了，没课的时候不常在学校里，双休日顾蛮生追去门罗坊，却被曲母冷声冷气地拦了回去，只能掉头再向曲颂宁求助。

遭遇这番打击，顾蛮生收敛不少，他拒绝继续替刘传富的那俩合伙人代理仿品 Walkman 的销售，还真踏踏实实地在学校里上起课来。

“今天是我姐的生日，刘总提前送了我姐一部移动电话。”通信原理课上，曲颂宁对顾蛮生露出一副爱莫能助的表情，摇头轻叹，“你还是死心吧。”

坐前排的陈一鸣转过头，以怪腔怪调充分表达了自己的不乐观：“连大哥大都送，你这情敌真的下血本了。”

讲台上的老教授咳嗽一声，示意台下的学生专心听讲，不准交头接耳。陈一鸣吐着舌头又掉头上课，顾蛮生从教室窗户向外望出去，也不知是不是故意在他面前显摆，曲夏晚这会儿没课，正立在校园里那一排排樱花树的尽头，使用那砖头似的移动电话。

初夏老春的樱花开得格外烂漫，也越发映衬得树下的曲夏晚含苞待放，人比风景俏丽。班上男生心猿意马，好些个都偷偷瞟着她看。

顾蛮生心里不悦亦不甘，不过是出去讨个债，怎么就被那姓刘的小子截了和？他望望窗外的曲夏晚，心头蠢蠢欲动，便附耳问曲颂宁：“你姐每天都跟姓刘的这么聊天吗？到底有什么好聊的？”

曲颂宁忙着听课记笔记，敷衍道：“他们聊什么，跟我无关，跟你也没关系。”

“知己知彼，才能百战不殆嘛。”顾蛮生拿胳膊杵一杵曲颂宁，对方不吱声，他便不停手，脸上还挂着没正行的微笑，道，“小舅子，你就帮我打听打听呗。”

“你自己听不就结了？”曲颂宁被顾蛮生缠得没辙，用目光往讲台上指了指，老教授面前放着一台讲课用的无线电综合测试仪，模样瞧着像一台大了几号的收音机。

经这位全优生提醒，先前不怎么上课的顾蛮生很快反应过来，几年前，中国电信就开始运营模拟移动电话业务，但这项技术始终没有大规模普及，其一是其手持终端大哥大的价格始终居高不下，其二就是技术本身存在诸多先天不足，譬如保密性差。这种无线电综合测试仪就相当于调频收音机，只要对上大哥大发出的模拟信号频率，很容易就能进行窃听。

正好到点下课，老教授收起自己的课本与讲义，问：“哪个同学来帮忙搬一下这台综测仪？”

顾蛮生一个眼神，陈一鸣立即心领神会地举起手，嬉皮笑脸地贴上去，将拔下电源的综测仪抱在手里。

老教授胁下夹着书本走在前头，一扭头就发现替他搬东西的男生不见了。

陈一鸣抱着综测仪撒腿就跑，紧跟顾蛮生的步伐，身后的老教授喊他不住，更追他不上。他们随便找了一间能望见樱花树的空教室就钻了进去，把综测仪的电源全插好了。

几个男生围着仪器，头碰着头凑在一起，个个面色凝重紧张，宛如地下党发电报。顾蛮生埋头手动调解仪器频率，调调拨拨半晌，总算对准了刘岳的频道。曲夏晚声音传来的那一刻，男生们发出热闹的起哄声，被顾蛮生及时止住了。

“嘘，听这小子说什么。”顾蛮生轻声道。

都是些令人兴味索然的事，什么老家寄来了特产，什么周末预约了手术，衣食住行、鸡毛蒜皮，多是刘岳在说，曲夏晚只是偶或“嗯”一声，笑一笑。刘岳似乎很喜欢在曲夏晚面前聊他的事业，他告诉她，自己公司年前丢了一批寻呼机，现场留下的痕迹显示，这个作案团伙共四个人，一个人留店，三个人望风，撬门之后就把一整箱 BP 机搬走了。他已经报了警，但目前还没结果。

曲夏晚显然对这些话题都不感兴趣，蔫儿声道：“没要紧的事，我可挂了。”

“那就不聊这些扫兴的，我昨天看书，看见一首诗特别适合你，我念给你听听。”谈罢正事谈风月，刘岳很快拿腔拿调地念了起来：“因为我梦着你的形象，犹如一枝玫瑰盛开在我内心深处。”

“哎哟，这还是一情种哎！”围在综测仪旁的男生们都听见了，陈一鸣搡了顾蛮生一把，故意挤对他道，“这小子不光比你有钱，还比你浪漫，你丫这回是栽定了。”

“浪漫个屁，”顾蛮生撇嘴道，“木头木脑的，分明是个呆子。”

叶芝的诗，但这个译版不怎么样。待对方念罢，曲夏晚仍想挂电话，刘岳却说自己开车来接她放学，这会儿人已经进校门了。

“夏晚，你往左边看。”

顾蛮生跟着综测仪里男人的声音抬起眼，望出去，果然看见刘岳捧着一束红玫瑰，从校外走进了樱花道，径直朝树下的曲夏晚走过去。刘岳嘴里肉麻的表白声不绝，顾蛮生听得牙酸，看着好笑，台湾偶像剧里的俗套戏码，还真不嫌硌硬。他看见曲夏晚翩翩迎向刘岳，一身白裙猎猎，像只轻悠悠的蝴蝶，脸上表情纷繁莫测，似乎也大受感动。

顾蛮生胸中醋海翻波，一拔综测仪的插头就从教室窗口跳了出去。

刘岳与曲夏晚的四周围了些好事的学生，顾蛮生拨开人群挤进去，在刘岳鲜花赠佳人之前，一把将那捧红艳艳的玫瑰夺了过来。

“你刚刚是不是在电话里念了一句诗？”他问刘岳。

刘岳明显一愣：“你偷听我打电话？”

陈一鸣提高音量，在一旁插嘴道：“大哥大保密性差，对上频率就能监听，就你刚才念的那首诗，哥几个都听见了。什么‘犹如一枝玫瑰盛开在我内心深处’，哎哟，酸得我牙都疼了。”

大庭广众下独拎出这么一句，确实够酸的，曲夏晚一下羞红了脸。围观者里稀稀拉拉冒出一点笑声。

顾蛮生随手揪下一朵玫瑰，用修长手指捻了捻花瓣，道：“以花喻人太不高明了，花无百日红，就说这玫瑰，说蔫就蔫了，你这是说我们曲小姐人老珠黄呢，还是歪鼻豁嘴呢？”

再动人的诗，经他一曲解，立马就不动人了。

周围人更欢腾了。曲夏晚挂不住面子，狠狠瞪了一眼顾蛮生：“顾蛮生，你别胡闹。”

“我没胡闹，”顾蛮生抬眼微笑，将手中那把微微打蔫的玫瑰花瓣捧在鼻尖嗅了嗅，“我也是来献诗的，献一首稍微高明点的。”

他清清嗓子，敛了脸上玩世不恭的笑容，念道：

及时采撷你的花蕾。
旧时光一去不回，
今天尚在微笑的花朵，
明日便在风中枯萎。

赫里克的《劝少女们珍惜时光》，顾蛮生转过头，以深邃眼睛直勾勾地注视曲夏晚：“别等到你爱的人不再爱你，才发现无法挽回。”

曲夏晚面有动容，顾蛮生也不恋战，随手一抛手中的花瓣，转身就走。没走两步又回头，朝刘岳手中的大哥大指了指，同时朝陈一鸣递了个眼色：“刚才我们还从刘老板这儿听到了什么来着？”

陈一鸣心领神会，马上道：“刘老板周六要去医院。”

“对，”顾蛮生煞有介事地点点头，以足够所有人听到的音量对刘岳说，“那我就祝你周六的结肠镜检查，一切顺利。”

“模拟通信易被监听”的道理这会儿学生们都懂了，刘岳的脸涨成猪肝色，周围又是一片哄笑。

偷偷摸摸还了老教授的综测仪，顾蛮生默默琢磨片刻，还是奔出教室，跨上二八大杠，绝尘而去。他在门罗坊等了两小时，不见被刘岳接走的曲夏晚，倒遇上了曲颂宁。

曲颂宁看见顾蛮生倚在自行车旁，无精打采地垂着头，瘦削挺拔的人影被路灯拉得格外修长，显得孤单落寞。曲颂宁心生恻隐，劝顾蛮生道：“你别等我姐了，她跟刘岳去文化宫看电影了，没那么早回来。”

顾蛮生看看时间，这个点回去了嫌早，再等下去却也没意思。想了想，他对曲颂宁道：“说起来今天也是你的生日？我请你吃饭，咱们好好庆祝一下。”

说话间他将裤兜掏了一遍，摸了半天只摸出几枚钢镚儿。

顾蛮生囊中羞涩，人却不羞涩，摊着掌心里的钢镚儿对曲颂宁无赖一笑：“那就小舅子请。”

约二十分钟光景，顾蛮生就将曲颂宁带去了一家烟熏火燎的夜排档。目光往店内匆匆扫过，曲颂宁不禁蹙眉，半开放式的厨房卫生状况堪忧，墙面东崩西裂，油垢混杂，两名厨师正满头大汗地颠着勺，阵阵呛鼻的烟雾升腾而起。

“不干不净，吃了没病。”见曲颂宁杵在店门口不动，顾蛮生热情地拽他一把，介绍说：“这是夫妻店，别看这店装修朴素，味道却没话说，而且老板为人厚道，海鲜从不短斤缺两。”

曲颂宁再看夜排档，流动大棚底下已经坐了八成满，来往食客依旧络绎不绝，烧烤架上扇贝饱满，生蚝肥硕，确实挺勾人馋涎，于是也就放下架子，在角落清净处挑了一张桌子，跟顾蛮生一起落了座。

顾蛮生开口就让老板上了一瓶一斤装的二锅头，曲颂宁赶紧皱眉摇头，表示自己烟酒不沾。

“就说你矫情，啤酒总能喝两口吧。”顾蛮生又抬手招呼老板来半打啤酒，他自己起开啤酒瓶盖，也不要杯子，直接对着瓶口灌下一大口。

老板端菜上桌，因为与顾蛮生相熟，还多送了一盘卤猪耳朵。卤猪耳朵鲜辣脆爽，顾蛮生大快朵颐，曲颂宁却连筷子也动得颇文气，颇优雅，只夹起一点尝了尝，细嚼慢咽之后才问：“刘老板的事情没下文了？”

顾蛮生摇头道：“竖子不足与谋。”

曲颂宁继续问：“除了那位刘老板，东莞不还有别的随身听生产厂商吗？你为什么不和他们谈谈？”

“不谈了，力不从心，等毕业以后跟你们一样去国企或者事业单位呗。”

“你不像是甘心过这种日子的人。”曲颂宁笑笑。

“是不甘心。”唐茹病愈回家后，再没就刘传富的事情提过一个字，她表现得自然且轻松，仿佛只是抹掉了灶上的一段灰，但顾蛮生知道，这件事其实是扎在她心头的一根刺，所以，何去何从，他自己也没想明白。想起苦苦把自己拉扯大的继母，顾蛮生便倍感掣肘，咽下已经溜到嘴边的一声叹息，他故作轻松地伸了个懒腰：“无责任一身轻，先混着吧。”

不一会儿菜就上齐了，麻辣田螺、水煮肉片、蒜蓉粉丝带子与红贝，还有椒盐濑尿虾。顾蛮生动筷子也不频，啤酒倒已经灌空了两瓶，忽地想起今天是曲颂宁的生日，他又招老板过来，点了一份鳝丝面。

“今天我们不醉不归，”顾蛮生开了一瓶啤酒，替曲颂宁斟了半杯，将酒杯递过去，“平日里都冒（没）得空，难得小舅子生日嘛。”

“心领了，我还是以茶代酒吧，”曲颂宁接了，但不喝。他不是矫情，是真的滴酒不沾。他取了个空杯子倒上茶水，又对顾蛮生笑道：“你这口不标准的湖南话，跟谁学的？”

“这儿的老板是衡阳人。”顾蛮生用目光指指舞刀弄铲正勤的老板，又道，“你跟你姐生日都不回家吃饭，曲教授没意见？”

“他这会儿人在拉萨。”曲颂宁说，“他身体一直不太好，我妈也跟着一起去了。”

“怎么去拉萨了？”顾蛮生问。

“去年邮电部发布了《全国邮电“九五”计划纲要》，提出到20世纪末，我们国家将全面建成覆盖全国省会城市和重点地区的光缆传输骨干网，简称‘八纵八横’。于老师在课上讲过，那节课你没来。”

顾蛮生虽逃课成日常，却对“八纵八横”略有耳闻。这个光缆干线网的建设意义非同小可，它将形成一张集数字传输与程控交换的通信大网，覆盖全国，连通世界。邮电部特此成立了干线建设中心，曲知舟就被聘为干线建设中心特别专家。

沿海地区的工程进展十分顺利，然而西线的推进却遭遇了挫折。兰州经西宁至拉萨，这条线路将贯穿世界海拔最高的青藏高原，建设难度宛如登天。

曲颂宁道：“我爸这一年时在北京，时在西藏，与所有干线建设中心的专家一起勘察、设计进藏光缆路线，研究‘兰西拉’工程的可行性。我也计划着这个大三暑假就申请汉海邮电设计院的实习岗位，跟我爸一起去世界屋脊看看。”

“上阵父子兵，”一声“父子”令顾蛮生心头微酸，说不上来是羡慕还是别的什么情绪，他拿酒瓶碰了碰曲颂宁的茶水杯，半开玩笑道，“那就提前祝‘兰西拉’工程圆满成功，在这条信息天路上刻下你的名字。”

曲颂宁对顾长河的案子一知半解，一直存着好奇，趁这独处小酌的机会难得，也就问了：“上回在解放路天桥下，你看见你妈就跑，说她一直不赞同你做生意，是不是跟你父亲的案子有关？”

“其实早两年就能出来的，跟他同样遭遇的都出来了，但老头子太拧了，死活不肯承认有罪，所以一直关到现在。”啤酒喝着到底不过瘾，顾蛮生跟灌凉白开似的往杯子里倒二锅头，一饮而尽后又笑笑，“他现在挺好的，每天都在监区读书室里读书，把早年落下的文化课全补上了，还积极提交入党申请呢。”

曲颂宁宽慰他：“可能你爸出来以后，你妈心里的结就解了，也不会那么反对你下海了。”

刘传富的事情是母子间的一个结，顾蛮生倒也没钻在牛角尖里不出来，他看了看表，正是校园电影院第一场电影散场的时候，便说：“这个问题很复杂，一时半会儿还真回答不了你，这么着，这顿酒既然是你请的，我就请你看电影。”

说是请客看电影，结果还是回到了学校。肥水哪有流外人田的道理，文化宫一场电影五块钱，可他自己就经营着一家电影院呢。

顾蛮生不搞特殊，在售票台前数出兜里仅剩的几枚钢镚儿，拿了票进了门。但一进场顾蛮生就感到奇怪，礼堂里稀稀拉拉坐着一些学生，按说第二场往往放的是从香港那边偷偷拷贝来的欧美大片，不该只有这么点人。

校园电影院营收步入正轨后，顾蛮生的心思就完全不在上头了，营业全权交给了朱亮与朱旸，这还是新学期他头一回踏进电影院。今晚放的是《侏罗纪公园》，电影刚刚开场，顾蛮生正诧异着，坐头排的三个人突然回头向观众席扔爆米花，并叫嚣起来："这么难看的片子也敢收钱？"

被爆米花砸中的是两个女同学，互相递了个惊恐的眼神，就匆忙起身，避之大吉了。

这三个人不仅到处乱扔爆米花，还发出阵阵嘘声与怪叫，看他们的衣着打扮，分明不是瀚大学生，而是街头恶痞。

不一会儿，又有几个携手而来的女学生被吓退了场。朱旸闻声赶入场内，被顾蛮生先一步截下来，皱着眉头问他："这些人怎么回事？"

听朱旸说，这伙人换着班来，已经闹了俩礼拜了，显然是有心寻衅。但他们不敢向学校声张，一来对方闹一会儿也就走了，怕真惹急了遭报复；二来更怕造成无法挽回的恶劣影响，因为据说校内已经有人向校领导反映，不该让不三不四的外人擅入校园。

顾蛮生的校园电影院被当作学生勤工助学的优秀典型，连同瀚大一起上过几回报纸。校园电影院搞得风生水起，参与承办的学生个个都阔了起来，这便惹人观瞻、招人眼红、落人口舌了。朱亮的担心不无道理，旁人嫉恨的目光与攻讦的口舌阻断不了，就只能端正自身。顾蛮生想了想，严肃地问："既然知道这些人存心捣乱，为什么还放他们进场？"

朱旸浓眉大眼、细窄腮帮，比朱亮生得机灵些，但遇事的屃劲儿如出一辙，他左瞅右看，为难地说："不卖票给他们，他们就打人。"

陈一鸣这时也从门外进来，看清眼下严峻形势，跟着提议道："可再这么闹下去，咱们的电影院就别想经营了，还是得通知学校保卫处来解决。"

顾蛮生微眯了眼睛，沉吟不语，然而酒劲儿越发上头，骨子里的那点匪性又蠢蠢欲动。他很快撂下一句话：“打架输了就回头找妈，没出息。”

三个流氓仍然在闹，一会儿说电影不好看，要退票，一会儿又说爆米花都是霉的，得退钱。顾蛮生不顾陈一鸣与朱旸的阻拦，径直朝那些人走过去。

为首的小流氓像是认得他，一见顾蛮生就嚷起来：“这电影难看得要死，还有这爆米花，都是隔夜的，霉的，烂的！”说着就抓了一把白花花的爆米花，甩手就全扔在了顾蛮生的脸上，“你怎么说？”

“退。”顾蛮生眼神平静，抬起手背擦了把脸，丝毫不把这挑衅放在心上。

陈一鸣与朱亮兄弟都在，任顾蛮生一人挺在身前，几个大老爷们儿儿都面面相觑，束手无策。

“光退钱不行，我吃了这爆米花肚子疼，犯恶心，马上就得上医院，这医药费当然得你赔。”

“赔。”顾蛮生爽快答应，“你说多少。”

小流氓们哪里想到出师即捷，这钱来得如此不费功夫，还都当场愣了一下。为首的流氓骨碌转了下眼睛，喊道：“我们三个人，每人一百……一百五十块！”

顾蛮生当即扭头吩咐朱旸，从当月的电影票营收里拿钱。数出五张百元大钞，他递上去说：“不用找了。”

为首的流氓又是一愣，说了一句“算你识相”，就蛮横如蟹行，撞开顾蛮生的肩膀，摇头晃腚地准备走人。

“慢着。”就在两人擦肩而过之际，顾蛮生猛地抬手扭住对方的胳膊，令其完全动弹不得。他压过去，脸贴近对方的脸，冲对方笑笑说：“这钱说了是给你当医药费的，你这活蹦乱跳的，怎么好意思走呢？”

不待对方挣扎，顾蛮生手中猛然发力，一下就把这小流氓的手腕给拧脱臼了，他旁边的两个人骇得完全来不及反应。小流氓痛号出声，又被顾蛮生揪紧衣领，卡着脖子抵在了墙上。“别以为秀才怕土匪，大学生就不会来硬的！让你们这次可以，但你要再敢来闹第二次，我比你们还匪，比你们还坏！”

随行的两个流氓终于回过神来，撸起袖子就要动手。陈一鸣他们怕像上回那样挨批评、吃处分，始终不敢出头，就留顾蛮生一个人挺在前头，一人对峙着仨。只有曲颂宁担心顾蛮生寡不敌众，及时冲出来，大喊一声：“保卫处老师来了！”

经他这么一喊，三个一起来看电影的姑娘也大起胆子，手挽着手围拢过来：“拦住他们，交给保卫处处理！”

顾蛮生身上一阵烈酒的气息，睫毛长似一片风起潮涌的荒草，眼神当真比土匪还狠，还恶。小流氓们见原本不敢吱声的学生一下子全拥了上来，也觉再闹也讨不了便宜，只好灰溜溜地走了。

临了，为首的那个流氓捂着被拧脱臼的手腕，恶声恶气地留下一句话：“我知道你叫顾蛮生，你等着。”

直到这群流氓全部走远，陈一鸣他们还躲在角落里干瞪着眼。

平日里天不怕地不怕，一见比自己横的立马认㞞，还比不了先出头的几位姑娘家。顾蛮生瞧不上陈一鸣这副又侉又㞞的模样，又默念一遍“竖子不足与谋”，叹口气道：“小妹妹们，都出来吧。”

陈一鸣小心翼翼地探出个脑袋，确认捣乱的流氓一个不剩，才昂首挺胸地走出来，扯大了嗓门道：“怎么着，丫有本事三对三出去茬一架，在这儿恐吓谁呢？”

顾蛮生都懒得搭他那茬儿，扭头见朱亮一脸苦大仇深、欲言又止，问他道：“你想说什么？”

朱亮叹了口气：“钱给了就给了，你闹这一下，不怕他们报复你？”

顾蛮生淡淡道：“有一就有二，今天让这伙流氓这么轻易地走了，赶明儿贪心不足蛇吞象，他们还得找上门来。我得让他们尝点苦头，长点记性，想吃蜂蜜就别怕蜇。”

朱亮与弟弟对视一眼，不说话了，取了扫帚，清扫起一地的爆米花碎屑。顾蛮生回头看曲颂宁，耸一耸肩膀：“不好意思，电影没请你看成。”

曲颂宁沉吟片刻，道：“你不觉得为首的那个流氓有点眼熟吗？”

经曲颂宁一提醒，顾蛮生也恍然大悟：这个流氓他曾在解放路天桥上见过，好像跟那个赵斗是一伙儿的。

第六章

祸起一棍

赵斗那伙流氓不敢跟顾蛮生硬碰硬，但不表示不能耍阴招。他们摸黑混进学校，先在学校公告栏里乱涂乱画，后来索性往教学楼上泼油漆，刷上诸如“顾蛮生不得好死”“顾蛮生千刀万刮（剐）”之类的蠢话，血红色的大字，横竖像小儿学步，撇捺如醉汉抽风，丑得十分醒目。还有错别字。

这一下顾蛮生算是彻底在瀚大出名了。陶刚跟保卫处全员都交代了，逮着这伙流氓就扭送去派出所，问题是对方铁了心地打游击，人没逮着，造成的影响却是极恶劣的。

之前于新华就接到过不少投诉，能压的也就压了下来，如今事态扩大，直接惊动了当时批准承办校电影院的高副校长。顾蛮生连带着于新华都被叫去校长室谈了话，高副校长措辞严正地警告他——为防捣乱与破坏，以后学校外来人员都得登记，校园电影院也先暂停营业，如果顾蛮生这边再惹出乱子，校园电影院就得彻底停办。

承办校园电影院的初衷是挣钱，但确实有一票“招生并轨”后的特困生靠它缴上学费、吃上了饭。顾蛮生在高副校长面前点头哈腰，千赔礼万认错，一走出校长室就把什么都忘了。他轻松地吹着口哨，提上一桶油漆就去粉刷教学楼外墙。

于新华被留在校长室里多训了几句，出来以后，在教学楼前找着顾蛮生，看他还跟女同学嬉嬉闹闹，一副没事人的模样。几股怒火搓成一口恶气，劈头盖脸就批评他，说他成事不足，败事有余，当时在电影院多让一步，也不至于被这伙流氓缠上。

顾蛮生熟稔地刮着腻子，满不在乎地说："不怕贼偷，就怕贼惦记。让了一步就得让十步，让了一回还有下一回，对付这种流氓，妥协肯定不是办法。"

顾蛮生正吹着口哨刷着墙，陈一鸣匆忙奔来，气还没喘匀就喊："朱亮被人打了！"

一天前，朱亮外出为电影院采购爆米花，回校路上冷不防被人套住麻袋，一棍子打晕过去。玉米粒撒了一地，再睁眼时人已经在校医院里，一问三不知，就留着一脸赤青靛紫，肋骨断了两根，鼻梁都碎了。

但顾蛮生心里有数，这个时间点上出事，肯定是赵斗派人干的。估摸那帮人看他有两下子，不敢啃他这根硬骨头，只敢捡软柿子捏。

顾蛮生这时才觉出一点不是滋味来，攥着拳头不说话。他自己当然是不怕事的，却没想到会连累朋友。

"你别再胡闹了，这事儿就交给警察来办。"瞧他这模样还想生事，于新华都气结巴了，伸手点着他的鼻梁连说了几个"你"字，抬眼看见曲颂宁也往这边走来，赶紧扬手招他过来，他说，"小曲，你跟顾蛮生一起去报案。"

报案就得去区公安分局，分局就在瀚大附近，接警员也就那么几位。接警室里，顾蛮生又碰上上回报案时遇见的老公安。

双方都到了相看两生厌的地步，尤其是老公安看见顾蛮生。老公安认识陶刚，知道又是顾蛮生惹的乱子，所以看他那眼神格外不耐烦，恨不能下一秒就灌他辣椒水、上他老虎凳。

老公安道："怎么又是你？你一个大学生，进局子的次数比流氓还多，你觉得合适吗？"

"您这话说的，怎么不合适了？警民鱼水情，社会才太平，警民心连心，中华好复兴。"顾蛮生一脸正经，还教训起对方来了，"人民公仆为人民，不能事事落人后，处处想偷懒，党和国家这不白白哺育你了？"

在顾蛮生把话越说越离谱之前，曲颂宁赶紧插话道："我们的同学被人打了，我们是来报案的。"

老公安对曲颂宁还挺客气，但依然稳如泰山，没一点紧迫的样子："情况知道了。你们学校那边已经来报过案了。"

顾蛮生微眯了眼睛，问："我知道那赵斗住在哪里，您打算什么时候去抓他？"

"先审查，再立案，"老公安一听顾蛮生开口就不耐烦，"砰"一声，扔出厚厚一沓文件，落在桌上，"你看看，这么多案件资料都等着做法鉴，犯罪事实显著轻微的，不予立案。"

顾蛮生还想再争两句，被曲颂宁及时扯了一把胳膊，暗暗劝服住了。

两人一起退出了接警办公室，曲颂宁说："这老公安明显是个兵油子，办案根本不上心，与其跟他耍嘴皮子耗时间，还不如直接换一位接待民警。"

顾蛮生觉出这话有道理，撇撇嘴，听他的了。

两人便找了个角落，耐心等着。

差不多到了交接班的时间点，老公安端着搪瓷茶杯出去泡茶唠嗑，没一会儿，一个年轻民警向着接警室走了过来。

顾蛮生与曲颂宁齐齐抬头看向这人，脸形方方正正，一身警服也穿得格外挺括，他胁下夹着一沓办案文书，跟瀚大那些喜欢上图书馆的大学生似的，走起路来脚步生风，很有股拍屁股就干的利索劲儿。年轻民警也看见了这两个年轻人，嘴角微微一勾，特别礼貌地冲他们点了点头。

待人走进接警室，顾蛮生杵了杵曲颂宁的胳膊，笑道："这是个秧子。"

曲颂宁也在同时回他一个默契十足的笑容："就他了。"

原来赵斗其人在公安部门早有累累案底，年轻民警果然办案认真，将前因后果一合计，立马就决定去赵家看看。

顾蛮生把人带去了卖烤玉米的孙老头家里，以前在解放路天桥上摆摊时就听他提过一句，这个赵斗是他邻居。但孙老头说，赵斗已经很久没回家住了。

赵斗去年纠集了一群不三不四的朋友开了家录像厅，但瀚大的校园电影院办起来之后，生意每况愈下。顾蛮生有阵子天天跑居民小区里塞传单，一下就被记恨上了。

曲颂宁道："难怪要找你的碴儿。"

小民警继续向孙老头打听赵斗为人，得悉是个惯偷。

孙老头说："这赵斗偷鸡摸狗惯了，也不好好经营录像厅，前阵子不知从哪里弄了一批 BP 机，很是大手大脚地挥霍过一阵子，估摸着这会儿钱没了，就又出去惹事儿了。”

顾蛮生微一皱眉：“什么时候？”

孙老头答：“过年前后。”

“这么看，这个赵斗不仅有蓄意伤人的嫌疑，还领导着一个专业化的盗窃团伙，老伯，您要有他的消息，欢迎随时向公安部门举报——”

小民警仍在认真问询情况，顾蛮生却良久沉吟不语，他刚刚萌生一个念头，滋长得很快。他突然插嘴道：“民警同志，我想问问，假设哪天我恰巧撞见赵斗犯罪，能不能见义勇为，直接把人擒下来？”

小民警觉得这大学生挺热心，笑道：“可以见义勇为，但也要注意保护好自身安全。”

顾蛮生挺认真地问：“那他要是持刀跟我拼命，我为了自保，不慎把他打伤了呢？”

“如果见义勇为时不法侵害人使用凶器，你致其受伤属正当防卫，不用负刑事责任。”小民警面孔严肃，措辞严谨，“但是我们仍然不鼓励普通居民与歹徒搏斗，这样太危险了。”

曲颂宁注意到，顾蛮生嘴上虽然说着“那是，那是”，但眼底的笑容完全不是这么回事，他瞳孔散射幽光，像一只狡黠又贪食的狐狸。

走访调查结束，曲颂宁与顾蛮生一起将小民警送出了孙家大门。待这个穿着警服的背影消失于弄堂尽头，曲颂宁方才一脸狐疑地问顾蛮生：“你是不是有什么坏主意了？”

顾蛮生正弓下腰，低头逗猫。弄堂里两只花脸野猫，不知为什么，唯独腻他，还腻得厉害。他慢悠悠地挠了挠猫咪的下巴，嘴角笑意加深：“你还记不记得，我们那天用综测仪偷听刘岳的电话，他说他在过年的时候丢了一批 BP 机？”

曲颂宁问：“你确定就是同一批？”

“一定是同一批，”顾蛮生站起来，口吻相当笃定，“先前我问过朱亮与陈一鸣，一直来学校捣乱的就三个人，加上赵斗正好就是四个。因为不是一个辖区发生的案子，所以那个小警察不知道。”

曲颂宁疑惑道："这么重要的线索，你刚才为什么不说？"

"这人嘴上没毛，办事不牢。"

"人家看着比你年纪大。"分明肚子里还有别的坏水，曲颂宁问，"你到底想怎么做？"

"这些人民公仆猴年马月才能把人逮着，可校电影院再歇一阵子，周遭的居民全跑光了，就别想再开业了。"其实说到底，他就是对公安人员心存偏见，顾长河当年就是被同样穿制服的几个男人铐走的。

顾蛮生轻蔑地抿了抿嘴角，眼露一丝凶光："再说了，朱亮这回是代我受过，被这姓赵的龟儿子打成这样，我不杀他个片甲不留，怎么甘心呢？"

曲颂宁沉下脸道："于老师让我一起来，就是拦着你别闯祸。"

顾蛮生笑笑："刚才人警察叔叔不是说了嘛，那小子亮刀我就是正当防卫，而且打人也有技巧，拿本书往身上一垫，再用毛巾裹着棍子狠抽，一点外伤不会留下。再不行风油精灌喉咙，辣椒水抹眼睛，有的是办法治他。"

这样既能致人痛苦又不会留下痕迹。

曲颂宁不禁咋舌："你简直比流氓还坏。"

"那是，流氓坏得直截了当，哪有我这有技术含量。"擒贼先擒王，说话间，顾蛮生已经有了计划，他打算跟刘岳联手来一个引蛇出洞。

得知顾蛮生他们的主意，刘岳起初一百个不乐意。众声寻呼扩张迅速，刚刚兼并了扎根汉海市的另一家叫远望的寻呼台，新闻里更有乐观预计，今年全国新增的寻呼用户数量将超千万。所以对他来说，被偷一箱寻呼机实在算不得什么大事，犯不上跟着顾蛮生胡闹。

没有刘岳的支持，计划只能落空。亏得曲颂宁是"准小舅子"，小舅子发话，刘岳碍着情理面子，不得不配合。

众声寻呼台兼售寻呼机，兼并远望之后正筹划新开一个门店，专卖寻呼机与其他通信设备。

参考刘岳这边的情况，顾蛮生制订了一套更详细的"逮人"计划，他问朋友租了辆金杯小面包车，白天派人往赵斗常混迹的地方做推广、发传单，保证来往行人都能看见店员们一箱一箱往店里搬寻呼机，晚上就带着陈一鸣他们埋伏在店门附近的面包车里，等着赵斗那伙人冒头。

门店开业那天，盛况空前。火红爆竹爆开的声音响彻方圆百里，汉海市民一大清早就赶来购机，一条长队蜿蜒如龙，一直从街头游到街尾。

对面四个人，顾蛮生这边不敢懈怠，除了陈一鸣与朱亮兄弟，小金杯上还挤着两个众声的员工。高高矮矮六个人，人手一根裹了毛巾的木棍。

陈一鸣没干过这么疯狂的事情，战战兢兢、忐忐忑忑，认为赵斗一行未必会来。但顾蛮生信誓旦旦，说："财不露白，贼不走空，刘岳新店开业的消息传得尽人皆知，而姓赵的那小子头脑简单得很，上回那么容易就得手，也没被警察抓着，他如今兜里没钱，听到这个风声肯定会想着再干一票。"

"可我还是担心……"陈一鸣话音还没落地，就被顾蛮生打断了。

"闭嘴，不准乱我军心。"顾蛮生疯劲儿来了，挥了挥裹了毛巾的棍子，用夸张的京腔念白来了一段《定军山》作为战前动员，"上前个个俱有赏，退后难免吃一刀。众将与爷归营号，到明天午时三刻成功劳。"

果然，功夫不负有心人，金杯停在寂静街边，停在泠泠月下，顾蛮生他们耐着性子蹲守到第三天晚上，终于等来了赵斗。

两辆摩托四个贼，打破了这个原本阒寂的深夜。顾蛮生他们看见，赵斗他们直接把摩托停在了店门附近，然后就像蹿行街道的老鼠那样，迅速逼近门店，手脚麻利地行动起来。

赵斗撬锁撬得娴熟，两三下就把店门打开了。

气氛骤然紧张了，面包车里的呼吸声跟着杂乱起来，像海浪，起伏轰响。顾蛮生却很平静，他显示出超乎所有人的大将之风，抬起手掌往下压了压，示意大伙儿少安毋躁，按照先前的计划，等三个人进店之后再来他个瓮中捉鳖。

待三个人进到店里，顾蛮生他们也下了车，拿上棍棒与麻袋，猫腰悄悄前进。顾蛮生以眼神与手势发号施令，让两个人先去把店外望风的那个小子擒了下来。两个众声的员工闻声而动，从对方身后接近，迅速将那小子的嘴堵住，然后三下两下捆住了手脚。

整个过程行云流水，没出一点动静。

店里的赵斗对外头的状况一点不知情，还喜不自胜地指挥身边两个小子分开搬货，结果被扑进门来的顾蛮生他们一打一个准。

另两个小子很快被缴械擒住，顾蛮生与赵斗有过接触，料想这小子是随身带刀的。果不其然，赵斗一见遇了埋伏，就拔出了腰间的弹簧刀。然而还没来得及耍狠，早已潜伏到他身后的朱亮就张开麻袋，从他头上套了下去。

也不把整个人罩进去，就拿麻袋捂住脸，收紧了袋口，勒住了脖子。赵斗起初还挣扎了几下，气门受堵之后，一下就老实了。

偷鸡摸狗惯了的人不开灯，一片黑暗中，也不知谁扔了事先准备的几本薄书在赵斗身上，然后就听见顾蛮生高喊一声："打！"

瞬间脚踢拳打，棍如雨下。按照顾蛮生原先的设想，狠狠教训赵斗一顿是必须的，但不能致其残，不能破其相，只能打不易留下外伤的地方，比如打胃，打侧肋，或者垫着书本打，这样能打疼、打吐，却打不坏。但大伙儿兴头上来，除了被麻袋罩住的脑袋没有招呼，别处也就不管不顾了。

结结实实将赵斗收拾了一顿，顾蛮生招呼大伙儿把四个人捆去派出所。赵斗被人从地上拉起来，忽然抖抖索索地动了一动，手往下身一摸——朱旸正立在他身前，还当他这动作还要拔刀，立马恶向胆边生，扑上去又朝赵斗的脑袋补上一棍。

就是这一棍，坏了。

包棍子的棉花、毛巾早打散了，这一棍势大力沉，当场就把赵斗砸得昏死过去。

这一棍的代价也是相当严重的，赵斗颅骨单纯性骨折，反倒将朱旸告了。大伙儿将承办校园电影院的盈利基本全赔出来，才勉强落得个"受害人不予追究"，但学校里的处分是跑不了的。

当时，三十七所"招生并轨"试点高校中第一所开展"勤工助学承包制"的就是瀚大，校园电影院屡屡见报，何其风光，可如今却成了烫手山芋。高副校长急于将这个烫手山芋甩脱，打算不管青红皂白，直接将朱旸与顾蛮生一起开除。

于新华为顾蛮生求情，曲夏晚也求着父亲跟校领导协商，她说："校园电影院本来就是以朱旸的名义承办的，最重的那一棍也是朱旸砸的。这件事起于朱旸，止于朱旸，开除他一个人就够了。"

曲知舟拗不过寻死觅活的女儿，只得答应。

然而八方相助，顾蛮生却不领情。当着几位校领导的面，他既不肯低头，也不肯认错，更不肯当缩头乌龟，把过错全赖在朱旸一个人头上。反倒昂首挺胸，说跟朱旸没大干系，全是自己指使的。

结果可想而知。

出了校长办公室，曲夏晚的眼泪就下来了。她强忍着不失态大哭，悲悲切切地劝顾蛮生道："朱旸没背景、没路数，开除开定了，你这个时候站出来没意思，你什么都改变不了。"山雨欲来风满楼，操场边的旗帜在风里猎猎作响。

"改变不了也不能装孙子，"虽天阴欲雨，顾蛮生这会儿的心情倒积极又开阔，他想了想，对曲夏晚说，"你爸能跟校长递上话，那就帮忙说说，朱亮、陈一鸣他们真就是被我胁迫的，从轻发落得了。"

"你明年就毕业了，这个节骨眼上还管别人？"曲夏晚急了。她先前听父亲提过一句，他们这一届赶上了大学生毕业分配的末班车，顾蛮生去汉海邮电设计院分院实习的时候，因为性格张扬、表现突出，全院上下都对他印象深刻。"我爸在设计院的老同事都说了，想等你毕业就招过来，你这一被开除，大好前程就全完了。"

"本来我还犹豫呢，你这么一说，我还非被开除不可了。"顾蛮生不认可曲夏晚嘴里的"大好前程"，事业单位，闲时磨牙放屁，忙时旱涝保收，算哪门子的大好前程？他扯扯轻薄的嘴角，脸上挂上一种又狡黠又傲慢的微笑："江山如此多娇，我怎么能在一个地方待到死呢。"

"顾蛮生，你真的是王八蛋！"曲夏晚气急攻心，抬手给了顾蛮生一耳光，打完自己倒疼了，眼泪跟豆子似的滚了下来。

一场激雨也同时到来，曲夏晚与顾蛮生对视着立在雨中，身边跑过一个又一个急于避雨的学生。顾蛮生微微皱着眉，望着她，面孔因这种难得深沉的姿态更显英俊。

两个人对峙般面对面站了许久，曲夏晚一抬手，又给了顾蛮生一耳光，但第二个耳光轻了许多，比起泄恨更像爱抚，更像在烈马身后轻策一鞭。她过去因爱情闭目塞听，直到这一刻才完全会意，这个男人她留不住了，哪有人留得住风呢？

顾蛮生坦然承受了第二个耳光之后，转身而去。留下在雨中撕心裂肺的曲夏晚，守着他的背影当作绝景。

高副校长给了台阶，顾蛮生也坚持不下，这件事情就这么定了。被学校开除以后，朱旸没有回老家，回老家只能种地，他不甘心。想来想去，还是决定跟顾蛮生一起出去闯一闯。

唐茹没就顾蛮生被开除一事发表任何意见，只在顾蛮生背包南下之前，给他炸了满满一盆糖饺。她想：作为全中国改革开放的第一批城市，深圳可能什么都有，但多半不会有汉海人最常吃的这种点心。

这趟南下的火车八点发车，所以唐茹清早上菜场，第一个等在终年热销的年糕摊门口，一开门就买回了上好的细糯米。回到家中，她将糯米混合白糖还有细细剁碎的酸梅，搓成大小匀称的腰圆形坯子，最后用油炸至金黄，香溢满屋。顾蛮生小时候最爱吃这个，她边炸糖饺边说："多吃点，多吃点。"

事实上唐茹忽然轻松了，她明着劝暗着拦，好像这一刻终究尘埃落定了。青山遮不住，毕竟东流去，顾蛮生的血液里跃动着继承自顾长河的不安分因子，该来的迟早会来的。对于这点，母子之间一直是心照不宣的。

去往深圳的火车还有二十分钟发车，火车站里人挤着人，顾蛮生轻装上阵，就一个黑色背包，朱旸则全副武装，身上背着大包，手上提着小包，包里除了换洗衣物与生活必需品，还有家里寄来的家乡特产牦牛肉干与沙果干。相熟的同学都来送他们了，也都潮着眼睛，一直送到了检票口。

"你们一个个的，又不是送别遗体，"这泪眼相送的场面令顾蛮生想笑，他忍着笑劝大伙儿，"我跟朱旸不过先你们一步踏上社会，别送了，都回去吧。"

曲颂宁也来了，他跟贝时远一同来到顾蛮生跟前，问出了一直困扰心头的疑惑："其实你可以不被开除的。是不是就算高副校长一开始就打算放你一马，你也会主动承担责任，巴不得自己被开除？"

"知我者，莫若小舅子也。"顾蛮生笑笑，嘴角和眉梢都透着轻松。

"还小舅子呢？你这一走，你跟我姐就真的不可能了。"曲颂宁轻轻叹息，他真的感到惋惜，曲夏晚那些前赴后继的追求者里，确实就属顾蛮生最有意思。

顾蛮生往前来送行的人群里看了一眼，曲夏晚没来。一个女人一而再、再而三地被情人伤了心，肯定是不愿再回头了。顾蛮生故作轻松地耸耸肩膀，却发觉自己比起初想象的更觉难受，仿佛遭逢了连日的阴雨，但不多久，这种潮乎乎、寒恻恻的难受就被即将上路的兴奋劲儿扫空了。他的眼神热腾起来，亮堂起来。

“为什么一定是深圳？”话音落地，曲颂宁也觉得自己多此一问。顾蛮生对那座城市抱有如此深沉的好感。就说他的名字，不也命定一般，与那座城市的气质浑然一体？

“不是有这么句话嘛，‘东南西北中，发财到广东’。”顾蛮生说，“香港回归在即，两座城市原就一衣带水，从此更将紧密相连，眼下的深圳遍地都是机会。”

还有一句话顾蛮生没说出口，如果自己留在汉海，可能受各种人、各种情的掣肘，一生都飞不起来。所以，他要去到风口下。

他要去深圳。

贝时远会意笑笑，问他：“你到了深圳，打算干什么？”

“没想过，看情况吧，能干什么干什么。”顾蛮生真没想过。

贝时远颔首道：“别跟我见外，也别忘了我跟你说过的话，你随时可以来找我。”

朱亮拄着拐杖，带着父母的嘱托来送弟弟。家里人都没想到，朱旸才读一年大学就失了学，还是南下去了深圳，简直像是注定如此。家里人也都怪顾蛮生，不是他整的幺蛾子朱旸这会儿还是大学生呢。但朱亮不怪，他忍着泪，仿佛临终托孤一般把朱旸推在了顾蛮生面前，瓮声瓮气地说：“我把我弟交给你了，他除了出来念书还没出过远门，到了深圳你一定带着他。听人说那边的人特别野蛮，我弟老实，你可别让他受人欺负……”

哥俩挺有意思，好像即将踏上的不是中国改革开放的土地，而是狼窝虎穴。顾蛮生看看朱旸，哥哥矮小木讷，弟弟比哥哥生得高大，内里却更木讷，他背着牦牛肉，拎着沙果干，一张脸黝黑中透着胆怯的红，束手束脚地站在他的兄长身后。

“知道，你放心。”告别所有同学，顾蛮生扭头就走。他步子越来越快，肩头的背囊却越来越轻，他忍不住小跑两步。奔跑令人上瘾。

5月底的太阳好得离奇，透过月台的玻璃顶棚，迂回地照进来，像乱飞的莺与蝶。然后，顾蛮生在这样一片光明的盛景里再次停下脚步，回过头，郑重地向朱亮、向大家保证道：“我一定带他拼出一个锦绣人生。”

第二部分

野蛮生长

第七章

你好，特区

站台上攘攘营营的人群散去，火车终于启动了，如同水蛇过江，沿着蜿蜒铺陈的铁轨，向着野蛮生长于祖国南方的特区游过去了。

六人一间的硬卧，还空着一张床铺，顾蛮生很快就跟另外三个人混熟了，打听出来他们都来自四川，也都想乘着改革开放之风南下打工。

三个人虽不来自同一个地方，也算老乡，二十几个小时的火车闲来无事，就玩起了四川的一种长牌。那副牌跟常见的那种扑克牌不太一样，既狭又长，上头除了印着牌点，还画着三国人物，云长、翼德，伯符、公瑾，白色牌底上用红线描画，一个个都挺活灵活现。

顾蛮生被引出了兴趣，凑到那三个四川老乡跟前问："哥们儿，玩的什么牌？能不能加我一个。"

三个人长牌玩得不过瘾，加一个也就加了，一个四川人提醒顾蛮生："这牌可复杂，没个把小时你学不会。"

"复杂好啊。"顾蛮生笑笑，直接搬了只朱旸的行李箱当凳子，坐下了，"不复杂还没劲儿了。"

朱旸鲜少出远门，一上车就不舒服，这会儿火车前行的轰隆声里又夹杂上了打牌的喧闹声，他越发感到头晕。他从自己的铺位上坐起来，侧头喊了顾蛮生一声。

顾蛮生学习能力惊人，什么吃、碰、滑、偷，什么天牌、地牌、丁丁、斧头，这会儿都已经学会了。他嘻嘻哈哈地跟人玩牌，根本没听见朱旸喊他。

去深圳这么大的事情这人却似一点都不放在心上，朱旸不太高兴，又提起嗓子喊他一声："生哥！"

顾蛮生被嚷烦了，才问："怎么？"

朱旸提声道："咱们到了深圳到底干什么？你到现在也没个规划。"

"规划抵屁用？规划赶不上变化，反正老天饿不死瞎家雀，"顾蛮生兴致全在新学会的牌戏上，头也不抬地说，"我答应你哥了，有我一口吃的，就绝饿不着你。"

与大哥分别时已经哭惨了，一听顾蛮生提起朱亮，朱旸悲从中来，揉揉红肿的眼睛，倒头面壁地睡了。

先坐火车到广州，再坐汽车去深圳。大巴明显超载，像只沙丁鱼罐头，来自五湖四海的打工者就摩肩接踵地挤在里头，各种体味混合着汽油味一起发酵。顾蛮生与朱旸运气好，还有座位，但朱旸闻不得充溢狭仄空间的怪味儿，晕车晕得头疼眼花腰背发软，火车上还能睡一觉，汽车就真的连坐都坐不住了。

顾蛮生见朱旸遭罪不轻，打开自己的背包，想掏瓶水来给他喝，结果却摸出一只厚实的信封。打开一看，里头包裹着厚厚一沓人民币，少说两三万。

行李是唐茹收拾的，这笔钱自然也是唐茹悄悄给的。信封沉甸甸的，粗糙的牛皮纸被焐得微微发烫，顾蛮生低头注视着信封，面无表情，手却止不住地发抖，像掌托着四两慈母心。他想：兴许全天下的母亲都是一个样子，东隅与桑榆两难兼顾，一生都在口是与心非间较劲。

朱旸扭头看着顾蛮生，目光从他眼前垂挂着的长睫毛游移至半敞开的背包口，看见一沓半露的青色人民币，一下从要死不活的状态里惊醒过来："生哥，这么多钱？"

"嚷什么？"财不露白，顾蛮生叱了朱旸一句，敛了敛心头那点惆怅，又挤出笑容道，"到了深圳，哥用这钱请你吃顿好的。"

朱旸回了一句话，可能是考虑到他俩目前的状况，建议一分钱掰两半花。但顾蛮生没听进去，他扭头看向车窗外，车经客家村，百亩油菜花田一望无边，风起时满地的油菜花便晃动不止，犹如层层金黄的波涛。

再过些日子就该开镰了。

顾蛮生嘴角微微翘起，眼神温柔而恍惚，他想起了临行前的那顿糖饺，又想起了小时候跟着唐茹去菜场里打菜籽油，待油锅沸腾，糖饺上桌，没有顾长河的晦暗日子便也跟着变得热腾腾又金灿灿的。

朱旸的老乡提前收到了消息，所以特意赶来车站接人。人来人往的客运站里，朱旸向顾蛮生介绍，老乡叫阿伟，比他俩年长，村里头一拨外出打工的人，已经待在深圳好几年了。

顾蛮生迎上去，一口一声热情的“伟哥”，顺便细瞅了老乡一眼，豆眼蒜鼻一张脸，毫无记忆点，唯独眼神透着一股子纯净，属于玉米秸与黄土地的、还未被城市浸染的纯净。这种纯净令人一见如故，好感倍增。

“别别别，别叫‘伟哥’，听着别扭。”老乡普通话挺标准，外出打工多年，一口乡音已经改了，“我妈跟朱妈妈情同姐妹，朱旸就是我亲弟弟，所以他还没来的时候我妈就托人写信跟我说了，朱旸初来乍到肯定没地方去，就别在外头花冤枉钱了，不如就住我家里。”

顾蛮生不拿自己当外人，直接问道：“你住哪儿？”

“龙岗那边，离工厂近。”

顾蛮生继续问：“伟哥在哪儿高就？”

“一家叫宏康的电子加工厂，早些年加工电子琴、电子表，现在加工电话机还有电脑，反正来什么加工什么，待遇可以，还包吃包住。”

“我知道，典型的三来一补。”顾蛮生明显来了兴趣，问阿伟，“你们工厂还招人吗？”

听这意思是要去工厂做工，朱旸忙道：“生哥，咱们好歹是大学生……”

“大学生怎么了？大学生就不能去工厂了？再说你连瀚大的凳子还没坐热呢，充其量就是高中毕业。”顾蛮生打定的主意是不会改的，不再纠缠于这个问题，只笑着一钩朱旸的肩膀，“走，说好的，我请你还有你老乡吃饭。”

顾蛮生带着朱旸与阿伟，看似熟门熟路地在深圳的街道间穿梭，他大手大脚惯了，小摊子、小馆子都不入眼，最后停在了一家饭店门口，高楼邃阁古色古香，明显不便宜。不比其他饭店酒楼名字里都有“兴”啊“旺”啊这些字眼，黄檀匾额上

“桂荷饭店”四个镏金大字，顾蛮生仰着头，眯缝着眼看它一晌，说：“还挺风雅，就在这儿吃了。”

朱旸一看这饭店里金碧辉煌的装潢，忙扯顾蛮生的衣袖：“这儿看着太贵了。”

阿伟也小声提醒道：“这家不行，你看一个客人都没有，肯定宰客。”

“这叫开门宴，砢碜了还能开门吗？”顾蛮生对老乡的规劝置若罔闻，好像越贵还越高兴，迈开大步就进了饭店。

店里客稀，挑大堂中央的位置坐下，顾蛮生也懒得点单，得知阿伟不忌口，便招来服务生，相当阔气地说：“三个人，你们这里有什么好菜，你看着张罗吧。”

对深圳本地人来说，顾蛮生那一口字正腔圆的普通话揭示了他外乡人的身份，更是任君宰杀之意。几个菜，粗粗一算得两三百，顾蛮生犹嫌不够，还额外叫了一瓶五粮液。朱旸直呼心疼：“有钱也不能瞎折腾，这酒就别点了，我跟阿伟也都不是会喝酒的人。”

“你们不会我会啊，”顾蛮生眼珠骨碌一转，轻声道，“再说了，这瓶酒老板会请客的。”

朱旸与阿伟不解其意。等饭吃的差不多了，顾蛮生高抬起手，招来了一个服务生，扬声道：“你们老板在不在，我要找他。”

服务生一身紧巴巴不合身的礼服，不知顾蛮生找老板什么事情，先点头哈腰赔不是：“老板是在的，就是……我先问一声，是不是菜不合胃口？”

“菜还可以，”顾蛮生一听老板人在，嘴角已有一丝笑意，“但你们饭店的名字实在不好。”

不是菜品有问题，服务生吁出一口气，笑了：“我们饭店名字怎么不好了？”

“我看你这大堂里挂着一幅画，上面提了一句‘三秋桂子，十里荷花’，你们的店名就是这么来的？”

“对，”服务生点头道，“一方面，我们主打的是淮扬菜，另一方面，‘桂’和‘荷’的谐音都比较吉利，老板信这个。”

桂字谐音“贵”，荷字谐音“和”，这幅花鸟国画挂在大堂醒目位置，名字就叫《富贵祥和》。

“错就错在这两个字上，”顾蛮生自说自话地站起来，推开椅子就走，“我跟你也说不上，找你们老板去。”

顾蛮生人高腿长，服务生跟不上，三步并作两步地追了上去。朱旸与阿伟对视一眼，都撂下了筷子，他们紧张得空咽唾沫，都担心顾蛮生吃霸王餐得被人报警抓起来。然而没想到，下一刻，顾蛮生就笑眯眯地回来了，他说：“刚刚老板说，这顿饭他请了。”

朱旸与阿伟将信将疑，还坐着不动，顾蛮生已经大步生风地离开了饭店，服务生还给他们开门，真的没提结账的事情。朱旸加快脚步跟上去，追着问顾蛮生怎么回事，顾蛮生笑而不答，一脸的神神秘秘。

三个人酒足饭饱，又风尘仆仆地赶回了阿伟的住处。阿伟没念高中就南下打工，年纪没比朱旸大出多少，却已经过上了“老婆孩子热炕头”的安生日子。因为打算结婚，主动放弃了宏康包吃住的福利，多折算了一点薪水，与人合租了房子。五十多平方米的两室一厅，螺蛳壳大的地方挤下了八个人，其中还有三对小夫妻。阿伟多出了一点租金，拿到了七平方米不到的一间小卧室，关上门就是独立天地，谁也碍不着他。

阿伟的同居女友叫秀秀，跟几个小姐妹合伙经营了着一家发廊，她出资占大头，所以发廊就叫“秀秀美发沙龙”。秀秀人长得一般，但身段妖娆，乍一眼是“未见其人，先见其胸”，而且打扮得相当时髦，一头洋气的褐色鬈发不说，眉毛也刮尽了，只用深青色的色料文了细细挑高的两道。明明年纪不大，这两道兀立着的细眉莫名显得她目光棱棱，老成又精明。

顾蛮生笑称阿伟好福气，一通奉承，明着是夸阿伟，实则几句话就把秀秀给夸美了。

秀秀不知道三个男人饱腹而归，早做好了几道家常菜，在小卧室里展开一张折叠圆桌，又在四周摆上了四只塑料板凳。

朱旸刚想说自己已经吃过了，被顾蛮生一个善解人意的眼色堵了回去：别人挽着袖口，忙里忙外张罗半天，你总是要捧场的。

饭桌上，阿伟主动提起了中午在桂荷饭店被免单一事，秀秀听了相当好奇，追着问：“怎么说了个店名不行，就让你们免单了？”

顾蛮生还想故作神秘，但拗不过秀秀的热情，只得坦白道来。他问身边的朱旸：“‘有三秋桂子，十里荷花’这句诗出自哪里？”

朱旸道：“不就是柳永的《望海潮》吗？说的是江浙一带十分富庶，那饭店就是做江浙菜的，这名字不是挺吉利也挺合适的吗？”

“一看就是中学语文没学好，那你知不知道，就是这首词间接导致了北宋王朝的灭亡？”顾蛮生见这一屋男女个个凝神屏息，听得十分认真，越发得意地讲下去，“我当时就跟那老板说了这个典故，金国第四个皇帝叫完颜亮，偶然读到了这句‘三秋桂子，十里荷花’，发现这诗里描写的大宋也太美丽富庶了，当场一拍脑门，动起了发兵南征的心思。你们说，这么个跟亡国挂钩的名字，还富贵祥和呢，不财尽人亡就不错了。”

阿伟听得懵懵懂懂，还是一脸不可置信：“这么说倒是有点道理，可你明明触了他的霉头，他怎么还反过来请你吃饭了？”

“因为我还给他提了一些别的风水建议，我问他是不是店里生意不好，其实我们坐那儿老半天都没再来一个客人，这不明摆着吗？”

秀秀脸颊发红，两眼放光地问：“你还懂风水啊？大学里教的？”

“大学里哪能教这个啊？都是我在解放路天桥底下听人瞎掰的。风水学里还有两句话，叫‘法不空出、遇衰不润’，意思是别人替你指点风水，你是一定要给钱的，只有三种情况可以不用给钱，给了对方也不收：一是你阳寿将尽，二是你大祸临头，三是你再无好运，算了也白算，改了也白改。我给那老板指点完风水后刻意不提收钱的事，他还不乐意了，死乞白赖要请我这一顿。”

阿伟与秀秀面面相觑：“你们大学生也太厉害了。”

顾蛮生这会儿谦虚起来：“我也是听说广东这边风水文化氛围浓厚，看那饭店的布局还有摆件，明显老板是懂点皮毛的，所以想着试试吧，没想到对方还真信了。”

阿伟与秀秀仍啧啧称奇，朱旸倒挺镇定，夹了块玫瑰豉油鸡道：“一顿饭算什么厉害？顾蛮生的本事是能把你卖了，你还乐颠颠地给他数钱呢。”

一开始，秀秀是觉着这事儿有趣，捎带着觉得顾蛮生有趣，但一听朱旸这话，心里那点隐忧就被唤了起来。顾蛮生这个人，看似轻浮油滑，实则一身的本事与手段就藏在这样无规无矩的外表下。

饭后，顾蛮生与朱旸先进房间收拾行李，秀秀留在厨房收拾碗筷，她悄悄捅了阿伟一胳膊，压低了声音道：“你这个老乡看着挺踏实，可他带来的这个，这个顾蛮生……我总觉得，早晚得惹出大乱子。我记得你说过，他就是惹事惹得被学校开除了？”

“你小点声，听说是打架被开除的，年轻人难免火气大点……”

说话间，顾蛮生从房里走了出来，笑着喊了秀秀一声“嫂子”，要来帮秀秀刷碗。他自来熟得很，这会儿已经不拿自己当外人了。

“不用不用，你们坐了一天的火车，好好休息吧。”秀秀冲顾蛮生扯了个笑，又瞟瞟身边的阿伟，越对比越觉得自己的男人被衬得灰头土脸，老实木讷，说不准哪天还真就被对方给卖了。这样一想，未免开始杞人忧天，扯到一半的嘴角完全耷拉下来，实实在在地忧郁了。

这一晚，顾蛮生就与朱旸在七平方米的卧室里打地铺，两个人高腿长的大小伙子挤在地上，翻个身都不行。顾蛮生戴着耳机，两手抱臂枕在脑后，望着天花板发愣。随身听里的窦唯仍在不知疲倦地嘶吼“明天更漫长”，这盘带子是他临走前曲颂宁送给他的。

只有一轮明月共此时，隔着汉海距离深圳的一千四百千米长路，他无可抑制地想起了曲夏晚。

正“曾经沧海难为水”呢，身旁的朱旸忽然焦躁地翻了个身，伸手抽出脑后的枕头，气咻咻地盖在了自己脸上。动作太大，一下就惊动了身边人，顾蛮生取下一只耳机，一听就明白了。

原来是隔壁房里另一对小夫妻正在“办事”，男方气喘如牛，女方咿咿呀呀地喊着。可能已经收着来了，但这种装潢简陋的群租房基本谈不上隔音，越有心压抑，越听着撩人心肠。

朱旸整个人正小幅度地、不安地颤抖着，顾蛮生扭过头，取下对方盖脸的枕头，低声问：“想姑娘了？”

血气方刚的小伙儿，想也正常。朱旸有些不好意思地点头，一张脸烧得通红，一双眼睛在黑暗中熠熠发亮。

顾蛮生笑了：“我也想。”

然后他把自己另一只耳机也摘下来，一手拿着一只，绕过朱旸的脖子，将两只耳机全替他戴上。

“睡吧。”待朱旸闭上眼睛，顾蛮生再次仰面躺下，望着头顶的天花板。

他在深圳的第一夜，就在阵阵“干呀”“来呀”的叫喊声中对付过去了。

第八章

揾食艰难

第二天，热心的阿伟就带着顾蛮生与朱旸一起去了工厂。宏康电子，80 年代末就在深圳开设了工厂，代工业务主要是移动计算与通信设备。招工模式除了职介所推介，就是老乡介绍老乡，熟人牵线熟人，双方知根知底，可以省去不少麻烦。

朱旸原本想写简历，但他实在没有工作经验，索性就递上自己的高考成绩单，没想到对方压根儿不看，前前后后将他一打量，当场就要他交身份证、签合同。

“什么工作？什么都不看？”朱旸死脑筋，坚持要递上自己的成绩单。

“看什么成绩单啊，这活儿只要两手没残，谁都能干。”招工负责人没被人这么较过真，惊得一双鼠眼瞪大了数倍，看着眼前这年轻人跟看猴似的。待工组长过来把人领走，他就把朱旸那张视若珍宝的成绩单扔进了废纸篓里，由鼻腔里发出一个怪声：“大学还没毕业呢，读书就读傻了。”

这话朱旸与顾蛮生都听见了，朱旸气得双肩打抖，顾蛮生用力揽住了他。

宏康老板是台湾人，谁也没见过，用朱旸的话说，这人就是台湾日据时期的遗毒，狗汉奸剥削中国人。宏康全军事化管理，七天集中培训，上午踢正步，下午上课，讲些厂规文化与生产线操作技能。过了培训就上岗，普工二班倒，一个月就休两天，每人每天至少上工十二个小时，总共只给十五分钟吃饭、喝水、上茅厕的时间，超时了就得扣钱。

十五分钟的午休时间听着不够，但在宏康居然绰绰有余了。中午的菜翻来覆去就那几样，黄瓜炒蛋、苦瓜肉片、水煮白菜、家常茄子，也不知道掌勺的是哪里人，每道菜都重油又重盐，黄瓜炒蛋里没有蛋，苦瓜肉片也瞧不见肉丝，难得吃一顿红烧鸡腿，那是工厂接受领导抽查了。午休时间一到，就有人推着餐车而来，车上两只脸盆、一只木桶，脸盆盛菜、木桶盛饭，普工们端着自己的饭碗一拥而上，花不了一分钟，盛菜的脸盆就见底了。

朱旸抢不过老工人们，只能怏怏回来，闷头吃白饭。顾蛮生看他一眼，一言不发地夺来朱旸的碗，将自己的茄子与黄瓜全扒拉进他的碗里，然后再往自己扒拉剩下的空碗里倒上一些开水，见水面漂着一层油花，就当汤喝了。

结束培训之后，顾蛮生跟朱旸分到了一个宿舍，朱旸想去 PC 生产组，顾蛮生却提出要去程控交换机组，两人为此还发生了一点口角。但不管人在哪个组，工作强度都很大，新手根本忙不过来，也就中午午休时间能说上两句话。

朱旸本就清秀显小，然而车间里居然多的是比他看着更小的工人，有个年纪最小的看着才十三四岁，脸上有块面积不小的白癜风，手上的皮肤更是呈现出不均匀的花纹状，莫名瞧着脏，瞧着筚路蓝缕。少年叫白浩，因为身形瘦小，工人管他叫“浩子”，身份证上显示浩子已经十六了，但朱旸悄悄问过他真实年纪，其实就是童工。

招工负责人只管招人，哪管这证件真假。

吃完午饭，普工们还得继续站着干活儿，整个车间就一条凳子，只有一个瘸腿的工头能坐。讽刺的是，这工头是厂里领导的某位亲戚，名字叫郑高兴，可一张脸一年里头能板足三百天，为人极其刻薄，永远不见高兴。普工们私底下都管他叫“烂仔”，但一见他就唯唯诺诺，一经他管就服服帖帖。

郑高兴常挂在嘴边的口头禅就是“不准偷懒，偷懒扣钱”，一双三角眼被横肉堆挤得犹如一丝细缝，却偏偏明亮如炬，谁都别想在他眼皮子底下偷懒。郑高兴管起人来确实很有一套，车间井井有条，据说，新招的员工要先在大太阳底下踢两天正步，这主意也是他想出来的。

他说：“先喊‘一二一’，思想才统一，汗滴禾下土，干活不怕苦。”

朱旸开工没几天就被点名了好几次，一下工就抱怨：“站得我腿都麻了，这一天下来连喝口水的工夫都没有。”

“这不挺好，还省得挤出时间去厕所了。”顾蛮生躺靠在床上认真翻看着一本册子，随口答他。

“去年，全国范围内就已经开始实行一周双休制了，凭什么我们一个月才能休两天啊？”朱旸老调重弹，“这老板就不是东西，狗汉奸欺负中国人，早晚我得上劳动部门去投诉他。”

“说说得了，别真去，我还没学完呢。”

“要不咱们转组吧，要再不行，咱们去别的工厂？”

“天下乌鸦一般黑，去哪儿不一样。”

顾蛮生眼睫低垂，答什么都兴致缺缺，好像注意力全在他手里的那本册子上。这人不喜读书在瀚大都是出了名的，朱旸忽然狐疑道：“你看什么呢？这么津津有味。”

这儿的普工平时没别的消遣，人手一本从香港那边传过来的画报，边看还边垂涎三尺，啧啧有声。朱旸笑嘻嘻地将册子夺了过来，没想到居然不是袒胸露乳的美女，而是一本交换机操作手册。

朱旸当场目瞪口呆，顾蛮生趁机又劈手夺了回来，他一手闲适地垫在脑后，一手握着操作手册，继续认真阅读。

经老师傅指点，入职没两天，顾蛮生就已经能够熟练布线与安装程控交换机了。宏康这款装配生产的万门程控交换机在市场上供不应求，订单一直排到了后年。顾蛮生听厂里的老师傅说，目前国内通信市场共有八种制式的机型，分别来自日本、比利时、美国等七个国家，人称“七国八制”，不同制式的交换机间互不兼容，市场一片混乱。

顾蛮生记得清楚，头发花白、一脸沧桑的老师傅说到这里，露出特别诡秘的笑容：“就跟当年的八国联军似的。”

顾蛮生在大学里就学过程控用户交换机的通信原理教案，但书本只限于理论知识，他很快在螺丝刀与电烙铁之间发现了一块崭新大陆，紧接着他就更深刻地意识到，自己读书那会儿荒废太多了。

朱旸每天上完工便累得半死，回屋就倒头大睡。顾蛮生则沉迷学习新知识，犹如海绵汲水，也顾不上他。倒是那白癜风少年浩子拿顾蛮生当自己亲哥，天天黏前贴后地跟着。他没见过大学生，连这种中途被开除的都没见过，他觉得这人什么都懂，什么都会，所以很是仰慕憧憬。

这种枯燥无味又平静无波的生活，在三个多月后，终于被一声闷响捅破了。

“咚”的很响一声，所有埋头工作的普工都听见了，然后这些人抬起头，循声望过去——他们看见浩子以跪姿扑倒了，脑袋就重重磕在操作台上。

普工们都停下了手头的工作，紧张地东张西望、面面相觑，车间里一片唏嘘声与惋叹声，但没人敢上去搭把手。原来在顾蛮生他们没来之前，就有个工人猝死在了操作台前。听工头郑高兴说那人天生身体不好，家里也没人来闹，赔了万把块钱，就这么草草了事了。

浩子已经发了几天高烧，走路都趔趄了，依然不下火线，又在操作台前连着干了十小时。顾蛮生刚想上去救人，没想到郑高兴眼尖看见了，二话不说就上去踢了浩子一脚：“别偷懒啊！这么偷懒是要扣钱的！”

但人没动。

顾蛮生赶紧冲上前，一把扯开堵住前路的郑高兴，俯身探了探浩子鼻端。他惊呼：“糟了，已经没气儿了。”

郑高兴这时还是一脸的将信将疑，也伸手去探浩子鼻息：“不是吧，还真没气儿了？”

又有人猝死在操作台前，工人们全停下手头工作，战战兢兢围拢过来。顾蛮生迅速把人在地上放平，松开了他的领口与裤带，为他进行胸外按压与人工呼吸。浩子那张花白不匀的脸像蒙了一层石灰，黯淡惨白，然后在顾蛮生的急救下，渐渐透出红晕。

他呼啦一下喘过气，睁开眼，懵懂地望着周围的一张张人脸。

别的工人赶紧搬来那条独伶伶的长凳，把浩子扶起来，让他先坐着休息。

再有人死在车间里，到底是个麻烦。见人救过来了，郑高兴也缓过一口气，嘴上却依旧不肯饶人：“坐什么坐？我看这小崽子就是偷懒装死。”

刚刚放下揪起的一颗心，顾蛮生站直身体，冷下脸道：“都是打工的，别这么刻薄。”

“我知道你们私底下都管我叫‘烂仔’，没事，我就是烂仔一个。”工头监工不力，那也是要扣钱的。郑高兴方才被顾蛮生推搡那么一下，本就不满意，他比顾蛮生矮了一头，但拿着鸡毛当令箭，气势倒是不弱，他恶狠狠道：“我再烂仔也是工头，我还就刻薄了，你有本事就别干了。”

顾蛮生很想上去招呼对方一拳头，但被别的工人扯住了袖子。郑高兴不知哪儿来一股恶气，龇牙瞪目地自行说下去：“你们以为大学生就了不起啊？我是国家恢复高考以后的首批大学生，77 级，上过山，下过乡，这条腿就是那时候瘸的！我吃过的苦比你们吃过的米还多，从五百七十万备考学子里杀出的一条血路，不也在这小破工厂里当工头吗？你又神气什么？”

没想到这郑高兴也是大学生，顾蛮生被点着鼻子一通骂，但脸上的怒气竟渐渐消失了。他凝神听着。

“你要不想被人管，自己去开一家工厂啊，不用宏康这个规模，就这儿到这儿，”郑高兴伸手前前后后这么一比画，冷笑道，“有这么大点地方就行，到时候我跪着给你打工。”

顾蛮生两眼直勾勾地盯着瘸子工头，真实的视线却越过了郑高兴。眼前是漫漫群生，忽远忽近、忽暗忽明，郑高兴说开家工厂，老师傅说七国八制，曲颂宁说八纵八横，最后一切回溯至 1994 年的那个下午，刘岳手上拿着的那只大哥大。

顾蛮生的眼里微光涣散，心头热望滋生，然后他就很明亮、很踏实地笑了一笑，这一百多天的打工生涯终于让他有了灵感。

浩子本来年纪小，身子骨又弱，遭不住长时间、高强度的工作摧折，这下终于彻底病了。他在宿舍冷硬的钢丝床上躺了两天，怕这个月的那点辛苦钱被扣成零光蛋，坚持要回去上工。

但顾蛮生不准，他伸手探探浩子的额头，发现还有低烧，便又强拉硬拽，逼着他躺了回去。

到了工厂干活儿，郑高兴一看少了个人，立马把一张老脸拉得比驴还长。他认定浩子就是故意装病，骂骂咧咧地说着早晚怂恿上头将他开除，两片嘴唇上下翻动，宛如刀子一般锋利。普工们都小心翼翼、屏息噤声，顾蛮生也没说话。有个工人偷偷问他浩子的情况，他只摇头，做出长吁短叹、情况不容乐观之状。

屁股不着凳子地干了六小时，又到了中午放饭的时间，照例两菜一汤，一盆苦瓜肉丝，一盆青椒土豆炒木耳，唯一的荤腥就是苦瓜肉丝里的那点肉丝，还得细细挑拣出来，才能从齁咸恶苦之中尝出一点肉味。

普工人数众多，车间外头有个休息室，整整一面墙上齐齐排放着大茶缸子，供他们午休时喝口水用。十五分钟用餐休息，普工们大多在这里吃饭，顾蛮生端着盒饭，扭头看看朱旸，冲他递了个眼色。

然后他就“啪”一声撂下筷子，喊起来：“这饭没法吃了！”

车间里长期重复劳动，气氛压抑，人人都跟机器似的只干活儿不说话，冷不防炸了个旱天雷，所有人都举头望着顾蛮生。顾蛮生从盒饭里挑出一只蟑螂，额头青筋暴凸，恶声恶气地喊：“老子昨天从菜里吃着钢丝，都便血了！今天又吃出蟑螂，这饭还是人吃的吗？！”

蟑螂是他昨天下工之后，在宿舍里外打着手电、转了半天逮的，用装棉签的塑料小盒装着，就藏在衣兜里。然后趁人不备，悄悄塞进菜里。菜里的蟑螂半死不活，屁股后头似籽似卵粘着一坨东西，给围观的普工全看恶心了。

吵嚷间，顾蛮生搡了朱旸一胳膊。朱旸不如以前陈一鸣那么会来事，被撺掇着只能硬着头皮上，他跟着把顾蛮生抓给他的蟑螂挑出来，冲闻声而来的郑高兴喊：“我这儿也有蟑螂！凭什么你大鱼大肉，我们就吃这个啊！”

“我吃的不跟你们一样吗？”郑高兴的饭盒里倒也有这两个素菜，“再说，怎么就你们两个多事，别人都没吃出来？”

“怎么没吃出来？”顾蛮生朝身旁一个普工的饭碗里一指，里头一团黑乎乎的东西，“这不是蟑螂是什么？剁碎了，有肠子还有须呢！”

好像是木耳，好像又不是，但经他这么一说，所有人都没胃口了。

朱旸跟着说：“再看看这菜，肉丝切得跟头发丝儿似的，剩下全是苦瓜，怎么着，还嫌我们日子不够苦啊？”

顾蛮生一把夺来瘸腿工头的饭盒，把那额外的鸡腿、大虾展示在别的工人眼前，啧啧道：“这区别也太大了吧。”不待郑高兴回答，他血液里的恶劣因子已经活跃充分，顾蛮生一下跳到了桌子上，鸣锣警众一般，拿着自己的汤勺敲响了茶缸。好些个工人仰着脖子看他，这人有种离奇的魅力，好像随他一开口，黑沉沉的休息室就登时金光满天，晃得人眼晕。

“每天加班六小时，补助才两块六，中午才休息十五分钟。车间不通风，连咱们吃饭的地方都到处是苯溶剂这样的剧毒化学品，工作时更是连个防毒口罩都不配发。在这儿干两年就是一辈子的职业病，性功能都得受影响。”顾蛮生用手里的汤匙随意一指某个仰头望着他的工人，“你，就你，是不是每天起床四肢无力，连早起反应都少了？”

其实站着工作久了哪个不腰酸背痛？但对方被他这么唬一下，还真觉得是这么回事。一个传染一个，再听顾蛮生夸张地喊了两声“这断子绝孙啊”，所有在场的工人脸色都更难看了。

“浩子才十四岁，上次险些在车间猝死，医生说他不但是过劳致病，体内化学品也严重超标。他现在这身体就算落下病根了，能不能复原还不知道，如果我们不为自己的权益抗争，下一个倒下的人可能是我，也可能就是你。”

一席话说得普工们都面露悲色、怒色，郑高兴见这场面，赶紧让平时跟着他混的两名工人去请保安。

顾蛮生继续说下去：“1995 年 1 月 1 号，国家施行了《劳动法》，劳动者享有平等就业和选择职业的权利、取得劳动报酬的权利、休息休假的权利、获得劳动安全卫生保护的权利……”他顿了顿，忽地挑眉一笑，“我认为这个时候，我们有必要一起唱一下国际歌。”

待保安赶到的时候，场面已经压制不住了，会唱国际歌的普工跟着一起唱，不会唱的就拍桌子、敲茶缸。大伙儿都压抑太久了，一点不安分的火星就足以燎原。不待郑高兴继续往上打小报告，上头的决定就来了，小庙里装不了大菩萨，赶紧把工资结了，把顾蛮生打发走吧。

还自此定下一条规矩：大学生主意太多，以后坚决不招大学生，就是被学校开除的也不行。

这一通闹，连带着浩子一起被扫地出门了。

一出宏康大门，朱旸就忍无可忍发了火，他原本以为只是跟着顾蛮生争取一下薪资待遇，没想到居然又被开除了。

“都怪你！好好的一份工作就给你搅没了！”朱旸倒未必多稀罕这份工作，他也觉得苦，但联想到被瀚大开除那点旧碴，除了此仇滔滔，只剩此恨绵绵。他冲顾蛮生撕心裂肺地嚷：“搞校园承包就搞承包，你非要跟那群流氓较劲，如果不是你，我怎么会被开除！”

顾蛮生任吼也任骂，他在阳光下微微眯缝眼睛，静静地看着朱旸。待朱旸发泄够了，他才反过来问他与浩子：“‘八纵八横’你们知道吗？”

一个摇头一个瞪眼，全都一脸蒙。

也不怪朱旸不懂，他才大一，还没把瀚大的凳子坐热就被迫离开了学校。顾蛮生耐下性子，推心置腹地对他说：“浩子不懂没关系，可我们就是学这个的，得有这个远见。”

他告诉他们，所谓的“八纵八横”，是一张建立在九百六十万平方千米大地上的光传输数字通信网，预计 2000 年完成。自此中国通信脊梁筑起，整个通信行业都将随之飞速发展。

顾蛮生斩钉截铁道：“通信设备将是个巨大的市场，我们的机会来了。”

朱旸似是明白了一些，却又没明白透彻：“那你为什么不直接辞职，非要闹这一出？”

顾蛮生勾着手指示意朱旸过来，待对方真的靠近，他却忽地用力兜了他一记脑瓢：“你个笨蛋，没看咱们的劳务合同？”

合同上写，凡经过入职培训的员工必须在宏康干满三年，如果其间主动离职，不仅拿不到工资，还得给予赔偿。也就是说，苦干了这三个月，不仅分文挣不到，还得倒贴钱。顾蛮生补充道：“咱们这合同就跟卖身契一样，要不闹这一场，三年都得废在这儿。”

朱旸没经验，哪知道顾蛮生自打被摆了一道，对待合同这种东西都是格外仔细的。他诧异道：“那你当初为什么还要签呢？”

顾蛮生摸着鼻梁笑笑：“我想实操了解程控交换机，这不还没来得及在学校里上这方面的课程，就被开除了嘛。”

朱旸这会儿总算听出其中的关系与门道，觉得确实有点道理，但架不住顾蛮生这身匪气招人生气，仍脸色不善地说："我哥在家时就跟我说过，你这人行为处事一点都不像大学生，你就是一土匪，一流氓！"

"你说得对，你哥说得更对，"被人指着鼻梁骂，顾蛮生居然还很高兴地点着头，"我还是一浑蛋，一疯子。"

朱旸泪干了，眼睛尚且红着，问："那下一步我们该干什么？"

顾蛮生想一出是一出，想干什么干什么，立马带上唐茄塞给他的钱，还有这三个月几个人的全部工钱，去申请注册了一家公司——展灵技术有限公司，经营范围包括电子领域内的技术服务、技术开发，以及电子产品与通信器材的销售。

公司还没注册下来，所有的钱都成了不可动的注册资金。

离开宏康之后，顾蛮生他们真真的身无分文，所以带着无处可去的浩子一起，只能暂时住回阿伟家里。顾蛮生再三承诺，等资金抽出部分之后连租金与吃喝用度会加上利息一并还上。然而没住几天，秀秀还是不乐意了。

因为是顾蛮生他们的介绍人，阿伟也挨了批评，扣了工钱。一顿热菜刚刚端上饭桌，秀秀已经鼻子不是鼻子眼不是眼了，她说："天下乌鸦一般黑，在哪儿干活儿不是干？这么好的工作，不知道你们瞎折腾什么。"

"就这工作还是好的？"朱旸本人学生气未脱，说出来的话也透着浑似傻气的稚气，他不同意秀秀的说法，一本正经地跟她较真，"这种工厂哪有技术含量，吃的是人口红利，赚的是血汗工钱，迟早完蛋。"

别看浩子今年只有十四岁，已经有两年的深圳打工经历了，他嘴里含了口米饭，跟着朱旸点头。

"别的工厂还经常得讨薪呢，宏康至少从不拖欠工钱。人宏康的老板厉害着呢，没技术含量也赚了大钱了。"秀秀嫌浩子碍眼，故意伸出筷子去打阿伟夹鸭肉的手，恶声骂道，"就知道吃好的，你在厂里有机会见到你们老板，就多跟着学学，别成天眼高手低的，不知道自己能干什么！"

明里数落着阿伟，实则就是责怪他们，顾蛮生听出对方的指桑骂槐之意，面不作色。浩子也听出来了。秀秀的寒眉厉眼令他明确认知了自己"拖油瓶"的处境，便不敢再吃一口菜，只低头扒拉米饭，干巴巴地吞咽着。

顾蛮生已经没了胃口，却看出了浩子的这个心思，主动给他夹了一只红烧鸭腿：

“吃吧。”

秀秀的喉咙里发出一个不愉悦的短促音节，夹枪带棒的眼神就一起扫了过来，浩子不敢惹女主人生气，怕得想把鸭腿夹回去。顾蛮生却不让，他说：“钱会还的，你吃你的。”

秀秀一听“钱”字就来气，立马嘲讽道：“哟，这话说的，好像真有本事能赚回来多少钱似的。”

“当然了，人若瞧不起自己，就不怪别人将你看贱了。”顾蛮生本来已经没胃口了，这下非把另一只鸭腿也夹进自己碗里，他慢慢悠悠看了秀秀一眼，“这是吃我自己的。”

嘴上一点便宜没占着，秀秀更生气了，乒乒乓乓摔下碗筷，饭都不吃了。

浩子其实也不白吃白住，除了打扫洗涮，连秀秀的丝袜都是他给搓的。饭后留下浩子在厨房刷碗，秀秀与阿伟先回了自己房间。房门还没关上，秀秀的怨气就跟决堤的河水似的，扑扑跌跌地涌了出来。

就螺蛳壳大的地方，嗓门一高，一字一句听得一清二楚。房里两个人一打一挨，气氛十分尴尬。浩子只当自己是这场冲突的始作俑者，冲顾蛮生吐了吐舌头，又愧疚地埋下了头。

“不包分配以后，他们大学生还能干什么？我说他们‘眼高手低’说错了？尤其是那个顾蛮生。”秀秀以前就听阿伟提过顾蛮生他们被瀚大开除的事情，事不同而实则一，她当下得出一个结论，这个顾蛮生确实是个祸害，还是走哪儿祸害到哪儿、顶顶贻害无穷那种。

“你说话轻一点，别被人听见了。”阿伟貌似为难，想尽法子讨饶，“我跟朱旸打小一起长的，他妈把我当半个亲儿子，我也不能撵他们出去吧。”

“听见怎么了？说要分担我们的房租、上交伙食费，到现在一分钱也没拿回来。”秀秀向顾蛮生所在的位置伸长脖子，提高嗓门，像以一声华丽的高音押尾一台好戏，“还大学生呢，白吃白喝，真不要脸！”

等公司注册下来的这些日子里，顾蛮生并没闲着，他试着先跑了跑市场，但那些大厂商连大门都不让他进。他起初把事情想得很简单，然而碰壁后才发现，他当年跟刘传富做生意的那一套在如今的程控交换机市场上根本行不通。一些能叫上名字的品牌，代理权早就被瓜分一空了，价格战打得一塌糊涂，他完全插不进脚。

“招生并轨”之前，大学生不仅学费全免，每月还有各项补贴，简直是社会上最生存无忧的一群人，他代理的山寨 Walkman 在那样的环境下自然不愁销售。待离开这座象牙塔，他才知道当初的自己不过仗着名校头衔，而揾食艰难才是人间常态。

秀秀其实说得没错。小两口早有结婚的打算，如今一屋子里又多出三个大老爷们儿，连夫妻间的“公事”都没地儿办。

顾蛮生不怨对方说话难听，只是实在憋得慌，趁一屋子男女都入睡了，他悄无声息推开房门，走了出去。

先来到小区正门外二十四小时营业的小卖部，顾蛮生偶或在这儿买包烟，已经跟老板混熟了。老板以前问过他在哪儿打工，顾蛮生回答“不为别人打工，为自己创业”。眼见日子一天一天地过，人却一点没富起来的迹象——不仅没富起来，还没少听小区里那个泼辣的发廊老板娘抱怨，说他白吃白住，尽占人便宜。所以老板一见顾蛮生就发笑，故意打趣道：“哟，顾老板，这么晚出门，谈大生意啊？”

“嗯，大生意。”顾蛮生明知对方揶揄自己，偏还嘴硬顶着来，他从兜里摸出一点零钱，“来包烟。”

“中华还是熊猫啊？”都是很贵的烟。

“红双喜。”十一块的硬壳烟，顾蛮生把角角分分全掏了出来，结果还差两毛五。就剩这么多了。

“顾老板，瞧你这费劲儿的样子，跟孔乙己买茴香豆似的。”老板人不坏，就是终日混迹市井街头，管不住地嘴欠，“这两毛五我不要了，等你大老板发大财，记得回头接济我呀。”

店家搬出了孔乙己，摆明了是嘲笑他穷困潦倒还自命不凡，死要面子活受罪。顾蛮生也不生气，垂着眼睛，真跟孔乙己似的把硬币一枚一枚地认认真真在柜台上排开，才抬头微笑道：“我记得了，你也记着，我不是孔乙己，我是沈万三、胡雪岩，我也不是沈万三、胡雪岩，我是顾蛮生。”历朝历代的首富都蹲过班房，这么想想，还是得补这最后一句，不然不吉利，不妥当。

“好好好，还强充面子呢，”老板都笑不拢嘴了，“这烟还要不要啊？”

“不要了。”顾蛮生用目光指了指货架上一瓶十块钱的低质白酒，“来瓶牛二吧，五十二度的。”

深圳沉浸在夜色中，整座城市宛若一个天然的集会，从白天一直哄闹到黑夜，都没有一点散场的意思。顾蛮生初来乍到，还不怎么认路，他边喝酒，边漫无目的地一气乱走，最后走到了不知地处哪里的一座天桥上。

从高处望出去，前方不远处的露天大排档正开得热火朝天，身后的小商品夜市也人头济济，只有他一个人站在桥边，像被前后两处灯火生生剖了两半。

天桥对面竖着一面巨大的广告牌。一个叫“雷纳”的国产随身听品牌横空出世，广告牌上一个人所共知的香港女星，正戴着耳机巧笑嫣然。一年多前国内还没有成气候的随身听生产厂商，如今国产随身听品牌已如雨后春笋般涌现了出来，其中销量最高的就是雷纳，主打胶圈防震与高保真音效，全拾的是顾蛮生当日的牙慧，还比他的想法整整晚了两年。

诡谲商海，致富之机一纵即逝，错过淘第一桶金的那个村，可能就再也没有那个店了。换作一般人早就哀天叫地、生无可恋了，顾蛮生倒不觉得惋惜。他又喝一口白酒，立在桥边，望着远方，心中轻叹：时也，运也。

拂尽那点雪泥鸿爪，顾蛮生决定什么也不想。这一夜他喝尽一瓶一斤的牛二，便借着酒劲儿，数了数天桥下一排老树上的疤节。他仔仔细细、一个一个地数清楚了，一口憋闷气儿就抒发干净了。

第九章

“七国八制”下的商机

自此三人食不言寝不语，别别扭扭、安安静静地在老乡家里待着，总算熬到了公司注册成功能取回部分注册资金的日子。

顾蛮生留浩子一人在老乡那里，带着朱旸一起去取钱。

钱被整整齐齐摞在一块儿，又小心翼翼收进背包里。顾蛮生说：“这些钱还一部分给老乡，剩下的留作咱们公司的启动资金。”

取完钱便走回程路，一路上，朱旸小调轻哼，唱的尽是“万里长城永不倒”这类激昂振奋的歌，小孩儿过年似的满脸喜兴，顾蛮生都听乐了：“这么高兴？”

朱旸说：“寄人篱下太憋屈了，你没看秀秀那脸，每天垮得比驴脸还长。”

两人达成共识，不管怎么说，得先找住处，再谋出路。

正在街上走着，忽然听到有人呼喊，循声望过去，就看见一个衣冠楚楚、颇见气质的银发老人被一个匪徒一把拽倒，手中皮质公文包也被夺了过去。老人当场仆地，一头磕在消防栓上，磕得头破血流，一下就站不起来了。

顾蛮生甩手就将装钱的背包扔给朱旸，然后快步奔上前去，将那倒地的老人扶了起来。老人喘匀一口气，也顾不得自己的伤，急急忙忙地拽着顾蛮生的袖子，恳求道：“我包里的东西很重要……包里的东西……”

见对方没大碍，顾蛮生又起身去追刚才行凶的那个歹徒。他人高腿长，三步并作俩，跑起来耳畔生风，很快就把人追上了。他也不怕死，赤手空拳与持刀的歹徒一场恶斗，仗着以前在天桥下瞎混的一点身手，最终成功将人擒了下来。治安巡逻员好一会儿才赶到，顾蛮生将歹徒与公文包一并交给了对方。

顾蛮生的脸被刀子擦了一下，颧骨上一道口子，哗哗地流血，他满不在乎地用袖子擦了擦自己的脸，见治安巡逻员已经把公文包还给了老人，便打算学雷锋不留名，就这么回去了。

见朱旸也朝自己走了过来，顾蛮生伸手去拿他肩上的背包，眼色猝然一沉，大呼不妙：“你这包怎么打开了？”

朱亮这才发现背包被人拉开了，里头的几万块钱也不翼而飞了。他方才抻长着脖子跟路人一起看热闹，根本没注意到黄雀在后，可能从他们取钱时就被惦记上了，那贼一直悄无声息地尾随着。

低头找了一圈，钱早没影了。钱是在自己手上丢的，朱旸脸色惨白地望着顾蛮生，胆战心惊地等他反应。屋漏偏逢连夜雨，打击接二连三，换别人早趴地不起了，但顾蛮生没有。他血流了半脸，以一种严峻又阴森的表情看了朱旸一晌，忽然眉头舒展，大笑起来。

“生哥……你……你笑什么？”朱旸被他这反应吓了一跳，心想：别是刺激太大，已经傻了。

顾蛮生笑得都呛了嗓子，连着咳了几声：“否……否极泰来，咱们就快走运了！”忽地想起什么，他赶紧又来到治安巡逻员身前，拦着对方问：“我这是见义勇为才被偷的，有关部门能不能给点奖励？”

“这怎么可能？是有见义勇为人员的奖励，但你不是没缺胳膊断腿嘛。”

眼下处境山穷水尽，顾蛮生是豁出去了，他一弓腰，指了指自己脸上的刀口子，态度是既认真又没脸没皮：“您看我这脸，这么花俏一张脸拉了这么长一道口子，难道不比缺胳膊断腿儿招人心疼？”

“我看被你救下的那位老先生穿得挺考究，你是救他才遭偷的，没准他能给你一点补偿，”治安巡逻员也觉得这小伙子仗义热心，这种助人反遭人偷的际遇也挺博人同情，然而他抬头四下看看，“哎哟”一声，“你刚才不说，这会儿人家已经走了。”

那穿着考究的老头早没影了，顾蛮生最后的那丝希望彻底湮灭，紧接着胆汁涌上喉咙口，他特别苦涩地笑骂了一句："他妈的跑得比兔子还快。"

虽然顾蛮生一直对警察这职业没好感，但丢了这么大一笔钱，哪怕知道找回来的概率寥寥无几，还得去报案。

一进接警办公室的门，顾蛮生就被一幕平日里鲜见的画面吸引了目光：一个瞧着二十啷当岁的小伙儿蓬发乱衣，鼻青脸肿，正捂着断了的鼻梁嘤嘤啼哭。他身边坐了一个年轻姑娘，两个人像刚刚干过一架，姑娘同样蓬发乱衣，但从头到尾不拿正眼瞧人，听小伙儿哭久了就大剌剌地翻了个白眼，一脸的鄙夷嫌弃。

朱旸也注意到了这一幕，用眼神对顾蛮生说：这雌雀儿挺凶啊！

白墙黑地的环境里，姑娘简直如同一枚叹号，这种勃发的、浓烈的美逼人眼目，又令人心不由己地狂跳。顾蛮生忍不住多看了对方一眼，倘使拿秀秀跟她比，就是鞋底泥比岭上雪，再多看两眼，好像连记忆中的曲夏晚都略逊了她一筹。

姑娘意识到一个陌生异性投来的目光，扭过头，狠狠瞪了顾蛮生一眼。见顾蛮生脸上带血、形容狼狈，越发认定他不是好人。

顾蛮生做笔录的时候便心猿意马，耳朵竖得老长，偷听姑娘那边的动静，好像姑娘家里是办厂的，但办不下去了，她就自己上街摆摊卖货，补贴家用与员工花销。结果碰上前男友黏前贴后、死缠烂打。姑娘脾气泼辣，当街对纠缠不休的前男友一顿暴打，围观路人不知两人关系，还当这是杀人现场，赶紧报了警。

顾蛮生越听心越不在自己的案子上，越听越觉得对方有意思，仿佛一股爽利之风浩荡而来，连带自己身上这点不得劲儿都被吹散了。

这头做完笔录，姑娘那头也基本完事了，顾蛮生带着朱旸准备离开派出所，经过对方身边不禁又多看她一眼。

姑娘正火气冲天，只当顾蛮生这反复投来的、充满赞赏意味的眼神不怀好意，骂了一句："看什么，臭流氓！"

顾蛮生点头道："这话说得……裤裆里放炮仗。"

姑娘本也不是深圳本地人，但久没听见这么字正腔圆的普通话，耳膜被撩得嗡嗡直响，人也跟着发愣："什么意思？"

顾蛮生笑笑："震雀（正确）。"

反应了两三秒才听懂，姑娘杏目怒睁，张口就骂：“下流！”

骂完人就走了，顾蛮生却站在原地不动，目光像嗅着蜜的蝴蝶，扑簌簌地追了出去，一直绕着那窈窕的背影飞舞。

“能在大街上跟男朋友互抽耳光，还把人鼻梁都打断了，漂亮是漂亮，就是一疯婆子。”朱旸还没从丢钱的郁闷中缓过来，劝顾蛮生道，“我们自己的事情还没解决呢，别看了。”

好容易把目光收回来，顾蛮生凝视朱旸，以一副难得的正经神情道：“朱旸，我要告诉你一件事情。”

顾蛮生眼形欧化，一双眼睛嵌得比一般人要深，但一旦认真起来眼睛就很亮。

朱旸不知对方打定了什么主意，吓了一跳：“什么事情？这么重要？”

“刚才从这儿走出去的那个妞，”顾蛮生竖着拇指往门口比画一下，笑道，“她早晚会是我老婆。”

钱被偷了，欠的钱自然也还不上了，秀秀当场翻脸，直接就把浩子与朱旸的行李往麻袋里一塞，全扔在了大门口。她不扔顾蛮生的东西，一来是怵他，二来气不过他自视甚高，还想砢碜砢碜他。

顾蛮生与浩子他们回到住处，一看门口堆着的乱七八糟的行李，马上就明白了。他可以带着浩子去睡桥洞，但也可以忍一时之气，先在秀秀这里将就两天，再做进一步的打算。顾蛮生选择了后者。他敲开秀秀的房门，嬉皮笑脸地向对方保证道，再让他们住两天，待他们找到工作，就把钱全还上。

秀秀没见过这样的厚脸皮，倒愣了愣，然后说：“家里马桶堵了。”

浩子忙扯顾蛮生的衣角，从他发抖的四肢可以看出，他认为这是秀秀存心侮辱人。但顾蛮生不这么觉得，到底在人家家里白吃白住了一阵子，不揽下一些粗活儿、脏活儿，他自己都过意不去。所以他很高兴地去通了马桶，也不嫌臭，边戏腔戏调地念着“嗐，这又是那妖道诡计。岂不闻兵书有云：虚则实之，实则虚之”，边用皮搋子疏通半天，最后从满布屎痕尿垢的便池里弄出了一张用过的卫生巾。

暂时有了住处，但三张嘴还要吃饭，当务之急就得先找份工作。凑了凑三人兜里还余下的钱，他带着朱旸、浩子去了当地的职介所。

职介所里排着长队，天南地北的人都来深圳谋生活。要找工作先交报名费，一人一百五，有人嫌贵，职介所一个戴眼镜的工作人员就不耐烦地变脸道：“这钱又不进我的口袋，下一个！”

“这“四眼”好凶。”浩子扯他一把袖子，小声道，“咱们三个人凑不出四百五啊。”

“要不了四百五，五十都不用。”顾蛮生长于观察，眯眼看了看那“四眼”，看他牙齿着色、手指发黄，显然是个老烟枪，于是从兜里摸出一张五十块给浩子，“你拿这钱，出去买包烟。”

小浩子拔腿就跑，顾蛮生轻声提醒他：“好点的。”

不到十分钟浩子就回来了，手里攥着一包红双喜，还有一大把零钱。

顾蛮生一翻眼：“这叫好点的？”

“你平时不就抽这个，”浩子挺委屈，“还有更便宜的牡丹呢，我没要。”

“行，有总比没强，就这个吧。”

说话间就轮到顾蛮生了。顾蛮生递上简历，又递上一包烟，客客气气地管人叫“领导”。

“我不是领导，我哪儿是领导。”“四眼”四下看一眼，很自然地把烟揣进兜里，钱不能进口袋烟可以。

“这么多人的生死存亡都仰仗着您一个人，”顾蛮生抬头环视，又冲对方殷切一笑，“您不是领导，谁是？”

烟一般，马屁却拍得好，“四眼”推了一把锃亮的镜片打量起顾蛮生，看他又高又帅，为人也挺机灵，便和颜悦色地问他有什么需求。

顾蛮生说：“想先问您一个事儿。”

“问什么？”

“深圳是不是有挺多生产程控交换机的厂家？”

“太多了。有的给国外品牌代加工，有的从国外进口零件自己组装，也有自己研发生产的。”

“您都了解吗？”

“干的不就是这行嘛。”“四眼”果然如数家珍，国内、国外的厂商一口气举出好几家，又说，“目前深圳最大的通信设备生产厂就是申远，背靠中科院，也就它生产的程控交换机能跟国外品牌叫一叫板。我看你大学学的就是这个，专业对口啊，你先交报名费，我看看能不能往那儿给你找个工作。”

“您说的都是响当当的大公司、大企业，我其实想问的是，这些程控交换机生产厂里有没有快干不下去、快倒闭的？”

“那也多了去，这地方别的没有，全是各类电子设备厂，你站在街上扔三块砖，两块能砸着搞交换机的。”

“那这当中处境最惨的是哪一家？”

“四眼”转着眼珠想了想：“有家叫鹏信的小通信设备厂，注册成立了七八年了，规模一直就跟小作坊似的。研发不力、经营不善，眼看就要倒闭了，就这样还想招人才，跟我联系过好几回。”

顾蛮生眼里的兴奋劲儿简直无法言说，声音都激动得发抖了：“那厂子在哪儿呢？”

“四眼”给他指了条道，说是从职介所的门口出去直走，到巨鹿路左拐，再走个五百米就是。

顾蛮生打听到了自己想打听的消息，心满意足扭头就走，不顾“四眼”在他身后喊：“怎么走了？你不交报名费就别想找到好工作！”

知己知彼方能百战百胜，贸然上门之前，顾蛮生对鹏信公司做了充分的调查研究。他知道这家小企业 1987 年创立，创始人叫杨景才，曾是深圳最早从事程控交换机生产的民营企业，他们的交换机质量过硬，算是市里较早一批能自主生产千门机的厂家。然而不知为什么，近两年来就是一台都卖不出去，确实离倒闭不远了。

他就给曲颂宁写了封信，曲知舟是国内通信领域的老机要，没有他们家不知道的行业消息。他在信里诚恳地表达了自己对通信行业前景的乐观展望，准备投身其中大干一场。他说他在争夺大品牌代理权上四处碰壁，所以决定彻底改变策略，毕竟一家濒临倒闭的企业，能有人提出代理，肯定求之不得。

然而曲颂宁的回信却兜头泼了他一盆冷水。

曲颂宁说，早在四年前，解放军工程技术学院已经研制成功了我国第一台容量可达六万等效线的程控数字交换机，今年 1 月的国家科技进步一等奖也颁给了它的研究人员，曲知舟作为行业专家也应邀出席了。

六万等效线是什么概念？万门机，人家早把你抛在身后了。

“第一点，通信市场日新月异，你说的那家千门机生产厂技术目前落后太多，兴许根本盘不活；第二点，你光有一腔热血不能成事，就算你拿到代理权盘活了它也只是一个销售经理，你得带着技术、带着资金才能入股，入大股。”

这是曲颂宁在信里给他的两点建议，通过这封重抵千金的来信，顾蛮生认识到，其实老师傅的话不完全准确。“七国八制”虽是大前提，但目前国产通信设备厂商也不甘示弱，除了深圳这些大大小小的设备厂，北方也有不少国产程控交换机厂家，皇城根下的企业名字也更霸气，特别是有一家叫“巨龙”的，听上去就像是早憋了一口气，想打破这种外强内弱的电信市场格局呢。

国内企业已经能推出万门交换机，而鹏信目前的技术还主要停留在小户型交换机上。别说跟国外大厂掰腕子，连国内企业都竞争不过，难怪面临倒闭。

越是前景艰难，越有可谈之机，但曲颂宁的第二点说得也在情在理，这位还未谋面的杨景才脾性如何尚不知晓，也不比当年刘传富相识多年知根知底，没有资金肯定别想入股。

资金可以向人借，贝时远就是个好人选，关键还是怎么解决鹏信公司交换机销售不力的问题。顾蛮生叼着烟，坐在街心公园前的长凳上，望着眼前车水马龙，人来人往，久久凝神不动。虽然前路很曲折，前景很渺茫，他却依然热血沸腾，余勇可嘉。

他思考良久之后想了一招：农村包围城市。

那些偏远地区、山区农村没有那么大的话务量，自然对交换机的要求没那么高。像鹏信这样的小企业想要在国外通信巨头与国内大厂之间的夹缝中求生，就必须走出去。

乍听到顾蛮生的这个想法，朱旸一百个不乐意，一万个不支持。他们起初是没有钱，巧妇难为无米之炊，但顾蛮生真的问贝时远借来了二十万，再用它去盘活一家随时可能倒闭的厂就实在不怎么高明。他说：“有这钱干什么不好？为什么偏盯着这家快要倒闭的交换机厂？”

顾蛮生再度跟朱旸推心置腹：“我打听过了，鹏信原来是靠代理香港的一种小型程控交换机发的家，起初赚得盆满钵满，所以老板杨景才就找了批人单干，把代理销售模式转变为品牌销售模式，可惜这一步迈得太大，生产出来的交换机卖不出去，就跟废铜烂铁没两样，还有这么些员工等着他养活，一下就垮了。听说他女儿都摆摊贴补家里了，就这样还想挖人才发展企业，他肯定比我们心急。这是我们的机会。”

“可深圳遍地是机会，曲颂宁都说这厂可能盘不活，咱们这二十万多半是要打水漂——”

“呸，童言无忌。”顾蛮生听不得这丧气话，兜头一记脑瓢，打断了朱旸，“曲颂宁的话又不是圣旨，少触我霉头。”

朱旸不觉得顾蛮生的主意可行，另有自己的盘算：“我听人说，从香港那边找人带货到深圳来卖，做大了能销往全国各地，一个月挣辆小汽车都是少的。”

“你听谁说的？”

“那天在街上碰见一个以前在宏康干的工人，他说他不干了，打算去香港带货。”顿了顿，“他有稳定货源，阿伟也想跟着干。”

“什么货？”顾蛮生微微一眯眼睛。

“卖盗版碟啊。”朱旸还记得承办校园电影院的时候，顾蛮生问小广东拿碟片，他依稀听对方提过一句，盗版 VCD 一盘批发来的成本一两块，卖出去八块十块还供不应求，利润比毒品厚，风险还比毒品小，简直是个一本万利的好买卖。

1997 年香港就要回归了，深圳又离香港近，占尽了天时地利，不可谓不是一条致富捷径，但顾蛮生冷着脸道：“你这是走私。”

朱旸想了想，又对顾蛮生说：“或者倒卖佛牌，你不是也说过嘛，咱们国家越靠南边的人越信这个，还记得你初来乍到那会儿，一句诗就骗了一顿饭。佛牌成本就更低了，包装一下，一块能卖成千上万。”

“你这是售假。”顾蛮生又兜了朱旸一脑瓢，面色严峻起来，“你哥把你交给我，不是让你发达两年就去吃牢饭的。”

朱旸揉揉后脑勺，心理颇不平衡，顾蛮生自己土匪一般，什么挑战规则、为非作歹、作奸犯科的事情都要掺和一脚，换别人倒不行了。但朱旸不敢争，不是听了这大哥的劝，主要还是缺了一颗“富贵险中求”的胆子。他幽幽怨怨地看了顾蛮生一眼，最终愤愤闷闷地不说话了。

顾蛮生倒不是没这样的胆子，只是他就乐意跟舒坦日子唱反调，卖盗版、倒佛牌这些生意能有多大出息呢?

两天之后，心意已决的顾蛮生就收拾一新，杀上了鹏信公司的大门。他用从贝时远那儿借来的钱先给自己置办了一身行头，西装、领带、公文包，还有一副平光的金丝框眼镜，又让朱旸充当助理，反正摆足了一副用以唬人的“顾总”的派头。

杨景才起初还当顾蛮生是个有经验的销售业务员，聊深了才发现这人想要更多。

顾蛮生侃侃而谈，拿出“农村包围城市”的那套兵家理论，唬得对方一愣一愣的。尽管前路茫茫，他仍敢夸下海口，拿出当年对付刘传富的那套，四个字——照付不议。这对于一家濒死的小民企而言，不亚于久旱甘霖。

杨景才本人搞技术出身，其实对经商之道一窍不通，确实感到半辈子积蓄即将化为乌有，就快支撑不下去了。他当然觉得眼前这俊俏小伙儿的提议很有吸引力，自己产多少他包销多少，也只占四成股份。

谈话很顺利，虽没当场签下合同，至少看着很有希望。

顾蛮生起身，昂首挺胸、装模作样地往门外走，正使眼色让朱旸替他拉门，忽地门外闯进来一个姑娘，冒冒失失，一下就撞进了他的怀里。

“谁啊！不长眼！”

对方骂他一句、搡他一把，然后抬起头，一张似曾相识的娇艳面孔出现在眼前。顾蛮生惊得两眼一亮：“是你？”

姑娘也认出了顾蛮生：“你不是那天派出所里那个流氓吗？”

“什么流氓，”杨景才轻轻呵斥女儿，“这是顾总，来谈合作的。”

姑娘叫杨柳，杨景才的独生女，平日里行事风雷火炮、须眉不让，比杨景才还像家里的顶梁柱。顾蛮生那天在派出所里心猿意马，哪知道杨柳也偷偷关注着他，将他那点窘迫境况听得一清二楚。所以父女俩一合计，顾蛮生那些夸夸其谈一下就被拆穿了。

面对面，杨柳上上下下细细推敲了一番顾蛮生，冷笑道：“你今天瞧着还挺人模狗样儿，那天在派出所，我怎么听说你连住的地方都没有了，带着俩跟班要去睡桥洞了？”

顾蛮生脱去西装，摘下眼镜，把一直好好敛在脸上的精英气息收了收，露出一副惯常的、讨嫌的痞相：“可不是嘛，在桥洞里窝了两宿，突然天可怜见的，就这么发达了。”

“骗子！我们厂还没倒闭呢，轮不到你这骗子来捞油水！”杨柳竖着黑浓的两道眉，瞪着圆杏似的一双眼，艳丽红唇吐出一连串的“滚”。顾蛮生还死皮赖脸不肯走，结果被对方拿起笤帚，追着打了出去。

这下连互相考察都不用了，展灵本来就是空壳子，顾蛮生所谓的“照付不议”基本就是扯淡，他能借来第一笔钱，却不一定能持续注资。

首战铩羽而归，顾蛮生再接再厉，仍天天上门，晓之理动之情，妄图说服杨景才同意自己入伙。杨景才确实不像个办厂多年的生意人，不说同意，也不说不同意，一直犹犹豫豫地拿不定主意。倒是女儿杨柳泼劲儿十足，被顾蛮生叨扰烦了，索性去邻居家里借了条狗来。一只体型高大的黑色杜宾，一见顾蛮生就龇牙咧嘴，一通怒吼狂吠，顾蛮生就没法上门了。

于是只能另想法子，他跟朱旸说，三个人有阵子没收入了，虽说问贝时远借了笔钱，但钱尽往外流也不是办法，不如就批一些盗版碟来卖吧。

朱旸还当他开窍了，迅速联系了原先在宏康的老乡，辗转找到上家，先拿了一批盗版 VCD，基本都是香港那边刚上映的片子，尺度不小。朱旸到底还是大学生脾性，谈性色变，自己批来的碟片却不敢拿正眼看，只三米开外干干站着，小心觑探顾蛮生的反应。

顾蛮生立在桌边，垂着眼睛一张张挑拣翻看，嘴角饶有兴味地翘着，忽地“嚯”一声，掏出一张封面格外奔放大胆的，仰头眯眼仔细瞧了瞧，便用戏腔念出一声：“暗红尘霎时雪亮，热春光一阵冰凉。”

他回过头，看了一眼束手束脚一副犯错模样的朱旸，笑道：“还愣着干什么？快去啊！”

朱旸扭头就跑，没跑出两步又折回来：“去……干什么？”

“笨蛋，”顾蛮生白他一眼，“当然是去找人借个影碟机啊。”

挑了个风和日丽的日子一起上街摆摊，明明生意好得不像话，可朱旸很快看出，顾蛮生醉翁之意不在酒——一个年轻女人鹤立人群之间，就是杨柳。

杨柳今天穿了一条红色连衣裙，被衬得肤白胜雪，仙女一样，往那儿一站即是“这边风景独好”，一街的男女老少全成了她的附带物。可她一开口就破功，活脱脱从仙女变成了朝天椒。她卖内衣内裤，跟身边的摊贩争风抢地盘，别人最多骂她一句“北姑”，她骂起人来却是什么生猛的词汇都往外蹦，满嘴的“爹娘、祖宗”。

杨景才当了好些年的兵，退伍归来才开始创业，所以杨柳打小没人管教，都说人如其名，可“隔户杨柳弱袅袅”这些美好的意象跟她八竿子打不着。

顾蛮生起先在几米远的地方打量着她，随后就如嗅到蜜香的蝴蝶，热烈地黏了上去。

杨柳也注意到了顾蛮生。不可能注意不到，她退一寸，对方就进一尺，没一会儿工夫，人就近在眼前了。杨柳终于忍不住了，一甩手上的内衣，冲顾蛮生喊：“你是不是有病？”

“瞧着挺聪明一姑娘，怎么这么死心眼，你扯着嗓子喊几小时，不累吗？”顾蛮生挺贴心地提了个建议，“你把自己的吆喝声录下来，循环播放不就行了？”

其实这时候杨景才已经松口了。一来顾蛮生三顾茅庐确实很有诚意，二来照目前的趋势看，鹏信电子连盘出去都没希望。杨景才当年也是从代理做起，起初赚得动，然而贸然投入研发、打造品牌才发现，他一没背景，二没渠道，资金跟不上，产品销不掉，到头来守着一堆已经过时了的交换机，倒不如置之死地而后生，就任由这个年轻人搏一搏。

杨柳知道父亲的意思，却仍想故意为难顾蛮生一番。她说：“你替我把这包内衣全卖了，我可以再劝我爸考虑考虑。”

对方总算流露出一点通融之意，顾蛮生盯着姑娘的风流眉眼看了一晌，咧开嘴角，露出一个笑容，一口白牙亮得晃眼：“这有什么难的？”说着他便蹲地挑拣起麻袋里的内衣。

见顾蛮生这么落落大方，杨柳倒是一愣：“女性内衣裤，你个大老爷们儿不嫌丢人？”

顾蛮生头也不抬，干脆道：“你一个女孩儿都能靠练摊儿支持家业，我个大老爷们儿卖个内衣怎么了？哎，你卖多少钱一件？”

一个人咬牙生扛一个家，到底不易，这话听得人无端端心头一暖，但杨柳却不肯做出受了感动的情态，依然冷面冷声道：“少看不起女孩儿，文胸十块，内裤两块。”

“这么着，文胸十五块，买两件送一条内裤，不仅能拉动销量，还能多挣八块。”顾长河当年就是这么干的。

顾蛮生反应很快，他挑了一套粉红蕾丝边的内衣拿在手上，冲杨柳微微一笑：“你看我的。”

说着顾蛮生就撸起袖子，将那件粉红色的文胸穿戴在了自己身上，码小，就没系扣。接着他四下看看环境，见没有能让他登高的地方，便冲朱旸喊一声：“托我一把。”

顾蛮生被朱旸托了一把，爬上高处，然后两手将那条粉红内裤展开，冲着来往的老太太、小姑娘，扯开嗓子喊：“厂家直销，薄杯、厚杯，蕾丝、纯棉，经久耐穿、聚拢透气，老公看了把持不住！”

这一下，许多路人的视线就密匝匝地投射过来，闪光灯似的，接着他们翻卷着舌头，话里话外的新奇与嘲讽遮掩不住。

顾蛮生在众人的关注中镇定自若，听见有人骂了一句：“这北佬大概有病。”

朱旸怕丢这个人，已经远远躲在一边，但更多人还是被这热情的吆喝与滑稽的画面招揽了过来，一个三十来岁的女人第一个问出声：“这内衣多少钱一件？”

“一件十五块，这种厚杯蕾丝的穿着性感，这种薄款纯棉的穿着舒服，你买两件混着穿，是既性感又舒服，还多赠一条内裤。”

很快，女同胞们就给了顾蛮生信心。本来，一个高大漂亮的异性，先天就有夺取她们目光的优势。顾蛮生又落在地上，向每一位潜在顾客说那不着痕迹的奉承话，说得对方施施然如沐春风；有些上了年纪的女人不会说普通话，他就毫不怯弱地用并不娴熟的粤语与她们交流，并虚心接受矫正。

这回换杨柳旁观，她看着顾蛮生被一群女人围得水泄不通，麻袋里的内衣越来越少，流水额不断增长。这人明明是戴着文胸的滑稽样子，却如开屏的孔雀，大大方方施展魅力。

她忽然起了个念头：这看着混不靠谱的小痞子、臭流氓、滚刀肉，兴许还挺靠谱的。

第十章

农村包围城市

最后签约时刻，顾蛮生做了让步，用二十万换来了三成股份，其中又分了一半给借他启动资金的贝时远。杨景才也深明大义，合作达成之后，他就两家公司各取一个字，把公司名字改成了展信。

然而新名字没带来预料之中的新气象，展信的 1996 年是在一次次闭门羹中度过的。

贯彻自己“农村包围城市”的计划，当务之急就是得把库存的程控交换机全销出去，顾蛮生挂上“销售经理”的名头，带着他的左膀右臂朱旸、浩子奔赴各地农村，一次次北上或者西行。长相十分西化的顾总再没穿过那件象征着“顾总”气派的定制西装，他总是穿着一件军绿色风衣，背着个大号的黑色双肩包，略显落寞地伫在电信局门口。

为了节省开支，废寝忘食是惯例，风餐露宿是常态，顾蛮生肉眼可见地消瘦下去，军绿色风衣灰扑扑的，衬着他那高大身板、立体五官，整个人就像一件锈蚀的青铜雕像。

可惜筚路蓝缕换不来一笔订单，总有别的企业先他一步。连着白跑几回，老厂里就有人不乐意了，认为他们出差即是穷折腾、瞎浪费。

不乐意的人叫余少哲。余少哲的父亲跟杨景才是相识多年的老战友，也是跟着杨景才打天下的最早一批人里的一个，所以在杨景才眼里，余少哲跟半个儿子没差别。

余少哲自己也算争气，十五岁就考上了大学，读的就是通信工程。这些年，他一直悄么声儿地惦记着杨柳，所以对于这个新来的销售经理，始终暗藏几分对优秀同性的嫉妒之心。他当着面跟顾蛮生笑嘻嘻打哈哈，一回头就到杨景才那儿参了他一本。

顾蛮生确实有不像样的地方，他每次出差回来，必去大吃大喝一顿，说是昂着头出征不能夹着尾巴回来，得好好犒劳跟他一起出差吃苦的展信员工们。吃喝倒不花公款，是从他的薪资里扣的，可他一毛钱还没挣呢。杨景才为人憨厚，面上没对此事有异议，可时间长了难免心里嘀咕，总觉得顾蛮生这人嘴尖皮厚腹中空，好像也没什么真本事。

其实朱旸也不太乐意。阿伟都赚了不少钱了，带着秀秀新租了一套二居室，再不用跟一堆人挤着住。朱旸认为顾蛮生应该听他的去贩卖盗版碟，从贝时远那儿借来的二十万早晚花光，却不知道局面什么时候才能被打开。

见顾蛮生又一次两手空空晃晃悠悠地从厂门外进来，朱旸叹了口气，拿着个电话听筒冲他喊："来得正好，你的电话。"

迟迟没订单，电话搁在这儿就是一件摆设，顾蛮生疑道："谁找我？"

"曲颂宁。"

顾蛮生一下来了精神，三步并作两步地跑过来，一把从朱旸手里把听筒夺过来。这个时候曲颂宁刚刚毕业，如愿子承父业，进入了他最心仪的邮电设计院。顾蛮生在小户型程控交换机的销售上屡屡受挫，所以写了信给曲颂宁，向他讨讨主意。两人通信通了个来回，结果顾蛮生又生幺蛾子，信中表示信件沟通太低效，他们改打电话，但自己如今一分钱要掰两半花，这么贵的长途电话费理应吃公粮的曲颂宁来负担。

曲颂宁收到信后笑骂了一声"抠门"，想了想，决定还是自己主动联系顾蛮生。他在电话里说，电信局的领导们不能随便把已有的供应商换了，尤其还是换他们这样名不见经传的小厂家，因为一旦出现问题，乌纱帽都不保。所以哪怕几家大厂的订单已经排不过来，他们也不肯冒险采购展信的交换机。

顾蛮生道："所以我才打算农村包围城市嘛，可也没想象中容易，太穷的地方根本没有通信需求，不太穷的地方可能就是你说的这个问题。”

曲颂宁想了想：“我爸的老同学、老朋友不少都在地方电信局当领导，只要你的设备没问题，或许可以让我爸爸去打声招呼？”

顾蛮生当场拒绝。人穷志不可短，当初他义无反顾地被学校开除，早就在心里立誓，不混出个人样儿来决不回头，如今为卖几台程控交换机还得转头去求曾经看不起自己的准岳丈，他实在丢不起这个脸。

“那你就慢慢琢磨吧，我没法子了，换作贝时远，兴许他有主意。”顾蛮生一走，曲颂宁与贝时远的关系倒近了起来。曲颂宁说他分配进了汉海市邮电管理局，任局长秘书，无疑是毕业同学里最有出息的一位。

“那你姐……”直到这次短暂的通话结束，顾蛮生也没问一问曲夏晚的近况，话到嘴边又打了个旋，他收住眼底蹿升的火苗，说，“没事了，挂了。”

电话里传来忙音，曲颂宁也收了线。

听筒刚刚搁上，曲夏晚就从他身后幽灵一般冒了出来。她叉着腰、竖着眉、瞪着眼，两腿再岔开些活脱脱就是支圆规。她恶狠狠地盯着弟弟，犹如盯着一个仇家，然后从齿缝里挤出一声：“是不是顾蛮生？”

曲颂宁被冷不防出现的姐姐吓一跳，回她一声：“是。”

“他现在在干什么？”曲夏晚迫近一些，“他的交换机是不是卖不出去？他那家小公司是不是快倒闭了？”

“是不是也都跟你没关系了，你不是快跟刘岳结婚了？”当时顾蛮生不听她劝，曲夏晚一气之下就接受了刘岳的追求，毕业之后她无心工作，刘岳是大老板，也不希望女朋友抛头露面。曲父对此不赞同，但拗不过曲母的爱女之心，天仙一般的闺女自然应该被人宠着护着，哪有遭罪受苦之理？

曲颂宁不肯实话实说，多少也是顾忌着顾蛮生的面子，但曲夏晚其实都听见了。她立马跟弟弟想到了一块儿，采购哪家公司的交换机，还不是当地电信局领导一句话的事儿？

当晚的饭桌上，曲夏晚主动向父亲出击，一阵拐弯抹角、旁敲侧击，终于提起了远在深圳的顾蛮生。岂料这个名字如在火上淋了油，曲父当即大发雷霆，抖动着嘴唇骂顾蛮生好高骛远、不识好歹，让原本打算帮腔的曲颂宁都噤声了。

没从父亲那儿得来一点助力，饭后，曲夏晚颓然躺倒，却在床上辗转反侧，一夜无眠。临近天光大亮时分，她才想起一件事来，汉海市邮电局的林局长是曲知舟的老同学，小时候对方在家里常来常往，把自己当作半个亲闺女一般。既然她爸不愿意开这个口，她自己去求一求又何妨？如此一想，曲夏晚陡然来了困意，望着窗外旺盛的爬墙月季，吹着微风的清晨花枝摇曳，花繁影乱，她心满意足地闭起眼睛，没一会儿就睡着了。

一觉睡清醒之后，曲夏晚就自作主张，打车去了汉海邮电局。但这种求人开后门的事情对她来说也是头一遭，所以心里生出些许怯意，在大门口徘徊半天，就是不敢进去。门卫见她一个单单薄薄的小姑娘，时不时抻长了脖子往门里张望，眼神忽明忽暗，嘴唇嘬着抿着，既满怀希冀又垂头丧气，也忍不住来问了两回："你要找谁？"

"我找……"头一回曲夏晚只是摇头，第二回才鼓足勇气开口，然而话音刚到嘴边，忽然身后有人喊她名字。她一回头，竟看见了贝时远。

贝时远遥遥一眼就认出了曲颂宁的孪生姐姐，姐弟俩虽不十分相像，却是一样出类拔萃的好模样。曲夏晚也马上想起听曲颂宁提过一句，贝时远毕业之后顺利分配到了市邮电局，现在是局长秘书，年轻有为，前途不可限量。

贝时远知道顾蛮生最近创业艰难，弟弟曲颂宁跟他聊过这事，姐姐曲夏晚显然也是为此而来的。身为局长秘书，他深知路上行人口似碑，不能随随便便把要走后门的人带进局长办公室。

贝时远想了想，对门卫笑笑，说："这位曲小姐是来找我的。"又转头对曲夏晚道，"街对面有家咖啡厅，我们先去那儿坐坐吧。"

跟着贝时远走进咖啡厅，曲夏晚意识到店里人的目光都齐刷刷地落在了自己身上。一半因为她本人，一半因为她此刻的男伴。以前她一颗心全扑在顾蛮生身上，倒没注意过学校里的另一位风云人物，虽未真正留神注意过，但对贝时远的大名却是如雷贯耳的。跟顾蛮生那种随时随地能倾倒一片的张狂气质不同，贝时远温和谦逊，捉摸不透，整个人亦近亦远，笑容明亮又暗昧。曲夏晚有些手足无措地坐在贝时远对面，跟他坦白自己确实是来找林局长帮忙的。

服务员送来两人的咖啡，贝时远轻轻拨动咖啡杯，问：“为了顾蛮生？”

曲夏晚承认自己仍在气头上，不想跟顾蛮生多说一个字，却又狠不下心来不管他的死活。她将顾蛮生现在的困境和盘托出，他的千门交换机始终打不开农村市场，不是已经有人捷足先登了，就是这些村子实在一穷二白，温饱尚待解决，哪有安装电话的需求与经费？

“‘农村包围城市’确实是他现下最好的法子，可全中国的农村那么多，也不能跟无头苍蝇似的乱跑。”贝时远抿了口咖啡，沉默一会儿，“我倒有个建议，不敢说这就是有的放矢，但一定比他满世界瞎跑有意义。”

“什么建议？”曲夏晚着急地问。

“他可以去贵州试试。”贝时远说，“今年国家将开始东西部扶贫协作与对口支援，就是说，东部一些城市将投入大量资金，来帮助西部贫困地区。”

曲夏晚一时没反应过来这话里的意思，只是惊得愣住，不知这人是什么背景，居然连国家的方针动向都一清二楚。

“报上刚刚登的消息。”贝时远似乎看出她心中所想，微笑道，“你们可能不关注，对我们公务员来说，党报、党刊是每日必读的。”

曲夏晚红了脸，为自己显出的那点无知而羞愧，贝时远倒也不介意，只以有条不紊又笃定有力的声音说下去：“黔东南州的十六个县和黔西南州的八个县都是今年宁波市重点帮扶的对象。那些地方原是穷乡僻壤，肯定乏人问津，但今年开始就会收到东部城市的财政援助，用来建设公路、水电与通信等基础设施。”贝时远稍做停顿，又是一笑，“顾蛮生那两个难题不就迎刃而解了？”

看似轻描淡写的一席话，却真有拨云见日的效果。

与贝时远告别之后，曲夏晚拐道去了校图书馆，在那儿借了一份党报。

回到家里，展开报纸好好阅读，果然在不怎么起眼的角落里发现了一则消息：今年 5 月，国家东西部扶贫协作正式开启，北京与内蒙古、福建与宁夏、宁波与贵州率先结成帮扶对子。

她不由得佩服起贝时远，寻常人关心的是自己的吃喝拉撒，是身边的鸡毛蒜皮，哪能在豆腐干大的报纸角落里发现乾坤浩大？又哪能见微知著，一下就切中问题要害？

曲夏晚将这则消息小心翼翼地剪了下来，装进了一只牛皮纸信封里。然而她还是不愿意先向顾蛮生示弱，当初这人死活不听劝，凭什么自己还要帮他？她又"咣"一声将信封扔进抽屉里，独自坐在书桌前，一边生闷气，一边做思想斗争。

房门忽然被推开了。曲夏晚循声回头，发现父亲站在门口，手里拿着一本厚得跟《辞海》似的暗红色皮质本子，只目光复杂地望着她，也不进来。

为了顾蛮生的事情，曲夏晚跟父亲互相怄着气，连着几天都没跟对方说话。她慢吞吞地走到父亲身前，仍然执拗地不肯开口。

"拿去，顾蛮生用得着。"曲知舟把手里的本子递给女儿，只冷冷淡淡地留下这么一句话，就掉头走了。

曲夏晚赶紧打开一看，竟是父亲夹杂着大量资料与亲笔手迹的笔记本。她虽不能完全看懂里面的内容，但也马上反应过来，这本东西价值千金，说是一本《程控交换机大全》亦不为过。

当父亲的到底拗不过女儿，曲夏晚心头流过一阵暖意，也不跟自己别扭了，打算连着这本笔记一同曲线救国，让弟弟曲颂宁替自己寄出刚才那封信。

湿润的南方6月末，花比往时开得早，也开得艳。曲夏晚从一只铺了一层细沙的纸盒里取出一朵已被吸干水分的蔷薇，置于鼻尖嗅了嗅，若有似无的淡香带来一种令人抒怀的慰藉。她颇不甘心地想起了顾蛮生，然后，将这朵干花郑重地放进了眼前的信封里。

打开曲颂宁的来信，顾蛮生眼里一线微亮闪过，马上就领会了这份剪报的意思。通向成功的道路庞杂而艰险，这封信却为他指了一条明道。

顾蛮生一边派浩子去弄一张贵州地图，一边自己给贝时远打电话，向他仔细打听了黔东那边的情况。待浩子拿来地图，他就拿了一支红笔，把这回东西部帮对协作重点扶持的二十四个县全在地图上圈了出来。

顾蛮生眯眼盯着地图，手里摩挲把玩着那枚袁大头。最后他把此行的目的地定在了贵州平阳乡的万川村。据贝时远的消息，这个村子走在贵州省脱贫攻坚的最前沿，副县长龙松主管着这次东西帮扶协作，更亲任村里的脱贫攻坚总队长。

而且万川村虽穷得厉害，却是个拥有近八百户人家的大村子，正好可以为展信的千门机开局。

顾蛮生紧接着就给平阳乡委打电话，他口才不赖，从对方的反应来看，这事希望不小。

挂了电话，顾蛮生热血沸腾，难以静坐，简直恨不得立马就跑贵州去。他打算先把这个好消息告诉杨柳，刚起身走出两步，忽又一个急转身。先前他满脑子都是展信进军贵州的事，这会儿才注意到，敞口的信封里露出了小半枚蔷薇，已经干巴了。

顾蛮生将这枚干花从信封里取了出来，凝神看了一会儿，又打开了连着信一同寄来的皮质本子。活脱脱一本程控交换机百科全书，基本把从研发到调试能遇见的问题都讲透了。整理这本笔记的，没准是曲知舟的学生，没准就是曲知舟本人。

信封上是曲颂宁的字迹，但很明显，寄信的人却不是他。

正午时分，阳光被竹节树的树冠筛成一绺一绺的，又在那朵薄脆如纸的蔷薇上连缀成片，冷不防烫伤了他的眼睛。顾蛮生坐回去，提笔就给曲夏晚写信。他想在信里倾诉衷肠，他想对她说："来吧，别管刘岳与他那破寻呼台了，不管不顾地到我身边来吧。"

然而白纸黑字，几句话都已经落在纸上了，顾蛮生忽又觉得没意思了。他将信纸揉成了一个纸团，甩手朝门口扔了出去。

这个时候，顾蛮生随身听里的歌已经从Beyond换成了崔健，从《海阔天空》换成了《一无所有》。"摇滚教父"的歌声沧桑豪迈，对比他的现状，是既应时又衬景，但他对这歌词持保留意见。一无所有，还要别人跟你走，这不是耍流氓吗？

正巧杨柳来找他，呼啦一下推门进来，纸团就不偏不倚地落在了她的脚边。杨柳低头将纸团捡起来，展开粗粗一看，又抬眼望着顾蛮生，对他说："我爸让大伙儿去会议室开会。"

展信所余的员工不多了，工厂各项花销都是顾蛮生与杨柳在街边摆摊卖内衣、卖袜子贴补的，杨景才见女儿最后那点闺秀气质也快被生活磨干净了，自觉这么下去不是办法。他开会是想告诉大家，自己打算把厂卖了。

"咱们'农村包围城市'的大路线没有错，只是小细节还待商榷。"顾蛮生从衬衣兜里掏出折好的剪报，一字一顿、清晰嘹亮地念出上面的新闻，阐明观点之后，他说：“时势造英雄，眼下就是咱们最好的机会。”

余少哲头一个反对：“就算人家有脱贫攻坚的经费，也未必会采购咱们的交换机，我看再撑下去也是白搭，还不如趁有人想买赶紧脱手，别到时候赔得连裤子都保不住。”

杨柳方才一直细细咀嚼顾蛮生的话，也觉出是个难得的机会，她烦透了余少哲这人动辄扫兴，张口就啐他：“没出息的东西！再说这些丧气的话，我现在就扒你的裤子信不信？”

展信的员工自发分了两拨，一拨以余少哲为首，这拨人数占了大半，都主张赶紧把厂卖了；一拨以杨柳为首，其实也就两三个人，认为半途而废不可取，都坚持到这份儿上了再跑一趟贵州也无妨。

杨景才是个软耳根子，觑这方有理，听那头也对，从头到尾没吱声，看着大伙儿相争不下，互相戳着鼻梁谩骂。

一般干大事者都有股“莫问前路”的豪迈气概，但自打顾蛮生来了深圳，好像一直入乡随俗地挺迷信。他见杨景才犹豫不决，又掏出那枚他从古董摊上收来的袁大头，清了清嗓，对所有人说：“既然谁也说服不了谁，不如命由天定，人头朝上，大家就让我再试最后一次。”

杨景才正摇摆不定，顾蛮生的这个举动恰好给了他台阶下，他也就顺势同意了。

众目睽睽下，顾蛮生将袁大头高高抛向空中，用两只手掌接下盖住，然后当着大伙儿的面，慢慢抬手揭开——那枚古拙的银币静置于他的手心，人头那面朝上。

顾蛮生与杨柳不由自主地对视一眼，都深深吁了口气。

“行吧，”杨景才咳了一声，“那就再试一次。”

顾蛮生收起银币，问：“谁跟我去一趟贵州？”

顾蛮生的本意是带着厂里的研发一起去，这样如果现场出了问题，能够立刻调试解决。

但研发都是老人，这些老人嘴上没异议，神态却很不服气。没人点头搭腔，只有浩子扬着脖子高举着手，碍着个子娇小，在一众工人当中，活像只嗷嗷待哺的鹌鹑。

顾蛮生向四周巡视一遍，没人响应他的号召，多数人都站在余少哲那边，余下的极少数也不愿这么苦行一趟。顾蛮生的目光最终落在了朱旸脸上。一是黔东多山区，朱旸来自高原，相对应该更能吃苦；二来现在厂里的研发一个都不肯去，朱旸到底是学过通信技术的大学生，现场出了问题，兴许能帮上忙。

朱旸一直不满顾蛮生入伙交换机厂的这个决定，刻意垂眸避开他的目光，只嘟囔一声："我不去。"

顾蛮生眯了眼睛，问他："为什么？"

朱旸道："不为什么，反正不想再做无用功。"

大不了研发、销售、调试一肩挑，顾蛮生也不勉强，坚定地说："那我一个人去——"

话音还没落地，一个脆亮的女声就响起来："我跟你去。"

众人循声回头，一见说话人，余少哲当即变了脸："杨柳你别闹，你一个姑娘家跟个大男人瞎跑什么？"

杨柳此时已经来到杨景才跟前，扭头乜了余少哲一眼，鼻子里哼出一声："呸，拿工资时不落人后，上街卖内衣躲得倒快，你一个老爷们儿连姑娘家都不如！"

展信的厂房昏暗老旧，一关上窗就一丝光都不透。借着昏黄的灯光，顾蛮生定睛看了看身前的杨柳，明明是个眉弯弯、目盈盈的漂亮姑娘，偏偏一身"骑马挎枪走天下"的豪迈之气，令男人都自愧弗如。嘴角一丝戏谑的笑意浮起，顾蛮生对杨柳道："你还是听人劝的好，大山里可苦得很。"

"我都不怕，你怕什么？"杨柳心直口快不饶人，与顾蛮生交锋头一回合就告捷了。

事情就这么定了。

顾蛮生看中的不是万川村这一个局点，他想的是一村传一村，一县接一县，借此打开整个黔东市场。

带着这个美好的愿景，怀揣着曲知舟的笔记本，他终于与杨柳、浩子一同踏上了去往贵州的路。

下了火车，又坐汽车，好容易在天黑前赶到县里。本来计划也妥当，还特意提前给县里打了电话，打算登门拜访副县长龙松。结果没想到，龙副县长贵人事忙，压根儿忘了有人要来拜访。他为了避免群众遇上困难还得跑山路去县里反映，直接下乡住进了村子，准备量体裁衣，逐家逐户地解决问题。

一去就扑了空，万川村没通电话，龙副县长何时回来县里也没人知道，顾蛮生他们不好在县里干等，决定去村里找龙松。

万川村也没通路，汽车坐了一程，又搭了一个别村人的牛车走了一程，剩下的路，三个人就只能徒步前进了。

千门机虽然分拆运送，但合起来差不多就是一台冰箱的体积与分量，顾蛮生带了一辆小号钢板车，把装着交换机的纸箱子搁在上面，他在车前拉着，浩子在车后推着，一旁的杨柳还得小心翼翼地扶着，就怕进村的山路崎岖陡峭，一不留神就把机器给震得掉下来。

泥地上铺了一层粗沙，就算是条路了。

7 月烈日当头，三个人没一会儿就汗下如雨、气喘吁吁了，钢板车的轮子在沙地上拖出两道深深的痕迹，像两条蜿蜒向前的蛇。忽然间，“咔”一声，一个轮子被藏在粗沙下的一块石头硌得跳起来，一下飞了出去。顾蛮生在前拉车，险些一步踉跄栽倒，亏得杨柳扶得紧，交换机才没被震落。

屋漏偏逢连夜雨，这下板车跟瘸子爬山似的不利索起来。三个人又艰难地爬了一段山路，浩子拖在后头，累得吭哧吭哧直喘粗气，腿都快抽筋了才道：“生哥歇一会儿吧，实在走不动了。”

顾蛮生回头看往来时路，只见一片漫天彻地的黄雾，也不知已经走了多久。再扭头看杨柳一眼，原是一朵照水娇花，此刻却因极度疲累变得灰头土脸，宛若霜打茄子。顾蛮生怜香惜玉：“行了，歇一歇吧。”

三个人找了块大石头坐下。山路间弥漫着新鲜牛粪的气味，从一人高的芦苇丛里钻出一只灰中带褐、遍体斑点的野鸟，像斑鸠也像鹧鸪，缩着颈子，见人也不怵。顾蛮生的视线透过近处飞扬的沙土，望见远远的山头上一片厚实的青绿，群山庞然无声，在即将西沉的太阳下闪耀着奇迹的光辉。

顾蛮生原本已经疲惫到了极处，忽然又被眼前的景象招来了兴致，他抹了一把被汗水打得潮漉漉的头发，扬声道：“入黔乡，随黔俗，我给你们唱支山歌吧。”

不等旁人应和，他就自顾自地唱了起来：

哥哥哥哥我好狠心，把妹拖进刺林林；

太阳太阳你晃眼睛，石头石头硌背心。

顾蛮生天生一副唱戏的嗓子，唱起山歌来驾轻就熟，嘴唇翕动间，高亢动人的歌声就传了出来。忽地停下不唱了，他回头问浩子：“这词的意思你懂吗？”

浩子人小鬼大，腾出一只手来拍胸脯：“懂！就是男人跟女人最爱干的那点事情。”

顾蛮生听得大笑：“可以啊！”

杨柳听不下去了，马上截断顾蛮生道：“你这人怎么那么下流？什么不好教，偏偏教坏小孩儿。”

“不小了，瞧，都长毛了。”顾蛮生伸手抬起浩子的下巴看了看，细嫩的皮肤下还真隐隐有些青青的胡楂，他笑道，“一路上还没尿过，你想不想尿？”

冷不防这么一问，倒真有了点尿意，浩子点头。顾蛮生又问：“干脆比一比？”

“比什么？”浩子发愣。

“当然比谁尿得远了。”顾蛮生道，“你是小孩儿，我不欺负你，尿我一半远就算你赢。”

说着，顾蛮生径自来到刀削一般的悬崖边上，解开裤链。浩子一下也来了玩性，边解裤链，边快步跟了上去。家伙还没掏出来，顾蛮生搡了浩子一胳膊，又用拇指朝身后的杨柳指了指：“跟你嫂子说，不准偷看。”

“神经，谁要看你们。”杨柳嫌他们没正形，厌弃地扭过一张脸。

两个男人面向巍巍群山，尿得大气磅礴，飞流直下。越是疲累不堪，越需要苦中作乐，打诨发泄，顾蛮生嗷嗷怪叫一声，边尿边问身旁的浩子：“你知道狗和狼的差别吗？”

浩子不假思索道：“狗老实，狼凶残；狗吃屎，狼吃肉，狗……”

顾蛮生自己抢过话头：“狗尿的是电线杆子，狼尿的是高山大川。”接着他又怪叫一声，放声喊道，“咱现在尿的就算高山大川，怎么样，爽不爽？”

“太爽了！”浩子只觉一路的劳顿随之宣泄一空，也特别兴奋地冲顾蛮生喊，“生哥，我还没在几千米高的山上尿过呢，你看，我尿得多远！”

“别看贵州都是大山，其实也就两千多米吧。”顾蛮生大笑着道，“赶明儿我们把交换机卖到西藏去，站在青藏高原上撒尿，那才叫爽！”

闹腾够了，整理完衣服，擦了擦手，两人回来了。天色渐沉，得准备上路了。

见太阳开始西斜，宛若快烧见底的豆灯，火光越来越暗。杨柳有些担心，忍不住就白了顾蛮生一眼：“我看你倒是挺悠闲，一会儿唱戏一会儿撒尿的，等到我们夜宿荒山野岭，看你心态是不是还那么好。”

“按说你爸也是当兵出身，你怎么一点革命浪漫主义精神都没有？”板车已经烂得使不动了。这一路基本都是他在使力气，眼下也当仁不让。顾蛮生吩咐小浩子与杨柳将纸箱用塑料扎带牢牢绑上他的肩头，打算就这么背着六台交换机，一步步迈向大山深处的万川村。

这等于多背了一个人上山，杨柳不由心疼地问：“你背得动吗？”

扎带深深嵌进肉里，顾蛮生的双肩被压得往下一沉，脸色陡然变得严峻，嘴上仍没正经地唱道：“不是牛来不是吹，小妹跟我不吃亏，我是将军不下马，一日能整三四回……”

浩子同样心疼，道：“生哥，要不我帮你扛一只箱子吧。”

“得了，你就这么点个儿，再压更矮了。替我扶着点就好。”顾蛮生笑笑，弯腰迈出了第一步。

到底已经爬了那么久的山路，没走出多远，顾蛮生就显出不支来。杨柳扶在顾蛮生另一边，不时侧头看他一眼，他立体的轮廓被斜阳上了釉彩，他咧嘴、龇牙，两颊肌肉咬钉嚼铁般狠狠绷紧，额头都见青筋了。饶是这样，他仍发扬着自己的“革命乐观主义精神”，跟纤夫的劳动号子一般，每多走一步就哼唱一句：“一日能整三四回……再整一回……再整一回……”

这小半年，为了贴补展信，不跑业务的时候顾蛮生就跟杨柳一起去天桥下摆摊，骑着三轮车载着货，也载着她，车轮轧遍整座城市。杨柳从没想过，她癫，顾蛮生比她还癫，她疯，顾蛮生比她更疯。不止一次她都以这么迷惑的眼神偷偷注视着他，心想：怎么有人能疯得这么坦荡，这么漂亮。

三个人就这么踉踉跄跄、歪歪倒倒地又行了一段山路，总算有一台老式的拉泥货车从他们身边经过。杨柳赶紧张开手臂呼喊，想搭一截便车。然而车上人一下刹车没踩，不知是没听见还是装作没听见，飞沙走石，扬尘而去。

杨柳二话不说蹬了鞋，不顾一双纤脚满是水泡，拔腿就追在了车后。然而两条腿哪儿跑得过四个轮子？见拉泥车愈行愈远，她心头火一下蹿得老高，从路边捡起一块石头，毫不迟疑地朝那辆车狠砸了过去。

第十一章

大江必有大鱼

“咣”的一声，她听见车上传来一声震天响的“哎哟”声，然后那辆拉泥车倒着开了回来。

万幸的是，杨柳一块石头砸着的就是万川村的村民，将辛苦赶路的三个人给捎回了村里。那个被砸的老五后脑勺隆了个包，嘴天生有点拱，所以说话时牙床外露，表情夸张。随拉泥车颠簸一路，他就这么咬牙切齿地抱怨了杨柳一路。杨柳难得被人数落也不回嘴，既是不好意思，也是实在累了。

万川村的景象比顾蛮生想象中还残破一点，大山的巍峨苍翠在这里荡然无存，满眼都是灰瓦矮檐的土平房，黄土墙面斑斑驳驳，仿佛一张张残烛老人的脸。顾蛮生看见，每走三五米，墙上就刷上一排血红大字，醒目惊人，诸如“脱贫先立志，致富靠自己”，诸如“先富帮后富，消除贫困户”。他觉得这些话怪逗的，呼喊着老五下了车，立定在一面土墙前，笑眯眯、乐融融地一句句念出声来，道：“这前后两句不着调啊，到底是靠自己还是要人帮？”

“谁说不着调了？”龙副县长正在村里视察，被这句不客气的话引了出来，看一眼顾蛮生三人的衣着打扮，便知不是村里人，甚至不是贵州人，于是问道，“你们几个打哪儿来的？”

来人瞧着四十多岁，身材高兼瘦，面孔黄且黑，但气质超拔，举动犹带一点官腔，横竖不像是扎根穷乡僻壤的农民。

顾蛮生猜出对方是谁，便存心跟人抬杠：“不好说，我来自山川湖海。”

“那你要到哪儿去？”龙松已经板着一张威严面孔来到顾蛮生跟前，却发现自己得仰头看这小伙儿，威严就被两人的身高体形之差消磨掉了。

“更不好说了，”顾蛮生微笑道，“我去向四面八方。”

老五及时跑来汇报说村里来了搞通信设备的大学生，龙松这才想起来，自己跟人约在了县里见面，结果一忙就忙忘了。他对这伙年轻人心怀歉意，便也想开开玩笑，故意露出愠色道：“我听出来了，你就是那个打电话来、满脑子白日梦的顾蛮生。”

顾蛮生仍装作不认识对方，睨着眼睛问：“我是顾蛮生，您又是哪位？”

老五赶紧回答：“这就是咱们的龙副县长。”

“瞧我这没深没浅的，这不是咱们脱贫攻坚龙队长吗！”顾蛮生一惊一乍之后又做出伤脑筋的模样，连连煞有介事地摇头，“不对啊，不对……”

龙松好奇：“哪里不对？”

“我听说，龙副县长恤民如亲，对我党布置的脱贫攻坚任务是真抓实干，一竿子插到底，亲自到村里视察制订帮扶方案。可您看着……”顾蛮生打量对方一眼，欲言又止地稍顿片刻，才道，“您看着倒挺像那么回事，可思想跟不上行动，活儿干得没口号喊得漂亮。”

“你这是坐轿子骂人。”龙松其实不生气。顾蛮生来电话时他还在县里，当时就对这能说会道的小伙儿印象深刻，眼下见了真人，越发觉得这小子胆大又有趣，已然抿不住唇边那点笑意，“顾蛮生，我提醒你，你可是来求我帮忙的。”

“我是来求您的，但不是求您帮忙，而是求您允许我来帮助您。”一旁的浩子听见这话，吓得赶紧偷偷扯他衣角，顾蛮生只当不知道，继续大言不惭地说下去，“都说治穷先治愚，老旧的观念不改变，空喊这些口号有什么用？”

龙副县长佯怒道：“你凭什么说我观念老旧？”

把人撩火了，顾蛮生这会儿又装模作样，露出一副羞涩模样：“我不敢说。”

“还有你不敢说的？”龙副县长真快动怒了，“说！”

“前些日子我给您打电话，说要帮助万川村的村民安装座机电话，您回答我说，‘事有轻重急缓，眼下修路最要紧，而通信是基础设施建设中最不重要的一环。’交通投资和通信投资哪个更重要我不敢妄加断言，但根据国际电信联盟和经济合作与发展组织的研究结果表明：‘在一个国家内，五年内每百人电话普及率每增长百分之一，则接着七年内，人均收入增长百分之三。’可见经济大发展时期，通信对一个村、一个县乃至一座城、一个国家的重要性。”

其实不消顾蛮生说上这些，道理龙松都懂。以前县里农话发展滞后，主要是因为电话初装费太高，老百姓都掏不起这个钱，如今东部支援，县里拨款，最大的难题已经解决了。龙松这边已经上报邮电局的领导把农话发展列入议事日程，但一般的通信设备大厂哪儿看得上贵州农村啊？目前找上门来的只顾蛮生一家，所以领导们也没太当一回事。

通过顾蛮生的一番真知灼见，龙松对这年轻人的好感又添一层，但仍想激他一激、挫他一挫，便仍不冷不热地说：“你说的我也明白，可不管什么样的利民政策，上行下达，也得老百姓都理解才行。现在老百姓都不理解，不想装，我们也不能勉强嘛。”

“老百姓不理解，就说到他们理解为止，您给我一面铜锣，我立马把乡亲父老都喊来开动员大会，”顾蛮生镇定自若，信心十足，“我在这儿郑重地向您保证：别看小小一部电话，有了它，立马就能让封闭落后的小农村接轨城市，源头活水源源不断，农村经济才能发展。”

也不知到底是谁激上了谁，龙副县长当场拍板道：“你既然口才这么好，那择日不如撞日，今晚就开座话安装动员大会，由你来跟大伙儿说！”

失败是成功他老母亲，多次折戟于农话市场之后，顾蛮生还是总结出了不少经验的。所以在动员大会上，他尽展口才，他跟村里务农的男人念“致富经”，说农产品销售与农村通信发展息息相关，装了电话后，足不出户就能找到全省乃至全国的农产品批发商或加工企业，渠道变广了，效率提高了，经济利润自然不愁翻番；他跟留守在家的妇女打“亲情牌”，说以后男人外出务工也不怕，这天南海北就是一个电话的事儿；他还跟村里的小孩儿大讲特讲《西游记》，说一部电话就是你们的千里眼、顺风耳，以后你们眼运金光，耳听八方，不用走出大山，外头世界发生什么也都能第一时间知道。村里那些缺齿的小孩儿都被他逗得快活不已，格楞楞直笑。

被杨柳砸了一石头的老五蹲在地上半晌无话，当安装座话的意见就快统一了的时候，他忽然插嘴，说：“村里以前有一台电话机的，有一次送话器里忽地蹿出火星，差点没把村里一个小孩儿的手给烧黑了，所以从此再没人用过这台电话机。”

这一下大伙儿心里又没了谱，窸窸窣窣地议论起来。

“您说的是那种老旧的手摇磁石式电话机吧？”亏得这些都在大学里学过，顾蛮生动用自己丰富的理论知识，应付自如，“那种磁石电话机的历史比你爷爷还老，那是渡长江、上甘岭，野外打仗用的！磁石电话机对传输线路要求不高，不需要由交换机转接，但要沿渠架设明线。这种暴露在外的明线线路很危险，别说烧黑一只手，搞不好是要电死人的。”

总而言之，顾蛮生蛇打七寸，见招拆招，终于说服了所有说来扯去就是不想装电话的万川村村民。但这时老五又跑到龙副县长身边，跟他咬耳朵说：“不放心这些小厂家的东西，没准儿就是来骗钱的。”

顾蛮生看中的不是这个小小的万川村，而是全平阳乃至整个贵州省。他想拿一些大单子，却也知道舍不得儿子套不着狼，所以大方地对龙副县长表示，自己带来的千门交换机先在万川村试点，不等村民们点头满意，就绝不收取一分钱！

就这样，万川村成了试点村，顾蛮生与杨柳他们一时半会儿也回不去，只能由村长接待，在村里的农户家里住下。顾蛮生、浩子跟村长住，杨柳则被安排住进了一位扈姓嫂子的家里。扈嫂子丈夫、儿子都在外打工，家里还剩两个女儿伴着母亲，都是同性，比较方便。

晚上，杨柳跟着扈嫂子一起吃饭，扈嫂子知道这是从深圳来的姑娘，在拌茄子的基础上多做了一道糟辣椒，还担心家里的粗茶淡饭不合人家胃口，毕竟，深圳是什么地方？改革开放的特区，特区又是什么地方？人人勇立潮头，遍地都是黄金。然而杨柳的表现很快打消了她的疑虑，她就着一口茄子、一口辣椒，三下五除二就扒净一大碗米饭，碗底一粒不剩，她还把碗一伸，笑嘻嘻地要添饭。扈嫂子被这架势吓得心连连乱跳，边盛饭边犯嘀咕：哪儿来的城里姑娘，这胃口比得过刚下过田的庄稼汉，谁娶她当老婆铁定是要被吃穷的。

饭后，杨柳主动替扈嫂子收拾了桌子，洗了碗筷，又把箱底的铺盖取出来拍打一阵，很快就在自己的屋子里待不住了。农村的夜晚跟深圳大不一样，才七点多钟，外头已是黑咕隆咚，一点灯火没有。杨柳问扈嫂子借了个手电，摸过一片不可测的漆黑村路，又回到了村长家。她跟村长老婆打了声招呼，就直奔顾蛮生的房间，想要批评他擅作主张，不跟自己商量一声就做了留下的决定。

她“咣”一声推开门，一眼看见顾蛮生赤着上身，趴在床上。

浩子正拿着酒精棉，给顾蛮生肩膀与后背上的伤口消毒。他下手没轻没重，一团蘸透酒精的棉花猛地就往开裂的皮肉上擦，顾蛮生疼得龇牙咧嘴，骂骂咧咧道：“小兔崽子，你轻点！”

今天扛着交换机爬了几小时的山路，肩与背早已被绑着程控交换机的塑料带子磨烂了。这一打赤膊杨柳才发现，顾蛮生肩头两道深深的血痕，翻开的皮肉也不是鲜红色，而是呈现出一种诡异的暗红，该是这一路汗流浃背，伤口真跟用盐腌过一般。

杨柳原本一肚子骂人的话不吐不快，但见对方已经吃足苦头，心也跟着软了。

顾蛮生这时扭过脸来问她：“你来干什么。”

她便话到嘴边又改口：“我来问问你，打算在这儿留多久？”

“这不好说，怎么着也得卖出个十台八台交换机再回去。”顾蛮生从床上爬起来，一手摁着肩头转动肩膀，“谁说农民多质朴了，一个个比猴还精，又要公羊又要产奶，看样子，咱们得做好打持久战的准备。”

说着话，顾蛮生披了件衬衣，也不系扣子，就这么赤着上身朝杨柳走过去。他这一身虬结漂亮的肌肉在灯下舒展，在衬衣后若隐若现。没有一点苗头，杨柳的心就跟着重跳一下，仿佛被一股喷薄而出的雄性力量给狠狠击打了。她毫不抵抗地被顾蛮生推坐在了床上，好一会儿才反应过来，质问道：“你干什么？”

顾蛮生不说话，直接单膝点地，跪在杨柳身前，回头对浩子说：“你问村长借根针来。”

浩子“哦”一声，麻溜地跑了出去。

顾蛮生伸出手，小心翼翼地替杨柳把鞋脱了下来。白天杨柳赤脚去追老五的拉泥车时，他就注意到了，她的脚上有好几个比鲜蚕豆还大的水泡。几小时的曲折山路，一个姑娘家愣是没吱一声地陪他走了下来，顾蛮生既感激又心疼，道：“这么大水泡你也不吭声，一会儿给你挑了。”

杨柳不再别扭挣动，轻轻“嗯”了一声，她感到自己的脚，像只蝴蝶般被这个男人轻柔地捧在掌心里。

“哟，你这脚丫子，少说四十码吧。”顾蛮生捧着杨柳的脚丫，左觑右看，“你一看着挺漂亮的女的，怎么生这么一双大脚丫，夏天都能用它扇风了。”

“三十九码，怎么了？”换作曲夏晚被他这么取笑，早就面红耳赤、又捶又打了，但杨柳毫不介意，一副不觉羞、不觉臊的样子，还大咧咧地动了动脚指头，“脚大走四方。”

“这话痛快，”顾蛮生保持跪姿，仰脸看着杨柳，似笑非笑、似假还真地说，“要不你就跟了我，咱们一起去向四面八方。”

四目相对瞬间，杨柳的心又被什么东西叩击一下。她意识到这东西已经不知何时生根开花、集涓为流了。

这个时候浩子把缝衣针借来了，风风火火地闯进屋子。

顾蛮生接过针，垂下长睫毛，轻声道：“忍着点。”

缝衣针用酒精擦了擦，挑开一个又一个的水泡，顾蛮生小心地为她挤出里头的积液，也不嫌脏。杨柳一直垂着眼睛看他，从头到尾没喊过疼，也说不上为什么，今晚灯下的顾蛮生特别好看，鼻是鼻、眼是眼的，简直令她心神不稳了。

但她不得不扫兴地提醒自己，还得稳住。那天顾蛮生揉掉的信纸团，她悄悄拾起来看了。她记住了一个很好听的名字，夏晚，夏晚，听着就袅娜，就娉婷，就流露出半抱琵琶的婉约之美。哪像自己，直咧咧的一览无余，倒不好看起来。

杨柳望着顾蛮生，不自禁地捋了捋自己乌黑蓬松的头发，又不自禁地去想象这个叫“夏晚”的姑娘长得什么模样。一直想，一直想，哪怕已经回到扈嫂子的房里，她还在想，想到下半夜才渐有困意，在一阵混合着新鲜猪粪味的夏风里，总算合眼睡着了。

农村不走光纤走铜线，顾蛮生帮着电信公司的人一起安装了交换机，然而一测试就出了问题，电话根本打不通。

老五当场喊起来：“果然就是来骗钱的！”

老五处处针对顾蛮生，其实是存了私心的。这次扶贫拨款修完路后还剩了一笔，本来是要装路灯的。他跟村主任关系近，跟朋友弄了个什么照明工程公司，已经获得村主任的口头允诺，让他的公司负责给全村装路灯，共装三十盏。每盏灯老五私吞了三百，这一笔就近万元。

结果快到手的肥鸭被顾蛮生截走了。

龙副县长也在测试现场，他对这样的结果感到失望。顾蛮生自然比龙松更失望。他愣怔了片刻，擦了一把额头的汗，试图为这样的情况找个解释："可能是上山路太崎岖，中继板震坏了，我马上让公司送台新的来。"

老五早安排好了一些人，等的就是这个机会，他们此起彼伏地喊道："这交换机质量这么差，还装啥！就算换上新的，保不齐一会儿又坏了！"

顾蛮生神色凝重，环视一屋子挤着看热闹的村民，向大伙儿掷地有声地保证道："我们在深圳测试过无数次，交换机的质量没有问题，只要换上新的中继板，一定能打通电话。"

顾蛮生用村里那台磁石电话机给远在深圳的杨景才打了电话，他怕泄了对方的信心，没把事情往严重里说，只让对方往龙副县长的办公室寄送一块中继板。他自己去县里取新的中继板时，又顺道买了新的中继线。

然而新的中继板寄来了，新的中继线也买来了，可电话还是无论如何都打不通。

连着几天，顾蛮生一宿一宿地不睡觉，他在交换机房里，咬着已经冷透了的馍头，打着手电翻看曲知舟的笔记。他实在不明白，问题到底出在哪里。

顾蛮生虽是学这个专业的出身，也有工作的经验，到底不是这批机子的研发人员，杨柳看在眼里，急在心里，她也给父亲打了电话，让他赶紧把厂里的老研发派来解决问题。

但杨景才不肯答应，他说他正积极为展信寻找买家，已经有公司有意向了。他看准了他们这次又将白跑一回，无论如何不会再陪顾蛮生瞎折腾。

"你敢背着顾蛮生卖公司，我就不再认你当我爸！"杨柳脸颊通红，把所有对父亲的不满撂了出去，"砰"地砸上电话。

她恨得瑟瑟发抖，胸脯一上一下，她恨父亲缺乏战略眼光，更恨磨难无穷无尽。她从扈嫂子家的木窗子望出去，忽然看见老五集结了一拨人，手上抄着农具，气势汹汹地往交换机房去了。来者不善，杨柳顾不上自己心里的不痛快，赶紧招来浩子，让他去通知顾蛮生。

"哦！"浩子机敏地点着头，还没跑出屋子，又扭头问杨柳，"姐，你不一起？"

“我去搬救兵，你别磨蹭了，快去！”杨柳看着浩子真像耗子一样，一蹿出门就没了影，自己也奔了出去。她向正坐在树下纳鞋底的扈嫂子请求道：“嫂子，你替我拦着点老五，我去找龙副县长！”

杨柳人长得俊又勤快，住在家里的这些天没少帮忙干活儿，扈嫂子打心眼里喜欢这个城里姑娘，立即答应下来。杨柳从小路溜出去找龙副县长，她就跑到老五跟前，问他：“小五啊，你带着这么多人还扛着家伙，这是要干什么？”

“我们是要去找顾蛮生算账的，他就是个骗子，他的交换机打不了电话，他们公司就是骗子公司！”老五为了给村子装路灯私吞的那一万块钱油水，死活是跟顾蛮生较上劲了，村民质朴，说啥信啥，他一挑唆他们，说顾蛮生是个骗子，他们就为保卫自己的扶贫款自发而来了。

“你是老实孩子，咱斗狠伤人的事情可不能干！”

“嫂子你别管！今天有我没他！”老五搡了一把拦在身前的扈嫂子，冲气咻咻的大伙儿一扬手臂，“都跟我走！”

浩子刚给顾蛮生报了信，老五一帮人已经冲进了村里的交换机房。

来之前顾蛮生还在排查交换机的故障，箱盖全打开着，曲知舟的笔记都快翻烂了。

“哟，好大的阵仗啊。”顾蛮生站起身，向一群扛着锄头、竖着棍子的农人走过去，脸上还带着痞痞的微笑，“无事不登三宝殿，各位大哥，什么指教？”

“你还想在这儿赖到什么时候？”顾蛮生一日不走，扶贫款就一日不能用来装路灯，悬在眼前的五花肉也就一日吃不着，老五他今天不是来讲道理的。

顾蛮生看了所有人一眼，平静道：“不把交换机的问题解决了，我决不会走。”

“你就是一个骗子！我再问你最后一遍，你走不走？”

“别废话了，练练呗。”笑容敛干净了，顾蛮生伸出手，将一侧的袖子往上撸了撸。显然，他是不惧他们的。

从顾蛮生坚决的态度里得来了答案，老五恶向胆边生，招呼着大伙儿往门里冲：“来啊，把他的烂机子给我砸了！”

“不能砸，不能砸！”浩子张开手臂扑上去，试图把这群农人赶出去，可他细胳膊小身板，哪里拦得住？浩子绝望地哭出声来：“求求你们了……不能砸啊……”

众人不理他，一骨碌涌进来。顾蛮生赤手空拳，面色却平静得骇然，他一拳头就撂倒了冲在最前头的一个壮小伙。

“砸！”一屋子的硝烟气味里，不知道谁这么喊了一声。

场面一下变得混乱，顾蛮生撂倒不少个，也挨了不少下。他咽下嘴里一口血沫，夺了一个农人的棍子，平展在身前，将更激愤更汹涌的后来者们死死挡在交换机前。

万幸的是杨柳及时把龙副县长找来了。

“住手！”龙松看见顾蛮生被人一棍子砸在头上，一声不吭地栽倒下去，他怒喝道，“通通给我住手！”

老五不敢在副县长面前动武，停了手；他一停下，别人都不敢造次了。许多人挂了彩，交换机房一片狼藉，但在顾蛮生拼死护卫下，展信的千门机毫发未损。

其实龙松进门的时候，这场小规模的武装冲突正准备以顾蛮生的失败而告终。顾蛮生与浩子只有两个人，敌不过在场十来个年轻力壮又抄家伙的万川村村民。顾蛮生被砸倒后半晌没再站起来。他就这么跪在地上，头埋得很低，额角鲜血漉漉。他面朝展信的交换机跪着，一边不住摇头，一边微微颤动肩膀，像是悲愤已极，疲倦已极，痛苦已极。

“顾蛮生？”龙松朝他走过去，安慰地拍了拍他的肩膀，又喊他一声，“小顾？”

龙松走到跟前才发现，顾蛮生居然在笑。

他边笑边摇头，不断喃喃重复：“我太蠢了，太蠢了，这么小的错误怎么会没发现……”

原来打不了电话的问题并不出在交换机上，而是接地线松脱了，倘若不是被老五砸倒在地，兴许一时半刻还发现不了。顾蛮生把地线重新接好，所有的问题终于迎刃而解。

顾蛮生向龙副县长申请，要在万川村搞一个试拨电话大会，周遭村子的人都能在那天免费打个电话。获得龙副县长的首肯之后，顾蛮生特意让浩子从县里买来炮仗。他架着马车，带着浩子，将万川村附近的村子都巡游一遍。每到一处，他就让浩子用竹竿吊着鞭炮串，在村口边跑边喊：“万川村通上电话啦！万川村通上电话啦！”

消息早早通知了下去，所以试拨电话大会那天，十里八乡的不少村民都赶了几十里山路，攥着一个个珍贵无比的电话号码来了。一开始，因为原先的磁石电话机出过漏电的事故，万川村的人不肯尝鲜，谁也不敢上前来拨号码。顾蛮生屡次三番邀请无果，索性一把将扈家小孩儿举抱起来，他将电话听筒交到她的手里，哄她说：“别怕，电不着你的，电着了我给你当马骑。”

改革开放之后，不少山里人开始往祖国的南边跑，扈嫂子的男人就是其中之一。顾蛮生深知“思夫心切”的道理，所以让杨柳问出扈嫂子男人工厂的电话，刻意把这试拨第一个电话的机会给了她。

孩子先喊了声“爸爸”，然后把听筒交给了母亲。听见丈夫的声音，女人当场哭了。结果这一哭不打紧，把村里一众留守妇女都招哭了，哭声此起彼伏，跟哨声一样响亮。

颇具仪式感的一场大会之后，很快，人传人，村传村，万川村装电话的消息轰动了整个平阳乡。大家都说，万川村村民足不出户就能四通八达，万川村要富起来了！

电话总算打通了，但村民们还是各有各的担心，作为设备供应商与服务商，顾蛮生自告奋勇地留在了万川村，其间没少跟着龙副县长一起跑市里的电信局。

电信的人也奇了，他们刚刚得知东西部帮扶协作的政策，政策是有了，钱还没拨下来，这就有企业作为设备供应商找上门来了。顾蛮生的交换机测试至今没出过问题，但电信的人还是不看好，不是不看好展信，而是不看好人性。一位市里的领导说，这事就是麻布袋上绣花，成不了。穷山恶水出刁民，要电话初装费的时候，他们不肯装，现在不要了，他们还不肯，巴不得把这笔帮扶的钱瓜分一下，各自回家娶老婆。就万川村这些村民的觉悟，你要想试那就试试，但试了估摸也白试。

顾蛮生不信邪，不服输，不认命。回程最后一段山路搭了一位村民的马车，马脖子上挂着铃铛，随着马车前行叮当作响。道旁成熟的高粱穗密密匝匝，一路冲人点头哈腰，两侧的山坡上种满了柑子树，柑子已经红透了，一株株、一排排结满柑子的柑子树连在一起，浑似山火，特别壮丽。

丰收的美景令顾蛮生像初生的牛犊一样心花怒放，像饥饿的头狼一样血脉偾张，仿佛同样美好的前景已经铺展在他眼前了，他前两天跟老五学了首贵州山歌，放开嗓子就唱：“一根柑子咿呀一点儿红哟喂，柑子那个花开起双蓬，结些柑子咿呀颠倒儿挂哟喂，剥开柑子瓣瓣呀红，瓣瓣呀红……”

歌声戛然而止，他扭头看了龙副县长一眼，见对方正神情复杂地望着自己，不禁笑了："我脸上有东西？您老这么瞅着我。"

龙松也被顾蛮生的热情与执着感染了，他感慨道："我记得你才二十二岁吧，不容易。"

顾蛮生难得犯糊涂，没听出对方是夸自己，还跟人瞎客气："我这人比实际年龄显老。"

"我不是说你年纪，我是说你这个人，"龙松本想狠夸一番顾蛮生，但怕把人夸飘了，话到嘴边又改口，"你这个人，贪大又好战，自负又固执，决定了的事情是骡子是马都拉不回，义无反顾。"

"这么夸我，我哪好意思。"顾蛮生摸着鼻子笑。

"我是夸你吗？"龙松被顾蛮生的态度逗笑了，望着经历了数月青黄不接、已经接近收获的田垄与山坡，感慨加深，"希望电话接通之后，万山村能开阔眼界，早晚也走出一个像你这样的大学生。"

"读大学未必是唯一的出路，我不也没毕业呢嘛。"顾蛮生跟人放开了聊，"不过山坳子里出个大学生，确实不容易。我有个大学同学也是山里人，一门两个大学生，消息传遍了十里八乡。"

赶车的老汉听见了，接话道："一家连出两个大学生，别说对一个村子，对全县来说都是了不得的大事，算是光宗耀祖了。"

"可那家的弟弟跟我一样辍学了，也南下发展呢，就在我们公司。"山里交通不便，早上出的门，一来一回就日薄西山了，顾蛮生眼望落日余光普照的群山，意味深长地说，"这么好的时代，不出去闯闯可惜了。"

"总听你说这时代好，好在哪里，说来我听听。"龙副县长说话总不自觉地带上点官腔，但他此刻慈眉善目如一个长辈，正亲切微笑地看着顾蛮生。

"我爸做生意那会儿，成天提心吊胆，不知道办厂这事儿到底姓'社'还是姓'资'，稀里糊涂地就进去了。但这不赖他，也不赖国家，书里说'世事的起伏本来就是波浪式的'，现在又到了潮水上涨的时候，大江大浪，必有大鱼。"

"你就是那条大鱼？"

"努力吧。咱平阳也能出几条大鱼，"顾蛮生不忘正事，话锋及时一转，笑嘻嘻道，"只要多买几台我的交换机。"

“你倒挺能耐，吹牛不忘做生意，做生意还不忘谈恋爱。”龙松乐了，话题轻松起来，“跟着你的那个小姑娘不容易，待人家好点。”

“我们不是您想的那种关系。”顾蛮生没把龙松的关照放心里，忽见赶车的老汉挥鞭打了个空响，一下来了兴趣，凑头上前道，“大叔，您这架马的姿势跟古代大侠似的，太帅了。”

“帅什么？”老汉质朴羞涩，又打个空响，“那是你们城里人没见过农村的马车。”

“没见过，”顾蛮生兴致勃勃，指着马鞭跟村民道，“能让我试试吗？”

不待村民完全勒停了马，顾蛮生就从车后挪腾上前，坐在了架马的位置上。他手掌马鞭，快活地喊起来：“叔，口令怎么喊？”

老汉道：“想马跑就‘得儿驾’，想马停就‘吁’，想马拐弯就‘歪呀歪’，其余的就看你跟这马的默契，牲口也是有灵性的。”

“得儿驾！”顾蛮生一掌鞭就疯，也挥鞭来了个空响，然后一路大笑大喊着“驾驾”，把原本回程的时间生生缩短一半。

电话试打成功之后，顾蛮生的程控交换机就再没掉过链子，但迟迟没拿到结款，所以浩子他们在村里也就无所事事。这时杨柳嘴里冒出了个先进的名词儿，叫售后服务，也不知是从哪里听来的，反正就是客户体验大于一切，他们仨不能白吃白住，必须主动帮村民干活儿。

万川村的活儿基本都是农活儿，村民们知道顾蛮生是大学生，不知道他没毕业，零打碎敲的，提了不少实际问题。贵州八山一水一分田，农民确实不容易，所以，什么树上的柑子与刺梨、地里的玉米与折耳根，需要施个肥、剪个叶，顾蛮生全都照办。今年柑子大丰收，但万川村的村民乐不出来，老话说“谷贱伤农”，往年也有这样的情况，最后种出的柑子来不及卖，至少烂一半。但这回好了。顾蛮生问贝时远要来了一本收录了全国二十万企业名录与电话的“中国大黄页”，给所有能与柑子扯上点关系的厂家打电话，什么果脯、果酱、柑粉饮料，甚至柑络都不浪费，利尿止咳又去痰，能入中药。

顾蛮生天天帮着万川村的村民一起务农，入乡随俗得很快，从穿着到谈吐，俨然已经是个庄稼把式。他跟着老五又一次爬完坡回来，就听村里人喊：“扈嫂子家的猪跑了！”

这些日子杨柳挨家挨户帮忙喂猪，哪知道碰上一头最不安分的，一不留神就让它跑了。村里的小孩儿都出来凑热闹，稻草垛子上密匝匝坐满了人，看着一个大姑娘满村追着一只猪跑，猪在泥地里左冲右撞，号丧似的叫个不停，孩子们都笑了。

村里的大老爷们儿也不帮忙，都拄着锄、扛着镢，在一旁嘻嘻哈哈地围观。顾蛮生跟着一起凑热闹，他跳上离杨柳最近的一个草垛子，跟浩子并排坐着，“这儿、那儿”地胡乱指点江山。

“那儿呢！那儿呢！猪钻你身后去了！”

泥地上方的空气濡着一层湿气，脚下又泞又滑，杨柳听信了顾蛮生的瞎指挥，猛一转身，结果下盘不稳，人一下就扑倒了。

多俊的一个姑娘，像棵水嫩青葱一样，笔直地插进泥地里，模样别提多好笑了。

顾蛮生就是存心的，他正哈哈大笑，泥地里的杨柳忽然蹿起，朝他猛扑过来——

浩子机灵，先溜了，顾蛮生轻敌，完全没想到一个纤纤袅袅的丫头蛮力那么大，坐着的草垛子被对方都掀翻了，他那大大咧咧的笑容还挂在脸上，就跟着一起倒进了泥地里。刚刚爬起身，杨柳又立马从他背后袭击，一跃跳上了他的后背。两个人你争我夺地在泥地里滚了一遭，最后还是泼辣的杨柳占据上风，骑跨在了顾蛮生的身上。

风不号了，云不飘了，围观的人群散没散不知道，但一切都静了下来。旷天野地之间，他们都不动了。

杨柳“咻咻”喘着粗气，垂着头，她溅了一脸蜂窝煤似的泥点子，反衬出她的白肤明眸来，她的皮肤白得晃眼，眼珠黑得锃亮，眼里还濡着一层水汽，如梦又如幻。这么一双眼睛这么看着你，简直要摄你的魂。

顾蛮生也以同样含情脉脉、雾气蒙蒙的眼神望着身上的姑娘，蓦地来了一句贵州当地的方言：“这个姑娘盯（漂亮）得很。”

杨柳还是不动，顾蛮生想站起来，她却不让。也不说话，就是不让。她一眨不眨地盯着顾蛮生看，发现顾蛮生的颧骨侧边有一道浅浅的刀痕，平时看着不显眼，也无损他的俊俏，阳光下就像一条金色的丝线。她听浩子说过，这是顾蛮生初来深圳见义勇为时，被一个歹人持刀划伤的。

“一般故事发展到这个时候，我是不是该亲你了。”没想到对方这么蛮，顾蛮生索性放弃挣扎，就这么似笑非笑地躺着。猪逃跑时又拉又尿，他俩身上都有热烘烘的粪臭味。

“我看这儿也不比深圳差，要不以后我种田，你养猪，咱俩凑合一下，就做一对幕天席地的野鸳鸯？”

“怕你不敢。”杨柳居然不羞不怵，一双眼睛既带春情，又含血性，反倒更亮了。

“我怕什么？我一老爷们儿又不吃亏。”顾蛮生心口一紧，差点招架不住这双眼睛，亏得脸皮够厚，稍稍反应片刻，便又嬉皮笑脸道，“小树林、玉米地、稻草垛子，你挑个地儿，我都可以。”

杨柳终于放开顾蛮生，自己站了起来，她没有不好意思，只是突然想起曲夏晚来，就觉出几分难以言喻的扫兴。她对仍躺着不动的顾蛮生说：“忘记告诉你，你下田的时候，我爸来电话了。”

杨景才的电话其实一早就来了。顾蛮生一去杳无音信，又擅作主张留在了贵州，都令他心中那杆秤更往卖公司那头倾斜。顾蛮生不在的日子里，余少哲也没少嚼顾蛮生的舌头。杨景才终于做了决定。

起初都是杨柳顶着、拖着，没通电话的时候就写信，后来电话通了又打电话，她对杨景才的决定不满意，滴水不漏又气势汹汹地顶嘴，气得杨景才血冲头顶，险些隔着千里之遥就与她断绝父女关系。

但杨柳也有顶不住的时候，他们在万川村待了三个多月，来时满山青翠，而现在树上的柑子都结了出来，像一只只小灯笼。

龙副县长那边没表示，他们也没拿回一分钱，已经到了山穷水尽、拖无可拖的地步，只能打道回府。跑了这么一趟，才卖了三台程控交换机，都不够抵来往路费和吃住花销的，还得背一半回去，基本算是白忙活了。杨柳告诉顾蛮生，她爸已经决定把公司卖了，细节都谈妥了，就等顾蛮生回去签字了。

他尽力了，她也尽力了，可惜事与愿违。

“都说失败是成功他姥姥，”顾蛮生将浩子打好的背包拎起来，走出了村主任家。面向挂着致富口号的黄坯土墙，他抽动嘴角笑着骂了一声，但笑得不太好看：“我去他姥姥的。”

杨柳听在耳朵里，听出了顾蛮生深深的失望。他们来时正是万川村最萧条的时候，每天粝食糊口，还得下地干活儿，为卖几台交换机几乎无所不为。那样的情况下顾蛮生从没抱怨过，这是他唯一一次爆了粗口。

一行三人搭上了老五的拉泥车，刚准备下山，忽然间，载着龙副县长的小车开了过来。龙副县长带来一个消息，县里刚刚接到几个厂家的电话，不仅收走了一大批柑子，还有人预约来收刺梨果做果干。

万川村的村民终于意识到了电话的重要性。

聪明的浩子听出了这个消息的生机，一扔背包就兴奋地喊："生哥，好消息啊！"

然而顾蛮生背包仍在肩头，僵站着不动，他看上去没有预料中的欣喜若狂，反倒有些失魂落魄。龙副县长继续说下去："一个县里九个镇，平均一个镇有十个村，全都没装电话……对于你们的交换机，我现在就一个问题……"龙松脸上笑意弥漫，说了很多，但顾蛮生全没听见，全没看见，他只看见山风把那些写着致富口号的旗帜刮得猎猎作响，草屑与沙土跟着满天飞舞。

龙副县长最后笑盈盈地说："我只问你，你们展信的交换机存货够不够？"

杨柳当场泣不成声了。她站在一边，透过一双泪眼，看见顾蛮生渐渐红了眼睛，泪水好像已经在他这双深陷的大眼睛里蓄积良久，但又执拗地不肯落下。

也只有杨柳看见了，这个男人先是整个人打寒噤似的不为人察觉地抖动一下，然后嘴唇才动："够……管够……"

带着第一次成功的狂喜回到深圳，顾蛮生第一时间就给曲颂宁打去电话，写信太慢了，他迫不及待地想要告诉对方，自己终于打开了农话市场，也终于可以像那些电影里的英雄那样，踏着七彩祥云来接自己的意中人了。

他的手里攥着那枚干枯的蔷薇，胸中各样感情异常澎湃，话到嘴边却只是一句："你姐……"

"恭喜你，"曲颂宁在电话里向他表示祝贺，然后轻轻叹息一声，"我姐姐结婚了。"

握着听筒的手指突兀地一紧，顾蛮生垂眸一笑，那滴始终没落下的眼泪落在了1996年的这个秋夜。

他想：一定是深圳不夜的灯火迷了他的眼睛。

第十二章

香港回归

顾蛮生那百折不挠的专注精神赢得了龙副县长的欣赏，也随之赢得了几乎整个贵州市场，然后佳音飘万里、传各地，向展信预订交换机的电话一夕之间纷至沓来。

小点的村子用几十门、几百门的单位用户交换机，大点的县城用千门数字局用交换机，顾蛮生打的主意是“闪电战”，甭管收没收到钱，接到订单就派小队上门安装，然后按照他跟杨柳在万川村的成功经验，安装小队都得留下一个月负责后期服务。如此一来展信原先那点人手就不够了，顾蛮生能亲自上门的就决不假手他人，但实在分身乏术，把他劈成八瓣也不够。

偏偏以余少哲为首的那群展信老员工根本使唤不动，这些人半分力气不出，却爱以元老自居。好容易拨乌云见明月，哪能容人拖后腿，顾蛮生索性撇下他们，直接去招工市场上找人帮忙。

订单一份份来，活儿一件件干，顾蛮生挂了又一个订货电话，立马撸起衬衣袖子，招呼着临时请来的工人去仓库搬出一台千门交换机，准备连人带货一起去外地。

这天本是星期天的上午，对方只是随手先拨个电话问一问，压根儿没想到这个电话会被应答。旁人哪里知道，顾蛮生为了抢市场，吃住几乎都在公司，早没了工作日与休息日之分。

刚刚踏出仓库，余少哲忽然半路杀出，带着几名老员工堵在了他的身前。一人多高的机器，几个人小心抬着，顾蛮生吩咐大家把货卸下，动动胳膊，松松筋骨，冷眼看着余少哲。

“你在非工作日的时间找外人搬我们展信的货，你跟杨总请示了吗？”余少哲眼见去了一趟贵州，杨柳跟顾蛮生一天天地亲密起来，早就酱油店里打架，醋意盎然了。他存心挑事儿，向顾蛮生凑近一张脸，故意一字一顿地说话：“不问自取视为偷，要不要把杨总找来评评理？”

“找，”顾蛮生站姿挺拔，铿锵回答，“找来正好。”

余少哲有备而来，一早就通知了在家休息的杨景才。果然堵人的阵势摆出不久，杨老板就被引进了厂门。他伸着脖子看了看对峙中的两拨人，问道：“这大周末的，怎么回事？”

不等余少哲恶人先告状，顾蛮生对杨景才说：“总用临时工不是办法，我打算招一批人，先招一百来号吧，不够再招。”

“招这么多？”余少哲当场跳脚，“你要招人问过杨总吗？”

杨景才就在身前不到三米处，但顾蛮生一点没有征求老板意见的意思，冷静道：“我没打算问，这人我非招不可。”

杨景才还没发表意见，余少哲那边就有人起哄附和，七嘴八舌，说老员工们陪着公司从低谷一路走来，个个忠心耿耿，人人劳苦功高。现在展信刚刚开始盈利，大规模招人必然削减这些老员工的福利。

杨景才确实对顾蛮生有些意见。从自作主张在万川村逗留数月开始，顾蛮生所做的一切决定，基本就没问过他，显然早已不把他这个无能的老板放在眼里。

顾蛮生看出杨景才一言不发下的暗潮涌动，平稳冷静地自己说下去：“杨总是当过兵的人，知道部队里最怕兵油子。我们是活下来了，可光活着就够吗？现在是开疆拓土最好的机会，可这群人不想打仗，也打不了仗，展信养不了只会吃喝拉撒的闲人，想要更进一步，必须立即招新。”

余少哲简直暴怒：“你想抢班夺权还是怎么着？展信的老板姓杨，不姓顾！”他扭头看着杨景才，冲他蹬了一脚地，撕心裂肺地喊了一声“杨叔”。杨景才刚才就一直表情复杂地望着顾蛮生，半晌之后咳嗽一声，从这种不算表态的表态来看，他是真对顾蛮生意见不小了。

“这儿轮不到你姓顾的说话，你有种就跟我在杨叔面前掰扯掰扯，怎么，不敢啦？”仗着老板给自己撑腰，余少哲见顾蛮生不再说话，越发得寸进尺，“哎哟，刚才不还跩天跩地的嘛，怎么，不出声啦，㞞啦？”

有心杀敌，无力回天，老板摆明了不想支持自己，顾蛮生此刻没什么复杂的内心活动，只是无端端地感到乏力。他站得笔直不动，微眯眼睛皱着眉，仿佛是在跟跳梁小丑似的余少哲对峙，又仿佛早已遁入虚空的遗迹。

忽然间，厂门外又风风火火地进来一个人，像一注鲜艳浓重的油彩般，大剌剌地泼了过来。还是浩子够机灵，看出余少哲这回存心要给顾蛮生难堪，赶紧去搬来了救兵。顾蛮生的眼睛被狠狠晃了一下，原来救兵是杨柳，红裙飒飒如女战神，既艳丽又英武。

杨柳看清院内阵势，二话不说走上前，抬手就给了余少哲一个嘴巴子，打得余少哲目瞪口呆，连杨景才都狠狠一惊。杨柳对余少哲说："他比你有种，展信现在还就顾蛮生说了算，不服就滚！"

老板虽没发话，但老板的掌上明珠发话了。杨景才对宝贝女儿既爱且怕，打小就没怎么拂过她的意思，现在也默许了她的话。所有试图围剿顾蛮生的老员工都自讨没趣地走了，余少哲捂着被打肿的脸也走了，晦气感尤甚。

待厂房大院里只剩他跟杨柳两个人，顾蛮生调整出足够戏谑的表情，问杨柳道："刚才那话挺有气势的，可你又没看过，怎么知道？"

杨柳一点不觉尴尬，大方道："怎么没看过，我认识余少哲的时候他还光屁股呢。"

顾蛮生懒洋洋一笑，眼尾一挑。

杨柳的视线毫不犹豫地下移，落在了顾蛮生的两条长腿之间，然后眼角一飞，扭头就走，还不忘啐一句："流氓。"

"浩子，她用眼睛非礼我，居然还骂我流氓？"待佳人扭腰动胯远去，顾蛮生才恋恋不舍地扭转头，挥手招呼工人继续搬货，准备一会儿散件运输，带人去现场组装。

在顾蛮生的心里，杨柳已颇有几分红拂女之于李靖的意味了，美艳剽悍还侠骨柔肠。但他还没工夫往一些更缠绵悱恻、催人遐想的故事上想，手脚被放开之后，他知道，展信若要有大作为，就必须赶紧纳入新鲜血液。他让浩子悄悄回到先前打工的宏康电子，试着挖一些人过来他们展信。

朱旸晃晃悠悠地从门外进来，听见顾蛮生的话，当场不解地问："干吗要回宏康挖人，他们都是农民工，不懂技术也不懂销售，人才市场上多的是大学生，何必费那功夫。"

顾蛮生解释说："展信的千门机已经销售一空，两千门机也刚刚研制落地，还未经测试就打算上战场，可能安装之后会遇上技术问题，就得派人常驻，提供售后服务。这就少不了大量的安装工人。首先，人才市场上找不到那么多本科专业是电信工程的大学生，就算找得到，工资开销目前的展信也都吃不消，何况宏康那些工人天天干的就是生产与组装程控交换机的工作，所谓不会作诗也会吟，培训起来甚至有可能比刚毕业的大学生还易上手。其次，销售话术可以教授，销售技巧可以培训，但去农村、去县城，关键是能吃苦，还有比宏康那些被压榨血汗的工人更能吃苦的人吗？"

朱旸像是被这话说服了，若有所思地点着头。顾蛮生注意到他挎着的皮包里有部大哥大，眉头一皱："你哪儿弄来的大哥大？"在朱旸来得及反应之前，他劈手就夺了过来，拿在手里掂掂、看看，真跟砖头一般。

"你悠着点，"朱旸紧张道，"别给我摔了，我花了不少钱呢。"

展信转危为安之后，顾蛮生谨记朱亮嘱托，没亏待过朱旸，所以他兜里是有不少闲钱的。这小子一有钱就不知轻重，像在马厩里憋屈久了的马驹尥蹶子，拦都拦不住。顾蛮生有些替他担心，说了一句："你才悠着点，有钱也别忘记家里。你哥这会儿人在大西北，一家老小都指着你呢。"

"知道知道。"朱旸伸手去拿自己的大哥大，没想到顾蛮生腕子一撇，直接抛给了一边的浩子，道："拿去玩吧。"

大哥大划出一道优美的弧线，直接落在浩子手里，惊得朱旸心口收紧，脸色瞬间铁青。还没来得及抗议，就听顾蛮生揽着他的肩膀道："坏了赔你一个，我让浩子拿着有用。"

于是浩子就穿西装、抹头油，拿着大哥大去找了先前跟他关系还算好的工友。工友都对他的变化大为惊讶与羡慕，谁能想到当年真跟耗子一般灰不溜秋、毫不起眼的小子如今却是一副老板做派呢？浩子跟昔日的工友们天南海北地瞎聊，见火候到了，便说了自己如今跟人办工厂，销售程控交换机，正缺他们这样懂生产与安装的技术工，销售有提成，留驻售后有补贴，干一个月可能比他们在宏康干一年都挣得多。工友们都动心了。

这样的消息一传十、十传百，陆陆续续就有人辞职了，最后连工头郑高兴都耐不住起了异心，宏康这样的地方确实没意思，老板吃肉吃饱，却连口肉汤都不肯分给下面，郑高兴沾了个远房亲戚的光，其实也从来没捞到过实际好处。见已经去展信的人收入大幅提高，余下的工人个个跃跃欲试，他也打起了同样的主意。磨开面子，郑高兴辗转向别的工人打听完之后，就准备跟他们一起去面试。

到了展信工厂大院里，郑高兴一见到顾蛮生就傻了眼，没人告诉他，展信的老板就是顾蛮生。犹记得两年前自己跟顾蛮生打的那个赌，他当时掷地有声地说过，对方要能开出一家工厂，自己就跪着给他打工。

顾蛮生也在乌泱泱一拨人头里望见了郑高兴，眉毛一扬，“哟”了一声：“这不是咱郑工头嘛！您老也来凑这个热闹？”

郑高兴被人推搡着进了门，冲顾蛮生讪讪一笑：“看看……我就看看……”

说是面试，其实根本不走流程，那些排在郑高兴身前的工人，遑论高矮胖瘦，顾蛮生每一个都拍一下肩膀，笑着说一声：“招。”

薪水比宏康翻了几番，顾蛮生说干得好还有奖金，甚至以后全员持股。周围一片跟春晚似的欢腾氛围，郑高兴不得不跟着强笑，心里头直怪自己当初怎么就把话说这么绝。

转眼顾蛮生来到郑高兴跟前了，他望着直愣愣站着的老工头，眉梢不客气地微微挑高：“怎么着，还不肯低头？你当年可不是这么说的。”

浩子跟几个受够了他闲气的工友一起拍手起哄：“不想低头就回去呗，反正属狗的，吃屎也管饱。”

顾蛮生抬起手掌往下压了压，全场就安静了，一双双幸灾乐祸的眼睛盯着郑高兴那张老脸，盯得他几乎肝肠寸断。郑高兴这时又在心里把顾蛮生骂了百十来遍，最要紧一句就是“小人得志便猖狂”，他想：不就是运气好赶上了固话大潮嘛，中国现在处处在装电话，你掘来的这一桶金也不是靠真本事。

他仍然不怎么瞧得起顾蛮生，但有道是男儿膝下有黄金，这话的意思不就是为了黄金可以屈膝吗？郑高兴打定主意之后，喊了顾蛮生一声“顾总”，就真的作势要跪。

然而腰板刚刚一折，膝盖还没碰地，顾蛮生就及时伸手，又一把将他扶了起来。他笑笑说：“刚下过雨，地湿着，别滑倒了。”这算是替他把刚丢的面子又找补回来了。郑高兴正纳闷着，就听见顾蛮生扬声道：“招。”

顾蛮生来了疯劲儿，对着所有前来投奔他的工人大喊：“全都招了！”

接着他就被一个来自湖北的订货电话喊走了，留下哗然的工人们。

朱旸格外不理解，当年他们没少吃郑高兴的亏，他问浩子：“生哥什么意思？请君入瓮？想暗里整这姓郑的？”

郑高兴也同样担着心，他认为自己准是入套了。他一瘸一拐地来到浩子身前，咬着牙道：“我不会任人糟践，你们要是今天不把话说清楚了，这活儿我不干了，这钱我……我也不挣了！”

“顾总敬重你是77级的大学生，更感谢你当初激他开公司、办工厂，”浩子人小鬼大，像是早有所料，“他知道你会问，他让我转达你，‘以后好好干，咱们一笑泯恩仇吧’。”

挺有分量的一句话，说得以小人之心度君子之腹的郑高兴老脸一红，抬手就抽了自己一个嘴巴子。

浩子只知其一不知其二，顾蛮生招下郑高兴，不只是为了向人显示自己宰相肚里能撑船。宏康的车间里那么多工人，郑高兴一个人就管得他们服服帖帖，可见确实有几分治人之才，招他以后准能派上用场。郑高兴也投桃报李，保留并改进了宏康原来的那套军事化管理制度，还制定了一套“底薪、业绩提成、加班工时与加班工资”相结合的薪酬模式，既保证了展信的利润，又能让员工心甘情愿地超额付出。

宏康老板那边早视顾蛮生为毒瘤，见他来挖人，也自知留人不住，只能盼着赶紧送佛上西天，好再去招一批廉价劳动力恢复生产。

反正，这一下展信成功挖来了一大批工人，按照各自的性格特征，一部分留在工厂做工，一部分售前跑市场，一部分售后搞服务。顾蛮生跟杨柳靠种地养猪卖出第一批交换机的故事很快在新来的工人里传得人尽皆知，顾蛮生跟他们打成一片，喝酒时也从不避讳提及那段以苦为乐的日子，笑称自己还睡过屎尿满积的猪圈呢。

新来的工人很受这样的励志故事鼓舞，在众人的配合下，顾蛮生的“闪电战”

战术大放异彩，展信一鼓作气，凭借着反应快、出手准、价廉物美的设备还有极致周到的售后服务，在别的通信企业反应过来之前，用了短短几个月的时间就征服了几乎半个中国的农话市场，销售额终于破亿了。

捷报频传之后，顾蛮生抽出一天空闲，跟杨柳一起带着浩子去了一趟动物园。这小子来了深圳这些年，心心念念就想去一回动物园，可惜跟着顾蛮生他们忙得脚不着地，一直没能如愿。

暖和的仲春下午，天高云淡，三个人轻装出发。动物园里的花开得比外头热闹，挤挤挨挨、姹紫嫣红，人工湖春波涨绿，微风在脸上轻柔摩挲。

杨柳在食草动物区给山羊、兔子喂萝卜，低着头，微垂着眼睑，长发在风里一波一波地拂动，没了平日里的风风火火、大大咧咧，她与身后一排美人蕉相映成画。

顾蛮生不禁想，一年春好处，八九不离就是这一幕了。他心一柔软，嘴却更贫，冲杨柳做出喊话的姿势道："你这么贤良淑德我都不习惯了，该不是想这么忽悠一只，回去清炖吧？"

"狗嘴里吐不出象牙。"杨柳照例瞪眼啐他。

顾蛮生哈哈大笑，扭过头来问浩子："你最喜欢什么动物？"

"我喜欢老虎，百兽之王，太威风了。"浩子还沉浸于刚才百兽之王的威风之中，啧啧有声好一会儿，才反问顾蛮生，"生哥，你呢？"

"我喜欢狼。"顾蛮生的视线绕开杨柳，指向不远处关着灰狼的铁笼子，"狼不比老虎天生神力，威风凶猛，但它更贪婪，更残忍，更锲而不舍，更百折不挠。尤其是头狼，永葆野心与勇气，一旦认准目标就死咬不放。"

栅栏背后的这头灰狼有些瘦，但骨架大如花豹，眼神非常凶悍，好像随时可能破笼而出，一口咬断猎物的咽喉。灰狼注意到有人正盯着自己，便也抬头与顾蛮生对视，他们眼睛直视眼睛，彼此的目光都不带善意。顾蛮生的眼神专注得离奇，专注得吓人，像发了癔症一般，也说不好是凶狠还是虔诚。

很快，浩子就发现自己根本插不进顾蛮生与这头狼之间，甚至有这么一瞬间他意识到，顾蛮生跟这头狼还真有可能是同类。

就在香港回归的前一天，顾蛮生回了一趟汉海。

虽说展信拿下了大半个中国的农话市场，但用他的话说，只有中高端交换机市场的羊才膘肥肉厚，千门机的利润终究太薄，已经无法满足他日渐扩张的胃口了。

万门交换机的研发必须加紧提上日程，然而只靠童蛋子上战场肯定还是不行的。老问题又被抛回眼前，市场早已被国际对手与国内友商占领，展信被狠狠甩在了身后，他现在奋起直追都未必赶得上，只能想办法近道超车。顾蛮生很快想到了他的大学导师于新华。

于新华是程控交换机方面的专家，这会儿已经升到了副教授，顾蛮生之前给他打过几次电话，晓之以理动之以情，但于新华坚持为学子传道授业，说什么不肯离开高校。

顾蛮生没办法，只能采取三顾茅庐的老办法，亲自回汉海请人。

回家当天才想起来，全中国都在关注香港回归这件大事，但对顾家来说，更重要的是一家之主顾长河“回归”了。

顾长河出狱的那天，顾蛮生正在山西某个县城推广交换机，其后一直奔忙于祖国各地农村，一天也没回过家。儿子不循常理，老子也是奇人，顾长河执拗得不像话。他出狱前国家这方面的政策就已经松动了，跟他同一个原因蹲班房的，只要悔过认罪，都一早就放了出去。可顾长河偏偏嘴硬，非要平反才肯出狱。好在牢里的日子不难熬，他还能看看书、给家里人写写信。

唐茹知道丈夫对这个儿子寄予了厚望，怕他人在狱中，心中擎天支柱倒塌，所以一直没告诉他顾蛮生已经被瀚大开除了。顾长河也是出狱之后才知道，儿子步了自己的后尘，快到手的文凭没到手，反倒乐颠颠地跑去深圳创业了。好消息倒是一个接一个地来，销售额破了千万、又破了亿，但顾长河心里始终结着一个疙瘩——儿子本该大学毕业，获得更好的前途。

得知顾蛮生要回家，唐茹清早就上了菜市场，想着儿子人在异地吃不习惯，准备的都是浓油赤酱的本帮菜，什么红烧肉、油爆虾，毛蟹年糕、马兰头豆腐羹，反正劳心劳力地操持了满满一桌。但顾蛮生没有在饭点跨进家门，他先去谈了一笔生意，待到家的时候，已经接近深夜了。

顾长河没等来儿子，气得一口晚饭没吃，就回房睡觉了。听见开门声，他从卧室走出来，然后就立住不动，跟久未见面的儿子大眼瞪小眼地对视着。

顾蛮生也不动，他身上阵阵酒气，胸膛轻轻起伏。

他们暂且抽离了父与子的伦常关系，就这么静静地、深邃地互相注视着，目光暗含着两个男人间的较量。

用顾蛮生的眼光来看，父亲老了，不只是他的骨肉皮经受了岁月的摧残，更是他的精气神遭遇了沉重的打击，他已经很难从父亲的眼睛里识别出多少老骥伏枥的志向了，更别提当年那个意气风发、敢跟领导拍桌子叫板的顾老板。

唐茹终于走出厨房，见父子俩剑拔弩张、气氛微妙，忙上来打圆场："你爸出来这么久了，也不见你回来看看，这会儿倒瞪起眼来了。我跟你爸还没吃饭呢，你吃了吗？"

"还没，谈生意，尽顾着喝酒了。"

"你妈等你等到现在，也不知道先打个电话回来。"顾长河扭过头，向饭桌走去。

"忙忘了。"顾蛮生轻描淡写地解释着。

"成天瞎忙，你忙什么？"顾长河声音提了八度，显然是到了动怒边缘，"我出狱的时候你不在家，前些日子你妈病成那样，你又不在！别以为挣着一点钱了就能目无尊长，你永远是顾家的儿子！"

"当然是老顾家的儿子了，谁说不是了？"见顾蛮生瘦了许多，这么个大个儿却单薄得令人心疼，唐茹不舍得再听丈夫数落儿子，赶紧招呼爷儿俩入座吃饭，"没吃饭就先去洗洗，咱们边吃边聊吧。"

顾蛮生落座的时候，唐茹悄悄在他耳边念了一句："回来就好，千万别再惹你爸生气了，知道吗？"

顾蛮生当然不敢惹老子生气。

唐茹回到灶台前，将已经凉透了的毛蟹又入锅翻炒一遍。顾蛮生就坐在顾长河对面，低头往嘴里扒米饭，偶或抬头对上父亲直射而来的目光，也只笑不开口。

既是团圆饭，也不能一点声音不闻，唐茹热好菜，回到饭厅打开了电视机："看看新闻吧，这两天都是香港回归的消息。"当着丈夫的面，她着重表扬了儿子，"这台大彩电还是蛮生给我换的。"

41 寸的索尼，顾蛮生人不着家，但好东西没少往家里送。他把钱寄给了陈一鸣，陈一鸣就蹬着三轮装着彩电，连着全套音响一起，一路吆喝着送上了门。街坊邻里都跑来围观，特别有面子。

电视里，驻港部队先头部队由深圳出发，正式进入香港境内。深圳市民夹道欢送，香港百姓列队相迎。

“瞧瞧咱们的解放军，个个盘靓条顺，那些英国佬与香港妞都看直了眼，真他妈扬眉吐气嘿！”驻港部队在大雨中进驻香港，顾蛮生瞧着血热，不经意地就爆了粗口。以前他在亲爹面前还能装两下子，但这两年南下闯荡，空着双手打天下，这身匪气早就装都懒得装了。

顾长河夹菜的手在空中一滞，像是不满意儿子这么粗鲁。

“还别说，小日本的东西是不错，这色彩，这清晰度。”顾蛮生浑然不觉，笑着道，“我一个同学，就我提过的那个曲颂宁，认识这索尼公司副总的儿子，那小子他娘的可猖狂了，看不起咱中国人——”

顾长河重重撂下了筷子：“满嘴操爹骂娘，你大学就是这么教你的？”

顾蛮生低头扒饭，低声还了一句嘴：“你不也是农民出身吗？冒充什么知识分子。”

父子俩一言不合又要干架，唐茹又忙挡驾，问顾蛮生这次回来为了什么事，顾蛮生就侃侃而谈起来：“企业发展离不开人才，我想把我大学里那个搞交换机技术研究的于老师请出山，我得劝他相信，在企业也一样可以像在学校那样搞科研，这样能大大节省展信研发新机与上线调试的时间——”顾蛮生在唐茹的暗示下偷瞥了父亲一眼，赶紧一转话锋，“当然，这些都是次要的，我主要还是回来看看我爸。”

不提“大学”二字倒还不打紧，顾长河一听这个就更生气了：“就算想创业，为什么不等到拿了毕业证书再说？再说你真以为自己有本事？你不过是运气好！你上回创业受骗，差点连累你妈卖了房子，你当我不知道？”人在牢里，尚有一口恶气支撑，但一出来过上舒坦日子，顾长河就深刻意识到飘风不终朝，骤雨不终日的道理，他的气消了，劲儿泄了，他不想让自己唯一的儿子再走一遍自己的崎岖路。

新闻间隙插播广告，正是那个叫“雷纳”的国产随身听品牌。雷纳靠着高性价比的防震随身听杀入国内音频市场，很快在 VCD 等别的视听业务上多点开花，广告投放得铺天盖地。唐茹看见了，但她没法跟丈夫说，若不是自己横插一杠子阻挠儿子与刘传富创业，顾蛮生这会儿说不准已经成功了。她心里愧疚，便只低着头。

顾蛮生看出继母心事，故意开玩笑宽慰她：“通信业是国家经济发展的基石，说不定以后我也能拿个什么科学进步奖，受总书记召见呢！那时候我就顺便问问他老人家，我爸那个案子是特殊经济环境下的历史遗留问题，能不能给平反了——”

“你给我闭嘴，满嘴胡说八道，一点都不踏实！”顾长河听不惯这些不着边际的夸夸其谈，生气地拍了下桌子，彻底吃不下饭了，“读书那会儿就差点进了少管所，真让你把企业搞大了，还不得杀人放火？我看你趁早别干了，我想办法给你通通关系，你回来在设计院找份工作吧。”

“爸，你胆子变小了。”顾蛮生也搁下了筷子，皱着眉头据理力争，“当年那个开着大货车走南闯北的男人去哪儿了？那个拍着胸脯跟市领导说‘我来搞承包’的男人去哪儿了？那个在牢里都要写信告诉我，一个更好的时代就要来了的男人去哪儿了？”

顾长河遭儿子顶撞，气得不轻，居然一下就把桌子掀了。一盘毛蟹年糕撒在地上，其他汤汤水水的也溅了顾蛮生一身。话不投机半句多，顾蛮生也来了脾气，他面无表情地注视着眼前的父亲，眼睛瞪得像对烙铁，仿佛要在顾长河脸上烫出个火印来。然后他就蹲下身子，将裹着面粉的半块毛蟹捡起来，轻轻一吹上头的灰尘，放进嘴里咬了一口。

唐茹连忙劝道：“别吃了，都掉地上了，脏……”

毛蟹炸得又酥又脆，嚼起来满口鲜香。顾蛮生细嚼慢咽，边吃边道：“我在内蒙一个县里推广交换机的时候，那里的农民出行靠骑驴，结婚就是‘亲套亲’，从地里挖出的土豆烤熟了直接吃，别说掉在地上的螃蟹，连自来水都喝不上……”吃净这块毛蟹，顾蛮生又拾起一块，看着它继续说下去，“我是第一个找到那里的交换机厂家，跟他们吃住在一起，等着他们通上电、修好路，然后跟我买了几台交换机。”

顾蛮生取了一只空碗，一副长筷，将地上的毛蟹年糕全夹进去。他站起身，丢下一句“这是我妈做的，不能浪费”就端着碗回了自己房间。

父子俩闹成这样，唐茹只能一言不发地收拾饭厅里的狼藉，她独自忙活一会儿，就停了手中的活儿，抬手擦起了眼泪。顾蛮生简短几句话，却令她触摸到了他风光背后艰辛的细节，而那些细节绝不只是丈夫口中的“运气好”。她心疼不已，哭着说：

“儿子能有今天，真的不容易……”

顾长河长长地吐了一口气，没说话。

不愿再跟父亲正面冲突，第二天顾蛮生起了个大早，趁老两口都还没醒，匆匆出了家门。

昨天去找老同学，今天就去拜访于新华。他与于新华两年多没见面，对方仍是一身蓝色格纹衬衫，金丝框眼镜老老实实地架在鼻梁上，头发光溜得苍蝇飞上去都立不住脚，便连脸上每根皱纹似乎都归置得整整齐齐。这是一个典型的、传统的中国知识分子。

读书那会儿，于新华三句话不离思想政治教育，听得顾蛮生耳朵都起茧子了。所以这回他上门请人出山，直接蛇打七寸，放出豪言壮语说用不到一年的时间，展信就会把“七国八制”下的这些国际友商全赶出去！

于新华不松口，顾蛮生接着说：“您也太顽固了，不是教书育人才崇高，投资办厂也很有意义。新中国刚成立的时候，多少华侨知识分子怀揣拳拳报国之心，回国办厂振兴实业，现在改革都开放了，香港都回归了，您倒扭捏起来了。”

电视里正重播着昨天夜里香港回归的升旗仪式，维多利亚港灯火辉煌，仪式现场座无虚席。在军乐团一首舒缓的《茉莉花》中，顾蛮生继续道：“江浙沪一带先是用比利时的BTM，然后又跟法国的阿尔卡特合资，福建引进的是富士通，广州有西门子、爱立信，北京，咱们伟大的祖国首都，八个制式都有……堂堂一个大中国，基础通信业务怎么能全靠外国公司呢？”话题很严肃，人却不正经，顾蛮生笑嘻嘻地说，“不是我夸大，咱这也算抗击侵略了，但凡有点血性的中华儿女，也不能对我的提议说个‘不’字吧——”

他突然转过脸，望着于新华几岁的儿子于小峻，问道：“小朋友，你说我说得对不对？”

于小峻乖巧伶俐，当即扯大嗓门道：“对！”

顾蛮生满意地大笑：“于老师，你儿子比你有觉悟啊，长大了也来展信工作吧。”

“你别激我，也别瞎给我戴高帽子，”于新华太了解自己的这个学生了，“你这满嘴胡说八道的，是心里真这么想——”

“嘘，你听。”顾蛮生做了个“嘘”的手势，打断于新华。

精准读秒之后，电视里的军乐团准时奏响国歌，金紫荆广场内，五星红旗和香港特别行政区区旗冉冉升起，高高飘扬。

“一半真一半假吧，我确实想成为有钱人，但也想轰轰烈烈干一场。”顾蛮生舔舔嘴角，又使出那股无赖劲头，“于老师你要不答应我，我今儿就住下了，住到你答应为止。”他没拿自己当外人，伸长脖子冲厨房喊，“师母，晚上包顿饺子吧，不要荠菜的。”

于新华为他这不谦虚的模样愣了一下，顾蛮生当他没明白，还解释说：“荠菜涩嘴，白菜馅儿的好吃。”

顾蛮生可能是来得巧，也可能就是故意的，香港回归一雪百年之耻，全国上下都洋溢着自豪之情，这种感情几乎就把于新华劝动了。

于新华也没想到顾蛮生有备而来，真把国内通信市场的情况摸得一清二楚。他望着自己这个热气腾腾的学生，也被他那一股股往外冒的热气更深切地感染了，他忍不住想，千帆争流的通信改革大浪潮中，这年轻人，命里就有他一方天地。

总算请动了于新华，顾蛮生想到亲爹那张苦大仇深、畏前畏后的脸就觉得没意思，于是不想回家，趁着难得抽空回趟汉海，便又给老同学们挂了一圈电话，提议由自己做个小东，大伙儿一起出来叙叙旧。

他醉翁之意不在酒，想给展信多挖些人才，然而陈一鸣毕业就回了北京，朱亮此刻人在大西北，贝时远一脚踏入仕途天天忙得见首不见尾，当年最铁的同学里就只剩一个曲颂宁。

还去他们曾经去过的那个路边摊小馆子。曲颂宁来了，仍是一副清清爽爽、板板正正的学生模样。两人点了烧烤、龙虾与啤酒。曲颂宁还是滴酒不沾，所以以茶代酒，顾蛮生跟他打赌：谁今晚上憋不住先上厕所，谁埋单。

曲颂宁看着桌对面的顾蛮生，有些吃惊，一张人海中易被认出的英俊脸孔，不到两年时间，竟跟当日那个毛头小伙儿隔山隔海了。

顾蛮生见对方一眨不眨地盯着自己，仿佛自己脸上有东西，好奇地伸手摸了摸：“我变了吗？”

“变了，也没变。”

曲颂宁笑笑，越发认真地盯着顾蛮生看。顾蛮生笑起来依旧鲜衣怒马，眼里的深刻与坚韧也一成不变。但其实细看之下，还是变了。这种变化不在他的着装与举止，不在他鬓边的白发与眉间的折痕里，而是一种经历了人生的峰谷之后，从骨子里焕发出的对于未来更自信的诉求。

顾蛮生同样望着曲颂宁的眉眼，免不了又想到他的姐姐曲夏晚。还没问出口，曲颂宁就默契十足地告诉他，曲夏晚跟着刘岳去了宁波，刘岳的传呼业务每年都在扩张，他瞅准这个市场，仍在不断加大投资力度。

“1995 年的时候广东就开通了首个 GSM 网络，首部进入我国的爱立信 GSM 手机也比模拟机大哥大的性能好得多。”顾蛮生微蹙眉头，是真的替刘岳与曲夏晚担心，他说，“GSM 网络的普及就在转眼之间了，手机早晚取代寻呼机，姓刘的小子没远见，你们家里人得劝劝他赶紧另谋出路。”

“提过，但眼下寻呼市场还是热火朝天，他哪里听得进去。”曲颂宁摇摇头，轻轻叹气，“再说这会儿家里人也顾不上了，我爸已经先一步去了西藏，你要再晚约我两天，我也不在汉海了。”

“这么着急？”摊子生意好，服务生久唤不来，顾蛮生直接用牙开了酒瓶，又瞎开玩笑，“我也早想上高原了，就是手上一堆事，实在走不开。我想男人这一辈子，总得站在青藏高原上尿一回吧，那才真的叫‘飞流直下三千尺’，太威风了。”

“确实着急，拉萨现在已经是我国大陆地区省会和自治区首府里唯一不通光缆干线的城市了。”曲颂宁喝了口茶，笑笑说，“你肯定想不到，设计院那些老专家们天天互相拍桌子对骂，争论光缆进藏到底可不可行，争得脸红脖子粗差点没背过气，到头来谁也说服不了谁。单从经济效益上看，兰西拉这条干线将耗费巨大的人力物力，未必值得，但从国家大局考虑，这条光缆又不建不行。最后还是邮电部长一锤定音，建，必须建，还得军民一起建！”

“我记得以前就听你提过‘八纵八横’，也是这四个字，坚定了我投身通信行业的决心。”顾蛮生听得入迷，通信行业有句老话，有线的通信是无限的，无线的通信是有限的，兰西拉，顾名思义，兰州经西宁到拉萨，这条光缆干线对整个西北的意义不言而喻，只不过，线路大部分将在海拔超过五千米的昆仑山上进行，实在太过艰险。

兰西拉工程由郑州邮电设计院与青海电信传输局主导，邮电部也派出了一支电信专家队伍进藏支援，曲颂宁是其中最年轻的一位。

“厉害啊，都算专家了。”

“我哪儿是专家啊，论资历、论水平都轮不到我，主要我爸身体实在不好，没人照应着去不了高原，我这也算‘代父出征’吧。”曲颂宁轻松地耸了耸肩膀，道，“业内现在都说，这是一项会出烈士的工程。”

“别真当烈士了，”顾蛮生听出了此趟任务的危险性，劝道，“要不你还是随我去深圳吧，香港回归之后，深圳的发展会更进一步，遍地都是机会。展信一定会成功的。”

见曲颂宁不说话，顾蛮生故技重施，摸出兜里的“袁大头”道：“要不还跟以前一样，人头朝上，你跟我走——”

曲颂宁摇一摇头，伸手按住了顾蛮生的手。显然，他的决心不在两可之间，而是义无反顾的。

“行了，知道了。保持联系，高原上没通电话，那就写信。”顾蛮生了然一笑，便收回银币举起酒杯，认真祝愿道，“这杯祝你马到成功，平安归来。”

曲颂宁也开了酒戒，给自己倒了半杯啤酒。两人碰了碰杯，都相当豪迈地一饮而尽。

酒足菜饱，顾蛮生忽地来了兴致，抬手做出一个京剧中的剑指动作，又亮嗓来了那句《单刀会》中的戏词：“观江水滔滔浪腾，波浪中隐隐伏兵，俺惊也么惊，凭着俺青龙偃月敌万兵。”

曲颂宁哈哈一笑：“好词好意头。”顾蛮生常把这句戏词挂在嘴边，他也就上网查了查，这戏唱的是关羽携一柄青龙偃月刀赴“鸿门宴”，最终凭借智勇，泰然返回的故事。

顾蛮生也笑，两手交叉叠在脑后，松垮垮地仰面躺靠在椅背上：“目前咱们的电信市场不还是‘七国八制’嘛，我准备在办公室的墙上贴上一面地图，仔细研究研究国内交换机厂家分布的区域，我想着，要不咱先把小日本赶出去吧？”

曲颂宁揶揄他这是拿情怀当挣钱的幌子，顾蛮生笑眯眯地否认道：“其实不是，就是前两天还想到当年那个跟你打赌的高桥，想给你出口气。”

曲颂宁便也微笑，又举杯敬顾蛮生：“那我也祝你马到成功。”

告别曲颂宁，顾蛮生仍没回家。他跟着于新华四处拜访，有的是于新华当年的同学，有的则是他的学生，反正只要是人才，他就求知若渴，想方设法地要挖过来。

顾蛮生天天早出晚归，尽量不在老子面前碍眼。外头再大的风雨他都扛得住，就怕家里人给他扯后腿。一直到接到杨柳催他回去的电话，他再没跟顾长河同桌吃过一顿饭。

回程那天，顾蛮生与于新华一起坐在去往广州的火车上。跟上回南下时的豪情万丈不一样，这回他多少有些意兴缺缺，一直蔫靠着座椅，抬起一只手掌盖住自己的眼睛。

忽然间，于新华喊他一声：“蛮生，你看谁来了！”

顾蛮生睁开眼，望出去，看见一个男人站在黑森森涌动的人群背后，他微佝着背，正神情焦躁地东张西望，然后这对父子的目光终于相接。顾长河望见儿子，眼里的一丝哀恳褪去，眼珠都焕然亮了起来，仿佛一夕之间，当年那个意气风发的顾老板又回来了。

他跟儿子离得太远了，又讷于言语，所以顾长河就高高举起手臂，为儿子竖了个大拇指。

胸腔里的热血一个劲儿地扑撞，撞得心口怦怦作响，顾蛮生忙起身从车窗里探出头去，一张嘴就滑下两股热泪。

火车开动了，他奋力挥动手臂，如立誓般郑重又大声地喊着：“爸，您的儿子不会让您失望的！”

第三部分

扎西德勒

第十三章

进藏

香港回归的欢乐气氛还未淡去，曲颂宁就听着一曲《青藏高原》，跟着父亲曲知舟坐上了西去格尔木的火车。

从汉海去往西藏，就这么一趟车。火车开了整整两天两夜，车上餐食一般，卧铺也不太舒坦。同行的除了父亲曲知舟，还有邮电设计院的工程师老赵，曲颂宁跟他们话不多，大多数时间都只是戴着耳机坐在窗边，闲看窗外风景。

越往西边天越蓝，从车窗外扑进来的风也越大，当一阵浩浩荡荡、如同百万雄师的大风吹过之后，火车渐行渐缓，最后停了下来。格尔木到了。

曲颂宁踏出火车站，站北望南，巍巍昆仑訇然入目，日照下，山顶雪光冲天，简直敢与太阳争辉。

经顾蛮生改造过的 Walkwoman 质量坚挺，三年过去了音质不逊当年，李娜的歌声脆亮又悠远。只不过，如今亲眼一见，才知道歌里的“庄严梦幻”到底是泛泛其词了。遥望山川与蓝天，他只觉得荡气回肠。

为给青海驻军汽车团提供补给，格尔木到拉萨沿途设有各大兵站，他们先坐汽车抵达了格尔木兵站，准备从那儿出发去唐古拉山口。身为邮电部干线建设管理中心的负责人及此次工程的主要设计者，面对海拔最高、施工最难的唐古拉线段，曲知舟带着图纸主动请缨。哪知道出师未捷，还没抵达格尔木兵站，已经连气儿都喘不上了。据同行的青海邮电局的员工判断，这是严重的高原反应引发了肺气肿，得马上折返送医。

海拔两千多米的高原腹地，却是整条兰西拉光缆干线之中海拔最低的地方，此项工程的艰险可见一斑。曲颂宁只得代父出发，跟着工程师老赵先抵达了兵站。老赵就是青海人，朴实健谈，他向曲颂宁介绍说，参与格尔木至唐古拉线段光缆铺设的是驻军青海的解放军汽车团，据安排，晚些时候该团的一位连长会来接他们去唐古拉，顺路巡线。

当天夜里一下来了四辆军用吉普，方方正正的大骨架，一溜儿排开，非常威风。一个男人从其中一辆车上下来，他就是汽车团四连连长程北军。程北军瞧来三十出头，着一身挺拔的军装，肤色深似淤了一层泥，整个人都与这片高原同一威严。曲颂宁听这儿当兵的都恭恭敬敬地管他叫程连长。

差不多同一时间，临夏县内骤雨连日，山洪暴发，程北军本来打了申请报告要上前线防洪抢险，没想到任务是来了，却是派他带着自己的兵进高原当施工队。开石挖沟那是工人干的活儿，杀鸡焉用牛刀，他心里有点意见。

及时调整心态，准备前来迎接邮电部来的专家，没想到只看见一个嘴上没毛的小年轻，身架子上剔不出几斤肉，一副文文弱弱的书生模样。程北军以貌取人，当着曲颂宁的面，皱着眉头问左右：“这就是邮电部来的曲教授？”

老赵道：“曲教授因高原反应送医了，这是曲教授的儿子，曲颂宁。程连长你就管他叫小曲吧。”

“我叫曲颂宁，还请程连长多关照。”曲颂宁也自知担不起“专家”二字，微微躬身，特别客气地朝程北军递出手掌。

“当兵的粗人不兴这套。”程北军将曲颂宁递来的手掌拍开，扭头指挥一个士兵道，“给我的车都加满油，明早七点上路。”

高原天亮得早，七点还没到，白花花的阳光就兜头照脸地泼了过来。曲颂宁起了个大早，整理好自己的双肩包，来到兵站门口。没想到程北军比他还早，四辆加满了油的吉普已经整装待发。

程北军朝曲颂宁走过去，冷淡地瞥他一眼，开口就问：“药吃了吗？”

曲颂宁愣怔一下：“什……什么药？”

“红景天口服剂。”程北军显得颇不耐烦，扭头就冲一个士兵勾手指，“快快，拿一支过来。”

红景天是有名的藏药，就是用来预防高原反应的，曲颂宁离开汉海前已经被母亲叮嘱服用了好几天，便道：“我身体挺好，这支给赵工吧——”

“好什么好？别瞎客气，一人一支。”程北军再次不耐烦起来，“从这儿到唐古拉兵站，至少跑半天，要翻昆仑山，要跨可可西里，最要命的就是五道梁。没听过这么一句话吗？到了五道梁，哭爹又喊娘，就你这小身板——”停顿一下，他低头，一双炯亮的眼睛似探照灯般上下照了照曲颂宁，“我看，难！”

依言服下了口服剂，曲颂宁坐副驾驶，程北军亲自开车，载着他和老赵打头出发。老赵坐后排，伸长脖子前后看了看，好奇地问：“连队没有驾驶员吗？还劳程连长亲自跑一趟。”

“轮换着来呗，这得开十来个小时。”程北军往嘴里叼上一根烟，掏出兜里的打火机一下打着了。他重重吸一口烟，徐徐喷出一口烟雾，又一抬手，把烟盒扔给了坐在身旁的曲颂宁。

“我不抽烟。”曲颂宁坐姿笔直，一板一眼地摇了摇头。

程北军不喜跟陌生人打交道，尤其不喜跟一身书生气的陌生人打交道。他一介武夫浑身不自在，开口都结巴了：“那你……你你问问你同事。”

曲颂宁照办，扭头问坐身后的老赵：“赵工，你抽不抽？”

“我来一根。”老赵是个烟民，自带打火机，可连着几下都没打着，火苗扑簌簌地跳动一下，很快就灭了。

“你那打火机不行。”程北军将自己的打火机往后一扔，“高原有专用的。”

沿着109国道向高原腹地进发，一路杳无人烟，眼前风光不是荒原就是戈壁，远处的雪山银光闪闪，天上的游云像地上的羊群一样洁白。

程北军开着吉普带路，忽然打一把方向盘，驶离平整宽阔的109国道，驶上一片坑坑洼洼的盐碱地。方头大脑的越野车也活泼起来，上蹿下跳着前行，颠得曲颂宁五脏六腑搅在一块儿，捂嘴强忍着，才没吐出来。

“抄个近道。”驾驶座上的程北军侧脸瞥他一眼，也不减车速，只冷淡道，“习惯就好。”

曲颂宁除了留学日本，基本就没离开过汉海，汉海是十里洋场，风情里弄，青海就是这片风沙土与盐碱地，无时无刻不透着凛冽与犷悍。

待缓过上下颠簸的难受劲儿，他对一路所见都很感兴趣。忽然间，视线里出现一条小河。河水由昆仑山顶融化的雪水积汇而成，几株老树就扎根在河边裸露的白沙土上。这些树枝干遒劲，似枯非枯，只有顶冠部分稀稀落落地缀着一点绿叶，倒是这片荒莽高原上难得一见的绿意。

“这是胡杨吧？听说这种树非常坚韧顽强，生而千年不死、死而千年不倒、倒而千年不朽。”那点因颠簸产生的不适感全消散了，曲颂宁突然高兴起来，手忙脚乱地从背包里掏相机，“我以前只在地理杂志上看过，一直想亲眼看看。”

程北军当这大学生是来旅游的，只说：“那你来错时候了，等到九十月份，这些胡杨树会变成金黄色或火红色，那才叫好看。”

曲颂宁听出程北军话里的不屑之意，不好意思地收起相机，坐正了道：“我有任务，看看高原风景只是顺便。”

“也不忙，这光缆两千千米，怎么也得挖一阵子吧，总有你能看到的时候。”程北军说着又侧头看了曲颂宁一眼，愣怔一下，旋即点着自己的鼻子道，“你……鼻子……”

不经人提醒还没注意，鼻子里头一股热流涌出，“啪嗒”一声，一大滴鼻血掉在了他的大腿上。初到者很多都适应不了高原干燥的气候，流鼻血属常见的高原反应，但曲颂宁流起鼻血来的阵仗十分吓人，简直如爆管的龙头，他仰着头，用手捂都捂不住。

“杀头猪都没你这阵仗大。”程北军叹气，心道：就这弱不禁风的样子还是专家？还上高原？不给他的队伍添乱就不错了。

他从方向盘上腾出一只手，从兜里摸出一方灰色格纹手帕，递了过去：“拿去，擦擦。”

曲颂宁仰头靠在副驾驶座上，接过程北军的手帕就捂住鼻子。手帕纯棉的，挺干净，还带着一股类似熟麦的香味，就是一沾上他的鼻子就被染红了。曲颂宁愈加不好意思，瓮声瓮气地说：“谢谢。”

曲颂宁鼻血流个不止，再经不住这么上下颠簸。程北军不得不把车又驶回平坦的国道，他不怎么高兴地说了句：“这得多走一小时。”

军用越野车继续行驶了一段路程，程北军忽然又停了车，他拉开车门下了车，走到柏油公路边。曲颂宁也跟着下了车，他看见程连长从衣兜里摸出烟盒，取出三支烟，点燃后插进了公路旁的泥里，然后又从怀里掏出一小瓶二锅头，浇在了地上。

程北军说：“这是汽车团的一个传统。但凡行驶在这条公路上的人，都会下车祭三支烟、一瓶酒，算是告慰英灵。”

程北军神情严肃，曲颂宁心下恻然，待三支烟在风中慢慢燃尽，一种充满神性的寂静笼罩了这片空旷大地。

程北军与曲颂宁回到车里。车子默默行进了几十分钟，程北军突然开口道：“你知道我们脚下的这条路吗？”

曲颂宁仰着脖子，捂住还在流血的鼻子：“知道。”

“四十年前修建的这条青藏公路，全长近两千千米，也牺牲了近两千名解放军筑路兵，差不多每千米公路下就埋着一个英魂。这回又要修光缆干线，也是两千千米。”程北军深深吸了口烟，说下去，“有一年，武警交通官兵负责养护这条路，刚养护完就遇上了大雪封山，暴风雪中为了避开一位藏民的卡车，结果侧翻摔下陡坡，担任司机的支队副队长还没送进医院就死了。”

车里更安静了。曲颂宁侧头看程北军，这个男人目视前方无际的长路，眉间拧出个疙瘩，神色又严峻又悲壮。

此时一些朝圣者从他们身边经过，行一路，跪一路，长头磕了一路。远处，悬挂山头的经幡在风中飘动，黄、蓝、红、白、绿五色，象征着高贵、力量、慈悲、纯洁和智慧。再远点的地方有些动物尸骸，已经积骨成堆。

程北军性子急，一心想赶回唐古拉，所以车队没去沿途的兵站吃饭休息，日近中午的时候，他就塞了两块暗黄色的、糕团似的东西给曲颂宁与老赵，让他们吃这个垫饥。他自己也吃这个。这种看似粗粝的食物叫糌粑，先以青稞磨面，再和酥油或奶渣一起和着茶水揉捏成团，便于上山放牧时随身携带，吃时能就上一口酥油茶就行。

程北军边嚼边说，比军营里的压缩饼干吃着香。曲颂宁学着他的模样咬下一口，只觉得又涩又干又带腥味，差点没咳出来。怕又被程北军看低，他忍着胃部不适，细细嚼、慢慢咽，渐渐从腥味中品出一点淡淡的奶香，倒也不那么难以下咽了。

车队在险峻的山道上向着西南攀爬，少说十一个小时的车程。可可西里的藏野驴与藏羚羊逐渐看不见了，沱沱河的细流与大桥也逐渐看不见了。晚上八点，曲颂宁裹紧了身上的大衣，在一片不断蔓延的火烧云下，他们终于抵达全军海拔最高的唐古拉兵站。

唐古拉山口海拔五千米，6月的日均气温也只有几摄氏度，高原一旦入夜，更是寒风侵骨。曲颂宁随程北军的连队一起住军用帐篷，刚一躺倒，就爬不起来了。

驻扎在野外的帐篷又叫"地窝子"，地上铺着褥子或者羊皮，一到晚上就一字排开、人挤着人地睡在一起，跟蹲大狱、睡地板也差不多了。

口服剂没抵大用，曲颂宁躺在这完全陌生的环境里，只觉得头晕口燥，一种尖利的寒意从心尖上扎出来，额头却一直汗漉漉的。这种忽冷忽热的不痛快感折腾了他半宿，好在周围的解放军官兵也睡不踏实，每两三个小时，就会有人来巡逻，把人叫醒。

第二天，本该由程北军带领着邮电专家们去实地勘察。但步巡差不多得走二十千米，程北军看曲颂宁这鼻血不止、鼻息不顺的样子，紧皱的眉头就没松开过。

老赵贴心地劝道："休息两天再说。"按说老赵也是年过不惑的人了，精气神却比二十啷当的曲颂宁看着饱满。他拿着图纸准备走出帐篷，对程北军说："这个路段地下还埋着格拉输油管线，施工难度特别大。"

格尔木至拉萨的管道运油线，1972年由青藏兵站部开工兴建，历时五年半才竣工完成。曲颂宁来前就跟着父亲做过功课，挣扎着要起来一起去巡线，但人刚坐直，鼻血又流了下来。

"卫生员，卫生员！拿点棉花过来！"程北军一脸不耐烦地扭头喊人，但卫生员没进来。五千米高的地方人易犯病，好几个战士倒下了，卫生员忙不过来。

眼见程北军带着老赵要撇下自己去巡线，曲颂宁急了，捂着血淋淋的鼻子道："需要我做什么？"

"不用不用，甭添乱就行。"程北军出帐篷前，板着脸看了曲颂宁一眼，眼神带了点慈爱，但更多还是鄙弃，临了还留下一句，"这么身娇肉嫩的贵公子，以后就别上高原了。”

尽管程北军已经尽量克制住了自己焦躁不满的情绪，但曲颂宁洞烛幽微，他知道这个男人嫌自己是个累赘，也不禁内疚起来。

老子倒下了，儿子也没扛住，曲颂宁一个人躺在帐篷里，鼻子里塞着胡乱扯下来的一团布料，瞪眼望着帐篷顶。越躺越觉得时间漫长，简直度日如年了，最后实在躺不住了，索性坐起来。

想起顾蛮生让自己写信，曲颂宁从背包里取出了纸笔，将进藏路上的所见所闻巨细靡遗地记录下来。信不似信，倒似日记。他说自己头晕眼花，鼻血不止，什么活儿都干不了，什么忙都帮不上……但雪域是圣洁的，高原是雄伟的，雪域的太阳近在咫尺，高原的长风浩浩荡荡……

曲颂宁半截身体还坐在睡袋里，裹着军大衣，垂着头，钢笔笔尖在信纸上留下一排排工整俊逸的字迹。写信时他才感到高原反应有所舒缓，好像真的晒到了太阳、吹着了长风，整个人又暖和又轻盈。

他一点没留意到一个女兵从帐篷门口溜了进来，轻手轻脚地来到了他的身后。

好奇这人全神贯注在写什么，女兵悄悄把头凑近到对方耳边，看见了信纸上的字，“扑哧”笑了出来。

伴随这一声调皮的窃笑，一口暖融融的气息就从曲颂宁的耳郭边拂了过去。曲颂宁耳朵一阵发痒，猛打一个激灵，回头才看见自己身后多了一个人。

女兵一副好模样，虽不是十分漂亮，但就有点说不清、道不明的媚相。尤其一双眼睛，黑白分明，还微微吊梢，含笑望着你时，从漆黑眼珠里泌出来的全是狡黠与戏谑。自打进藏以来，他一路所见的都是威武黝黑的康巴汉子，与沟沟岔岔、万物不生的戈壁人景相衬，冷不防眼前出现这么一张娇媚的女性脸孔，瞬间又“半壕春水一城花”了。曲颂宁没守住自己的目光。

大方对上一个陌生异性几近逾矩的目光，女兵又笑一下，笑出尖尖的虎牙与浅浅的梨涡。

曲颂宁被她笑得心口“咯噔”一跳，赶紧手忙脚乱地从睡袋里爬出来。他回过神来，对姑娘道：“瞧你这模样，文艺兵吧？你一个文艺兵还是姑娘家，不在通信机房值班，跑这儿来干什么？”

“姑娘家为什么不能到这儿来？你这是瞧不起谁呢？”曲颂宁本意自然是夸奖，哪知女兵一听这话，反倒生气了，“我们团长说了，为保工程进度，全团摩托化行进。我们团驾驶员不够，我就巾帼不让须眉了。”

“我不是这个意思……”曲颂宁一时语塞，脸都跟着红了。

“倒是你……”女兵上上下下打量了一眼曲颂宁，稍一琢磨就明白了，当兵的人夏练三伏、冬练三九，哪儿有这么文弱白净的？她调笑着问，“你就是邮电部派来的专家吗？”

“专家谈不上，不拖后腿就不错了。”

“高原反应，正常的。”女兵嫣然一笑，从军装兜里摸出一把什么东西，热情地塞进了曲颂宁的手里，“我有治它的偏方，给你。”

曲颂宁摊开掌心看了看，原来是巧克力。花花绿绿的锡纸上印着一串字母，看着像是俄语。

“药到病除，”女兵殷殷望着他，催促道，“赶紧尝一个。”

曲颂宁真就剥了一粒巧克力塞进嘴里，刚咬下一口，一股浓重的酒味就呛得他咳嗽起来。平日里他滴酒不沾，也就跟顾蛮生告别前喝过几口啤酒，这酒心巧克力外头薄薄一层，里头包裹的却是最高度数的伏特加，那滋味仿佛烈火灌喉，一直烧到了心里去。

曲颂宁边咳边道：“高……原反应严重的人忌酒吧……”

“老毛子就是靠伏特加赶走的希特勒，你这点高原反应又算什么呢？”女兵满意地转过身，蝴蝶一般轻飘飘地飞了出去，忽地她立定在帐篷门口，回眸一笑道，“这叫以毒攻毒。”

曲颂宁又被这个笑容晃了眼睛，心跳蓦然加快了几拍。但奇怪的是，他适才一直感到头晕、头重，仿佛双肩上架着的是个千斤顶，但随着饱含烈酒香气的巧克力缓缓化在口中，他竟有了种随风轻扬的舒适感。

也不知是女兵以毒攻毒的法子真的奏了效，还是休息够了，曲颂宁总算适应了高原，走出了帐篷。他随便拉人一打听，知道了刚才那个女兵叫舒青麦，还真是文艺兵。

再细细一问，就了解得更清楚了，舒青麦原本是部队卫生员，好像是偶尔展露的歌喉打动了路过的一位领导，年后刚刚调入了西藏军区文工团。没想到这就赶上了军民共建兰西拉光缆干线，这不，她真如自己所说一般不让须眉，又主动打了申请要随部队上高原。

第十四章

不挑九百九

程北军与他的团负责唐古拉山口这个路段的光缆铺设，整个工程就在他一声响亮如雷的“我的兵，能挑千斤担，不挑九百九”中开始了。

口号是气冲斗牛的，其蕴含的决心与勇气是感人至深的，然而工程刚刚开始就遇上了大问题。老赵巡线时的担心没有错，整个“兰西拉”工程海拔最高的线路段，偏偏地下还埋着格拉输油管线，这样一来，为了防止油管有被爆破损坏的可能，施工现场就不能放炮开沟，只能人工挖凿缆沟。

而所谓人工挖凿的工具也不像样，只有镐、锹、钢钎与大锤。

海拔超过五千米，徒手走路都像是负重几十斤，山还不是土山，一镐下去，砸的是喀斯特地貌特有的坚硬岩石，岩石纹丝不动，镐头却磨秃了一块。

这样超负荷的劳动强度，哪怕是训练有素的高原兵也遭不住，刚施工没两天就倒下了好几个。曲颂宁就亲眼看见过，一个年纪比自己还小的兵，像被暴风摧折的树苗那样，“咔”一下，笔直笔直地就栽了下去。倒下的人被两三个人架往一边，扶高了脑袋给他喂水，他的脸煞青煞紫，半天都没缓过来。

身为专家，曲颂宁跟老赵一起，被程北军要求留在驻扎在缆沟旁的军用帐篷里。耳边尽是开山劈石的响声，叮叮当当的，漫无止境，听得他心发慌、耳发烫，好像自己是个特招人烦的闲人。所有人都在干同一件事，越听越觉难受，曲颂宁忍耐不住走了出去，一眼就看见立在高处的程北军。他今天没穿厚实的军大衣，只穿一件卡其色的军衬衣，腰间扎着一件同色系的毛衣，若不是正满头大汗地在挖缆沟，这样的装束衬得他肩宽腿长，倒显得十分时髦。

别的战士干一阵得歇一阵，就属程连长干劲十足，始终冲锋在“攻山”的第一阵线。然而手起镐落一上午，手套都磨秃噜了，工程进展却并不顺利。程北军停下来，直起腰，擦把汗，望了一眼绵延不尽的岩石山，对身边一个小兵说：“来口水。”

小兵递上一只水壶，程北军仰头灌下一大口，还没咽下去又吐出来，皱着眉道：“这是水是尿啊？这么黄？”

小兵面露难色：“带的水喝完了，这是刚从沟里打上来的，已经烧开了。”

往返物资齐全的格尔木市区少说一整天，饮用水消耗大，不可能全程输送携带，团里的指示也是让各连队就地解决。程北军拿起水壶，朝壶口看了看，隐约能看见水中浑浊的悬浮物。渴得也顾不了这么多了，他粗粗重重地喘了口气，又仰头灌下几大口。

趁程连长短暂休息的时候，曲颂宁赶紧走上去，伸手拿他手里的铁镐：“我来干一会儿。”

“不用不用，你不用！”程北军握着铁镐不松手，“别一会儿又流鼻血了，你是专家，歇着就行。”

一个要抡锤，一个非不让，两个人这一拉扯，曲颂宁重心不稳，一下跌在地上。

“来个人，来个人，赶紧把他带走。”程北军垂头看了曲颂宁一眼，又马上把目光挪开，简直避他如避瘟神。

曲颂宁帮不上忙反添乱，只得悻悻回到营地里。炊事班的两个战士正准备烧水做饭，刚从附近的沟渠里打了两桶水回来，结果却被舒青麦拦住了。舒青麦探头朝水桶瞧了瞧，一惊一乍地喊道：“这水怎么能喝呀？这水里那么多杂质，喝了是要生病的。”

曲颂宁也朝两位战士抬的水桶瞧上一眼，水质确实浑浊，桶底还有许多大颗粒的沉淀物，浑似两桶泥浆。

程北军的连队里就两位女同志，一个是已经结了婚的青海电信局的员工，一个就是卫生员舒青麦。年轻的战士们对姑娘总是客气的，平时还调笑着叫她“小青”，问她白娘子在哪里，于是被她拉扯着也不生气，只说眼下这情况顾不得那么多了，再浑的水烧开了也能喝。

舒青麦不依不饶道：“我听别的连队的卫生员说，军区的防疫大队正在茶卡镇那边沿途对施工沿线的水源做测定，已经测出这一片的水源卫生状况是有问题的，都不宜作为饮用水。这水烧开之前总得先过个滤吧。”

舒青麦身为卫生员得对全连战士的健康负责，但两位小战士的话也在理，唐古拉不比格尔木，五千多米的海拔，劳师动众地对水源洁治消毒根本不现实。

曲颂宁这个时候站出来，对僵持不下的三个人说：“我有办法做个简易的净水器，只要石英砂、碳粉、纱布和蓬松棉就行。”

青海富有石英矿，石英砂滤料厂家不少，碳粉、纱布和蓬松棉也不是稀罕物，曲颂宁向连队指导员汇报之后，指导员也很高兴，马上派人去临近的兵站领取这些物资。曲颂宁用军刀将装水用的塑料大桶底部切开，然后将切口朝上，将水桶倒置，再将纱布、石英砂、碳粉还有棉花往里头层层铺好，如此就自制了一个简易的滤水装置。

两位炊事班的战士在曲颂宁的指挥下，在滤水装置下再安置一个接水的大桶，将打上来的泥浆水往装置里倒，一层一层地过滤之后，水还真的变清了。所有人都啧啧称奇。

舒青麦更是显得惊讶，瞪圆了眼睛问曲颂宁：“你从哪儿学来的这些？”

“高中课本上都有。”总算能帮上忙了，曲颂宁心里踏实了一些，他专注地盯着自己做的这个简易净水器，理所当然地说，“你难道没学过吗？”

舒青麦只有中专学历，听见这话就沉默了，曲颂宁意识到自己说错了话，赶忙又说：“对不起。”

“你这人怎么这么逗，‘对不起’是你的口头禅吗？”清清俊俊的大学生，竟是个书呆子。舒青麦实在觉得这人好笑，就真的“咯咯”地笑了起来。她笑时又拍手又跺脚的，仿佛撞上了一件多么开心的事情。

听见炊事班那边传来阵阵说笑声，程北军扔下铁镐，也走了过来。

指导员高兴地向他汇报：“饮用水都被小曲滤干净了，这下大伙儿不用喝泥水了。”

程北军面无表情，只冷冷淡淡抛出一句：“想想长征两万五千里，爬雪山、过草地，哪有这么讲究。”他心底还嫌弃曲颂宁，但到底不再是先前一副百忍成钢的无奈面孔，多少对他刮目相看了。

全连战士一直在缆沟旁奋战到深夜才回帐篷休息。高原上过夜得有人守夜。极恶劣的施工条件对所有参建战士的体能都是一个巨大的考验，因为白天劳动强度太大，每两小时就得有人把睡着的战士挨个拨弄醒，不然睡得太熟，极易缺氧猝死。

曲颂宁没参与劳动，于是主动申请轮岗守夜。他先被老赵喊醒，然后起身出了帐篷，用滤完的清水洗了把脸，醒醒神。洗完就发现盆里的水浑了，曲颂宁心道：这一盆水半盆沙的，难怪这儿的战士都开玩笑，说远看像要饭的，近看像挖炭的，仔细一看是修光缆干线的。

大山的子夜太深，太浑，将世间一切变作静态。夜色中的唐古拉被一片青雾锁住，不似白天看来萧索肃杀，倒有一派别样的静穆祥和。曲颂宁坐在帐外，边听随身听，边打着手电给顾蛮生写信。这回进藏别的没带，电池管够。莽莽大山里没有任何娱乐活动，唯一的消遣就是写写东西，听听歌。

身后忽然有人拍他一下，曲颂宁循声回头，冷不防看见一张鬼脸。

舒青麦散开头发，拿手电从下往上照自己的脸，故意做出一副怪相，她的脸孔被灯光照得半明半暗，活像个青面獠牙的女鬼。

但曲颂宁没被吓住，短暂愣神之后神情又恢复如初。舒青麦自己也憋不住，怪相扮不了三秒钟，就嘻嘻哈哈、东倒西歪地笑起来。

曲颂宁也笑：“你这样唬不住人的，女鬼怨气都重，不会这么爱笑。”

“你在听什么呀？”将打开的手电扔在一边，舒青麦一脸好奇地凑过来，“上回我进你的帐篷，你就听东西听得专注，来人了都没发现。”

曲颂宁从大衣的衣兜里摸出随身听，递了过去。舒青麦没见过这样的新奇玩意儿，拿在手里翻来覆去地拨弄，嘴里嘟囔说：“这东西长得像收音机，就是小一点。”

“这叫随身听，确实跟收音机差不多，但又比收音机轻巧灵便，可以随身携带，随时听歌。日本管它叫 Walkman，这是我们自己生产的。”曲颂宁取下耳机，俯身靠近舒青麦，又将两只耳机一左一右地塞进她的耳朵眼里。

李娜的歌声传了出来，带来了远古的呼唤，神圣遥远，恒久不衰。

1994 年热播电视剧《天路》的片头曲，但舒青麦没听过。这样荡气回肠的歌声令她又惊又喜，又莫名感动。曲调朗朗上口，她随着李娜一起轻轻哼唱，然后抬起头，凝视着与自己在同一片月光下的曲颂宁。她听得动情，万种柔肠在心坎儿里滋长，睫毛因激动的心情不停地扑棱抖动，像蝴蝶的磷翅，亮闪闪的。

这姑娘的动人之处全在她的一双眼睛，欲语还休，反倒招人钩索。你看了定觉得在哪里见过她，不是现世，也是前生。曲颂宁被这样一双眼睛盯得不好意思，怔了半晌，才恍然想起自己还有任务。他赶紧把随身听往舒青麦手里一塞，起身去战士们扎在沟道边的帐篷里巡查。

“等等我呀！”舒青麦清脆地喊着，追着他一起去了。

帐篷内，熟睡的战士们都红着两腮，乍一看像大老爷们儿抹腮红，其实都是严重缺氧憋出来的。为了防止战士们睡死过去，曲颂宁与舒青麦拿着小木棍，挨个去杵他们。被杵到的战士都醒了，说两句话，翻一个身，或坐起来喘上几口气，再躺倒继续睡。

只有一个战士杵了没醒，连推带搡都不睁眼。曲颂宁打着照明仔细看了看他，发觉这人脸色铁青，嘴唇已经干裂发紫了。

学医出身的舒青麦伸手探了探对方的鼻息，惊道：“坏了。”

留在唐古拉山口就只能等死，程北军挑了两个身强力壮的兵当驾驶员，连夜开车把人送回格尔木。

马不停蹄地颠簸一夜，天大亮了才赶到格尔木的综合医院，最后还是没能救回来。

程北军出发前，自己给自己立了军令状，带多少人上高原就得带多少人回来。所以出了这事二话不说就上团部，直接跟团长拍了桌子。

“当兵的人不怕苦、不怕累，更不怕牺牲，但我这个当连长的，得对自己的兵负责。”程北军自己什么都不怕，但手底下一群娃娃兵，他不自觉地就操上了大哥的一份心，“这样的地形条件，不能放炮还怎么干？这些兵也才十几二十岁，也有父母亲人，不能让他们一个个活活累死在这儿吧！”

团长对自己这个老部下了如指掌，知道他是喉咙含雷管、蜡纸包硫黄的刚烈性子，只能安抚他：“那就慢慢挖，慢慢来嘛。这项工程是‘宁走十步远，不走一步险’。所有参建部队都不下指标，不搞攀比与竞赛，各连就按各连的实际情况，自己安排施工进度。”

程北军还跟团长戗，拍着桌子道：“实际情况就是不放炮不行！”

团长继续安慰他：“身为军人，关键时候就该拿出愚公移山的精神嘛。”

“什么年代了还愚公移山？我就看不惯愚公，明明可以搬家，为什么非要移山，要我看，既然要发扬这种笨死人了的精神，也别拿锹动镐的，让战士们用手挖呗。”

“你这是什么态度？你以前遇到比这更苦更难的任务都没二话，这回是怎么了？”团长气得也拍了桌子，要不是念在对方也是为了自己的兵着想，非得让他吃处分不可。

程北军也觉出自己反常，一屁股落了座，不说话了。双方都按捺住火气，团长喝了口茶，静心想了想，觉得程北军的话倒也不无道理。于是他做了让步，说能不能放炮开沟不是团部能决定的，得邮电部说了算，或者由团里向北京打申请派人来鉴定，或者让这次随行来的邮电部专家现场勘察后再做决定。

前者一听就不靠谱，青海到北京至少得坐四十小时的火车，申请、批准、派人，再打来回，工程就全耽搁了。但后者……程北军心里同样没谱，来的不是曲知舟，而是曲知舟的儿子，他撇嘴道：“就那还是专家？毛还没长齐呢，能懂什么？！”

“你个当兵的还别瞧不起人家大学生！”团长乐了，说，“我先给你往北京打个电话吧。”

电话是打出去了，但得来的回音在意料之中：本来曲知舟作为干线中心的专家，他能对现场情况统筹负责，但他高原反应严重，一入藏就大病不起了，而别的专家没到过现场，倘使专程再跑一趟，前前后后耽搁的时间就太久了。所以干线中心下发通知，允许每个连队随行的设计院工作人员根据实际情况，现场应急处理。

程北军又千里迢迢坐车赶回了唐古拉兵站。人还未到，唐古拉山风云变幻，一场轰隆隆的大雨就先声夺人了。

战士们披着塑料雨衣在雨中奋力拼搏，一锹锹，一锤锤，缓慢而又艰难地向前推进。浅浅的沟道里积贮雨水，雨水令施工更加困难。

指导员也心疼自己的兵，问程北军：“连长，团里怎么说？”

“一会儿说可以，一会儿说不行，没一个愿意担责任的。”程北军紧皱眉头，不知所想地望着大雨中延绵不尽的唐古拉山，忽然大力地搓了搓手，就这几天，他的手心已经摞满了水泡与老茧。他下定决心般喊道：“我来担这个责任，把爆破员找来，研究研究怎么放炮！”

“程连长，你担不了。你不是邮电设计院的。”曲颂宁冒雨挺身而出，平静地对所有人说，“我来。”

见曲颂宁走了出去，老赵赶紧伸手拽他衣角。曲知舟先前就关照过他，得替他好好照看儿子。老赵凑到曲颂宁耳边，劝他别出这个头。设计院里那么多有经验的专家都讳莫如深、模棱两可，就是怕担这个责任，就算你初生牛犊不怕虎，又何必白白揽事儿呢?

老赵的眼神充满暗示，暗示着多一事不如少一事，他俩坚持不签字，这样上头就不得不再派个专家进藏现场勘察。但曲颂宁胸有成竹，不懂老赵话里的那些门道，更不愿浪费这个时间。程北军去团部的这三天，他坚持步巡，硬是把山口附近那部分与格拉输油管重叠的线路段全巡视完了。他扭过头，请老赵把唐古拉山口附近的油管线图纸拿来，然后对所有人说：“这几天我一直在想这个问题，虽说油管线与光缆路有部分交错，但根据我在现场勘察测绘的情况来看，放炮开沟也不是不行的。”

曲颂宁说着将图纸递给了程北军，程北军拿起来仔细看了看，图纸上用红线、红圈密密麻麻地划划画画，旁边也都以文字仔细标注好了。

曲颂宁道：“根据拉普拉斯变换还有萨道夫斯基的爆破振动经验公式……”

程北军听得一脸蒙，打断道：“等等，哪个司机？”

曲颂宁笑笑，赶紧化繁为简：“简单点说，这就是一个验算的公式，通过这个公式，我们可以大致推算出一个爆破的安全距离……”他指指程北军手中的地图，说下去，“我在这张地图上都标注好了，画了红点、红线的地方都在安全范围内，可以在一定的药量下放炮开沟，不在安全范围内的线段，就只能辛苦大家用钢钎、大锤人工开沟了。”

程北军自上到下迅速打量了一眼曲颂宁，原本一个白净文弱的大学生，进藏没几天，已是半脸风霜半脸尘了。再低头看他的鞋，在这样的环境下坚持徒步巡线几十千米，一双好好的球鞋被磨得面目全非，连脚指头都露了出来，还破了皮，流了血。

曲颂宁循着程北军的目光低下头，也看见了自己破鞋而出的脚指头，赶紧把脚往后藏了藏，不好意思地冲他笑了笑。

程北军敛着眉头道："团部接到总后的指示，放炮现场得由设计院的专家签字同意，万一放炮开沟损坏了输油管线，你得担全责。"

格拉油管线不亚于高原上的一条生命线，倘若管线因爆破损坏，轻则记过处分，重则怕是要担刑事责任的。但曲颂宁对自己的演算很有信心，他当即从兜里摸出钢笔，道："在哪儿签字？"

程北军让人拿来了文件，见曲颂宁毫不犹豫落笔签了字，神色复杂地动了动嘴唇，终究什么话也没说。

当有人实地勘察、签字担保之后，连队里的爆破员也就敢于埋雷管爆破开沟了，如此一来，工程进度大大加快了。曲颂宁一下子成了各个连队里的红人。他不仅全权负责了四连的线路段，也替附近参与施工的兄弟连队标绘了地图。

程北军也得意，说要带自己连里的专家去帮扶兄弟连队。于是亲自开车，载着曲颂宁去别的连队驻扎的线段，或传授简易净水装置，或手绘炮点地图，反正那眉眼飞扬的得意劲儿，招得别的连长都恨得牙痒。

在两个线段之间往返，少不得开好几个小时的车，两人同行一路，依旧话难投机。程连长依然时不时要抄那崎岖颠簸的近道，颠得曲颂宁眼冒金星，下车就吐，程连长也依然皱眉撇嘴地嫌他没用。饶是如此磕绊，曲颂宁还是能感觉出，这个男人嘴硬心软，早就对自己改观了。

天天朝起早，夜眠迟，没日没夜地在高原上苦干，每个人的手套都磨穿了好几副，手心上水泡叠着水泡，老茧摞着老茧，崭新的铁锹都磨秃了七八厘米，但所有的参建官兵与邮电职工都很乐观，放炮然后开沟，一切按部就班，一切条理井井。

曲颂宁知道朱亮毕业后分配到了青海邮电局，先前联系时也听他兴冲冲地表示，会跟着部队一起上高原。所以每跟着程连长到一处新地方，都会特地问一声，随行的邮电职工里有没有一个叫朱亮的。

奔赴高原的邮电职工数以千计，问了几回都没着落，就在曲颂宁打算放弃的时候，没想到在沱沱河兵站真叫他给遇上了。

"那个矮矮、黑黑、戴着眼镜的朱工是吧？"一个年轻的列兵挺热情，"在无人机房呢，我带你去。”

这边进度更快一些，无人机房已经修建得差不多了。曲颂宁看见水泥房的门口，一个穿一身蓝色工服的人钻了出来。

曲颂宁起初不敢认。朱亮在学校时属于敦实微胖的体貌，如今一看，简直瘦脱了相，两颊的肉全被高原作业的艰辛剔没了，只剩两朵朴实的高原红，眉骨下深陷着两个窟窿，一双眼睛倒越发显得亮。

朱亮抬头看见他，也愣怔半天。两个人互相干瞪着眼打量对方，用怀疑的、试探的、欲近又怯的、欲言又止的目光，最后还是朱亮先曲颂宁一步开口，他兴冲冲地扑上来，笑道：“曲颂宁！是曲颂宁吧！”

曲颂宁也笑着道：“你这变化也太大了，要不是这位同志带我过来，我都不敢认你了。”

“还说我呢，你变化也不小啊，我乍一看还当是哪个俊俏的藏族小伙儿来找我呢。以前顾蛮生最喜欢管你叫小白脸子，现在他要是看到你，那得管你叫‘小黑炭子’！”朱亮忘乎所以，把手伸到曲颂宁颊边比了比，发觉依然黑白分明，不好意思地低头一笑，“那倒还是我黑。”

他乡遇同学，两个人都高兴坏了，互相说了好一会儿的话。朱亮提议，带曲颂宁在即将修建完成的机房里参观一圈。

陆陆续续有通信设备运到，朱亮指着一台设备道：“西门子，德国货。”停顿一下，他补充说，“外头铺设的光缆是国内的长虹、长飞提供的，但更核心的机房设备基本还得仰仗国外厂商。”

曲颂宁沉吟片刻，以开玩笑的口气道：“也就顾蛮生不在这里，他要在这儿，一准说——”

“他是说得比唱得好听——”曲颂宁还未把话说完，朱亮立马摆出了一个京剧的架势，道，“俺惊也么惊，凭着俺青龙偃月敌万兵。”

朱亮比读书那会儿开朗不少，模仿得还挺惟妙惟肖，两个人都大笑起来。

过了一会儿，朱亮问：“我听时远说，顾蛮生现在办厂了，在做程控交换机的生意，他干得怎么样？”

“我来之前见过他一面，腰包是鼓胀了不少，但说话依然满嘴屎尿屁，一点不像个大老板。他跟我说，他一定会带着他的交换机拿下青海、西藏的话务市场，他自己还要站在青藏高原上尿一壶呢。”

说话间，两人走到了机房外。这一线路段已经开沟结束，战士们正接受指挥准备放缆。程北军站在高处，抬手招呼曲颂宁，扬声道：“这是要放缆了，咱们也跟着学学，这光缆这么金贵，别在放缆的时候剐了蹭了。”

一盘光缆长度是三千米，沟道边每隔六米就得安排一个战士，全连都上人手也不够。所以连队与连队之间通力协作，五百名战士迎风立在高原上，令行禁止，同时将一整条光缆扛起，动作齐整得竟似一人。

三千米的长缆被举高又被放入平坦的沟底，犹如一条巨龙破空而来，又安然潜于渊底。人与大山在这个瞬间神归一处，一种壮美的原始情调震撼了整片青藏高原。然后五百名战士迅速出坑，开始铲土回填。

沱沱河不是无人区，不少牧户分散于附近。曲颂宁与程北军跟着朱亮他们沿途返回，路上遇见几位牧民，对方似乎一早知道这里有铺设光缆干线的解放军战士，一见他们就热情地围上来，从随身的布口袋里掏出了两大袋肉干，说是知道解放军在高原上施工条件艰苦，他们是特地来犒军的。

“谢谢老乡。”平日里凶神恶煞的程连长一见老百姓就特别客气，他推辞不过，伸出双手接过两袋肉干，又将其中一袋递给了曲颂宁。

曲颂宁将袋子打开，从里头取出一块长条形的紫红色肉干，先看了看。这肉的纤维纹理十分紧致细密，像是牛肉，又似与一般牛肉不同。在藏民充满鼓励的目光中，他试着咬了一口，肉很筋道，微带腥味，但嚼着嚼着就满口噙满独特的肉香，让已经许久不知肉味的他很是过瘾。

咽下口中牛肉，曲颂宁朝藏民们双手合十，行了个礼：“真的很好吃。”

藏民热忱道：“‘牛吃虫草我吃牛，无病无灾药不求’，牦牛浑身是宝，吃了它的肉，包你们干活儿不累！”

这位藏民身边还跟着一个小姑娘，手捧一条哈达，浅笑盈盈地走了过来。原是要将哈达献给穿军装的程北军的，但程北军有让贤之心，抬手一指曲颂宁，道：“这是邮电设计院派来的工程师，修光缆的事儿比咱当兵的内行，献给他吧。”

小姑娘便又微笑着向曲颂宁走了过去。洁白哈达迎风飘舞，宛若云絮缠绕指间，十分圣洁。曲颂宁自愧承受不起，一时无措，只能再次弓腰、低头，虔诚地两掌合十，回了对方一句："扎西德勒。"

先回兄弟连队，程北军大方地把一袋牦牛肉干分发给当地的战士们，大伙儿都跟久不知肉味的豺狼似的，个个眼冒绿光，高兴坏了。程北军自己也吃了好几块，确实鲜香筋道，就是嚼着实在太干。他问小战士，他们连的储水桶在哪儿。对方抬手一指，他就冲过去猛灌下几大口。

结束观摩考察，又驱车数小时，一路紧赶慢赶地回到了唐古拉山口。已经过了凌晨两点，大伙儿刚刚干完一天的工程，正头碰头地在一起聚餐。程连长的兵随了他们连长，都对自己要求特别严格，每天必得挖出多少米，挖不完就决不睡觉。平时大伙儿都吃干粮、压缩饼干或者高原特制的馕饼，难得工程推进格外顺利的时候，就犒赏自己吃顿热面。高原上煮面得用高压锅，颇费功夫，但连里河南人多，爱吃面食的自然也多。

年纪轻轻的炊事兵也是河南人，一见程北军回来就凑过来，笑嘻嘻地问道："连长，我的蒜呢？"

驻在整条兰西拉最高、最苦、最累的线段上，下一回山不容易，所以程北军下山前会征求战士们的需要，力所能及地替他们捎些东西。战士们没大要求，一口卤面一口蒜，就是最大的慰藉。

程北军从兜里摸出一袋蒜瓣，连着剩下一袋牦牛肉干一起朝对方扔过去："三连也没多少蒜了，省着点吃。"

炊事兵高高兴兴地抬手接过蒜瓣，一看还有肉干，更高兴了："连长，有肉啊！"

这一抬手，程北军就看见了。炊事员是临时的活计，不做饭的时候也得跟着一起施工。不能放炮开沟的地方还得人工挖凿，一天抡锤几千次，腋下都开线了。一个炊事员尚且如此，那些从早干到晚的兵，劳动强度更是可见一斑。程北军疼惜在心里，嘴上却不客气，道："少嬉皮笑脸的，我从三连回来，人家工程进度可比我们快多了，你们得加把劲儿了。"

炊事员知道自己连长嘴硬心软，大着胆子顶嘴道："您这话说的，人家那是牧区，咱们这是岩石山，叫花子哪能与龙王比宝啊？"

“小犊子还顶嘴！”程北军箭步上前，抬脚就朝对方屁股上踹，看着势大力沉，其实半道上就撤力了。但小战士做戏做足，挨了不痛不痒这么一下后，立马捂着屁股吱哇乱叫。

程北军被这小子逗得没憋住，自己先笑了：“行了，把蒜跟肉都分了，吃你们的吧。”

战士们邀他一起吃面，程北军似没胃口，说了句“这一路风沙都灌饱了”，就扭头回帐篷睡下了。

程北军没跟大伙儿一起热闹是觉得肚子不舒服。起初他也没把这点不舒服当回事，吐了几回，泻了几次，人还轻伤不下火线，坚持与战士们一起施工。但没想到耗了两天，耗出了高烧，整个人完全虚脱了。

连里的医务员在指导员的授意下，特意开车跑了趟兄弟三连，结果带回了一个不好的消息。三连的人说，程连长走后，他们那边也出现了好些个腹痛、腹泻的兵。据他们的医务员初步诊断，这是爆发了中毒性菌痢。这病常发于老年人与小儿，但长时间超负荷劳动令这些成年人抵抗力大幅下降，所以个个起病急骤，一下就不行了。

痢疾本就凶险，加之高原环境恶劣，程北军病来如山倒，头两天还能跟战士们说笑，转眼就已经陷入了昏迷之中，可能是还引发了肺水肿。

指导员责怪他们，兄弟连队也委屈，不是防疫工作没做好，实是当天要放缆，忙起来顾前不顾后，他们驻扎的线段靠近牧区，沿线多是羊、马、牦牛与野生动物，所以河水里满是动物粪便之类的污物。程连长到来，大伙儿高兴，结果这一高兴就疏忽了，可能是搞错了净水桶，误饮了生水。

高原缺医少药，三连得病的战士多，已经用光了抗炎药。医务员只带回了几支葡萄糖口服液。连里的意见基本分为了两派，指导员要立马将昏迷中的程北军送去格尔木医院，但军医认为，程连长现在的身体状况实在受不得颠簸，连里上回那个送医的兵，就是在下山路上没熬过去的。

“乐极生悲啊，眼看工程推进越来越顺利，怎么这个紧要关头出了这档子事？”指导员焦急坏了，便没了好气，“派人去格尔木取消炎药也行，可这一来一回至少两天，待把药送上来，会不会老程都等不及了？”

送人下山，还是等人送药，旁人更拿不了这个主意，连里的医务兵也只能跟着干着急。

这个时候舒青麦站了出来，她看着踯躅良久，实则已经下定了决心：“我知道有种药能治程连长的病，去取药也不远，从唐古拉山口到那曲，来回也就六小时。”

那曲地区处于高原腹地，自然条件艰苦，远不如素有“物资集散地”之名的格尔木发达，指导员忙问：“那里怕是连一家正规医院都没有吧，能有什么药？”

“神草山莨菪。”舒青麦补充道，“虽然那曲没有正规医院，但藏医、藏药的从业人员很多，那曲的藏民一般在五六月份挖虫草，在八九月份收藏茄，然后取根部切片、晒干，制药卖钱。”

指导员对藏医、藏药一无所知，听来只觉不靠谱：“这是什么草？别有什么毒性，回头吃了病上加病。”

舒青麦颇自信地说：“这是青海、西藏特有的一种植物，叫唐古特山莨菪，也叫藏茄，尤其喜欢生长在五千米的高原上，对于治疗中毒性痢疾与感染性休克有奇效，这在《中药大辞典》上都有记载的，我在军医进修学院里也听一位老医生提起过。”

指导员闻之有理，反正多一条路多个治愈的机会，当下决定派出两拨人，一拨去格尔木医院取药，一拨就去那曲找山莨菪。但别人都不认识这神草，少不得还得舒青麦一个姑娘家跑一趟。舒青麦大大方方答应了。

指导员关心自己的兵，嘱咐道：“天快黑了，你一个女孩子在深山里太危险，你再挑一个人跟你一起上路吧。”独自在高原驱车上路不太安全，尤其是夜里，所以一般部队里要办事上国道，至少也得两个人。

舒青麦挑着眉打量四周，一对漆黑眼珠游鱼似的左瞥瞥，右盼盼，最后定格在了曲颂宁的脸上。她笑着说：“就麻烦曲工陪我跑一趟吧。”

第十五章

神草山莨菪

两个人开着军用吉普上路了，唐古拉山是青海与西藏的界山，这就正式来到西藏了。他们先沿国道行驶了一小时，旋即又拐入乡道，直行便可抵达舒青麦说的那个那曲村庄。乡道两边是一望无际的青稞田，青稞最早 8 月成熟，眼下还半生不熟，半青不黄。青稞田边一侧是解放军开挖缆沟，一侧是藏族妇女齐挥镰刀，收割青稞。

难得能出一趟短差，舒青麦叽叽喳喳的，非常活泼，看见战士们就敬军礼，看见藏民同胞就喊“扎西德勒”，而这些人看见舒青麦与曲颂宁，也会停下挥动的镐锹或者镰刀，高高兴兴地挥一挥手。

曲颂宁忽然道：“这边的工程进度好像比程连长那边慢了不少。”

舒青麦点点头：“军区下发通知，这个线路段延迟开工。”

曲颂宁很快理解了延迟开工的意思：“应该是因为这边是农牧区，光缆要过农田，延迟开工好给这儿的农户牧民留下抢收青稞的时间。”

车子又往前行进了数千米，路上还有藏民正在收割青稞麦。舒青麦道：“青稞还没到收成的日子，各个县里挨家挨户做工作，好让大伙儿提前收割，不耽误工程进度。老百姓也都很支持，就有一个连队运气不好，遇上了蛮不讲理的收稞人。一个藏族汉子没收到县里通知，也可能就是不愿意提前收割，非闹着不让挖缆沟，还扬言就算埋下光缆，也得趁天黑都得给他们刨了去。一连的战士拿他束手无策，最后还是一个村主任模样的男人骑马而来，将那汉子一记耳光打在地上，哭得肝肠寸断。”

曲颂宁不信她这个关于“收稞人”的胡说，笑道：“你从哪儿听来的故事？再编一编都能写小说了。”

舒青麦讲话是有这个习惯，喜欢无中生有，实情是怎样其实不太重要，关键是讲的人天花乱坠，听的人心潮澎湃。

时速八十千米，两个多小时的车程，天色渐渐深浓起来，很快就天接云涛连晓雾了，远处的雪峰重重叠叠、隐隐现现，像一处引人入胜的幻境。

舒青麦似乎心情不错。她差不多学会了那首《青藏高原》，一路上都在断断续续地轻轻哼唱，似鸟雀啁啾，说不上来的好听。

“是谁日夜遥望着蓝天，是谁渴望永久的梦幻——”她戛然而止，不唱了。

曲颂宁还当舒青麦记不住歌词，从方向盘上腾出一只手，把兜里的随身听掏出来，递了过去。

“怎么？送给我的？”舒青麦借杆就爬，伸手抓住了随身听，却也不接过来，好像就等曲颂宁表个态。

“行，就送给你。”曲颂宁还得两只手开车，只好笑着答应。舒青麦接过随身听，就戴上耳机，摇头晃脑地听起了歌。

“你怎么干什么都这么积极、这么高兴啊？”曲颂宁转头看她一眼，越发对这个女孩儿感到好奇，“岂止是不让须眉，是根本叫男人也自愧不如。”

“你不也挺积极吗？主动站出来签字，承担爆破开沟的责任。”扯下一只耳机，舒青麦以责怪的口气道，“你这不叫积极，叫傻。”

“怎么傻了？”曲颂宁目视前方笔直宽阔的国道，也笑了。

“你没看见当时跟着你站在一起的那个老赵，听见要设计院的工程师现场签字担责任，吓得老脸比黄瓜还绿，就是躲在你身后不肯先开口。明明他比你资历老、职位高，却让你堵枪口、当炮灰，你说你傻不傻？”说这话时舒青麦一直直勾勾地望着曲颂宁，曲颂宁侧脸真是漂亮，鼻梁挺拔，鼻背凸起一个小小的骨节，有种来自大城市的时髦感。

“傻就傻吧，反正肯定不会有问题。”曲颂宁对自己的估算有信心，已经很保守了。他又转头看了舒青麦一眼，不料舒青麦也正秋水脉脉地看着他。

他们同在这个充满悸动与渴望的年纪里，一个眼神就疾雷惊电了。两个人赶紧同时把头扭开，舒青麦窘得心慌意乱，脸颊都烧烫了："你以后得小心着点那个老赵，我总觉得，那老东西心眼比塘子里的莲藕还多……"

"老赵人……挺好的。"曲颂宁结巴一下。他集中注意力望着前路，但舒青麦那双游鱼儿一般灵活的黑眼睛，仍在他心里捣乱。

"你知道吗，"长时间的沉默之后，舒青麦忽又开口，"我觉得《青藏高原》这首歌其实挺悲凉的。"

"怎么说？"曲颂宁诧异地问。

"你知道文成公主吗？"

"知道啊，文成公主受命和亲吐蕃，受到松赞干布的极高礼遇，两人婚后十分恩爱。文成公主还为藏民带去了谷物菜种，带去了各种书籍与生产技术，因此深受藏民的敬爱，很是风光。"

"文成公主其实并不风光，"舒青麦摇了摇头，"尼泊尔的赤尊公主也不风光，松赞干布和她们都没生下孩子，唯一生了孩子的是一位藏妃。后来松赞干布死了，文成公主终其一生就住在山南地区的一个庙里。那个庙我去过，在一座山上，一楼是佛堂，二楼用来起居。文成公主最后因患天花离世，我常常想，她死之前，是不是像这片高原上的每一个平凡的女人一样，日夜遥望着蓝天，渴望有一天能够走出去呢？"

历史课本记载的跟她说的不一样，曲颂宁为这红颜凄凉的晚景恻然片刻，忽又想到对藏医藏药也颇为了解的舒青麦，不解地问道："你怎么会对藏地的文化这么清楚呢？你看上去不像是这里的人。"

五十六个民族，三十四个省级行政区，中华大地幅员辽阔，中华儿女骨子里的气质也不尽相同。在曲颂宁的眼里，舒青麦不仅不似寻常藏民这般深沉质朴，反倒像《聊斋志异》里的那些妖精，不乏可爱、俏媚与一点点坏心眼。

"因为我妈是西藏的下乡知青，高中毕业了不能考大学，只能选择去西藏支边。她一直想尽了法子要回去，结果却稀里糊涂地嫁了当地的一个牧民。我就出生在当雄县格达乡的八一牧场，听我妈说，因为没有医院，她是由她婆婆在羊圈旁接生的，因为是个姑娘，婆婆当场就不高兴了，丢下疼得昏死过去的我妈不管。她在羊圈旁昏睡了一天一夜，醒来自己回家了。这些都是后来我妈亲口告诉我的，所以我生那老太婆的气，从来不管她叫嬷嬷。”

曲颂宁对那个时代的印象，只能经由一些道听途说与闲言碎语拼砌起来，他依稀知道，在那样的岁月里，个人的命运被打散、被揉碎，掺在集体行进的大背景下，就像盐粒溶化于大海。他不是那段历史的直接参与者，只能专心致志地凝视前路，不知道该怎么安慰舒青麦。

“后来十年上山下乡运动结束，知识青年可以返城了，但条件是不能结婚，更不能生孩子。所以我妈就一咬牙跟我爸离了婚，留下我，一个人回去了。”

舒青麦说到这里不自禁地抖了一下，想起小时候，母亲手把手地教她誊写曹植的《七哀诗》。母亲好歹念过高中，特别喜欢靠写写弄弄来显示自己的与众不同。那时舒青麦天真蒙昧，不懂这句“君若清路尘，妾若浊水泥”的深意，只隐隐感到父母之间没有爱情，也不适用这么哀婉动人的诗词。

“那你妈回去以后，你过得好不好？”这个问题的答案其实不言而喻，本就生于重男轻女的家庭，母亲还抛夫弃女了，一个独伶伶的小女孩儿，能过得好到哪儿去？

“几年后我妈嫁了人，条件还算不错，又良心发现回来找我了。我爸那会儿也早就娶了一个西藏女人，一胎生了两个男娃，本来就不打算再供我读书，所以他马上同意了我妈的要求，让她把我带回了江北。可不知道为什么，我总觉得西藏与江北都不是我的家，我好像一直被我妈留在了原地，每天晚上我都会从噩梦里惊醒，望见那片我怎么也走不出去的大山。”舒青麦的眼神结了冰，连着两道柳叶眉也因紧蹙起来，显得衰败，她的脸上呈现一片伤感的冬景，沉默片刻才道：“我好想真的走出去。”

“你已经走出来了。”曲颂宁莫名心口微微一疼，他听出来，她刚才是拿半生凄凉的文成公主比她母亲，抑或自比了。

“所以呀，我想混出个人样来，让我嬷嬷和我妈都看看。”舒青麦刹晴刹雨，心情说好就好了，她又开心清脆地笑起来，“其实我没你说得那么无私，那么了不起，我是刚打了入党申请书，不积极表现怎么行？哎，你是党员吗？”

“我是。”曲颂宁点点头，“我高三入的党。”

“挺有觉悟嘛，”舒青麦伸手拍了拍曲颂宁的肩膀，“不是党员很难提干的。”

“你很想提干？”

“那当然了，调去文工团是我主动打的申请。我发现如果在连队，一个女兵要提干那实在太难了，可如果在文工团就容易多了，像那些能唱会跳的艺术家，别说正连级了，正团级都有可能。”总算生活没有过于薄待她，还是给了她一副天生的好嗓子。

舒青麦见曲颂宁专注开车，只是偶尔简赅地答一两句，觉得没趣儿，又大剌剌地拍了一下他的大腿，说：“一路上尽聊我了，你话怎么这么少，也说说你呗。你不是家在汉海吗？听说那里到处都是百货商店，想要什么都买得到。”

“大多是中外合资的。除了百货商厦，中外合资的企业也非常多，所以如果想白手起家，深圳可能比汉海更合适。”曲颂宁想起什么，忽地笑了一下，“我有一个大学同学，他现在就在深圳创业。”

“深圳啊……”舒青麦出生之后大多数日子都在西藏，短暂地住过江北，后来当兵又被分配到了青海。江北离汉海近，所以对汉海的洋气与繁华颇有耳闻，但她对深圳一无所知，只知道是中国第一个经济特区，不免好奇又憧憬：“深圳是个什么样的地方？”

“不好说，跟汉海像又不太像，我总有一种感觉，那里到处都是骚动的欲望，人跟人永远处于战争状态。”曲颂宁想起跟顾蛮生那段不太愉快的创业经历，摇头笑笑，“当然也可能是我这人性子慢，不适应那么迅猛前进的地方。我当时大学还没毕业，一腔热情想跟我那个同学一起创业，结果我们俩被骗得一文不剩，连想死的心都有了。我也因为这件事情意识到，书生意气并不适合做生意，所以后来我那个同学又去深圳办了公司，他干得不错，邀我跟他一起，我拒绝了。”

“为什么要拒绝？”舒青麦不太理解。

“所有人都想从大山里走出去，可到了这儿之后，我却发现这种生活也没什么不好。随着通信技术越来越发达，世界会越变越小，我们的生活节奏也会越来越快，没准儿那个时候人们又想回归这种宁静的日子了呢？”

“反正我不想。”舒青麦的态度斩钉截铁，甚至有些不屑地说，“那是你们这些大城市里的人图新鲜，非要强行赋予这片高原神性，住久了就知道，就是穷乡僻壤，没那么神。”

“可能吧。”曲颂宁笑笑，车在过道上行驶平稳，离那曲越来越近了。

舒青麦过了一会儿才又道：“你那同学听上去还挺厉害的，他叫什么？”

“他叫顾蛮生，周郎顾曲，野蛮生长。他歌唱得一流，人也长得帅。英雄从来草莽生，就他那股百折不挠的劲儿，我觉得干什么都能成。”曲颂宁聊起老同学就很高兴，侧头看了舒青麦一眼，笑得越发明亮了，“有机会带你见见他。”

舒青麦回答得不假思索：“见他可以，那你怎么介绍我呢，咱俩关系有这么铁吗？”

两个同样年纪的年轻人，灵犀一点就透，这话一出，那一直在窗户纸后影影绰绰的东西就呼之欲出了。

夜色已经深透了，沟道旁再看不到解放军战士辛勤施工的身影，只有高原上的星星一路相伴他们前行。高原上的星星简直亮得疯了，如簇簇白色火焰，照耀着这片至美的乌托邦。

藏民的帐篷没搭在国道边上，军用吉普抵达那曲，却没有一条宽阔平坦的路能通往藏民集中居住的扎西则村。曲颂宁只能把车先停一边，由熟门熟路的舒青麦带路，两个人打着手电，继续徒步跋涉。

听舒青麦介绍说，扎西则村半农半牧，不少村民以挖虫草、制藏药为生，由于八一牧场离这儿不算太远，她小时候常跟比她大出不少的男孩儿们溜到这里来玩。

“曲颂宁，你看！”没走出几步，舒青麦无比惊喜地叫起来，“这就是藏茄！”

曲颂宁顺着舒青麦的手势望过去，沟边路旁，几朵牵牛花模样的紫色小花在风中窸窸窣窣地抖动，看上去十分不起眼。曲颂宁仍对藏药治病的效果心存顾虑：“这草真的能治好程连长吗？会不会有毒？”

“死马权当活马医呗，眼下不也没更好的法子了嘛。”舒青麦心倒大，话说得好像也挺有道理，她弯腰去拔采那朵紫色小花，突然就僵住不动了。

“曲……曲颂宁……”她两腿打战，说话都结巴了，“你看……你快看……”

曲颂宁此刻已来到舒青麦身边，冷不防对上一双精光碧绿的眼睛，也吓得气不敢大喘，只得鼓起勇气自我安慰地问：“这是野狗吗？”

天太黑了，两个人没敢拿手电去照暗处的那团活物，只听见阵阵低沉而粗糙的喘息声从它的喉咙深处发出来。

“不，是野狼。”舒青麦被这异声吓得直往曲颂宁背后躲，那团活物正在慢慢向他们逼近。

确实是头凶神恶煞的狼。

曲颂宁挺出半侧身子，将舒青麦死死护住，然后猛然提起手电，去晃这头野狼的眼睛。野狼兴许惧光，兴许只是不适应，反正不动了。两个人与一头狼，就这么一动不动地对峙着。

舒青麦腿已经软了，整个人的重量几乎全瘫在了曲颂宁身上。

感受到身边人瑟瑟发抖，仿佛即将被狂风摧折的幼株，曲颂宁柔声问她：“你知道狗和狼有什么区别吗？”

“狼比狗凶残多了……”说话间狼又往前逼近一步，舒青麦都快哭了。

“狗和狼的区别是……”曲颂宁不退反进，再次以手电的强光狠晃狼的眼睛，这样的气势竟又把狼恫吓住了。他面色非常镇静，犹带一丝轻松的笑意，重复了一遍顾蛮生曾说过的话：“狗吃屎，狼吃肉，狗尿电线杠子，狼尿高山大川。”

“这个时候就别开玩笑了，我都快吓死啦！”

“别怕，不能怕。”曲颂宁低声道，“你如果让它闻出你身上恐惧的味道，它就真敢扑上来了。”

曲颂宁的声音轻柔却带力量，舒青麦凭空而来一股勇气，腿不软了，甚至连呼出来的气息都不急促慌乱了。她偎靠着他，偎靠得那样近，他们如同磁铁的正极与负极深深相吸，坦对险境，同生共死。

曲颂宁一边小心护着舒青麦，一边缓慢撤退。他直面野狼，同时又以余光在夜色中寻找可以防身的武器，一块石头或者一根木棍。目前看着对面只有一头狼，倘使这狼真来攻击他们，也不是不能一搏。

他准备为她玩命。

但狼与人之间的距离正在缩短。可能野狼已经饿极了，也可能意识到这晃动的强光不具真正的威胁，它一步步地逼近，两眼凶光毕露，喉咙里吭哧有声。情形越发危险了。

就在野狼准备发动攻击的时候，情势陡然扭转了——

一阵凶猛的来自犬类的吼叫声自不远处传来，旋即火把亮起，火光冲天，犹如千金万银，瞬间就把这头孤独的野狼给吓跑了。

原来是扎西则的村民夜里巡逻，看见了曲颂宁打亮的手电光，所以赶紧脱下衣服包住木棍，点燃充当火把，然后在千钧一发的生死关头，带着他们的獒犬，成功将两个人救了下来。

舒青麦死里逃生，喜极而泣，当场扑进曲颂宁的怀里，抱着他又哭又笑，又蹦又跳。曲颂宁也紧紧拥抱住舒青麦，经历了方才的惊魂一幕，两颗年轻的心早已向着对方生出枝杈，以连理的姿态缠上了。

两个结伴巡逻的藏族青年举着火把，都挺难为情地望着正深情相拥的曲颂宁与舒青麦，其中一个青年，竟在火光之中辨出了女孩儿的脸，这不就是他打小认识的央拉吗？

舒青麦松开曲颂宁，也认出了这个救了自己一命的藏族青年，她无比喜悦地喊起来："拉旺罗布，原来是你！"

"你去当兵了？好神气呀！"青年对这一身军装肃然起敬，转着圈儿地打量舒青麦，"我以前老以为你长大是会给我做媳妇儿的，要不是后来你跟你妈走了，我这会儿没准已经跟你阿爸提亲了。"

这个名叫拉旺罗布的青年二十出头，就是当年常陪着舒青麦一起混闹的大男孩儿之一。只不过彼时舒青麦还没有随母姓，有个好听的藏族名字，叫央拉。拉旺罗布体态修长，黝黑精干，五官脸形有着藏人惯有的棱角。他穿一身深蓝近墨的藏袍，身上的饰品比一般的藏民少些，就戴着一大一小两个耳环，看着像是白铜或者白银材质，小的那个还镶嵌了一块绿松石。他的腰间别着一把康巴藏刀，曲颂宁一眼就被这把刀吸引了注意力。

"拿去看吧。"拉旺罗布读过一点书，能说汉语，他大方地把腰间藏刀解下来，随手就抛给了曲颂宁。

刀挺沉，曲颂宁险些没接稳，蹲在拉旺罗布脚边的黑色獒犬冲他吼了一声，着实吓人一跳。

不愧是世上最凶猛的犬种，这只獒犬体格十分高大，脖子上一圈茂密蓬松的鬃毛，凛凛如头雄狮。草原上一直流传着"一獒战三狼"的传说，难怪刚才那头独狼也逃之夭夭了。

“国王，不准对客人瞎叫！”拉旺罗布吼它一声，国王就听话地退去了一边。

拉旺罗布与另一个叫多吉的青年将两个人带回了村子。舒青麦把这个村子当作自己半个家，她跟指导员提出要上这儿来取药，除了想解燃眉之急，其实也带了点回家看看的私心。

然而尽管天黑风大，她仍很快发现，扎西则村交通与通信都不便利，发展近乎停滞，十年过去犹如大梦一醒，这副记忆里的穷样真的一点没变，还是当年的石头房屋，还是当年那些人——就是都老了些。这个发现令她遍体起栗，心里是既高兴又郁闷。

拉旺罗布听舒青麦说明来意之后，本想先将他俩带回自己家，说待天亮再带他们去找藏茄。但曲颂宁表示救病如救火，他们必须尽快把药取回，再连夜驱车赶回唐古拉山口。

村子里有靠挖草制药为生的村民，舒青麦依稀记得其中一个还是这地界有名的藏医。拉旺罗布告诉他们，那位老藏医还健在，也还在给人治病。

村子太小了，没两三句话的工夫，老藏医的家就到了。

老藏医早就睡了，被咣咣一阵砸门声惊醒，只得披着袄子出来开门。拉旺罗布也不解释来意，喊人一声“波啦”，一低头，就带着舒青麦与曲颂宁闯了进去。

老藏医当然认得拉旺罗布，用藏语骂了他一句，到底也没把人撵出去。

“波啦，你这儿还有没有藏茄根子？”拉旺罗布怕舒青麦一去十年，早把藏语忘光了，所以跟老中医用汉语交流道，“央拉回来了，央拉现在当了兵，管你要些！”

老藏医也还记得舒青麦，因为她的美丽，更因为她的桀骜。高原上的孩子大多淳朴善良，一生安命于原地，唯独这个女孩儿与众不同，她凝望蓝天的时候眼睛里满是厌恶，她的骨头轻飘飘的，好像随时会生出一对有力的翅膀，带她飞出大山去。

舒青麦哪知道老人对自己的看法，还笑嘻嘻地上去挽住人家，道：“波啦，我们团奉命来建光缆干线，这是有功于整个国家的一件大事。可现在我们连长生病了，需要你的药救命咧。”

“建什么光缆干线，挖得到处都是沟沟，也不知道到底有什么用？”老藏医嘴不饶人，心倒软，救命的事情还是不能耽搁的。他从一个挂篓子一样的东西里取出了一把已经切片、晒干的山莨菪根，又问了问详细的病症，似自言自语般喃喃道：

“取这个藏茄根子一百克，把它研碎，再加一些七十度的白酒，病症轻每次用三克，病症重就用六克，一日服用三次就能明显减少便次。”

“多给一点嘛，一连的战士呢，还有没有别的能医病的药，都给一点嘛。”舒青麦朝老藏医的药篓子探了探头，眼睛滴溜溜地转。她看上那一袋胖娃娃似的虫草了。

老藏医又往药袋里给多抓了一把藏茄根，舒青麦在老人身边嘟嘟囔囔、转转悠悠，瞎扯片刻咸淡，总算决定回去了。

拉旺罗布不放心他们赶夜路，怕又碰上饥肠辘辘的野狼，特意带着国王，点着火把，将他们一路送到了吉普车边。

舒青麦坐上车，坐回来时的副驾驶座，拉旺罗布忽地把住车门，问了她一句：“央拉，你还回来吗？”

小伙儿的眼睛格外地明亮，又格外地黏糊，如同奔流着炽热的熔岩，烫得一旁的曲颂宁都有些慨然了，但舒青麦似乎无动于衷，她拨开了青年黝黑粗糙的手掌，冷冷地道：“不会回来了。”

曲颂宁启动了吉普车，在原地怔了会儿的拉旺罗布忽然拔腿追在车后，曲颂宁听见他用藏语高声喊了一句什么，然后国王跟着吠叫起来，更远的地方隐隐传来悲怆的狼嚎声。

待车又行驶在了平坦的国道上，曲颂宁问舒青麦：“刚才拉旺罗布喊了什么？”

“他说他喜欢我，他等我回来。”舒青麦睨了曲颂宁一眼，笑了，“你是不是吃醋了？”

“我……我吃什么醋，你们不是青梅竹马吗？关系好是应该的……”曲颂宁被这话问得一咯噔，才意识到自己刚才是有点吃味。

舒青麦带着招惹的微笑，也不顺着话茬挖掘下去，这一挖保不齐得挖出什么令人浮想联翩的感情来，但她好像胜券在握，一点不着急。她把手伸进宽松的军装里，捣鼓几下，居然跟变戏法似的摸出了一大包虫草。

显然就是先前趁所有人不备，从老藏医的药篓子里顺来的，曲颂宁惊讶得瞪大一双眼睛，险些都没把住方向盘。舒青麦得意地挑眉一笑，又向口袋里掏摸一会儿，这下摸出了一些藏鸡蛋，估摸得有七八枚。她唇边笑意加深，冲曲颂宁很是调皮地眨了眨眼："部队的压缩干粮都吃腻了，程连长大病初愈肯定身子虚，我给你跟他都开个小灶，让你们尝尝又滋补又好吃的高原药膳，虫草藏鸡蛋汤。"

这悄无声息摸包儿的手段，不当贼倒可惜了，曲颂宁继续开车，又是好气又是好笑："不拿群众一针一线，组织是怎么教育你的？"

"我没白拿，我把你送我的随身听给他留下了。不过拿他一点野草跟鸡蛋，就给了他千把块钱的东西，吃亏的还是我们呢。"舒青麦不觉有愧，反倒振振有词地蛮缠起来，"再说，我拿都拿来了，现在咱们再转头折回去，还不知道要耽搁多少时间，程连长与兄弟连的战士们还等着这些藏药救命呢。"

为免误了回去的时间，曲颂宁只得默许这样的行为，但默许不代表认同，他边开车边摇头，边摇头又边叹气，脸上挂着的笑意却早已不自禁地荡漾开来。兴许这会儿，这个青年自己都没意识到，在这片天当穹顶地当床的不毛之地上，一旦把一种叫感情的种子播种下去，它便逢春风雨露，它便如春芽怒发，从每一丝石头的缝隙中摧枯拉朽地钻出来。

舒青麦见曲颂宁笑得温情又古怪，还当他介意这事，撇嘴道："怪不得程连长说你这人浑身上下就一个缺点。"

曲颂宁扭头看她一眼，问："什么缺点？"

舒青麦卖了个关子："等他治好了，让他亲口告诉你吧。"

回程路赶得更快了些，驱车不到三小时，他们就回到了唐古拉山口的营房里。指导员一宿没合眼，就守在程北军的病床边，见舒青麦回来得快，喜出望外，又见她不仅带回来了藏药，还拿了不少鸡蛋，忙问她这是从哪儿来的。

舒青麦悄悄与曲颂宁递个眼色，谎话张口就来，说是村里的藏民非要让她带回来犒军，不拿都不放行。

指导员藏着两瓶六十八度的五粮液，正好可以用来服药。这酒还是以前在演习中立了功，团首长送给程北军的。程连长颇大方，原打算工程竣工之后，就拿出来跟全连战士分享。

格尔木医院的消炎药在两天后送上了唐古拉山，但药送到的时候，程连长与三连战士的病情都已经控制住了。虽说彻底治愈靠的是西药，但指导员仍认为，千辛万苦带回藏药的舒青麦功不可没。

他还说，舒青麦是他们从文工团借来的，显然是借对了，他得再去跟文工团的团长提上一句，这么秉性善良、作风顽强的同志，应该尽快纳入组织。

这一路段的兰西拉工程已经临近尾声，她心心念念的党员梦也即将遂愿，好消息算是一个接一个地来，可舒青麦却笑不出来，一张二十来岁的漂亮脸孔天天愁云惨淡，因为这些好消息意味着她将很快回到部队文工团，而曲颂宁也将由格尔木启程返回汉海。她终于对那句“君若清路尘，妾若浊水泥”有了切肤的体会，或者更简单点说，聚若浮萍散若云才是这个故事注定的结尾。

第十六章

托遗响于悲风

被连下了几天猛药之后，程北军醒了。程连长一睁眼就嚷嚷着肚子饿，全连上下如释重负，指导员赶忙嘱咐炊事班，把舒青麦“顺”来的虫草、藏鸡蛋煮了一锅汤。这汤香飘几里地，馋杀了全连的兵，程北军连喝两大碗，彻底精神了，非要跟战士们一起开工。

指导员担心他病情反复，只得苦口婆心地劝说不行。虽说连长与指导员级别相同，但四连的兵都知道，自家连长天不怕地不怕，最怕的就是指导员天天在他耳畔和尚念经。程北军听得两只耳朵全起了茧子，只得安安分分，跟坐月子似的在营房里躺了两天。指导员又怕他阳奉阴违，特意安排舒青麦前去营房照顾病号，实则就是看着程连长，不准他偷偷下地。

全连的战士仍在挥铁锹、挖缆沟，程北军一个人躺在营房的钢板床上实在无聊，就悄悄爬了起来，想着哪怕不去帮忙，至少也得走动走动吹吹风。

岂料还没离开营房，不知打哪儿冒出一个舒青麦，不由分说地喊了起来。程北军原本就大病初愈，头还晕着，冷不防被这叫声吓了一跳，差点没一头栽下去。他捶了捶胸口，劫后余生般瞅了舒青麦一眼：“不愧是文工团借来的，这嗓子跟炸雷似的。”

“指导员关照过我，一定不让你下地。”舒青麦忙放下手里端着的一小锅面，跑来扶住程北军。

“这儿是六千米高原，再睡就睡死过去了！”程北军不能对一个姑娘吹胡子瞪眼，只能无奈地翻了翻白眼。

“那也不能出去施工，指导员说——”

“行行行，”程北军灵机一动，想了个把人撵出去的法子，“我要撒尿，你一个姑娘家总不能在一边看着吧。”

舒青麦道高一丈，脸不红心不跳，当场又扯开嗓子大喊道：“曲颂宁，连长喊你陪他一起上厕所！”

喘口气的工夫，曲颂宁就从营房外进来了，然后就像一截影子似的，亦步亦趋地跟在程北军的身后。程北军的如意算盘落了空，抽抽鼻子撇撇嘴，心道：这还不如不换呢，文艺女兵好歹活泼又养眼，这小子却八竿子打不出个屁，闷都闷死你。

曲颂宁陪着程北军去上厕所。兵站附近的厕所极简陋，就是荒地上用木板、水泥草草搭起来的亭子，说是亭子，是因为厕所没有门，三个茅坑之间也没间隔。汽车团基本没有女兵，厕所也不分男女厕位，正面用红漆刷了“厕所”两个醒目大字，字不难看，有棱有角的，据说还是汽车团团长的手笔，他还是连长时就带兵在这里驻扎过。

程连长上厕所的时候，曲颂宁就默默站在他身后约莫两三米的地方，他怕程北军再突然休克晕倒，没人看着总是不行的。

蓝天白云，高原冻土，两个男人就这么一前一后站着，静得彼此之间除了风声就是尿声。气氛又古怪又滑稽，程北军很尴尬，偏偏这泡长尿还有始无终，滴滴答答、淋漓不尽。他咳了两声，试着缓解这份尴尬，没话找话地说：“连里的工程进度……怎么样了？”

“缆沟今晚就能全挖好，听团部来送物资的人说，团长知道了这个好消息，准备跟当地邮电部门的领导一起来巡查工作。”确实是个好消息，最坚硬的岩石山被他们攻克了，剩下的放缆、回填是相对轻松的工作，胜利指日可待。

“添乱！我办事还有什么不放心的！”程北军觉得丢人，无名之火“噌噌”上蹿。尿意倒总算是尽了，他抖抖裤链穿上裤子，出了厕所，又取化掉的雪水洗了把手。

相处多日，彼此脾性差不多也摸熟了，曲颂宁知道这位程连长惯于口是心非，笑着道：“我想团长主要是来探探你的病。”

程北军扭过头，恶狠狠地盯着曲颂宁：“我还没死呢，又不是瞻仰遗容，来看个鬼！”

其实不用对方告诉，程连长自己也知道，团长巡查工作是假，顺道来探望自己这个差点因公牺牲了的老部下才是真的。他这会儿有气，不是气团长，更不是气曲颂宁，实是气自己，痢疾不就是蹿稀嘛，一个素以硬汉自称的军人蹿稀，还把自己蹿倒了，传出去，丢人。

曲颂宁被他不分青红皂白地戗了一句，也没脾气，一如既往地面带浅笑，不远不近地站在那里。

程北军也觉出自己这气撒得不是地方，又偷偷睃了曲颂宁一眼，心里暗骂了自己一声。俄而，他轻轻叹了口气道：“你是不是觉得我这人脾气……特怪？”

曲颂宁乐了，实话实说：“是有点怪。”他想了想，倒也不是怪，是心气儿太旺，太要强。

程连长没打算就这么走回兵站，目光眺向远方，对身边的曲颂宁道：“你来了这么长时间，还没好好看过这片高原吧，走，带你看看去。”

曲颂宁确实还没来得及好好看看这片高原。他与程北军并肩立在崖边，循着这个男人的手势远眺出去，看见白色的烟雾袅袅腾腾，盘旋上升，将一座座顶天立地的高山吞入又吐出，这些高山犹如半抱琵琶的美人，既有女性的宽容与博大，同时也具备了男性的桀骜与剽悍。

而身边这个男人远眺群山时，凶巴巴的眼神立时温柔了，如同儿子凝望母亲。

长久的沉默之后，程北军长呼了一口气，道：“你还记不记得我们刚上高原的时候，我跟你提过的那个武警交通支队副队长？”

曲颂宁点头：“记得。”

“那个副队长牺牲时，妻子刚刚怀孕不久，哭得险些死过去，却连丈夫的遗体也没见着。因为副队长临死前留下了遗言，他让他的战友将他埋在昆仑山上的国道旁，他要生生世世守护着这条路。副队长的妻子后来生了个儿子，冥冥中注定吧，也像他那一面都没见上的老子一样，当上了这片高原上的兵。”

曲颂宁瞬间听懂了，眼前这个男人就是那个没见上老子一面的儿子，就是这片高原上的兵。

“这两年我在部队里，能明显感觉到，外头这个世界开始变了。变小了，也变快了，以前从西藏寄一封信去北京，可能要好几天，寄挂号、邮包裹，还得排长队，后来装上了电话，不用排队了，一个电话人就近在眼前了。听说国外还有了更新的通信技术，连电话线都不要了，随时随地，就从天涯到海角了。”

“无线覆盖技术，”曲颂宁用自己的专业向对方解释道，“就是通过基站发射无线信号，实现无线终端到有线通信网络的接入技术。无线终端，最常见的就是手机，而有线通信网络，就是四连战士们辛苦埋下的这些光缆。”

程北军轻叹口气，倒露出一副不属于他的忧郁神态：“可我有的时候会想，这个世界发展越来越快，到底是不是好事儿呢？就譬如我吧，除了当兵什么都不会，如果有一天不得不离开兵营，面对发展这么快的一个世界，我还能干什么呢？”

通信方式的改变只是时代变迁的一个缩影。曲颂宁心下慨然，这个时代，对于顾蛮生那样的弄潮儿，自然是你方唱罢我登台，摩拳擦掌无比欣喜。但对更多的普通人来说，他们对这变幻莫测的世界充满期待的同时，又总怀着一丝秘不宣人的困惑与隐忧。

“我也说不清楚，”曲颂宁沉吟片刻，微笑道，“我想，只要我们每个人都努力活在当下，就没必要惧怕未来，就一定是好的吧。”

“你是一个理想主义者。”程北军侧目睨了曲颂宁一眼，鼻腔里的叹息声调加重，“太天真。”

“有一点吧。”曲颂宁笑笑，原来舒青麦说的“缺点”就是这个。

“其实吧，我一开始不想上高原，还有一个原因。”

曲颂宁看着程北军，好奇问道：“什么原因？”

“我……”程北军也扭过头来，以一种古怪的眼神盯着他，渐渐地，耳根连着脖子，全像鸡冠子似的红了。他扭捏吞吐半晌，终于说出了三个字——

“我恐高。”

曲颂宁微微一怔，旋即哈哈大笑。他知道这个男人终于跟自己交了心。

“刚才都是我跟你瞎胡说的，你不准说出去！”难得的感性之后，程连长又恢复了一贯的铁面与冷峻，他脚下生风，扭头就走。

高原的风还有一股独属于它的气味，有点像新收的青稞，青涩，质朴。曲颂宁贪婪地嗅了嗅，然后掉头，追上程北军的步伐。

第二天，汽车团团长与地方领导果然一起来视察工程进度了。他们先检视了战士们挖的缆沟，发现比汇报的干得还好，全连只用了不到一个月的时间，就将“兰西拉”最硬的一块骨头啃了下来，光缆的沟底打磨得比自家凳子还要光滑。

团长前来视察慰问，全连战士都很高兴。正好挖沟的任务已经全部完成，收工之后，大家把余下的蒜头、肉干一股脑全拿出来，让炊事班做了一顿热乎乎的汤面，再以酥油茶代酒，跟着团长一起提前庆祝任务完成。

“我办事你还不放心？”程北军与团长同坐在大帐篷前的一块羊皮褥子上，对于团长的慰问，表现得相当不领情，“还没到完工的时候就来验收，多下我面子。”

“哪个是对你不放心？”团长知道他是心软嘴硬，笑着说，“听说你前两天大病一场，还差点去见了阎王爷，我当然要来看看——”

“不准提啊，不准提。”程北军赶忙将团长打断。

团长哈哈大笑，拿着茶缸子与程北军碰了碰杯。明天还得起早放缆，他们只能以茶代酒，先饮个痛快。

曲颂宁坐在程连长的另一边，刚才舒青麦神神秘秘地往他手里塞了两个煮熟了的藏鸡蛋，这会儿人却不见踪影了。

程北军也注意到了曲颂宁的心不在焉，饮下一口热茶，低头问了一声：“小青呢？”

小“舒”带谐音，听着有歧义，若非舒青麦是个姑娘家，还很有占人便宜的意思。所以连里的战士们平时都管她叫“小青”。

舒青麦对这类善意的玩笑照单全收，常常会故意摆个媚人的功架，扭腰动胯地走出几步，不消说，还真是绰绰约约，蛇里蛇气的。但想再多欣赏一会儿，这股骨子里透出的媚劲儿又没有了。质感硬挺的军装很大程度上削弱了她的女性特质，倘使穿着曲线玲珑的旗袍，不定能美成什么样。

曲颂宁又四下环顾，没从乌泱泱的人群中找出舒青麦的身影，笑笑回答：“刚才还看见她呢。”

“全团最漂亮的一个女兵，居然就被你这么个臭小子拐走了。”程北军竟很开明，不待曲颂宁面红耳赤地做出解释，又伸来自己的大茶缸子，用力与他碰了碰杯。

高原上的太阳开始下坠，团长与各级领导正聊着家国天下，大伙儿也都高高兴兴地喝着酥油茶，吃着热汤面，忽然间，一阵脆亮悠长的歌声响起，绿色的军帐篷像打开了的蝴蝶盒子，几个一身彩饰的女人从里头翩翩飞了出来。

曲颂宁眼睛猛然一亮：一个与平时截然两人的舒青麦，她细细编了几条辫子，穿着华丽的藏族服饰，戴着玛瑙或松石这类色彩明艳的饰品，然后甩开洁白长袖，放声而唱。

“是谁日夜遥望着蓝天，是谁渴望永久的梦幻……”

舒青麦是个会来事儿的，知道领导来视察工作，就托连里的战友开车去附近的兄弟连队，接来了几位女兵与当地的藏族伙伴，又借来了藏民们的服装与乐器。她说要军民同乐，为团首长与辛苦劳作的全连战士表演一个节目，自己当仁不让，就是领舞的。

一首载歌载舞的《青藏高原》。藏民们倒是天生能歌善舞，个个歌声嘹亮，舞姿潇洒，连里的女兵们更多就是凑个热闹，表个心意，只跟着音乐略微甩一甩袖子，做些弓腰、曲背的简单动作。

所有人当中，唱得最好、跳得最好的，毫无疑问就是舒青麦。

“领舞的这个就是从我们团借出去、又借回来开车的文艺兵吧？”与所有人一样，团长也第一眼就看见了舒青麦，他自发地、颇有节奏地为她鼓起了掌，战士们也都放下了碗筷，齐声为表演中的女兵们打起拍子。

舒青麦的嗓子特别亮，像箫或者笛这类音色活泼明亮的乐器，再高的音都能驾驭。在一位藏族小伙的牛角胡伴奏下，她轻轻松松爬上高音巅峰，歌声简直能穿透万里云霄；舒青麦的舞姿也特别优美，在高原上边唱边跳，毫不费力，她的身子非常轻盈，而且越跳越轻，像偷吃了仙药的嫦娥，随时可能羽化而去。

“我看见一座座山，一座座山川……”她一边舞蹈、歌唱，一边在每一次旋转回头时，用眼神准确无误地寻找到曲颂宁。

曲颂宁被她看得心跳如鼓，一开始都不敢正视舒青麦的眼睛。然而很快他就豁然大悟了，这双眼睛对于他，多情得近乎黏稠，是一片高原的暮色，是两粒慢慢熔化的酒心巧克力。

太阳落了山，金灿灿的云霞在山头撒欢，天色愈晚，山间雾气愈浓，简直像有了实质一般。众人视线尽头的女人因此戴上金冠，舞起轻纱，然后在天地间，在群山顶，在红尘中，翩翩舞蹈。

美得像个奇迹。

就像这条全世界施工难度最大的信息天路，都是奇迹。

后来赵工代表曲颂宁向邮电领导汇报工作，话讲得很有水平，隐隐是有那么点邀功的意思。但曲颂宁全然不在意。他仍在这个夜晚打着手电给顾蛮生写信。

他说——

这是我在青藏高原上的第二十四天，我结交了一个朋友，爱上了一个人。

高纬高原雷暴日较多，直埋光缆具有铠装层与金属件，容易遭雷击引发火灾，特别是埋在设备机房附近的光缆，布线设计时须额外考量如何防雷。曲颂宁研究了设计图纸，然后就跟着四连官兵一起去了施工现场，指导他们如何布放焊接防雷线。

“防雷线应布放在光缆上方三十厘米的地方……”曲颂宁一下到缆沟里就觉得不对劲，他闻到了一股浓重的异味，像是哪里泄漏出来的油气。

在焊接作业点十米内是不能有易燃易爆物的，曲颂宁突然感到十分不安，他向着缆沟底部低下头，又仔仔细细闻了闻。油气越靠近底部越浓重，光缆下方是格拉输油管道，多半就是输油管道裂了。

沟里的战士动作迅速，全然没留意到这股异味，已经麻溜地准备焊接防雷线了。

焊条“滋”地冒出火花，曲颂宁大呼一声“不好！”就朝着正在焊接作业的那位战士扑了过去。

轰然一声巨响之后，他就什么也不知道了。

缆沟的沟基是岩石，爆炸的气浪令沟道崩塌了一部分，拿着焊条的战士被曲颂宁护在身下，倒是没有大碍，但曲颂宁自己被滚落的石块砸中头部，当场昏迷过去。高原地区缺医少药，生死往往一线相隔，程北军二话不说，赶紧派车派人把曲颂宁送回格尔木。

设计院曲工出事的消息瞬间传遍全连，舒青麦一听就差点跟着晕过去。她跌跌撞撞地跑到连长跟前，话未出口，睫毛扇动两下，两行眼泪已齐刷刷地流了下来。

程北军粗中有细，一下就看懂了她的来意。他轻叹口气，挥了一下大手，道：“你也陪着去吧。”

宽头大脑的军用医疗车驶上国道，向着目的地格尔木飞驰而去。舒青麦与另一个医务兵同坐在车上，一起看护着昏迷中的曲颂宁。这个时候她完全顾不上任何流言蜚语了，她担心路上的颠簸加重曲颂宁的伤势，便小心扶住他耷拉的脑袋，以母亲哺乳的亲密姿态，将他护在自己柔软的胸膛中。

从唐古拉山口到格尔木，至少半天车程，天色很快黑了，109国道仍在无休无止地延伸，两只巨大的秃鹫在低空盘旋，跟了他们一路。舒青麦保持着母亲哺乳的姿态，一动不动，脸上也不带一点情绪。

出发之前，她已经细致地替曲颂宁处理了头部的伤口，但鲜血仍然滴滴答答地往外淌，不一会儿就把纱布染了个透红。这种怵目的红色与一路尾随的秃鹫，如同某种噩兆，令她心惊肉跳。

与舒青麦同行的医务兵劝她道：“我来看着曲工吧，你合一会儿眼睛。”

舒青麦摇摇头，费力地动了动嘴唇，但喉咙眼被巨大的苦涩与悲痛堵住了。她发不出任何声音。

车行到半道上的时候，两只秃鹫终于跟得累了，仓皇地飞走了。更令人欣喜的是，曲颂宁短暂地醒了过来。他没想到自己一睁眼，就看见了那双总是令他惊艳的眼睛。高原的夜晚星月璀璨，女孩儿因为满含泪光，眼神朦胧如诗。曲颂宁被这双眼睛看得心头一暖，微微一笑，便伸手抓住了舒青麦的手指。他们一根手指、一根手指地慢慢交叉、相握，最终在黑暗中十指紧扣。

靠在舒青麦怀里，曲颂宁又安心地闭上了眼睛。舒青麦也由对方的掌心汲取了足够的温度，不那么黯然神伤，不那么担惊受怕了。

子夜到来之前，医疗车终于赶到了格尔木当地最大的医院。曲颂宁头部伤口太大，必须手术缝合。好在经过医生初步检查判断，这些外伤都不算严重，再加上送医及时，不多久就能痊愈。

医生的一番话招回了她的三魂六魄，舒青麦一口气提了一整夜，终于慢慢舒缓过来。手术进行得很顺利，与她同行的医务兵睡在了医院的塑料椅子上，她仍坚持不被困意俘虏，固执地守护在曲颂宁的病床边。

值班的护士来查房，换上点滴又出去了。趁无人的时候，舒青麦便脱掉鞋，爬上床，小心翼翼地在只供单人躺着的病床上找到自己的位置。她从来都是这么一个胆大直接的姑娘。

她深情地注视着他，目光像糖稀一般在他的脸上流淌，然后她俯下身，低下头，以自己的嘴唇去抚慰他的嘴唇——

她先是浅尝辄止般以唇瓣沾一沾，细微的电流瞬间从四片相接的唇上流过，耳朵“嗡”地就被异声填满了，这个声音不带任何龌龊的欲望，倒像经忏诵唱，况味高洁。然后她就闭上眼睛，不管不顾地深深吻了下去。

长吻尽头，舒青麦渐渐感到困了，于是侧身躺在了曲颂宁的身边。她伸出手臂拥住了他，柔软的身体仿佛一株爬墙花，毫无罅隙地环绕他，紧贴他。

曲颂宁再次睁开眼睛时，舒青麦已经同那位随行的医务兵一起，又坐车回到了唐古拉山口。那夜手与手、唇与唇的触碰宛如一梦，他还来不及回味品咂，就被一双非常愤怒的眼睛攫住了。

病房里站着的是他的父亲曲知舟，不用对方提醒，曲颂宁也知道，自己犯大错了。

当时曲颂宁是代表邮电方签了军令状的，如果输油管线失了火，他得全权负责。出事之后，同行的赵工立马就把自己的责任撇得一干二净。他上报邮电部，话里话外都是责怪曲颂宁的意思，说他年轻急躁，好大喜功，办事不讲程序，不合规矩。邮电部倒是没对这起事故表态，但在赵工的一番添油加醋下，曲知舟忧心忡忡，已经认定儿子闯下了大祸。

见儿子转危为安，曲知舟脸上却丝毫不见喜色，反倒立即作色大怒：“这条光缆路由贯穿青藏高原，至少两千千米，几乎是不可能完成的任务，方方面面都得慎之又慎。你那些设计院的叔叔伯伯都说放炮开沟须谨慎，你个初出茅庐的臭小子，难道以为自己比专家还懂？”

“兰西拉是整个西北的通信命脉，一旦拖拉到了高原冬期，施工就更艰难了。”曲颂宁从病床上挣扎着坐起来，情绪激动地辩解道，“我没有错，我步巡巡查了所有线路，放炮所用的雷管与药量都是合适的！”

“可现在就是出问题了！”曲知舟深深叹气，“你到底还是太年轻了，社会上复杂的门道多了去了，遇事不要强出头，多一事不如少一事，少一事就少担责，单这一条就够你学的。”

“怎么就叫强出头呢？不作为就不会担责，可人人都不作为，这活儿谁来干呢？”又是这句“多一事不如少一事”，曲颂宁嫌这话刺耳，咬着牙，偏跟父亲顶着来，“我没有错，就算出了错，放炮开沟是我现场签了字的，任何后果都由我承担！”

“我倒要看你拿什么担着？事故没彻查清楚之前，你留在医院里，哪儿都不许去！”

父子俩互不低头，不欢而散。

曲颂宁头部伤势不重，身体也恢复得很快，但因为被自己老子关了禁闭，只能待在医院里。实在闷得发慌，他就偷偷溜出病房，帮医护人员搬搬十来斤重的医用氧气瓶。医院里来来往往的都是此次参建兰西拉的兵，基本得的都是高原病。吸氧是能缓解及治疗严重高原反应的直接措施，所以格尔木人民医院临时采购了大量氧气瓶，一个十升的医用氧气瓶可能就是战士的一条命。

曲颂宁在医院里住了一星期，父亲再没露过面，倒是等来了朱亮。

朱亮给他带来了好消息。原来输油管的泄漏只是虚惊一场，曲颂宁的测算确实没有错。这场事故发生的原因是油管线自然老化，石灰防腐层发生了腐蚀破穿，才导致了油气的大量渗漏。如今经过抢修，已经完全修复了。

曲颂宁却松快不起来，老赵固然是小人之心，可真正令他不快的是父亲的态度：他才刚刚踏上社会，这个男人就想用那些陈规陋习将他驯化。

朱亮见曲颂宁半晌不吱声，又道：“其实兰西拉工程的巨大难度早在预料之中，方方面面的问题都考虑到了，我听我们院的领导说了，就算是放炮引起的管道漏气，也不会真的要你担责任。”

“我知道。”曲颂宁悻悻一闭眼睛，像是累了，“我是气我爸，越老越胆小怕事，越老越不分青红皂白。”

朱亮叹出一口气：“我还有个坏消息，你听不听。”

曲颂宁抬眼看看朱亮，累得好像已经张不开嘴了，只用目光示意对方说下去。朱亮又是一声叹，然后从兜里摸出几块巧克力，递给了曲颂宁。五彩的锡纸上印着一串俄文字母，就是他与舒青麦初见时，对方送他的那种酒心巧克力。

“这是？”曲颂宁垂着头，一眨不眨地望着手心里花花绿绿的巧克力，心头隐感不安。

“这是舒青麦让我转交给你的。程连长的四连完成了唐古拉山口的光缆建设工程，已经被派到别的线路段上去了。出发之前，她特意跑了一趟我所在的连队，她让我无论如何都要把这个交给你，还让我跟说，让你一定等她复员。”

愣怔半晌，曲颂宁突然攥紧手中的巧克力，用力摇晃了一把朱亮的肩膀，“什……什么时候走的？”

“就是今天。”朱亮看了一眼窗外的天色，“这会儿怕是已经上路了。”

“哪条路？”曲颂宁两眼迸发希望的光亮，盲目而又激动地喊起来，“哪条路？你带我抄着近道开车去追，兴许还能追上！”

朱亮没接这话。青藏高原土地广袤，人烟稀少，就算是相邻的两个兵站之间，少说也有三四小时的车程，要想追上已经出发的程连长，简直疯人说疯话。

可曲颂宁疯得正来劲，完全不顾医护人员的阻拦，穿着蓝白相间的病号服，踩着一次性拖鞋就往病房外跑。

朱亮喊不住他，连追都追不上。

曲颂宁被自己的拖鞋绊了一下，差点跌倒，但他没停下，反而越跑越快，越跑越疯。高原犷悍的风一路扑打在他的脸上，最后他面朝雪峰站定，弯下腰，呼哧呼哧大口喘气。他脚上的拖鞋早跑没了，脚掌沾满了黑乎乎的沥青渣。

天宽地阔，哪里还有舒青麦的身影。

多处光缆已经敷设成功，各营各连的解放军官兵都将去往下一个线路段，运兵车成列出发，宛如绿色长龙，行驶于雪山荒原之间。曲颂宁追着这列运兵车又奔跑了一阵，直到力尽才停下来，他怔怔立着，像被抽去了魂魄。车行声如同滚滚雷鸣，他被车列掀起的风沙迷了眼睛，却突然听见，舒青麦悠扬明丽的歌声就在其中穿行，渐渐与高原的风声融为一体。

俄而，曲颂宁魂归魄回，他朝向明暗不清的远方，哽咽着大喊：“舒青麦，我等你。”

1997 年的金秋 9 月，在三万余名解放军官兵与邮电建设者的奋战之下，全长两千多千米的兰西拉光缆工程全部敷设完成，工期仅八十五天。高原极地多的是突发状况，为了保证来年光缆干线能够顺利开通，青海电信局又组织了一批光缆维护人员，在光缆线路段上进行巡检与抢修。

朱亮就是其中一员。曲颂宁没随父亲回汉海，而是主动向设计院打了申请，在兰西拉光缆干线全线开通前暂时留下来，也成了一名巡检员。

这条光缆敷设完成没多久，远在深圳的顾蛮生就嗅到了其他交换机大厂还没嗅到的商机。兰西拉光缆干线贯穿甘肃、青海、西藏三个省区，沿途经过二十余个县级以上的城市，这说明这些城市用不了多久都将会加入全国声势浩大的“固话大潮”之中，也都迫切需要程控交换机。

有需要就有市场，有市场就值得跑一趟。顾蛮生早有进藏的计划，于是身体力行，很快化计划为行动。他先从甘肃各县各市的电信局开始跑起，然后一路往西南而行。他知道曲颂宁与朱亮此刻都在青海，念在昔日同一张床铺、同一个茅坑的深情厚谊，当然要顺道去看看他们。

联系上青海电信局，才知道这会儿两个人正在山里巡线呢。顾蛮生一听就更高兴了，他本就胆大，爱玩，不安于寡淡无味的日子，这下浑身的叛逆劲儿都有了宣泄的地方，当然要跟着老同学一起去巡线了。

打探出曲、朱二人的落脚点，顾蛮生花钱豪爽地请了个当地的司机，就兴冲冲、乐颠颠地出发了。

三个人刚接上头，还没来得及“他乡见故友，两眼泪汪汪”，顾蛮生就跑到了高原的悬崖边，解了裤腰带，撒了一泡尿。

高原入冬早，深圳爱美的姑娘们还在光腿穿裙子，青海已到了天寒地冻的时节。顾蛮生站高远眺，眼里除了皑皑白雪，别无他景。他怕手脏了没地儿洗，抖抖裤裆，小心地拉上了裤链，系好了皮带。

“好歹现在是大老板了，能不能合点规矩，靠点谱？”曲颂宁站在顾蛮生身后，一张嘴就揶揄他。

“我憋了一路，就等着‘飞流直下三千尺’呢。”顾蛮生回头冲着曲、朱二人莞尔一笑，又龇牙咧嘴道，“就是太冷了，差点把顾家老二冻掉一截。”

“你倒是言出必行，”两个人太熟了，省了所有的寒暄客套，曲颂宁笑着说，“我还记得我入藏前，你就跟我说过，迟早要到青藏高原上尿上一泡。”

“你这话太见外，也太让人寒心了。”顾蛮生弯下腰，从脚下搓起一团雪，然后反复搓动手掌，用搓化了的雪水洗了洗手。他走到曲颂宁跟前，以调戏姿态伸手抬起了他的下巴，“我能是为了撒尿来的吗？我当然是因为想你才来的。”

曲颂宁知道这小子嘴上抹油，实则是为了卖他交换机来的，于是笑着拍开了顾蛮生冰冷的手：“你这也来得太早了，兰西拉还没开通呢。”

“先混个脸熟，等到那些大厂都琢磨过味儿来，就晚了。”还别说，展信这一年在国内交换机市场异军突起，声名远播，顾蛮生这么亲力亲为地跑业务，几乎把这穷乡僻壤的电信局领导们感动得涕零，当场就签下了几个大单子。

学生那会儿顾蛮生就跟曲颂宁的关系更亲近些，两人最先共同创业，颇有些“灵魂伴侣”的味道。朱亮甘于自己的跟班角色，等他们互相来往过招，斗够了嘴炮，才笑着迎上去，问顾蛮生道：“我弟现在还好吧？”

顾蛮生跟着他们一同回住宿的地方，点头道：“朱旸现在不错，也能独当一面了。”其实朱旸一直自恃大学生的身份——尽管凳子还没坐热就被开除了，还没浩子敢闯敢拼，而且颇有些好高骛远、好逸恶劳，除了顾蛮生，谁都差使不动他。但顾蛮生不能在人兄长面前揭他短处，只好拣好听的说。

“家里偶尔也给我来信，说朱旸现在特别出息，老往家里寄钱，每次都是一大笔。”朱亮感激于顾蛮生把弟弟照顾得很好，激动得眼眶里蓄上泪，声音都跟着四肢一起发起抖来，“弟弟妹妹们都挺好的，我以前最不放心朱旸，觉得最对不住的就是他，知道他现在有你照顾，我总算可以放心了。”

说话间，三个人到了巡线员的临时住处，曲颂宁将门打开，一股久无人居的霉味就迎面扑了过来。

巡线员每回巡线至少要在这里待上三四天，食宿条件实在艰苦。顾蛮生微微愣住，接着四下环顾，地方不大，光线不好，只有残壁破瓦，呈现出摇摇欲坠的颓败之势。

也没地儿坐下，他自顾自地坐在了床上，随手拍拍床沿，跟拍在石头上似的，“砰”的一声响。

“你们这条件也太苦了。”顾蛮生没想到，当年家境优渥的曲颂宁竟然甘于这样的生活，他诧异地问，“兰西拉已经敷设完毕，就等着明年全线开通了，这里交给当地电信局的就行了，你一个外地的专家，干吗赖着不走啊？”

曲颂宁笑笑：“留下的也不止我一个，难得参与这么大的工程建设，能多学一点是一点呗。”

“你们这儿有什么吃的没有，我饿大半天了。”这人是不听劝的，顾蛮生也没想劝他，自顾自地在床头柜里一通翻找，成功翻出了两颗巧克力。他刚要剥开花花绿绿的糖纸，就被朱亮出声拦住了——

“不能吃，这几块巧克力可是曲颂宁的宝贝。”

顾蛮生低头一看，两颗巧克力像是被滚烫的手心焐化过，又被高原的寒风冻了起来，已经不怎么成形了。

曲颂宁没对答，朱亮笑嘻嘻地插嘴道：“我看他留在这里，一半是为了事业，一半是为了爱情。”

光缆建设完成之后，曲颂宁得了个空，就把那些浑似日记的信件全寄给了顾蛮生。每一封来信顾蛮生都细细看了，他从中看见了甘、青、藏蕴含的无穷商机，也看见了一颗难以按捺的热腾腾的心。

“漂亮吗？”顾蛮生把巧克力扔回床头柜上，朝曲颂宁抛了个媚眼，眼里跳跃着两朵八卦的火苗。

“漂亮。”又是朱亮抢着回答，“比他姐好像还是差一点，但跟普通人比，绝对是仙女下凡了。”

这话一出口，朱亮就知道自己错了。他看见顾蛮生那双亮极了的眼睛一刹暗淡下去，嘴角虽还挂着无所谓的浅笑，却像是被人毫无防备地捅到了痛处，又必须强打精神维持尊严。

“早晚会带你见她的。”曲颂宁试图岔开话题，“于老师现在还好吗？”

“好，他当然好，可他好，我却不好了。”提起于新华，顾蛮生很快就从那点缠缠绵绵的儿女情长里醒过来，竟有些咬牙切齿了，“老东西太固执了，万门机不经过反复测试就不让我往外销售。我跟他戗了好几回，商场如战场，分秒必争，生死一瞬，他这么拖拖拉拉、磨磨叽叽，早晚我得让他滚蛋！”

很显然，在顾蛮生眼里，于新华早已不是当初那个为他传道、授业、解惑的于老师了，他是他的下属，理应为老板解难。

朱亮摇摇头，半开玩笑半认真地叹了口气：“你丫现在就是一个物质的奴隶，已经完全钻到钱眼里了。”

曲颂宁也点头，笑着附和道：“顾老板现在满身铜臭，满嘴歪理，是该来这儿好好升华升华。”

“你们还真说错了。”顾蛮生如今从里到外都是一副老板的行头与做派，加上他长相英俊、人高腿长，衣服衬人、人衬衣服，越发与当年那个穷学生判若两人了。他以个恣意姿势倚在床上，笑笑道：“钱对我来说，重要，也不是那么重要。”

朱亮望着顾蛮生嘿嘿地笑，对这话似懂非懂。

“我不是来升华的，我是来征服的。”顾蛮生停顿一下，补充道，“告诉你们一个好消息，展信现在已经有万门机了，两万门机也八九不离十了，我打算在这里建立服务点，我要让甘、青、藏全用上展信的交换机。你们愿不愿意跟着我干？”

曲颂宁与朱亮愣怔一下，对视一眼，不知道怎么接话。

“你们现在每月收入是多少？”似乎根本不在乎这个问题的答案，顾蛮生很霸气地伸出一只手掌，前后翻了翻，“我给你们十倍。”

两个人都噤声了。

“你们俩上高原，入深山，一待就是大半年，肯定不知道外头早就天翻地覆了。”顾蛮生继续道，“外资企业如大水漫灌，民营企业像春笋崛起，一些国企的亏损已经初露端倪，曾经旱涝保收的铁饭碗不稀奇了。”

“行行行，你来做时代的先行者与拓荒者，我做你的见证人就好了。”曲颂宁话虽说得客气，但拒绝之意不言而明。

“这已经是你第二次拒绝我了，”顾蛮生真的诧异，“当年那个跟我一起跑深圳的曲颂宁哪儿去了？”

“我不知道，”曲颂宁摇摇头，微笑说，“大概真是被这里的荒山大雪给升华了吧。”

顾蛮生也摇头，叹了口气，又扭头问朱亮：“那么你呢？”

朱亮自然也没有下海的勇气，家里有朱旸一个就够了，他还是要守着一个铁饭碗的。

屋内陷入沉寂，顾蛮生觉得这两个人简直没劲透了，他说着“饿了”，又翻了翻两人的背包。半天只找出一袋干粮，不知是饼还是馕，反正看着难看，闻着难闻，想来味道也不会好。

他十分嫌弃地皱起眉头："你们就吃这个？"

顾蛮生是能吃苦的，为了生意常常还能吃苦中苦，但不该委屈自己的时候他从不委屈。他将干粮扔到一边，对朱亮说："你去弄点好吃的。难得咱们老同学聚一回，光啃干粮怎么行？"

"这附近什么也没有，我去格尔木吧，给你们买点酒、买点熟菜。"朱亮以前在学校里就是专门替顾蛮生跑腿的，几乎成了习惯，如今感念他对弟弟朱旸的照拂之情，更是说什么都照办。他一听顾蛮生的话就立马动身，套上自己毛里夹皮的棉大衣，准备出门了。

"格尔木跑个来回至少七八个小时，天色已经晚了，要不还是别去了。"高原的夜晚风寒雪大，曲颂宁有些担心，扭头劝顾蛮生道，"我们就随便吃点，将就一下算了。"

"不将就，我的字典里就没'将就'这两个字。"但顾蛮生全无所谓，冲朱亮豪迈一挥大手，活脱脱一个地主老财，"你去吧，快去快回。"

朱亮回过头，憨厚一笑，然后就裹紧大衣，冒着屋外的风雪匆匆上路了。

为了方便巡线，朱亮特意买了一辆国产越野车，一路疾驰在国道上，以最快的速度赶到了格尔木市区。

到市区时正是晚上十点多钟，格尔木不是深圳汉海这样的不夜城，许多饭馆早早就打烊了。朱亮满街寻找，总算找到还没打烊的饭馆。他不知道顾蛮生变身顾老板之后口味变是没变，就让店家打包了几个招牌菜，烤羊蹄，炕锅土豆羊肉，烤腰子与蔬菜，然后又要了三碗酸奶，两瓶啤酒。他跟曲颂宁明天还要巡线，不能喝酒，寻思着这些也就够了。

回程路上基本没有别的车辆。雪虽暂时停了，但视野依旧不清，夜空像飘着一层黑色油污。朱亮白天巡线了数十千米，又驱车几小时，已经累得两眼发花，几乎睁不开了。但他怕顾蛮生与曲颂宁等得太久，一点不敢松油门，只能时不时揉一揉酸涩的眼睛，振作精神，好好开车。

正当他揉眼睛的时候，不知从哪儿钻出来一团黑影，像狐狸也像野狼，忽然蹿上国道，横穿而去。为免与之相撞，朱亮一个激灵，猛打了一把方向盘。哪知道这个路段恰巧坡多且陡，又逢雪天路滑，他的越野车瞬间滑出路基，然后翻滚着摔下了路侧的沟道内。

朱亮歪着脑袋，一只眼睛磕在方向盘上，满脸都是血。副驾驶座上的外卖全打翻了、挤烂了，羊肉、羊腰子发出腻人的膻味。朱亮向着外卖盒伸出手，手指很沉重、很沉重地动了动，然后就不动了。

待顾蛮生与曲颂宁接到消息，赶去格尔木人民医院时，朱亮已经去世了。

几个小时前还是一个欢蹦乱跳的大活人，转眼就成了蒙着白布的一具冰冷尸体，顾蛮生陷入了深深的懊悔之中。

在死去的朱亮面前，他没有落泪，只是抿紧嘴唇，攥紧拳头，又发了一遍重誓：只要展信有我一寸瓦，就有你弟的栖身地，我一定会给他一个锦绣人生。

第四部分
手机

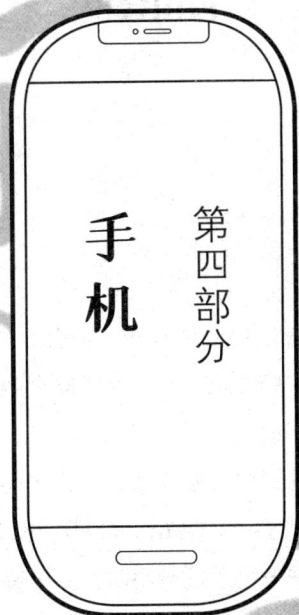

第十七章

香山会议

1998 年 1 月，国内通信部门的权威与专家齐聚北京，召开了针对中国版 3G 标准的香山会议。若干年后，人们才意识到，对于整个中国通信行业来说，这个会议存在的意义远比人们想象中的重大。

作为当时国内排名第一的通信设备企业，申远集团主动挑头，负责筹备和推进中国自主研发的 3G 技术标准 TD-SCDMA。贝时远也跟随领导一起参加了会议。全场三十来位专家，互不买账地争论了近一小时，基本都对 TD-SCDMA 充满了各种担忧。

贝时远注意到，申远的发言人是一位庞眉皓发却又风度翩翩的老者，邮电部的领导与各高校专家都挺客气地管他叫“邢老”。会后他才知道，这位老人就是申远集团的创始人，邢卫民。

申远跟顾蛮生的展信一样主营数字交换机，但因为背靠中科院，从去年开始，它主动投入了 3G 通信技术的研发领域。

国产 3G 标准已经箭在弦上了。

邢卫民说：“2G 时代的世界通信格局，已完全被欧洲的 GSM 与美国的 CDMA 垄断。掌握行业标准，就是掌握整个产业的话语权与主导权，一旦通信标准被国际电信联盟采纳，就会随之产生大量的相关专利，再对通信企业进行授权。咱们中国企业一直以来就受国外专利的钳制，结果是只能搞加工贸易，只能搞劳动密集型产业，这对整个国家的发展都是不利的。往大了说，通信标准之争，也是国运之争。”

邢卫民的话不是危言耸听，但现实问题太多，一时间，领导们也拿不定主意。有位专家道：“申远的TD标准跟欧标、美标最大的区别，就是时分双工。相较于已经发展成熟的频分双工，时分双工的技术能不能过关，过关以后又有没有设备企业能够支持，都是大问题。”

贝时远总觉得“时分双工”这技术听得耳熟，不禁蹙眉，回想起来。

“频分双工的技术虽然出现得更早，得到的应用也更广泛，但它需要的频谱资源是时分双工的两倍，随着频谱资源越来越紧张，时分双工高效灵活的优点就会体现出来了。目前来看欧标GSM占据优势，欧洲希望3G时代统一标准，而美国不愿意欧洲一家独大，恰恰就给了我们机会。”邢卫民笑笑，一句骇人的话却被他说得轻描淡写，“为了咱们自主的TD-SCDMA，目前申远已经把厂房都押出去了，不成功，就成仁了。”

一句话令贝时远肃然起敬，不免朝这老人多看了一眼。这位老人说话文雅，流畅却铿锵，一身气质介乎学究与军人之间，反正，横竖不像商人。

这点就与顾蛮生大不一样。

“可如果我们要向国际电信联盟提交中国自主3G标准的提案，咱们的专利数也不够啊。”另一位专家道，“现在只剩三个月的时间了，你们申远的专利数量还跟要求的差了一半，这会儿再研究或者申请还来得及吗？”

怎么办？与会的领导与专家们都很着急，贝时远终于想起在哪儿听过“时分双工”，得益于优渥的家庭背景，他有个优点就是不怵任何场合，主动发言道：“既然我们自己的专利不够申请标准，那为什么不再买一些别人的专利来凑呢？”

最大的领导不认得这张面孔，问身边人：“这个小伙子是谁？”

得到回复后，他“哦”了一声：“原来是贝书记的外孙。”

贝时远站起来，不以自己的背景为傲，只就事论事道：“我去欧洲游学的时候，偶然听到过那边有家研究所的3G技术路线也是‘时分双工’，正好跟我们TD标准的关键技术不谋而合。我们是不是可以师夷长技，向他们把这些相关专利全买过来？”

贝时远抛砖引玉，在场的另一位专家恍然大悟，立即接话道：“这小伙子一提，我倒想起来了，德国西门子研究所的TD-CDMA技术就是‘时分双工’，目前其他欧洲企业都支持的是采用‘频分双工’技术的 W-CDMA，他们铁定落了单，真的很有可能出售这些相关的技术专利。”

这个建议被当场采纳了。一场数小时的争论到此画上了句点。

会后，邢卫民主动找到这个名不见经传的年轻人，郑重向其道谢。无论邢卫民在会上如何轻描淡写，其实申远为了 TD 标准，已经到了卖房卖地、山穷水尽的地步，如果赶不上国际电信联盟的申请时间，国内第一的通信设备企业也只能宣布破产。贝时远看似不重要的一句话，对于如今的申远来说，却是黑夜里的一线朝阳。

“其实我只是随口一提，”贝时远很谦虚，“我连这是西门子的技术都不知道，就算我不提出来，别人也会提出的。”

“你有没有想过放弃你现在的金饭碗，到更广阔的地方去闯闯？”邢卫民对这位青年十分赏识，认为以他的博识与才干，离开体制将有更大的一番作为。

他想邀他加入申远。

“只要心境开阔，其实在哪儿都一样。”贝时远没点这个头，他的领导跟更大的领导汇报完工作，正朝他走过来。

邢卫民笑一笑，不再勉强。但临了给了贝时远一句话：无论什么时候，他都可以来申远找他。

三个月后，经过申远方与西门子方的一系列沟通，中国成功引进了西门子的 3G 技术专利，成功在截止日期之前向国际电信联盟递交出了 3G 标准的申请。

背靠大树好乘凉，这是贯穿了贝时远二十余年人生的一句箴言，是他顺流而上的楫棹与风帆。但那一双双艳羡于他的眼睛，往往都忽视了事情的另一面，这句话，同样也是他的枷锁，他的局限。

再见到曲夏晚之前，贝时远正坐在一个叫肖琳的年轻女性面前。

贝时远大学时候是有一个女朋友的，同校学妹，两个人称得上是男才女貌，一直平淡如水地交往着。但家里觉得女方家庭条件一般，配不上贝家的高门大户，所以贝时远工作落定之后，就强行勒令他分手了。

本来就是青春期的一点懵懂，一点心动，谈不上刻骨铭心，再加上毕业以后学妹肯定要回老家，异地恋难以维持，贝时远自然也就犯不上违拗母亲的意思，分了也就分了。哪知道分手没多久，母亲就给他安排了一次相亲，说是市委副书记肖建中的女儿，叫肖琳，在哪次他不得不敷衍参与的聚会上，一眼就相中了他。

贝时远对这位千金小姐依稀有点印象，她用吸管喝红酒，怕她一口漂亮的白牙染上颜色，还一直喋喋不休地嫌酒质不浓，年份不好。

贝时远与肖琳相处了一段时间，一周见上两次面，喝个咖啡或者看场电影。肖琳挺漂亮，但颧骨微微外扩，下颌又尖削得厉害，莫名显得她面相有些尖酸。肖琳很具小资情调，穿着打扮远比同龄女性时髦，譬如今天，她用鬈发棒将头发烫成了枯黄的大卷，使得包括刘海儿在内的每一根头发都恰到好处地蓬松着。她戴着一顶红色的呢绒贝雷帽，搭配一身同色系的红斗篷，很惹眼，很娇媚。但今年汉海提前入春，阵阵热浪下，这么穿着，还是过于隆重了。

咖啡厅的两个服务员不时向肖琳投去带笑的目光，还窃窃私语，贝时远好意提醒肖琳，道："不热吗？"

"我又不是那些天天要挤公交车的人，怎么会热呢？"肖琳朝那两个女服务员投去轻蔑一瞥，又费力嘬着嘴唇，用吸管喝了一口猕猴桃汁。她喝东西一直这样，先抿着，再含着，轻轻地吮，慢慢地咽，好像嗓子比吸管还细。"你怎么还穿衬衫，我上次送你那件名牌T恤呢？"

肖琳尖着嗓子，强调了两遍："那件T恤是我阿姨从美国带回来的，瓦萨吉。"

贝时远对肖琳说不上喜欢，也不至于讨厌，总体评价就四个字，得过且过。只不过他无法弄明白一点，为什么这个女孩儿两片红唇一张一翕间，永远有吐露不尽的刻薄话。这种大小姐似的娇纵与任性，是她这个阶级固有的毛病，他见怪不怪，也能谅解。但他无法从她身上感受到来自异性的吸引力，却时常倍觉压力。

贝时远坐在肖琳对面，将眼睛从她黏着水晶甲片的指甲上挪开，很快就注意到她握在十指间的一只手机。

这是诺基亚今年刚推出的新款，国内还没有上市，从外观上看，红色的机身非常漂亮，而且比模拟机时代砖头似的大哥大灵巧了不少，也便携了不少。

贝时远自己还没买手机。他在机关单位工作，领导还没配，他也犯不上这么高调。然而自打有幸参与了香山会议，并歪打正着地提出了一个有效建议，他心里那点暗火又被勾着了。他向肖琳递出一只手掌，道："你的手机能借我看看吗？"

肖琳把手机递了过来。

贝时远接过来，很娴熟地单手操作。这款手机的功能还很简单，也就打打电话，发发短信，但里头内置了一个叫"贪食蛇"的小游戏，令其成了全世界第一款内置游戏的手机，意义非同凡响。

"我还记得我上大学的时候，跟班上男生一起搞恶作剧，去窃听女同学的大哥大，没想到这么快数字移动通信时代就来了。"小小一只手机将他拉回了顽劣无羁的学生时代，贝时远笑意加深，饶有兴致地说，"相对第一代的模拟通信，第二代移动电话系统采用的是数字通信，也被称为2G。你的手机采用的是欧洲的GSM制式，还有一个美国的CDMA制式，优点都是抗干扰性强、成本低、而且易于加密，今年1月的香山会议上，咱们国家自主的3G技术标准也要——"

"能不能别说这么无聊的话题了，"贝时远的心不在焉引起了肖琳的不满，她一会儿作嗔，一会儿作喜，"你每次陪我时都心不在焉的，再这样，我可要向阿姨告状了。"

这句话里的压迫意味令贝时远微微一蹙眉头，但出于礼貌，他将手机还给了肖琳，仍然很耐烦地微笑着。

体制里的人格外讲究门当户对，如今贝时远的外公已经退了下来，肖家还更胜一筹。所以自打肖琳对贝时远一见钟情，就穷追猛打，明里暗里没少通过贝时远的母亲向他施压。

"你对手机这么感兴趣，就赶紧买一部，这样我也好随时随地都能找到你。"肖琳很喜欢咄咄逼人，永远都是颐指气使的口气。

"嗯。"贝时远敷衍地点着头，搅了搅杯里的咖啡，一口一口地喝起来。咖啡已经凉了，偏苦。

"我们去看电影吧，那部二战题材的爱情片，我很感兴趣。"

肖琳说着就站起了身，两人一先一后走出咖啡厅。肖琳刻意等在门口，主动牵了贝时远的手。但贝时远对于这样的接触提不起兴致，他的手指礼节性地微微蜷曲，没有给予肖琳一点热情的回应。

"对了，你以前是不是跟我说过，你大学的室友还承包了什么校园电影院？大学生不好好读书，太逗了。”肖琳对贝时远的冷淡完全不在意。她动作妩媚地捋了捋头发，冲路人挤眉弄眼，像招展的蝴蝶、骄傲的孔雀，想要招惹所有人的关注。

但此刻的贝时远，注意力已经完全被另一个女人攫走了——

就在街对面，曲夏晚正跟一个男人拉拉扯扯，应该就是她的丈夫刘岳。两人发生了争执，刘岳看着动了怒，甩手就给了曲夏晚一记重推。

曲夏晚踉跄一下，险些跌倒，神色便越发凄楚了。

刘岳把曲夏晚推开之后，还嫌气不过，扬手就要甩她耳光。贝时远顿起护花之心，他甩开肖琳的手，几步并作一步地冲上前去。亏得贝时远及时赶到，一把扭住了刘岳的手腕，用力将他压制在电线杆上。

刘岳“嗷”地叫了一声，试图挣开贝时远，然而贝时远人高腿长，对他的优势是压倒性的。刘岳的手腕以一个怪异的姿态折过去，痛得他龇牙咧嘴。脸都变了形。

这个时候肖琳也踩着高跟鞋赶了过来，怕贝时远跟人打起来，朝他大喊：“你干什么？你要不松手我告诉你妈了！”她顺便朝这场风暴中心的女人瞄去一眼，眼底立刻醋海翻波，又尖声嚷起来：“她是谁啊？这个女的是谁啊？”

贝时远像是听不见她的话一样。

英雄救美者从天而降，曲夏晚错愕够了，也怕惹出事端，哀声劝道：“贝时远，放开他吧。”

贝时远这才松开了手。刘岳捂着腕子“咻咻”喘气，一双细眼瞪到极限，敢怒又不敢多言。肖琳还在一旁尖叫着说话，贝时远再不乐意听她聒噪，扬手招了辆出租车，带着曲夏晚一起坐车走了。

他将曲夏晚带去了一间西餐厅。餐厅老板是法籍华人，跟贝时远很熟，还当曲夏晚是他新交的女朋友，立马心领神会地给他们安排了一个花园露台上的情侣座位。

座位视野极好，坐高远眺，汉海的地标河流一览无余，水面宽阔壮丽，就是雾大，显得有些阴湿。两岸岸线绵长，一栋栋建造中的大楼拔地而起，大多已具雏形，管中窥豹，也可见其富丽雄伟。

老板亲自招待贵客，为贝时远与曲夏晚送上了店里的招牌下午茶套餐，点心非常精致，柠檬小蛋糕、抹茶饼干、英式司康，还有一黑一白两杯咖啡，各是半拉爱心的样子，拼凑起来就是完整一颗。

逃开来自各自另一半的压力，两个人都松了口气。

久未见面，曲夏晚还是有点不自在："我看见那个女孩儿追在车后头，我是不是打扰你的约会了？"

"没有，反倒应该谢你，救我脱离苦海。"贝时远端起黑色咖啡杯喝了一口，自己也奇怪，跟肖琳一起时，加奶加糖的拿铁难以下咽，但当身前的对象变作曲夏晚，连清咖都不苦了。

"那就好。"曲夏晚若有所思地点点头，仍是一副"秋风秋雨愁煞人"的模样，坐姿也十分局促，她注意到贝时远的目光落在自己的袖口，就赶紧扯了扯袖子，试图遮掩满是瘀青与红肿的手腕。

贝时远其实一早就看见了。因为跟曲颂宁相熟，他依稀记得曲夏晚嫁得不错，没承想居然看见她在大庭广众之下被丈夫动粗，不禁皱眉道："这不是他第一次打你吧？"

曲夏晚犹豫一下，轻轻点了点头。

"你父亲呢？今年 1 月的香山会议聚集了国内所有通信领域的专家，怎么唯独不见曲教授呢？"

原来自高原归来之后，曲知舟的身体就每况愈下，严重的高原反应摧垮了他的根基，到后来就重病不起了。曲家的顶梁柱一下塌了，曲颂宁又自打报告留在了青海，曲母自己挑不起一个家，所以处处都仰靠着女婿刘岳。曲知舟从生病、住院到去世、丧葬全都是刘岳一手操持的。刘岳在曲家有了地位，面上仍旧对曲母客客气气的，一口一声"妈"，但背地里脾气日渐见长，觉得曲家人离了自己就不行。

再加上他与顾蛮生如今同在一个通信大行业，顾蛮生已是"天下谁人不识君"，刘岳却没闯出什么大名堂。他自己也知道，曲夏晚当初嫁给自己就是赌气，以至于结婚至今每天都眉眼怏怏，还偷偷摸摸关心着展信的发展。顺境时一切好说，逆境时这些就都成了他心尖上扎着的刺。这刺扎得越疼，刘岳就越忍不住要想，无论如何也不能输给顾蛮生。

于是他做了一个大胆的决定，很难说这个决定里有几成跟顾蛮生较劲的意思，但他确实是在展信捷报频传的时候，下定了自己的决心——他不仅要搞寻呼台，还要办自己的寻呼机厂，生产国产寻呼机。

这下吓坏了曲夏晚，尽管她对通信行业一窍不通，但多多少少也听弟弟提过，寻呼机终究是要被手机淘汰的。曲夏晚不忍直接泼丈夫冷水，试着婉转提醒他，贪心不足蛇吞象。但换来的是刘岳更多的疑心。生意场遭遇的压力很快转变成了他体内的暴力因子，曲夏晚每次多说两句，刘岳就很不耐烦，倘若再一时失言提到顾蛮生的名字，刘岳就要动粗。当年那点一往而深的相思意已经被生活三下两下地磨平了，他们之间没有由甜蜜趋于平缓的过渡期，直接就相看两生厌了。

贝时远感兴趣于这样的话题，一下就没收住自己的话匣子："尽管国内 BP 机市场还在扩张，但有远见的人肯定已经预感到了，世界移动终端产业的发展已经进入了第二阶段，现在是诺基亚、爱立信和摩托罗拉三雄鼎立，但中国企业也不会甘于人后，我相信，没多久第一部国产 GSM 手机就要诞生了。"

贝时远一直是这样一个有远见的人，但有的时候他羡慕顾蛮生，有的时候他甚至羡慕曲颂宁。工作上的事情他得心应手，所谓机关单位那点复杂的人际关系他也应付自如。但贝时远总觉得自己哪里缺了一块，这种缺失感不在于外部，而是内在。他的人生像是已经被规划好的一张地图，不存在波澜，不存在意外。

"当初没有你的提点与帮助，顾蛮生也不可能有今天，他以前就常跟我说，他这小半辈子就服你一个人。"曲夏晚不似肖琳那般不喜欢听贝时远专业上的事情，她说的是真心话，"如果你跳出体制下海创业，一定比他还成功。"

久未经人这般鼓励，贝时远眼睛一瞠，真的感动了。

两个人喝完下午茶，贝时远提议要送曲夏晚回家，曲夏晚却怕刘岳再疑神疑鬼，坚持要自己回去。贝时远拗不过她，只好点头道："那留个联系方式吧，以后他再对你动粗，你随时可以找我替你出气。"

曲夏晚四下看了看，取了一张粘在玻璃花瓶上的粉色爱心形便笺纸，问服务生借来一支钢笔，便在便笺纸上留下了自己的手机号码。她将便笺纸递给贝时远，微微一笑："你也早点买部手机吧。"

打了辆车送走了曲夏晚，贝时远才悠悠掉转方向，回到家中。才踏进家门，就意识到今天家里气氛不对。

沙发上坐着一个男人，是他的表舅舅贝志斌。贝志斌算是贝家门里的一朵奇葩，多年前家里安排他进政府机关，他非要下海。

他们这样的家庭出身，不听家里的，就意味着离经叛道，偏偏他本人又不像是有经商头脑的人，在商场上摸爬滚打跌跌撞撞这些年，挣没挣着大钱不知道，吃喝嫖赌的恶习倒是沾了一身。所以贝时远的外公还在台面上的时候，就不肯再认这个亲戚。如今只要贝志斌登门，必是来借钱的，而且向来借得多还得少，全家人都视他如瘟神，唯恐避之不及。

贝时远却一直跟这表舅舅关系不错，贝志斌身上那股草莽气息，在庭院深深的贝家门里，难得又新鲜。他冲沙发上跷腿坐着的男人点点头，微笑着叫了声："表舅舅。"

"回来了？"贝妈妈面相清丽，年轻得像贝时远的姐姐。她自打出生便养尊处优，十根纤葱指从不沾阳春水，自然也被岁月格外厚待。她正站在餐桌前侍弄她的百合与非洲菊，一眼瞥见沙发上的这个不速之客，柔柔的眼神便犀利起来："把你那脏脚从我的茶几上挪开！"

"姐，我错了，我给你擦擦。"贝志斌一下坐正了，嬉皮笑脸地拿袖子擦那茶几面，又道，"咱时远真是一表人才，倜傥不逊我当年！"

贝妈妈听人夸儿子，不由得笑了一声："你就跟个没长开的冬瓜似的，凭什么跟我儿子比啊？"

"姐你这话亏心了啊，我年轻那会儿绝对是风流才子，就我玩的那一手音乐，班上女同学都不管我叫贝志斌，管我叫'贝多芬'。"矮是矮了些，但贝志斌绝对不丑，也就这些年胡吃海喝恣意享乐，胖了。

"得了吧你，你不就会吹口琴吗，翻来覆去还就那两首曲子。"贝妈妈嗜好花艺，专门请了日籍的花道老师，每周三次上门指导她插花。这会儿她一眼也不看刚进门的儿子，只拿着锋利剪刀，修剪玉米秸秆与百合茎秆。干净利落地"咔咔"两下之后，这些花朵经由十根修长手指拯饬，只横斜簪一两枝，转眼就脱胎换骨了。

"我在外头吃过饭了，你跟舅舅吃吧。"贝时远转身往自己的房间走。

"对了，时远，刚刚肖琳给我打电话了，小姑娘听着有些恨嫁了，你可抓紧点。"前脚贝时远拉着曲夏晚坐上出租车，后脚肖琳一个告状的电话就打给了贝妈妈。贝时远随了母姓，自然事事都听他母亲的，肖琳一早就抓准了这个命门。

贝时远没接这茬，贝志斌确实是来借钱的，所以什么话都顺着贝妈妈的意思往下说："你妈妈希望你早点结婚，男人嘛，先成家再立业。"

"你看你表舅舅就是前车之鉴，自以为自己很有能耐，结果没有家里帮忙，还不是一事无成。"贝妈妈依旧不看儿子，只是低着头，转着圈欣赏自己的杰作，不时调整一下花枝的高度或为它装点一些叶子与浆果。

"姐你怎么回事？"贝志斌不乐意了，跺了下脚，咂了下嘴，"好端端地，老把话扯我头上干吗？"

其实贝时远听出来了，这一招在兵法上叫"攻心为上"，这是母亲在拐弯抹角地敲打他，他贝时远如今得到的一切，不过是"背靠大树好乘凉"。

贝时远没跟母亲争辩。他觉得自己就像母亲手中的瓶花，被修剪得精美绝伦又毫无个性。他对母亲说了声"知道了"，转身回到自己房里，一头扎在了大床上。

回到房里，胡思乱想没一会儿，床头的无绳电话就响了。电话上有来电显示，显示出打这个电话的人是肖琳。

贝时远烦躁得不想接，但不一会儿，母亲的声音就在门外响了起来，催促着他赶紧哄好自己的女朋友。

这算哪门子的女朋友？不过就吃了几顿饭，还每每鸡同鸭讲，聊都聊不到一块儿去。贝时远不耐烦把电话接起来，他一边闪烁其词地敷衍着肖琳，一边又无可抑制地想起曲夏晚。

或许，一个男人的英雄主义情结往往就体现在他对弱者的保护欲上，他悄悄酝酿起一场惊天动地的革命，决定第二天就去买一部手机。

第十八章

背靠大树好乘凉

没过两天，贝时远单独把贝志斌约了出来，告诉对方自己的决定——他打算瞒着家里辞掉机关单位的工作，下海创业。

贝志斌大吃一惊，还当他只是开玩笑："你手里捧着的可是金饭碗，说不要就不要了？"

"我现在的生活就像一潭死水，今天望着明天，今年望着明年，实在没意思。"贝时远虽不相信自家舅舅的商业头脑，但所谓虾有虾路、蟹有蟹道，他还是挺看中他这些年在外积累的人脉资源的，所以有意拉他入伙，"表舅舅，你这些年都在忙些什么？"

"你舅舅外号'贝多芬'，能白叫吗？什么随身听啦，VCD 啦，反正音频设备相关的都干过。对了，你舅舅跟现在国内第一大音频厂商雷纳的刘总，那也不是一般的交情。"贝志斌得意扬扬地吹了一通牛，想起关心自己的大侄子了，"你下海总得有个方向吧，你打算干哪行？"

"当然是干我的专业所长，"贝时远方向明确，微笑道，"做通信终端设备，移动电话。"

"可你要是瞒着家里辞职下海，又哪来的原始资金？"贝志斌这时候也不忘替自己辩解一嘴，愁眉苦脸地说，"你舅舅我要不是没得到家里的一毛钱支持，也不至于这么些年，就混成这般模样。"

“我当年作为投资人，借了我一个同学一笔钱，他这些年发展得不错，我可以把那笔投资收回来。”

“就算这样，你妈也绝对不会答应的。”贝志斌虽然一直没挣着大钱，但到底纵横商场多年，对各行各业那点门道可谓门儿清，“信产部不是刚刚颁发一条规定，国内手机厂商只有获得他们颁发的手机牌照，才能自己造手机吗？你不向家里低这个头，她要给你使点什么绊子，你就算有钱启动，肯定也拿不到这张准入牌照。”

“这您就别管了。”贝时远胸有成竹，“我自有办法。”

贝时远的办法，其实仍是他在香山会议上的那七个字，背靠大树好乘凉。

他跟邢卫民在香山会议上有过一面之缘，申远成功递交 TD 标准的申请之后，手机牌照自然也不在话下。

他打算找到邢卫民，提出跟他们联营，付出品牌使用费，贴牌生产自己的手机。待到将来时机成熟，自己有足够的经营年限与研发能力之后，就甩掉对方，申请牌照自创品牌。

品牌租借费不是一笔小数目，贝时远又用手机给顾蛮生打了个电话，老同学之间开门见山，他说，自己是来要回当初那笔投资的。

贝时远当年借顾蛮生二十万，没立任何字据，全凭两人间的口头约定。但顾蛮生答应得相当爽气，说自己这两天准备去龙岩开局，等回来就把钱给他备好。

这是顾蛮生第一次去地级市开局，还是交换机市场已经相当成熟的福建。其实他自己心里也没谱。公司决策会上，头一个泼他冷水的就是朱旸。他说：“七国八制的通信市场大背景下，福建全省的交换机基本用的都是日本富士通，两者间的合作可以追溯到 1980 年，根基牢固，别的品牌根本打不进去。”

这小子是个典型的悲观派，就喜欢泼人冷水，扯人后腿，败人兴头，脸颊子剔不出二两肉，全是丧晦之气。顾蛮生想揍他也不是一回两回了，但冲着他死去哥哥的面子，一直忍着没动手。

“闭嘴，少灭我军威。”顾蛮生斥了朱旸一声，然后把目光投向杨柳，“福建省九个地级市，1980 年的时候，光是福州一个市就跟富士通采购了三十万门交换设备。然而富士通今年的订单已经快排满了，龙岩电信局目前急于扩容，别的企业就有机会。即使这机会微乎其微，这么大块肉，我们拼了命也要叼进嘴里。”

杨柳一向与顾蛮生心有灵犀。他们短暂地交换了一个眼神，杨柳便代表父亲杨景才，对决策会上的所有人宣布道：“别人都说我们展信人是泥腿子，只能在农村逞威风，进不了大城市，是时候让那些人看看了，泥腿子不但要进城，还要进得摧枯拉朽，轰轰烈烈！”

因为杨柳的支持，会议还没开始就结束了，展信中高层管理者陆陆续续退出会议室，只剩顾蛮生与杨柳两个人。杨柳以一个松弛又妩媚的姿势倚在门口，手臂交叉抱在胸前，虚支着一只踩着高跟鞋的脚。但她的目光还是硬笃笃的，而且十分露骨，在顾蛮生的脸上横来扫去，像候着一场预料之中的冒险。

顾蛮生被这样一双眼睛看得招架不住。他故作轻松地咧着嘴角，试着打破这份过于古怪的安静氛围，他说，为了表示诚意，这趟龙岩，他要亲力亲为跑一趟。

“我跟你一起。”

“不用。”顾蛮生有点招架不了杨柳直勾勾的眼神，摸着鼻梁笑笑，“千山独行，不必相送。”

“会前财务跟我说，你问她公司账上多少钱，想转让你的出资兑现金，你想干什么？”杨柳单刀直入。余少哲几天前就在她耳边悄悄告状，说顾蛮生想拆伙，如今看来不是没可能。

然而只是这样一想，她就心痛如绞。感情这东西一旦来了就很难控制，她自己也说不清到底是什么时候喜欢上顾蛮生的，仿佛不知不觉中，就已经非他不可了。

“先去龙岩立个功，”顾蛮生摸摸鼻梁，微笑道，“大战当前说这个不合适，回来再告诉你。”

“回来之后就只跟我说这个？”杨柳想试着把这段关系挑明。

“这……浩子叫我呢，我先去看看。”不待杨柳再开口，顾蛮生赶紧做了个手势止住了她，他插科打诨，生怕杨柳提他不敢提的事，“要不你还是跟我们一起去吧，当年在万川村开第一个局就是咱们仨，你是福将啊。”

说完便走，顾蛮生走到杨柳身前，侧着身子出门。他听见杨柳在他身后，不无失望地骂了一声：“胆小鬼。”

杨柳在守候什么，顾蛮生不是不知道，但眼下他顾不上。泥腿子进城说来容易，却不是卷起裤管、蹚过黄泥就能办成的。

龙岩电信局的局长姓赵，局长秘书姓林，顾蛮生先给这位林秘书打了拜访的电话，约好了把展信的万门机带去他们的通信机房测试。可一到那里，一看到富士通的机子，展信的人就遭了当头一棒。还打算跟人刺刀见红近身肉搏呢，展信的万门机模样呆板，做工粗糙，跟富士通的高端机子放在一起，仅在外观上，就明显逊了人家一筹。

顾蛮生却没有泄气。他饶有兴趣地细细打量富士通的机子，要不是在别人的地盘上，给他一把螺丝刀，他能当场把这些交换机全拆了。

赵局长这会儿人不在，只让林秘书暂且代表他与顾蛮生他们对接。林秘书对顾蛮生从头到尾没有热脸，但对杨柳却十分殷勤，毕竟是个艳光四射的大美女，哪怕不动歪心思，单是你来我往地暧昧暧昧，也很有意思。

趁顾蛮生与展信工程师研究交换机的时候，林秘书悄悄把杨柳拉去一边，问：“杨小姐今天晚上有没有空？”

顾蛮生及时看见了，见林秘书一脸淫笑地伸出手，故作客套地去拉杨柳的手，他看得胃里一阵泛酸，两条长腿就不听使唤地迈了出去，抢在那短胖的五根指头接触到杨柳之前，以自己的双手抓握住它们。

“有空，我们几个都有空。”顾蛮生笑得过分殷勤，实则虎口发了猛力，修长十指狠狠钳住林秘书的手，以一个相当夸张的姿态上下摆动，“要不今晚由我做东，林秘书赏光一起吃个饭？”

“再说，再说……”林秘书根本抽脱不了自己的手，疼得脸上横肉乱跳，龇牙咧嘴。

没一会儿，讨了没趣的林秘书也走了。顾蛮生与杨柳就等在机房门口，一直等到日下西山，电信局的人全下了班，赵局长那边也没再派个人来。

“什么意思，不都打过电话约好了？这也太怠慢了吧。”浩子实在气不过，当场跳起来。他们三个加上一个同行的软件工程师，一下车就赶了过来，一天没吃东西就为尽快跟赵局长见上一面。

顾蛮生给林秘书打电话，客客气气问对方：“什么时候能安排跟你们局长见一面？”

“还见什么见？”林秘书一改先前的态度，相当不耐烦地道，“富士通那边也来人了，局长没空见你们了，你们带着你们的交换机回去吧。”

寥寥两句话就把顾蛮生打发了，电话断了线。

电话那头的男人嗓门不小，一旁的浩子也听见了，顿时丧气道：“生哥，咱们现在怎么办？”

“还能怎么办，”顾蛮生没那么容易灰心，白跑第一趟就能跑第二趟，白跑十趟就能跑一百趟，他很轻松地动动肩膀，“明天我们再来。”

一行人在电信局附近的小饭馆里吃了饭，悻悻然回到酒店。顾蛮生跟浩子住一个标间，晚上杨柳突然敲开了他们的房门。

浩子道：“生哥洗澡呢。”

“我不找他，我来找你的。”趁浩子不注意，杨柳一把夺过他手里攥着的手机，翻出林秘书的电话号码，迅速发到了自己的手机上。

浩子不敢直接从杨柳手里夺回自己的手机，只问：“姐，你干吗呢？”

“我打算再找林秘书探探口风，”杨柳把手机扔还给浩子，又斜睨杏眼，威胁他道，“不准跟顾蛮生说。人家下午不过跟我聊两句，瞧他醋劲儿大的那个样，幼稚。”

说着便拉开门，走了出去。走廊上她就迫不及待地给林秘书打了电话，要约他出来喝一杯，听声音对方就喜不自禁。

林秘书当即报出一个地址，一家叫雅好的酒店，说是这家的餐吧不错，营业到凌晨两点半。

挂了电话，杨柳房间也没回，直接搭电梯而下。来到酒店大厅，问了问前台小姐雅好酒店的大致方位，就匆匆出发了。

杨柳倒也没那么天真，不认为生意只能在酒桌上谈成，何况，对方不过是个秘书，根本没有拍板的权力。她此行是带着目的来的，套套近乎还在其次，探探虚实才是正经。她想知道为什么赵局长临时又变了卦，连见上一面都不肯了。

林秘书兴冲冲地，到得比她早。

杨柳听过一句话，叫北上广不相信眼泪，福建人不相信喝醉，所以为表诚意，她当场就先罚自己一大杯，五十二度的武夷王酒，倒在啤酒瓶里，她问店里要了一只啤酒杯，然后手起杯落，灌得一滴不剩。

“杨小姐酒量很好嘛。”看杨柳酒后千姿百态，千娇百媚，林秘书的心思活泛起来，眼珠动了几动，又拿起酒瓶，替杨柳斟了全满。

杨柳毫不扭捏，也起身替林秘书把酒杯斟满。她毕恭毕敬，双手举杯，微笑道：“这么晚还把林哥叫出来，是妹妹不懂事儿，这么着，您要肯陪我满打满地喝一杯，这瓶剩下的我就全干了，叫不叫停您说了算。”

当秘书的人多半酒量不错，但见一个姑娘拿出了要把命撂在这里的架势，林秘书反倒不敢多加为难，只赔着笑道：“这夜还很长嘛，我们慢慢喝，慢慢聊。”

“也好。”杨柳笑着落了座，“总之，您喝多少我都奉陪。”

“我酒量不好，怕你喝不尽兴。”

“越这么说的人越是酒量好，不过，我知道，林哥一定会照顾妹妹的。”见林秘书抿了口酒，这一口就是半杯，杨柳也马上将自己的酒杯端起，不多不少灌下半杯。她放下酒杯道，“其实我这次请您来，就是想问问您，你们和富士通的单子已经签了吗？”

一个美女，还是一个懂规矩又给面子的美女，林秘书十分满意，实话实说道：“还没呢，富士通单子多得工厂来不及生产，只说看看能不能帮我们排单。”

得到想要的答案以后，杨柳暗暗长吁一口气，于是不再揪着生意场上的事情紧追不放，反倒跟人聊起了家常：“林哥这么晚还在外头应酬，嫂子在家不介意？”

“离了，”林秘书叹口气，又把剩下半杯一饮而尽，“离了快两年了。”

“嫂子没福气。”杨柳又陪着喝下了自己的半杯。

两个人互相劝着酒，边聊边喝，边喝边聊，越发近乎了。杨柳还没探过自己酒量的底限，以前跟展信那帮小伙儿喝酒，仗着耍赖的手段高明，喝趴一桌子也是常态。但现在就两个人面对面，一举一动全在对方眼皮底下，所以她完全不带玩赖的，就真刀真枪地和一个大男人拼酒，又妩媚又狂野。

见火候差不多了，杨柳才问林秘书：“既然还没签单子，为什么不给我们展信一个机会呢？”

林秘书这会儿已经喝得眼波蒙眬，见这么一个娇滴滴的小姑娘还这么拼命，也于心不忍，松口道：“我也左右不了领导的决定。就上个月，福建另一个地级市的电信局长差点被上头摘了乌纱帽，就因为交换机起火酿成了严重事故。所以目前福建省内其他地方的领导都不敢轻易更换供应商了，富士通那边一松口，赵局长说什么也要等他们了。”

“这不更说明富士通的交换机质量有问题，应该另寻合作伙伴吗？”杨柳觉得这话不讲道理，也不合逻辑。

“这里头的门道就多了。你知道吗，那位的乌纱帽最后能保住，是因为后来查出来，火灾原因不是人为纵火，也不是交换机本身的质量问题，就是雷击造成的。你去查一查，国产交换机遇雷击出问题的就更多了。机关单位嘛，最怕多做多错，所以宁可赌一把国外大品牌不会一再发生这种小概率事件，也不能擅自把供应商换成民营小企业。”林秘书往嘴里夹了一筷脆皮乳猪，又抿了一口白酒，酒液混着油汁从嘴角溢出来，他浑然不觉，还笑呵呵地举杯敬杨柳，“我这杯子又见底了，已经陪你满打满地喝了不少杯了吧，那杨小姐得说话算话，把剩下的酒全干完了。”

都是第三瓶一斤装的白酒了。在林秘书惊异的目光中，杨柳爽快拿起酒瓶，深深喘上一口气，仰头干了下去。

此刻，顾蛮生躺在酒店大床上辗转反侧，起初他想的是福建的市场，是展信的交换机，不知怎么思绪兀自转了个折，又想到了杨柳，想到了她那声“胆小鬼”。自己到底是不是胆小鬼暂且两说，可心这东西倒是从来不说谎，想得他心猿意马、心力交瘁，越发睡不着了。顾蛮生爬起身，来到浩子的床边，曲着两根手指夹了夹他的鼻子，道：“浩子，我们去找你杨柳姐吃消夜吧。”

“睡着呢。”浩子说的是自己。

“我打赌她肯定没睡，多半也在想我呢。”顾蛮生的厚脸皮一贯如此，还当对方说的是杨柳。

“她想的是你又不是我，你去找她不就完了……”颠簸一路实在太困，他一直没睁开眼睛。

“这大半夜的，孤男寡女授受不亲，再说我一个人去找她，我说什么啊？”顾蛮生又夹浩子的鼻子，这回力道更大了，“快起来，我们找她去。”

浩子刚跟周公见着面，一心还想续前缘，他完全忘了杨柳的交代，揉揉惺忪眼睛：“多半还没回来呢，你洗澡那会儿，她约那个林秘书吃消夜去了。”

坏了！已经凌晨两点多了，顾蛮生第一反应，这丫头别是为了一宗生意被人占便宜了吧？

这么一想，顾蛮生掉头就走，来到杨柳的房门前，按了按门铃，果然人不在。他赶紧搭电梯下楼，掏手机先后给杨柳与林秘书打了电话，可是都没人接。顾蛮生更慌乱了，猛然想到杨柳人生地不熟，没准会去前台问个路，又赶紧跑去前台，问了前台小姐。

本是死马权当活马医，没想到还真有收获。酒店今天客人少，杨柳又是这样一个明眸皓齿的大美女，前台小姐对她印象深刻，说杨柳差不多三个小时前出的门，出门前问过一个酒店地址。

顾蛮生知道，有些酒店为了挣人气也做消夜场，就是为了方便客人酒足饭饱后直接开房。他得到地址，二话不说叫了辆车，直奔雅好。

顾蛮生赶到雅好，不早不晚，正撞上林秘书与杨柳在前台开房。但与他预想的情况相似也不似，被灌得东倒西歪、不省人事的人是林秘书，杨柳反倒跟没事人一样，利索地办着入住手续。

林秘书单身一人，没法送回家里。杨柳也不是一点没醉，她拽着对方的衣领粗鲁地骂了句“小样儿，就这点酒量还想灌老娘？”就把他扔给了前台小哥，嘱咐把人送去刚刚订好的房间里。

然后她转过身，就看见了三米之外的顾蛮生。

顾蛮生的眼窝很深，杨柳在与他四目相视的一瞬间恍惚起来，她总觉得他眼里积蓄着一层薄泪，目光却又特别灼人，仿佛里头有什么情绪萌了芽，已经春生夏长千百年了。

“你别自作多情啊，我是为了展信。再说我也没喝醉。”杨柳不想承这个情，踩着高跟鞋摇晃着往前走了两步，还没走到顾蛮生跟前，就突然腿软栽倒下去。亏得顾蛮生及时一步上前，将她拥进怀里。

宽阔又温热的胸膛使人感到安心，杨柳整个人卸在顾蛮生怀里，闭起眼睛，道：“我打听出来了，关键就在交换机的防雷问题上。”

怀里人已经站不住了，顾蛮生一把将杨柳打横抱起，女人轻柔得像一团棉花。

他走出雅好酒店，拦了辆出租，把人小心放进后座，自己也跟着坐进去。

这个夜晚的风真是清畅，弦月挂在天上，像一枚半张的银弓。

哪知道刚坐上车没多久，杨柳突然半晕过去，整个人剧烈地抽搐起来，整张脸都痛苦得变了形。顾蛮生听见她一边“咝咝”直抽冷气，一边牙齿咯咯打战，怕她抽搐时咬破自己的舌头，一心急，顾蛮生就把自己的拇指伸到了她的嘴边。

杨柳毫无知觉，一口狠咬下去，人才稍稍平静一些。

顾蛮生忍着疼，对前头的司机师傅道：“麻烦改道，去最近的医院。”

这一顿大酒喝得惨烈，直接急性酒精中毒，送医院洗胃抢救了。

洗完胃，杨柳好半天才恢复意识，一睁开眼就看见病床边的顾蛮生。他像是一宿没睡，眼白上布着疲惫的血丝，一见她醒了，一双眼睛才精神起来，光彩起来。

醒后的杨柳面色还有些苍白，没了平日里一贯的横眉怒目，反倒眉罥烟，目含情，格外地漂亮了。

一颗揪着的心总算放开，顾蛮生本想夸她一夸，可话到嘴边又变成了责怪的意思：“清清白白的一个大姑娘，以后少琢磨歪门邪道。”

“臭流氓，胡说什么呢？你把我当什么人了！”杨柳气得几乎呕血，挣扎着坐起来，对着顾蛮生一通推搡揪扯，恨不能即刻就把这人撵出去。

“哎呀，我这也是为你好……本来就是困难户了，要再被人占了便宜，你的下半辈子也就只能跟我这样的臭流氓凑合了……”顾蛮生笑弯了一双深长眼睛，任杨柳抡拳头撒脾气，不恼也不急，忽地逮着一个空当就捉住了她的一双手，强行塞进自己怀里。浩子最近沉迷金庸，整天“飞雪连天射白鹿”，顾蛮生也被他带进去了。他佯作委屈道，“你醉时多疯你自己不知道？你看，我这手指头快被你咬断了，赵敏咬张无忌那一口，都没你这口凶残。”

杨柳定睛一看，顾蛮生的拇指根部连着虎口处，果然有个很深的牙印。

“赵敏、张无忌”的比喻带着某种甜蜜的暗示，她“扑哧”笑出来，又骂了句：“臭流氓，那也是你活该！”

两人挨得很近，顾蛮生垂着眼睛，那种万物生长似的撩人眼神又显现了。杨柳脖子后头起了一层鸡皮疙瘩，像被细小电流拂过，心也随之柔软了。她摸了摸那道齿印，慢慢低头靠过去，抵住了顾蛮生的额头。

“疼吗？”两人额头相抵，轻轻蹭摩。

“不疼。”顾蛮生闭上了眼睛。

浩子赶来向顾蛮生汇报情况，一冲进病房，就看见了这一幕，他忙抬手捂住眼睛，却故意露出一道缝儿，不怀好意地大喊道：“报告！”

花间喝道煞风景，顾蛮生随手抓了个杯子就掷过去，笑骂道：“滚进来。”

浩子道：“我跑了好多地方，把生哥你交代的那几款防雷器全买了回来，还有因为雷击失效的交换机用户板，我也花钱托人去找了。”

杨柳一听这话，就知道自己这酒没白喝，胃没白洗，对付富士通，顾蛮生已经有对策了。

“我——”顾蛮生话刚到嘴边，就被杨柳打断了。

“我不需要人照顾，你赶紧去吧。”

顾蛮生忙站起来，大步往病房外走。人到门口，杨柳又喊他一声：“顾蛮生。”

顾蛮生应声回头。

杨柳冲他一笑：“拿不下这一单，你就是小狗。”

这话就跟战前擂鼓似的，顾蛮生血愈热，肠愈柔。他舔着白牙笑了笑，然后扯着嗓子学起了狼嚎，真的走了。走到病房外，还能听见那拖长了音节的嗷呜声，像个疯子。

杨柳住的不是单间，病房里还住着两个人，其中一个四十来岁的女人，嫌嗷呜嗷呜的顾蛮生太疯，便也觉得杨柳不正常。她偷偷斜眼看杨柳，没想到目光被杨柳当场拿住，反倒被翻了个更大的白眼。杨柳颇得意地道：“看什么？我男人就是属狼的。”

顾蛮生先带着浩子一起回了酒店，还跟在大学里拆日本人的 Walkman 一样，他拿到几款防雷器，三下五除二地就全拆了，拆得满床都是电路元件。

他仔细对比研究了这些防雷器的内部线路之后，不禁皱起眉头，喃喃自语道：“到底是为什么？这两款是国内常见的防雷器，采用四根线传输信号，富士通用的这款比我们先进一些，采用的是八线网口，依然没能很好地解决雷电干扰的问题。”

浩子就是个助理身份，不懂这些专业内容，只能贴心地给他出出主意：“生哥，要不你打个电话问问于老师，要不就找找你那个在邮电设计院的同学，再要不就两个人都找来，你们仨一起研究？”

一语点醒梦中人，顾蛮生沉吟了三五秒，忽然高兴地拍着浩子的肩膀，夸他道：“你小子真是太优秀了！”夸得浩子一脸莫名，我说什么了？

顾蛮生打的就是让曲颂宁与于新华一起研究的主意。邮电设计院下有个专门的科研所，其实验条件比展信优越得多。他知道因为家庭变故，这会儿曲颂宁已经从青海回来了，他赶忙给他打电话，请他帮忙向科研所的人递个话，问能不能借用科研所的实验室来做防雷测试，展信这边则会派出研发总工程师于新华全程主导这次实验。

曲颂宁欣然应允之后，顾蛮生又给于新华打电话。

“我让浩子把这儿收集的防雷器还有失效的用户板先给你带回去，我本人就先不回汉海了。我思忖着富士通没那么快能供货，他们合同一时半刻也签不了，但我还得盯在这儿。”顾蛮生在电话里对于新华下了死命令，“我给你一个月，不……给你半个月时间，你一定得解决交换机的防护问题。”

然后顾蛮生又嘱咐浩子，重新印刷展信的产品手册，关键就是加上一句话——交换机一旦出现任何问题，客户可以随时选择全额退款或者免费换新。

于新华毕竟曾是瀚海大学的教授，在通信科研界一直能说得上话，再加上曲颂宁与曲知舟的那层关系，邮电科研所不仅同意了展信的实验要求，还派出了邮电专家跟他们一起测试研究。

将汉海那边的事情都安排妥当，顾蛮生依旧每天去电信局门口蹲点。遑论刮风下雨，他都站在门卫室旁，见到赵局长就客客气气打招呼，顺带自报一声家门：“赵局长好，我是展信的。”

于是赵局长每天出入电信局必看见一张年轻小伙儿的脸。小伙儿左脸上有道带着匪气的疤痕，浅浅的，细细的，瞅着倒是无损他的英俊，但就是个厚脸皮，来得比他早，走得比他晚，轰也轰不走，骂也骂不去，就跟个门神似的天天杵在那里。小伙儿倒不是那种特别招人讨厌的销售，既不鬼祟，也不死缠烂打，就这么每天早一声、晚一声，客客气气、认认真真地跟你打招呼，想怫然作色都没道理。有时临时有事半道上出个门，也能看见他，问一问门卫，证实确实能站一整天，总之，连着一个礼拜，赵局长记住了这张脸，记住了“展信”这两个字。

起初杨柳想陪着顾蛮生一起“站岗”，但顾蛮生嫌不严肃，不让。所以多数时候杨柳只能等在酒店里，顾蛮生自己呢，白天站岗，晚上就回到酒店，一边捧着曲知舟的交换机资料，一边跟曲颂宁煲电话，远程遥控，一同参与研究交换机的有效防雷方案。

一宿狂雷暴雨，早上天公才稍稍作美。顾蛮生昨晚跟曲颂宁研究方案到凌晨三点，睁眼睁得迟了，所以没顾得上带伞，匆匆忙忙就出了门。他得确保自己每天都准时准点地杵在电信局门口，还得比赵局长到得早。

没想到刚到电信局，一道闪电划空而过，几颗雨滴随之落下，转眼就大珠小珠落玉盘了。顾蛮生忙躲到门卫室的屋檐下，但屋檐太窄，他半截肩膀被迫露在外面，瞬间就被暴雨打湿了。衬衣黏在身上，透出一片肉色的结实的肌肉。

隔着檐下垂挂的一幕雨帘，顾蛮生看见一个姑娘下了辆出租，然后一边喊着他的名字，一边以手挡雨，踩着满地水花噼噼啪啪地跑了过来。

是杨柳。

“你来干什么？不是不让你来吗？”天边雷声滚滚，雨声也太大了，顾蛮生跟杨柳面对面不过两三米，还得扯着嗓子吼。

“早上听天气预报，说今天一天有雨！我想起你没带伞，来给你送伞的！”雷声震得耳膜嗡响，两个人都变成了大嗓门。

“伞呢？”转眼人到眼前了，顾蛮生一看，明明是空手来的。

“走急了，忘带了！”杨柳像只大喇叭，喊得理直气壮。

“那你赶紧回去，我这是谈生意，不是谈恋爱！”

“谁跟你谈恋爱了，我也是来谈生意的！”

“让赵局长看见咱俩等在这里，影响太不好了！”

“那你回去，你回去这儿不就又是一个人了吗！”

顾蛮生“扑哧”笑了，笑出满口晃眼的白牙，然后他用力拽了一把杨柳，两具湿淋淋的身体便拥在了一起。大雨中，杨柳感到自己的脸颊被一双温热的手掌拖了起来，紧接着一双唇就封堵下来，他的唇跟舌头都比手掌更火热。他们明明都没醉，却像在酒精的作用下接吻，晕晕乎乎、迷迷瞪瞪，彼此狂热地攻占。

又一道雪亮的弧光从天空划过，雨水像是经谁指挥，很解风情地变了调，在屋檐与地面敲敲打打，发出咏叹般悠扬的旋律。

外头这点地方，躲一个人都够呛，根本容不下两个人，门卫大爷看这对小年轻怪缠绵也怪悱恻的，招呼他们到门卫室里避避雨。两个人却大笑着同时摇头，表示苦肉计的机会不多得，他们就这么等待赵局长的到来。

差不多二十分钟后，赵局长打着伞来了。他家离电信局不过一条长街的距离，他习惯了走着上班。

“今儿雨够大的呀，您当心地滑，慢点走！”顾蛮生站得笔直，冲着对方咧嘴一笑，喊道，“赵局长，我是展信的！”

“怎么又是你？”本以为这样的天气该是见不着这人了，没想到还是被守个正着。再看这小伙儿全身湿透，模样狼狈，身边还多了个湿得更透更狼狈的姑娘，赵局长真的动了恻隐之心，停下脚步规劝道：“我说了多少遍了，我们已经有供应商了，不会采购你们公司的交换机，你天天在这儿‘程门立雪’的没意思，这么大的雨，还是回去吧。”

顾蛮生微笑道：“您一天没跟富士通签单子，我就有机会，只要有机会，我就绝对不回去。”

赵局长都快气笑了：“你这人怎么好赖不听呢……”

话还没说完，林秘书跌跌撞撞地从他们身边跑过去，一脚一个水塘，“哗”地溅了赵局长一身水。

赵局长正被这恶劣天气搅得心情浮躁，提了嗓门把人喊住：“小林，急匆匆的，跑什么？”

林秘书刚才没留意伞下的人是局长，赶紧跑到他跟前汇报道：“好几台交换机都出现了温度告警，有一台信号已经没了，技术员目前还没排查出什么问题，不知道是不是昨晚受了雷击影响——”

因为有别的市的前车之鉴，赵局长闻雷击如闻虎啸，当场色变，道：“富士通的人不是还在吗？赶紧请人家去看看啊。”

富士通表示最快也只能年底前给龙岩这边供货，赵局长仍想争取这次合作，所以暂时把对方派来的业务代表留住了，一直好言好语、好吃好喝地招待着。林秘书偷偷瞥了顾蛮生与杨柳一眼，又掏手机打电话，去请所谓的专家来问诊了。

赵局长也准备赶去机房看一看，忽然听见身后有人喊他，顾蛮生一脸严肃，主动请缨：“能不能也让我去机房看看？”

赵局长没客气，多个人看兴许能更快排除故障，答应了。

待他们赶到机房，与富士通的人正巧前后脚。展信的交换机还没搬走，就搁在富士通的高端机子旁，还真是土老帽对比贵公子，相形见绌。

富士通从进入中国开始，就仗着比欧美品牌更具性价比，一直跟福建省保持着良好关系，也因此从来没把偏远地区的农村市场当回事。富士通业务人员是个精瘦的高个儿，穿着体面的西装，鼻梁上架着一副金丝框眼镜，透过薄薄一层镜片，他瞥向顾蛮生的目光充满高高在上的优越感，甚至不屑与他交锋对视。

眼镜男对赵局长轻叹道：“国产机子的质量是不行的。赵局长，咱们合作这么些年，我也不希望你们被迫用次品，我会尽量帮你想想办法，看看能不能让你们的订单插个队。”

赵局长一听这话自然高兴，面上对顾蛮生的不耐之色很快又显露出来，他“砰砰”拍了两下展信交换机的机柜，忍不住地嫌弃道：“光是产品外观你们就跟人家比不了，你看看你们的机架导轨，再看看这个电路板卡槽，哪儿哪儿都是瑕疵。”

顾蛮生不卑不亢：“比外观，展信自愧不如，但我们不是到这儿来选美的，现在的问题是交换机温度告警，看谁能解决。”他对眼镜男做了个“请”的手势，微微一笑，“您是厂家，您先看。”

眼镜男只是业务员，对防雷器这类低端设备不了解，他绕着富士通的机柜装模作样地看了一圈，然后对赵局长说：“富士通的交换机已经通过了无数次安全测试，绝对没有质量问题……”

顾蛮生笑了一声。

“赵局长如果还不放心，可以把暂时失效的用户板交给我，我带回去，让我们的一线工程师替您看看……”

顾蛮生又笑了一声。

“那你看，你来解决！”眼镜男有些恼了，顾蛮生也当仁不让，他从技术员那里借来工具箱，然后眯起眼睛，从地线、地排到交换机的保安配线箱，一处一处地仔细排查。

良久，顾蛮生找到问题，重新站直。他大大方方看了富士通的人一眼，然后对赵局长道："这个防雷器的火线和地线接反了。"

技术员跟着顾蛮生看了一眼，果然如此，不禁夸他道："您真是专家啊，这么小的细节都能发现。"

"那确实不是我们交换机的问题。"眼镜男被顾蛮生这一眼瞥得相当不服气，辩解道，"这只是当时安装人员的一个小失误罢了。"

顾蛮生没去搭理对方，神情反倒愈见严肃，继续对赵局长说："贵局使用的保安配线箱是碳精板，遭遇雷电冲击之后就会产生微量碳粉，不但起不到防护作用，还会影响雷电入地致温度升高，我建议尽快将碳板更换为250V的陶瓷气体放电管。"

曲知舟的交换机资料里就有保安、防雷结合的防护方案，顾蛮生与曲颂宁、于新华他们研究了好几宿，所以判断既快又准，一番叙述也相当专业。

赵局长的眼神掩不住惊奇："你一个销售员还懂这个？你叫什么？"

"这样的小问题其实经常会发生。不能怪这位业务人员不专业，就算是一线工程师，不常到现场亲自参与设备安装，遇上了一样摸不着头脑。"顾蛮生没有自报姓名，只是平静地说下去，"在交换机领域，中国人起步的确晚了些，但现在我们经验足够多了，就不会比老外差了。"

这一军将得漂亮，眼镜男终于哑口无言。

"展信正在跟汉海邮电研究所研发更适合多雷地区的防雷器，福建的夏季多雨多雷，这次没出严重事故，不表示下次还会那么幸运。"顾蛮生微微一笑，潇洒地转过身，抬手向身后人挥了挥，"我叫顾蛮生。明天我还会来的。"

这会儿赵局长才琢磨过味儿来，他小声责问身旁的林秘书："原来这就是展信的顾蛮生，你怎么不早跟我说呢？"林秘书附和着点头，心里却叫苦不迭：明明一早就跟你说过，是你自己不把国产厂商放在心上。

顾蛮生还未走到机房大门，就听见身后的赵局长喊他："你明天不用来了。"

顾蛮生人站定，背笔直，慢慢地转过了头。

赵局长抿了抿嘴唇，目光落定于顾蛮生的一双眼睛，这双眼睛既深且静，就是眼眶勾着一圈红边，估摸着久未好好睡上一觉。半晌之后，他笑笑道："今天就来谈谈你这笔生意吧。”

汉海那边也不负众望，经过加班加点的一系列模拟实验，终于改进了富士通常用的那款防雷器的设计缺陷。于新华在顾蛮生的授意下不惜血本，立即寻找国内厂商合作，让他们在最快的时间内制出样品。

万门机成功拿下龙岩的大单子之后，展信算是一举打开了国内中高端交换机的市场，顾蛮生听说贝时远要来深圳谈个项目，就顺便约他见面，还给他带去了一张巨额支票。

贝时远一眼没看支票上的数字，仿佛那就真的只是一个数字，他将支票收好，直接笑着说了一声：“谢了。”

“你就这么信任我？”顾蛮生也笑，“你当年的投资如今值多少钱，就不要我拿我公司的账本给你对一对？”

“如果这些不够，我会再问你要的。”兄弟之间何须客套话，贝时远笑道，“福建省这么大的市场都让展信打进去了，你下一步怎么打算？”

一听下一步的打算，顾蛮生便狼性毕露，他两眼灼灼，舔舔白牙，道：“我寻思着，国内目前就一个申远在搞无线设备的研究，这基站市场还大有可为。”

“可等你把2G搞出来，国外兴许连3G都普及了。”贝时远的担心不无道理，“我们国家自主研发的3G标准也快上马了。”

“饭得一口口吃，台阶得一步步上，现在奋起直追，总有一天能反超的。”顾蛮生眼下正是最春风得意的时候，话不由得说大了，“寻呼机已经离淘汰不远了，手机时代就快来了，展信得抓紧时间，2G、3G一起抓。”

贝时远没有顾蛮生这般野心勃勃、踌躇满志，相反，他忽地陷入了一阵不短的沉默中，忧郁之色显露无遗。他一听见“寻呼机”三个字，就难免要想起一个人。

顾蛮生意识到贝时远的不对劲，问他道：“怎么了？”

“我想有件事情你可能会想知道，”贝时远决定把所知道的一切都告诉顾蛮生，“曲夏晚婚后的生活并不太好。”

“什么意思？”顾蛮生的脸色陡然一变。他虽一直跟曲颂宁往来频繁，但两人总能默契地回避掉曲夏晚的名字。他一直以为她婚后生活相当幸福。

“我也是偶然遇上她才知道，刘岳一意孤行要办自己的寻呼机厂，曲夏晚没能阻止他，反倒遭到了他的暴力对待。”贝时远微微蹙着眉头，“我上回亲眼看见，他在大街上就打了她。”

心坎被一股冰冷的水流漫过，顾蛮生愤怒地攥紧拳头，将骨节捏得咔咔作响。毫不怀疑，如果此刻刘岳在他跟前，他早痛揍他了。

告别贝时远，顾蛮生坐回自己的车里，却久久没有发动引擎。

顾蛮生不是个唯爱至上的人，结婚就意味着大局已定。很长一段时间里，曲夏晚的名字连同那段朦胧的初恋都被他收在旮旯里，任它蛀出了虫眼，落满了灰。

曲夏晚倘使婚姻生活美满，兴许若干年后，他还能把这段感情翻找出来，以雅谑的形式与他人分享。然而现在，一种别样的情绪压倒了一切，他看山不是山，看水不是水，他看世间万物，它们全都像曲夏晚。

一阵短促的手机铃声拉回他的神志，顾蛮生掏出手机看了一眼，显示屏上是杨柳的名字。他轻轻叹一口气，然后在一片下沉的夕阳里，把电话掐断了。

第十九章

误会

瞒着公司上下提走一大笔现金，展信的流动资金一下就捉襟见肘了。顾蛮生虽然是展信实际上的一把手，可以先斩后奏地释出一部分股份换取现金，但这件事情还是得向全公司，尤其是杨景才报备的。

而且他已对展信的未来发展做了更周详的规划，研发基站设备势在必行。可研发必然需要大量投入，这么大的一个资金窟窿，能拿什么补？

展信作为民营企业，不怎么受到国内买方的信贷政策支持，远在北京的那些通信企业却因为国企背景，一下就拿到了银行那边数十亿元的资金支持。展信上下都气红了眼睛。顾蛮生表面不动声色，实际上也为此头疼了好几天。对于“资金”这个民营企业永恒的难题，他百思不得其解。

浩子体恤老板，背地里跟郑高兴商量了一下解决办法，没想到当年顾蛮生还真没留错人，郑高兴只琢磨了三天，就灵机一动，迸出了一个主意。他赶忙主动请缨，跟着浩子，一起敲开了顾蛮生办公室的门。

“顾总，浩子跟我讲了你为资金犯愁的事儿，我一听就急了，你的事儿那就是我们每一个展信人的事儿……”郑高兴拍马屁拍惯了，说话从来不懂简明扼要，被浩子扯了一把袖子，才长话短说道，“我想出了一个法子。”

“嗯，我听着。”顾蛮生为了资金的事情几宿没合眼睛，眼下打不起精神，只闭目靠在他的老板椅上。

“其实是两个法子，”郑高兴道，“两个法子相辅相成，缺一不可。”

顾蛮生还是没动没睁眼睛，又“嗯”了一声，以示自己并未睡着。

“第一个法子，就是从下个月开始，每个员工全部薪金减半——”

浩子只负责把人带来，不知道郑高兴的葫芦里卖的竟是这个药，当场就急赤白脸了：“这不行！就算我为生哥考虑，姓余的他们也绝对不会同意的！”

“你别急呀，听我说下去，”郑高兴气鼓了两边的腮帮子，白了浩子一眼，又把三分笑脸露给了顾蛮生，“不发的一半薪水不是真不发，还给他们记上，全按比例兑到股份里去。”

顾蛮生这下来了兴趣，一下睁眼，坐正，道：“你说的是全员持股？”

“这个在国外叫作‘股权激励’，我当年在大学里读管理学，头几节课就听教授讲了这个概念。要详细讲股权激励，就得再讲一个人，‘管理学之父’彼得·德鲁克……”

顾蛮生打断郑高兴：“我知道德鲁克，你讲重点。”

“除此以外，还可以让大家签一份集资申请书，集资对象就是全体在展信工作半年以上的员工，设置最低限额，按照集资金额兑换股份，眼下展信蒸蒸日上，傻子才只要死工资，不要股权分红呢，要实在不肯降薪的，就悄悄断他们的升迁机会……”

妙招结合损招，郑高兴说得眉飞色舞，顾蛮生听得津津有味。

待彻底弄明白了降薪与集资的方式方法，顾蛮生却若有所思，越听越蹙眉头：“对普通员工来说，可行性与可操作性倒是兼备，但架不住咱老杨总可能不愿意分薄了自己的利润，而且余少哲那班老臣也会打蛇随棍上，到时候肯定会弄得很难堪。”

郑高兴忙剖白自己：“这点我也想到了，所以我刚才说，还有第二个法子，两个法子缺一不可。”

顾蛮生不明所以，眉头拧得更紧一些：“什么法子？”

“就是你把我们柳总娶了呀！你们本来就是郎才女貌、天生一对，再喜结连理、珠联璧合，你就是老杨总的女婿，就是自己人了，姓余的那臭小子还能使什么绊子？”

顾蛮生微微一怔，这算哪门子法子？

“顾总，你也到这岁数了，该把个人问题提上日程了，还害什么羞啊？你跟柳总天天在那儿眉来眼去，全展信的人都看出来了，那姓余的小子至今没死心，不就是呷的这口醋嘛！”以前在宏康打工，工头跟普工消遣的方式是同一种，郑高兴也没少看那些小黄书，所以荤话张嘴就来，“男男女女就那回事，你生意场上八面玲珑，怎么对这事就不开窍了呢？武松打的是母老虎，多亏下头那根棍儿，潘金莲迷倒大官人，全靠平原两座峰——”

“老不正经的。”也不知随对方的话脑补出什么样的画面，顾蛮生居然真的脸红了，笑着骂了一声，“赶紧滚蛋！”

郑高兴一脸淫笑，一瘸一拐地走了，留下浩子对着顾蛮生，继续做他的思想工作：“生哥，我觉得郑瘸子那两个法子确实挺靠谱的。”

“你个小屁孩儿，懂什么。”

“我听懂了呀，前者对公司有好处，后者……占便宜的不是你吗？”浩子咯咯地笑，满脸都是不符他年纪的秽乱之色。

“可这法子……”顾蛮生咂了下嘴，没说下去。

“你要不喜欢杨柳姐，这法子确实挺下作。”浩子装出大人的模样，直截了当地问，“可你难道不喜欢她吗？我记得清楚，那会儿我们刚刚离开宏康，你路见不平进了警察局，你对杨柳姐可是一见钟情，你说过你要娶她做老婆的。”

“喜欢……应该是喜欢……”想到他们在泥塘里打滚，在暴雨中拥吻，想到杨柳黑漆漆的眼睛，软绵绵的嘴唇，顾蛮生不得不承认，自己对于这个女人，确实是喜欢的，“可这事情还是挺别扭。”

“别扭什么？上门女婿又不丢人。你要不抓紧去追求杨柳姐，过几年等我长大了，我就要娶她了。”

“你敢！”顾蛮生抄起书桌上的镇纸就砸了过去，险些命中，“小兔崽子，毛长齐了吗，就敢跟你大哥抢女人？”

镇纸是水晶的，内雕“谦虚为人”四个黑色隶书大字，是顾长河自己写完后又找人制作，给儿子寄过来的。水晶掉在地上，裂了一块，一个“人”字被生生一剖为二。

“你看，你还是喜欢她的嘛。”浩子笑嘻嘻的，不等顾蛮生再掷来什么东西，赶紧开溜。

手头事情厘清头绪，顾蛮生就召开了一个公司高层会议。他还是一贯的散漫作风，每逢大会必迟到，即便这会是他自己发起的。

余少哲等了四十分钟，等到极不耐烦，才骂骂咧咧地起身欲走。刚到会议室门口，便看见顾蛮生慢悠悠地迎面走来，他冷冷瞥来一眼，道：“坐回去。”

余少哲拳头捏了捏，嘴唇抖了抖，终究没说一个字，乖乖坐回了原位。

会议室内，杨景才居中而坐，杨柳与余少哲坐在长桌左边，于新华带着两名研发骨干坐在长桌右边。顾蛮生一进门，于新华就准备起身让位，但顾蛮生摆了摆手，径自走到长桌尽头，落座在了杨景才的对面。浩子是个称职的助理，亦步亦趋地跟在他的身边。

当着公司几个元老的面，顾蛮生此举分明不把自己放在眼里，杨景才瞧着已经有些不高兴了，但女儿杨柳全无所谓，她用眼神频频劝他，大局为重，而这个大局，就是只有顾蛮生才能带领展信蓬勃发展。

顾蛮生一开会就嫌浪费生命，仿佛被人擂着鼓槌催着撵着，他语速加快，言简意赅：“今天找大家来，有两件事情要跟你们商量。”说是商量，可语气强蛮，一点也不客气，“第一，本着自愿原则，展信上下，包括老杨总，当然也包括我自己，从下个月一号起薪资减半。”

“凭什么？”

“对啊，老杨总，凭什么？”

一语既出，意料之中，全场炸锅。所有人都“唰唰”把头扭回去，向杨景才求救。

杨景才咳嗽一声，在众人期待的眼光中开口道：“蛮生啊——”

“老杨总您别急，先听我把话说完。”哪知道顾蛮生根本没给杨景才发言的机会，毫不客气地就打断了他的话，他用目光示意浩子将手中的文件分发下去，待确保人手一份且都阅读过半之后，他才继续说下去，“减少的那一半薪资，将以配股的形式还发还到各位手中。”

余少哲出人意料地没出声反对。毕竟利字当先，以眼下展信的发展势头，拿股份确实比拿工资更划算。

“这份文件后面还有一张‘降薪自愿申请书’，”有个高层想提问，顾蛮生不耐烦捏了捏两根手指，做了个叫他“闭嘴”的手势，“你们不忙着回答，回去考虑考虑再签吧。”

第一项议题初步通过，顾蛮生趁热打铁，提出本次会议的第二项议题：“第二，我还要招一批人。”

余少哲憋了良久，总算找着机会提出反对意见：“为什么又要招人？招这么多人干什么？”

“你管我干什么。”不得不说，顾蛮生对余少哲的态度已经变了。展信的成绩给足了他底气，短暂的蛰伏期之后，他再不允许任何人挑战他的刚性权威，他是随时准备拿这些老臣祭刀的。

“你——”余少哲不敢跟顾蛮生硬碰硬，只能寄望杨景才帮忙，他喊了一声，“杨叔——”

顾蛮生抛玩着手里的袁大头，淡淡地纠正他：“公司里没有亲戚，只有杨总。”这些年他开会时养成了一个习惯，一旦会议议程令他感到极度无聊，他就会开始把玩那枚袁大头，有时饶有技巧地让银币在会议桌上长时间旋转，有时就反复抛上落下，接在手中。

“别看展信的销售额日创新高，但公司账面上一直没多少流动资金，你又刚刚支出了一大笔，这个时候你招那么多新人干什么呢？”果然，杨景才说的话，在顾蛮生听来十分无聊。

“我打算成立一个新事业部。我们上次和汉海邮电研究所合作，一方面是为了测试研发交换机的有效防护方案，另一方面就是假合作之名，打到他们内部，看看能不能为咱们展信请来一些业内专家。”顾蛮生连看都懒得看在场这些所谓的元老，始终垂着眼睛，目光落在桌上旋转着的硬币上，他带着一种胜利者的微笑，道，“别说，还真有不少动心的，过两天他们就会来展信报到。”

这话说了就跟没说一样，余少哲得不到想要的解释，继续发难道：“你还没说，新事业部到底是干什么的？刚刚杨总问你话呢！你现在连杨总都不放在眼里了吗？顾蛮生，你也太目中无——”

“可以了，散会。”不等余少哲的火山彻底爆发，顾蛮生已经自顾自地站起身，大步离开了会议室。

杨景才在会后把女儿招进了自己的办公室。尽管顾蛮生没在会议上把自己成立新事业部的目的挑明，但老到如杨景才已经看出了他的野心。他的野心绝对不只在程控交换机上，而是想向移动通信基站扩张了。

“我们的万门机还没完成全部测试，就已经匆匆忙忙投入市场了，虽然这回侥幸没出问题，但不表示以后都会这么幸运。其实研发部的于老师也不支持他的决定，于老师认为，公司要长久发展还是循序渐进、稳扎稳打得好。”杨景才向女儿表达了自己的担心，这种带着赌徒性质的跃进似的发展模式，会不会走了自己当年的老路，步子太大，一下把企业拖垮了。

“爸，我赞同顾蛮生的想法。您忘了几年前我们多难了吗？人家有万门机在大城市里攻城占地，我们只能去农村，一个乡一个乡地跑，求着人家买我们的千门机。你看当前的形势，BP 机的淘汰已然是眨眼之间了，一旦手机兴起——以它的灵巧便利，我相信这是迟早的事，座机电话很可能也会步 BP 机的后尘。展信在交换机市场上起步晚了，发展慢了，这一路走来才格外艰辛。您还想等到手机兴起的时候，才发现已经被人远远甩在身后，不得不再拼着命追吗？”

女儿到底长大了，不再是泥里生、泥里长的野丫头了，杨景才饶感欣慰，问她：“这话是顾蛮生跟你说的？”

“还用他说吗，我虽不是工科出身，可在这个行业这么些年，也不是一窍不通的。”在父亲身前还是当年光脚丫子撒野的小女孩儿，杨柳脱了令她难受的高跟鞋，直接盘腿坐在了沙发上。

“那这个先不谈，爸爸问你一个问题，你要老实回答。”杨景才想了想，又问道，“你是不是想嫁那小子？”

“哪个小子，我怎么听不懂您在说什么……”杨柳故意装傻。不傻不行，不傻她的自尊心过不去，那个大雨中的吻就像从未发生过，天晴之后，顾蛮生那边又莫名回到了原点，依旧是一副半真半谑的样子。

“还能是哪个小子？爸倒是喜欢小余，虽没顾蛮生那么聪明能干，却是从小看着长大的，对你的心思也明明白白，可你就是不喜欢人家。”杨景才咳了两声，他最近身体一直不太好，“其实爸在公司大会上一直让着小顾，就是想树立他的威信，就是希望他以后对你好一点，要没他，我怕你一个人挑不了展信这么重的担子……”

“爸，你也太小瞧我了！”这话等同于抹杀了这些年自己对展信的贡献，杨柳又羞又怒，当场跟亲爹翻脸，“花木兰可以弯弓征战做男儿，我为什么就不行呢？”

“好好好，我杨景才的女儿能是木兰花吗？我杨景才的女儿是小辣椒，比木兰花厉害多了！”杨景才赶紧替自己这个暴脾气的丫头顺气，道，“我是想，过几天不是端午嘛，你把顾蛮生约到家里来，就说是我的意思，一起过个节，吃个饭……”

杨柳怕父亲假吃饭之名行媒婆之事，赶紧拒绝：“劳师动众地吃什么饭啊，他这两天都睡公司里，忙着筹备新事业部呢。”

“我就是想跟他谈谈新事业部的事情，你要不把他叫来，别说新事业部我不答应，内部融资的事情我也不批！”

眼见父亲还跟自己耍起无赖了，杨柳又使一招，她光脚来到杨景才身后，搂着他的脖子可劲儿撒娇。可惜小时候百试百灵的招数如今失了效，杨景才又咳嗽两声，不耐烦地催促女儿道：“你现在就去跟小顾说。”

杨柳只得穿上鞋，走出了董事长办公室。循着外头的热闹人声走过去，看见一堆人簇拥在那里搬桌椅与电脑。顾蛮生雷厉风行，说一不二，已经亲自挽起两折袖子，与手下员工一起为新事业部布置新办公室了。

展信的员工男女比例严重失调，最夸张的时候到了九比一，所以每个女性员工都是公司至宝，引得无数男儿摩拳擦掌。但就这样，她们还总围着顾蛮生转。

两个女孩儿，一个人事部，一个财务部，一个捧着水杯，一个举着纸巾，顾蛮生稍稍搬一下办公家具，她们就为他送水又擦汗，同时咯咯笑着道：“顾总辛苦了！”

顾蛮生是个很能让女人心头撞鹿的男人。若不是左脸那道又细又浅的疤痕恰到好处地平衡他的花俏外貌，这人分明就是个纨绔子弟，还是出手必胜的那种。

杨柳望着顾蛮生英俊的侧脸，心里想的却是父亲刚才对自己说的话。她以前一心只当父亲短识、窝囊、没大局观，今天才明白原来不过是大智若愚，其实父亲眼明心亮，收敛自己的锋芒只为放权给顾蛮生。杨柳为父亲的深明大义微感心酸。

顾蛮生此时附耳靠近其中一个女孩儿，可能说了一句俏皮话，那两个小姑娘就花枝乱颤了。那股腻歪劲儿看得杨柳不舒服，她走过去，冲两个女孩儿轻叱一声：“不上班了？”

两个女孩儿对视一眼，吐一下舌头，像是意识到自己犯了大错，缩着脖子走了。

这样的反应令杨柳感到好笑。原来局外人个个对这段关系看得清楚，她一个局内人却始终进退维谷，自欺欺人。

杨景才见女儿久未回来汇报情况，自己从办公室里走了出来，他直接来到顾蛮生跟前，十分客气地邀请他道："小顾，这个周末不是端午嘛，你到我家来，我们三个一起吃顿饭。"

杨柳忙冲顾蛮生使眼色，示意他无论如何不准答应。

"端午是周末吗？周六还是周日啊？"顾蛮生看懂了杨柳的暗示，顺着她的意思往下说，"我好像有一天约了人……"

杨景才不死心："端午是周日，你那天没空吗？"

"周日啊，那好像真的没——"见杨柳稍舒一口气，顾蛮生忽地一转话锋，冲杨景才大剌剌一笑，"真的没问题！"

公司里的人都在场。顾蛮生含笑瞥杨柳一眼，满眼都是恼人的促狭意味，杨柳不便作色，只能在父亲面前强作欢笑。待杨景才满意地掉头而去，她迎面走向顾蛮生，却在两人擦肩而过之际，故意支出高跟鞋，恶狠狠地踩了他一脚。

"周日我来接你！"

杨柳听见身后的顾蛮生放声大笑，笑声爽朗又好听，撩得她的耳膜嗡嗡响，心头一阵打鼓。

她情不自禁地想，如果老爸真问了那句话，顾蛮生会怎么回答呢？当年信封里的那枚干花又是否余香犹存，她不确定，也不甘心。

自打展信成立，顾蛮生就抱定了破釜沉舟的心思，一天也没停止过拼命。他自备了床垫在办公室里，住公司的时间远比住家里的时间多，所以他家里的床和灶常年都是冷的，没有一点生活气息。难得这回有人一起过节，顾蛮生其实挺高兴，便决定展露一手，亲自下厨。

顾蛮生穿着休闲，将衬衣袖子各自卷了两折，又随手取了一条可能是帮佣阿姨留下的粉色围裙，也不顾颜色鲜嫩，就系在了自己的腰上。

阿姨一早就准备好了食材，眼下没事干，就被杨景才打发回家了。杨柳不让顾蛮生接自己，开车到得稍晚一些，给父亲带了各种保健酒与营养品。父女俩喜好、作息都不一样，平日在公司就常常你拔剑我张弩，住一起时更是磕碰不断，所以杨柳几个月前就找了房子，搬了出去。

杨柳没打算给顾蛮生打下手，确实也不太会，她斜斜倚靠在厨房的门边上，看着顾蛮生在里头忙碌。顾蛮生擅长本帮菜，他从冰箱里挑选了一些食材，先做了一道菠萝咕咾豆腐。利索去除了菠萝的坚硬外皮，他左手按着菠萝肉，右手操刀，手起刀落，刀刀均匀，显然刀功相当娴熟。

一道菜接着一道菜出锅，蒸炒炸咸备，色香味俱全。杨柳没想到顾蛮生还真行行业业都有钻营，看着不像一家大公司的一把手，倒真像个常常舞刀弄铲的大厨，忍不住就夸了他一句："你看着还挺像回事的。"

"我平生两大乐事，一是颠勺，二是唱。"顾蛮生唱歌可以，唱戏也行。但他已经有阵子没开过嗓了。为公事说得越来越多，自己那点时间与消遣就微不足道了。

他忽然被杨柳这话招来了兴致，微笑道："你说我这会儿要是应景唱一段，是选《鸿门宴》还是《钓金龟》？"

两个名字都颇具隐喻，说明对方对此行因何而来心里门儿清。提起这个又来气，杨柳咬牙切齿道："谁让你答应我爸的，你明明知道他要说什么，随便找个理由搪塞他不就行了？"

最后一道菜是糖醋排骨，排骨已经挂糊初炸了一遍。顾蛮生将油倒入锅中，又加糖与醋，慢慢地与油一起烧热熬开。

"可我真想听听他说什么，他说的，没准就是我一直想的呢。"顾蛮生把注意力从油锅上挪出，微微转头瞥了杨柳一眼，那带着点坏的笑意便扩散在眼底唇畔，"局中人难免自迷，兴许由旁人一点拨，也就云开雾散了呢。"

"反正一会儿尴尬的是你，不是我。"杨柳气急转身，"噔噔噔"地回到厅里。

一桌好菜摆齐整了，杨景才先夹了一筷子糖醋排骨。顾蛮生真跟新女婿上门似的，一直看着杨景才蹙着眉头，细细嚼咽，既期待又忐忑："本帮菜，偏甜，不知道合不合您的胃口。"

"排骨不错。"慢慢将肉咽下去，确实口齿噙香，杨景才点点头，又扭头对女儿道，"你拣两道菜装一盘，给隔壁的陆伯伯送点过去，他就好吃口甜的。"

"我不去，要去你去。"杨柳知道父亲醉翁之意不在酒，拖拖拉拉地不肯走。

杨景才有些急了，剧烈咳嗽两声，道："现在就去！"

待饭桌上只剩两个老爷们儿，杨景才向顾蛮生表示，对于2G基站的研发任务，自己全权放手任他去干。

这话毫无疑问是莫大的支持与鼓励，顾蛮生也颇为动容，当场起身弓腰，作势要为坐对面的杨景才将酒杯斟满："一会儿我还得回去，我就不喝酒了，以这茶水聊表心意，敬您一杯。"

"不忙。"杨景才以手掌盖住杯口，又做了个往下压的手势让顾蛮生坐下，"你先坐，我有话跟你说。"

顾蛮生坐正身体，摆出一副恭敬谦虚的样子："您说。"

"我生病了。"杨景才从衣兜里摸出一张折了两折的纸，放在桌上，伸手推在了顾蛮生的手边，"肺癌，晚期。"

这纸是一张病情诊断书。

晴天霹雳突如其来，顾蛮生看罢杨景才的诊断书，大惊道："怎么会？要不要再去北京或者汉海的大医院检查一下？兴许医生搞错了。"

"检查过不止一次了，都确诊了。"杨景才咳了几声，摇头道，"再说自己的身体自己清楚，我能感觉到，我的日子真是不多了。"

顾蛮生又低头确认了一遍诊断书上的内容，蹙着眉头，将其还给了杨景才，问道："杨柳她知道吗？"

"她不知道。我还不想告诉她，告诉她对我这病没帮助，顶多多一个人为我揪碎了心，不值当。"杨景才这回举起了酒杯，很郑重地敬在顾蛮生眼前，"小顾，我敬你。"

一个父亲的拳拳爱女之心就藏在这杯酒里，顾蛮生也举起自己的杯子回敬杨景才，道："在你决定告诉她之前，我一个字也不会多说。"

两个人各自一饮而尽，杨景才深深叹一口气，继续说道："我想把杨柳托付给你。要是赶得及，就在婚礼上，让我牵着她的手，把她交到你的手里，要是赶不及，也希望我死以后，你能一直待她好……"

杨景才满怀期待地等着顾蛮生开口，顾蛮生的脸色却严肃得令他心头一紧。终于，顾蛮生慢慢地开口了："我很感谢杨总你当年能给我机会，没有你的远见与大度，展信不会有今天。”

杨景才知道，这种冠冕堂皇的开场白一般都是婉拒的意思：“我不是强迫你，如果你不喜欢她，她不喜欢你，我肯定不会鲁莽地跟你说这个事儿。可就连我一个糟老头子都看出来了，你们两个明明互相喜欢对方，为什么还迟迟没把这层窗户纸捅开呢？”老人哀切地求一个答案。

“我喜欢杨柳。”顾蛮生正色道，“她太出色，太热烈，我活了快三十年，从来没有见过像杨柳这样的姑娘，有时她令我心生敬畏，有时她令我自愧不如，有时我想豁出一切去报答她。我承认我喜欢你的女儿，但我实在不确定我对她的喜欢是基于以上这哪一种感情。”他真的吃不准，尽管这种感情可能比传统的爱情还高出了一个层次。

杨景才眼神一下钝了，还想开口说些什么，杨柳在这个时候开门回来了。两个男人及时收住这个会导致尴尬的话题，又就开发基站设备的相关事项展开了一番讨论。

这顿晚饭其实吃得各怀心事。两个男人面上谈兴很浓，杨柳偶尔也插插话，谈2G、3G或者国家形势。她不够专业，正是一些不专业的内容使谈话保持着一种还算轻快的氛围。

饭后，杨柳刚与顾蛮生一起收拾洗净了碗筷，就被杨景才不客气地下了逐客令。

天色已经晚了，杨柳的包里装着洗漱用品与换洗衣物，她今晚就没打算回去住，直接向父亲抗议道：“我不是都跟你说了，今晚我就住这儿。我不只今晚住这儿，我还打算住上几天。”

杨景才摇摇头，照赶不误：“都说女大不中留，可我这个女儿怎么撵都撵不走，那么大的人了，还成天想着赖在家里。”他较为剧烈地咳了两声，然后把目光投向了顾蛮生，半真半假地说，“小顾啊，你要不帮帮忙，把人领你家去得了。”

顾蛮生很难得地没有炫耀他利索的嘴皮子，只是微笑着应了声“好”。

杨景才执意不让女儿陪自己小住，杨柳只能搭着顾蛮生的车回家。今夜月色很稠，像盘燃烧中的黄蜡烛，烛泪滴滴答答，洒在道旁大叶榕树的冠顶。

顾蛮生一路沉默，沉默得都不像他了。危机感直逼而来，杨柳明人不说暗话，直接问道："我爸把我支出去，都跟你说什么了？"

自动撇去那个不能说的秘密，顾蛮生挺诚实地回答："他老人家问我，咱俩到底是什么关系。"

"你怎么回答的？"杨柳急忙转头望着顾蛮生，意识到自己的声音都期待得变了调，赶紧又把头扭回去，悄悄在心里安慰自己道：幸亏此刻顾蛮生专注于开车，幸亏这稠稠的月色帮着掩饰了她的期待。

"还能怎么回答，实话实说呗，"顾蛮生也侧目看了杨柳一眼，龇着白牙笑道，"我跟你爸说，我跟杨柳同志之间，是纯洁的、高尚的、布尔什维克的革命友谊。"

"停车，我在这儿下车。"杨柳的期待落了空，像一大块钝铁一下砸进胃里，砸得胃不舒服，还越坐这人的车越不舒服。

"还没到呢。"

"没到我也下车。"见顾蛮生没有停车的意思，杨柳发出尖叫，试图去开车门，"再不停车我跳车了！"

"你这脾气……"顾蛮生忽然从方向盘上抽出一只手，牢牢抓住了杨柳的手。他的表情严肃起来，说的话却还是一如既往地不正经，简直存心似的，"布尔什维克也是要谈恋爱的，也是要在大雨天亲嘴，在小树林里谈心的。"

"下流！"杨柳使了把劲儿，把手从顾蛮生的五根手指间挣出，但她没憋住笑。她一笑就停不住了。

"这附近也没小树林啊，要不去我家？"没等来杨柳的回答，顾蛮生已经自说自话有了答案，"对，就去我家。"他说完就大笑起来，一脚将油门踩到了底。明白与不明白就是一线之隔，他好像醍醐灌顶了。

"你开慢点，你疯了！"杨柳倒是不怕人疯，她自己就是个疯的。她随着顾蛮生的疯劲儿打开车窗，冲窗外大喊大叫又大笑。

这座城市不睡觉，深夜了，车流依然往来如龙，大厦的橱窗、霓虹与夜市的杂货、小摊交相辉映，这座城市也不太讲究，处处透着凌乱野蛮的生命力。

红灯当前，顾蛮生不得不减速，停下。就在这个当口，他侧头向窗外一瞥，忽然看见了一个熟悉的女人身影——不是日思夜梦看走了眼，确确实实就是曲夏晚。

顾蛮生猛踩下刹车，不假思索又不受控制。从急速到急停，差点没让副驾驶座上的杨柳飞起来。可他完全不在乎。他打开车门跳下车，追到刚才见到曲夏晚的地方。

顾蛮生在原地发疯般地找了一阵，他明明看见了曲夏晚，看见她微低着头，披散的黑色长发半掩脸颊，薄如一片纸，美得惆怅又哀婉。可这会儿人却没了影，像一场惝恍的梦，一睁眼就消失了。

“你在找谁？”杨柳追上来，大声地叱问顾蛮生，似乎想把他从这种梦魇似的状态中唤醒。

顾蛮生没有回答这个问题，只是抬手胡乱刨了几下头发，刨得一头乱发如同雄狮的鬃，似乎想借此刨去一些烦恼。

杨柳已经与这个男人处得万分熟悉了，可现在她却发现自己根本不认识他，这种完全陌生的状态令她脑袋隆隆直响，旋即幡然醒悟。

“你在找她吗？”杨柳抓住顾蛮生的胳膊，再次大声问道，“你在找曲夏晚吗？”

顾蛮生沉静下来，眼神渐渐恢复镇定，良久，回了一个“嗯”。

杨柳的自尊心被狠打了一巴掌，她全身血液瘀滞，然后抬手狠打了顾蛮生一巴掌，掉头而去。

第二十章

陈家洛不爱霍青桐

顾蛮生雷厉风行，一边扩建展信厂房，一边继续招兵买马，开始全面布局无线通信技术。其实还是跟随外国大厂，不好听的叫“拿来主义”，好听点叫“逆向工程”。余少哲头一个就反对。明里不敢跟顾蛮生对着来，只能背地里又到杨景才那儿去参他一本，说他铺张浪费有异心，说他跟春申、孟尝广结门客一样，身边人来人往，缕缕行行的，不是名流就是富贾。顾蛮生本人的名声是越发大了，可外头的人提及展信，不识真正的老板是杨景才，只认他姓顾的一个。

到了余少哲嘴里，顾蛮生的一举一动全是话柄，但他添枝加叶却切不中要点。杨景才当年能白手起家，自然没他那么短视，他连女儿的终身大事都想到要托付给顾蛮生，就是决定彻底放权给他了。

余少哲三天两头就来挑事，杨景才最后被这个大侄子搞得相当疲倦，他眼睛一眯，大手一挥，直接称病不朝了。他交代说，以后展信上下所有的事情都听顾蛮生的，连女儿杨柳也不得例外。

这一下余少哲偷鸡不成蚀把米，越发记恨上了顾蛮生，只能暂时安静下来，再另想办法不让他如意。这个时候他显然已不是为了争名夺利，甚至也不是为了杨柳的爱情，就是两头雄狼之间白牙相见，注定不死不休了。

顾蛮生独揽大权之后，就拨出大半精力投注在了新事业部上。通过与汉海邮电研究所的合作，他花大价钱挖来不少邮电专家，气得研究所所长大发雷霆，发誓以后再不跟展信的人来往。就连曲颂宁都笑言，所长逼自己跟顾蛮生断交，说世上少有这样的王八蛋，不仅过河拆桥，还把拆下来的建材全搬自己家去了。

顾蛮生听得哈哈大笑，挨几声骂怎么了？这在兵法上叫“假道伐虢”。他如法炮制，四处张网，漫天撒饵，又假合作之名从别的地方挖来不少人才，甚至从中科院半导体研究所带回了一个全由女性组成的工程师组，都是硕士以上的学历，除了一个叫乔芮的女博士已婚外，其余还都是单身，也都不是广东本地人。

五朵金花闪亮登场，这让男性员工占了九成的公司内部一下炸开了锅。展信的传统是老带新，不管多高的学历，多丰富的经验，初来乍到总有一个适应过程，所以以朱旸为首的一拨人纷纷主动请缨，要求帮助公司完成帮带任务。

“全给我滚蛋，能把兔子交给黄鼠狼吗？”顾蛮生笑着骂了朱旸一声，将人推去一边，清清嗓子，向在场的展信员工们宣布道，“乔博士她们将配合于老师一起攻克公司的移动通信项目，希望各位能够拿出专业态度来欢迎新同事，团结一心为公司发展尽力，不要假公济私，白日宣淫。”

乔博士带头笑了，其余四位也跟着笑了，五朵金花好像都来自哪个地方的研究所，穿着统一的白线衫搭配水蓝色工服，衬着一张张素净的年轻的女性脸庞格外婉约秀气。

“当然了，男女搭配干活儿不累，窈窕淑女，君子好逑，我也支持在座各位在工作之余，各凭本事解决个人问题。只不过人家是专家，是高知，癞蛤蟆能不能吃到天鹅肉，你们也自己掂量掂量。”顾蛮生打发走了那些饥肠辘辘、眼冒绿光的雄性动物，思来想去，觉得还是杨柳靠谱。所以又扭头去找杨柳，请她帮忙照顾乔博士她们的衣食起居。

“行。”杨柳就回他一个字，就这一个字，也是一贯的骄傲与泼辣。

“这五朵金花是我好不容易请来的，都是业内专家，你得替我把人看好了，千万别让她们跑了。”私事谈不成，只能谈公事。那夜两人不欢而散之后，顾蛮生倒是想过先低头认错，其实他是个从不低头的人，但杨柳还是不领情。他打过去的电话一律被对方无情掐断了。被掐了几次之后，顾蛮生就不再打了，大丈夫何患无妻，急什么？

杨柳似嫌顾蛮生这嘱咐太多余，这次连一个字都没有了，只不耐烦地睨他一眼，转过身，一步步走远了。

结束了一天工作，杨柳派浩子租了辆小面包车，带着五位女工程师一起去住的地方。展信目前还没有自己的员工宿舍，只能跟新厂区附近的农户商量着借住。顾蛮生倒是一直想造一栋展信自己的宿舍大楼，美其名曰“人才公寓”，但无线通信项目蓄势待发，公司资金有些紧张。

乔芮是个单亲母亲，还带着个女儿，因为年纪最大、资历最深，同行的几位女工程师都唤她作“乔姐”，也都真把她当作长姐，事事按她的意见照办。听浩子提过一句，因为薪资结构调整，展信离职率日高，顾蛮生能挖来这些人才确实很不容易。杨柳自觉不能怠慢了这位乔博士，车上，她向对方保证道：“公司眼下研发项目，资金紧张，员工住宿的问题也没法很快解决，但请放心，一旦公司步上正轨，现在欠缺的这些都会补偿给大家的。”

杨柳实打实说的是心里话，乔芮也没跟她瞎客套：“来之前确实挺犹豫的，申远其实也来找过我，工资比展信高出不少，但奖金浮动不大，更别提股票分红了。我是一个单身母亲，想为女儿多积累一些，所以思来想去还是决定冒一次险。”车在路上颠簸，窗外蝉鸣阵阵，乔博士与杨柳同坐在面包车后排，她很客气，也很实在，“柳总，不瞒您说，我到现在心里还直打鼓呢，不知道自己这个决定是对还是错。”

“展信确实比不了申远。申远拥有国企背景，处处都占身份优势，展信只能靠着自己，一步一步扎扎实实地走到了今天。”杨柳说到动情处，微微红了眼眶，她不自觉地握住乔博士的手，推心置腹地道，“一会儿我请你们吃饭，为你们接风，你们要是不嫌烦，我想跟你们讲讲展信，讲讲顾蛮生，他是我见过最有能耐也最有担当的男人，只要留在展信，你们就会发现，他的承诺从来不是空头支票。”

乔芮虽不比杨柳对顾蛮生了解深刻，但仅仅几面之后，也很为他的气魄与风度折服。她笑着点一点头，也用力握住了杨柳，道：“行业里谁不晓得展信，顾总确实很了不起。”

乔芮这句话说得真情实意，倒是杨柳一下为自己害起臊来，她夸顾蛮生时就像个被爱情蒙蔽双眼的无知少女，她掩饰着烧红的脸颊，扭头望向窗外。城市中心区域已被高楼覆盖，郊区农村也不甘示弱，这里正在进行住房与农田的统一规划，据说三五年内，全村都能住上别墅。杨柳不禁想，如果用一种植物来形容深圳这两年的变化，那一定是春竹，三更穷，五更富，日新月异，节节拔高。

浩子的车跑得快，天黑之前，小面包抵达住处。女工程师们到深圳有些日子了，一开始都住招待所，但招待所到底不比住自己家里方便。郑高兴一直在物色房子，好容易找到这里，这一片的老房子是农民自己翻新改建过的，就在展信新厂区的附近，郑高兴提前签了合同，付了房钱，只要展信新招的员工来了，直接入住就行。

浩子既当司机又当挑夫，替五位女工程师把行李都搬上了楼，一口气扛了几大件，累得“咻咻”直喘粗气。杨柳回头看见，一把从他背上接过看似最沉的一个箱子，说：“扛不动就别硬扛，再压更矮了。”

这话顾蛮生也说过。浩子反驳道：“我这不还没发育嘛，你再等我两年，我一准比生哥长得还高，比生哥长得还帅。”

杨柳“嘁”了一声说：“就你？这两年就没见你长过个儿。”她是干过重活儿的，扛着箱子走得飞快，没几步就走到浩子前面，又回头等他，边喘粗气边不耐烦地催促他。浩子先是注意到了杨柳的脸，杨柳长相极妩媚，气质却莫名英武，一个女人的剖切面竟然截然相反，这令他感到惊异。很快他的目光游移，装作不经意地落在杨柳起伏的胸脯上，他被这两座傲然的高峰慑住了，并由此发现了一个秘密——这个女人不是他的母亲、姊妹或者其他任何亲人，这个女人就是一个女人，一个可以爱、值当爱的女人。

这个秘密几乎当场破了他的童子功，浩子脸一红，加快脚步跟上去，心头一阵筛锣擂鼓。

乔博士她们的房间面积不大，但整洁干净，郑高兴考虑到这回招来的是女员工，每一家还提前备上了酸酸甜甜的各色零嘴。

杨柳本想请五位女工程师一起去外头的小馆子里吃个饭，没想到大伙儿都很客气，说在家随便解决一顿就行了。远来是客，杨柳便自告奋勇要下厨，请她们尝尝自己的手艺。

老房子的公用设施比较简陋，做饭只能用蜂窝煤炉子。杨柳忙前忙后，烧开水的时候又一次接到顾蛮生的电话。她掏出手机一看，毫不犹豫地就把电话掐了。

浩子在一旁帮打下手，见了这幕，忍不住故作老成地叹气。明明就是一张窗户纸的事，顾蛮生与杨柳偏偏就欲擒故纵，你来我往，谁也不肯先把这层关系捅破。浩子比这俩大人还着急，劝杨柳道：“我就看不明白了，你跟生哥小树林也钻了，草垛子也滚了，怎么还这么磨叽？”

“你个小孩儿懂什么？边儿去！”杨柳心道：自己再为爱苦恼，也犯不上跟个小孩儿谈心事，又去看炉子了。但她确实苦恼，一不留神就把手搁在了铜吊上。铜吊冒着滚滚热烟，烫得她惨叫一声，再看手指，已经起了个偌大的水泡。

浩子心疼地喊“你看着点”，赶紧抓来杨柳的手，摁在水龙头下用凉水冲洗。冲洗罢，又问邻居借来金霉素软膏与几枚创可贴，搬了个凳子坐到杨柳身边，替她细细处理了伤处。

杨柳心里暖意融融，嘴仍硬着：“多大点伤，不用那么认真。”

“杨柳姐，我最近在读金庸，有个问题死活想不明白，想请教请教你？”对方没搭腔，浩子低头垂眸，吹了吹杨柳烫伤的指尖，自顾自地说下去，“你说，陈家洛为什么喜欢香香公主，不喜欢霍青桐呢？”

杨柳不假思索就答：“陈家洛虚有英雄之名，其实是个胆小鬼。”

浩子十分老成地笑笑道：“也不能这么说。男人其实都一样，骨子里大男子主义，喜欢简单、温顺、柔弱的，不喜欢太强蛮、太厉害的。”

杨柳这下听出了浩子的弦外之意，不服气地哼了一声：“你连那个女人的名字都不知道，你怎么知道她温顺又柔弱？”

“曲夏晚嘛，我能不知道吗？生哥刚来深圳那会儿，每天晚上做梦都叫她的名字呢。”见杨柳一刹瞪圆眼睛，显是被这句话深深伤害了，浩子忙摆手解释道，“就叫过一两回吧，主要还是听朱旸哥说的。”

勉力维持的骄傲去了大半，杨柳垂下头，目光黯淡：“你还知道什么？都跟我说说。”

“我听朱旸哥说，曲夏晚是他们瀚大的校花，人长得跟个仙女一样，家里是书香门第，她是他们全校男生的梦中情人，”见杨柳垂头不语，脸色越发凄艳，浩子赶紧改口，“但是比起我们杨柳姐，肯定还是差了一点点……”

“可她不是已经结婚了吗？”杨柳计较的哪是“谁更漂亮”这样无聊的问题，

心头一阵酸意。

“倘使曲夏晚没结婚，估摸生哥心里也就不刺挠了。就是结婚了才麻烦，听说她婚后生活很不幸福，她老公生意失败，一直打她。”浩子轻轻叹气，道，“我听朱旸哥说，如果不是生哥当初执意跟他有难同当，被学校开除然后南下发展，他们这会儿肯定孩子都能打酱油了。所以生哥一直挺歉疚的，就跟令狐冲知道小师妹被林平之伤害一样，会悔，会恨，但不代表他就不爱任盈盈。”

浩子一席话，像一只温柔的手，把茧子缫成轻丝，一根根一线线地都替她捋明白了。杨柳轻舒一口气，面色转晴一些，她转脸望着浩子：“你到底看了多少本金庸？”

“基本都看了，飞雪连天射白鹿，笑书神侠倚碧鸳，”这两年 TVB 武侠剧风靡一江之隔的深圳，浩子一听就来劲，如数家珍般滔滔不绝，“令狐冲的真爱当然是任盈盈，张无忌、赵敏，段誉、王语嫣，他们都像你跟生哥一样，是天作之合，命定一对……”

杨柳阴霾尽扫，“扑哧”乐了，她伸手揉了一把浩子的脑袋：“行了，我先把这两个菜端进去，排骨煲快热好了，一会儿你替我端进去。就我这厨艺，恨谁才给谁下厨，这是我刚才出去买的半成品，你别在乔姐她们面前拆穿我。”

杨柳起身就走，浩子摸了摸刚刚被她抚摸过的头发，一双眼睛循着她窈窕高挑的背影一路追了出去。其实有句话他刚才没敢明说，他最喜欢的还是杨过与小龙女。

进了乔姐的屋摆下碗筷，杨柳擦擦手，又去叫其他人一起来吃饭。刚把几人集齐，就听见楼下有人大喊：“不好了！联防队来了！”

杨柳忙对身边几位女工程师道：“联防队来查暂住证了，你们赶紧回屋躲起来，任谁敲门也别开门，别出声！”

几位女工程师连连点头，四散回屋，杨柳赶紧又跑去通知乔姐。推门而入，却看见乔姐正凑在窗前看热闹：“外头闹什么呢？”

她刚从窗口一探头，就被一个穿着迷彩服却一脸匪气的陌生男人一眼瞧见，遥遥一指她的鼻子道：“看见你了，等着！”

杨柳一把将人从窗前拖回来，慌慌张张把窗帘拉好。

民企不受重视，暂住证不好办，最近查得又格外严，一旦发现没有暂住证的外地人，二话不问就得带走。杨柳暗呼不妙，才来没几天就被塞上卡车，逮进局子，一腔创业热情一泻千里，保不齐出来就要递辞呈。顾蛮生特别关照过她把人照顾好，她绝不准许这样的事情在自己眼皮子底下发生。

“联防队来查暂住证了，没有暂住证的一律得被抓走，如果被盯上了更不得了。”杨柳反应奇快，脱了自己的外衣，要求跟乔姐身上那身水蓝色的工服互换。她边迅速换衣服边嘱咐乔姐，道：“你和小娜躲在床底下，一会儿联防队员进来，你们千万别出声。”

两个人刚刚换好衣服，联防队的人就砸响了大门：“别躲了！刚才看见你了！”门砸得震天响，天花板被震得簌簌落下飞灰。

杨柳扯散了头发，胡乱捯饬两下，更像乔姐的发型了。她料定月黑风高，只仓促一瞥，联防队员肯定没看清乔姐的模样。一切准备妥当之后，她才慢悠悠把门打开，故意以带点川音的语气问道：“哥子，啥子事嘛？”她早两年跟着顾蛮生走南闯北地推销交换机，许多方言耳濡良久，简单的日常对话不在话下。

门外闯进两个高大凶悍的男人，一样身穿迷彩服，四只眼睛似机枪，在不大的屋子里一通扫射。没见到还有人，就一脸狐疑地问杨柳：“这间屋子就你一个人？我们接到举报，说有个叫乔芮的外地女人住在这里。”

见对方果然不记得人脸，杨柳越加大胆，表演得也更逼真：“我就是乔芮，哥子到底啥子事嘛？”

“身份证呢？”

“丢咯。”

“丢了？”联防队员一脸的不信任，“暂住证不用问了，肯定也丢了吧？”

“丢咯，真的丢咯。”杨柳低头搅弄衣角，一副无所适从的模样。

“带走！”联防队员又以目光巡视了一遍房间，确认没有第二个人，便将杨柳从门里推搡出去。

浩子也就出去撒个尿的工夫，回来一看，整栋楼鸡飞狗跳，杨柳已经不见了。他屏息敛气地在本就不大的屋子里找了一圈，忽然看见从床底下伸出一只手。

浩子道：“是乔姐和小娜吗？人都走了。”这时乔芮和女儿乔娜才从床底下爬了出来，她们从没见过这么大的阵仗，不知道联防队员到底走没走，一直没敢吱声。

浩子一听杨柳被联防队带走了，赶忙回去找顾蛮生。以前展信也发生过类似的事情，旁人求情不管用，非得老板亲自跑一趟治安队，缴纳罚款接人才行。

联防的人大多不好惹，这是在深圳的外地人一个不约而同的共识。平日里在街上持铁棍、举喇叭、吆五喝六，晚上就挨家挨户地砸门抓人，抓着男的就打一顿，抓着女的，尤其是漂亮的女的，难免就要毛手毛脚。

顾蛮生听完浩子汇报，急了："她是本地人，怎么就被联防队带走了？"

"柳总是为了保护我。"乔芮站出来，很不好意思地说，"好像是我被人举报，柳总代我受过了。"

顾蛮生看看乔芮身上那件杨柳的衣裳，心头疑窦顿生：乔博士她们才来不久，暂住证确实没来得及去办。这阵子虽然查得严，但也才这点工夫，怎么就被如此精准地举报了呢？事发突然且蹊跷，顾蛮生暂时也顾不了这么多，他命浩子带上现金，连夜赶去治安队要人。

没想到就这么紧赶慢赶，还是去迟了一步，治安队那边说已经送收容站了。

杨柳坐在车上，这种联防队专门用来逮人的蓝色五十铃厢式货车，偏偏运气不好，与她同坐一车的全都是"特殊服务"的从业者。她们来自街边的发廊或者按摩店，穿着豹纹黑丝或者艳桃红的紧身连衣裙，反正个个丰乳肥臀、浓妆艳抹，像一只只姹紫嫣红的山鸡。杨柳的淡蓝色工服显得与她们如此格格不入，这群女人就一直以异样眼光打量着她。

刚到收容站，一个微有些滑边眼的女人就靠过来，明显想跟杨柳套近乎，她尖声尖气地问她："你长得好白啊，你抹的什么粉，怎么这么白？"

杨柳打心眼里瞧不起这些女人，抱着膝盖，往角落里退了退，没搭理她。

"你长得这么好看，装得这么正经，一晚上肯定不便宜吧？"滑边眼女人是真觉得杨柳好看，那种从骨子里透出来的不妖也媚的气质令人自惭形秽。她忍不住又贴上去，说着说着还动上了手，她伸手在杨柳的手背上摸了摸，真滑，比水豆腐还滑。

女人的手势夹带着一丝怪异的暧昧，显然还想得寸进尺，敢情就是把她当成做皮肉生意的人了。杨柳恶心得直起鸡皮疙瘩。无端端被抓来这个鬼地方，她正一肚子怒气无处发泄，于是直接动怒将人推开，骂道："把你的脏手拿开，别动手动脚的！"

“哟，还瞧不起我们了，你又多干净了？你干净也不会在这里！”滑边眼女人也生气了，掐着个嗓子，对左右喊起来，“这样的泼女人，哪个男人敢要？我要是个男人，宁可要豁嘴爬牙的都不要她！”

周围那些山鸡似的女人全都不怀好意地笑了，叽叽喳喳的。

对方哪壶不开提哪壶，直接撞上了她的火药桶，杨柳不由分说地跳起来，一个耳光就打了过去。

发廊女岂是吃素的，随着滑边眼女人一声凄厉尖叫，山鸡们一拥而上。女人打架最喜欢扯头发，但杨柳是实打实地挥拳头，她一个打一群，不讨饶，不认输，不拖泥带水，意识到实在打不过了，就把浑身力气使到一处，她一下掐住了滑边眼女人的喉管，任旁人怎么扯她拉她拽她，就是你死我亡，不撒手。

由于闹事，也不等厂里来接人，直接就被送去了樟木头，劳务六个月。

顾蛮生开车了开了一晚上，直到第二天中午捅破层层关系，才把杨柳从收容站里接出来。

“就是个误会。这是我太太，刚从乡下接来团聚呢，手续什么的还没来得及去办。”顾蛮生没有空手来，带着两条中华烟与几只厚厚实实的大红包。

队员们收下烟与红包，脸色顿时缓和不少：“暂住证什么的抓紧时间办，每个外来务工的都得办，我们也是依法办事。”

“是是。”顾蛮生从没老实挨过人训，眼下只想赶紧把人带走，一直客客气气地赔着笑脸。

“你老婆够彪悍的，一个打七个，一点没落下风，要不是我们及时把人拉开，对面那个女人就被她掐死了。”一个彪形大汉挂着二级警员的警衔，可能是这一小队人马的头儿，在杨柳被一个联防队员带出来的时候，他冲顾蛮生露出了一个“自求多福”的表情。

顾蛮生转过头，瞧见杨柳，猛的一愣。不过一夜未见，杨柳好似活生生变了个人，她乱发披肩，两眼微散着光，脸上泥血交加，鼻子、嘴角连着身上的衣服全破了。她走路别别扭扭，一瘸一拐的，像是全身骨架被拆散了又重新拼接起来，骨头与骨头之间还都差了一厘半寸。

“你可以跟你老公回去了，好好过日子吧。”彪形大汉这么说。

经过顾蛮生身前，杨柳没抬眼，一声不吭地就往外走。顾蛮生也没出声，两个人就这么一前一后隔着三米左右的距离走着。

直到远远离开了收容站，顾蛮生才发了火。他脱下外套，狠狠甩在地上，不知道到底在生谁的气。

“柳总，你好歹管着公司上千号人，到底怎么想的？”顾蛮生骂了一声，他一夜没合眼睛，明明不是什么生离死别的大事，就是后怕不已，“你没手机吗？有什么问题赶紧找我，你一个女人瞎逞什么能？”

“人家是博士，平时肯定是只动脑筋不用蛮力的，身边还带着一个小姑娘，不能让人家还没把展信的凳子坐热，就被抓来这种地方吧。”手机早不知道掉在了哪里，杨柳知道自己此刻极不好看，但没所谓了，她实在没精力再跟顾蛮生置气，“我反正是天生野长的，无所谓。”

杨柳走路还是歪歪斜斜的，宛如醉汉蹒跚，顾蛮生很想去拉她一把，但被杨柳一把推开了。杨柳终于抬眼看了看他，道：“我不会一出事情就找你，我不是香香公主，我永远都不会是香香公主。”

爱情太没意思了，剃头挑子一头热的任盈盈没意思，雄才伟略、翠羽黄衫的霍青桐就更没意思了，恃强逞强的终究敌不过倚弱卖弱的。她现在不想再跟假想中的曲夏晚较劲了，只想合眼睡上一觉。

顾蛮生一时没听懂这话的意思，微微愣怔片刻，才恍然明白过来。

杨柳瘸着腿往前继续走，她好像一夜就瘦了一圈，瘦削单薄的背影令她的倔强更为生动，也更令顾蛮生震动又心悸。他全身的血液在这一刻一半往上，一半往下，他万分确定，自己的灵与肉都想要这个女人。把自己从那点摇摆不定中及时渡出来，顾蛮生快步追上去，从杨柳身后一把将她打横抱起，大笑着跑向自己的车。

“你干什么？”杨柳挣不脱，只能喊，“放我下来！”

“没听见人队长刚才怎么说吗？让你跟着我好好过日子。”

“神经病！”杨柳仍骂，“快放我下来！”

顾蛮生的奔驰是浩子开来的，他打开车后门，把杨柳扔向车后座，就冲还坐在驾驶座上的浩子吼道：“滚下去！”

浩子被吼得直发蒙，连滚带爬地下了车，然后他看见顾蛮生迅速扯开皮带与裤链，也钻进了车后座。

情到浓时深处，哪里都是小树林，哪里都是草垛子。起初杨柳不肯居于人下，顾蛮生也不愿让出男人的主导地位，两人一边互相撕衣服，一边在狭小空间里争夺，频频磕撞脑袋。

单凭力气，杨柳哪是顾蛮生的对手，但她实在够凶悍，打不过就咬，还不是情侣之间那种充满情趣地动动牙齿，而是磨牙吮血，一口就深深嵌进肉里。

顾蛮生的肩膀瞬间就被咬出了血。他忍着疼，笑着骂了一句："疯婆子。"

他无奈地躺倒下去，后脑勺又不知磕到了哪里，杨柳顺势骑跨在了他的腰上，彻彻底底占据上风。裤子已被褪到髋下，此时无声胜有声，肉体的欲望不掩不藏，就是最露骨的表白。顾蛮生力气尽失，摇摇头，自嘲地笑了："你为什么非要压我一头？"

"唱，唱一支歌给我听。"杨柳不答顾蛮生的问题，反倒在这紧要关头提了一个特别刁难人的要求，"你不是说我们之间是布尔什维克的革命友谊吗，那就唱一支俄文歌来向我求爱。"

"我不会啊。"顾蛮生早被欲望憋得两眼冒火，不想就此纠缠不清，比出一根手指向下指了指，笑着卖了个俏，"姐姐，你就让我过回瘾吧。"

"你不是说你什么歌都会吗？快唱，唱一支求爱的歌给我听。"杨柳不依不饶，维持着压制一个男人的姿势。

"那……那就《喀秋莎》吧，可我词儿不记得了，我得查查。"衣襟已经开了，顾蛮生声音也哑了，被欲望灼哑的。他下意识地伸手去裤兜里摸手机，粗声粗气地咕哝一句："要是以后手机也能上网就好了。"

目前手机还不支持 WAP 连接互联网，杨柳等不了顾蛮生预想的这个"以后"："唱吧，随便什么词儿，都唱吧。"

顾蛮生进退不得，只能捺住欲火，编着词瞎唱。他喉结饥渴地滚动，胸膛汗水如雨。

见顾蛮生求爱求得如此坎坷，杨柳快意地大笑起来，一点血丝渗在雪白牙齿的缝隙间，全无淑女模样。她终于决定放他一马，低下头去吻他，两个人像榫子与卯眼般深深嵌合。

头顶晴空万里，浩子抱着膝盖坐在马路牙子上，车玻璃上贴了防窥膜，从他的角度基本看不见车里，只能看见宽头大脑的奔驰上下震荡，像与海浪搏击的船。浩子感到初夏的太阳太过扎眼，抬起一只手掌遮住了自己的眼睛，却还是能清晰地听见——

快起锚吧年轻的船长，心中怀念遥远的姑娘；
勇敢冒险征服远方，喀秋莎爱情永远属于他。

第二十一章

冲冠一怒为红颜

别的企业大多朝九晚五，展信的人却不一样，尤其主导 2G 研发的新事业部，基本都是一天干十几个小时。不只员工如此，就连顾蛮生也不得例外。他的办公室就正对研发中心，两栋大楼互相呼应，顾蛮生从自己的窗户望出去，就能看见研发中心灯火通明，所有研发人员正在加班加点。

顾蛮生在办公室一直加班到十二点，累了，捏捏鼻梁两侧的睛明穴，仰头靠在了老板椅上。正闭眼小憩，忽然办公室的门被推开了，一个女人轻声轻气地走进来，顺手关了灯。然后女人来到了他的身后，伸出一双纤手，替他按摩起了太阳穴。

闻香识人，顾蛮生知道来人是杨柳，闭目享受片刻，忽地一捏杨柳手腕，将人抱在了怀里。办公室里一片漆黑，但研发中心还亮着灯，四野通明。两个人互相注视着接了个吻，吻得顾蛮生来了兴致，又把杨柳抱坐在了自己的办公桌上。

久旱渴杀青天雨，顾蛮生与杨柳都是初尝男女间的那点滋味，咬着，吻着，撕扯着，很快就气息不畅、浑身滚烫，恨不能马上把爱做的事情一起做了。然而，还有哪里能比一起奋斗的地方更撩人动情的呢？

杨柳坐在办公桌上，以手肘支撑脖子后仰，呈现一个躺倒的姿势。顾蛮生试图压下身体，她忽地支出一只脚，抵住他，拒绝他的靠近。窗外射来的灯光稠糊糊的，投射在女人的脸上，女人似笑非笑，欲拒还迎，宛若花朵半开半合，比全然怒放更鼓舞，也更招惹人。

顾蛮生试着继续靠近，杨柳来了泼劲儿，脚指头施加力道，踩得他一阵闷哼粗喘，忍不住爆了一句粗口。

两个人借着窗外投来的光线，正要开战，对面大楼忽然断了电，一切归于漆黑。紧接着研发中心传来阵阵骚动的喊声，顾蛮生与杨柳都听见了。

顾蛮生兴致大败，及时起身，穿起衣服。他喊浩子找出手电，赶去对面大楼，问了也在加班的于新华才知道，研发中心被断水断电不是头一回了。

顾蛮生又掉头去往厂区里的配电站，果然是被人恶意断了电。

一直折腾到第二天早上才重新恢复了供水供电，浩子陪着顾蛮生一宿不睡，跟在他的身后，道："生哥，我怀疑这件事是余少哲他们干的，而且咱们那些新招的外地员工老被联防队盯着，樟木头都快成大本营了，我也觉得是他那帮人恶意举报的。"

说话间，余少哲就带着两个老员工迎面走了过来，早晨的恬静阳光照在他这张颇为自得的面孔上。他看了顾蛮生一眼，明知对方一夜没睡，却还佯装客气地唤他："顾总，怎么来得这么早啊？"

是与不是早就心照不宣了，顾蛮生与余少哲相距两三米，微微眯起眼睛注视他，他的眼神因熬夜血光大作，同时透出阴寒与腥热之气。然后他脱了外衣包裹住自己的右手，往外走出几步，一拳就击碎了消防斧外的玻璃罩子。

玻璃碴四下迸溅，余少哲脸上露出一丝惊惧的表情，气势便矮了顾蛮生一大截。顾蛮生将消防斧取出，递给跟来的浩子，一双眼睛却牢牢盯着余少哲："浩子，你这几天就拿着斧头在配电站门口守着，我倒要看看，谁还敢来断电。"

事情暂时平息了，但顾蛮生知道，今天余少哲能断水断电，明天还能想出别的更阴损的法子，有这个不安分的因素在，研发中心就永远别想走上正轨。顾蛮生决定与自己的老丈人促膝谈上一番，余少哲连同他麾下那些"旧臣"，他一个都不能留下。

杨景才与余少哲父亲的感情很深，听了顾蛮生的话半天没有言语，只是连连摇头，叹气，最终还是答应了。

哪知碰了个巧茬，一波未平一波又起，余少哲一班人刚被清退，有个叫孙平的研发员在深夜加班回去的路上出了车祸，当场身亡。

原本是完全不相干的两件事，偏偏在这个当口碰在一块儿，就给了恶意造谣者可乘之机。余少哲对顾蛮生怀恨在心，抢先一步找到了死者孙平的家属，劝服对方相信，若不是长期高强度劳动，孙平根本不可能在开车时突发昏厥，也就不可能出车祸身亡。孙平的家属很快就被洗了脑，向展信提出了巨额索赔。

法医鉴定孙平的死亡就是车祸导致，所谓“加班致死论”纯属思维恶性发散，没有一点真实凭据。所以顾蛮生不愿受人要挟，坚持按照《工伤保险条例》赔偿。然而孙平的母亲不是省油的灯，听了余少哲唆使之后，就带着她的几个姊妹，搬了个马扎，天天坐在展信的工厂门口号啕。那哭声又高亢又激越，简直如同扩音喇叭，方圆百里都听得到。

这样的哭声自然能引来许多好事者，以及来找新闻的记者，郑高兴连同门卫撵走一拨又一拨，不免叹了口气。他一瘸一拐地来到顾蛮生的办公室，向他汇报说：“虽然对方是狮子大开口，但天天由她们这么坐在厂门口哭也不是办法，还是得想办法息事宁人。”

“赔赔赔！”顾蛮生坐在办公桌后，不住揉按自己的太阳穴。他是真被哭烦了，“你去办吧，告诉她们，她们要多少公司赔多少，一个子儿也不会少的。”

郑高兴看出顾蛮生面色不善，思来想去，决定还是冒着逆龙鳞的危险，大起胆子问上一句：“那余少哲那拨人呢？他天天在外接受采访，话里话外暗示自己有更多展信的内幕没说呢。要不也给他一笔钱算了，万一他说了什么，被有心人借题发挥，再招来什么行政处罚就不好了。”

“放屁！”顾蛮生果然大光其火，随手抄起一叠文件就朝郑高兴脸上摔过去，“什么样的行政处罚我都认了，但姓余的一个子儿也别想从我这里拿到！”

郑高兴躲闪及时，没被砸中，依然苦口婆心地规劝道：“换作平时，他们那几个人肯定生不了什么事情，可眼下死人了，有理也变成没理了，风口浪尖的，硬碰硬真的不好办……”

杨柳及时冲郑高兴递了个眼色，提醒他在顾蛮生的火气彻底爆发前赶紧出去。

待郑高兴灰溜溜地出了门，杨柳对顾蛮生道：“要不我去找他谈谈，我们从小一块儿长大，他不至于把事情做得那么绝。”

“谈个屁谈？谁也别谈，谁也别劝。”顾蛮生打定了主意不向余少哲低头，他人往后仰，一双脚恣意地搁在了办公桌上，“他要跪在我脚边讨饶，兴许我还能多给他一笔遣散费，现在，我就是把钱扔水里，也不会给那姓余的小子。”

“我知道你不爽，可开公司、做生意，不是充好汉、逞英雄。”杨柳比顾蛮生清醒，走出他的办公室前，拿出了老板娘的派头，“小不忍则乱大谋，我要还能在展信说上话，这件事情你就先别管了。”

为把事情圆满解决，杨柳决定私下约余少哲谈谈。余少哲担心顾蛮生会对他实施报复，不肯在外头见面，在电话里说，让杨柳上他家来。两人相识于竹马年纪，到底还有点情分，杨柳没做他想，答应了。

余少哲这两年在展信挣得不少，已经买上了新房。大户型的三室两厅，欧式装修，奢华之极，凭良心说，余少哲这两年虽然没少给顾蛮生使绊子，顾蛮生待他确实也不薄。

余少哲提前从附近的星级酒店叫了一桌菜，桌上摆着龙虾、牛排、沙拉还有红酒，餐厅灯光刻意调暗了，颇有烛光晚餐的意味。一见杨柳到来，他就殷勤地为她拉开座位，嘴里说着：“叫你几回都没上我新家看看，怎么样，不错吧？”

“不错。”杨柳放下皮包，大方落座，开门见山地对余少哲说，“我这趟来，就是希望你跟顾蛮生各退一步，尽量达成一个双方都能接受的和解条件。”

“我知道你是来招降纳叛的，不着急，不着急。”余少哲站起身，弓腰展臂地替杨柳斟了半杯红酒，“这个年份的拉图不常见，绝对得尝尝。”

杨柳抿了一口这好年份的拉图，只觉得半嘴苦半嘴涩，跟超市里十几块一瓶的红酒也没差别。她此行是带着目的来的，心思不在吃喝上，很快又道：“你陪我爸创业起家，确实有苦劳也有功劳，现在公司与你个人的发展理念不合，不得已才走到这步。你就开个价吧，合理范畴内，我都能代表顾蛮生答应你。”

“我这忙活半天，连口水都没顾上喝，就想跟你一起吃个饭。”余少哲倒也没有为难杨柳的意思，指天画地地表态道，“就冲咱俩青梅竹马的情分，你能主动来找我，我还能为难你吗？价钱什么的都依你，咱们能不能先踏踏实实把这顿饭给吃了？”说着余少哲举起眼前的红酒杯，杨柳见对方把话说到这个份上，也不好表现得太急迫，便同样举举酒杯，与余少哲各自饮下半杯。

“你小时候就泼辣，街头邻里的孩子里，就没一个敢招惹你的。我还记得我们四五岁的时候，你非要我蹲在地上给你当马骑，你说：‘我爸爸是你爸爸的班长，你也应该听我的。’我不肯，你就打我，我还手，你上来就是一口。你看看，”余少哲放下酒杯，指了指自己的左脸，“上头这道印是不是现在还留着？”

“这都二十多年前的事情了，亏你还记得。”这道若有似无的疤痕提醒了她两人的过往，杨柳不由得露出一点歉疚的表情。这些微的情感变化大大激发了男人的一腔豪情，他猛灌自己一大口酒，接着说了下去。

“我当然记得，我怎么能忘记呢？那天我哭着跑回家，我妈看我脸破了，气得马上拉上我找到你家，要你爸给评评理。结果我爸跟你爸正喝小酒呢，他醉醺醺地说‘未来儿媳妇咬一口怎么了？早晚得是一家人，这理怎么说得清’，几句话就把我妈给打发走了。”余少哲边喝酒，边连着讲了几件他与杨柳的童年旧事，无非就是两家长辈都将他们认作一对，而他自己也当了真。讲到后来情绪越发不稳，险些涕泗横流了。

“别说这些了，两个老人的醉话怎么能当真呢。”杨柳没有这份忆苦思甜的闲心，想趁对方还没喝醉，尽量把话题往回拉扯，“我支票已经带来了，补偿金你打算要多少？公司现在的资金状况你也清楚。”

“要是顾蛮生在我面前，他说多少我都不会答应，但既然来的是你，要不数字你自己填？”余少哲真的醉了，慷慨一挥大手，“我信就凭咱俩这些年的情分，你不会亏待了我！”

“好，我填。”杨柳来时心里就有了个数，原以为还得跟余少哲拉扯一番，没想到对方倒挺爽气。她起身来到客厅，坐在茶几前的皮沙发上，掏出皮包里的支票本与钢笔，准备填写。

余少哲端着酒杯，也跟着杨柳一起到了厅里。客厅比餐厅的灯光亮些，但也稠得跟糖稀一般。他望着女人垂眸的侧颜，发觉兴许是这稠厚的暖调灯光的关系，童年时那假小子似的顽劣稚态已从女人脸上完全褪尽，取而代之的是一种充满雌性魅力的光辉。这一瞬间，余少哲恃醉无恐了。他突然朝女人扑过去，嘴里含糊喊着她的名字“柳儿”，他说：“我为你做了那么大让步，那么多牺牲，你为什么还要跟着顾蛮生？”

杨柳猝不及防，一下就被余少哲压在了沙发上。男人欺上了一张喷着酒气的嘴，手也极不安分，在她胸部与腰间胡乱地撕扯，试图将她像新笋一样扒个干净。

杨柳被一股类似泔脚的馊味熏得几乎窒息，什么话都喊不出口了，只奋力挣脱出一只手，抄起皮包就猛砸余少哲的脑袋。一下、两下、三下，余少哲吃不了痛，杨柳趁着对方抬头起身的短暂空当，又弓起膝盖狠狠袭向他的裆部。

余少哲空有蛮力，挨了这下立即痛号出声，人也随着命根子一起软倒了。杨柳及时起身，提包就走。她临出门前伫在门口，回头冷冷抛下一句："牲口。"

晚上七点多钟，天还没黑透，初升的月亮像一团被打散的柔光洇在天幕上。杨柳头也不回地跑出小区，急匆匆地拦了辆车，朝司机师傅报出了顾蛮生的地址。直到轿车平稳启动，她才为刚才的事情后怕起来，她身上汗气浓郁，手腕上一条鲜红的抓痕，头发、衣服全被扯乱了。

出租车到了目的地，杨柳取钥匙开门，推门进入房间。她一眼看见了坐在客厅里的顾蛮生，然后走近发现，他的面前摆放着一张大额支票。

杨柳很快反应过来，有些惊喜地问："你打算跟余少哲和解了？"她惊喜于他的进退有度，一个真正的英雄总是知行知止的。

被小人扎刀子的滋味实在难受，顾蛮生潦草地"嗯"了一声，便闭上了眼睛。他"咻咻"地喘着气，肌肉强劲的胸膛一起一伏，一腔无以宣泄的怒火正烹烤着他。

"退一步海阔天空，你想明白了就好。"杨柳走上前，将顾蛮生的脑袋揉进自己怀里。她垂下眼眸，不断轻吻他的额头，抚摸他的后脑勺，像抚慰一个受了委屈的孩子。见顾蛮生慢慢平静下来，她轻声在他耳畔说："我刚刚见了余少哲，我要跟你说个事情，不过你得答应我，听完一定不准冲动。"

杨柳还是料错了。她刚说出余少哲试图非礼她的事情，顾蛮生就瞬间陷入了狂怒中。

"我杀了他！"血液在血管里犹如咆哮的山洪，顾蛮生杀气腾腾，摔门就走。杨柳一把没拉扯住他，反倒被他粗暴地推出好远。

杨柳心道：坏了，顾蛮生这杀红了眼的样子，非得惹祸不可。

她赶紧一边喊着顾蛮生的名字，一边追着他出了门。然而顾蛮生人高腿长，大步如风，转眼人就没影了。杨柳心愈焦气愈躁，急匆匆地拾级而下，结果一个失神没有踩稳，一下从最后几级楼梯上滚了下来，脚踝当场肿了，跟个血馒头似的。

顾蛮生开着奔驰，一路猛闯红灯，直奔余少哲的住处。杨柳勉勉强强站起来，瘸着一条伤腿走出几步，意识到再追上顾蛮生是更不可能了。她反应及时，马上掏出手机给浩子打电话，对电话那头的浩子急声大喊："赶紧去余少哲家，拦着你生哥，我怕他要闯祸！"

杨柳走了之后，满桌珍馐都食之无味了，此时的余少哲酒醒了大半，给自己煮了一碗加了鸡蛋与火腿肠的泡面，意兴阑珊地瘫在沙发上。皮褥子上尚有美人余温，他准备打开电视，看看社会新闻。

才切了两个频道，"咣"一声，结实的铁门竟被人一脚踹开了。

顾蛮生倚在门口，舔舔白牙，目光森然地望着一脸惊恐的余少哲，然后他抬手在铁门上敲了敲，以示自己不是"不请自来"。

浓浓杀气扑面，对方显然是为刚才的事情兴师问罪而来的，余少哲没见过这般狂怒状态的顾蛮生，怕了。他猛地起身，将手里的泡面朝顾蛮生砸过去，伺机夺路而逃。顾蛮生一下侧头躲开，油腻腻的汤水溅在肩上，心头怒意彻底被点燃了。他几步扑了过去，手臂肌腱暴凸，揪起余少哲的衣领就将他狠摔了出去。

余少哲还想还手，但很快就被全方位地压制了。他压根儿不知道，顾蛮生读书的时候，由于喜欢在外面厮混，半数日子都是跟街痞流氓打架过来的。他徒劳地蹬腿两下，挥拳两下，然后就抱住了自己的脑袋，任由顾蛮生拿枕头套一下罩住他的脸，随后拳脚如雨点般砸下来。

"生哥！"门还开着，浩子直接闯进来，冲顾蛮生大喊，"别打了！再打要出人命了！"

听见浩子的喊声，顾蛮生才停了手，站直了。他低头瞥了一眼余少哲，这小子像条被撒了盐的蛞蝓，抱着脑袋直打抖，嘴里哼哼唧唧的，看着是站不起来了。

"你瞧他这窝囊劲儿。"顾蛮生心情异常愉快，犹嫌还没发泄痛快，又取了个沙发垫子朝余少哲肚子上一扔，然后隔着垫子又踹他一脚。这么打人不容易致残，能泻火又安全。

踹罢他就掏出手机，当着浩子的面，拨打了110。

电话很快接通了，顾蛮生用耳朵与肩头夹住电话，一边慢条斯理地整理着自己的袖口，一边对那头的接警员道："警察叔叔，我要报警。这边有人打架，伤者已经倒了，伤势估摸不重，不过最好还是派辆救护车来。"

接警员问："地址在哪儿？"

顾蛮生想报出余家的地址，但发现自己是循着旧路来的，多少号、多少室一时想不起来了。他整理完袖口，蹲下身子，把自己的手机贴在余少哲颊边，道："你家地址。"

余少哲已经鼻青脸肿了，不知道顾蛮生给谁打电话，还当他又要找人来揍自己，哆哆嗦嗦地不肯张嘴。

顾蛮生不耐烦地劝他开口："警察，问你地址呢。"

意识到对面是警察，余少哲报完自家的门牌号码，"哇"的一声就哭了，边哭边喊救命。

"闭嘴。"顾蛮生厌弃地睨他一眼，又拿起手机，对电话那头的警察道："打人的是展信的顾蛮生。"

接警员问道："你是谁？"

顾蛮生笑出一声："我就是顾蛮生。"然后就神清气爽地收了线。

民警到来后，顾蛮生对自己打人的事实供认不讳，但他确实很鸡贼，就像当年聚众擒贼一样，打也不打关键部位。余少哲虽然处处受伤，却没一处伤势能定成轻伤的。

但就算不入刑，拘留也是跑不了的。顾蛮生没找律师，踏踏实实在拘留所待了十五天，还差点凭借个人魅力，在里头混成"头板儿"。

十五天之后，浩子载着杨柳去拘留所接他出来。顾蛮生换了身干净的衬衣，但没地儿也没时间给他刮个脸。所以他就带着一脸青楞楞的胡楂，从看守所的大门走了出去。这种刺刺拉拉的下巴，斑斑驳驳的两腮，瞧着栉风沐雨的，倒是很衬他一身从骨子里透出的浪子气质。

晌午十点的阳光特别好，不过分热辣，却又极尽温存地与人厮磨。杨柳脚伤基本痊愈了，离他约莫三五步远，挺冷淡地抄着手：“爽了？”

“爽啊。”顾蛮生笑了，笑得眼神清澈、白牙晃眼，像一匹快活的独狼，“我大学那会儿也被无赖勒索过，你猜后来怎么着？我逮着一个机会，一棍子把那厮砸成了脑损伤，后半辈子都得漏着尿过。所以那天你跟我说完，我突然就顿悟了，不管是补偿金还是医药费，反正这笔钱是跑不了一定得给的，那干吗不打那姓余的小子一顿呢？好歹我还爽了。”

“值吗？”杨柳继续问。

“值啊。不就蹲十五天号子嘛，冲冠一怒为红颜，值到家了。”

“怎么？我听着你还很得意啊，还嫌这十五天蹲得不够长？”杨柳解除两手抱臂的戒备姿势，朝着顾蛮生走过去。两个人在兜头盖脸的阳光里，面对面站着。

“得意倒也不至于，”顾蛮生耸耸肩，笑笑道，“但我是为了我心爱的女人，别说十五天班房，就是枪毙也值了。”

“你这么说，我还挺感动的。”杨柳以双手捧住顾蛮生的脸，以拇指摩挲过刺破他下巴的青青胡楂，像欢快的小鸟一样连着啄了两下他的嘴唇，然后她就松开他，狠狠甩了他一个耳光。

她刚刚吻过他两下，就连甩了他两记耳光，甩得势大力沉，自己腕子都酸了。打完人之后，杨柳把眼一闭，与顾蛮生额头抵着额头，模样缱绻，话却杀气凛凛：“但再有下次，老娘就弄死你。”

见顾蛮生进看守所犹嫌不解恨，余少哲放弃了补偿金与医药费，伤愈之后就找来了记者，将顾蛮生的条条罪状罗列成一二三四，给深圳市市长写了一封实名举报的公开信。余少哲是展信老臣，外人不知道的内幕他统统一清二楚，什么不签无固定期限的合同，什么唆使员工自动离职又重新入职，什么明着是以股票的形式向员工募集资金其实暗里就是非法集资……尤其是“非法集资”这一条，国家金融刚刚立法不久，一旦落实，顾蛮生就得挨枪子。

前浪未平后浪又起，展信被彻底推上了舆论风口，各种口诛笔伐纷至沓来。到最后甚至惊动了省里，省委决定专门派个工作组到展信调查取证。

顾蛮生其实也怕，怕得几宿没合眼睛，但听到这个消息反倒踏实了，尘埃落定，反正伸头缩头都是一刀。想通了就当无事发生，照旧办公，闲时还去新事业部与分厂，视察 2G 的研发工作。

顾蛮生在办公楼里气定神闲地走着，对所有面露不安的员工和颜悦色。接二连三的打击十分影响士气，听郑高兴说，申远趁机挖人，又有不少人递了辞呈。倒是刚来时就打过退堂鼓的乔芮她们拒绝了申远的邀请，杨柳的义气令她们决定留下来。

刚出一层楼的电梯，忽然看见浩子从眼前一闪而过，手里攥着个什么东西，跑得满头大汗，见人也不停下来。

顾蛮生叫住浩子，问他："急急忙忙的，跑什么？"

浩子一见来人是顾蛮生，赶紧把手里拿的东西背到身后去，嘴里辩解着："没……没什么……"

"手里什么东西？我看看。"见浩子还支支吾吾的，顾蛮生直接走过去，一把从他手里夺过来。原来是一只黄皮纸五号信封，收件人就是他自己。

顾蛮生不高兴了："我的信你也敢拿？"

浩子赶忙解释道："我认得上头的笔迹，是余少哲。姓余的在这时候寄信准没好事，不看也罢。"

顾蛮生没理浩子，垂目把信拆开，从里头取出了一张剪报。看时间是几年前的新闻了，他照着剪报上的内容念出来，声音朗朗："中共江苏省委收到一封关于邓斌非法集资的举报信。由此，这起新中国成立后首起特大非法集资案的面纱被彻底撕开……"一旁的浩子听见这话，脸都吓绿了，顾蛮生反倒笑了，迅速扫视完剪报上剩余的内容，道，"我简单归纳一下，就是这位长城机电的老总因为非法集资，最后吃了枪子儿。"

一言既出，周围人人脸色苍白，殊无欢颜。浩子气急道："这姓余的落井下石不够，还故意来恶心人！上回生哥你就不该手下留情，应该让我来，让我废他一个蛋！"

顾蛮生仍不在意，随手将剪报揉成一团，对四周的员工轻笑道："不至于。就算至于，也绝对不会让大伙儿的利益受损。"抬头望见人群背后的杨柳，她正蹙着眉头，用饱含忧愁与深情的目光与自己对望。顾蛮生心头无端端一暖，倒激越起来，他一激越就爱冒戏腔，当场来了一段《单刀会》的念白："观江水滔滔浪腾，波浪中隐隐伏兵，俺惊也么惊，凭着俺青龙偃月敌万兵。"

说是不惧也不惊，到底还是怕的。

工作组到来前一天，杨景才把顾蛮生叫到家里，让顾蛮生把员工集资这件事推在自己身上，反正他命不久矣，名义上还是展信的一把手。

“不行。”顾蛮生态度坚决，“我不想充好汉，逞英雄，我现在也怕得要死，我还没有活到头呢。但我是展信的船长，这件事情是因为我才变得不可收拾的，所以必须由我自己来解决。倘使这趟我躲在了老丈人背后，即使别人不说，我自己也会无地自容，就再没脸带领展信乘风破浪，驶向伟大的征程。”

“你打算怎么解决？”杨柳问他，她一时也没了主意。

“我还不知道。”顾蛮生实话实说。

“你太锋芒毕露，这两年在外头得罪的人也多，你一出面，事情只会变得复杂。明天你别去公司，让我先向工作组的人探探底，最好只是罚款，哪怕倾家荡产我们也认罚。”杨柳扭脸看着顾蛮生，将滚烫的手掌覆在他的手背上，向他投去全部的爱慕与信任，“罚掉多少，你得负责再翻着倍地给我挣回来，不然就是小狗。”

顾蛮生感动至极。他因这份信任红了眼睛，并由这份信任，彻底激起了内里的疯症。

当天夜里，他用身体诉说爱欲与责任，像临敌的狼一样，将自己完整投入一场生与死的决斗之中。他咬住杨柳的嘴唇与喉咙，啃她的每一寸皮肤与骨头。杨柳头一回感到招架不了这个男人的疯劲儿。

临近天亮时，顾蛮生才餍足地睡过去，杨柳梳洗一新，决定按照计划应付前来的工作组。然而她没想到，这个工作组竟是由刚上任不久的省委副书记亲自督导工作，而这位李书记就是冲着顾蛮生来的。

展信公司里，李书记一看顾蛮生不在，当场面露不悦之色，道：“我一直听说这个顾蛮生名气大得很，我看不光是名气大，架子也大得很。”

工作组其他成员已经封存了几箱账册，其中一位一直跟随李书记身边，也道：“顾总是不知道今天工作组来调查，还是问心有愧躲起来了？”

“顾总……顾总他……”朱旸在领导面前紧张得手脚冒汗，支支吾吾，还是杨柳反应快，相当自然地扯了个谎：“顾总在外头跑市场呢。咱们展信不比国企的技术人才多，得到扶持的力度大，顾总是研发、销售一肩挑，他不能也不愿坐等饼从天上来，常常是没机会也能被他跑出个机会的。”

几句话令李书记不由得多看了杨柳一眼。他发现，这小妮子不但漂亮，而且果敢机敏，三言两语间不但把自己人给护住了，还悄么声儿地倾诉了身为民企的委屈。

“果然是巾帼不让须眉，”李书记脸色转晴，赞叹道，“你就是外头人说的‘杨门女将’吧，我听说过你不少的故事，这顾蛮生打下的江山，得有一半归功于你。”

“展信这点成绩还是基于生对了时代，我又哪好意思居功呢？我想，全中国的民营企业家都是筑梦者，都抱着同一个奋楫争先的中国梦。”杨柳很自然地走到了李书记身边，替换了方才那位工作组成员的位置，她不卑不亢，莞尔一笑，“账册都已经封存好了，我想斗胆请您参观参观展信新建的研发中心，一会儿若您能赏光允许我请您吃个饭，我再好好跟您讲讲我跟展信的那些故事。”

杨柳一身利落干净的职业装束，却武装更比红装娇，她边陪同李书记一行人参观展信研发中心的工作环境，边为他讲解展信的经营模式与发展战略。

李书记一边频频点头，一边微微笑道：“我听说你们的交换机把福建大半市场抢了下来，只用了短短几个月的时间。要知道这可不容易，我当年在福州的时候，一提到交换机就是富士通，有时他们摆架子，我们还得上门去求合作。现在福建上下的电信部门都觉得扬眉吐气，开玩笑说，‘展信这是抗日成功了’。”

杨柳趁势道：“这是因为展信与研究所联手研发，攻克了国外交换机品牌都没能攻克的防雷问题。研发就得投入大量资金，像展信这样没有背景的民营企业是很难贷到款的，一旦遇上现金流的问题，就只能处处靠自己。”

又不着痕迹地解释了一番“非法集资”的问题，李书记听得面盈微笑，越发觉得这姑娘铿锵、大方，很具眼见与说服力。

然而研发中心还没参观完，顾蛮生居然赶来了。他带着一身酒气出现在过道尽头，面色沉静，步履稳健。今早他睁眼不见杨柳，独自在屋里坐了一晌，最终还是决定一人做事一人当，躲在一个女人与她病危的老父背后，这种没品格的事情任谁也干不出来。

见顾蛮生出现，围观的展信员工一阵骚动，自觉让到两边。杨柳远远闻见这股酒味，急得欲叫无声，只能冲顾蛮生递眼色。她怕他这天生浮花浪蕊的性子，万一出言不逊惹恼李书记，那就真得去吃牢饭了。

“顾总这是刚应酬完？”转眼人到跟前，李书记笑容亲切，这口气虽然不信，倒也给了顾蛮生一个台阶下。

中国人惯于圆桌交际，真要往这上头掰扯也不是不行，但顾蛮生早已抱定了必死之心，实话实说道：“我是借酒壮胆，才敢在您老面前孤注一掷。”

这里不是谈话的地方，李书记绷住脸上的笑，扭头看见展信的一间小会议室，道：“你随我来。”

顾蛮生与已经愣住的杨柳对视一眼，用坚定的目光予她信心，然后就加快脚步跟上李书记，也走进了那间小会议室。

“你是不是想跟我说，你非法集资屡屡违规，是因为政府对民企的扶持不够？”会议室里，李书记停顿片刻，换上了一副沉重表情，“今年下半年开始，国企就业人数呈断崖式暴跌，国企工人的下岗大潮即将到来，而民企由于另辟灰色通道，不守规则，野蛮生长，反倒积累了大量资本。你有没有想过，在这样一个新旧体制的冲突下，民营企业的发展其实已经占了大便宜呢？”

这个问题非常辛辣，工作组显然是有备而来。然而李书记却不是有意刁难顾蛮生，相反地，他一早听闻了展信不少事迹，对顾蛮生的第一眼印象也相当不错，展信上下好像都随了他这领头狼的气质，不像他以前考察时遇上的一些企业家，心思幽暗迂回，嘴上七弯八绕，一句中肯有用的话都没有。

这个传闻中的顾蛮生既慷慨又狡猾，既直接又坦荡。他倒想看看，他要怎么接这一茬。

顾蛮生摸摸鼻梁，笑了笑：“这是个老难题，但我今天不是想跟您老谈这个的，我是为了我的私事来求您帮忙的。”

李书记来了兴趣：“什么私事？”

“家父叫顾长河，长江黄河的那个长河，不知道您老听没听过他的名字？”

“是不是那个‘纺织大王’？拍着胸脯搞承包，后来入狱的那个？”李书记就是刚从汉海调任而来的，当然听过顾长河的名字，他的脸上现出惊讶神色，又上上下下好一通打量起了顾蛮生，“你是他的儿子？”

“我知道您是从汉海调来的，我跟您也算是半个同乡了。所以我寻思着，这件事情，自上而下地推进肯定比自下而上地推进好办，也算是另一种意义上的中国特色了。您老在汉海肯定还有关系，能不能替我爸说叨说叨，就给他平反算了。毕竟咱们政治课本也说过，看待历史问题，宜粗不宜细。”

顾蛮生这半真半假的疯话一出，杨柳就惊出了一身冷汗，觉得这王八蛋太肆意妄为，简直不想活了。她赶忙上来打圆场：“午饭时间早就过了，要不咱们先请李书记一起吃个饭吧。”

没想到李书记倒不觉得顾蛮生蛮缠，反倒“扑哧”乐了，“你小子倒是很懂政治啊，那你应该知道，不能当着那么多人面求领导走后门吧。”

“主要是这个后门理当走得。十多年前，风头浪尖上的‘八大王’一夕之间全部被抓，两年之后就高调平反了。所以，到底民营企业家是黑猫还是白猫，这得辩证地看，长远地看。就像您刚才问我的那个问题一样。您说民企野蛮生长占便宜，我却觉得这是夹缝求生，不得已而为之。有句话不知道您听没听过，‘国企遇上问题能找市长，民企遇上问题只能靠市场’，不野蛮一些，暧昧一些，别说肩担中华复兴之重任，连活下来都是大难题。”话到这份上反倒什么也不怕了，顾蛮生故意吊儿郎当地笑了笑，“就好比展信，一腔抱负就是没钱，您说蹿稀不带纸，还能怎么办？”

话糙理不糙，原来坑在这儿呢。李书记这才意识到，这小子太聪明了，他以“八大王”、以自己的父亲为例子，不着痕迹地就把自己刚才抛给他的难题给化解了。想了想，李书记决定再问他一道难题：“你既然大言不惭地说展信违规发展是肩担了民族复兴的重任，我倒要问问你，那些循规蹈矩的国有企业，怎么就不行了呢？”

“我不敢。”顾蛮生挺实诚地回答，“同行相轻，我怕话说得太难听了。”

李书记大方表态：“你照直说，难听我也不怪你。”

顾蛮生微微眯起眼睛，人站得笔直，摆出了一副严阵以待的神态：“现在国内通信市场，除了展信这样的民营企业，还有两类，一类是背靠科学院的国有企业，理论知识确实不错，写专利论文也很厉害，但是产业化能力不行，说白了就是纸上谈兵，不会把产品落地；第二类是通过国资委背景与外企合作的合资企业，目前看来发展很好，但也有两个问题，一是自视过高，之前展信开拓农村市场时，就听说这类企业都是放了话不进农村的；另外就是容易养成依附外企的毛病，不掌握核心技术，不懂得未雨绸缪，无异于在沙地上盖高楼，倘使某天我们与那些发达国家发生冲突，他们抽资而去或对我们进行技术制裁，我们会不会就全线崩盘了？”

一席话鞭辟入里，又深又狠，确实就是当下这些通信企业的切实问题，李书记思索片刻，道：“现在国内的2G通信技术就完全依靠国外，你怎么看？”

沉吟片刻，顾蛮生才慢慢开口：“无论是采用模拟信号传输的1G，采用数字调制技术的2G，还是发达国家已经开始布局、高速传输的蜂窝移动技术3G，每一次信息通信技术的爆发性发展，都大大改变了整个人类社会的生产生活方式，可见通信行业于整个国家发展的重要意义。然而泱泱中华五千年历史，我们与发达国家相比，无论是在核心技术还是在产业化进度上都起步太晚，落后太多了。”

自打顾蛮生没头没脑地出现，杨柳就一直担着惊、受着怕，然而听完他的这番慷慨热血的话，她突然就不怕了。她看见顾蛮生嘴角微抿，眼眶泛红，知道他胸有成竹万丈，知道他无所畏惧、无远弗届。她的眼眶也跟着红了。

“可喜的是，尽管我们起步晚，却在快速部署，奋起直追，从步进制交换机到数字程控，从模拟移动尚未完全落地到2G牌照正式发放，从传统铜缆到‘八纵八横’光缆干线贯穿全国，全行业都在奋发努力，那么能不能也给我们民营企业一个机会，我在这里向您保证，只要给我二十年的时间……不，给我十年时间，展信一定能跻身世界前列！”

“好！”李书记对顾蛮生的这番话大感满意，以千钧之力拍了拍他的肩膀，“其实我来之前就听了不少你的故事，我来这儿老半天，一直就在等你这句话。”

所有人都没想到，展信居然因祸得福了。因为李书记临走之前，留下了一句话：“像展信这样的民营企业，如果我们不加以大力扶持，我们还去扶持谁呢？”

第二十二章

好兄弟一辈子

舒青麦退伍了。

兰西拉工程结束之后，舒青麦一回到文工团就打了退伍报告，这一举动令所有认识她的人都纳闷透顶。声乐队的指导员跟她私交不错，受了团长指示，对她晓之以理动之以情，说她舒青麦模样好，身段好，唱得跳得都很好，还刚刚获批了入党申请，留在文工团一准会有大好的前途。

然而爱情的力量使人义无反顾。无论旁人怎么苦口婆心，舒青麦就是吃了秤砣铁了心，她一直安安静静地低着头，直到指导员不再说话，才开口道："可外头有人等我呢。"

对于曲颂宁有没有依诺等着自己，舒青麦其实也没有百分百的信心，他们分开半年有余，一百八十多天，其间只有信件往来，多数还都是曲颂宁给她写的。舒青麦不常写信，因为不愿自曝其短，她字很不好看，也完全没有文采可言。她常常咬着笔帽想：为什么写信不像跳舞唱歌那样简单呢？一开嗓子一伸腿，所有人都为自己倾倒了。所以舒青麦做的最出格的事情就是偷偷找了一台录音机，她用自己的歌声擦掉了磁带里的红歌联唱。她连着唱了两首，一首《青藏高原》，一首在电视机里偶然听到的《相约九八》，旋律悠悠我心悠悠，她把这盘以歌寄情的磁带寄给了曲颂宁。

轻轻哼唱着"亚拉索"，舒青麦终于坐上了去往汉海的火车，一走出新客站，她就如刘姥姥进了大观园，完全傻了眼。

她不是没在梦里预设过这座城市的热闹与繁华，然而亲眼一见还是吓了一跳，到处是熙熙攘攘的人，到处是来来往往的车，各种人声与汽车的引擎声、喇叭声交织一体，共同构成了这座城市那令人震撼的脉搏声。

最令舒青麦感到不安的，还是汉海街头的姑娘们。她们不仅漂亮，还很时髦。在这些漂亮时髦的同性面前，她羞愧得无地自容。她很快就意识到，自己精心挑选的这件连衣裙过于隆重了，隆重意味着自卑，艳丽的配色、俗气的花卉以及层层累赘的荷叶边，都明明白白揭示着一个农村姑娘的不自信。

舒青麦先找了一家招待所——在汉海，这种供人落脚的地方叫“连锁酒店”，便连名字都宣示着这座城市与生俱来的优越感。交付了住宿的押金，她意识到自己的存款已经所余不多了，为了来见曲颂宁，她置办了几身全新的行头，剩下的钱支撑不了几天了。

舒青麦在连锁酒店住了两天，然后起早，出门，一路心惊胆战地摸到了曲颂宁工作的汉海邮电设计院。

1998 年 8 月 7 日，兰西拉光缆干线全线开通，标志着“八纵八横”的宏伟蓝图绘就最后一笔。她选择这个对全体电信人具有特殊意义的日子在曲颂宁面前出现，无疑是耍了一些心眼的。

此时，设计院所有参与了兰西拉工程的邮电工程师正聚在一起，他们从广播里得到了这个振奋人心的消息，有人拍掌大笑、互相拥抱，有人当场蹲地泪流满面。曲颂宁也很激动，眼泪差点就夺眶而出了，家祭无忘告乃翁，曲知舟过世前一天还提到了这个世界通信史上的奇迹。

忽然，他听见有人扬声喊他：“曲工，有人找你。”

曲颂宁循声走出去，看见了袅袅婷婷立在门口的舒青麦。他为这个女人的出现心跳如鼓，四肢发麻，他怎么也没料到，一只雪白美丽的蝴蝶，竟扇动轻盈的翅膀，飞越了沧海。

设计院的男同事们跟着一起出来看热闹，有些与曲颂宁相知甚浅的，直着眼睛问他：“曲工，这位是你的姐姐吗？”所有人都知道，曲颂宁的姐姐是远近闻名的美人。

曲颂宁已经完全说不出话了，只是一味地摇着头。太惊喜又太意外，他给过舒青麦自己的电话号码，没想到对方竟然不告而来了。

舒青麦被好客的设计院职工安排在值班室里，耐心等着曲颂宁下班。这一下，全院男人都无心工作了，不时有人离开岗位，冲着值班室探头探脑。舒青麦见到一张张鬼鬼祟祟的脑袋，就颔首抿嘴一笑，优优雅雅，斯斯文文的。紧接着，男人们的声音就会此起彼伏地响起来："笑了，笑了！笑起来好漂亮啊！"

曲颂宁仍在电脑前做测算，尽管保持着目不旁视的专注姿态，却被这些声音搅得心猿意马，简简单单的工作一直没能收尾。他也捺不住心神，偷偷往值班室的方向瞥了不少眼，尽管知道两人眼下离得很远，什么也瞥不见。

下班之后，曲颂宁提出要为舒青麦接风，请舒青麦下馆子。舒青麦却没答应，反倒提出要带曲颂宁去自己的住处看看。

踏进房间之后，一切就发生得理所应当了。没个坐人的地方，两人只好并排坐在了床上，有一搭没一搭地闲聊着。曲颂宁问的每一个问题，在舒青麦听来都傻气十足，因为太傻，反倒显得可爱。她渐渐有了底气，曲颂宁没有被街上那些漂亮时髦的姑娘勾走，他还是青藏高原上那个稚拙可爱、总流鼻血的年轻人。

这个认知，令她彻底从自卑的状态中恢复过来，胆子也跟着大了。她悄悄去触碰曲颂宁的手指，发现对方没打算躲，只是不自禁地颤抖一下。舒青麦忍不住笑了一声，她的笑声那样好听，比她的歌声还要好听。好听得曲颂宁满脑子"嗡嗡"的杂声，他立即难为情起来了："天快黑了，我先回去了，你缺什么跟我说，明天我带着来看你——"

"你先回答我，这些日子你想没想我？"舒青麦不容对方离开，抓着曲颂宁的手指不放，逼迫他注视自己的眼睛。

说来也奇怪，这个女人未必多么漂亮，偏偏一双眼睛生得灵活特别，总是玩命招惹看它的人。曲颂宁的思绪飞向了他们高原上初见的那个场景之中，他跟那时一样，为这双眼睛深深惊艳。

窗外暮色将至，鸟在啁啾狗在吠，漫天都是红彤彤的云霞，像喜帕下新妇的脸。静静对视片刻，舒青麦就先凑头上去，以自己的嘴唇轻轻覆盖在了曲颂宁的嘴唇上。

这个吻发生得猝不及防，曲颂宁像触电一样后退。舒青麦索性更加主动，脱了鞋往床上爬，曲颂宁退无可退，两个人终于互相咬在一起。

天火烧了一通，天空就烧成了灰，夜色中的梧桐树干笔直粗壮，月光和树影纠缠着映在地上。

舒青麦这趟来就是准备豁出一切的。她来之前听人说过，汉海的婆婆格外挑剔，基本不容外地媳妇进门。所以急于把生米煮成熟饭，鼓动着曲颂宁偷出户口本，与她去民政局登记。她没看走眼，曲颂宁的确是个相当负责的男人。两天之后，曲颂宁趁着午休时间，就带上偷来的户口本，瞒着所有人与她去民政局登记了。

登记完，曲颂宁照常回去上班，顺路去第一食品商店买了几斤散装的糖果，回去分发给了同事们。同事见他满脸喜色，状态可疑得不得了，连番逼问下，曲颂宁才笑着告诉大家，自己领证了。

曲颂宁瞒着母亲先斩后奏，一来是“情不自禁”之后想尽快表现自己的责任心，二来确实担心母亲不肯接受舒青麦。但丑媳妇总得见公婆，两个人领完证后，曲颂宁就把事情始末告诉了母亲。

贺婉莹当场被儿子气进了医院，在重症监护室住了两天才活转过来。等到母亲的病情与心情一并稳定下来，他才带着舒青麦正式上门，为免气氛尴尬，还特意叫上了姐姐。

上门前，舒青麦在一家叫南方故事的精品店里买了一条价格不菲的丝巾，作为新媳妇给婆婆的见面礼。她在枣红色与宝蓝色之间犹豫良久，她自己偏好亮眼的枣红色，可最后决定还是选择宝蓝色，蓝比红更稳妥、更低调、更雅致，不至于被人说土气。

曲母只看了一眼，就搁到了一边。对这个送上门来的儿媳妇，她非常不满意。后来趁着舒青麦去上卫生间，她故意用很大的音量对女儿道：“送的什么东西，乡里乡气的。”

“妈，别这样。”曲夏晚只能劝慰母亲，毕竟证都偷偷领了，还能怎么样呢？说话间却接到了刘岳的电话，她不得不压低声音回他：“你怎么又多心了，我真的在我妈这儿呢，我弟弟带女朋友上门来了……”

待女儿好容易解释清楚收了线，曲母更是悲从中来：“要不是你爸走得早，你们姐弟怎么会弄成这样，一个嫁了个没出息的暴力犯，一个娶了个不知道哪来的乡下丫头……”说到这里，她遏住哭腔，浑身抖如筛糠。

夫妻间的矛盾愈演愈烈，烦心事更是一桩连着一桩，曲夏晚在自己的母亲面前也无从倾诉，只好捺住心中痛苦，强打精神继续安慰她。

舒青麦在卫生间逗留的时间长了些。曲家的装修在她看来堪称豪华，卫生间尤其上档次。一排大气的白色吊柜上装饰着金色花纹，不是那种土豪喜欢的亮金色，而是一种更具品味的香槟色，连墙壁与地板上贴着的大理石瓷砖，也带着同样色系的欧式花纹。舒青麦以手指轻轻摩挲过大理石浴缸，庆幸自己选对了丝巾的颜色。

然后她就听见了那声“乡里乡气”，像一阵冰冷的潮水漫没了她的头顶。

舒青麦用冷水洗了把脸，尽量掩住自己失望的情绪，带着微笑走出了卫生间。因为常年练功，她肩颈笔直的姿态相当出众，但贺婉莹觉得这是做作与拿劲，心里免不得又嫌弃地骂了一声：乡下人还当自己是大小姐呢。

婆媳之间矛盾的种子，打从两个女人见面的第一天就种下了。在贺婉莹眼里，这个女孩儿的知青子女身份已属低人一等，居然还挑唆自己的儿子背着长辈偷偷领证，简直是十恶不赦。

然而舒青麦全无所谓。无论如何她成功嫁进了曲家，光是这一点，她就赢定她了。

顾蛮生还是从贝时远那里得知了曲颂宁结婚的消息。他怪曲颂宁不够意思，直接买了机票飞回汉海。正巧贝时远也在，三个人就约着一起出来喝顿酒，叙叙旧。

地方是顾蛮生选的，还是他曾带曲颂宁去过的大排档。只不过，汉海日新月异，城是不夜城，人是不眠人。这两年这种当街烹调的夜市大排档越来越红火，当年独伶伶的一家店，如今已是整整一条美食街，远看一片油烟氤氲，近看满地泔脚油污。

环境是不怎么样，但老板没换人，口味依然不错。三个人到的时候堂内已坐了八成满，顾蛮生便招呼老板在店外头给他们找个座。店外的座位更简陋了，也就一张塑料桌子、几把塑料椅子，头顶上方还罩着一个深蓝色的移动伸缩顶蓬，勉强能避避风雨。但露天用餐总比窝在狭小的店面里舒服，至少天晴时候夜风清畅，空气也新鲜。

老板面善且话痨，笑呵呵地亲自接待客人。曲颂宁与贝时远都不挑食，顾蛮生也就没客气，点了皮皮虾、大腰子、羊肉串与肉蟹，还吩咐老板先开半打啤酒，都要冰的。

“对了，还要一瓶白酒，要没茅台与五粮液……”顾蛮生往四下的餐桌上看了看，只好退而求其次，“泸州大曲也可以，一斤装的。”

待老板送酒上桌，曲颂宁笑了：“还真是大老板了，茅台、五粮液都当水喝了。”

“别笑我了，你小子太不够意思了，结婚这么大的事情居然都一字不说。”顾蛮生用茶水洗了洗玻璃杯，又倒上满满一杯啤酒，把杯子推在曲颂宁面前，“先把这杯干了再说。”

“啤酒不觉得太没诚意吗？”曲颂宁居然另取了一只杯子，自己给自己斟了半杯泸州大曲，他以双手举杯，向贝时远与顾蛮生敬酒道，“我敬你们。”

几十块钱一瓶的白酒，谈不上什么特别醇绵的口感，曲颂宁仍然不谙品酒，反正白酒无非贵贱好赖，在他喝来都是一个滋味，一口下去，仿佛吞了一柄刀子一团火，瞬间由它开膛破肚，在五脏六腑间烧了个遍。他放下酒杯，被辛辣酒味呛着咳了几声。

以前的曲颂宁滴酒不沾，贝时远跟顾蛮生一起陪他喝了半杯，诧异地问道：“你现在怎么喝酒了？”

“这话得从青藏高原上的几颗酒心巧克力说起了，太长了，没什么值得听的。”曲颂宁接过顾蛮生递来的啤酒杯，腼腆地笑了笑。

“反正一切归功于弟妹。”两个人同年，生日也就差了几个月，可顾蛮生就喜欢口头占人便宜，一直以“大哥”自居，他问曲颂宁，“说到这里，弟妹怎么没来啊？”

“青麦怀孕了，而且她也不想打扰我们同学小聚。”

“你小子可以啊，这么快就要升级了！”顾蛮生满面春风，比听到自己的好消息还兴奋，又自斟自饮了大半杯。

风吹得顶棚飒飒作响，三个人碰杯碰得勤快，筷子倒动得不频。

“你呢？”顾蛮生转头望问贝时远，调侃道，“贝少爷人中龙凤，想当贝太太的姑娘能从这儿一直排到深圳吧。”

“大业未成，何以家为？”贝时远饮了一口啤酒，微笑道，“家里倒是安排见过一个，各方面都不太合适，已经不见了。”

一声“大业”激起了顾蛮生的兴趣，他摆出正经神色：“上回没来得及问你，你在忙什么生意？”

贝时远也不在老友面前藏着掖着，大方告知道，虽然申远还没有拿到信产部的手机牌照，但他已经先下手为强，把贴牌联营的合作谈定了。

贝时远的这个预判是相当大胆的，显然也不仅仅想“为他人作嫁衣裳”，他说：“我有信心，我们总有一天会子比母大，青出于蓝而胜于蓝的。”

“终端什么的，好像有点意思，要不你让我也参一股，成与不成全凭天定，怎么样？”顾蛮生是属狼的，专业范围内能赚钱的当然都想掺和一脚，说着他就摸出一直带在身边的那枚袁大头，半真半假地笑笑，“人像朝上，你就跟我合作。”

话音落地的同时，拇指就利索往上一挑，银币瞬间被抛入了空中。

然而贝时远眼尖手也快，不等银币落下，就一把将它给夺了过来。他将银币拿在手里，正面反面翻着看了看，果然坐实了自己的猜测——这枚袁大头正反都是一个样，没有麦穗花朵，都是袁世凯人像。

“你顾蛮生从来都是‘我命由我不由天’的，怎么可能一遇上大事，反倒变得听天由命了呢？”贝时远摇头笑笑，潇洒一抬手，又把银币抛还给了顾蛮生，“也就唬唬那些不了解你的人吧。”

被人当面戳穿也不觉尴尬，顾蛮生哈哈大笑，随手就把袁大头收进了裤兜里：“其实我对做终端也没兴趣，有一家日本企业，琢磨出一个叫什么小灵通的技术，天天想找我合作，我都没理他。”

“什么小灵通？”贝时远到底人在体制内多年，不比顾蛮生对行业动态了如指掌，他对这个技术倒有兴趣。

“说白了就是固话补充，没什么技术含量。”顾蛮生不看好这个技术，也就不愿多谈，他提了酒瓶给贝时远倒酒，保证他酒杯不空，“亏得咱俩一个搞基站，一个搞终端，要真跟你是竞争对手，以我们彼此知根知底的关系，肯定是不死不休了。”

“既然你们两个各管各的，分工明确，那我就做你们两家的服务商好了。”曲颂宁笑着道，“其实我一直怕你们两个打起来。上大学那会儿我就奇怪，这么一时瑜亮的两个人，怎么就从没打起来过呢？”

“钱是挣不完的，要不咱们今天就来个君子协定，”顾蛮生也爽快，端起酒杯，敬在了贝时远的面前，“我不搞终端，你不搞基站，咱们永远都是好兄弟。”

这个提议令贝时远微微瞠目，怔了一怔。顾蛮生入世得早，如今纵横商场多年，像他这么个老练的猎手实在不该说出这样的话。然而很快他便会意一笑，也举起了酒杯：“好，好兄弟一辈子。”

第二十三章

乐极

1999 年的春天对顾家而言注定是不同凡响的。

《新民晚报》的二版头条，汉海高院亲自登报道歉，为昔日的“纺织大王”顾长河平反了。惊蛰日的第一声春雷响彻云霄，这在整个中国的法制历史上都是破天荒的头一遭。

其实，唐茹一早就从儿子那里听到了消息，起初还当他又犯了夸夸其谈的老毛病，一字没信。直到刚才从邻居手里接过报纸，她反复将这则新闻读了七八遍，才确信，她家的老顾是真的平反了。唐茹激动得不顾刚买的鲜活的鱼，一进门就将菜篮子撂在地下，拿着报纸一边奔跑一边大喊：“老顾！老顾！”

妻子的喊声因为破音而显出哭腔，顾长河从卧室走出，接过报纸，眯起眼睛看了一眼，然后就慢慢地坐了下来。“得缓一缓，得缓一缓。”他喃喃自语着，然而全身的血管此刻都张立起来，整个人不住地发抖。

“老顾啊，老顾！”唐茹已经被巨大的喜悦冲击得失语了，似乎反反复复只会喊这么一声，她扑上去搂住丈夫的肩膀，夫妻俩抱头痛哭。

哭过之后，情绪平静一些，唐茹给儿子打电话，告诉他这桩天大的喜事，嘱咐他尽快回家团聚。其实顾蛮生已经知道了，还是李书记亲自告诉他的。眼下展信的 2G 基站刚刚小规模试产成功，正准备投入量产，顾蛮生走不开，只能在电话里嘻嘻哈哈地敷衍母亲。这一年春晚火了一首歌叫《常回家看看》，他随意轻唱了两句“常回家看看，回家看看，我会给妈妈刷刷筷子洗洗碗……”

还没挂母亲的电话，顾蛮生抬眼看见朱旸站在办公室门口，脑袋探进探出，喉结上下蠕动，一副欲言又止、欲近却怯的模样。顾蛮生看出他有话说，对电话那头交代一句“等这阵子忙完一定回家，带着您的儿媳妇一起回来”就收了线。

“什么事情？”顾蛮生问朱旸。

“这几张报销单，麻烦生哥给我签个字。”朱旸笑嘻嘻地靠过来，把单子递在顾蛮生面前。

“不合规矩，报销的事情你得找柳总。”公司规定，大额报销单得由杨柳亲自审批。顾蛮生接过单子看了一眼，全是公关费用，每张都是五位数的金额，短短两个月不到朱旸就花了十来万。

“这不柳总没批嘛。这是我自己垫的钱，我也不想乱开销，可这不都是为了招待好那个杰弗斯吗？”朱旸还是笑嘻嘻的。

“别在我面前提那王八蛋，提起那王八蛋我就来气！”顾蛮生一听这名字就“噌噌”往外冒火，一个美国佬，浑身上下充斥着典型的种族优越感。他跟这人接触过两三回，憋了一肚子气，偏偏还要求人家合作，发作不得。

“小不忍则乱大谋，我也来气啊，他到中国两个月，什么业务都不肯跟我们谈，就知道花天酒地。可没了拜通的芯片，咱们的基站就没法生产。”

比起世界各地已经大规模铺开的欧洲2G标准GSM网络，展信主攻的方向是美国标准CDMA，然而2G基站虽然试产成功，但其中最关键的基站芯片方案却始终掌握在一家叫拜通的美国企业手中。这个杰弗斯，就是拜通负责中国区业务的高层。

他国垄断了顶级芯片市场几十年，这种被人扼着咽喉的感觉固然不快，可惜沉疴痼疾，一时间国内企业想追也追不上。顾蛮生微沉下脸道：“那个老美肯跟咱们签合同了没有？别咱们开始生产了，他又说芯片供应不了了。”

朱旸拍着胸脯打包票：“我现在跟他打得火热，合同的事情一直盯着呢，说这两天就能签。”

顾蛮生沉吟一下，又叮嘱道：“老美贼得很，最尖端的技术一般不肯卖给别人。你得跟他说明白，我们要的就是美国最新一代的基站芯片，别拿那种快淘汰的玩意儿来充数。”

“那是肯定的。”朱旸道，“这两天看新闻，手机入网费的标准又降了，这是邮电部第四次下调入网费了吧？这回调得够狠的，直接对折，我们国家的移动电话用户数肯定得跟着翻番。”

顾蛮生也看见了这则新闻，微微颔首：“业内还有消息，领导准备进一步拆分电信，继联通之后，又一家独立的移动通信运营商准备成立了。”

“所以生哥你真有先见之明，咱们的2G基站赶上好时候，能大干一场了！”拍尽马屁只为了钱，朱旸又朝顾蛮生手中的报销单子挤挤眼睛，粲然一笑，“生哥，你就给我签了吧。我今晚跟杰弗斯约在白马会所见面，准备哄他把合同签了，要不晚上你一起来？”

顾蛮生拔下钢笔笔帽，正准备给朱旸签字，耳畔冷不防响起一个声音：“不准签。”

两个男人同时抬起眼，朱旸一见来人是杨柳，立马怵得跟老鼠见了猫似的，赶紧掉头往外走，跟她擦肩而过的瞬间还不自禁地缩了下脖子。

待人出去，杨柳对顾蛮生相当生气：“现在展信我说话不算了是不是？我不签字自然有我的理由，你问过我吗？”

顾蛮生挠挠脸皮，试着解释：“那老美我也见过，确实是个道貌岸然的禽兽，朱旸这不是为了哄他跟我们合作嘛，花销大点就大点了。”

“既然那个杰弗斯那么难伺候，为什么咱们还非得跟他合作？”

“两个原因，一是CDMA在频谱利用率、覆盖范围还有语音质量等技术层面优于GSM，二是CDMA起步比GSM晚，欧洲那些设备大厂早把市场占住了，展信很难从他们手里再分一杯羹。”

“可我不信只能在那种场所谈成生意，朱旸这是假公肥私，你知道那家白马会所是什么地方？”

顾蛮生一下眯了眼睛警惕起来。他从办公桌后走出来，一把搂过杨柳咬她耳朵，笑眯眯地道：“我要说我知道，你还不得让我回家跪搓衣板啊？”

“我跟你说正经的。”腰包鼓胀之后，朱旸就把大部分闲暇时间投在了各类会所上。深圳的娱乐场所鳞次栉比，这家白马会所据说就是著名的三大荤场KTV之一，歌舞娱乐结合商务应酬，还带特殊服务。朱旸不仅自己常出常入，还没少以应酬作为幌子，想把顾蛮生往那种地方拐带。

杨柳推开顾蛮生，仍然紧锁眉头：“我对朱旸不放心。我以前听你讲过他哥的故事，这么老实又踏实的一个人，怎么会有这么一个品行不端的弟弟？我看朱旸就是个佞臣，你再跟他厮混下去，早晚得变成昏君。”

“你就是对他有偏见，我今晚不去那里还不行吗？搞了半天，原来是吃醋了？我顾蛮生对天发誓，我心昭昭，可鉴日月，这辈子只对杨柳同志耍流氓。”说着他就没正经地竖起两指，逗得杨柳笑出声来，不顾工作地方隔墙有耳，主动扑上去，吻住了他的唇。

顾蛮生嘴上答应杨柳不去白马会所，结果一忙完手头工作，还是悄悄去了。他对这类风花雪月的场所没兴趣，但毕竟拜通是个缺不得的合作方。

来到会所的奢华包间门口，杰弗斯已经到了，一个人高马大金发碧眼的老外，一手搂着一个花枝招展的中国姑娘，时不时动手动脚，平日里瞧着道貌岸然衣冠楚楚，卸下伪装，就是禽兽。

朱旸身边也挨着一个，穿得极其暴露，胸前像挤着一对白面馍馍。一见顾蛮生来了，朱旸赶紧起身，一脸讪笑地解释道：“生哥，我这也是为了工作……”

顾蛮生刚落座，包间里就来了个酒水推销员，挺年轻一个小姑娘，细眉细眼、文文静静，穿得也保守，不像屋里几个那么露肉。杰弗斯还没喝多少就已经高了，一见新妞到来，二话不说就伸出一只毛茸茸的手臂，把人拽到跟前动手动脚。女孩儿只是来勤工助学的，对性骚扰连连喊“No”，还失手狠推了杰弗斯一下。这下彻底惹恼了美国佬，只见他涨得一脸猪肝色，强行把女孩儿往黑皮大沙发上拖，嘴里不干不净骂个不停。

顾蛮生抄起一瓶还没开瓶的洋酒就往桌上砸，“咣”一声巨响惊醒了包间里所有人，包括精虫上脑的杰弗斯。顾蛮生走过去，将女孩儿从美国佬手下解救出来，把半截酒瓶子塞进她的手里，温柔地道：“下回再遇见这种情况，你就拿这个扎他。”

女孩儿感激地冲顾蛮生点点头，麻利地溜了。杰弗斯的好兴致被忽然打断，相当不爽，闷头喝了一口人头马，又骂骂咧咧道：“这种贱女人装模作样，其实心里想要得很……”

顾蛮生坐回原位，笑笑，挺有礼貌地道：“我不知道你们美国女人怎么应付这种情况，反正中国姑娘说不要，就真的是不要，你要强行上手，那就是强奸。”

CDMA 标准主要就是拜通在主导，全世界都没有第二家能够与它叫板的企业。杰弗斯知道这家中国企业有求于自己，所以一身龙鳞逆不得，一听这话，当场沉了脸。朱旸这些日子对杰弗斯鞍前马后，差不多摸熟了这老美的脾性，见气氛不对，忙将一只半满的酒杯递到顾蛮生手里，还小声劝他应该以大局为重。

“滚蛋，我是来这儿谈生意的，不是来这儿装孙子的。”忍到忍无可忍，顾蛮生朝杰弗斯一举酒杯，微笑道，“我敬你姥姥。”

杰弗斯眯起眼睛看朱旸，朱旸以为老美不懂中文的博大精深，忙打圆场：“顾总这是向你家人问好。”

然而杰弗斯听得懂，他用生硬的中文对顾蛮生道：“顾总，你这不是求人合作的态度吧。”

“谁求你合作了，我是来帮你的。”听出老美中文不算太好，顾蛮生用流利的英语道，“你们的 CDMA 标准在技术上确实领先，但商用成熟度上远不如 GSM，你们现在的用户数只有人家的四分之一吧。”

杰弗斯眼睛眯得更细了。

“展信目前是国内最大的民营通信设备生产厂商，在交换机市场占有率排名第一，如果能与贵司开展长期的、深度的合作，一定会是你们在中国市场最有力的产业伙伴。”顾蛮生意识到了，这老美不能惯着，越惯越不拿你当回事儿，“中国移动通信市场潜力多大不用我介绍了吧，贵司要是没有意愿合作，那我们也只能投靠欧洲标准了。”说着就起身告辞。

杰弗斯果然出声：“顾总，我们再谈一谈。”

赌赢了，顾蛮生轻吁一口气，回头一笑：“行，那就再谈一谈。”

总算不负众望地带回了合同。双方签字之前，顾蛮生特意让公司法务仔细研究过，确认这份合同没有坑，也没有坎。然而当展信的 2G 基站循着计划开始投产，拜通那边却突然出了幺蛾子。

这回拜通派来一位叫丽莎的美女，美籍华人，说着一口流利且悦耳的中文，但态度比杰弗斯更傲慢，更强硬。她说：“因为展信涉嫌向中国区业务负责人杰弗斯行贿，所以两家公司之前签订的合同将依法解除。如果要新签合同，那么这套芯片解决方案的销售价格将翻一倍。”

凡是在酒吧会所里的那些由展信埋单的高消费，皆被视作贿赂行为，反正不知道是被杰弗斯设了个局，还是拜通公司的内部规章真就非常严格。但可以肯定的是，有恃才无恐，倘若不是拜通看准了展信离不了他们的基站芯片，断然不敢这么临时变卦。

眼下万事俱备只欠芯片，一旦合同终止，所有的付出都将付之东流。顾蛮生大光其火，直接就在办公室里发了火："老子就算把全部机柜都砸了，也不会再跟他们合作！"

"你先别冲动，让我再跟那边谈谈。"杨柳怕顾蛮生这暴脾气坏了事，好言好语地暂时劝住了他，自己回头给丽莎打了电话。

然而丽莎今天忙，明天更忙，就是挤不出一点时间见面，杨柳便耐下性子，今天等，明天也等，无论丽莎是留在中国区总部还是外出洽谈公务，她总能在准确无误的时间与地点出现，不急不躁、不赶不催，很自如地等着。

丽莎被缠磨得没了办法，终于让助理把杨柳请进了自己的办公室。

杨柳是觍着脸来和谈的，但对方的态度毫无转圜余地，二话不说就扔出新合同，只给她"签"或"不签"两个选择。眼见不能斡旋，无法磋商，杨柳反倒被激起斗志，不卑不亢地道："贵司的行为已经构成违约，与你们一贯宣称的商业信用是背道而驰的。可能在你们美国人眼中，中国企业不像你们这样爱打官司、擅打官司，但这只是因为我们是礼仪之邦，崇尚以和为贵，绝不表示我们不会在必要时候运用法律手段保障自己的权利。贵司在中国既有工厂，又有总部，如果你们一意孤行坚持违反合约，我们将在美国联邦巡回法院与贵司国内总部所在地法院同时向贵司提起诉讼，并要求合理赔偿。"

然而丽莎胸有成竹，只微微一笑："如果展信诉诸法律，那么拜通也将向美国司法部和美国证交会反映展信行贿的事情，根据不久前通过的《反海外腐败法》第二次修正案，美国司法部可能会对展信采取更严厉的制裁措施。"

杨柳一下哑了。老美"长臂管辖"这一套玩得很溜，胳膊肘自然不会向外拐，不少欧洲大企业都因此吃过亏。

丽莎似乎很欣赏杨柳的胆识与口才，无关痛痒地让出了五个百分点。顾蛮生再三权衡利弊，只能接受这嗟来之食，签下了新的合同。

展信的2G基站正式投产之后，便是民营企业在基站领域实现了零的突破。李书记得到这个喜讯，特意给顾蛮生打来了祝贺的电话，还给他带来另一个消息，国家“909”工程正式启动，这个工程国家已经出资百亿，为了配套我国首条8英寸规模集成电路生产线，现在需要八名电子信息产业的“尖子生”来生产中国芯片。

顾蛮生一腔憋屈总算找到了宣泄的地方，自告奋勇道：“专用芯片的专利授权费，导致咱们中国企业卖一百台电视机还没人家卖一枚芯片挣得多，目前国内企业的无线基站芯片，也都百分之百从国外采购。芯片就好比一个人的大脑与心脏，我们现在能做出躯干、四肢还有肝脾胃肾，怎么就做不出大脑与心脏呢？”

李书记笑了一声：“你小子还这么狂。别忘了，咱们在芯片产业的发展上是绕过不少弯路、付出过高昂学费的。”

一句“弯路”，一声“学费”实在很难说清在科研与技术水平上，我国的芯片产业研究与世界先进水平间的鸿沟天堑，顾蛮生虽觉感慨，却因感慨狼血更热：“当时展信自研程控交换机的芯片，靠公司内部集资的六十万美金去国外买了一条生产线，研发中心立下‘不成功便成仁’的军令状，这不摸着石头过河，也研究出来了。我顾蛮生在这儿给您立军令状，基站芯片，展信一样能攻克。”

李书记却很谨慎地提醒道：“中国芯片产业起步晚，而国际主流的芯片技术两年一换，现在奋起直追，企业本身的投入必然非常惊人，而国家科研经费的支持终究是有限的。”

“那就科研与市场并行呗，展信现在不仅有交换机，还有即将实现量产的CDMA基站，一定有足够的出货量去收回投资，您老就放一万个心吧。”展信牢牢占据着国内交换机市场的份额第一，顾蛮生信心十足，想当然地认为展信在基站市场一样会有抢眼表现。

接到李书记的电话后，顾蛮生就召开了一次公司全体高管的会议，宣布展信的研发中心接下来的发展重点就是2G基站芯片的研发。

一语既出，举座震惊。于新华忧心忡忡：“蛮生，你还记不记得以前课上学的摩尔定律——”

“我记得，摩尔定律是说，当价格不变时，集成电路上可容纳的元器件的数目每隔十八到二十四个月便会增加一倍，性能也将提升一倍。”顾蛮生抛玩着手中的袁大头，表情却十分严肃，“但被人卡着脖子的感觉太难受了，今天拜通敢无视合同提价两倍，明天就敢提价二十倍，”

“芯片技术进步得多快、前期设计研发有多困难就不说了，光是一条生产线就至少十亿美元。”

“我正准备说这个事，卖火腿肠的不一定要自己养猪，你搞技术可以，脑筋还是不够活。”顾蛮生到底不是空有莽夫之勇，笑笑道，“我请浩子做了调查，英国有一家出售芯片设计技术的公司，咱们的宝岛台湾也有芯片代工企业，当企业不需要自己包揽芯片的设计与生产，这准入门槛就低了。”

“那流片呢？”所谓流片，就是根据设计图纸小批量试产一批芯片，一次费用起码千万。于新华继续道，“还有缴纳高昂的专利费，跟其他商家兼容的问题。所以基于展信目前的发展方向，我有个建议，我们必须让市场反哺科研，不然财务必然会超支。”

顾蛮生眯了眼睛：“你说。”

于新华道：“我们不应该只把研发生产的重点放在 CDMA 制式的基站上，应该也分拨一份精力给小灵通，第一是因为小灵通覆盖半径小，站点需求量大；第二是它技术简单、资费又便宜——”

顾蛮生没给自己的恩师一点面子，直接冷着脸打断了他的话：“展信不会为这种落后的技术浪费时间，会议结束。”

做了芯片研发的布局之后，展信广纳贤才，一下就成立了一支近千人的研发队伍。接着谈妥了与台企那边的合作，顾蛮生决定趁还不太忙的时候，带着杨柳回一趟汉海。

一进家门，顾蛮生就乐了，顾长河把二版头条给剪了下来，用相框挂在了玄关处最显眼的位置上。

顾蛮生指着剪报，笑道：“你看我爸，老小孩儿一样。”

杨柳换下高跟鞋，小声提醒顾蛮生道：“你知道他是老小孩儿就好，让着你爸一点，别每次一见面就脸红脖子粗的。”

“这里本来挂的是我们一家三口的全家福。”顾蛮生没把杨柳的关照放心上，反而凑到她耳边轻吹了一口气，“什么时候能把你也拍进去？”

近一年，顾蛮生正经或不正经地求了几次婚，然而杨柳一直没点头。换作一年前，兴许她会热泪盈眶、求之不得，可她总隐隐约约地觉得顾蛮生哪里变了，这种变化她说不清楚，却常常为之感到不安。

“看你表现。”杨柳照旧回了这么一句，十分刁蛮地捏了捏顾蛮生的下巴，就走出了玄关。

顾长河与唐茹都喜欢杨柳，既漂亮又能干，绝对是当儿媳妇的不二人选。尤其是唐茹，极想听杨柳改口喊她一声“姆妈”，所以每见儿子带着杨柳回来，殷勤程度都要加倍：“杨柳来了，来就来了，还买那么多东西，提着不累吗？”她一边招呼杨柳落座，一边狠狠剜了儿子一眼，“你就袖手看着？也不知道帮帮忙！”

顾蛮生也委屈：“她不让我帮啊，估摸着就存着这个坏心眼，等您批评我呢。”

“欺负杨柳就该批评，至于这‘欺负’的标准，杨柳说了算。”唐茹这话摆明了偏帮自己，杨柳十分得意，直冲顾蛮生挤眼睛。顾蛮生只好自嘲地摇头，举手做出投降的手势。

“行了，你们坐吧，我去准备晚饭，都是你们爱吃的。”唐茹扭头去了厨房。

“阿姨，我帮你。”杨柳也不拿自己当外人，虽说厨艺有待提高，但打起下手来是尽心尽力、毫不含糊的。

上齐有荤有素的七道菜，唐茹又拿出了家里自酿的葡萄酒，说是葡萄原浆，喝不醉人的。

“妈，赶紧入座吃饭吧，”面对一桌好菜，顾蛮生只慢慢抿酒，基本不动筷子，“我跟杨柳午饭吃得晚，这么多菜根本吃不完。”

“明明知道你妈为了迎接你们回来，水磨工夫一整天了，”顾长河瞥了儿子一眼，责怪道，“怎么就不知道留着点肚子？”

父子俩都是一脉相承的刀子嘴豆腐心，不见面时没少互相惦记，可一见面，一言不合就要干架。亏得杨柳及时以眼神制止了顾蛮生，她笑着捧起了碗，道：“他吃得晚，我还饿着呢，阿姨做得菜都合胃口，我一个人就能吃完的。”

顾长河扒拉了一口米饭，对儿子道：“我在报上看见了，你们展信要盖深圳第一高楼？”

新建办公大楼本是计划中的事情，但“第一高楼”却不是。李书记后来又来展信考察了一回，他站在新建中的大楼上，说了一句：“这边风景独好。”就是这句话令顾蛮生心思大动，想着既然地理位置得天独厚，不如就在原定的基础上再加盖个十八层，正好就破了深圳高楼的纪录了。

“这楼会不会盖太高了？你不是一直担心现金流的问题吗？”对于未来的深圳第一楼，媒体上一片叫好之声，但顾长河怎么琢磨都觉得不对劲。木秀于林风必摧之，他自己就是前车之鉴。

因为展信屡被中央点名表扬，一直以来的融资难问题也迎刃而解了。再加上展信的万门机刚刚拿了国家科学技术进步二等奖，各种赞誉声不失时机地涌了过来，顾蛮生很是有些飘飘然。

“现金流的问题您就别操心了，既然要盖楼，当然就要盖最高的。有时候我站在我那栋楼上，四下顾盼，您猜怎么着？”不等父亲回答，顾蛮生人往后仰，笑得相当恣意，相当自得，“一览众山小啊。”

“你太张狂了。”顾长河“啪”一声拍下筷子，若不是一旁的妻子使劲儿递眼色，他就绷不住地要发作了。他实在瞧不惯儿子现在这副目中无人的样子，忍不住就想敲打他，“骄兵必败，乐极生悲！”

每回家一趟，必被数落一通，翻来覆去老生常谈，听得顾蛮生的耳朵都起了茧子，他瞳孔收缩一下，同样重重撂了筷子，虽没直接顶撞老子，也已是满脸的不屑、不快与不耐烦。

“你这是什么态度？”顾长河真要冲儿子发火了。

“没什么态度，饱了。”顾蛮生直接起身，不吃了。

一顿团圆饭不欢而散，待杨柳帮着唐茹收拾完碗筷，顾蛮生不愿在家里多待，提出要去住酒店。但杨柳不同意，她认为这个当口出去住，只会让父子俩的心结越结越狠。

然而同一屋檐下，诸多不便处，首先就是房间隔音效果不好，小情侣之间想“办点事”也不行。

杨柳刚刚洗完澡，气味清新得像雨后草地，简直好闻得不得了。顾蛮生今晚受了一肚子气，眼下馋得疯了，一下就将杨柳扑倒在床上。两个人笑着滚作一团，杨柳的后脑勺在床背上磕出“咚”的一声，很快，隔壁房间就传来了咳嗽声。

杨柳臊红了脸，忙在唇前竖起一根指头，示意顾蛮生小声一些：“你爸妈在隔壁屋呢，你就不能忍一忍，再说咱俩这名不正言不顺的，你爸妈还不得看轻了我呀。”

“要想名正言顺也容易啊，”床头昏黄的灯光带着缠绵悱恻的意境，顾蛮生哪里忍得了，仍不安分地伏在杨柳身上，注视着她的眼睛道，“顾太太，你到底打算什么时候嫁给我？”

“那得看你有没有诚意。”杨柳还是这么回答。

“你要哪种诚意？要不我用人民币铺满咱们的新家，咱俩脱光了，在房子的每一个地方打滚。”顾蛮生低头，用牙齿将杨柳的内衣解开了。

“钱跟诚意是两回事，你以前不还说‘钱是王八蛋’吗，现在怎么变得这么俗气？”

“钱当然还是王八蛋，但成功却是一种需要被量化的东西。”顾蛮生沿着她柔腻修长的脖颈往下吮吻，他此刻兴致昂扬，火伞高张，一点没听出杨柳话里的不满之意，“不得不说，钱虽然是王八蛋，确实也是一个非常直观的标准。”

“这话谁跟你说的？朱旸吗？”杨柳对这个名字有意见不是一天两天了。

“他毕竟年纪还小，又没受过高等教育，他哥死后我就是他亲哥，我有义务好好待他。”因为愧对朱亮，顾蛮生对朱旸的所作所为一直采取姑息纵容的态度，反正谅他是只孙猴子，也翻不出自己的五指山。

他眼下心情好，不想再就朱旸的问题多做纠缠：“要不我把新建的那栋大楼送给你，名字我都想好了，就叫‘柳生大厦’。”

两人在床上没分寸地闹起来，隔壁马上又传来了咳嗽声。

“这名字太土了吧，”杨柳“扑哧”乐了，伸手将顾蛮生往外推了推，“人家那些高楼都叫寰球啊、时代啊。”

“那就加上呗，叫‘柳生时代广场’‘柳生寰球大厦’。”隔壁不时就要传来一两声咳嗽，以此提醒他俩不准逾矩，顾蛮生的手像开掘肥沃的土地一般往杨柳身下探去，最后在父亲的咳嗽声中，不得不悻悻而返。欲望难得纾解，他叹着气，整个人仰面躺倒下去，躺在了杨柳的怀里。他用鼻尖顶了顶杨柳平坦的小腹，半开玩笑地说："我没少卖力气啊，怎么一直没动静呢。"

"你喜欢男孩儿还是女孩儿？"杨柳垂着眼睛，伸手摸了摸顾蛮生汗漉漉的额头。她没想到顾蛮生竟然如此渴望承担一个"父亲"的责任，这个男人虽比同龄人看着老练成熟，可说到底也才二十几岁。她想：这种渴望，兴许源自他少年时代父亲这个角色的长久缺失。

"我喜欢女儿。"顾蛮生想了想，"我爸总说，棍棒底下才能出孝子，所以如果是女孩儿，我就可以无所顾忌地把她宠上天了。"

"其实你爸也不是只懂'棍棒教育'这一套，他说的话细品一下，还是挺有道理的。"杨柳知道这对父子都是一样的口是心非，没少尝试从中调和，"先不说'柳生大厦'有没有必要建成'深圳第一楼'，前几天公司决策会上，于老师提议开发小灵通，你就应当好好考虑一下……"

"于新华让你来跟我说的？这只老王八，我迟早开除他！"杨柳只是提个意见，顾蛮生却明显动了怒。他放开杨柳，起身穿起了衣服，"我在会上已经说了，国家把 GSM 牌照给了移动与联通，剩下的 CDMA 牌照必然就要给电信。而一旦电信拿到牌照，我们可能就是全国唯一一家能生产 CDMA 制式基站的企业，你想没想过，这就意味着'垄断'，意味着展信将拿下 CDMA 基站的全部市场份额。"

谈及公事，两人都严肃起来，杨柳也拢上衣服，坐正了道："去年年初小灵通进入了中国浙江，月租费二十元，资费每分钟才两毛钱，一推出就大受好评，现在日本那边的企业很想寻求中国企业合作，他们第一个就想到了展信……"

"你了解小灵通的网络结构吗？小灵通根本就不是移动通信技术，只是固话的补充，它信号不稳定，网络盲区多，就算在它的发源地日本，也已经濒于淘汰了。"顾蛮生道，"现在展信的发展重点是 2G 乃至 3G 技术，是 CDMA 基站以及芯片解决方案。"

"我担心你贪多嚼不烂。就因为你要自研芯片，我们才不能把自己困死在一条路上。我们得做好流片失败的准备，而且还不止一次，如果没有足够的基站出货量，这样的损失是目前的展信承受不起的。我没让你现在就做决定，只是觉得我们是不是应该做好两手准备，万一发生了电信拿不到 CDMA 牌照的情况，我们还有路可退。至少你可以先跟对方公司谈一谈，他们真的很有诚意……"

“没有万一，去年联通刚准备开通小灵通网络，就被信产部紧急叫停了。你知道为什么吗？小灵通所使用的频段在 1900MHz 至 1920MHz 之间，这是咱们国家为 3G 预留的频段，能被占用吗？”顾蛮生根本不屑与杨柳这样的外行进行争论，试图直接结束话题，“我也犯不上跟你说这些，跟你说这些就是对牛弹琴，总之，我们的方向没有错。我不想再听任何泼冷水的话，你最好以后都别在我面前提这三个字。”

“国家刚把移动从电信当中拆出来，就是为了刺激国企内部竞争，这最后一张 2G 移动牌照还真不一定就会给电信，以电信对移动牌照的迫切渴望，是很有可能大力发展小灵通的。”杨柳这会儿总算觉出顾蛮生变化在哪儿了，他变得越来越刚愎，狂妄，目中无人，“你太自负了。”

“我自负？”一整天尽被人扫兴，顾蛮生终于被激得彻底恼了，他鬓角的血管突突直跳，“没有我，你跟你爸还在街上卖内衣呢，你们的公司早就倒了！”

“刚愎自用。”杨柳也恼了，反唇相讥。

“愚不可及。”

杨柳怒不可遏，披了件外衣，直接摔门而去。

顾蛮生喊不回她，气得口干舌燥，起身去厨房拿冰水喝。唐茹闻声，披上衣服走出来，担心地问儿子：“这么晚了，杨柳上哪儿去？”

“不知道，爱上哪儿上哪儿。”顾蛮生仰头灌下一大口冰水，浑身燥热的血液稍稍冷静下来。

“那你还不去追？一个女孩子，深更半夜的多危险。”唐茹比儿子着急。

“谁爱追谁追。”顾蛮生扔下水瓶，转身回屋。

两人的关系公私兼顾，用浩子的形容便是，扛着枪炮互赠玫瑰。尤其是公司发展步入新阶段之后，常常前一秒还好得你侬我侬，后一秒就意见不合、拔刀相向。

第二天中午，杨柳坐在咖啡厅里，对面坐着的不是别人，却是她的准公公顾长河。昨天夜里她住的是酒店，今天也没打算回去，所以她想当然地认为，顾长河听见了她与顾蛮生的那场风波，特地来为儿子当说客了。

春天的阳光柔一阵、烈一阵地从这个男人的脸上抚过去，杨柳头一回这么认真地注视顾长河。顾家这对父子其实不太像，顾蛮生可能在母胎里就进行了别样的熔炼，英俊得像匠人精心的作品，顾长河却老迈、普通，伛偻如弓。

杨柳心疼这个男人的遭遇，尽管仍在气头上，但对他尽量保持礼貌与客气，只淡淡地回绝道："如果您是想让我将就于您儿子的虚荣心，我恐怕做不到。"

顾长河摇摇头："我不是来劝你消气的，我的儿子我了解，他年纪轻轻就有这点成绩，有时候是太过忘乎所以了。"

两个人刚坐下没多久，杨柳的手机就响了。她取出手机看了一眼，不假思索地直接摁断了电话。放下手机，她对顾长河笑笑道："您儿子。"

"倒是知道打电话来认错。"顾长河也笑了笑，"孺子还算可教。"

"既然不是来当说客的，我不知道您单独约我出来，是为了什么事情呢？"在未来公公面前，杨柳不敢释放泼辣天性，只觉一举一动都不自在，很想尽快结束这场对话。

顾长河道："蛮生肯定跟你提过，他读书那会儿我在坐牢，在他三观形成最重要的时候，我一天也没承担起一个父亲的责任。"

杨柳点头："我知道，但这没办法怪您，您现在也已经平反了。"

顾长河叹口气，眼睛已经有些潮了："出来以后我想补偿，想帮忙，结果却总是越帮越乱。"

杨柳轻笑，抿了口柳橙汁："他也说过，你们父子俩可能八字犯冲，不见面的时候互相惦念得很，一见面却怎么也聊不到一块儿去。"

"其实我也知道，他现在已经成年了，我们当父母的确实不能也不该事事都管着他了，但历史上大意失荆州的例子太多了，我是过来人，我一清二楚。蛮生从小就比别的孩子怪，他是跟自己比着、赛着长的，天不怕地不怕，天不信地也不信，决定了的事情谁也拦不住。创业初期确实需要这股舍我其谁的狂劲儿，但守业更比创业难，要想企业立于不败之地，就一定得戒掉这种狂傲刚愎的毛病。"儿子现在是春风得意、油盐不进，顾长河只能把希望寄托在准儿媳杨柳的身上，他心事重重地对儿媳妇道，"你是会陪他走完余生的人，可能只有你的话他还听得进去。所以我这个不称职的父亲冒昧来见你，就是想请你能在他骄时提醒，在他狂时敲打，阻止他犯错。"

"我会的，"老人的一腔肺腑之言令杨柳颇觉感动，她绷紧眉头，郑重地点了点头，“我一定会的。”

达成共识之后，杨柳的手机又响了，这回来电话的是浩子。

杨柳接起电话，才知道公司那边出了大事，朱旸擅自更换了防雷器供应厂商，结果导致新的防雷器防雷效果大打折扣，一阵春雷之后，某县级市的交换机坏了一大批。

事出紧急，顾蛮生与杨柳匆忙结束探亲，搭最近的航班飞回了深圳。先安抚了怒意冲冲的县级市电信局领导，又赶紧从别的仓库调货，派出技术人员上门，将坏的交换机替换下来，全部予以免费重装。

事情一查就明了了，朱旸吃了大笔回扣，所以滥用职权，以次充好。

自打朱旸来了展信，就没干过成一件漂亮事，尤其是派他接洽拜通的杰弗斯，还给了对方一个这么大的把柄，杨柳忍到今天已是再无可忍，非要将他开除不可。

“他哥是死得可怜，但这也不是他拿回扣的借口。不报警已经是我仁至义尽了。你如果拉不下面子开除他，就由我出面劝退……”说着她便往顾蛮生的办公室外走。

顾蛮生大步上前，一把扭住杨柳的手腕。由于心急，他出手失了分寸，杨柳被强行拽回来，痛呼出声：“顾蛮生，你弄疼我了！”

顾蛮生松开杨柳：“我在他哥坟前立过誓，展信有我顾蛮生一天，就永远有朱旸的立足地。”

杨柳杏目圆睁，以强蛮狠辣的目光紧紧逼着顾蛮生：“我知道你这人重情谊，讲义气，但你现在带领的是一家国内数一数二的通信企业，不是当年几个混小子凑在一起开的校园电影院。一个优秀的企业家不能只有江湖义气，还得有雷霆铁面，杀伐决断。”

杨柳的目光令人无从招架，顾蛮生慢慢叹出一口长气，眼睛透出一丝疲惫：“你让我跟他谈谈，再给他一次机会。”

杨柳也不想屡屡与顾蛮生爆发冲突，只是朱旸实在可恶，贪钱还是小事，若由他毁了展信积累多年的名声，那就真的追悔莫及了。然而顾蛮生此刻一反常态，眼里竟有了央求、示弱的意思，倒委实叫她不忍心了。杨柳想了想，索性决定借此机会再把小灵通的项目提上议程。她缓和语气，对顾蛮生道：“放朱旸一马也可以，京瓷那边又来人了，合不合作另说，至少你见他们一面，跟他们谈谈。”

又是小灵通的事情。顾蛮生一般不受人要挟，便是同床共枕的女人也不可以，所以这话令他不太痛快。他以一种意味深长的目光久久地看了杨柳一眼，少顷，他眼里的雾障渐渐清散，又恢复了那副万事尽在掌握中的容光，他点点头道：“好吧，你去安排。”

杨柳这边也总算转雨为晴，她娇嗔地在顾蛮生脸上啄了一口，然后就当着他的面打电话给了京瓷的人。对方非常重视，当场约定了会面的时间与地点。收了线，杨柳没意识到顾蛮生神态不如往常对劲，还不忘提醒他：“你去告诉朱旸，我也只再给他最后一次机会，再有下回，我就直接报警了。”

待杨柳离开办公室，顾蛮生一个电话叫来了朱旸。要不是朱亮的关系，他肯定饶不了这种因贪小而失职的人，所以他见了人也没心情说话，只用一种倦意加深的目光静静看着朱旸。

顾蛮生对自己的嫌恶与为难一目了然，朱旸也知道这回闯的祸不小，喊了一声“生哥”就完全哑火了。顾蛮生用手势让他坐他也不敢，只噤声站在墙角，等着狂风暴雨来临。两个人僵持一晌，最后还是顾蛮生先开口：“你去订个地方，今晚我们好好放松下。”

顾蛮生让他订地方，地点便还是白马会所。

夜幕降临，会所里好戏才刚刚登台。朱旸先带顾蛮生在大厅里看表演，一个过气多时的歌手在台上卖力演唱，一群穿着清凉的美女正贴着他热舞，舞台灯光闪闪烁烁，忽红忽绿，把一张张妖娆的面孔照得鬼气森森。

顾蛮生不是来看表演的。他始终眉头轻锁，闭目而坐，只在一首歌曲结束的时候睁一睁眼，潦草地给台上的歌手鼓鼓掌。连听了几首震耳欲聋的歌曲后，他终于转入正题，对朱旸道：“要不送你去读书吧。”

朱旸正要给顾蛮生倒酒，一听这话手指簌簌发抖，倒了一杯洒了半杯：“这是柳总的意思吗？”

“是我的意思。”顾蛮生道，“害你中途辍学，我一直很愧疚。现在展信发展步入正轨了，你可以挑一个国家去留学，所有的花销我来承担——”

不等顾蛮生把话说完，朱旸便激动地打断他道：“我不想去留学，我就想留在展信，我就想跟着你！”见顾蛮生不言语，他又凄声道，“生哥，我以后不敢了，我一定好好工作报答你，报答柳姐。”

“读完书你一样可以回展信工作，完善你的知识体系，提高你的专业能力，更有益于你今后的发展。”

“我不去，我一去就回不来了！”朱旸的态度出奇地坚决，咬牙切齿道，“你当初答应过我哥，你说只要展信有你一天，就有我的位置，你说要给我一个锦绣人生。难道他白白死了，这话都不算数了？”

这话令顾蛮生无言以对，他一口一口地喝起酒，朱旸突然抬手一指不远处，惊声道：“生哥，你看那女的是谁？”

顾蛮生循着朱旸的手势望过去，发现其中一个为过气歌星伴舞的美女，居然就是秀秀。

“要不把她叫过来？当年她狗眼看人低，可没少让生哥你受气。”秀秀在这里，朱旸其实一早知道，他故作不知，就是想探探顾蛮生的反应，看看能不能借此挽回自己的困局。

没等顾蛮生发话，朱旸就让一位业务经理去叫来了秀秀。朱旸是这里的一位大客，业务经理特意嘱咐秀秀，一定要殷勤招待。秀秀诺诺点着头，走到近处，她认出了顾蛮生，一张脸当场红成了山楂果。这才两三年不见，当初那个穷小子就截然两人了，他一言不发地看着自己，一身雍容气度。

朱旸到底小看了顾蛮生，他以为他会借机羞辱或者作弄秀秀，一抒当年的郁结之气。顾蛮生却没有，他脸色挺好的，但态度颇值得玩味。他摩挲着下巴，入神地望着秀秀，眼神像湍急黝黑的河水。

秀秀不敢提当初那段旧事，什么通马桶、修下水道、扛煤气罐，顾蛮生没少被她指使着干这些脏活儿，更没少被她言辞龌龊地骂过。她用最甜的嗓音喊了一声“顾总”，然后看见顾蛮生身前的圆桌上放着一瓶人头马，猛地向他鞠了一躬，举起就喝。

人头马喝到一半，秀秀眼里就蓄上了泪，显得特别费力和委屈。可能是真的，可能是演的，顾蛮生没兴趣去分辨，他站起身，将秀秀紧攥着的酒瓶轻巧地拿了下来，自己一仰脖子，把剩下的小半瓶酒灌进喉咙里。

“今儿见到熟人，我高兴，我要唱歌。”顾蛮生疯劲儿上来，跳上台，塞了几百小费给伴奏的乐队，点唱了一首《一无所有》。

我曾经问个不休，你何时跟我走，

可你却总是笑我一无所有……

顾蛮生的嗓音特别好听，一点不输那个过气歌星。会所灯光幻彩，全场跟着他疯。他发现，什么都有的人唱一无所有的歌，特别有乐子。

后来浩子悄悄告诉杨柳，说是顾蛮生本想找朱旸谈谈，结果却是朱旸把顾蛮生带进了哪里的 KTV，一晚上消费了上万。

杨柳既惊且怒，当场变卦，她表示一定要开除朱旸。

浩子劝她，生哥去那种地方肯定也有分寸，最多就是唱歌消遣，释放压力。

“我不怀疑顾蛮生，我们之间这点信任还是有的。我也不是吃醋，我只是想不明白朱旸这个人，都到这个份上他还不知道安分，这人是有多不要脸？一个人，上行艰难，下坠简单，这姓朱的已经烂到根里了，如果让他继续留在顾蛮生身边，迟早会闯出大祸。我得想办法让他滚蛋。”

浩子还是不放心：“可生哥要是知道是你开除的他，一定会发火的。”

“那就不让他知道。”话到这个份上，杨柳心里已经有了主意。

杨柳这边已经起了杀心，朱旸那边倒是仍然不慌不忙。他蛇抓七寸，知道顾蛮生碍着自己亲哥的面子，不会拿自己怎么样，更知道怎么顺着顾蛮生的心意来，今时今日的顾老板当然有扬眉吐气的需要，秀秀的事情他不就安排得挺好？所以他也不怎么把杨柳放在眼里，面子上能过去就过去，面子上过不去，那就算了。

过了几天，朱旸以为拿回扣的事情已经翻篇了，又跟一帮狐朋狗友去泡夜场。唱完歌，跳完舞，就带着一个瞧来年纪不大的小姑娘去开了房。

杨柳立说立行，既然准备对付朱旸，自然对他的行踪了如指掌。她威胁会所经理，说自己是妻子来抓奸，不给她开门，她就报警让警察来扫黄。

会所经理看她一身名牌，一脸的不好惹，只得答应。

“咣”一声门就被推开了，朱旸一见闯进来的人是杨柳，赶紧扯被子遮掩自己的裸体，但是来不及了。杨柳拿着一台数码相机，对他和床上的姑娘一通乱拍，什么丑态都捕捉得清清楚楚。

“你快穿上衣服出去。”杨柳打发走那个惊慌失措的小姑娘，又居高临下地看着朱旸，“那姑娘看着年纪很小，你问过人家满十四了吗？”

未满十四周岁就是强奸，朱旸也不知道那姑娘到底几岁，情急之中被杨柳一唬就当了真，瞬间吓得脸色蜡白：“柳姐，柳姐我下次不敢了……”

杨柳一挑眉毛，晃了晃手里的相机，带着点揶揄的口气道：“我打算把这些照片交给警察，再多印几份，寄给你在老家的爸妈、亲戚还有邻居，让他们看看他们的好儿子到底多有出息。”

“柳姐，你别这样，你给我一条生路……”朱旸怕丢这个人，努力挤出两滴眼泪。

“给你一条生路也行。”见君已入瓮，杨柳淡淡地道，“我要你明天就主动辞职，不准告诉顾蛮生到底是什么原因。”

第二十四章

生悲

朱旸辞职了，果然如杨柳所愿，走之前没向顾蛮生挑明原因。一切波澜似乎归于平静，展信这边由杨柳牵头，着手准备起小灵通的项目合作。

去年年末，信产部发布了“5 号文件”，规定手机生产与销售都必须经过相关部门的审批，不仅是为了规范国产手机市场，更重要的意义却是在保护国产通信设备企业。肥水难流外人田，许多外资企业因此被挡在了巨大的中国市场门外。京瓷急需借由展信进军中国手机市场，而作为回报，他们将提供小灵通基站技术。

为了与顾蛮生见面，京瓷派出了一整个精英团队，带着互惠互利的合作方案，比约定时间提前一个小时，就坐在展信的会议室里了。

可对方公司的重视没有换来等价回报，顾蛮生从头至尾都没露面，打电话去催，电话没开机，派人去找，满世界都找不着他的人影。团队空等了一下午，京瓷的负责人维持着最后的涵养，冲杨柳摇了摇头，拂袖而去。

待人全部走光之后，顾蛮生的短信倒来了，他在短信里留了一家饭店的地址，说今天是他同学聚会的大好日子，让杨柳无论如何都得过来。

杨柳又惊又怒，撂下电话，开着车就去了。

这场同学聚会是顾蛮生心血来潮临时组织的，他尽显派头，给已经散居在五湖四海的同学们都买了飞机票。除了曲颂宁人在外地出差，实在没法赶过来，当年玩得好的朋友一个没落下，饭店包间坐得满满当当。

顾蛮生现在的成就自不必说，剩下的人里就属贝时远最引人注目。都到了年纪，拖家带口来的不少，即便还未结婚，也都有了定下的对象。所以大伙儿理所当然地关心起了他的个人状况，一个劲儿地追问他："当年你明明是我们这群人里最早脱单的，怎么这次没带女朋友来？"

一群老同学围着自己八卦，贝时远拗不过，只好笑着道："确实有一个女孩儿，我很喜欢她，但是我们目前的关系有些复杂——"

"复杂什么？还有姑娘能扛得住你的魅力？"所有人都叽叽喳喳地嚷起来，尤以陈一鸣嚷得最响。他这回就是带着老婆来的，老婆没有他当年苦追的施小苒漂亮，但温柔贤惠，宜家宜室。他嘴贫依旧，边喝酒边说："以前咱们瀚大男生提起小贝，压根儿不识贝克汉姆，只认一个贝时远。以咱贝哥的条件，想俘获哪个姑娘不是手到擒来？这回关系复杂，该不是色胆包天，觊觎上人家有夫之妇了吧？"

倘使杨柳再晚到一时半刻，贝时远怕是招架不住老友们的轮番轰炸，就要招供了。然而杨柳一进门，大伙儿找到了新的打趣目标，纷纷掉转了枪头。

陈一鸣嘹亮又谐趣地喊出一声："大嫂，大嫂来了！"

如今同学当中最阔的就是顾蛮生，所以大家不管年纪大小，都心甘情愿认他作大哥，自然也就管杨柳叫"大嫂"。

杨柳铁青着一张脸，一双眼睛牢牢钉在了朱旸脸上。朱旸是代替他哥朱亮来的，他一见杨柳便犹如触电，面部肌肉横跳，不自然地避开了她的目光。

杨柳猜测事情肯定与朱旸脱不了干系，这小子出尔反尔，肯定还是告诉了顾蛮生。她不管周围人的哄笑，径自来到顾蛮生身前，劈头盖脸就嚷："你明明答应了我，要跟对方见一面的，你怎么能这么放人家鸽子呢？！"

"不这样你怎么会死心，他们又怎么会死心，我说过别在我面前再提'小灵通'三个字，我最讨厌背地里搞小动作的人。"顾蛮生打从一开始就没把这趟合作放在心上，他对杨柳背着自己赶走朱旸也大为不满。

"这里都是我的老同学，这是贝时远，这是陈一鸣——"顾蛮生慢悠悠地抬了抬眼皮，以目光指了指贝时远他们，又斟了半杯拉菲，递给杨柳道，"杨柳，人家管你叫大嫂，你这大嫂也敬敬大家。"

没想到顾蛮生任性到了这个地步，杨柳当场化激愤为行动，从顾蛮生手中接过半满的红酒杯，又反手泼在了他的脸上。猩红色的酒液顺着他的立体轮廓往下淌，顾蛮生本能地闭了闭眼睛，像流下了两行带血的泪。

“不好意思，各位，失陪了。”泼完酒便神清气爽，她冲满座惊愕的男男女女微一欠身，扭头就走。

“大嫂这脾气够……够辣的。”陈一鸣赶紧抽了一块干净毛巾，想帮顾蛮生擦脸。

眼睛很不舒服，顾蛮生这会儿看什么都带血色，他夺来毛巾自己擦脸，没擦两下，就用力把毛巾摔在了桌上。杨柳在人前丝毫不顾及他的面子，他的雷霆之怒濒于爆发。

这下所有人都如坐针毡了，不免也有些幸灾乐祸的，但面上总不好表现出来。为了缓和尴尬气氛，陈一鸣顾左右而言他，尽量扯开话题：“曲颂宁没来，怎么曲夏晚也没来，咱当年的校花，大美女啊。”

贝时远接话道：“让曲颂宁叫了，可能忙吧。”

另一个同学插嘴道：“她结婚好几年了吧，估计在家带孩子呢。”

…………

“单我已经买了，大家尽兴。”耳边嗡嗡绕绕的声音吵得头疼，耻辱感不减反升，顾蛮生站起身，冲在场的同学点一点头，甩手走人得无比干脆。

一场筵席不欢而散，一派兵荒马乱。

本准备尽兴喝酒，所以他没开车。出了饭店，他无意识地四处瞎走，来到了街心花园，忽地觉出天上飘下了几缕雨丝，反倒不想再走，坐下了。

细雨中，顾蛮生双肘支着膝盖，手掌相合，撑着前额。街心花园前车来车往、人走人停，他闭目听着充斥世界的各种异声，眉宇间透出与他年龄并不相宜的深深疲惫。

不一会儿，雨势渐渐大了，天上黑云麇集，花园里的椿树与其他一些不知名的绿植迎风乱摆腰肢，飒飒作响。顾蛮生独自坐了片刻，却蓦然发觉雨停了，好像有人为他打了一把伞。

他抬起头，看清伞下一张清丽的面孔。

顾蛮生从没想到，自己会在这样的情况下再遇见曲夏晚。

他是空腹离开饭店的，顺理成章要请曲夏晚吃饭。他特意选了一家人均好几百的高档日料店，因为他还记得曲夏晚偏好鱼生。他们读书那会儿汉海基本找不到日料店，也就八佰商场的底层有些不占面积的寿司超市。为让曲夏晚一饱口福，寿司常常是几盒几盒地买，待曲夏晚挑尽了上头的生鱼片，顾蛮生就得负责消灭下头的米饭，撑得回家吃不下唐茹做的饭。

顾蛮生草草翻了菜单，征得曲夏晚的同意之后，就全部交由大厨安排。日料店装饰得十分古典雅致，他们座位上方的穹顶处特意设计了一把油纸伞。两人面对面置身伞下，眼前是朦胧似烟雨的昏黄灯光，若不是背景音乐放的是一首舒缓的日文歌，倒很有几分白娘子与许仙断桥借伞的浪漫意境。

起初谁也没出声，任由热情有礼的店员为他们布菜。两人间的氛围如此安静，仿佛落一根针都能听见回声。这种安静其实悖于自然，反而特别响亮。

终究还是顾蛮生先开口："好像是两年前吧，有次我在深夜的街上看见你，一转眼你又不见了。我总觉得自己没看走眼，那时你是不是就在深圳？"

曲夏晚点点头："兴许是吧，那阵子我常陪着刘岳来这儿看房子，我现在就住在福田。"

"你现在住在福田？"顾蛮生诧异地问。

"我已经在这儿住了半年了。"

"你已经在这儿住了半年了？"展信建造中的办公大楼就在福田，若曲夏晚有心相见，两人不会一次也没遇见过，顾蛮生不由怀疑道，"你该不是刻意躲着我吧？"

曲夏晚没有正面回答这个问题，只说："刘岳的寻呼机厂办在这里。"

顾蛮生点头道："深圳电子工业发达，各项政策也很支持，你还记得我们当时去过的华强北路吗，现在它的改造重建工程即将完成，相信不久之后，它就会成为中国的电子第一街。"

顾蛮生当年的预言就快实现了，曲夏晚却苦笑着摇摇头："政策支持有什么用？已经有国产手机上市了，现在手机大幅降价，再不是舶来品与奢侈品了。外国的寻呼机都卖不出去了，谁还买国内的？算了算了，我们难得见面，我太扫兴了。"

以前的曲夏晚相当娇憨恣意，现在却是处处谨小慎微，就怕说错一句话。顾蛮生为这个女人的变化感到心痛，投向对方的目光开始严肃起来。看她的脸还好，看她的手与手臂就有些嶙峋，已经瘦到失了美感。顾蛮生很快注意到，曲夏晚的腕子细得不堪一折，毫无血色的皮肤上头留着一道触目惊心的瘀痕。

得知曲夏晚要去参加大学同学聚会，刘岳甩手就是一记势大力沉的耳光。她费了好大功夫才用粉底掩饰住脸上的青紫，但手腕上这点瘀伤怎么也藏不住了。

意识到顾蛮生的目光落的不是地方，曲夏晚赶紧扯袖子遮掩伤痕，挤着笑容转换话题："别谈他了，还是谈谈你吧，听说展信只用了三年时间，就在交换机市场上与国外大厂平分秋色了，你真了不起。"

"他还打你吗？"顾蛮生没接曲夏晚的话，此刻，愤怒令他眉头紧锁，胃口全无，"曲颂宁怎么能准许别人打他姐姐？"

"颂宁一直忙着出差，他已经有了自己的家庭，我怎么好意思什么事情都麻烦他，我倒是跟我妈提过，可是她……"话还未完，曲夏晚的眼泪就流了下来。顾蛮生揭了一张纸巾递过去，却没抬眼睛。他实在不忍见她哭泣的样子。

"她让你忍，是不是？"

"我已经向他提了离婚，可他不同意。他说等他生意上的事情解决再跟我谈，他现在正在想办法，想把厂房还有设备都盘出去。可做生意的人哪个又是傻的，寻呼机用户数每况愈下，谁又肯在这个当口接盘呢？"曲夏晚努力收住眼泪，尽量维持住自己的平静情绪，"我提过三次，每次他都跪在我脚边痛哭流涕，发誓会痛改前非，每次我妈也都会来劝我，她说婚姻就是这样，每个女人都是忍过来的。"

"狗屁。"顾蛮生无端端地来了烟瘾，掏出烟盒取了一支烟，打火时手却连抖了几下，怎么也打不着。他越发心烦意乱，扔下烟，抬手招来店员，掏了几张百元大钞递过去，让对方再送一盘炸物过来。嘱咐不要天妇罗，要臭豆腐。他记得她以前爱吃这个。

"今天的同学聚会我其实来了，我一直在外面等着，犹豫要不要进去。"

店员不知从哪里买来了一盘臭豆腐，黄澄澄的炸物一下令曲夏晚心情愉快起来。她成功收住眼泪，用筷子夹起一块，小心翼翼地咬下一口。臭豆腐与记忆里的味道差别不大，她的眼睛也有了昔日的光彩："你离开汉海的那天，其实我也来了。"

"哪天？"离开汉海是几年前的旧事了，顾蛮生的记忆发生偏差，一时没理解曲夏晚的意思。

“那天你东西带得不多，就单肩背着一只黑色的运动包，看着不像是南下打拼，倒像出门旅游。你在候车大厅里一步三回头，向所有人保证，你会带着朱旸，拼出一个锦绣人生。没想到，你真的做到了。”曲夏晚不愿再做喋喋诉苦的祥林嫂，另起了一个令人轻松的话题，微笑道，“听颂宁说，你要结婚了。新娘子漂亮吗？”她的目光不由自主地落在顾蛮生前襟上的一片酒渍上。

“很晚了，我送你回去吧。”这个话题却令顾蛮生感到扫兴，他取了外套，霍然起身，“别回家了，我开车送你去酒店。”

曲夏晚最后没选择去酒店，但也没回家，她说她在深圳还有朋友，暂时借了个地方给她住。不大的一间两居室，但整洁干净，也不处于闹市区，一到夜里就特别安静。

天色深了，顾蛮生秉持绅士风度，把人送到了就准备离开。然而还没跨出门口，身后的女人就一下扑来，抱住了他。

“肩膀借我靠一靠，好不好？”曲夏晚声音戚戚，手臂慢慢环紧顾蛮生的身体。

屋外的雨总算收住了，呜呜咽咽的夜风穿过窗台，月光像银箔散了一地。顾蛮生闻见一股幽静的体香，仿佛一张网，一点一点将自己捕了进去。

曲夏晚的指尖就放在他心口的位置，她的抚摸令他体温骤升，呼吸也趋于停止。

擦枪走火一触即发，在理智崩塌之前，顾蛮生紧紧抓住曲夏晚的双手，用了点力气往外掰开。他发现这个女人的力气竟然不逊于自己，像溺水的人紧抱一段浮木，撒手就要蒙难。

他怒意冲冲地摔门走了。

夜色没有抚平他这一晚大幅起落的心情，顾蛮生在自己的车里坐了半宿。他自己也吃不准了，对于曲夏晚，他到底是怜悯，是缅怀，还是人性本贱，得不到的永远在骚动。

杨景才肺癌已经到了晚期，忽地发病急骤，转为昏迷，亏得被及时发现的邻居送去了医院，才在鬼门关前捡回一条命。但主治医生表示情形不容乐观，他的病情最多拖不过三个月。杨柳正为朱旸、为小灵通的事情跟顾蛮生冷战，索性就此撇下公司事务，搬去医院，全心全意地照顾父亲。

基站芯片的研发十分不顺，二十亿的资金投入就似扔进了大海，连个水花都没有。

顾蛮生为此焦头烂额，只仓促在杨景才的病床前露了一面，就再没出现在医院里。

只有浩子有空没空都来陪着杨柳，告诉她公司每天发生的事情，但基本就没有太好的消息。

而所有消息里最坏的就是，流片又失败了。

杨柳听着也是一惊："又失败了？已经第四次了吧？这次是什么原因？"

"前期的参数还是没有调好。其实上次就说了是重大 bug，需要推倒重来，可才两个月又赶着试产了一版，这肯定得出问题。柳姐，现在公司账上是一分钱都没有了，还要盖柳生大厦呢，为了下回流片，生哥已经跟银行借了不少钱了。他今天当着全公司的面对于老师破口大骂，还把厚厚一摞资料摔在了他的脸上，你没看到，于老师气得手都抖了，跟发了癫痫似的。"浩子思来想去，还是决定实话实说，"杨柳姐，你得回去劝劝他，我总觉得生哥现在这状态不对，好像钻进牛角尖了。"

"他现在能听进去谁的话？谁又敢管他？"杨柳垂着眼睛，慢悠悠地给父亲削苹果，雪亮的刀光在指间翻飞，像蛾的翅膀，"钱不全是他挣的吗？他自己挣自己折腾，旁人管不着。"

"管是管得着，但管也讲究个战术得当。生哥毕竟是一家万人大企业的老总，行业内外多少双眼睛看着呢。就像上回你在他那么多同学面前拿酒泼他一脸，这事情一传十、十传百，都传到我耳朵里来了。你也不能老当着全公司的面对他大呼小叫，多少也得给他一点面子嘛。"

"他这是只准州官放火，不许百姓点灯，赤裸裸的单边主义！怎么？就准他对员工大呼小叫？于新华还是他的大学恩师呢，他懂什么叫尊师重道吗？"杨柳不服气，认定就是顾蛮生刚愎且小气，自己没有一点问题，"他认识我的时候我就这样，我凭什么要改？"

"你就向生哥低个头吧，凡事不都讲究个有来有往，也不能回回都是他先向你认错嘛。"两人争执之后，杨柳一气之下就搬了出去，顾蛮生也来了脾气，不像以前那样先打电话道歉。浩子简直为这对别扭的情侣操碎了心，苦口婆心地继续劝道："他在外头披荆斩棘，你要再这么脾气火暴，你顾太太的位置都快被别的女人抢走了。"

"什么意思？"杨柳捂了一下嘴，她最近常犯恶心，大概是胃不舒服。浩子关切地问她怎么了，她却目露凶光，挥刀在他眼前比画一下，“你把话说清楚，什么女人？”

浩子本来是不想搬弄这些是非的，但一时说漏了嘴，这下不说明白不行了。他叹着气提醒杨柳，说顾蛮生正准备收购一家寻呼机厂，让她千万别被人乘虚而入了。

“寻呼机厂？”杨柳手一抖，锋利的刀刃就把手指割破了。

直到浩子离开病房，杨柳还盯着自己的伤口走神，指间热血黏腻，手心却全是冷汗。她恍然想起来，曲夏晚就嫁了一个寻呼机厂的小老板。

那天与曲夏晚见面之后，顾蛮生很快托了一个他与刘岳共同的朋友，表示自己要收购刘岳的寻呼机厂，但他提醒对方，在合同签订之前，暂时先不要泄露自己的身份。他跟曲夏晚走到这步算是阴差阳错，说怜香惜玉也好，说扶困济危也罢，他认为自己有义务拯救她于这场糟糕的婚姻。

顾蛮生与曲夏晚在外面吃了晚餐，照旧又送她回朋友的住处，刘岳虽然没有同意离婚，但因生意场上焦头烂额，也就没精力再干涉妻子的生活，两个人就这么拖泥带水、藕断丝连地分居着。这间干净的两居室，顾蛮生来过几次了，每次都没见着曲夏晚声称的那个朋友。

顾蛮生回回来去匆匆，一直没好好看过曲夏晚的这个临时居所，今天定下心来参观一番，才发现麻雀虽小五脏俱全，她吃的、用的都是最好的，一些稀奇古怪、引领潮流的小玩意儿像石子一般，随意地砌在家里。

“这是雷纳的 DVD。”因为当初卖过随身听，顾蛮生一直对国产音频产品很是留心。他有些惊讶地发现，这款雷纳的产品还没在国内上市。

曲夏晚解释道：“我朋友喜欢这个，也跟雷纳的老总挺熟的，可能先把样品机拿来了。”

“男性朋友吧？女孩子应该不太懂这个。”顾蛮生随口说了一声，没留意曲夏晚听见这话的脸色，就按下 DVD 上的开关，放出一首舒缓的轻音乐。

音乐与窗外风吹树叶的声音盘桓交织，宛然似梦，也令两人间的气氛再次变得暧昧。快十二点了，顾蛮生没打算离开，反倒闭目坐在了沙发上。

除了久别重逢那夜他们都喝得微醺，险些擦枪走火，顾蛮生以后每次再来，都很规矩，很客气。曲夏晚倒有些耳热心跳，手足无措地站着，她想问问顾蛮生今晚是不是有留宿的打算，又遮遮掩掩地不敢明说。

“你别想多了，公司里的空气太压抑，家里也没人说话，我就是来透透气。”顾蛮生半躺半靠，不知是假寐还是真累了，反正就那么合着眼睛。

这个男人将善意释放得不着痕迹，也不予人压力，曲夏晚轻轻“嗯”了一声，随他一起坐了下来。

“我总认为，核心技术不掌握在自己手里就得被别人扼住脖子，可没想到芯片研发那么难，一次流片失败就是三千万，还不算开发成本。还有这两个月，信产部连下四份关于小灵通的文件，前后口径不一，全是矛盾的地方。”顾蛮生不是没有问过自己，自主研发芯片的时机是否还不成熟，然而现在放弃就等于前功尽弃，只能硬着头皮上了。他被肩上千斤担压得几乎夜夜难眠，然而杨柳却是一句也不肯听，两个人一见面就互戗，总有一个被激得摔门而去。

“你是展信的中流砥柱，千万别给自己太大压力。”曲夏晚柔声细语，凝神注视这个男人深邃的眉弓与眼睛，心里的渴望正悄悄复苏。

“你也不用有压力，更不用感谢我。我只是商人，唯利是图，刘岳那些设备对我来说是垃圾，但那块地皮不错，我这么做不全是为了帮你。”顾蛮生其实很感谢曲夏晚的善解人意，这个时候，他很需要一个耐心的、安静的聆听者。他站起身，向曲夏晚告别道：“明天一早的飞机，我来接你去机场，早点跟刘岳把事情处理了，你也能尽快有个新的开始。”

有句话他没说出口：这算我欠你的。

这头顾蛮生总算安稳睡了一觉，那边杨柳却是一宿没合眼睛，她躺在床上翻来覆去，几次想打电话给顾蛮生，又几次把听筒撂下。最后她决定去找浩子，一个电话扰其清梦，非让他说出曲夏晚的住处。

浩子揉揉惺忪睡眼，迷迷糊糊地回答：“好像听生哥提过一句，叫什么白鸥小区吧。”

杨柳又马上开车找去了白鸥小区，顾蛮生的黑色大奔在这个普通的居民小区里十分显眼，像个骑着高头大马的将军，鹤立于一片散兵游勇之中。杨柳记得车牌号，开着车在小区里巡游一圈，很快就找到了。

早晨五点，天际尽头露出一点绯色，东方刚刚破白。杨柳坐在自己的车里，直着眼睛盯着那栋居民楼，她没想好，要不要杀上门去，“曲夏晚”这个名字在她心头萦绕了这些年，她真的想看看，到底是个什么样的女人。

不一会儿，顾蛮生提着一个行李箱，与一个女人一同下了楼。

这个女人薄裙轻纱，绰约如一朵风中摇曳的蔷薇花，毫无疑问就是曲夏晚。

杨柳抛却自尊，以情敌之间最恶毒、最挑剔的眼光在这个女人脸上翻滚、剐割，结果却悻然发现，曲夏晚的一举一动始终透着一种闺秀才有的教养，整个人都瞧着水汪汪又软绵绵的，万分招人怜惜。

哪像自己，粗枝大叶，风雷火炮。

顾蛮生替曲夏晚拉开了车门，两人短暂接触的同时，也对视了一眼。曲夏晚立即含情脉脉了，但顾蛮生的眼神依然冷淡克制，待她的举止也处处止乎于礼，完全不会把旁观者引去一些或龌龊或香艳的故事里。

尽管两个人如今闹得不可开交，但杨柳对顾蛮生尚存信任，仅凭直觉也能断定，他们之间并没有那一层亲密关系。

然而情人眼里揉不得沙。无论出于什么原因，为旧爱两肋插刀，都不配获得原谅。一丝怔忡之色从脸上消失了，杨柳比任何时候都更坚决镇定。

树木浓郁的冠顶随风摇摆，令她的视线忽而明，忽而暗，她就这么目送着这辆黑色奔驰驶出了小区。

这宗交易是经由朋友介绍的。朋友一直含含糊糊不说明话，刘岳直到见到出现在自己眼前的顾蛮生，才知道买家原来是他。

在顾蛮生眼里，刘岳就是“瓷脑”，为人迂腐不通，没大本事，却总贸然去揽瓷器活儿。当年他身无分文，就没把对方放在眼里，如今更是瞧不上了。

碰面地点是刘岳在汉海的老宅里，这座城市现在对一头扎入深圳的顾蛮生而言陌生得很，倒算是刘岳的主场。两个人面对面坐在二楼的客厅里，顾蛮生只是微眯着双眼看着刘岳，眼底波澜不兴，一言不发。

这种明显轻视的目光令刘岳很不舒服，他像服罪的囚犯一般低着头，嘴里喃喃道：

“这才几年啊，当初那个成天在天桥下鬼混的小瘪三居然变成大老板了……”他还是愤懑，还是不满，还是觉得顾蛮生有今天不过是运气好。

顾蛮生“啪”地扔出一叠文件，试图速战速决：“把离婚协议书签了，你那家破厂连同里头的那些垃圾，我全要了。”

“顾老板出手真是阔绰啊。”顾蛮生给出的价格比市场价高出了三十个百分点，不可谓不慷慨。刘岳耷拉着眼皮，久久盯着茶几上的那份离婚协议书，突然从齿缝里突兀地迸出一声：“你们睡了吗？”

无人作答，空气短暂地滞凝了，刘岳仰起脸，又神色悲壮地大声问了一遍：“你们睡了吗？”

“还没有。”顾蛮生诚实地回答，“我不睡别人的老婆。”

颇值得玩味的三个字，它既是否定句，又是肯定句。

“所以你迫不及待地想让我签了这张协议书。”刘岳扭转头，望向一直静静站在门边上的曲夏晚，嘴角扯出一丝苦笑，“你也迫不及待了。”

顾蛮生没有作声，他的沉默很像怜悯，曲夏晚也没有作声，她的沉默则像默认。

见此，刘岳震怒爆发，张嘴就喷出了污言秽语：“我就是娶了一个婊子！一个别的男人的尿壶！”

“嘴放干净点。”顾蛮生并没有迫切要与这个男人产生争执的欲望，他其实很疲倦，很想快点结束这场没完没了的拉扯。他掏出钢笔扔在刘岳面前，又掏了一支烟，点着以后叼进嘴里。他吞吐着烟雾，淡淡道：“这个价你不亏了，快签吧。”

刘岳又以乞求的眼神看了妻子一眼，但曲夏晚扭过脸，残忍地拒绝与他对视。最后那丝希望破灭了，刘岳像一下老了几十岁，笔都拿不稳了，他颤颤巍巍地在协议书与合同上分别签下了自己的名字。

顾蛮生站起身，收回协议书与其中一份合同，确认签名无误之后，朝曲夏晚点点头，就准备与她一同离开。

从头到尾顾蛮生都没怎么说话，他打发他，就像用钱打发一个乞丐，这种全无所谓的态度令刘岳倍觉耻辱。他突然从沙发上一跃而起，抄起个花瓶就向顾蛮生的后脑勺猛砸下去。

“蛮生，小心！”曲夏晚惊声尖叫，顾蛮生受到提醒，及时侧身避开，肩膀挨了一下重击人却没倒。他回过头，把嘴里的烟拔出来，狠狠撳在了刘岳的脸上。

灼烧的痛楚令刘岳彻底疯了，他发出撕心裂肺的兽类才有的号叫声，又朝着顾蛮生一头猛扎过去。顾蛮生面上肌肉剧烈地跳动一下，紧接着一把扯松领带，与刘岳迎面相撞。两个男人被一个女人激发了嗜杀的天性，如同两头野兽，拳拳到肉地翻滚厮杀。

顾蛮生比刘岳高大不少，很快就占据了主动。刘岳连吃了顾蛮生几拳头，却一次次摔下去又一次次爬起来。两人从二楼一路扭打至楼下，所经之处，花瓶、瓷器与酒杯齐声合唱，稀里哗啦碎了一地。

刘岳逊于体力与体形，终于招架不住了，他软绵绵地滑倒下去，像一摊雨后的黄泥。顾蛮生也挂了点彩，伤口的疼痛掺和着新仇旧怨，令他彻底杀红了眼。他揪起刘岳的衣领，压住刘岳的后脑勺，将他的脑袋猛撞向楼梯的金属护栏，刘岳的前额与凸起的护栏猛烈相撞，发出一声极为骇人的闷响。

重重压力得到了宣泄的出口，顾蛮生摁着刘岳的脖子连撞数下，自己力尽才收手。他五指轻轻一松，刘岳就从楼梯上坠了下去，脸朝下地趴着，良久，一动不动。

“蛮生，你没事吧？”曲夏晚为了阻止两个男人的这场厮杀，已经喊哑了嗓子，她慌慌张张来到顾蛮生身边，偎着他瑟瑟发抖。

“没事。”顾蛮生抬手擦了擦破皮的嘴角，被曲夏晚搀扶着下了楼梯。经过刘岳身边，他踹他一脚：“别装死了，起来。”

刘岳仍旧不动，房间里弥漫着一股肃杀的血腥气。

顾蛮生这时才觉出不妙，赶忙把刘岳翻了过来。一条黏稠暗红的血液从男人的口角处流了出来，他探了探鼻息才发现，刘岳已经断气了。

曲夏晚捂着嘴，软倒在地，终于摆脱这个男人的喜悦荡然无存，她失声痛哭。

顾蛮生也精疲力尽了，他拾起打斗中掉在地上的手机，报完警，就坐在楼梯边，静静等待警察上门。

晌午时分，阳光过剩，大厅亮得人眼晕，他不得不抬手遮挡住眼睛。他什么也没想，他知道这个时候想什么都迟了。

顾蛮生的档案上曾经记过类似的一笔，只是彼时他下手留神，运气也好，余少哲连轻伤都没落下，但这回跑不了了。

一审、二审拖拉了一阵子，结果还是一样，故意伤害致人死亡，五年半有期徒刑。

判决时杨柳没有到场，判决出来之后，她也只去探望过他一次。

杨柳面容略有几分憔悴，眼眶血红，像是刚刚大哭过一场，抑或已经许久没有合过眼睛。顾蛮生看见她鬓角戴着的白花与手臂上的黑纱袖箍，他知道，杨景才过世了。

“爸爸他……”

“已经入土为安了。我选的墓地，没必要太铺张浪费，中型的艺术碑。”杨柳平静地回答。

顾蛮生点了点头。不怪她恨，不怪她不想见他，在她最绝望、最痛苦、最需要支持与安慰的时候，他却在为别的女人坐牢。

“我把‘柳生大厦’卖了。CDMA 牌照没有给电信，市场反哺不了你前期研发芯片造成的巨大投入，展信资金链断了，造不起这么高的楼了。”杨柳为看守所里消息闭塞的顾蛮生带来了一个坏透了的消息，原以为在移动牌照上的三足鼎立局面最终没有出现，最后一张 2G 移动牌照 CDMA 竟又花落联通，大跌了所有人的眼镜。

本想借 CDMA 一举占据国内 2G 基站市场，展信的算盘珠子拨得叮当响，结果却竹篮打水一场空。顾蛮生知道自己做了一个近乎致命的错误决策，以至于他与展信多年的积累几乎功亏一篑。联通同时握有两张 2G 牌照，必然力有不逮，不可能大力发展 CDMA。而另一方面，信产部下发通知，将小灵通定位为“固定电话的补充和延伸”，等于变相鼓励电信发力小灵通市场。

“好……你决定就好。”大楼被卖及 CDMA 牌照的消息并没有令顾蛮生太过动容，他依旧没什么表情地坐在那里，似乎不以已悲。可能已经被抛至了命运的最低点，他早有不祥预感，所有的痛感神经也都麻痹了。

“你以为这就是最坏的消息了吗？”杨柳一眨不眨地注视着顾蛮生，淡淡地道，“还不是。”

接着她以个残酷的姿态微微一动嘴角，将一张纸从手提包里取出，展开，贴在了会见室的玻璃上。她用这张人流报告单，给了他最扎实的一刀。

“我把孩子打掉了。医生告诉我是个女孩儿，你一直心心念念想要的女孩儿。”

一个个杀人诛心的字眼从她的齿缝间毫不留情地泻了出来，这种报复的法子杀敌一千自损八百，但终究管了用。杨柳看见顾蛮生先是震愕地瞪大眼睛，足足三分钟之后，他才活转过来，眼圈已经憋得通红。

为了压抑极致的痛苦，他只好紧紧咬住后槽牙，咬得太阳穴青筋暴凸，一张英俊脸孔完全走了形，然而眼泪还是止不住地流了下来。

这个女人爱得狂野，恨得凛冽，她站起身，凑近阻隔在他们之间的那块玻璃板："我再也不想看到你。"

说完就掉头走了。

望着杨柳渐远的背影，顾蛮生垂下头，失声痛哭。

除了等待他的五年有期徒刑，他终究像那沧桑的歌声唱的一样：

可你却总是笑我，一无所有，噢，一无所有。

Best Time

白马时光

指间生长

下

金十四钗——著

百花洲文艺出版社
BAIHUAZHOU LITERATURE AND ART PRESS

目 录 CONTENTS

第五部分 风涌华强北

第二十五章 **重见天日** 002

第二十六章 **雄心熄偃** 008

第二十七章 **维权** 020

第二十八章 **故友重逢** 034

第二十九章 **造船不如买船** 049

第三十章 **从头再来** 064

第三十一章 **打假** 078

第三十二章 **天才是方孔中的圆桩** 099

第三十三章 **重圆** 114

第六部分 归零

第三十四章 **十年风雨十年灯** 128

第三十五章 **北京，北京** 143

第三十六章 **基闹** 157

第三十七章 **塞翁失马** 170

第三十八章 **多才必然多欲** 178

第三十九章 **出海** 191

第四十章 **诉讼不是目的** 207

第四十一章 **一切归于泡影** 223

目录 CONTENTS

第七部分 相争

第四十二章 **等到十八岁** 246

第四十三章 **变天了** 255

第四十四章 **新派汉奸** 268

第四十五章 **红颜知己** 275

第四十六章 **把大象冲进厕所** 289

第八部分 5G 时代

第四十七章 **危境** 310

第四十八章 **5G 标准** 324

第四十九章 **伟大的背后都是苦难** 339

第五十章 **花非花，雾非雾** 350

第五部分

风涌华强北

第二十五章

重见天日

2005 年的第一场雪下得颇有诗意。

立春晌午，天气预报之外的这场雪突然来了，雪白如银、细如雾，落在树上还能薄薄积一层，落到人脸上便转瞬消融，仿佛一道道哀伤的泪痕。

五年半，风卷残云的两千天，顾蛮生终于在这样一个平平常常的雪天，刑满出狱了。

他是在汉海犯的事，却是在白茅岭服的刑。一道监狱大门，四面高墙电网，就将顾蛮生与外头那个一日千里的世界完全隔绝了，只剩下每月与节假日都会获准一次的探亲会见。

然而，除了唐茹，基本没人来看过他。起初浩子倒是来过，为他带点家乡特产，为他说说外头的世界。坚持一年之后，浩子不好意思地留了句话，说以后可能没办法常来了，因为他要离开展信，去干属于自己的事业了。后来，浩子就真的再没来过。

顾蛮生不意外，浩子不像是会长久拘于一个地方的人，他跟自己一样，心中藏着大山大川。

比起母亲与浩子，顾蛮生更想见的人其实是杨柳，但杨柳果然一次没来探过监。面对这样愚蠢的背叛，她的心头浴着恨与血，她说到做到。

离开监狱之后，顾蛮生先坐长途汽车，回了一趟汉海。颠簸着赶路数小时后，他驻足在家门口，久久凝神望着家门上贴着的大红福字，心情说不上好坏。他只是想：时间赶得倒巧，还能举家吃一顿年夜饭，就是不知道他爹乐不乐意见他这个不肖儿子，会不会饭桌上就翻脸，大倒彼此的胃口。

唐茹知道儿子今天回家，一早准备好了点着艾草的火盆与柚子叶。她一直留神听着外头，一有点动静就去开门，前前后后白跑了十几趟。这趟总算没白跑。她打开房门，看见儿子一脸尘与霜地立在门口，一双眼圈“唰”地就红了。

顾蛮生喊她一声：“妈。”

唐茹回过神来，赶紧拉扯着儿子进屋。她边拿柚子叶在他肩头掸扫，边喜声喜气地喊着：“先跨火盆，再拿柚子叶扫一扫，从今儿个起就福星当头，灾祸全消了！”

顾蛮生听从吩咐，跨过了火盆，饿得顾不上先洗洗身上的尘土，就坐上了饭桌。鸡鸭鱼肉已经摆了满满一桌，光是热炒就十二道，还不算冷盘、甜点与汤，一家三口根本吃不了这么多菜，但唐茹固执地相信只有大摆筵席才能一扫晦气。

儿子回来了，顾长河却闭着房门生闷气，妻子喊他都不肯出屋。他对顾蛮生非常失望，自己千叮咛万嘱咐，结果他仍以一个更憋屈的理由踏上了他的旧路。为了一个女人，还是一个有夫之妇，邻里问起来，都没脸说出去。

饭桌上，顾蛮生饥饿已久，疲惫已久，只顾低头吃东西。唐茹几次试图打破沉默，问了他好多遍“好不好吃”“合不合胃口”这样的问题。其实根本没必要问，牢里的一日三餐只有蒸馍与清水炖的季节菜，难得过节吃顿肉，还都肥腻得难以下咽。顾蛮生塞了满嘴的红烧肉与白米饭，含含糊糊地回应着母亲，因为咀嚼过于认真用力，他的额角青筋暴跳。

只是一顿饭的工夫，唐茹就心酸又欣慰地意识到，儿子变了，再不是当年那个痞头痞脑、无知无畏的青年了。一个人由人生的巅峰跌入绝境的低谷，还经历了五年多的牢狱生活，肯定是要变化的。

饱餐之后，顾蛮生去浴室洗澡刮脸，或许是太久没用过这种刀片型的剃须刀，不怎么顺手，一上脸就是一道血口子。他停了手，站在镜子前，细致地观察着里头那个略显陌生的男人。男人嘴角严肃地抿着，眉头忧郁地皱着，长相倒是英俊，但神态气质被岁月揉搓得古怪，蛮不蛮，伧不伧的，你辨不出他来自哪里，也几乎辨不出他是悲是喜。

顾蛮生在镜子前伫立良久，忽然听见顾长河开门出屋的声音。几声沉重的脚步声后，父子俩便隔着一道门重逢了。顾蛮生没推门出去，顾长河也没敲门进来，他可能是想上厕所，可能单纯就是想见见儿子，但最终他还是一言不发，只粗重地叹了口气，又转身回屋了。

这个家住得难受，顾蛮生一宿如卧砧板，死活闭不上眼睛。没等到举家团圆、吃年夜饭，第二天大早，他就悄悄收拾行囊，再次搭上了南下的火车。

走出深圳火车站，顾蛮生按着地址找到了当年同仓的室友，一个叫老六的男人。老六先他一年走出白茅岭，两人在号子里就约定好了，出来以后一起南下发展。

老六今年整三十，比顾蛮生还小一岁，高颧骨、尖下巴，长得白白净净的，很有股斯文气。他坐牢的时间比顾蛮生还长，其实倒不是穷凶极恶的坏分子，就是打小不学无术，手脚不太干净。有次入室偷东西不慎被人发现，为了逃跑冲人亮了刀，结果盗窃转化为抢劫，加上以前还有不少偷鸡摸狗的前科，一下就判了八年。

老六家庭背景颇复杂，离异的父母双双再婚，都避他如避瘟神。他自知在汉海待不下去，所以没出狱时就计划要去深圳闯荡。现在他四处打些零工，囊中特别羞涩的时候，也干过偷偷摸摸的老本行。

老六起初跟朋友一起住，后来朋友另找了份工作，就从两人合租的屋子里搬走了。他正愁一个人租这毛坯的一室一厅压力太大，顾蛮生就及时雨般出现了。

“你总算来了，我都在这儿盼了你一整年了！”同坐班房时，两人就背靠背地互相照应过，所以老六真心把顾蛮生当兄弟，见他扛着行李包站在房门口，赶忙热情地招呼他进屋。

“也就回家待了一天，这不屁股还没坐热呢，就来投奔你了。”顾蛮生走进门，抬眼四下打量，地方不大，估摸算上公摊面积也就四十平方米，房间也不干净，满室飘着一股汗脚似的怪味，火腿肠、餐巾纸与泡面盒堆得到处都是。

连着赶了两天路确实够累的，顾蛮生卸下背包，就瘫坐在了厅里的沙发上，仰着头“咻咻”喘气。他面前摆着一张木头茶几，木纹漆掉了大半，质感斑驳，茶几上胡乱铺着几张油腻腻的旧报纸，就算是桌布了。顾蛮生以眼角余光注意到，其中一张报纸上有一则跟通信设备有关的广告，他一下坐起来，把压在报纸上的泡面盒往外推了推，果然看见了“展信”二字。

“展信作为专业的通信设备制造商，主营产品包括电话交换机、无线基站设备、无线路由器、核心交换机等……”

顾蛮生一眨不眨地盯着这则广告，任一幕幕与展信、与杨柳相关的往事跳跃出报纸上的方块字，在他眼前再度上演。这些画面旋起旋灭，令他眼圈发热，肉跳心惊，一阵从心底涌上来的强烈痛楚堵在了喉咙口，最终还是欲说不能。

“饿了吧，吃什么口味的面？我给你泡。”家里除了泡面与泡面伴侣什么也没有，老六殷勤待客，一手鲜虾鱼板面，一手香菇炖鸡面，乐呵呵地问顾蛮生，“要不再加两根火腿肠、一个蛋？”

“我不饿，我想先出去转转。”顾蛮生忽地站起身，不顾身后的老六问他“要不要同去”，就头也不回地推门走了。

顾蛮生没回展信，也没去找杨柳，而是找到附近的公交站，坐车来到了福田。

然而，记忆中的福田区早已不复存在，下车时他几乎一怔，这里摩天大楼鳞次栉比，相当密集，与五年前相比，这座城市又以令人惊骇的速度变了个模样。他看见满大街都是五颜六色的灯箱片，大多是手机广告，广告上是一个个家喻户晓的明星或者明眸皓齿的美女，各种叫得上与叫不上的、国产的与国外的手机品牌。他想起来，自己进去以前，BP 机的时代正准备落幕，没想到短短几年时间，手机已经牢牢占据整个通信终端市场了。

顾蛮生有些茫然地在陌生街头走着，走了估摸二十来分钟，循着记忆里那点蛛丝马迹，总算来到了一栋大楼脚下。这栋大楼建造得相当气派，犹如通天巨塔直入云霄，大楼外墙覆盖着大片铝合金与大块大块的彩色钢化玻璃，即使在光线并不充足的阴天，也似嵌满宝石一般，折射出五彩斑斓的颜色。

他仰起头，望见楼顶四个硕大的字母，BASS。这栋楼本该是他为心爱的女人建造的“柳生大厦”，现在却有了一个新的名字，贝思国际广场。

地处贸易核心区的黄金地段，贝思国际广场上面是写字楼，下面是品牌商铺，无数时髦的红男绿女往来其中。一个西装客步履匆匆，边打电话边走出大厦的旋转门，因为分心，迎面就撞上了顾蛮生。这人相当跋扈，撞了人反倒凶恶地瞪了被撞的一眼，嘴里还不干不净地骂了一句。但顾蛮生一点没有想与对方起冲突的意思。他似完全转了性，冲人歉疚地点一点头，便默默退向一边，表现得十足守礼而谦让。

待西装客心安理得地大步离去之后，顾蛮生又默念着“贝思”二字，抬头仰望贝思大厦。忽然间，一抹乌黑的密云从天边飘过来，像一片冲锋陷阵的铁甲。耳畔的风也刮得猛了，发出阵阵鬼似的哭叫。

快下雨了。顾蛮生这么提醒自己，然后竖起衣领，转身隐没于人潮。

去年年底，也就是还在顾蛮生坐牢的时候，一场为期三天的3G专业研讨会在北京召开。会上，全球三大3G标准悉数亮相，代表欧洲标准的W-CDMA性能最优，代表美国标准的CDMA2000顺利通关，国产TD-SCDMA虽起步最晚却也突飞猛进，不仅如愿完成了部分性能测试，还获得了所有与会专家的认可。

3G即将登场，2G日益成熟，但其实也跟当年的1G模拟通信一样存在技术漏洞。GSM单向认证有一个缺陷，稍加利用就能窃取手机用户的个人信息。

顾蛮生自觉不能总在老六这里白吃白住，所以决定利用自己的特长挣点钱，贴补房租与家用。他去华强北电子市场弄了一台笔记本，又收购了一些电路元件，花了几天时间，自己组装了一台小型基站。

老六刚跟工头闹得不开心，正打算辞职不干，看顾蛮生不眠不休地倒腾他的机子，便捧着泡面盒，好奇地凑了过来：“看你连着摆弄几天了，到底是什么宝贝东西？”

“这是一种无线电设备，你也可以叫它‘基站’。”顾蛮生凝神盯着自己的机器，目光温柔得如同触摸自己的情人，“跟你在居民楼顶上看见的那些2G信号塔差不多，只是这个辐射范围没有那么大。”

顾蛮生口中的“基站”比那些信号塔小巧便携多了，目测也就一台彩电的大小。老六越发好奇，扔下吃了一半的泡面盒，蹲到了他的身边：“这东西有什么用处？”

“用处可就大了。”谈及专业，顾蛮生这些日子罕见地露出了一丝笑容，“这台基站由笔记本与主机设备共同构成，能够通过干扰和屏蔽一定范围内的运营商信号，从而伪装成运营商的基站，自动冒用其覆盖范围内的手机号码，并向它们发送短信。”说着顾蛮生将设备打开，问老六，“你现在看看，你的手机还有信号吗？”

深圳的早春寒风瑟瑟，可这台机器一旦运行起来却像个电热炉，还发出阵阵令人不踏实的“嗡嗡”声，仿佛随时可能报废。老六掏出兜里那台从电子市场淘来的诺基亚，一看，果然没了信号。

“你小子真神了哎！”虽然顾蛮生从不刻意显摆，但老六对他的事迹颇有耳闻，一个激进冒险的赌徒，一匹颇具天赋的黑马，偏偏还是个极品风流种，在事业巅峰时居然为个女人锒铛入狱，活生生上演了一出“英雄难过美人关”的传奇。

老六的脑子还没完全转过弯，只知道听顾蛮生的一定没错，继续问道:“没信号了，然后呢？”

顾蛮生胸有成竹道：“当然是找目标客户，收钱替他们发广告了。”

顾蛮生首先想到的就是华强北。他进去之前，华强北商业街的首期改造刚刚完成，又经过五年的成熟运作，已经变成了一个汇集电子、通信、家电、证券等几十个行业于一体的超级商业圈。这里的经营者显然都有打广告、做推广的需求，顾蛮生冒着春寒，一条条街、一栋栋楼地跑，挨家挨户地上门推销。这种群发广告短信的操作非常简单，而且一本万利，投入极小，一讲对方就明白了。

很快他就接到了几笔单子。怕机器直接暴露太招人耳目，他与老六一起凑钱买了辆二手车，把“基站”放在车后座上，就开始在华强北附近的一些商业圈跑了起来。

第二十六章

雄心熄偃

顾蛮生没想到，自己才在华强北附近跑了不到一个月，就被人盯上了。

上午十点，两个人刚载着“基站”慢悠悠地跑了二十分钟，老六便如坐针毡地要找地儿小解。尽管两人年纪相差不多，但老六一直把顾蛮生当大哥，对他毕恭毕敬的，很是客气。顾蛮生没来之前他过得糙，懒得到处找厕所，直接找了个巷子口停了车，笑嘻嘻地问顾蛮生道：“生哥，我想下去撒泡尿，你要不要跟我一起？”

顾蛮生坐副驾驶，从车侧窗向外望出去，一条三尺小巷，巷子地面失修，坑洼泥泞，如同人类的一截盲肠。他的思绪不禁飘向了若干年前。同是一泡浊尿，竟因为在不同地方，具有了截然不同的意义，在黄土高坡、青藏高原上，那就是飞流直下三千尺，何等壮怀激烈。但在这条幽暗狭仄的巷子里，人就真的跟狗无甚区别。

顾蛮生心生乏意，只淡淡道：“你去你的，我抽根烟。”

老六估计憋狠了，一溜小跑地往巷子尽头钻去，转眼没了身影。顾蛮生推门下了车，掏出烟盒与打火机，倚着破车吞云吐雾。他以前只在应酬时抽烟，如今瘾却大得很，兜里一包塔山根本撑不了一天。

老六久去不回，他的脚边渐渐多了几只被鞋底碾扁了的烟头。

“生哥！救命！”

巷子里突然传来一阵打斗声。顾蛮生抬头看过去，只见老六踉踉跄跄地往外跑，结果还没跑出巷子，就被一伙人从身后追上，一下就往头上罩了个蓝白条纹的尼龙袋。这条巷子曲曲折折，却是两头通的，显然这伙人是有备而来，从另一头悄然逼近，然后趁老六小解的时候将他截住了。

顾蛮生一扔手中的烟头，赶紧冲过去。围攻老六的人毫不客气，举棍就打。顾蛮生二话不说冲到他们当中，用拳头砸开两个人，自己也生生挨了好几下。趁着空当，他一把将老六拽到身后，用自己的身体牢牢护住。众人见他能打两下子，也被唬得暂时不敢上前了。

但人群并未退去，一双双眼睛虎视眈眈地盯着他。顾蛮生擦了擦被磕破的颧骨，朝着还想动手的众人举起了手，示意自己全无恶意。他平静地道："各位大哥，能不能提个醒，到底哪里得罪了？"

"就是你吧，是你们动了手脚，害得我们的手机没信号，连生意都做不成了。"天气冷，说话的胖子嘴里呼哧呼哧喷着白气，脸上横肉上下跳动。

另一个瘦一些的舞着棍子，插话道："你们这辆破车鬼鬼祟祟地在咱们这片地界转圈，已经不是一天两天了。每次你们一出现，手机立马没信号，接着大家就全收到了一模一样的短信，肯定就是你们干的！"

听出对方说的是"基站"的事情，顾蛮生微微一蹙眉头，带着歉意道："大哥们，实在对不住，也是混口饭吃。"

"一句'对不住'就算了？我看你长得倒挺人模狗样的，干什么不好，为什么非要干这种偷鸡摸狗的下作勾当？！你发的那个借贷广告真有人信了，我们当中好些人都着了那骗子的道！就他，"为首的胖子说到这里，一扯身边另一个戴着眼镜、一脸晦气的瘦高个儿，"他被骗了八万多，你说这事怎么办吧？"

"我也是接单发短信，我不知道那家是骗子公司。"顾蛮生真的不知道。当时他一心谋利谋生，接来什么单子就发什么短信，根本没注意发的到底是什么内容。如今细细一想，才恍然意识到有几条短信确实有问题，像极了为钓大鱼撒下的香饵。

"明明是你发的诈骗短信，你现在一句话就想撇干净，门儿也没有！"一直窸窸窣窣舞着棍子的瘦子十分亢奋，踩着碎步往前连连逼近，"我看就是开发商派你来的，存心捣乱！"

旁人七嘴八舌地附和道："没错，就是开发商派来捣鬼的，打他一顿才解气！"

"打！打他们！打完再送他们去派出所！"

这种伪基站就是他耍小聪明发明的，国内只怕没有先例，真被扭送去了派出所，他这行为最终会怎么定性还不好说。但顾蛮生前脚刚出囹圄，实在不想再进一趟局子，眼下四面楚歌，他也不愿再以武力蛮力突出重围，想了想，他很冷静地道：“我真的不知道那家是骗子公司，也跟你们说的什么开发商没有一点关系。我现在没钱，要是哥儿几个信我，等我有钱了一定还上，要是哥儿几个不信，也可以打我一顿撒气，就是别打我身边这个小孩儿，他只是替我跑腿的。”

一阵强劲的风恰好穿过巷子，攻势颇猛，几乎要当场将人撂倒。顾蛮生说完就迎风走向了人群，随他进一步，包围圈便扩大一些，围着他的人面面相觑，都露出一脸不可置信的神色。这伙人都是华强北附近的商户，按说早已见多识广，但他们都没见过这样的人，说傻可以，说精到家了也行。他们看着这个男人缓步走出，将双手举过头顶，然后抱在了脑后，慢慢地蹲在了地上。

“打……是不打啊？”胖子犹豫了，环顾左右。这些人都犹豫了，毕竟没有深仇大恨，对方态度这么诚恳，好似整件事确实与他没什么干系。

“打！张天师画鬼符，说什么大话唬人呢！”戴眼镜的瘦高个儿刚被骗了钱，一口恶气非出不可，恶狠狠道，“打完再扭送去派出所！”

木棍棒头已经抵在了他的后脑勺上，老六吓得瑟瑟发抖，但顾蛮生丝毫不紧张。他遭遇过命运的大劫，一点皮肉之苦算不得什么，他甚至想：横竖就是让这些人打一顿解解气，反正要钱没有，要去派出所他也不去，倘使被暴打至伤，该负刑责的就是眼前这些人，届时谁还敢扭着他一起自投罗网？

事态推进至此，所有人都下不去棍子了。只有那戴眼镜的瘦高个儿还愤恨难消，他一手压住顾蛮生的后脑勺，一手举起棍子就要往下狠砸，忽地有个声音呵斥住了他：“等等，别打！”

顾蛮生听着这声音耳熟，抬头朝传来声音的方向看了一眼。一个大高个儿、冲天发的男孩儿朝他奔了过来，瞧来年纪二十挂点零头，面相既英俊又面熟。顾蛮生与来人四目相视，好一会儿才认出这人是谁。

居然是浩子。

浩子其实早在街上就见过顾蛮生了，只是不敢把眼前这个落拓委顿的男人与当年那个意气风发的顾总联系起来，所以一直也没往心里去。因为担心是开发商派人捣乱，这场围捕行动他们其实策划了有一阵子，顾蛮生那辆破车挺显眼，他们换着人盯梢，小心翼翼地不致被人发现，总算逮着了动手的机会。浩子今非昔比，生意做得不错，不想跟着这群人瞎掺和，但又碍着同是商户的那点情谊，只好答应过来帮他们放风。

这一放风，就与故人重逢了。

“生哥！”浩子大喜，几乎是扑跌着来到顾蛮生面前，蹲在地上拉着他的手上下打量，“其实我早就在街上看见你了，我还不信，没想到你真回深圳了！”

一场危机须臾化解，浩子跟这里的商户们都熟，说话有些分量。他以人格担保，顾蛮生不可能是开发商派来恶意捣乱的，更不是诈骗犯。大伙儿这才作罢，瘦高个儿“哼”了一声，也气咻咻地走了。

浩子跟着顾蛮生回了他的住处，告诉他，这些商户为了自己铺子的改建政策与当地开发商闹得相当不愉快，开发商也没少冲他们放些威胁的狠话，加上近些日子老遇上这种无缘无故的信号中断与诈骗短信，所以大伙儿想当然地就认为，是开发商暗地里派人捣的鬼，一心就想抓人报复。

“事情算是趱赶趱地到了这一步，”浩子道，“不过也亏得这么个乌龙，不然你就算在我面前，我也不敢认。”

深圳的初春早晚温差颇大，房间没有空调，顾蛮生也没有厚实的冬衣，平时“伪基站”一运转就会拼命发热，所以在家一件单衣便足够应付了。这会儿基站没有运转，老六很快也觉出冷来，他起身把窗子关上，又取了一块抹布把窗户缝都堵上。

顾蛮生搓了搓已经冻得发红的双手，从兜里掏出一只烟盒，打开一看，已经空了。

“抽我的吧。”浩子赶紧把自己的烟递上去，长嘴硬利群，比顾蛮生的烟好。顾蛮生刚把烟接过来，浩子又忙掏出打火机，伸手替他点着了。

“你小子也是烟民了，我还一直当你是小孩儿呢。”顾蛮生也不客气，咬着烟嘴深深吸了一口，将这口烟雾含在嘴里好一会儿，才心满意足地吐出来。

抽着烟，他又上上下下打量了浩子一眼，不由笑道：“你刚刚还说认不出我，我也认不出你了，你现在可比当年俊多了。”

两个人互相都认不出，所以在人多拥挤的华强北，他们擦肩而过多次，都没相认。当年的浩子之所以叫“浩子”，就是因为他又矮又瘦、半黑不白，真跟耗子一般。哪知道几年不见，这小子一下蹿得跟顾蛮生差不多高，一身肌肉也发育得异常饱满，胳膊稍一用力，一座小丘便拔地而起。比身材变化更大的还是他的脸。浩子的五官原就属于秀气那一挂的，以前没长开时显不出山水，如今轮廓有了棱角，眉宇平生英气，就连颊上那小块白癜风也治好了，俨然已是个让人移不开眼的俊小伙儿。

顾蛮生伸手随意比了比两人的个儿，浩子坐着好像比他还显高些，他莫名感到欣慰，又吸了口烟，道：“以后不能管你叫浩子了，我还是叫你名字吧。”

“叫什么都好，反正你永远是我的生哥，”白浩也笑，扭头对跟在身边的胖子道，“这位是我生哥，我还没开店的时候就跟着他混，他教我的东西能让我受益终身。”

胖子就是刚才那个凶神恶煞、满脸横肉的胖子，这会儿倒像个笑容可掬的弥勒佛，也笑呵呵地跟着喊了一声：“生哥！”

“你刚说你开店了，你真的离开展信了？为什么？”顾蛮生越发诧异地看了浩子一眼，士别三日当刮目相待，这个年轻人现在不但有了自己的生意，还有了亦步亦趋的跟班，就好像当年他总爱跟着自己一样。

“我没念过大学，也不懂什么叫‘通信工程’，本来就是跟着你才进的展信，”白浩向来有自知之明，“你一离开，我哪好意思继续留在那里。”

顾蛮生继续问：“你现在做什么生意？”

白浩道：“谈不上做生意，就是瞎卖呗，翻新机、水货机还有别的电子产品。”

顾蛮生笑笑：“出息了。”

白浩也笑笑：“我这点小买卖哪儿谈得上出息，你那个叫贝时远的同学才真叫出息呢，他创办的贝思已经是国内名列前茅的手机厂商了。”

“贝思？”顾蛮生听得心中一惊，一下变了脸色，“是贝思国际广场的那个贝思？”

“对，就是那个贝思。”白浩轻叹口气，忽地目光炯炯地往窗外一瞟，抬手指着远处一座通天似的高楼道，“我还记得，你当年一心想把它建成‘深圳第一楼’。但后来因为展信资金链断了，你又出了事情，柳姐不得不把它卖了，也不知怎么就被贝时远接盘了，现在这栋大厦是他的。”

顾蛮生循着白浩的手势望出去，远处的贝思大厦矗立在一片密集的高楼群之间，犹如一道五彩光柱，华丽非凡。

“贝时远真挺有远见的。一开始贴申远的牌生产手机，后来咱们加入世贸，引入外部竞争的同时，又放开了一小批国内手机牌照，他就趁那机会申请了自己的牌照，也就三年时间，它现在的国产手机市场占有率已经超过申远了。”

顾蛮生一直没说话，他的眉头微微皱着，嘴唇紧紧抿着，你问他他不回答，你喊他他不吭声。

白浩看出他不服气——自己要建的大楼转眼署上自己最好朋友的名字，换谁能服气呢？白浩轻叹了口气道：“生哥，展信这两年发展得不算好。”

直到听见“展信”二字，顾蛮生的眼珠才动了一动，人也活了过来。其实不用白浩提醒，他也知道，若不是他为了跟拜通憋一口气，执意在准备不足的情况下投入芯片自主研发，又押错了CDMA的宝，展信就不会被这种“大跃进”似的错误决断拖垮，令多年积累尽付东流。一根烟已经燃尽，然而顾蛮生烟瘾大发，又回头问白浩讨了一根烟。他垂着头抽烟，一口接着一口，满屋白雾缭绕。

“不过，于老师、乔博士没有被外头的公司挖墙脚，都选择在最困难的时期留了下来。现在展信的CDMA基站销售额还算可以，就是芯片研发已经彻底放弃了，烧了二十亿，一点希望都看不到。”稍做停顿，白浩继续道，“杨柳姐这几天不在国内，就是参展去了。”

顾蛮生点点头：“MWC一般都是这个时候。”

MWC，又名世界移动通信大会，首届于1995年在西班牙马德里举行，后移至法国戛纳，基本在每年2月底举办。几乎全球的移动运营商与通信相关的企业都会参加，所以蕴含无限商机的MWC成了业内最重要的一场展会。1999年的那个阳春时节，顾蛮生就带着展信参加过一次，然而那唯一的一次经历相当不快。

去之前，于新华就劝过他，参加这样的世界级大展无疑就是烧钱，MWC既是秀场，又是战场，以展信目前的实力就算烧得起这个钱，也没有自主创新的核心技术能够打赢这场仗。

当时国内还没有一家企业敢贸然参加MWC，顾蛮生骨子里那点事事要占先机的劲儿就冒了出来，又赶上展信的CDMA基站刚刚完成商用测试，所以他兴头满满，对此次参展相当重视。为了一鸣惊人，展信豪掷千金，与主办方谈判至最后一刻，总算成功替补了一家退展的欧洲企业，在展馆中抢得一个不错的位置。然而过度周旋的结果就是布展时间明显不够了，当国外企业布展工作接近收尾之时，展信才刚刚获准进入展馆。

当地展览公司漫天要价，顾蛮生为了显眼的展馆位置已经倾囊而出，最后不得不自己揽下部分运输与搭建的苦活儿，亲自带着展信员工奋斗在布展一线，几乎彻夜不休。

苦极，累极，窝囊极，亏得身边还有杨柳。她一贯不让须眉，二话没有就解下顾蛮生的领带，抬手将自己的长鬈发扎了起来，然后就与大伙儿一起干起了最重的活儿。

展厅一万多平方米，展厅与展厅之间还有百米长廊，然而运输车辆不准进入会场，她就一个人用小型的手推车往返运送各类建材与展览道具。

2 月的戛纳不冷不热，气温宜人，但每次干完活儿就是一身臭汗，以至于一天下来脱去衣服，人人皮肤上一层白霜，全是结起来的盐花。就连吃饭时间也被压缩至最短，杨柳跟顾蛮生并肩坐在地上，毫无形象地一起啃法式长棍，有时苦中作乐，两人啃着啃着就额头抵着额头，鼻尖顶着鼻尖地缠绵一会儿，然后互相嘲笑对方臭不可闻。

然而，对于彼时极好体面、意气风发的顾蛮生而言，展信的万分投入却连一分回报也没换回来。

杨柳英语一般，跟着顾蛮生学了几句发音标准的开场白，就跑去散发宣传手册，为展信的展台吸引人流。可那些外国人看她的目光带着明显的讥笑之意，甚至有人问她："你知道这是高科技展会，不是农贸市场吧？"

2G 技术在国外早已非常成熟了，基站价格也压得很低，所以此次通信大展的焦点只在 3G。外国人倒是十分讲究礼貌，展信的 2G 基站宣传手册没有被扔得到处都是，最终全都归宿于会场内外的垃圾箱里。

就是通过这次展会，顾蛮生更深入地了解了这家叫拜通的美国企业。他对它在会上展示的一面专利墙印象深刻。没有过多华丽的灯光与喧闹的音响，仅仅是一面墙，墙上展示着上千份该公司的专利文件，据说这些还只是它所有专利中的一小部分。

拜通在 3G 芯片领域的地位一骑绝尘，顾蛮生站在这堵专利墙前，仔仔细细地看了每一份专利文件，然后踱着步子，又回到了展信的展台。空无一人的展示台上放着展信的 CDMA 机柜，各方面都比别人的粗糙。

以前只知落后，却不知已经落后了那么多。这种打击特别伤人士气。

恰好有中国记者前来报道中国企业第一次参展全球移动通信大会的情况，扛着照相机，对着空荡荡的展厅一通猛拍。“咔嚓咔嚓”声响个不绝，顾蛮生忽地无名火起，一脚就踹在了那个记者身上，踹得那个记者也发了火，嘴里冷嘲热讽不断，两人险些为抢照相机大打出手。

顾蛮生气得回到酒店就摔东西，但在杨柳问他“明年还来不来”时，却毫不犹豫地回答：“来！世界通信舞台怎么能没有展信呢？我们每年都要来！”

那个记者回国之后就写了一篇《世界移动通信大会遇冷，展信或成现场最尴尬企业》的报道，而顾蛮生第二年就身陷囹圄了，并没有如约再次参展。

人在狱中，他很快就忘记了那些国外运营商的冷脸，也忘记了那篇充满嘲讽意味的报道，唯独那面专利墙令他反复忆起，犹如入蛊一般。

就在顾蛮生陷入回忆的时候，白浩似乎猜出了他心中所想与杨柳相关，想了想，很体贴地问了一句：“五年没见了，想不想看看她现在什么样子？”不待对方回答，白浩从自己的皮夹里取出一张照片，一张他与杨柳的合影，递在了顾蛮生的眼皮子底下。

顾蛮生垂下头，眯眼看着这张照片。照片的背景应该是植物园，杨柳与白浩并肩躺靠在藤编躺椅上，身边是一片观赏期中的郁金香花海。花衬人，人映花，这么一看，两个人都特别年轻漂亮，人们常说的“金童玉女”，不外乎是这么个意思。

顾蛮生的目光反复落在杨柳的脸上。都说女人三十便过了花期，然而这个女人剪了干练的短发，一身深色系的职业装，神态从容大方，反倒愈添成熟魅力。她不再是莽莽撞撞的小辣椒，而是一朵气场凛凛、常开不败的红玫瑰。

“这照片不是送你的，就带给你解解眼馋。”见顾蛮生一直攥着这张合影不撒手，白浩不由吃起醋来，一伸手又将照片夺回来，小心收在了自己的皮夹子里。他再次抬头看向顾蛮生，似怕他多想，解释道：“杨柳姐她现在还单身……”

顾蛮生不明所以地“嗯”了一声，他其实已经看出来，眼前这个男孩儿长大了，他迫不及待地想要证明，窈窕淑女，君子好逑，而他，已经是个君子了。

“国内 2G 设备市场已经被外企蚕食一空了，展信下一阶段的主要目标是开拓海外市场，尤其是发展中国家的 2G 市场，她一个人撑一家公司不容易，你既然出来了，应该回去帮她。”白浩盯着他的眼睛，又问了一遍，“生哥，你有没有考虑过重回展信？”

进军发展中国家的 2G 市场，无疑就是另一种意义上的“农村包围城市”，顾蛮生想到当年两人在贵州山村赢下千门机的首役，不由会心一笑：“凭着杨柳的果敢与于新华的专业，就算因我的失误遭受重创，展信也一定能慢慢恢复过来。移动通信行业飞速发展，我都五年没碰这些了，早跟不上时代了。”顾蛮生狠狠揿灭手中抽了大半的烟，笑了一声，“不回了。”

没想到这句话却令白浩明显高兴起来，他亮着一双眼睛，道：“你要是不愿回展信，那就来帮我吧！”

“什么意思？你想让我跟你一起卖黑手机吗？”

“请你来卖黑手机，那不是大材小用了嘛，当然不是。”白浩用力攥起拳头，一脸兴奋地道，“我想做自己的手机品牌，名字我都想好了，灵飞，得道成仙的意思，特别吉利！”

如今白浩的枕边书已经从金庸全集变成了《比尔·盖茨全传》，他说：“比尔·盖茨是个有远见的人，他曾预言，有一天每个人的桌上都会摆着一台个人电脑，而这台电脑的操作系统就是微软。”

白浩也是个有远见的人，他又说：“我同样预感到，有一天每个人的手里都会拿着一部手机，而其中至少三成是灵飞。”

“那手机生产牌照呢，没有牌照，你哪来自己的品牌？”无论白浩说些什么，顾蛮生始终都是一脸凉水，波澜不兴。换作以前，单是“品牌”这两个字，都能令他胆气桀然，热血沸腾。

“这两年华强北发展虽快却龙蛇混杂，真正的国产手机经销商不多，卖水货的、卖贴牌机的反倒比比皆是。信产部去年年底就将手机生产审批制改为核准制，而且把核准权限移交给了发改委。具体的核准标准还没公布，但业内普遍有个共识，为了保证本土品牌的市场占有率，今后手机牌照可能会放开。”白浩说到这里，再次亢奋地挥了挥拳头，竟与当年顾蛮生创业时的疯劲儿如出一辙。他招呼始终在一旁傻笑着的胖子打开背包，将一堆手机一股脑儿地从包里倒了出来。

“这个是三星 S308，双彩屏翻盖手机，镜面外屏；这个是诺基亚 6600，能用 QQ 呢……”拿起一只只形状不同、功能各异的手机，白浩如数家珍，两眼放光地说，“就算一时手机牌照还没放开，我也可以仿效当年的贝时远，先贴牌生产，借鸡生蛋，然后再创立自己的品牌。”

“手机生产没你想的那么容易，光是芯片的研发投入就是个无底洞。”顾蛮生想起自己连续五次失败的流片，想起拜通与它那整整一面的专利墙了。

“这你就不知道了，大概去年年初，有一家台企推出了一套多媒体解决方案，能将手机芯片与摄像、视频、MP3 在内的多种功能全集合起来，价格还很便宜。任何手机生产厂商，只要在这套解决方案的基础上加上外壳、屏幕、摄像头等零部件，就可以生产出一台完全属于自己的手机了。现在国内注意到这个商机的人还不多，我也是偶然去香港进货的时候，听那儿的人提了一嘴。总之，风口下猪也能上天，创业的机会时不我待。”白浩跟着顾蛮生这些年，耳濡目染他成功创业的那一套，也习得了他那些本事。他摩拳擦掌，愈加兴奋，当着顾蛮生的面算了一笔账：“我初步了解了一下，一枚芯片八十元，加上屏幕、外壳与按键等基础部件，一台手机的成本怎么也不会超过三百元，不开模就更便宜了，绝对有的赚。”

白浩一番话说得热血澎湃，然而顾蛮生只是面露疲乏地摇摇头，表示自己没兴趣。

顾蛮生才过三十岁，但白浩很快就有些失望地发现，这个男人变化得太多了，最明显的是他的眼神。以前的顾蛮生长着一双荒唐且疯狂的眼睛，但现在的他目如死水，雄心熄偃，他不狂了，也不疯了，好像真的如他所说，他只想混口饭吃。

“难道你就想这么浑浑噩噩地过一辈子？”白浩恨不能扑上去揪顾蛮生的衣领，“你当初可不是这样跟我说的！”

“怎么浑浑噩噩了，我发发广告短信，挣得也不少。”顾蛮生淡淡道，“我一个吃过牢饭的人，不想了。”

“我看你是该被打一顿。”白浩眼睛机灵地转了转，突然转过弯来，他从口袋里摸出一枚古拙的银币，扬声道，“要不咱们还跟从前一样，听天由命吧，这枚袁大头，人像朝上你就来跟着我干！”

这种伎俩顾蛮生再熟悉不过，银币刚刚抛到半空，他就出手将它夺了过来，摊开掌心一看，果然就是自己当年丢失的那枚，两面都是袁世凯的头像。

白浩饶有感触地道："不管你这是假币还是错币，都千载难遇上一回。你进去的时候让人把旧东西都扔了，我一直收着它，想着等你出来，就物归原主。"

"你收着吧……"这枚银币象征着他的刚愎、专治与不听人劝，顾蛮生几乎是讨饶着开口，"袁世凯才做了几天倒霉皇帝，傻子才信他的硬币能给自己带来好运……"为避免痛苦的回忆蚕食自己，他决定下逐客令，"天色不早了，你该回去了，我只能保证以后再不去你们的地方屏蔽信号，别的再答应不了。"

白浩见死活劝不动顾蛮生，自己的一股劲儿、一腔血，倒泄了不少，凉了大半。他垂头丧气地往门外走，忽地脚步一顿，又回头道："生哥，难道你就没想过把你的'柳生大厦'再买回来，用它重新赢回杨柳姐吗？"

顾蛮生没有回答，也没有额外的表情。白浩又恨铁不成钢地狠狠一跺脚，带着胖子一起走了。

待白浩离开，顾蛮生站起身，拿着自己的笔记本走到窗边，站着上网。这些日子他有意回避了与展信、与行业相关的信息，这会儿突然就想查一查。然后他就发现，刚刚还是白浩口下留情了，没有说出贝时远能够发家完全仰仗了一家名叫京瓷的日企。

顾蛮生看见"京瓷"二字，眉头一紧，满心都是血淋淋的刀口子。当年京瓷也曾诚意满满地来找过他，然而他目空一切，以极其傲慢的态度拒对方于门外。

没想到他当初随口一提，贝时远却听者有心，联系京瓷未果之后甚至亲自赴日拜访。正巧那会儿京瓷又遭展信拒绝，一方苦于中国当年还没入世、政策所限无法打入内地市场，一方没有技术优势，双方都有合作共赢的迫切需要，所以贝时远顺利拿到了拥有小灵通技术的手机解决方案。这种"拿来主义"不仅直接避免了自主研发生产的巨大投入与风险，而且相较国内的 2G 网络，小灵通明显具有话费优势，手机均价也不过几百块，所以一经上市就引发了抢购狂潮。

贝时远自己没有手机生产许可的牌照，借的还是申远的牌照，这是怎样一个聪明人，借鸡生蛋，一借再借，然后卖蛋生钱，钱再生钱。顾蛮生终究承认了，在对待小灵通这个问题上，他跟贝时远择了一条完全相反的路，结果是他输得一败涂地，贝时远却赢得盆满钵满。

顾蛮生一脸不知所想地站在窗前，任老六怎么唤他也一动不动。直到太阳渐渐西沉，最后像个巨大的光斑消失于地平线下，他才慢慢地抬起眼睛，望向远方。夜幕下的城市华灯齐上，高楼林立的福田区经由万千霓虹点缀，如同插了高高矮矮的彩色蜡烛，贝思大厦正是其中最美丽梦幻的一支。

望着这栋早已易主的大楼，顾蛮生两眼幽幽，双拳紧攥，那力气足够捏碎一块石头。这栋楼太高了，好像只要你在深圳，无论从哪个角度望出去，都能看见那四个闪烁不定的英文字母。

老六泡了碗方便面，端着面碗，吸溜吸溜吮着面条，走到顾蛮生的身边。他不懂这天天开窗就能看见的景色，怎么独独今天就意义非凡了。他问顾蛮生："到底看什么呢？看半天了。"

顾蛮生没在沉默中灭亡，却在沉默中发疯了，他忽地大笑三声，以京剧手势两指并连，往窗外一指，用戏腔道："老六且看。"

"看什么？"老六云里雾里。

顾蛮生唱了起来："观江水滔滔浪腾，波浪中隐隐伏兵，俺惊也么惊，凭着俺青龙偃月敌万兵。"唱完他就哈哈大笑，一会儿如净角，哇呀呀呀地喊，一会儿如青衣，哀哀戚戚地哭。

老六端着面碗走了，边走边摇头："疯了，这是疯了……"

第二十七章

维权

几天后，顾蛮生了结了与老六的那份不光彩的生意，主动找到了白浩所在的电子市场。

隅中的太阳透过电子市场的窗户洒进来，照在店铺门口那一排排的支架式广告板上，顾蛮生特意留神多看了一眼，这儿卖的基本都是水货与翻新机，白浩准备投入生产的“三码机”倒还不多见。只不过，这家电子市场凋敝得有些不可思议，明明是寸土寸金的好地段，可这里家家铁门紧闭，没一家铺子在营业中，也没一个客人。

顾蛮生循着门牌号找到白浩的铺面，发现这小子今天穿得相当亮眼，里三层外三层的毛衣外头还罩着一件印着花样的橙色 T 恤，乍一看去，就像一颗活力满满的大橙子。

他正忙得不亦乐乎，手头拿着几件印着同样花样的 T 恤，逐一分发到一些人的手中。接到 T 恤的男男女女也马上学着他的样子，把 T 恤套在了自己的衣服外。这些人都是自发聚集过来的，听他们的谈话内容，应该都是这家电子市场里的商户。

顾蛮生喊了白浩一声，问他：“这是准备干什么？”

白浩闻声抬了抬眼，看见了顾蛮生。他早盼着顾蛮生来帮忙，但此刻却忙得顾不上表现自己的喜悦心情，他朝顾蛮生晃了晃手中的 T 恤，扯开嗓门道：“我们这些商户正要到住建委那儿跟开发商谈判，生哥，你来了正好，多个人多份力量，也跟我们一起去吧。”

原来上回那场伪基站的风波确实是事出有因的。

分完 T 恤，又分马扎，一直跟在白浩左右的胖子见他忙得没有闲聊的工夫，替他向顾蛮生解释道："这里的商户都是签了长约的，开发商突然说打算将这家市场改建加高，要按照当时签的合同条款把我们余下的租金加百分之二十退还，改建后的铺子就不租给我们了。可我们看中的就是这毗邻华强北的市口，这一下所有的合同都不作数了，光赔这点租金抵个屁用？"

那个戴眼镜的瘦高个儿也在，跟着一起向顾蛮生倒苦水："现在华强北已是一铺难求，他这样把我们撵出去，我们到什么地方去做生意？商户们想协商，开发商就使阴招，连日断水断电，非逼着我们搬走。"

"我听明白了，难怪之前你们当我是开发商的人，非要揍我不可。"顾蛮生环顾四周环境，结合两人的话，一下就想明白了。

这家电子市场建得比较早，楼层也低，想来当时商户们的签约租金也很便宜。然而时移事迁，曾经默默无闻的华强北今非昔比，早变成了中国最大的电子产品聚集地。开发商肯定动了心思，打算在原有的基础上翻新改建，加高楼层，顺便撵走旧客，提高租金。这么一来，就算商户按照合同上的条款获赔两成租金，光看如今这市口的价值，损失也是不可估量的。

商户们其实已经与开发商对峙了好长时间，反正你不仁我不义，你断水断电，我就天天跑去你别的楼盘或者商铺门口拉横幅、吹喇叭，尽我所能地搅黄你的生意。有个商户认识住建委里的人，打听出住建委的领导也觉得双方这样闹下去不像话，特意就此事约谈了开发商。大伙儿担心会被开发商先入为主地抢下话语权，所以打算趁此机会一起去住建委门口静坐，表达自己的合理诉求，争取能够在住建委牵头的情况下，迫使开发商与自己协商。

为了展现浩大声势，所有准备去谈判的商户都被要求统一着装，就穿这件亮眼的橙色 T 恤。这是白浩的主意，大伙儿也都积极配合。

白浩走向顾蛮生，递了他一件 T 恤，示意他也穿上，一会儿整整齐齐地一起上路维权。

顾蛮生接来 T 恤看了一眼，定制款，正面印着加粗的黑体字"还我公道"，背面印了一只老虎的图标，像是那种随处可以下载的矢量图。他套上 T 恤的时候想起来，白浩一直喜欢老虎。

完全摸透了前因后果，顾蛮生不免谨慎，他忽地把准备上路的商户们拦了下来，要求由发起人白浩写一份“绝不闹事，合理维权”的保证书，然后所有商户都必须在这份保证书上签名、按手印。

自打那日看见顾蛮生在小巷子里的孬样，白浩对他的观感就挺复杂，失了狼性的头狼还能统领狼群吗？他认为如今的顾蛮生谨慎得有些过了头，忍不住道：“没这个必要吧？我跟大伙儿都交代过，绝对不可以在住建委的领导面前生事，大家也都保证过，一定能做到。”

游行集会虽是一个维权的好法子，但在大环境下还是相当敏感的，一不留神还有可能给自己惹来不少麻烦。所以白浩作为这场维权运动的发起人，其实已经倍加小心了。

“再说，今天去维权的商户一百多号人呢，一个个签名太麻烦了。”

一些商户也跟着点头，有人不满意地嘀咕道：“签名就算了，还画押呢，这又不是卖身契。”

顾蛮生听出了白浩话里的不屑之意，仍坚持自己的意见，毫不犹豫地道：“我在牢里听过类似的事情。你们能打探出那边的消息，那边兴许也早知道了你们这边的动静，何况上百号人这么大的阵仗，就怕到时候有人滥竽充数，坏了大家的大事。总之小心驶得万年船，不差这点工夫，大伙儿先来签名、按手印，一会儿到了住建委门口，有摄像机的开摄像机，手机有摄像功能的就开手机，不管遇没遇上开发商的人，一定得保证我们这边有人全程拍照或者录像。”

白浩拗不过，只得掏出纸笔，写了一份措辞诚恳的保证书，然后又让商户们挨个签名、按手印，集了满满一本子。

顾蛮生不介意商户们的白眼与抱怨，将收集了所有签名与手印的本子交给一个瞧着挺令人放心的姑娘，嘱咐她一定收好。

这下总算都准备好了。一百多号人陆续登上提前租好的面包车，浩浩荡荡地向着住建委办公室出发了。车上，白浩与顾蛮生同坐前排，他还是无法理解顾蛮生的谨慎，也很难不把这份谨慎理解为窝囊。他道：“生哥，我以前听人讲过一个故事，说你在大学里怎么带着一拨人智擒偷 BP 机的贼，把那伙贼教训得服服帖帖的，再也不敢上门惹你。你那时又勇又猛，没这么瞻前顾后、畏首畏尾的。”

“这故事是朱旸跟你说的？那他有没有说，就是因为他冒冒失失的一棍子，导致他刚考进大学就被开除了？”吹面不寒杨柳风，顾蛮生打开车窗透气，看上去一点没有回顾当年勇的兴趣，只淡淡地问道，“朱旸现在人在哪里？”

“他现在跟他那个老乡混在一起，就是秀秀他老公，我在华强北市场见过他几回，应该在做走私的生意，还不是那种卖水货的，就是水客。”

顾蛮生不由得眯了眼睛，一脸沉重。朱旸刚到深圳那会儿就心心念念地想要走私，兜兜转转绕了一圈，终究还是殊途同归了。

白浩见顾蛮生久不说话，又把自己的注意力集中到了维权运动上，他站起来，回头对大伙儿道：“咱们现在就把诉求理一理，到底是要求更高额度的赔偿，还是要同地段商铺的补偿？”

众人七嘴八舌，但基本意见统一，就是不舍华强北的黄金地段，都要改建之后的新商铺。

电子市场距离住建委办公室也就十来分钟车程，面包车行驶得十分平稳，很快就抵达了目的地。

白浩拿着扩音喇叭，指挥着商户们鱼贯下了车，排着整齐长队，拿着自带的马扎就向住建委大楼进发。路人纷纷停下脚步，瞪着眼睛看维权的队伍，浩浩荡荡百余人，但因为身着统一服装，不吵不闹，倒也不碍眼。

才走了不过二十几米，不知打哪儿又钻出来两拨人，一拨瞧着是普通路人，一拨却跟维权队伍穿着同款的橙色 T 恤，他们悄悄混进队尾，刚一抵达住建委大楼门口，就高声喊了起来：“我们要讨说法！我们要维权！”

第一声喊冒出来之后，就有人掏出藏在衣兜里的石头跟鸡蛋，朝住建委大楼的门窗上砸了过去，更有甚者还故意砸向围观的路人，砸得满街鸡飞狗跳，尖叫连连。另一拨普通路人打扮的也趁机浑水摸鱼，装作打抱不平的样子冲进了橙色队伍当中，对着维权商户又推又搡，又打又骂。

百名商户并不人人相熟，都是为了自身权益自发集结而来的，这么一来便完全分不清身边人到底是敌是友，是人是鬼，场面瞬间变得异常混乱。

白浩大吃一惊，短时间内也搞不清楚到底发生了什么，还是顾蛮生眼明手快，一把从他手里夺过扩音喇叭，扯着嗓子反复喊道："谁动手谁就输了！有摄像机的开摄像机，手机有摄像功能的开手机，但凡在本儿上签过名的都不准打也不准闹，都退到那棵大树下头去！"

住建委门前有一棵凤凰树，二十余米高，树冠亭亭如一柄巨伞，树干粗得两个人都抱不住，一眼就能让所有人看见。

顾蛮生将喇叭扔给白浩，让他继续呼喊维权者们克制，自己则冲进了乱作一团的人堆里。也不分敌友，只要看见穿着橙色 T 恤的人与别人起冲突，就将对方强拉硬拽出来。拳来拳往间，他挨了不少下，但未曾还手，只不停嘶声地喊："谁动手谁就输了！都退到那棵凤凰树下去！"

混乱之中有路人报了警，警车很快就呼啸着驶来了，故意前来捣乱的两拨人一听警笛声，赶忙趁乱溜走。警察来到树下，见一大拨穿着同样服装的男男女女集结在这里，二话不说，就把人统统带走了。

商户里挂了点小彩的人不在少数，但基本都听从了顾蛮生与白浩的指挥，没跟任何人发生冲突。顾蛮生向承办民警解释道："我们当中有人拿摄像机把刚才的情况拍了下来，您可以查看录像，一个个人、一张张脸比对。这里所有人都在保证书上签过名、按过手印，承诺不会闹事，那些拿石头与鸡蛋砸伤路人的绝对不是我们的人！"他的嗓子已经喊哑了，仿佛被火烤了一遍，一张嘴就能"滋滋"冒出烟来。

那个姑娘将收集着签名与手印的本子交给了民警。承办民警又根据现场的手机录像，做了一番仔细比对，果然发现那些跑来闹事的人不是维权队伍里的。

"你坐过牢。"承办民警调出了顾蛮生的资料，看过之后不由得感到奇怪，这人分明是个火药桶，两度因伤人被警察找上门，档案里都记得清清楚楚，"你怎么想到这个法子的？"

按顾蛮生以前的脾性，听见这话铁定不乐意，但如今的他狂劲儿收敛得干干净净，只是抬手擦了擦破皮的脸，很平静地点了点头："吃一堑长一智，一个人不能在同一个坑里跌倒两回。"

既有视频，又有签名，两项证据互相做证，事情立马水落石出了。这又是开发商使的阴招，他们知道电子市场的商户们今天要来维权，提前定制了相同的橙色 T 恤，又找了些流氓混进维权队伍里胡闹，打算抹黑这些商户，好让他们的正当诉求得不到政府的支持。

警方通知市场监管局与住建委的负责人前来配合调查，两边都惊得说不出话，这上百人的维权团队不仅被管理得井井有条，而且心思缜密，居然连这样复杂阴险的极端情况都事先想好了应对的策略。

几方沟通之后，公安这边的领导当即发了话，支持商户们有组织有纪律地维权，而一旦查到开发商派遣流氓捣乱的证据，一定会依法严惩。

之后没几天，住建委的领导也约见了白浩他们，还点名要见顾蛮生。他对商户们这种理性维权的行为颇觉认可，最后直接给开发商下了一道行政命令：一定要维护电子市场商户们的正当权益，开发商现有的项目全部停工，直到解决业主的合理诉求为止。

胖子是陪着白浩一起来的，两人一走出领导办公室，等不及这一时半刻，立马掏手机打电话，打算第一时间把这好消息告诉所有等待着的商户。

顾蛮生在电子市场里没有熟人，也不觉得赢这一仗有多值得高兴，他烟瘾很大，等着白浩他们打电话的时候，就从兜里摸出烟盒，默默退到没人的墙角去抽烟。

打火机“咔”一声，烟头随之燃起星火，他面朝窗外深深吸了口烟，目光无意识地落在那棵凤凰树上。伞形的树冠广阔又茂密，有那么一两枝斜生的树枝伸向窗口，在风中微微摆动，几乎就要活泼地探进来。

顾蛮生持续吞云吐雾，直到听见身后传来一个声音，喊他：“顾总。”

顾蛮生回过头，看见来人是个老者，鹤发童颜，保养得很好，穿着也十分体面。老者依稀有些面熟，他反应片刻才想起来，他们曾在邮电部举办的信息通信技术发展高峰论坛上见过一面，这人就是申远的老总，邢卫民。

展信与申远虽是竞争关系，但彼时中国通信市场被“七国八制”瓜分，北京又有两家具有国资委背景的通信企业占据更多资源优势，所以两人之间相惜多过相争，一直也相安无事。

“邢老，”顾蛮生回了对方一声，淡淡道，“我现在已经跟展信没关系了，就在电子市场卖卖黑手机，你还是别叫我什么总了，直接叫名字就好。”

“我虚长你这么多，要不叫你一声‘小顾’？”邢卫民走到顾蛮生跟前，非常客气。

“行。”

“小顾，”邢卫民笑着道，“在电子市场卖黑手机，这不屈才了吗？”

“混饭吃，挺好。”顾蛮生递了根烟给邢卫民，邢卫民摆手示意自己不抽，他便又将烟盒收进兜里，顺手用拇指捻灭了自己的烟，“你怎么在这里？”

“前阵子申远准备新建几栋人才公寓，跟住建委达成了战略合作。正巧前两天我听这儿的领导说起了你的事情，所以请他无论如何今天把你叫过来，我是特意在这里候着你的。”

“我在新闻里看到了，申远刚刚拿下首个在欧洲的 GSM 设备供应项目，还获评了‘全球通信十强企业’，”为了引才、留才，人才公寓的项目一早就在展信的发展规划上，可惜阴差阳错，反倒被申远抢了先。顾蛮生也不问对方为什么专门候着自己，只笑笑道：“挺给咱们中国人长脸的。”

“其实是运气好。”邢卫民谦虚地笑笑。

“天佑自佑者，怎么说，运气也是实力的一部分。”顾蛮生问邢卫民，“北京那两家呢？”

“都不太行了。”邢卫民轻轻叹了口气，道，“交换机市场日趋饱和，利润越来越薄，老尤没及时跟进移动通信项目的研发，这 2G 一来，立马就不行了。听行业内的人说他本来也是要投入移动通信领域的，但公司里一批元勋怕分薄了自己的利润，又是断水断电地闹了一阵子，后来整个研发计划就不了了之了。通信行业就是逆水行舟，现在别说 2G，3G 都快全面普及了，再追就更来不及了。”

“有时企业想发展瞻前顾后是不行的，就得断腕向前，蒙眼狂奔。当然，也别像我这样，奔着奔着就不知道自己姓什么了。”这种断水断电的闹法顾蛮生也曾经历过，他眼望窗外那棵在风中瑟瑟的凤凰树，“唐总呢？”

“老唐就更憋屈了，他倒是没有止步于程控交换机，还继你之后，研究出了具有咱们自主知识产权的 CDMA 设备，结果却被美国企业以专利侵权为由给告了。不仅不让继续生产，还索赔几十亿，官司拉拉扯扯近一年，老唐元气大伤，也不行了。说到这个，你们展信好像也吃过美国人的亏？”

“他们就喜欢长臂管辖、恶性竞争那一套，目的还是制裁整个中国的高科技产业。”“展信”两个字他眼下还听不得，顾蛮生重喘了一口气，稍顿片刻才道，“咱们国家的通信产业势头迅猛，申远现在是国内第一，邢老跟老美打交道的时候千万得小心。”

“我明白，”大浪淘沙始见金，老人十分感慨，“还记得北京那次电信业务高峰论坛，那时老尤和老唐多么意气风发，我跟你聊过几句，你还开玩笑说‘到底是皇城根下的企业，那范儿就是咱们这些南蛮子赶不上的’。”

“我记得，你当时回我说，‘北有中关村，南有华强北，这两个地方全是搞电子信息产业的，随手扔块砖头都能砸倒一个同行’。”顾蛮生点点头，吸口烟，又用指头把剩余半截烟蒂捻灭了，抬头望见白浩他们打完了电话，便打算告辞，“邢老，我先走了，以后若有机会，还请您多关照我的生意。”

“我在这儿候你半天，其实不是为了跟你叙旧，更不是想买你几部手机，我是为你这个人来的，或者再往大了说，我是为了申远乃至中国通信行业的未来发展而来的。”分别时，邢卫民终于说明自己的来意，他递上了自己的名片，开出的条件相当优厚，就是希望顾蛮生能够加入申远，专门负责申远拓展海外的业务。

其实打从邢卫民突然露面，顾蛮生就八成猜到了他的来意。他没答应，也没拒绝，将名片随意揣进胸前衣兜里，就朝老人欠一欠身，头也不回地走了。

公安局与住建委同时发了话，开发商只能派人出来协商，基本同意了商户们的诉求。白浩这边也深明大义地做了让步，答应随行就市，拿到改建之后的新商铺就提高租金。

事情总算得以圆满解决。

在电子市场改建完成之前，商户们决定临时租几个店铺，先将就着继续做生意。胖子办事牢靠，两天就找到个新铺面，顺顺当当地签下了短租。好消息频传，白浩第一时间就想给杨柳打个电话报喜，没想到两人心有灵犀，杨柳的电话也及时来了。她在千里之外的法国跟他说，这回展信参展收获颇丰，她今天就坐飞机回来了，让他晚些时候去机场接自己。

“嗓子怎么了？”电话那头，女人的声音像只破了的哨子，白浩听出异样，关切地问，“感冒了？”

“没有，就是累的。”杨柳又就一些日常关照了白浩几句，就干脆地收了线。

其实杨柳脸蛋、身段没的挑，说起话来却一直不像个女的，调门高，音色也不细，尤其这两年，一个人主持公司生产经营的方方面面，声音听着越发粗哑，显然就是累出来的。白浩看了看手机上的时间，琢磨着杨柳下飞机正赶上饭点，她家里冰箱常年空着，自己便有义务替她做些储备。

嘱咐胖子照看店里的生意，白浩就心安理得地旷工了。他有一辆丰田 SUV，买日系车是图省油，买 SUV 是因为杨柳随便提过一句，说自己就喜欢宽大空间。

白浩先开车，去杨柳家附近的大卖场采购，他按照杨柳平时的用餐习惯，买了酸奶、熏肉、生菜与面包。经过水果摊子，见橙子金黄、草莓鲜红、青提碧绿，忍不住停下了脚步。杨柳不太吃蔬菜与水果，每日的维生素基本全靠那些花里胡哨的药丸补充。她自己没时间做饭，也嫌削皮与去农残都太麻烦，最多就是连皮啃啃苹果，反正水里冲洗一下就行。为此，白浩没少批评她过得糙，哪有姑娘不爱吃水果的？

多挑了一些新鲜水果，购物车已被塞得满满当当，白浩推着车去结账，看见收银台前的架子上摆着薄荷糖，又很高兴地拿了两卷。有阵子杨柳极度嗜甜，喝白开水都要偷放一勺糖，虽说现在已经好些了，但白浩习惯了看见薄荷糖就给她买。

不在一块儿工作之后，两人的关系反倒更胜从前。杨柳每回出差都会把房门钥匙交给白浩，让他有空去家里浇浇花、喂喂鱼。后来觉得麻烦，索性直接给他配了一把。

杨柳的家安在市区内的繁华地段，一百七十平方米的大平层，全房采用极简设计，家具的风格与配色也多为中性的冷调，东西虽不多但细节处处考究，很显现代感与精英感。

白浩用钥匙打开房门，一出玄关，一眼就看见沙发与地板上乱扔的衣服与书本。这个家虽不脏，但够乱。杨柳不是那种擅于持家的女人，用她自己的话说，就是谁娶她谁准倒大霉。白浩也不敢擅作主张地替她收拾，她的暴躁性子万年不变，少了东西一准儿要发火。

脱鞋进门，白浩将书本从地上拾起，整齐排列在茶几上，又将新买来的食材放进橱柜与冰箱。见时间差不多了，就跑到卫生间里，对着镜子抹了抹头油，又从兜里取出小支的男士香水，仔仔细细、前前后后地喷了喷。

把自己捯饬得像个挂牌公关，横看竖看挑不出错，这才满意。他开门出屋，开车去机场。

路况比想象中好些，提前一小时就到了。白浩买了一杯咖啡，一边随手翻阅杂志，一边面含微笑地耐心等着。

也不知时间过去多久，手机铃声忽地响了起来。他接起电话，听见杨柳在那头道：“看你左边。”

白浩循声望向机场闸口，瞬间就在乌泱泱一拨人当中，发现了自己久候着的这个女人。杨柳推着行李箱，一张薄施脂粉的脸明媚得发亮，转眼就带着一副掩不住的好心情来到了他的面前。像春光乍泄，春风忽来，春雨飒至，白浩肉跳心惊，犯傻似的冲对方笑。

“发什么呆？行李你拿。”杨柳从白浩手里抢过冷了的咖啡，毫不见外地直接喝了一口。

深圳的早春虽不至于天寒地冻，但比戛纳的气温低得多，意识到刚下飞机的杨柳还是一身不应景的单衣薄裳，白浩赶忙脱下自己的风雪大衣，轻柔地披在了她的肩上。他替她系上大衣扣子，笑着看她：“瞧你春风满面的，一定是出师大捷，带着好消息回来的？”

杨柳点头，这次世界通信展会，展信不虚此行，顺利签了几个大单。

白浩简直比自己做成了大生意还高兴，当场笑得见牙不见眼：“挣了不少吧？你得请客。”

“没挣多少，还赔了。”嘴里说着“赔了”，心情仍然不错，杨柳转身就走，她走起路来风衣款摆，大步生风，白浩不得不推着行李箱快步跟上。

两人并肩走向停车场，听着杨柳报出一个数字，白浩大吃一惊。他也干过这行，对国内通信设备的行情颇为了解，这个价格比申远在国内的报价还低，再加上输出海外的运费，确实到了赔本买卖的地步。

“展信这两年发展得慢了，国内市场基本已经被外企还有申远这样的民企‘跑马圈地’抢占一空了，只能靠着‘农村包围城市’，先在外开拓，再伺机回国。”面对展信在国内市场的困局，杨柳满不在乎地道，“有时候人得把目光放长远，自主品牌出口不易，在核心技术还不能挑战欧美厂商的时候，只能先靠价格打开市场，虽然这个价格会亏本，但至少占住了市场份额，待后续基站扩容，别的厂家就挤不进来了。”

“行啊，算我瞎操心，咱们柳总是越来越有女强人的范儿了！”一席话相当大气，说得白浩深感佩服。转眼两人已经到了地下停车场，白浩将杨柳的行李放入SUV的后备箱，“砰”一声压下后车盖，“既然咱俩都有好消息，要不今晚一起庆祝庆祝？是出去吃，还是我亲自为你下厨，你选一个。”

“今晚就不去了，我还要上课呢。”杨柳闲时就去上夜大，读英语，她如今是展信的一把手，在通信领域全然是个门外汉肯定是不行的。

“才回来就这么赶？我盼着跟你共进晚餐盼了半个多月了，要不你就请个假吧。”白浩故作深受打击的模样，微微噘起了嘴，但这样的表情绷不住三五秒，又倏然笑道，“行了，不为难你了，我先送你回家放行李，等你下课我再来接你。”

“笨鸟必须先飞，”坐上副驾驶座，杨柳为自己系上安全带，“一个星期三节课，我已经落下不少了，再不好好上课就跟不上了。”

“你不是笨鸟，你怎么能是笨鸟呢？你是百灵，是凤凰，是天上的仙女儿。”

“少拍马屁，”杨柳“扑哧”笑了，她打开车窗，为车内引入一阵新鲜的空气，“好好开车。”

“好好好，遵命。”白浩这个司机当得比保镖还称职，随传随到，随撵随走，他用目光示意杨柳，“摸摸口袋，有东西带给你。”

杨柳一掏大衣口袋，从里头摸出一颗薄荷糖，垂目看了半晌，微笑着撕开了糖纸。这种薄荷糖味道强烈，造型特殊，像久经琢磨的钻石，她自己吃了一颗，也往白浩嘴里塞了一颗。

方才来过一阵春雨，此刻已经停了。SUV驶出地下停车场，驶上高架，空气里尽是雨后植物清冽的芳香。

回程稍稍有些堵车，SUV走走停停，两小时后两人才到了家。入春之后，天黑得不那么早了，小区的草坪灯稀稀拉拉亮了一半，愈显草木青青，环境清幽。

白浩先跳下车，绅士风度十足地替杨柳拉开车门，然后又走向车后备箱，替她扛出了行李。两个人说说笑笑、打打闹闹地往楼上走。

顾蛮生一直等在杨柳楼下，在杨柳的目光瞥来之前，又及时闪身，把自己隐藏进了阴暗的拐角。今天他偶然听胖子提过一句，说白浩要去接出差回来的女朋友，他本能地意识到，对方口中的“女朋友”就是杨柳。

顾蛮生藏在暗处看着，一双眼睛冒着星星火光。他知道这样像个卑劣的偷窥者，可就是无法自控，无暇旁顾。白浩身边的杨柳很快乐，很轻盈，走路居然带着点淘气的蹦跳姿态，脸上一直挂着无忧无虑的笑容——这样的神态令他感到欣慰。她的头发比照片上看着更短一些，虽是一身职业装束外加一件男式的大衣，却一如既往地美艳招展。他看见他俩一起上了楼，没一会儿又结着伴下楼了。

白浩替杨柳拉开车门：“我送你去学校。”

谁知才十来分钟的工夫，杨柳就改了主意：“我不想去学校，我要去喝酒。”

白浩听见这话自然高兴：“怎么改主意了？你想去哪里？”

“哪里都行，能喝醉就行。”杨柳再次坐上副驾驶座，她脸上笑容全失，只朝着右侧的后视镜投去意味深长的一眼。

喝酒的地方是白浩选的，一家带点韩式风格的酒屋，以前两人也来过。深圳遍布嗨吧、迪吧之类的娱乐场所，只管往死里闹腾，像这样能让朋友边喝酒边安静聊天的地方倒不多见。老板娘是地道的深圳本地人，却做得一手地道的韩国料理，酒屋不仅供应上百种精心调配的酒类，还提供一些诸如活章鱼、参鸡汤之类的韩式招牌菜。

可能因为连着拿下了几个大单子，杨柳今天异常亢奋，自顾自地一杯接着一杯灌烧酒，反倒不怎么搭理白浩。

“这种韩国烧酒味道太淡了，直接上咱们中国的二锅头。”不等老板娘应声，杨柳就急不可待了，她拿起筷子敲打玻璃酒杯，一声一声地催促着，“老板娘，快上酒！”

待老板娘忙忙跌跌地端酒上桌，杨柳仍不满意，说这种二钱大小的白酒专用杯太小家子气，非要全都换成啤酒杯。

老板娘好心地劝道：“这酒后劲儿大，还是少喝点好。”

“没事，我酒量好着呢。”想了想，杨柳犹嫌眼前这些白酒不过瘾，又对老板娘喊道，“店里有没有红酒？也给我开一瓶，什么牌子都可以。”

一旁的白浩隐隐觉出不对劲儿，也担心地说：“别喝混酒，对身体不好。”

“别来劲，你不喝，我自己喝！”杨柳今天根本不听劝，谁劝就跟谁翻脸。她为自己倒酒，半杯白酒半杯红酒，混了满满一杯，然后她仰起脖子一口饮尽，以手背擦了擦溢出嘴角的酒液，又豪迈又痛快。

白浩自忖不能输给一个姑娘，也陪着走了一杯纯白的，道：“你别光顾着喝酒，也吃点菜，先垫垫胃。”

“你怎么喝我的酒呢？你一会儿不还要开车吗？”杨柳做出一副怕对方抢自己酒喝的模样，居然伸手护住了酒瓶，小孩儿似的。

“看你今天这么高兴，我怎么能不陪你喝个痛快呢？”白浩怕杨柳一个人喝坏身体，笑笑道，“没事，我一会儿叫个代驾。”

说是两个人一起喝酒庆祝，其实就是一个庆祝一个喝，喝酒的那个劝酒词也相当乏味，尽是些“来呀”“干呀”的，好像还没下肚几杯，就已经醉得不轻了。白浩其实不太明白，杨柳明明酒量很好，尤其这两年展信发展重新步入正轨，应酬渐多，酒量也跟着见长，怎么今天才喝了这么几杯，就醉得跟平日里截然两人了。

一顿大酒之后，杨柳终于彻底醉倒。她伏在桌上，似啜泣一般，嘴里稀里糊涂地说着浑话，肩膀轻轻耸动。

白浩不得不架着杨柳往外走。他一个电话叫来代驾，与她一同坐在 SUV 的后座上。

一股股酸水涌向喉咙口，又被她强行咽了下去。杨柳神志不清，胃也极不舒服，这种痛苦的感觉比起急性酒精中毒那次有过之而无不及。她无力地仰靠在后座上，一双眼睛半睁半闭，牢牢盯着车顶一块不知何来的污迹，眼神既带愠怒，又含凄楚。

代驾师傅车开得很稳，SUV 穿过一城烟花似的霓虹灯，车窗外的夜景正在节节倒退。

白浩一直小心地扶着杨柳的肩膀，偶或抬手摸一摸她的额头，为她捋一捋额发。

“他回来了，”杨柳突然睁大眼睛，没头没尾地说了一句，“我看见他了。”

“谁？”刚问出这个问题，白浩就反应过来了，那个男人才是这一场混乱与痛苦的根源。沉默片刻，他承认道：“是的，生哥一个月前回来了，你要想见他，我可以为你们安排。”

杨柳不再说话，她仍然一眨不眨地盯着天花板，很长时间，后来好像乏了，乏得闭目打个小盹，转眼就真睡着了。

到家之后，白浩唤不醒一直闭着眼睛的杨柳，只好将她打横抱起，一路抱着回家。

开门进屋，他将她小心安放在大床上，替她脱了鞋，又将羽绒被轻轻盖在她的身上。然后白浩走出卧室，打开中央空调，将室温调至一个令人舒适的温度。

望着女人醉后的睡颜，白浩轻轻叹息一声。

白浩始终没对杨柳表达过自己的心意，他想以杨柳的聪明兴许早就知道，但她不主动提及，他便不愿给她一点压力。这个女人迄今仍把他当弟弟、当小孩儿，她在他面前全不设防，有时两人聊到兴头上她会突然揉他一把头发，然后嘻嘻哈哈地笑得全无形象。这样的亲密总令他饥肠辘辘，不得满足。

卧室的床很宽，然而大床中央的女人忽然侧身蜷缩起来，她双臂交叉抱着膝盖，整个人越缩越小，仿佛子宫里的婴孩儿一般无法伸展。

接着，她就哭了起来。起初只是咬着嘴唇小声抽泣，但很快就哭出了声音，变得声嘶力竭。

人前那近乎蛮狠的强势姿态全都没了，白浩突然明白了，那个叫顾蛮生的男人是她秘密存在的一处溃烂，可能永远都痊愈不了。

窗外是这座城市一天之中最好的光景，满街焰火似的霓虹，月亮与星斗的颜色都被衬得很淡，像用水洗了一遍。这个女人仍在流泪，每一滴眼泪，都像刀子似的在他心坎上真扎实砍，白浩几乎在瞬间做出了一个大胆的决定。他俯下身，以自己的嘴唇缓缓靠近杨柳的嘴唇，试图给她一点温暖的慰藉。

然而唇间相距不过毫厘之际，他又突然懊恼地坐直起来。

“这很卑鄙啊，白浩。”白浩自嘲地摇了摇头，然后就在床边坐下了。他支着下巴注视女人的睡颜，倾听对方渐渐微弱下去的哭声，任自己的眼睛在黑暗中吐露火舌，“滋滋”跳跃的、充满爱欲的火舌。

他就这么默默陪了她一宿，其间实在抵不住困意小梦一场，又趁天还没完全大亮睁开眼睛，匆匆忙忙地起身离开了。

第二十八章

故友重逢

等着电子市场完成升级改建的时候，顾蛮生跟着白浩卖了一阵子水货手机，因为新店铺的市口关系，生意不比从前，但白浩的信心丝毫不减。华强北市场依旧人满为患，各种水货机、翻新机卖得热火朝天。

手机牌照的核准权由信产部移交给了发改委之后，新的审核标准终于出台了，其中有一条就是规定手机生产企业的注册资金不得少于两亿元。各大厂商听闻这个“喜讯”，立即开始增资扩股，可对白浩这样的“赤脚商人”来说，这道资金门槛是他目前不可能逾越的天堑。

近一年卖电子产品，白浩兜里也算有些积累，于是思前想后，他向顾蛮生提出了一个想法，就是复制贝思当年的成功模式，借由顾蛮生与贝时远的关系，向贝思借牌。

顾蛮生对此不置可否。

“当年咱们不就跟他借过钱嘛，后来他要下海、要办厂，你不顾展信自己的资金链差点断了，二话不说就连本带利地给了他一大笔。要没你给的那笔资金，他的贝思哪儿那么容易发家？”

白浩把事情想得很简单，可能事情真就那么简单，但此一时彼一时，顾蛮生不嫉妒老同学的成功，只是每次望见窗外的贝思大厦，心就难免一阵阵地刺挠，又疼又痒。

“生哥，你就去试试嘛，贝时远自己就是借牌起家的，不至于对老同学那么小气。”见顾蛮生还是犹犹豫豫地不愿去向贝时远开口，白浩仍欲再劝，忽然间兜里的手机唱了起来。他掏出手机，看了看屏幕上跳动的那个号码，脸色一变，伸手就把电话掐断了。

顾蛮生淡淡看他一眼，问：“杨柳？”

“嗯……”莫名有种被人当场拿赃了的尴尬，白浩低低回了一个字，便噤了声。

“干什么做贼一样，我跟她早没关系了。”顾蛮生笑了一下，又颇大方地在白浩肩头拍了拍，“接你的电话吧。”

白浩如获大赦，一下就把嘴角咧到了耳朵根，几乎能叫人看见他那白生生的后槽牙：“那我就开始正式追求她了，你真的不介意？”

“我介哪门子的意？”顾蛮生忍着胃部突来的一点不适，尚有闲心开玩笑，“不过作为过来人提醒你一声，我们柳总的脾气是出了名的霸道，你得多顺着她点，不然小心梦里被她扎刀子。”

“你就没赶上好光景，她这两年改不少了，我这就去了！”像是怕人偷听他们甜蜜的私语，白浩几步跑开，边笑边掏手机回拨杨柳的电话。

年轻人的爱慕明目张胆，一旦发生，拦不了，掩不住，顾蛮生胃部的疼痛感骤然加剧，为了显示自己那点大度，面上却仍不得不故作轻松。他沉沉一闭眼睛，出声喊住白浩，道：“贝思那边，我会去说说看。”

没想到，两个老同学之间挺有默契，他还没找上贝时远，贝时远居然先他一步，通过曲颂宁主动找上门来了。

其实，顾蛮生出来之后，一直挺消沉，没想与当年的同学再有任何联系，还是曲颂宁算准了他出狱的时间，打电话去他汉海老家反复询问，这才从唐茹那里得来了他新的联系方式。曲颂宁在电话里带来了同学聚会的消息，自己倒因为出差没能参加。这趟同学会就是贝时远发起的，也是自顾蛮生组织的那次之后，他们班第二次集体聚会。聚会地点就定在入驻贝思大厦的丽思卡尔顿酒店，也算贝时远自己的地方。

3 月底的深圳莺飞草长，天也黑得晚，傍晚六点多，天空呈现出一片梦幻的淡紫色，偶有几朵寓意祥瑞的彩云缓缓飘过。

丽思卡尔顿酒店在贝思大厦六十层往上，独有的空中餐厅以浪漫奢华闻名，上过多家主流媒体。顾蛮生准时准点地到了，搭乘观光电梯直奔餐厅。随着电梯越攀越高，他透过一侧透明的玻璃俯瞰脚下渐渐缩小的城市，人似蚁车似龟，街道纵横如网，整个世界如同被收缩在了一幅地图中，唾手可得。他无不感慨地想：原来这就是“一览众山小”。

餐厅风格偏中式，包间的琉璃门上绘着工笔重彩的仕女图，相当精致。

顾蛮生停在门外，犹豫着要不要推门进去。他其实不想出席，没什么原因，就是别扭。该到的人应该都到了，门后传来阵阵说笑声，这种充满欢乐的声音竟令他生怯，顾蛮生踌躇再三，还是决定转身离去。

没走出多远，迎面就撞上了刚从厕所回来的陈一鸣，两个人微微怔着互相打量对方，直到其中一个先咋咋呼呼地喊起来：“顾蛮生，你是顾蛮生！你这是才来就要走了？”

陈一鸣少说胖了近三十斤，一张脸被皮下脂肪撑得油光锃亮，像只被吹胀了的气球。大概是刚刚小解完，他一边说话，一边不忘不拘小节地整理皮带，皮带扣是一个硕大的字母，显示出他近些年过得不错。

旧友重逢，也说不上来高不高兴，顾蛮生礼节性地扯动嘴角，被陈一鸣一把抓住胳膊，扯着他就撞开了包间的门。

“你们看看，谁来了！”陈一鸣抓贼似的钳着顾蛮生，冲屋内大喊，“这小子刚来就想走呢，亏得被我逮住了！”

众人纷纷起身迎接，坐主座的贝时远抬手朝他一招，笑道：“蛮生，你坐我边上。”

顾蛮生环顾席上男女，多了两张生面孔，基本还是当初他做东时请的那拨人。几年不见，除了陈一鸣胖得走了形，其余人依然如故，只不过，大家簇拥的对象变了。

被众人簇拥着的贝时远一副老样子，温和英俊，唯一的变化就是挺拔的鼻梁上多了一副金丝边眼镜，一身修身的条纹西装，衬着倒颇有几分含而不露的雅商风范。

顾蛮生听见大伙儿都恭恭敬敬地管他叫“贝总”，诸如陈一鸣这样嘴欠的，则管贝时远叫“贝哥”。

贝时远表现热情，从席间站起身，亲自给他看座。顾蛮生不好再驳人面子，走过去，坐在了主座边上。

陈一鸣如今已经远离了通信行业，自己开了家小小的贸易公司，听说也赚得不少。有个也在北京发展的同学还没开喝就高了，当众不留情面地揭他老底，说这小子一有钱就抛弃了糟糠，学外头的老牛啃嫩草，品性之贪婪恶劣，令人发指。

“围城里的问题，你们围城外的人不懂。”陈一鸣不服气地替自己辩解。他身边确实坐着一位新人，瞧来是个将将毕业的小丫头，比起原来那个其貌不扬、宜家宜室的，小丫头奶大嘴小鹅蛋脸，还真有几分像倪萍。

他拉着小丫头的手，道：“去，给哥哥姐姐们敬酒。”

小丫头一点也不怵见生人，举起酒杯，大大方方地道：“我们老陈没出息，还请各位哥哥姐姐以后多照顾照顾他的生意。”

酒敬到顾蛮生这儿，小丫头特别夸张地喊了起来：“你就是顾蛮生吧，我听老陈讲过不少你的故事，说你是他们瀚大的传奇。”

顾蛮生与对方碰了碰杯，又浅浅地扯动嘴角，他是个非常英俊的男人，但这会儿笑得比哭还敷衍。

“真正的瀚大传奇在这儿呢！”陈一鸣的审美一如既往，嘴欠也不改当年，几杯洋酒下肚，一张嘴就聒噪不停了。他站起身，指着顾蛮生身边的贝时远，狂拍一通肉麻的马屁：“当年我们几个一个寝室，我贝哥什么都走在别人前头，我们还瞎混闹的时候，他就一眼看出学校的奖贷政策有漏洞，后来指导我们开了校园电影院，帮着我们捞到了人生第一桶金。现在有个时髦的说法叫什么？时代弄潮儿，说的就是我贝哥！”

众人齐声附和，一个老同学跟着问：“时远，你怎么不继续冠名中超了啊？你当年冠名甲 A，一下就把贝思的知名度给打响了，就我们单位里那几个看球的老爷们儿，后来都换了你的手机。”贝思是第一个冠名足球俱乐部的手机企业，借着国足冲入世界杯成功与末代甲 A 的辉煌，很是为自己做了一把宣传。

贝时远学生那会儿其实不怎么看球，所谓冠名足球队纯是商业行为，他笑道：“也是韩日世界杯那年，我突然发现，我们这球场怎么比别人的大那么多，显然就是球员水平不够，跑位也不积极，所以我想，不冠名最好的球队没意思。现在贝思的计划就是赞助 2008 年的北京奥运，争取把中国企业的名气打到国外去。”

顾蛮生插不进话，也不想插话，他闷头喝酒，酒不错，金标人头马。

“你听听，我跟你说什么来着？冠名英超，这魄力！”陈一鸣扭头看了小丫头一眼，又高举自己的酒杯，特别会来事儿地对大伙儿喊道：“就为这份魄力，我们也得敬贝总一杯！”

众人跟着齐齐举杯：“敬贝总。”

一口干了杯里的酒，陈一鸣又凑到贝时远身前，挂着一脸谄媚的笑容，道：“贝哥，你传授我们一点经验吧，到底怎么做生意才能像你这样挣大钱？”

大伙儿目光殷殷，贝时远推托不得，只好谦虚地说：“经验不敢当，我就是谨记一点，‘造船不如买船，买船不如租船’。在还没有能力自我研发的情况下，合理利用现成的技术，可以在短时期内实现利益最大化。”

在座者都觉得这话有道理，还个个拍手称奇，做出一副恍然大悟状。这话其实与顾蛮生一贯的主张相悖，然而成王败寇，他现在说什么都没立场。他没有发表任何观点，只是垂着眼皮，又喝了一口酒。

“时远，真的。当年的同学当中自己创业的不少，我唯一服的就是你，你想得、看得都太远了，蛮生就应该多听听你的，要不是他一味逞强……”陈一鸣永远改不了踩低捧高的毛病，可能也是半醉了，说话越发不经过大脑。他被小丫头搡了一胳膊，这才意识到自己话太多了，乖乖闭嘴，坐回了原位。

顾蛮生不理会这种论调，只问贝时远道：“怎么每回我们聚会，曲颂宁这小子都不在？他现在到底在忙什么？我问他，他也没详说。”

贝时远道：“他现在已经不在邮电设计院了，出差很多，这会儿他人还在叙利亚。”

陈一鸣接着问：“曲颂宁现在在哪儿工作？”

贝时远道：“中国通信服务设计公司，移动、联通与电信三巨头共同参股的一家，也算国企吧。目前海外业务比较多，自然出差也多。”

人人频举杯、勤动筷，就顾蛮生不怎么吃菜，酒倒是一杯接着一杯地往下灌。

酒过三巡，菜过五味，贝时远的手机忽然铃声大作，他接起电话，语气极其温柔地说了几句话，然后收了线，对众人微笑道：“我太太来了。”

这些老同学都没见过传说中的贝太太，陈一鸣再次兴奋起来：“你金屋藏娇这么些年，今天总算肯把老婆带出来见人啦！”

贝时远的妻子必然不凡。顾蛮生跟着大伙儿一起放下酒杯，将目光转向门口，他看见包间的琉璃门被缓缓推开，进来一个女人。

一个美丽的女人，一个最梦幻的童话故事里才会有的女性主角，或许是餐厅灯光过于温存朦胧，女人像是披着一身金光而来，对在场的人一一点头，微笑，一双眼睛柔情款款，直到她与顾蛮生四目相视。

餐桌上的气氛霎时变了，所有人都屏息了三五秒，就连最聒噪的京片子陈一鸣都瞠着眼睛噤声了。然后他们同时把目光投向贝时远身旁的顾蛮生，等着他为这个女人的到来做出反应。

进门来的女人离他不过几米远，却又像在万里之外，顾蛮生的一双眼睛先是惊愕地一睁，旋即痛苦地一闭，老熟人，他对两人的关系做了个妥切的归纳，可他知道这里还有一部分好事之徒，会更武断地把它定义为，老相好。

曲夏晚，贝时远的妻子是曲夏晚。

曲夏晚仓促地看了顾蛮生一眼，在两人的目光触碰的瞬间，又慌慌张张地移开了。她故作镇定地走到丈夫身边，坐下了，心却一阵狂跳。好奇怪，明明贝时远就与顾蛮生坐在一起，论长相、气质，可能贝时远还更胜一筹，可无论何时何地，这两个人中，她总是一眼就先注意到顾蛮生。

这个女人的光彩是一目了然的。上回见面时，她还单薄得像雨后不堪一折的花枝，如今却是一身成熟而丰艳的贵妇气质，她穿着高级定制的千鸟格粗花呢套装，笑时露出不多不少八颗白牙。

半满的酒杯依然攥在顾蛮生的手里，他以另一只手松了松衣领，包间的空调温度适宜，可莫名就是燥热。

所有人的眼睛都落在他的身上，因为所有人都还清楚记得，曾处于人生巅峰的顾总是为了谁才锒铛入狱的，就连对那段往事一无所知的陈一鸣的现任老婆都从空气里嗅出了古怪而暧昧的气味，跟着大伙儿一起盼起了顾蛮生的反应。然而预设中的雷霆暴雨没有到来。顾蛮生的表情依旧冷淡，气息也很稳当，他甚至还朝着她笑了一下，笑得一双眼闪烁幽光，像夜里的狼。

小丫头被他笑得无端端地红了脸，赶忙又捅了身旁的陈一鸣一胳膊。陈一鸣识趣地端起酒杯，对贝时远道：“真没想到，最后竟是你俩走到了一块儿。你们结婚的时候也没请同学们过去，我们就在这里祝你们夫妻百年好合、相亲相爱吧。”

“应该我们敬大家。”贝时远搂着曲夏晚的肩胛站起来，两个人就像婚宴上一对漂亮的新人。

顾蛮生跟着大伙儿一起举起酒杯，不待众人一起碰杯，就一仰脖子全灌下去，温热辛辣的酒液经由口腔、喉管通往五脏六腑，一路烧灼下去。

“恭喜……”他牢牢抓握着杯沿，才脱口而出两个字，手中的杯子就“砰”一声，毫无征兆地炸裂开来。众人发出惊呼。

在自己彻底失态之前，顾蛮生借口要去洗手，逃似的抽身离席。

贝思大厦的洗手间同样是韵味十足的新中式风格，木质镜框、复古吊灯与陶瓷摆件无一不有，水池旁插着几枝鲜艳的红梅，幽香缕缕飘来。

顾蛮生用冷水冲洗被玻璃划伤流血的手指，然后掬起一捧水，用力拍了拍脸。他从脸盆架上抬起头，以极近的距离注视镜子里的男人，他看见，这个男人脸色苍白泛青，头发湿成一绺一绺的，微微遮着一双充满怨怼的眼睛。

一个人推门进来，自他身后向他走近，是贝时远。

顾蛮生关上水龙头，转过身，平静地望着来人。

“这些天，我一直在想应该怎么跟你解释，后来想着，与其隐瞒着让大家都难受，倒不如趁这机会，一下说开了好。”没有高明的托词或者巧妙的谎言，贝时远很诚恳地喊他一声名字，大方剖白道，“蛮生，对不起，我真的爱夏晚。”

“你没必要跟我说‘对不起’。”就在与曲夏晚四目相对的一瞬间，顾蛮生油然而生一种中了圈套般的愤怒感，然而贝时远此刻的诚恳态度又将他那点愤怒打消了，反倒令他为自己的失态感到汗颜。设身处地地想想，贝时远也不容易，结个婚，愣是顾忌着别人的面子，把身边同学都瞒得结结实实。

顾蛮生轻轻喘了口气，设法用一句玩笑话化解彼此的尴尬：“你不用想太多，我跟曲夏晚都是哪年的老皇历了，我有刚才那反应纯是被你们吓了一跳，你小子瞒得够死的。”

只有两个人的洗手间里，贝时远以简赅的语言向他继续解释道，他们的关系进展于他入狱之后，彼时曲夏晚刚刚丧夫，生活陷入无尽的绝望与赤贫之中，出于同学之谊，他理所应当地给予了她一些关怀。如此一来二往，爱情就这么理所当然地来了。

这个解释合情合理，时至今日，顾蛮生已经完全说不上自己对曲夏晚还留存着什么感觉了。但很显然，再怎么提炼这种感觉，都不再是爱情。他更多的可能还是不明白，为什么那日暴怒的刘岳一口咬定他们有染而曲夏晚却一声没有辩解；为什么他坐牢那几年，她一次也没来白茅岭看过他。不过，他很快就体贴地替她想到一个稍欠严谨的理由，因为他的存在，她的第一段婚姻充满了矛盾与猜忌，她有理由为自己的第二段婚姻着想，把过往撇得干干净净。

“不管怎么说，我欠你一声抱歉。”贝时远拍了拍顾蛮生的肩膀，诚心诚意地说下去，“我希望这件事不会影响咱们这么些年的感情，无论如何，我都把你当兄弟。”

“你要这么说，我就不跟你瞎客气了。其实我今天来是有事请你帮忙的。”顾蛮生本来也没想在同学会上提借牌的事情，只是架不住眼下两人气氛尴尬，谈公事总比谈私事要强。

“是不是你的朋友想要贴贝思的牌？”

“你已经知道了？”

“前两天我听公司里的人提过，如果那人真是你朋友，借牌的事情一定没问题，就是我能不能再为自己争取一下？”稍做停顿，贝时远笑了，“我想邀你改天来贝思总部参观，如果你愿意过来帮我，贝思的大门随时向你敞开；如果你不愿意，那我还是那句话，无论你今后干什么或者想干什么，你随时可以来找我。”

话到这个份儿上，顾蛮生也不便再拂贝时远的好意，他朝他点了点头，算是答应了去贝思总部参观的事。两个人各自伸出一只拳头，碰了碰。

收拾完表情与心情，他们仿若无事发生，又勾着肩膀亲亲热热地回到了席上。面对一双双好事者的眼睛，贝时远当众宣布，贝思将从原有的组织架构中独立出一个新部门，主打 Java 游戏这类 2.5G 的业务开发，而他有意将这个新部门交由顾蛮生负责。

出狱之后接连来了三份邀约，顾蛮生缓过最初那阵不痛快之后，倒也不是没有考虑过自己应该何去何从。

首先，他不可能去申远，即使邢卫民提供的职位与条件都相当优渥，即使杨柳已经不再需要他，选择申远依然意味着背叛展信。同样，他也不愿意留下来帮白浩，不是不信他能闯出一片自己的天地，只是每每看见他与杨柳打情骂俏，他就心如刀绞。

如此一来，贝时远的提议倒成了最佳选择。基站是通信前端设备，手机则是终端业务，贝思与展信不是竞争对手，而是整个通信行业的合作共同体。

这边顾蛮生的主意还没拿定，那边贝时远的电话便又来了。比起猎头公司，贝时远更相信自己看人的眼光，一旦认准了顾蛮生就非他不可。贝时远一再邀请他参观贝思总部，情何其真，意何其切。顾蛮生也就不再搪塞拘泥，爽快地与对方定了个时间。

贝思总部坐落于与香港一海之隔的深圳湾，比起办公楼，更像美术馆。大楼外观古典，像一把放大万倍的锁，掩映在簇簇鲜花与排排古树之间，立意布局都遵循了“天圆地方”的中国传统文化，反倒在众多造型奇特的高科技企业中独树一帜。

刚过清明，这段时间天就没晴过，雨水时断时续，也下不大，就那么淅淅沥沥、嘈嘈切切的，浇散了一城降临过早的暑气。

顾蛮生够义气，把两人合买的那辆二手车留给了老六，趁雨势暂歇，自己骑上了从二手市场淘来的二八大杠。

为了显示请人的诚意，贝时远亲自带着贝思的高管到公司总部的大门口迎接顾蛮生。高管们西装笔挺，个个如同挂牌的公关或者庭上的名律，结果一见到顾蛮生就全大跌眼镜：这位传说中不到三十岁就名扬中国通信业的顾总，居然骑着一辆破自行车就来了。

车太旧了，也不知道是从哪里淘来的，链条一阵乱响，刹车还不太好。顾蛮生用脚后跟一路点刹，总算停了下来。一头热汗，他跨下车，抬手就解了两颗衬衫扣子，露出肌肉劲健的脖子。

贝时远一直怕顾蛮生反悔，见到人了才放下一颗久悬着的心，他特别高兴地跟大家介绍说：“这是展信的顾总，我的老同学，你们以后都得跟着顾总学习。”贝时远给足了老友面子，余下的贝思高管立即收起嫌弃之色，齐声拍响巴掌，殷勤地围着顾蛮生喊“顾总”。

贝时远左边站着一个叫柯彩的美女，二十来岁，留美归来的高才生，自我介绍是贝总的秘书，长得斯文中带点男相，嗓音倒很娇滴滴，像是那种花旦独有的甜尖嗓。右边就是他的表舅舅贝志斌。贝志斌不是个干大事的人，在公司里也是今天打鱼明天晒网，不知顾蛮生与展信当年力挫“七国八制”的辉煌事迹，却对他自研芯片失败一事记忆犹新，本来就瞧不上，见顾蛮生一身寒酸气就更瞧不上了。

贝志斌当着人的面就跟旁人窃窃私语：“本来我还担心是绣花枕头，这么一看，就是一麻袋片啊。”

天气变脸得快，转眼又是一阵小雨，顾蛮生走到贝时远身前，随手就把自行车钥匙抛给贝志斌，毫不难为情地道：“替我泊个车。”

贝志斌只得冒雨出去推车、锁车，无人处直翻白眼，心道：不就是辆破自行车嘛，谁稀罕偷啊，还当是奔驰呢。

跟着一伙人走进贝思总部大楼，顾蛮生一眼就看见了挂在公司大厅里的一张创意海报。海报上是一位正当红的韩国女星，也是贝思新签约的代言人。女星美貌与演技咸备，在中韩两地都广受欢迎，她手持贝思即将上市的新机，对所有进门来的人巧笑倩兮。

贝思音乐机的灵感来自三星，最早几款机型跟三星相似了七八成，同行、媒体还有消费者都说贝思的手机“韩味”浓重，贝时远也从不否认。他没有顾蛮生那么强烈的民族情绪，凡事非要超到老外前头去，他更相信师夷长技以自强，国外的技术、营销理念乃至审美都很值得国人学习。

“行业里有句话，‘2003 年是手机彩屏年，2004 年是手机影像年’，那么 2005 年，毫无疑问就是手机音乐年。”

贝思去年就打出了“国内首部音乐手机”的宣传口号，今年则更上一层楼，又推出了“超长续航”的新噱头，宣传物料都已经准备好了，就等五一正式上市了，贝时远一边带着顾蛮生参观公司，一边向他介绍道：“去年一年时间，仅韩国一地，MP3 手机就售出超过五百万部，说明音乐手机的市场潜力无限。”

一行人还没离开大厅，大门外突然闯进来一个人，挺精干的一个小伙儿，瘦削，就是不修边幅，头发又黏又长，估摸一甩一片虱子，胡楂像没人修剪的矮灌丛。

保安一见他就来撵人，嘴里抱怨着“怎么又是你”，道破此人来了不是一两回了，还回回撵不走他。但小伙儿依旧执着，一见贝时远登时长腿频迈，蹿得比兔子快。

他扯着嗓门喊：“贝总，给我十分钟，我保证你不会后悔的！”

贝时远一贯平易近人，果真停步回头。他抬腕看了看表，对小伙儿微笑道：“我一会儿还有事情，就给你五分钟。”

时间紧迫，小伙儿来不及自报家门，直接就道：“贝总，我想向你自荐我的‘手机双模双待’专利技术。”

贝时远马上道：“如果我没记错，诺基亚在1994年、摩托罗拉在1997年都先后申请了手机的双卡专利，中国联通更是找了摩托罗拉合作，去年就联合推出了有‘双模功能’的手机，双方都没认真投入，效果并不理想。”

小伙儿赶忙解释：“他们的技术只能实现‘双模’，也就是两张卡可以切换，却不能同时在线，而我这是‘双待’，可以真正实现两种2G网络同时在线。这项技术已经获得了国家知识产权局的专利，就等一个像你这样有眼光的企业家把它应用在手机生产上了……”

贝时远笑了：“就冲你这声‘有眼光’，我肯定得问问你，你这技术卖我多少钱啊？”

“十亿！”

“什么技术你就敢报这个价？叫花子讨饭呢！”这年轻人够异想天开的，贝志斌嫌他脏，更嫌他烦人，就要动手撵人。

贝时远倒不怎么介意，伸手拦了舅舅，仍有心开玩笑：“能不能便宜点？”

“那就两万块钱吧，”年轻人从包里掏出专利证书，对贝时远道，“但我有个条件，你得把我招进贝思，让我负责‘双卡双待’的项目。”

“呵，想进公司就递简历，别整这套。”贝志斌忍无可忍，直接粗了嗓子，“‘双卡双待’根本没实际意义，两张卡会提升设备功耗，影响待机时间还白白增加成本。”

“其实，去年中国联通就来找过我，说是国外品牌都放弃了‘双卡双待’的研究，认为这项技术不具备商业价值，”一向理性崇洋的贝时远当然不会投入西方都不认可的技术，他难得赞同舅舅的意见，鼓励地拍了拍小伙儿的肩膀，“能获专利是好事，继续努力吧。”

保安一听这话，马上来撵人，小伙儿赶紧从兜里掏出一张名片，死乞白赖地塞进贝时远的手里：“贝总，你考虑一下，这技术真的特别有价值，你考虑完了联系我！”

“这人叫顾远。”人被保安推推搡搡“请”出了大门，贝时远看看名片上的名字，回头对顾蛮生揶揄道，“是不是你亲戚啊，这股劲儿跟你倒挺像的。”

哪股劲儿？顾蛮生没细问，他听见秘书柯彩道：“每年像这样来找我们贝总的人实在太多了，都是随便发明个什么就做起了暴富的白日梦。”

在场的所有人都笑了，顾蛮生一声不吭。

接着一群人坐着电梯上到三楼，由柯彩引路，来到了一间实验室门前。推开一扇黑色大门，一片冷调的灰白色扑面而来，一个半身的人体模型就放在房间中央。实验室里有人埋首工作，见贝时远走近，全都起身喊他“贝总好”。

贝时远转头向顾蛮生介绍道：“这间音频实验室，是我们与国内第一的音频厂商雷纳合作成立的。雷纳不仅拥有十年音乐播放器的研发经验，而且与诸多国际知名的音频厂商共享一级供应商，选择这样的合作伙伴，可以确保贝思不是空有一个‘音乐手机’的噱头，而是能真正带给使用者 Hi-Fi 级别的音乐享受。”

说到激动处，贝时远声音发颤，瞳孔发亮，顾蛮生则一直默不作声地听着。从 Walkman 开始，他大学就钻研起了各种音乐播放器，所以很了解这方面的技术。Hi-Fi 意为“高保真”，不仅需要专门的 Hi-Fi 芯片，而且极其烧电，国外大牌都未必敢以此作为卖点。

参观完音频实验室，贝时远又引着顾蛮生去往贝思的产品陈列室，左右两面靠墙放着玻璃展柜，正中央还摆放着一只大理石展示台，齐胸高、纯白色。展柜与展示台上全是手机，不仅有贝思自己的产品，还网罗了当下几乎所有的竞品，各种机型一应俱全。

顾蛮生走到一面玻璃展柜前，仰着头细细端倪。

“知己知彼，百战不殆。”贝时远从柜子里取出了一部方头大脑、外观已经落伍了的手机，“这款西门子是全球第一款把手机与 MP3 结合在一起的机型，只不过受限于当时的技术，只能采用外接的形式。现在要生产一部音乐手机就简单多了，只要有解码芯片，任何厂家都可以尝试。”

顾蛮生转身又来到另一面展柜前，这里陈列的不再是国际上的大牌手机，而是国内友商的产品。他随意取了一部手机试听音乐，发觉音质虽没达到贝时远自诩的

Hi–Fi级别，却也并不太差。他的眉头拧得更紧了一些，总算打破缄默，提出了一个疑问："我在牢里的时候闲来无事就看书，美国那个爱玩股票的老头儿巴菲特在书里讲过，一个企业的竞争优势，就是有一条能使得敌人无法进攻的'护城河'，如果照你说的，任何厂家都可以用解码芯片生产MP3手机，贝思的优势又在哪里呢？"

"自贝思去年推出第一款音乐手机大获成功之后，国内市场便出现了大量的跟风者，但他们用的是那种廉价而低级的音频编解码芯片，而贝思从不吝惜成本，哪怕是双扬声器与立体声耳机，合作的都是全球顶尖的供应商。"贝时远似乎并没听懂顾蛮生的话外之意，仍是信心满满地微笑道，"我们不仅要做国内第一家推出音乐手机的厂商，而且还要做到'人无我有，人有我优'。我们还合作了国际著名半导体厂商，采购了他们的电源管理芯片，从而保证贝思的新机型使用时间比同类型音乐手机至少提高百分之三十……"

一路参观下来，贝思专注的始终是产品的枝梢，而无论是手机必不可少的射频芯片，还是节电所需的电源管理芯片，抑或音乐播放器所需的解码芯片，听贝时远的意思，贝思现在不会，以后也没打算自主研发。

顾蛮生对此兴致缺缺，只淡淡道："我明白了，这就是你的租船主义。芯片是高科技领域的核心技术，而你却把自己的命门全都交到了别人的手里。"

这话不太客气，但他是来工作的，不是来客气的。

贝志斌注意到外甥的脸色似乎不太好看，他抢白道："顾总这话有点杞人忧天了，经济全球化的浪潮已经势不可挡，现在这个世界讲究的是合作共赢，一家成熟的企业就应该在全世界寻找最优供应商，而不是把什么细枝末节都抓在自己手里。顾总当年如果不是执意自主研发，也不至于一败涂地吧。"

这话更不客气了，空气里全是劈啪作响的火星，贝时远及时以目光制止了舅舅再说下去，对老同学既大度又温和地笑了笑："我不像你这么谨慎，也不像你这么悲观，这世上哪有不想赚钱的商人呢？只要有利可图，就一定能为自己找到最佳的合作伙伴。"

初到公司就龃龉难人，但加入贝思的事情还是这么定了。顾蛮生不要贝时远给的高薪，反倒向他讨了二十个程序员，自己成立了一个项目组，专门用来开发手机相关应用。

他大学那会儿学的就是C++，又自己买了点Java相关的编程书来看。现在2G到来，高端手机用的都是封闭的塞班系统。顾蛮生把工牌挂上脖子，把二十个团队成员掰碎了用，不眠不休花了不到一个月的时间，升级了原本不能滚动播放歌词的播放器，又开发了一个寻宝打怪的小游戏。

入职一个月，他自己是铁打的肉身坏不了，天天凌晨才离开公司，手下谁也不敢早走。难得手头两个项目开发成功，顾蛮生抬头看墙上的挂钟，已经晚十点了，再看电脑前那二十个小伙儿，个个眼圈乌黑，满脸赤豆，都是一宿一宿没合眼熬出来的。他总算恻隐，下了大赦令："下班，今天都早点回去吧。"

众人齐声欢呼，哗啦一下全散了。顾蛮生收拾完东西，关了灯，也离开了办公室。跟同样晚下班的一个别的部门的同事打声招呼，他搭电梯往下，没走出几步，迎面就撞见了曲夏晚。

贝思的新机型上市在即，贝时远这段时间忙得几不着家，戒不了咖啡与浓茶，更戒不了熬夜与应酬，曲夏晚怕他连宿加班胃病复发，亲自熬了山药红枣养胃粥，准备了两碟开胃小菜，送来了公司。

她也看见了顾蛮生，想是没料到会这么见面，脚步突兀地僵滞，眼神也跟着复杂起来。外头是深圳夜晚的灯火，稠得像四溅的颜料，她轻声道："时远的胃刚动过手术，所以我熬了粥给他送来，好当夜宵。"她手里提着一只牛津布便当袋，说这话时眼里某种情绪徐徐扩散。

顾蛮生也弄不明白，为什么这个女人一见自己，一双又圆又亮的眼睛就会陡变，像两眼幽深的泉水，简直悲凉惨了。同在一个公司，抬头低头的，早晚得见面。他向曲夏晚走过去，微微屈颈，学着公司里的人毕恭毕敬地管她叫"贝太"。

两人擦肩时，曲夏晚突然伸手，抓住了顾蛮生的手臂。这个动作发生得莫名其妙，做梦似的，她很快清醒过来，又慌慌张张地松了手。

"贝太，顾总，你们都在啊。"一个尖甜的声音恰在高处响起。

顾蛮生循声抬头，先在楼梯上看见了柯彩，然后就看见了她身后的贝时远。顾蛮生理不亏，但气氛还是不免尴尬起来，贝时远的眼神也跟着变得古怪，应该是控制了，却没控制住。一阵莫测又微妙的沉默，久到可能得以分钟计，贝时远释怀了，潇洒了，他走下来，大力地拍了拍老同学的肩膀，笑着道：“我收到你们部门抄送的邮件了，恭喜项目成功，过两天公司大会，等你技惊全场。”

“正好，”顾蛮生道，“我还有个新项目想在会上向你申请。”

“那就等你的好消息。”贝思主打的就是音乐手机，解决滚动歌词的问题就相当于优化了播放器，贝时远的眼睛骤亮，显然是被这声“新项目”愉悦到了。

顾蛮生安静地点点头，冲贝时远与秘书柯彩欠一欠身，转身走了。

他没再看曲夏晚哪怕一眼。

“我也回去了。贝总、贝太，再见。”身为女人，柯彩敏感地察觉出曲夏晚与这两个男人间的故事不简单。她及时退了场，因为比曲夏晚高出一个头，经过她身边的时候，她乖巧又奉承地低了低头。

年轻有为又英俊多金的贝时远几乎是所有贝思女员工的梦想，自然包括与老板朝夕相对的柯彩。然而几乎所有的贝思员工都听过一个故事——因为女人丧过夫，高门大户的贝家原本并不同意这桩婚事，当时贝时远为爱力争，寸步不让，最后逼得母亲情绪失控，挥舞着花艺剪刀，试图以自残的方式逼迫儿子回心转意。谁想贝时远居然空手夺白刃，任尖头利剪洞穿手掌，血溅当场，反倒将母亲唬住了。在场的还有贝时远的舅舅贝志斌，这个老小子嘴上从没把门的，事情很快就口耳相传、尽人皆知了。

柯彩与老板相处时曾偷偷瞟过一眼，这个男人的左手掌心真的有一道深深的伤口，像上好的缎子上烫了个令人惋惜的烟疤。

柯彩确实感到惋惜。曲夏晚何德何能呢？不过就是漂亮了点，可人那么矮，气质又卑卑怯怯的，哪儿登得上大雅之堂？她走出公司，随手揪了一朵道旁矮茎的野花，扯碎了。

第二十九章

造船不如买船

两天后的公司大会，顾蛮生果不其然带着新的项目点子来了，然而贝时远连同其他贝思高层，谁也没被这个点子惊艳到，反而实打实地都受了惊吓。

顾蛮生认为，随着 3G 普及，未来的手机趋势应该是大屏幕、全智能的，能随意浏览网页、安装应用软件，甚至可以用手指取代触屏笔。目前的塞班系统不足以支持这些构想，他想研发一个全新的系统。

“什么？”大笔投入一个高风险的新项目，必然影响股东的利益，贝志斌头一个提出反对意见，“你别有了点成绩就了不起，你当开发手机系统跟开发那些 Java 小游戏一样简单吗？你知道自主研发一个新系统要多少钱吗？”

“也不需要完全自研，”顾蛮生准备充分，兵来将挡，“我们可以在现有的 Linux 操作系统上进行改良，就好比在毛坯房上进行装修，Linux 没有版权，而且还开放了源码，再合适不过。”

“就算有 Linux 作为底子，可它是主要基于个人电脑的操作系统，要改成手机系统，你手下就二十个人，还大屏幕，还触摸屏，你当是拍美国的科幻大片儿吗？你这不纯属异想天开吗？”

“所以我想请贝总再招些人。”顾蛮生皱着眉，一脸严肃地说下去，“我这不是异想天开，也不认为我说的智能机系统实现不了，微软的 Windows Mobile 都已经升级到第五代了，倘使现在不布局，等智能机时代来了，包括贝思在内的国产手机厂商全都会被淘汰。”

贝志斌对手机操作系统其实一窍不通，“微软”二字却是如雷贯耳，当场高兴地表示：“既然微软都开发到第五代了，那咱们跟他们合作，买他们的系统不就行了？买船不如租船，我们贝思一向是这个理念嘛。”

顾蛮生早对租船主义意见不小了，沉着脸道：“你想买，人家未必卖，就算肯卖，据我了解，一部手机就收你十几美金的专利费，利润全被别人赚走了。自研初期肯定没有很大利益，短时间内租船必然优于买船，但如果以后发展起来，我们也可以向别的手机企业收取专利费。”

贝时远沉吟片刻，问：“你还要招多少人？”

“至少再给我两百个程序员吧。”顾蛮生其实还少说了。

“那你预计多久能研发出来？”

“快则两到三年，慢的话……我在这儿立军令状，五年内一定实现商用！”

“拉倒吧，”不待贝时远发话，贝志斌已经怪声怪气地笑起来，“哎哟，顾总，您别一天天地想要赶英超美行不行？您在展信的那些‘光荣’事迹当这儿没人知道呢？如果不是你当年非要自研芯片，一而再，再而三地流片失败，展信现在别说是国内通信行业 No.1，肯定都上市了吧。展信的大楼都卖给我们贝思了，你怎么还这么执迷不悟？”

会议室静得离奇，顾蛮生张了张嘴，但说不出一个字，贝志斌的这番话打在了他的七寸上。

“好了，”贝时远不想给老友难堪，对舅舅冷下脸，“别扯这些无关紧要的。”

“我确实犯过错误，”顾蛮生从没当着这么多人面检讨过自己，不亚于往自己身上下刀子，他额头青筋突突地跳，喉结痉挛而声音微抖，“但导致展信没落的原因，不全是芯片自研失败，更多的是我个人对小灵通的判断失误——”

“那说明你就没有我们贝总的眼光嘛。”贝志斌哈哈地打断了顾蛮生，又扭头望向贝时远，“时远，要不还是你说句话吧，我个人对顾总真没意见，我只是觉得做人得脚踏实地，干事业也得脚踏实地，一个企业太好高骛远，肯定活不长久。”

“我相信，随着 3G 发展，你说的那种大屏幕、能自由连接网络，甚至可以触控操作的智能机会是未来手机的趋势，可按照你的想法，这个操作系统是需要一个配套的应用生态的，”贝时远到底看得远，问顾蛮生道，“如果没有人用你的系统，别说专利费了，怎么生存下去都是个难题吧？”

“在系统完全成熟前，我们也可以开源，让友商免费使用，等到软件生态圈完全建立完成，别的厂商都离不开了，我们就可以开始收取专利费了，这不就是老美最擅长玩的那套吗？”

见贝时远久未表态，在座所有人都跟看疯子一样看着他，顾蛮生咬了咬牙关，决定让步。事实上他让手下准备的PPT与会材料里就有Plan B，只是这些人都被自研系统吓得不轻，根本没敢往后看。他整理情绪，长长吁了口气：“那就退而求其次，除了我刚才说的那两个系统，我们还有一个系统可以选择，MP4与一些小型游戏机都用的是Win CE系统，我们可以以它为底子进行研发，贝思以MP3手机起家，技术互通的地方多，能够事半功倍。”

贝时远还是不言语，在座的人则是一脸懒于思考却等看好戏的表情。

顾蛮生很快意识到，不管他提出的方案是否行之有效，这些人已经认定了自研智能机系统不可能成功，这些人就是信定了“租船主义”。他表情严肃得骇人，对贝时远说的话已经不太客气了：“如果你不是想捞一票就走人，如果你还不至于这么短视，你就应该知道，贝思想真真正正干出点名堂，就得有自己的‘护城河’。”

一个坐得端正，一个站得笔直，空气中异感蔓延，两个男人四目相对，无声无形地角力着。最后，贝时远轻轻叹一口气，说：“为了庆祝你们团队开发成功，晚上全项目组跟公司领导层一起聚餐——关于智能机系统的事情，以后就别再提了。”

顾蛮生舔舔嘴唇，“呵”地笑了一声，然后摘下脖子上的工牌，摔桌而去。

“他什么态度？”贝志斌在他身后嚷起来，“时远，我看你还是赶紧把你这老同学请走吧，咱们贝思庙小，容不下他这尊满脑子奇思妙想的大佛！”

不用贝志斌撺掇着撵人，顾蛮生自己也不想干了，贝时远的经营理念与他截然相反，他要继续憋在这里开发无聊的小游戏，龙得生生憋成虫。不想干了，就没必要应酬不想应酬的人，顾蛮生没去庆功宴，一个人躺在合租屋里，老六现在跟着白浩混，每天忙得很，比他还早出晚归，但忙得很有奔头。

他转头，望出窗外，那栋灯火辉煌的大厦仿佛近在咫尺，刺眼得要人命。他闭上眼，分不清自己到底是不是在嫉妒。

不一会儿，催人的电话就来了。先是他的手下，再是秘书柯彩，最后竟是贝时远亲自打来的。顾蛮生连着掐了前两个电话，到底没好意思拂老友的面子，他接起电话，听见贝时远以一个温和声音说："夏晚也在，我们都等着你。"

顾蛮生骑着二八大杠赶到的时候，大伙儿正在玩一种常见的餐桌游戏，规则很简单：众人分了几组，各举双手，每人轮流说出一件自己做过，但认为别人没有做过的事情。没做过的人自觉减少一根手指，谁的手指全部收回谁在的这组就判输。输了的人须受罚，一般就是罚酒或者真心话大冒险，老套是老套了点，但很能活跃饭桌气氛。

顾蛮生来晚了，被安排在了与贝时远夫妇对立的那组，众人让他先说，他便大方道："我坐过牢。"结果自然是别组的人全减一根手指。

曲夏晚的脸色急骤地变了，连同贝时远的脸，都变得没法形容地不好看。顾蛮生闷头喝了口酒。他对坐牢的事情已经看得开了，其实没有硌硬这两人的意思，反倒被这两人的态度弄得难受。

游戏你来我往地进行了几轮，项目组一个小伙儿输得只剩一根手指了。

恰好轮到贝时远，换下职业装的柯彩更显高挑丰满，她抢先一步在旁起哄："贝总，你就说你吻过贝太，咱们不就赢定了嘛！"

贝时远看似不经意地瞥了顾蛮生一眼，笑笑，还是换了一件事情说。没想到小伙儿居然也做过，侥幸得以生还。

"哎呀，你就该说你吻过老板娘嘛！"柯彩的一惊一乍里明显有做戏的成分。她先前的猜测从另一方面得到了验证，曲夏晚脸上的复杂与尴尬都快掩不住了，像一层华美的裘皮，揭开就是虱子或者伤口。

游戏又进行了两轮，刚才那个到了生死边缘的小伙儿一直坚挺着，倒是曲夏晚，居然成了第一个十根手指全阵亡的人。

"贝太，那就说说你的初恋吧。"柯彩不怀好意，故意这么问她，"听说你跟贝总是大学同学，那你的初恋肯定是他了？"

大伙儿都醉得差不离了，跟着拍手哄闹。

曲夏晚果然像被人揭短似的紧张起来，气息既急且促，良久才努力平复下来，装作轻描淡写地道："好久以前的事了，我忘了。"

"按说贝太答不上来，是要罚酒的。"一升的啤酒杯里灌的是满满的红酒，柯彩佯作为难道，"但贝太到底是位女士，我们贝总又刚动过胃部手术，要不在场哪位男士自告奋勇，替贝太喝这一杯？"

在座的都是高智商、低情商的 IT 男，不懂这样的场合该不该逞英雄，都迟疑着没动。柯彩高起声："哪位来英雄救美呀？"她的目光像火钳子，"滋"地烫到顾蛮生的脸上。

顾蛮生蹙着眉头，咬着牙关，在柯彩有意无意的挑唆下，忽然向那杯酒伸出了手。没想到贝时远和他同时出手，两个人竟同时握上了啤酒杯的杯把。

不等顾蛮生松手，贝时远态度强硬地夺来了酒杯，伴随着众人的惊呼声，仰头一口气灌了下去。手落杯空，气氛彻底静下来，贝时远拉起妻子的手，起身对众人笑笑道："今天就到这儿吧。"

顾蛮生还没递辞呈，贝时远的妥协竟先来了。深思熟虑之后，贝时远认为，基于 Linux 的系统研发投入太大，贝思不做考虑，但因为有 MP3、MP4 技术打底，Win CE 系统倒未尝不能一试。他给美国那边打了电话，系统授权费也在接受范围之内。

顾蛮生脸热了，他发觉自己小瞧了贝时远。

"你不会以为我真像你说的那么短视吧？"一句话说得顾蛮生脸更热了，贝时远确有容人之量，他抬起手腕看了看时间，又笑笑道，"我特地约了雷纳的刘总，一会儿咱们一起去上回那个地方吃个饭，他对 MP4 技术很了解，以后你们没准得搭档，先认识一下的好。"

两个人还在路上，贝时远接了个电话，说雷纳的刘总已经到了。

依然是那个古色古香的包间，琉璃门缓缓推开，贝思这边是贝时远、顾蛮生还有柯彩，雷纳那边也是三个人，一个是与柯彩年纪相仿、五官也相似的美女，估摸也是秘书；一个是眼镜片厚似啤酒瓶底的年轻人，应该是技术人员；还有一个是满脸铜钱腥气的中年男人，黑脸方颔，长着一双令人一眼难忘的、市侩的、狡黠的眼睛。

顾蛮生认得这双眼睛，也认得这个男人。对方也几乎瞬间认出了顾蛮生，惊慌到手抖，连面前的酒杯都碰倒在了地上。

美女秘书有些暧昧地嗔怪道："刘总你怎么笨手笨脚的，在贝总面前多失礼。"

"没什么，我跟刘总认识好多年了，"贝时远看看刘传富，又扭头看看顾蛮生，两人脸色都很古怪，他不由得疑惑道，"怎么，你们也认识？"

方才还热腾腾的血液一下全凉下去，顾蛮生冷冷道："岂止认识。"

席上的刘传富已经汗如雨下了，美艳的秘书体贴地抽出纸巾替他擦脸。

读书那会儿，贝时远从没参与过顾蛮生那点不入流的"生意"，自然也不知道两人之间的前尘旧恨。他只当他们是旧相识，笑笑道："既然这么巧，就不用我多做介绍了吧？"

"还是介绍介绍吧，"顾蛮生拉开椅子坐下，掏出烟与打火机，全然不顾餐厅内不能吸烟的规定，"嚓"地打出了一簇漂亮的火苗，"我认识刘总的时候，他还在贵屿捡垃圾呢。"他坐姿恣意，斜咬着点着的烟，一眨不眨地盯着刘传富的眼睛，像箭矢瞄着靶心。

柯彩替老板介绍下去："刘总是做 Walkman 起家的，后来又与合伙人一起投入研究了便携 MP3 播放器的技术，说他是'国产数码随身听产品第一人'也不为过。我们跟雷纳合作后，经过一年的产品性能调试，确保手机不会出现任何质量问题，甚至可以自豪地说，贝思手机的音质与日本的索尼、韩国的三星不相上下。"

"不敢当……不敢当……我在雷纳股份占得不多，就是个小合伙人……"刘传富不停地低首擦汗，可每一抬头，就发现顾蛮生仍静静盯着自己。他完全不敢与他对视，这双通红的眼睛隐在浓厚的烟雾中，充满危险的信息。

刘传富的反应令顾蛮生暗道好笑，自打雷纳 Walkman 横空出世，他就不止一次地发现，无论是雷纳主打的胶圈防震，还是高保真音效，甚至就连外观设计都与他最初的构想有八成相似。可是当年刘传富消失得那样彻底，他从未想过这家伙居然另觅合伙人，以崭新的身份卷土重来了。

现在想想，似乎就连雷纳的 logo 都熟悉得可疑。

贝时远也察觉出餐桌上的异样气氛，稍加思索，便决定当一回和事佬："我跟刘总认识好多年了，蛮生更是我最铁的兄弟、最亲密的室友，你们之间要是有什么误会，不妨说来听听，看看我能不能帮着解决？”

顾蛮生意识到，“认识多年”这句话贝时远说了两遍。那日见到曲夏晚的震惊刚刚平复，刘传富的出现又在他的心里掀了个浪头，他突然想起一幕久远的画面，曲夏晚与刘岳分居那会儿曾小住在一个朋友家中，而那个朋友不只是数码随身听产品发烧友，还总能拿到雷纳还没上市的新品。

那个朋友究竟是谁，曲夏晚始终讳莫如深，再后来他锒铛入狱，她就嫁给了贝时远。

只是巧合吗？顾蛮生转头看着贝时远，一双深眼闪烁着幽光。

一顿饭吃得各怀心事、味同嚼蜡，刘传富找了个借口，留下酷似柯彩的美艳秘书与那位年轻人，自己中途退了场。

他坐着电梯直抵地下停车场，一路都在心里抱怨：都怪贝时远，神神秘秘的，只说见他一个老同学，要早知道这个老同学就是顾蛮生，他才犯不上来吃这顿晦气的饭！

刚走出电梯门，刘传富冷不防被一个人揪起领子，重重推撞在了停车场的一面灰墙上。

定睛一看，说曹操，曹操到，正是顾蛮生。刘传富不知道对方打的什么主意，刚想扬声呼救，一把尖头餐刀已经抵在了他的喉管上。这是顾蛮生追出门时随手从餐厅里顺出来的。

顾蛮生很久没疯过了，这股疯劲儿是藏在他骨子里的，压抑越久，一旦得以宣泄就越令他感到痛快淋漓。他的眼睛弥漫着血气，气息既粗且促，为了截住刘传富，六十层的楼梯全是一口气跑下来的。

“别……别打……我钱不是还你了……就差十万块，也还给你就是了……”十年前的十万与现在的十万绝对不可同日而语，刘传富听说过顾蛮生杀人坐牢的事情，吓得逻辑全失，腿都抖了。

“我不打你，也不是来要钱的。”顾蛮生依然没什么表情，眼睛被一片密匝匝的阴影覆盖，手里的刀尖往前狠狠一送，“我就问你一个问题。”

“你……你问……”刀尖划破了颈部皮肤，血就流了出来，刘传富尽量简短发言，以免摇颤的头颅与抖动的喉结增加自己被割喉的风险。

“你跟贝时远到底认识多久了？”没等刘传富开口，顾蛮生又冷冷道，“我要实话。”

“我想想……应该 1998 年就认识了，我不是先认识的他，是先认识的他舅舅。他那时拿不定创业的主意，既想做手机，又想生产 MP3，所以我经常把雷纳没上市的新品拿给他听呢……”

对方不像撒谎，也没必要撒谎，顾蛮生定定看了刘传富片刻，旋即松了手。他手指灵巧地拨动一下，便倒拿了餐刀，他将刀柄递交到刘传富的手中，转身就走了。

真相已经呼之欲出，顾蛮生走到电梯里，掏出手机，给贝时远发了条信息，说自己有事也要先走，约他明日傍晚，在贝思大厦的楼顶再见个面。

一宿辗转无眠，顾蛮生闲人一个，到达贝思大厦的时间比与贝时远约定的早了一小时，其间负责大厦门禁的年轻人冲他点头弯腰，寒暄微笑，电梯里遇见的酒店大堂经理也毫不掩饰地奉承起了他的英俊。那些人都知道他是贝总的朋友，空降的高层，打声招呼、拍个马屁，良言一句三冬暖。

“贝总还在开会，可能晚点过来，顾总要不先去吧台坐坐？”有人这么邀请他。

顾蛮生摇头，出了电梯，慢慢踱向观光大厅。

贝思大厦的顶楼大厅被贝时远打造成了高空观景台，地面铺的全是透明玻璃，踩上去，仿佛漫步云端。大厅四壁都配有望远镜，被固定在一只只亮闪闪的玻璃架子上。

斜阳向晚时分，顾蛮生站高远眺，目力所及，这场日落格外壮美。

这个场景以前他就曾幻想过多次，他站在大厦之巅，这个一览众山小的高处，向心爱的女人求婚。他们拥抱，接吻，身后是缓缓坠入地表的太阳，暗金色的光冕像一枚巨大而美丽的指环。

就在顾蛮生陷入沉思之时，贝时远来了，对方从他的身后向他走近，没走几步又停下来，他看见顾蛮生双手插在兜里，一言不发，一动不动，好像这个凝神远眺的姿势已经保持了相当长的时间，还将继续保持下去。有那么一瞬间，贝时远以为这个男人已经风化成了石头。

直到来人到了身边，顾蛮生才回过神来。他没回头，脸上也不带任何情绪，只是淡淡地道："我以前就一直想站在这个高度，看看日出日落，看看这座城市。"

太阳上升，下沉，无穷循环，就像这座城市，抽芽，茁长，生生不息。

"不好意思，我也是接手之后才知道这栋楼本来是展信的资产。"为了公司支撑下去，杨柳不得不变卖了柳生大厦，这栋楼经了一道手才到贝时远手里，贝时远真的不知道。顾蛮生眼里恢宏壮烈的日落他早见怪不怪了，他活动了一下肩膀，对老友笑道："有时不服老真的不行，才开了一天会就腰酸背疼了。"

"你大概还有一件事不知道，"两人一同眺望这座奋发中的城市，顾蛮生依旧目视不知终点何处的前方，道，"我大学那会儿第一次创业，那笔好容易凑齐的二十万，就是被这位雷纳的刘总骗走的。"

"这……这么巧？"贝时远完全错愕，一时不知怎么开口。如此看来，曲夏晚一早就认识了刘传富，这五年间他们没少接触，为什么她从未在自己面前提过这事呢?

日落之后，天空迅速地暗了下去，继而夜雾腾起，远远近近的楼房与街道都被一片灰蒙蒙的幕布笼罩。不一会儿，毗邻贝思大厦的另一座大楼点亮了霓虹，转眼东风夜放花千树，整片楼群接连亮起了灯，一下就映亮了整座城市。

"不过我今天找你来，不是想提这件旧事，而是想问你一个问题，"顾蛮生终于扭过头，定定地看着贝时远，一只拳头慢慢攥了起来，"我想问你，是不是早在我入狱之前，你就跟曲夏晚在一起了？"

意料之中的问题，贝时远没有狡赖否认，反倒轻吁一口气，微微垂下眼睛。

这个反应无疑就是默认了，顾蛮生眼睛一细，一拳头就砸在了贝时远的脸上，砸得毫无防备的贝时远踉跄着后退几步，鼻梁上的眼镜都飞了出去。

"蛮生，对不起……我是真的爱夏晚，我也是真的想补偿你……"一语未毕，顾蛮生咆哮着"你少他妈恶心我"，拳头又挥了过来。

贝时远连着忍了他两拳，到第三拳的时候，终于忍无可忍地还击了。

晚上，曲夏晚照例提着便当袋来给贝时远送粥。她跟许多人印象中那些尖酸多疑的老板娘很不一样，一个楚楚可人的仙女，就这么手提着饭盒，款步姗姗地经过开放式的办公区，然后冲仍在辛苦加班的人们点一点头，莞尔一笑：“辛苦了。”

贝思的员工都喜欢这个老板娘，唯独柯彩不喜欢。柿子都拣软的捏，可能就是曲夏晚的“不一样”坏了事，总给她一种可以取而代之的感觉。

曲夏晚来到总裁办公室前，被外间的柯彩告知，贝总这会儿不在，应该是去贝思大厦的观光厅赴他老同学的约去了。曲夏晚冲柯彩客气地微笑，转身欲走，心里却不禁嘀咕：哪个老同学？

“贝太，有件事情，我不知道该不该告诉你，”柯彩忽又出声喊住她，“昨天贝总跟顾总一起吃饭，雷纳的刘总也来了。不知道为什么，顾总突然饭也不吃，一声招呼不打地就走了，今天我在办公室里看见他，脸色怪得很，还约了贝总今天在贝思大厦顶层见面，你说什么事情公司里不能说呀，我担心，会不会出什么事情？”

一听刘传富的名字，曲夏晚便隐隐感到不妙。她忙掏手机拨打贝时远的号码，然而电话迟迟无人接听。顾蛮生这人疯起来什么样子她再清楚不过，她又掉头坐电梯向下，径直奔出了公司大楼。

贝思大厦距贝思总部不远，这个时间坐车可能会堵，打摩的反倒快得很。

曲夏晚下了车，扔了一张大票给摩的小哥，也不要找零，就急匆匆地跑进贝思大厦。她一秒不敢耽搁，跑进电梯又跑出电梯，一路狂奔至顶楼的观景大厅。

这一刻，曲夏晚看见，两个男人已经“刺刀见红”了。顾蛮生坐过牢，杀过人，一旦疯起来谁也招架不住，贝时远明显处于下风，他被顾蛮生紧揪衣领，摁倒在地，一只收纳望远镜的玻璃架子碎在他们身后，玻璃片溅得到处都是。两个男人或多或少都受了伤，曲夏晚一时不知道自己该去帮谁。

没留意到曲夏晚出现，顾蛮生陷入狂怒之中，嘶吼道：“你明知道她想摆脱她那个疯狗似的丈夫，你明明可以找刘岳摊牌然后带她离开，你却躲在你的背景、你的名誉、你的家庭背后，这就是你口口声声所说的爱情？！”

贝时远完全落于下风，一贯的优雅从容也荡然无存了，他奋力地反击，意识到徒劳之后又不甘示弱地喊道：“你自以为多情，其实只是自大！你陷在了你那自大的英雄主义里无法自拔，你会坐牢完全是咎由自取！”

这句话彻底将顾蛮生激怒了，他随手抄起一块玻璃碎片，就朝贝时远扎下去。

在旧日的悲剧再次上演之前，曲夏晚扑上去，用尽全力撞开了处于上风的顾蛮生。她以自己的身体拦在了两个男人之间，因为愧对这双充满诘问的眼睛，她尽量避免与顾蛮生对视，只是不住地哭着向他哀求："对不起，是我们对不起你……是我对不起你……"

曲夏晚身后的贝时远踉跄着站起来，两个人互相搀扶着、依偎着，活像一对苦命的鸳鸯，倒衬得他像个恶人。顾蛮生忽然摇头笑了一下，笑得白牙森森，随后他扔掉了手中的碎玻璃，狂乱的眼神渐渐冷静下来。

4月底的天气一日暖过一日，晚风拂面而过，温柔得像挠人痒痒。顾蛮生用血淋淋的手擦了一把脸，毫无表情地注视着这个男人，注视着这个女人。他方才眼神疯得彻底，此刻却静得异样，静得令人遍体起栗。

"不用老板与老板娘开除我了，我开除自己。"转身离开之前，他把兜里的工作牌摸出来，再一次也是最后一次摔在地上，他说，"你们永远不会知道我因为你们，失去了什么。"

直到确信顾蛮生已经走了，曲夏晚才扶起贝时远，两个人搭乘电梯，直抵地下停车场，开车回家，一路上谁也没有说话，贝时远打开车载音响，广播里放出一首舒缓的英文情歌。

眼镜碎了，所幸贝时远度数不深，他在红灯前踩下刹车，趁着停车的短暂间隙，他扭过头看了一眼身边的妻子。

"为什么没有告诉我，你曾跟着顾蛮生见过刘传富，他们还一起创过业？"他终于开了口，语气缓和，还算维持住了自己的修养。

"我不想提他的名字，也没有必要提他的名字。"为免重蹈覆辙，她能想到最好的法子就是不说、不想，正如她一次也没去看过这个为自己坐牢的男人一样，她与她的新婚丈夫默契十足，从未让与"顾蛮生"相关的只言片语出现在他们的生活里。

"何况，那天同学会，你不也没告诉我他会在场吗？"

贝时远同样答不上这个刁钻的问题。为什么没有告诉妻子，难道是想窥探她再见到初恋情人时的真实反应？

短暂的沉默过后，红灯变绿，车子重新启动了。曲夏晚忽然开口道：“我妈又跟青麦吵架了，气得犯了病，让我回去陪她住一阵子。”

贺婉莹身为母亲，基本能打满分，身为婆婆，就恶毒得够呛。但贝时远不便指摘自己的丈母娘，只淡淡地道：“好。”

“你不陪我一起回去吗？”

“我就不回了。新机就快上市了，公司里实在脱不开身，你替我向妈解释解释。”贝时远从方向盘上腾出一只手，轻轻攥住妻子的手，安慰她道，“妈缺什么你就给她买，让她多注意身体，犯不上跟小辈置气。”

曲夏晚的体温偏低，手指很凉，她僵直了十来秒才慢慢活转过来，也握上了贝时远的手。她的目光却落在了他的另一只手上，可能祸根就是这只为她受过伤的手，她对他愧疚得多，感激得多，爱情反倒少了。

这两年，深圳的地铁建设进程加快，城市血脉日渐畅通，大大缓解了早晚高峰期的堵车现象。车窗外，满城姹紫嫣红，这是一片仍在不断变得稠密的楼群，这座城市跟她十年前第一次见到的模样早已大相径庭——她至今说不上来，自己对它到底是爱是恨。

晚上十一点，杨柳从夜大下了课，白浩照常开车送她回家。

尽管获得了顾蛮生的首肯，白浩仍然不敢放手追求这个女人。两个人倚在车门上，有一搭没一搭地闲聊着，他突然大起胆子，凑过头去，向女人索求一个吻。

“吻没有，脑瓜崩倒是要多少有多少。”杨柳说着就抬起手，狠狠在白浩的额头上弹了一下。随着“嗷”一声惨烈的号叫响起，她哈哈大笑起来。

“明早老时间，我来接你上班。”年轻人的脸庞饱满干净，硬叉叉的冲天发也意气风发。

“好。”杨柳含着笑容，目送白浩驱车离开。

SUV很快消失在了视线尽头，杨柳却没有转身上楼。她在原地站立片刻，极其突兀地敛起脸上的笑容，冷声冷气地道：“出来吧。”

阴影中的男人没有动，杨柳又扬声道：“别躲着了，你这么一直跟踪我，我会报警的。”

一直藏身在拐角处的顾蛮生便走了出来。他有点蹒跚，像刚刚经历了一场战争，脸上既有血污又有青肿，瞧来十分狼狈。但他那一褶儿一褶儿的眼皮柔和地垂下来，一双深深的眼窝匿在一片逆光的阴影中，好看得特别梦幻。她无法辨别这是不是一出不高明的苦肉计，却无法自拔地为这眼神一阵心碎——他好像鲜少以这样的目光看过她。

女人努力维持住一张没有表情的面孔，冷冰冰地问："你已经跟踪、偷窥我很久了，到底什么意思？"

"没什么意思，"顾蛮生轻喘一口气，微笑着说，"只想看看你。"

"你已经看到了，还不止一次，你可以不用再出现了。"

顾蛮生没接这话，却温声道："一味地跟外企打价格战，展信会撑得很辛苦……你会撑得很辛苦。"

"可我撑下来了，展信在连续亏损四年之后，去年首次实现了盈利。"杨柳嘲讽地一翘嘴角，"这说明没有你，我不仅可以撑下去，还可以活下去，甚至总有一天我会活得比你在的时候更好。你还有什么资格出现在我面前？"

"3G 的标准版本多、更新快，全面普及还需要一定的时间，对于广大运营商来说，2G、2.5G、3G 必将持续共存很长一段时间，所以不同设备间的兼容性对于能否实现 2G 至 3G 的平滑升级至关重要。"顾蛮生不是来争口舌之快的，他停留在原地，任街灯在他脸上投出温柔的影子，"我有一个设想，如果能在两种网络之间设立专用网关，全面兼容各种类型的移动台和业务，那样就可以在不改变 CDMA 或 GSM 核心网元的情况下将 2G 升级到 3G，为运营商节省大量成本，从而在技术层面大大提高展信设备的竞争力。兴许你可以和于老师、乔博士他们商量一下，看看具体实现是否可行——"

话很有道理，但杨柳不想领这个情，冷声打断对方："你以为给我几个不痛不痒的建议，我就会对你感激涕零了？"

"那倒没有，"他确实刚刚经历了一场战争，但很痛快，筋骨都松活了，顾蛮生笑了笑，"我是来跟你道别的，我接受了一份海外事业部的工作，很快就要离开中国了。"

"去哪里？"突如其来的告别，杨柳不禁一怔。

“还不知道，可能满世界地跑。”

“什么时候回来？”

“也不知道，可能三五年内都回不来了。”顾蛮生自嘲地笑了笑，“所以你可以放心了，至少有相当长的一段时间，我不会再来打扰你。”

两个人都不说话了，这个 4 月的夜晚万籁俱寂，他们耳边只剩彼此的呼吸声，都不太均匀。

“再见，杨柳。”

顾蛮生向这个女人道别之后，最后看了她一眼，想起很多年前她在贵州的泥坳里赤脚追着一头猪跑，她那时的眼神就和现在一样带着一股狠劲儿，谁见了都说不好惹。就是这股劲儿，令他以前敬她、怕她多过爱她，以至于陡然生出较量之心，非要压制她、征服她，结果追悔莫及。

顾蛮生转过身走出几步，身后的女人蓦地喊了一声：“等等。”

顾蛮生止住脚步，这一声令他半边身体又震又麻，几乎动不得了。

杨柳道：“你想做逃兵我不拦你，但你难道就连问我一声的勇气都没有吗？你就不敢问问我，到底怎么才能原谅你？”

顾蛮生回过头，两手虚握着轻轻颤抖，一双眼圈微微泛红。

“把它买回来，”也不知是有心让顾蛮生彻底死心，还是真就这么想，杨柳遥遥一指远处那栋耸入云霄的贝思大厦，道，“等你把这栋大楼重新买回来的那天，我就原谅你。”

顾蛮生也抬起头，微眯起眼，望向夜幕中那栋五彩斑斓的大楼。良久，他收回视线，很认真、很用力地点头道：“好。”

像攀登者望见了终将征服的高峰，顾蛮生笃定地转过身，留给他深爱的女人一个消失于月色的背影。

杨柳嘴上不饶人，可心里却清楚得很，顾蛮生说的话其实很有道理，第二天她就找来于新华与他的技术团队，与他商量如何从运营商的角度实现 2G 到 3G 的平滑过渡。

展信的大会议室里，于新华道：“2.5G GPRS，是在 2G GSM 的基础上实现了数据传输，2.75G 则是在这个基础上传输得更快一些，但到了 3G 却是一种技术爆炸式的增长，对电信运营商来说，必然要对原有的网络架构进行较大改动，一方面投资巨大，另一方面，网络的稳定性很难保证。”

杨柳来到会议室的白板墙前，取记号笔将2G向3G网络演进的结构图画了出来，道：“2G与3G势必要共存很长时间，从网元结构上来看，2G组网与3G组网的接入网部分其实质是一样的，2G的BSC与3G的RNC都起到了基站控制器的作用，但运营商升级时这一部分的中间设备与网线都需要重新部署，既耗时间，又耗成本。”她在白板墙上将两个组网结构图上的设备圈在一起，“我在想，能不能通过模型复用，使BSC与RNC融合在一起，组成一个不同制式都能使用的多模控制器，这样在控制器层面只需升级软件就能实现2G向3G的过渡，甚至以后升级超3G，以此来保障运营商‘节省传输资源’的需求。”

见技术团队都蹙眉不语，似在思考这样做的可行性，杨柳又道：“据我目前了解，包括爱立信在内的国外设备大厂还没有相关设备的专利，我只是站在一个外行的角度，为各位提供一个研发的方向。”

“柳总这番话绝对不是外行，已经是个相当出色的产品经理了。”老板谦虚地自认外行，但于新华知道，对于一个“外行”来说，既有相关知识体系，又能跳出他们这些技术人员的固有思维，提出有利于战局的产品方向，何其不易。

“柳总是从哪里得来这么妙的灵感？”

杨柳沉吟一下，微笑道：“一位老朋友。”

第三十章

从头再来

嫁进曲家大门的那一刻，舒青麦就意识到，婆婆贺婉莹瞧不上自己。起初她还挺乐观，以为只要自己活络孝顺，就一定能使得对方改观。然而不久，冷冰冰的现实就令她的梦想破得稀碎——自诩大城市人的贺婉莹，偏见根深蒂固，早认定了自己这个儿媳妇是荒山间的刁民，野岭里的妖精，图的就是汉海的户口。

因为两人是偷偷摸摸领的证，一直没办酒席，所以待舒青麦也找着一份工作安定下来，曲颂宁便决定补办婚礼，一偿妻子的夙愿。

婚礼那天，舒家来了不少人。舒青麦其实一直跟家里人走得不近，但血浓于水，娘家人到底是娘家人。或许只有嫁出去的女儿才能顿悟这个道理，同样一个人，在娘家是掌心肉，在婆家却是鞋底泥。所以，为了能在婆家面前充场面，她把家里能请的全请了来，包括继父那边不来往也不相熟的亲戚。浩浩荡荡几十号人全来参加了婚宴，也全拥进了他们的新房。所谓新房，就是将门罗坊那套花园洋房重新粉刷了一遍，贺婉莹独住底楼，小夫妻俩则住在二层，平时房门一关，倒也是个不易为人打扰的小世界。

然而人来得越多，越招贺婉莹看不惯。她嫌他们穿着桃红靛紫，嫌他们说话口音浓重，反正横竖不顺眼，就是嫌这些亲家不体面，在老曲的老同事面前给她丢了人。更令她气急的是，舒青麦的妈妈一到新房就不懂礼貌地东摸西蹭，结果一不小心，打碎了曲知舟的一只水晶奖杯！

“这是科技部颁发给我们老曲的奖杯，你们知道什么是科技部吗？你们知道吗！”舒妈妈吓得连声道歉，半跪在地上收拾玻璃碎片，然而贺婉莹得理不饶人，扯开尖厉嗓子，一句话重复了好多遍，“你们知道什么是科技部吗？”

“怎么不知道？你老公和我老公都干这一行，不就是一只破奖杯吗，到底有完没完？”母亲极度卑微的表现刺激了舒青麦的自尊心，她不顾母亲连连扯动自己衣角的动作，当着所有人的面就顶撞了婆婆。

“你说什么？你再说一遍！”贺婉莹的尖叫声差点掀了屋顶。

最后舒青麦下跪奉茶才使婆婆开了房门，但明眼人都看得出来，这婆媳间的梁子算是彻底结下了。所以婚宴还没结束，舒家那浩荡的一行人就全打道回了老家，从此再没提过要来汉海看看。

所谓洞房春暖，然而新婚当夜，新房里的舒青麦蒙着被子流眼泪，很使劲地咬住下唇，这才没有哭出声音。

那天之后，舒青麦憋上了一口气，就是一定要攒钱买一套自己的房子，早日搬离这个恶婆婆。她隔三岔五就要在曲颂宁耳边敲打买房子的事，但曲颂宁的顾虑也有道理，一对双胞胎儿女刚呱呱落地，自己因为工作关系需要常年在外出差，她一个人既要工作又要照顾孩子，铁定忙不过来，至少母亲还可以帮衬一把。

说是先拖两年再说吧，结果这一拖，儿子曲晨、女儿曲思彤转眼都七岁了。两个孩子到了上学的年纪，舒青麦偃息已久的心思便又活泛起来。

曲夏晚二婚嫁了贝时远之后，贺婉莹一下就扬眉吐气了。不再需要为儿女操心，她很快发展出了一个个人爱好——她参加了社区里的老年合唱队，因为形象过人，嗓子条件也不错，还被领队安排在了头排最显眼的位置，算是挑起了整个合唱队的大梁。

贺婉莹没工夫照顾一对孙子、孙女，日日在合唱队练歌，有时把队里其他的老太太喊上家里来，有时干脆住在别人家里。

趁着这天婆婆外出排练不回家，老公也没出差没加班，舒青麦悄悄准备好了一张房地产广告，在曲颂宁上床的时候，塞到了他的手里。她看中一套房子，地段不错，六千块一平方米的三室一厅，一套房子七十万。

曲颂宁只当妻子开玩笑，随手将广告单搁在了床头柜上，道："就算要买房子，也不用买那么大吧。"

舒青麦瞪着眼道："当然要买那么大，宝宝们很快都会长大的，男孩儿女孩儿混着住不太好，专家说，这会造成他们性别错位。我们做父母的，就算苦着自己，也得让他们有独立成长的小天地吧。"

"哪儿来的专家胡说八道，我们不都这么长大的吗？"曲颂宁想也不想，就笑着道，"七十万不是小数目，咱们怎么拿得出来？"

舒青麦早替老公把账都算好了："你可以公积金贷款啊，你们国企不光交公积金还交补充公积金，不就剩这点福利了吗？"

"就算有福利，也供不起这么大的房子啊，"刚完成通宵测试，曲颂宁有些乏了，想拉被子睡觉，试着安慰妻子道，"我们家好歹也是两层花园洋房，还不够你住的吗？再说，我的工作性质你又不是不知道，宝宝要读书了，你一个人怎么照顾得过来？"

"你妈现在也不管孩子啊，我可以把工作辞了，自己照顾宝宝。"辞职未尝不是一个法子，然而倘使一家四口的生活担子都落在一个人身上，国企那点收入就越发不经花销了。舒青麦皱着眉头想了想，豁然大悟，又用力去拉扯曲颂宁："你的那些同学都下海创业了，听说都挣得不少，怎么就你这么死脑筋，非在一棵不挣钱的树上吊死？"

"也不是都挣着钱了，不也有赔的吗？不也有一步出错就前功尽弃的吗？再说人各有命，我大学那会儿就创过业了，我知道自己不适合走这条路。"

"就算不下海，你也可以换一份工作，你姐夫不止一次提出要你去帮他吧？人家随随便便一出手就是几百万，全款给你姐买了别墅，都是男人，你怎么就差得那么远？！"贝时远还真来挖过自己的小舅子，给出的待遇相当不错，一个月的薪水能抵上在原单位干大半年，还不包括年底的奖金与分红。但曲颂宁本人对通信终端行业并不太感兴趣，何况离开设计院后他的薪水已经翻番了，他对自己目前的工作非常满意。

在舒青麦这样一个外行眼里，基站、手机与程控交换机都是一回事，跳槽很简单，也很理所应当。所以她认定了，就是自己的丈夫没出息。

舒青麦是唱女高音出身的，平时说话细声慢气，吵架时那点天生的嗓音优势就显现出来了，一阵高亢过一阵的女声令曲颂宁耳膜发胀，头也疼了起来："你小点声行不行，孩子都睡了。我明天一大早还要出差，我们能不能别为这事吵架了？"

"出什么差？成天就知道工作，三百六十五天连轴转，你又为这个家奉献了什么？！"舒青麦恶狠狠地从老公那里抢过被子，倒头睡了。

曲颂宁轻轻叹了口气，躺下来，却是半宿没合上眼睛。

第二天清早，他起床洗漱完毕，先看了看睡梦中仍然一脸怨怼的妻子，又去隔壁房间看看一双睡得甜美的儿女，然后带上行李，悄声离开家门。

这一去又是一个月，他对妻儿当然是有愧的。

曲颂宁走后没多久，舒青麦也起来了。婆婆出门前交代了今天要带个合唱队的朋友回来，她得早起收拾屋子，准备茶点。

舒青麦从阁楼的柜子里翻出一套崭新的茶具，这是她婚礼那天她妈送她的礼物，景德镇粉彩瓷，还是名师纯手绘，价格不菲，她一直小心收着没舍得用。

拂了灰尘，用凉白开冲洗干净，她将一整套杯子在茶几上摆开，等着婆婆回来。

"小青，来人了，快点泡茶！"人未至声先闻，贺婉莹还在楼下，刺耳的声音就飘了上来。嫁进曲家多年，贺婉莹从没喊过她的名字，只喊她"小青"。舒青麦记得，她叫"妈"的这个女人管家里的用人，都是"小什么"这么称呼的。

跟着贺婉莹一块儿回来的，是一个跟她年纪相仿，却远没有她看着年轻时髦的阿姨。为人倒挺热情，一见舒青麦，就拉着她的袖子上下打量，连声夸她漂亮。老阿姨还说了一个好消息，社区老年合唱队被邀请到外地演出，准备加班加点地排练一首新歌。曲子是贺婉莹选的，陕北民歌《女儿歌》，她这两天重看老片子，为《黄土地》里那个贫苦的农村女孩儿翠巧狠狠掬了一把热泪。

舒青麦送上糕点沏上茶，就站在客厅一隅，听两位老阿姨排练这首歌。贺婉莹功架摆得相当地道，挺胸，收腹，两脚稍分，两手上下交扣，可一开唱就破了功。这歌听来舒缓，其实唱起来很有难度，她气息不匀也不够，声音直发抖。

"六月里黄河冰不化，扭着我成亲是我大……"

"妈，你可以试试看张开嘴与鼻子同时深呼吸，尽量稳定喉头……"舒青麦毕竟专业出身，忍不住就要指点自己的婆婆，顺便好心提醒她，"这歌有些难度，不是很适合作为合唱曲目……”

没想到贺婉莹当场作色，当着外人的面，就把刚沏好的茶水连着茶杯，一起泼翻在了舒青麦的身上。舒青麦被茶汤烫了手，但根本留意不到，她的目光长久地定在大理石地面上，那只她一直舍不得用的粉彩瓷茶杯已经裂成了两半。

就连老阿姨都看不下去了，趁舒青麦去厨房洗手，小声劝贺婉莹道：“对孩子态度好点，这么好的茶杯打碎了多可惜！”可还没等舒青麦完全踏出客厅，贺婉莹就满不在乎地翻了个白眼：“碎就碎了，乡下人能送什么好东西。”

谁摊上这样的婆婆都得觉得够呛。人前，舒青麦对待贺婉莹的态度依然温和谦卑，嘴角始终保持微微上扬的弧度，但细心的人会发现，她的眼底其实没有一丝笑意。

没过几天，合唱队果然受邀去外地演出，贺婉莹正巧在那里有亲戚，决定把外孙、外孙女一起带过去。曲颂宁仍在叙利亚出差，难得家里只有她一个人。舒青麦独自坐在窗前，吹着仲春轻悠悠、暖融融的夜风，忽然觉得嗓子痒极，就是想唱歌——

五谷里数不过豌豆圆，
人里头数不过女儿可怜，
女儿可怜女儿哟。

也只有趁着家里没人的时候，她才敢亮出以往嘹亮脆甜的歌喉，然而才唱到开头这句“女儿可怜”，她已经泪流满面，如何都唱不下去了。

《黄土地》里的翠巧努力摆脱贫贱的命运，一心追求自由与爱情，可舒青麦很想问她一句，真让你追求到了又怎么样呢？她自己也说不上为什么，嫁来汉海之后，她反倒常常会在夜里想起母亲，想起她出生的那片青青牧场，想起青藏高原的座座山川。

贝思新机五一正式上市，由于前期预热足够，各色广告铺天盖地，一经上市就掀起了抢购热潮。“Hi-Fi 音效”“超长待机”“五彩金属机身”，再赶上五一促销，哪个噱头都无比吸睛，为了抢购新手机，多地市民一大清早就在实体门店门口排起了长队，转眼就一机难求了。

自贝时远脱离申远自立门户以来，一些行业媒体看热闹不嫌事大，总上赶着捏造一些新闻，说两家的老总翻了脸，面上尚算和气，私下却剑拔弩张从不来往。但其实贝时远与邢卫民关系相当不错，对于贝思借自己的品牌起家又与自己分庭抗礼一事，邢卫民始终表现得非常大度，他没有对当时根基未稳的贝思采取任何打压手段，甚至还给予贝时远不少帮助。所以对贝时远来说，邢卫民亦师亦父，他对他相当敬重。

两个人平时都忙得神龙见首不见尾，待贝思新机上市，两家便择时宣布了一个重要消息：申远与贝思将建立 TD 标准的互联互通实验室，申远主要提供 TD 标准的基站设备，而贝思则提供 TD 双模双待手机。

消息发布之后，两人躲开媒体记者，约着一起喝了个茶。邢卫民平素不喝酒，只好好茶，所以师徒俩没选高档地方，就定了一家美术馆内的茶室。

曲径通幽处，地方不太好找，茶室清雅厚重，隐在层层叠叠的古树绿意之中，唯有阵阵茶香飘出丈远，沁人心脾。

两人平时不常碰面，难得碰面自然少不了一番嘘长问短，邢卫民品了一口绿茶，问道："怎么没把你太太一起叫来？"

"夏晚回娘家了，她母亲身体不舒服，让她陪着住一阵子。"贝时远以笑容掩饰眉眼间的那点缺憾，他想的是，自打顾蛮生回来，曲夏晚就一直不对劲，他们之间话始终说不开，好像隔着薄薄一层纸，又好像隔着厚厚一重山。

"我这老头子是不是挺馋的？"邢卫民吃了一口茶点，松软绵甜的绿豆糕，入口即化，"还记得上回小曲做的菌菇排骨汤，还有虾仁药膳肠粉，比广东本地人做得还地道，我老惦记这个味道呢。"

"我也馋。"贝时远跟着喝了口茶，搁下杯子，笑道，"一般不是贵客登门，她都不肯下厨的，我还想沾您的光呢。"

两人一边品茶，一边聊些行业内近期的热点，话题自然绕不开中国自主研发的 TD 标准，他们聊得很深，也很投契。邢卫民道："不瞒你说，其实我本来想跟东美的老庞合作这个 TD 实验室，但东美虽然拿到了临时入网许可证，但他本人对 TD 标准却仍处于观望状态，老庞平时挺痛快一个人，关键时候却举棋不定。”

“TD 手机能否实现商用，关键还是看能不能解决同频干扰的问题，要攻克各种技术瓶颈，研发经费至少一个亿，但 TD 标准带来的商业机会将达到万亿。一是国家对自主标准的支持力度不断加大，二是咱们企业本身不用再向国外企业缴纳巨额专利费，成本将大幅下降。整个国产手机行业在 2005 年受到国外品牌与山寨机的重创，正需要一个可以重整旗鼓的机会。庞总是个精明人，给他点时间，一定能算明白这笔账。”

邢卫民问：“听说顾蛮生加入了你的贝思，怎么这么快又走了？”

贝时远实话实说道：“他在会上提出要以 Linux 系统打底，自研手机的智能操作系统，公司里所有人都持反对意见，包括我本人在内。其实我也明白，一个公司在实现短期资金的迅速积累之后，应该具备更长远的发展目标。然而，即便 3G 普及，市场上通话、短信仍是主导业务，对手机用户来说，能在这个基础上听音乐、玩游戏就是锦上添花了，对用手机上网并没有很大的需求。投入大量的人力、物力和财力去研发一个可能会失败、可能并不受市场青睐的系统，对任何企业来说都是致命的。”

“目前 3G 的应用前景尚不明朗，但 3G 的普及还是大势所趋，”邢卫民到底比年轻人看得更远一些，“其实 3G 暂缓倒有好处，我们自己的 TD 标准起步晚了，技术还不够成熟，正好可以趁这段时间追赶欧美。”

贝时远笑了：“3G 尚未全面普及，超 3G 的概念又来了，现在的问题就是有了 3G 的传输速率，到底应该怎么用？”

“这就得看有没有一个横空出世的天才，凭一己之力来扭转这个现状了。”每个行业必然都有那种属于“祖师爷赏饭吃”的天才，邢卫民心里也有一个，“其实我今天找你来，是想告诉你一件事，我把顾蛮生请来申远了，担任海外事业部的总负责人。”

“好消息啊，”上回两人拳脚相向，顾蛮生就毫不犹豫地递了辞呈。尽管闹得不欢而散，但贝时远既怀惜才之心，又念同学之情，还是由衷地替邢卫民高兴，“这个老同学我再了解不过，他有远见也有才干，有勇气也有魄力，能把这样的人招揽至麾下，不亚于申远每年营收多了十个亿。”

“不瞒你说，顾蛮生没答应来的时候，我是求之不得，辗转反侧，可他一答应，我又担心得睡不着了，总有一种……”邢卫民稍顿片刻，自己倒不好意思地笑了，“总有一种与虎谋皮的感觉。”

“是与狼共舞吧。”贝时远笑笑，以个舒适的姿势微微后靠于沙发背上，“如果不是当初邢老您慷慨借牌，贝思不会有今天的发展，记得当时我就问过你，为什么要借牌给你的竞争者，你对我说了一段话，你说‘民营企业不该你死我活地恶性竞争，因为目前在整个通信行业，国内企业仍大幅落后于国外同行，只有我们彼此协商合作，才能把全球市场这块蛋糕做大并且拿下，真正实现互利共赢’。”

邢卫民确实说过这话。他还笑说，企业可以把自己的竞争者当作对手，但不能当作敌人，这两个词听上去意思差不多，实则区别相当奥妙，因为，一家企业如果为自己四面树敌，它的处境不说举步维艰，也一定是相当困难的。

这份气度委实令贝时远折服，两人之间便也自此形同莫逆，无话不谈。

邢卫民便也坦诚道：“移动终端业务对申远来说，属于无心插柳的收获，但申远目前乃至将来的发展重点仍在通信设备上，我是担心……他说离开贝思，也就离开了，也许有一天他也会突然离开申远。”

“我跟顾蛮生之间有点历史遗留问题，我还是更相信那句老话，千军易得，一将难求。”贝时远看出老人的顾虑，微笑道，“而且，据我对顾蛮生的了解，他是一个具有强烈成就欲的人，这种成就欲里还包含了个人荣誉感与责任感。在他离开申远之前，只要给他足够的信任与平台，他就已经抓住机会，为你赢得成功了。”

“有你这句话，我就放心了。”邢卫民觉出自己过于小心眼儿，哪有既要虎将又怕老虎咬人的道理？他向贝时远举起瓷杯，以茶代酒，笑着说：“贝思新机一炮而红，我祝贺你。”

两人饮茶谈话间，顾蛮生加入申远的事儿就这么定下了。顾蛮生本人对此却一无所知，正赶上曲颂宁出差回来，他与这位老友多年不见，离开中国之前，无论如何都得约着见一面。

订好机票，一刻不待，直奔宝安机场。

路上飞了三小时，落地顺利。顾蛮生抵达汉海机场时还是下午，刚打上车，曲颂宁的电话就打来了，他说临时有事，在某个小区有个讲座。

顾蛮生及时跟司机说了新地址，就靠在车后座上闭目养神。

到达小区的时候，讲座已经开始了。形式挺别开生面，就在小区花园里露天举行，到场的居民还不少，粗粗估计得近百人，就这么整整齐齐地坐在折叠椅上，面向着临时搭起来的讲台。

曲颂宁穿着一件白衬衫，袖子随意挽了两折，看着跟大学那会儿没两样。

顾蛮生不欲打扰，就两手插兜站在人群的最后面，他看见好几个高中生模样的小女孩儿也站在那里，不时地小声交谈大声笑，几双眼睛死死盯着曲颂宁，像是要在他脸上灼出几只洞来。

宏站选址一直是个令运营商头疼的问题。这个站点已经完成了前期的规划与勘查，也都已经根据站点信息进行设计，着手准备施工了，可偏偏这时出了问题，小区的部分居民得到了要建基站的消息，认为辐射对人体伤害太大，坚决反对在小区附近建设基站，连着几天手拉横幅堵塞马路。

不得已，运营商赶紧联系物业，请专家到小区开科普讲座，然后又在小区内连日宣传广播，说来听讲座的还赠礼品，每人一桶五百毫升的花生油。

曲颂宁刚下飞机还没来得及放下行李，就被领导安排来了这个小区，理由是他形象好、气质佳，适合与人沟通。

“对于基站辐射，大家都有一个误区，其实，我们的生活当中，微波炉、手机、笔记本、电吹风等电子用品都会产生电磁辐射。我这儿有个辐射检测仪，”曲颂宁从简易讲台上拿起一台黑色的便携式辐射检测仪，对台下的居民道，“这里有一些常见的电子用品，大家可以亲自上台来测一测。”

一个女高中生马上举手，曲颂宁便邀她与她的同学一起上了台，并示意她听自己的指令操作。

“电子产品辐射值的计量单位是微瓦 / 平方厘米，我们通过现场测试可以看到，电吹风在实际使用时辐射达到了 100 微瓦 / 平方厘米，笔记本则在 40 微瓦 / 平方厘米上下浮动，而一个移动通信基站的辐射量是低于 40 微瓦 / 平方厘米的。”

见在座居民一脸的不信，他笑笑说：“小区现在还没有基站，我这里有些在别的基站旁实际测量辐射值的照片，大家可以互相传阅一下。我国的电磁辐射标准一直非常严格，1988 年就制定了《环境电磁波卫生标准》，颁布了《电磁辐射防护规定》，规定了通信基站的电磁辐射值不得超过 40 微瓦 / 平方厘米，美国的标准是 600 微瓦 / 平方厘米，澳大利亚则是 200 微瓦 / 平方厘米，由此可见，我国的电磁辐射标准比欧美国家严格得多，大家完全可以放心。”

讲座气氛不错，曲颂宁每说一句话，那些女高中生就很买账地咯咯笑。

“你们总不可能以后都不用手机吧，又要手机有信号，又不想让基站进小区，这就是‘只想马儿跑，不给马吃草’。一个基站的覆盖范围与通信容量都是有限的，如果宏站不进小区，手机信号必然会变差，而信号越差辐射越大，基站越多辐射越小。”

曲颂宁语言质朴也有趣，数据丰富且翔实，一场接地气的讲座结束，从居民普遍的反馈来看，效果貌似不错。

顾蛮生走上前，笑着对他说：“我们曲工真是革命一块砖，哪里需要往哪里搬。”

物业负责收拾会场，曲颂宁提上自己的行李，早就归心似箭了：“走，咱们回家，青麦还等着呢。”

天黑了，汉海的夜色艳得很。乍一眼跟深圳没区别，细看之下就会发现，跟福田或者罗湖那种大剌剌的热闹还不一样，这座城市走的是烟视媚行的小资路线，嚣张之中透着雅致。刚出狱时顾蛮生曾回过一趟汉海，只是彼时心情晦暗，这片出生地的变化翻天覆地，他却一点没留神。

转眼目的地近了。印象中，门罗坊的三层美式小洋房相当神气，可如今弄堂四周遍地高楼，竟被衬得有些灰头土脸了。顾蛮生颇觉感慨，问曲颂宁：“你说是什么变了，这楼怎么越看越旧，越看越矮了？”

曲颂宁沉默一会儿，给了两个字：“心境。”

贺婉莹刚演出回来又出了门，家里只有舒青麦与一双双胞胎儿女。男孩儿比较怕生，一见顾蛮生就躲上了二楼，死叫活叫不肯下来，倒是女孩儿胆大，大大方方走到顾蛮生跟前，仰脸看他道：“这个叔叔我见过的。”

显然曲颂宁也更偏爱女儿，他一把将曲思彤拉到身边，笑着问她：“你见他的时候话都不会说呢，怎么可能记得？”

“我就是见过，他脸上一道疤，长得像个活土匪。”

七岁的曲思彤长着一双乌黑溜圆的大眼睛，轮廓很像曲颂宁，活脱脱就是一个小美人坯子。顾蛮生那点女儿奴的心思也被勾了起来，他屈膝半跪，以一个很郑重的姿态与女孩儿保持平视：“小姐，怎么说话呢？我是长得像活土匪吗？我就是个真土匪，专抓你这样没大没小的小孩儿。”

顾蛮生佯装一脸凶恶，曲思彤反倒咯咯笑了，很老练地还嘴道：“你都说我是小孩儿了，怎么又说我没大没小呢？我看是你们这些大人没头没脑、没脸没皮，才老想着教训别人。”

“嘿，这小丫头片子。”顾蛮生发现自己竟完全说不过一个小孩儿，忍不住对曲颂宁道，“你这丫头是人精，长大了一准祸害四方。”

“现在就没人惹得起她，没人治得住她了。”

妻子迟迟没有下楼，曲颂宁带着礼物走上二楼，推门进了卧室。每年结婚纪念日或者单单是出差回来，曲颂宁都会给舒青麦带一些国外小众品牌的巧克力，因为令他们定情的那种俄罗斯酒心巧克力已经买不到了。

舒青麦和衣躺在床上，身体背对着门，也不知醒着还是睡了。

曲颂宁道：“顾蛮生来了。”

舒青麦恹恹地“嗯”了一声，仍是不动。

出差前两人刚为房子的事情吵了一架，曲颂宁猜她这会儿心里还卡着刺，也不勉强她起身见客，只柔声道：“你好好休息吧。”出门前，他把包装好的巧克力放在了床头柜上。

顾蛮生仍在厅里沙发上坐着，跟七岁的曲思彤逗着玩。小丫头老成得厉害，跟他唇枪舌剑，就没有接不上的话茬儿。抬眼见曲颂宁从楼梯上走下来，顾蛮生笑着开玩笑道：“你这丫头过继给我算了，她都让我心痒得想结婚了，有这么个伶牙俐齿的闺女，过日子完全不怕闷得慌。”

“说起来，”一句“结婚”令旧事重现，曲颂宁轻轻叹了口气，“我姐跟贝时远的事情我本来是要提前告诉你的，可他俩跟我说，想亲自当面跟你解释，我也就不好再说什么了，你跟他们……”

“已经没事了。”顾蛮生很爽快地说。

“前些日子给你打电话，还觉得你小子萎得很，今天这么一看精神不错啊，这是活过来了？”顾蛮生看着确实潇洒，曲颂宁也不禁宽了心。

“人活着得有奔头，”顾蛮生往窗外随意瞥了一眼，这儿不是深圳，看不见那栋耸入云霄的贝思大厦，他微笑着点点头，“对，活过来了。”

曲晨还躲在房里不肯见人，曲思彤却是死活赖着不走，非坐在两个大老爷们儿中间，偶尔插一句嘴，也不管他们聊的话题自己听不听得懂。顾蛮生喜欢这个伶俐的小姑娘，也不嫌她碍事，问曲颂宁道：“你现在跳出了邮电设计院，进了新单位，主要都负责哪方面的工作？”

“那就多了，电信网络的规划与设计、技术支持、交付售后的协调，有时也包括这种社区讲座，”曲颂宁笑笑，“你今天也看见了，我们公司职责划分得没那么细。”

顾蛮生若有所思地点着头：“老百姓谈‘辐’色变，基闹这现象挺严重吧。”

“今天遇上的已经算好的了，还能讲明白道理，有时候遇见怎么都讲不听的，故意砍断电缆、光缆的，故意砸坏基站设施的，都有的是。”曲颂宁叹口气，又无奈地笑了笑，“其实不只我们国家，全世界基站选址都困难，欧洲、日、韩比我们还困难。他们土地面积小，移动网络却发展得比我们快，各大运营商抢着部署，无线宏基站的选址就更不容易了。你想想，他们城市话务量密集，一两千米就得一个基站，一个基站占地几十平方米，哪儿有那么多地方？”

顾蛮生听得着迷：“再具体说说。”

曲颂宁接着道：“我忘了是韩国还是荷兰的一家小运营商，好不容易选定了基站站址，却发现机房里放不下第二台设备，最后不得已来找了我们，可我们也只是服务商，欧洲的那些通信设备大厂都没办法，我们就更没办法了，那家运营商估摸现在已经倒闭了吧。”

办法倒未必没有，但这些国外的设备大厂一向自视甚高，懒得为小客户服务变通。顾蛮生似乎有了灵感，他低头看了曲思彤一眼，认真道：“小姐，能不能借你的画板、画笔用用？”

曲思彤猛地点头，一溜烟就回了自己房间，再出来时两手拿着一块木质的儿童画板。她来到顾蛮生跟前，很大方地递给他：“喏，给你。”

顾蛮生接过画板、画笔，又冲小姑娘客客气气地说了声“谢谢”，便边写边画，对曲颂宁道："你看，2G基站的覆盖半径能达到十千米，3G却只在二到五千米之间，频率越高，电磁波的衍射效果越差，这样发展下去，基站只会越建越多，越来越密集。可地方只有那么点，有没有办法把这种一体化的室外基站分离开来，从而达到节省空间、灵活部署的目的呢？"

两个人边画边写，点子频出，讨论得十分热烈，一会儿又把自己的想法推翻，把画上的擦了重写。

曲思彤完全看不懂男人在纸上画的东西，只化繁为简地往画上那么一指，道："你们干吗说得那么复杂，把这两个东西分开不就行了？"

小女孩儿说得简单，可两个大男人经由她这一提醒，立马意识到，可以把基站的基带处理单元和射频处理单元进行物理分离，独立安装。顾蛮生扭头看着曲颂宁，曲颂宁也扭头看着他，两人同时豁然大悟。

"分离之后怎么连接呢？"顾蛮生激动地自问自答，"对，光纤，可以通过光纤！"

"你这个想法还真的大有可为，"曲颂宁立即接口道，"现在的基站都是采用同轴馈线连接室外天线，还需要安装走线架，如果都由尾纤和套管替代，无论空间还是材料成本都能大大节省。"

两人一拍即合，顾蛮生抚掌大笑，忽地又摆出京剧手势，两指并连，亮嗓来了那句《单刀会》中关羽的戏词："观江水滔滔浪腾，波浪中隐隐伏兵，俺惊也么惊，凭着俺青龙偃月敌万兵。"他许久没有这么张扬畅快了。两人当年也是这么"误打误撞"地解决了随身听的跳音问题，然后便不顾商海诡谲，一门心思就要创业。如此千般滋味浮上心头，顾蛮生扭过头望着曲颂宁，慨然道："好像回到了我们年轻的时候。"

曲颂宁淡淡笑了："我们现在也年轻。"

两个男人嬉嬉闹闹动静不小，舒青麦被吵得再睡不着，索性坐了起来。她扭头看见床头柜上的礼盒，拿过来，一下把包装撕出一道口子——又是巧克力。穷地方的巧克力也又酸又涩，外包装的糖纸花花绿绿的，像一堆毫无价值的彩色石头。

舒青麦忧郁着一张脸，拿起礼盒，趿着拖鞋下了楼。顾蛮生抬眼看见她，高兴地喊了她一声："好久不见啊，青麦，一会儿我请大家出去吃饭吧，也算为我出国践行。"

“不饿。”舒青麦看都不看客人一眼，来到厨房的垃圾桶边，一抬手，就将才拆了一半的礼盒扔了进去。然后又趿着拖鞋，没精打采地上楼了。她决定以这种消极的态度抗议、抱怨、闹别扭，直到能住上新房为止。

曲颂宁有些尴尬，打着圆场道：“还是我俩出去吃吧，青麦病着，多半没胃口。”

曲思彤笑嘻嘻地凑到顾蛮生身前：“我妈不去我去，土匪叔叔带我一个。”

“好，带你一个。”曲颂宁从沙发上站起来，冲楼上曲晨的房间也喊了一声，“晨晨，你要不要一起？”但儿子还在打电动，正人机互搏得难舍难分，一声“不要”就把老子打发了。

顾蛮生已经走到了玄关处，一眼看见厨房垃圾桶里的那个礼盒，马上想起来，这是曲颂宁兴冲冲带回来给妻子的礼物。他不由得眉头一紧，望着曲颂宁道：“我怎么觉得青麦的状态不对啊。”

“没什么，围城内外，家家有本难念的经。”曲颂宁苦笑着摇了摇头，长期夹在母亲与妻子之间，他也觉得难受，“有时我倒觉得出差挺好的，至少清净。”

两个男人带着曲思彤出了门。

夜更深了些，弄堂那排法国梧桐有些年头了，梢子上挂着一串串亮晶晶的小灯泡，远看似繁星点点，梦幻得很。小女孩儿不懂这些成年人的烦恼，一手牵着一个成年男人，一路身轻如燕地蹦跳着。路过门罗坊那个经年积水的深坑，她忽然用力吊住两个男人的手臂，趁两脚腾空时又借力松手，“嗖”的一下就飞出了两米远。结果落地时没站稳，以一个狗啃泥的姿势扑在了地上。

曲颂宁惊呼道：“小心一点！”

“太小心了没意思，我要飞，我要飞得更高！”曲思彤不要爸爸搀扶，自己利索地爬起来，拍拍手掌上的泥与灰，不哭，反而笑了。她简直是只快活的小鸟，快步跑开几步又一脸骄傲地回头，学着顾蛮生先前的样子，拿腔拿调地唱了起来：“俺惊也么惊，凭着俺青龙偃月敌万兵。”

顾蛮生哈哈大笑。

第三十一章

打假

贝思的 2006 年是以一个棘手的公关事件作为开端的。新年复工的第一天，贝志斌就给外甥贝时远带来了一个坏消息，一个上大学的女孩儿放寒假在家用手机听歌，手机却突然发生爆炸，以致女孩儿的面部、颈部均被三度烧伤，现在人还躺在医院里接受治疗。

而这个女孩儿听歌所用的手机，就是贝思去年新上市的音乐手机。

“那女孩儿的家人哭着找上了《新深报》的记者，说是贝思手机的质量问题造成的这次严重事故，要求一定要曝光这件事。亏得我跟那家的编辑比较熟，他们答应先替咱们压下这个新闻。但女孩儿伤得不轻，就算跟家属沟通以后能不见报，赔偿金和公关费肯定少不了了。”说着，贝志斌就递上一沓照片，基本都是女孩儿受伤后被拍下的。他如今兼任贝思公关部总监，确实尽己所长，跟方方面面的关系都不错。

贝时远拿起照片，一张一张地仔细翻看。照片中的女孩儿插着气管插管，面部裹着层层绷带，隐隐可见溃烂与脓血洇湿纱布，只怕治愈之后也会留下永久性的疤痕。这个女孩儿名叫夏梨，在深圳音乐学院念大三，正是花开满枝红的大好年纪，没出事前皓齿明眸十分漂亮，越发衬得事故后的照片令人不忍卒睹。贝时远紧紧蹙着眉头，看到惨烈处不禁屏住呼吸，好一会儿才惋惜地叹出一口气。

照片已经翻到最后一张，是那部发生爆炸的音乐机，能从照片上看见手机已经面目全非了，金属外壳烧变形了，屏幕上也有大片焦痕。

“你打算怎么处理？”贝时远放下照片，摘下眼镜，揉了揉鼻梁两侧的睛明穴。

“其实，在这件事情之前，咱们贝思就有过几次爆燃事件了，但因为都没酿成严重事故，我就几方沟通着把事情压下去了，也都没跟你说。今年国产手机的市场形势本来就很严峻，这次事故一旦闹上新闻，对贝思的负面影响就太大了，我粗略估计，要彻底息事宁人，至少得这个数。”贝志斌伸出一只手掌，故弄玄虚地稍稍停顿，道，“五百万。”

贝时远面不作色，淡淡地“嗯”了一声。

“当然，这笔钱也不能全咱们掏啊，这不成冤大头了吗？！”贝志斌接着道，“导致手机爆炸的根源其实是电池。那个夏梨的家长跟《新深报》的记者一再强调，说女孩儿当时只是听歌，没有同时充电或者进行别的操作，所以显而易见，就是电池的质量不过关。我回头就去找咱们锂电池的供应商，找那个胡总，让他们出大头！”

“钱不是问题，如果真的是贝思手机的质量问题，那该赔多少赔多少，而且同批次的音乐机也必须全部召回。但是，我们跟胡总合作了那么多年，还有技术人员常驻他们的直控部门，一直没出过问题，按说不会出现这么频繁的爆燃事故。”贝时远稍加思索，对贝志斌道，“你去把所有爆燃事故里的贝思手机都找回来，我要送去质监部门检验，查清楚问题到底出在哪里。”

“别家都好说，就是那个夏妈妈，我去报社的时候见过她一面，太不讲理了，一言不合就要报警、要找电视台，根本没法沟通！夏妈妈还说她女儿的手机就是正规大型商场买的，能提供发票。万一刺激得她把事情闹大了，外头多少双眼睛都等着看笑话呢……”五百万之中当然有贝志斌自己的油水，但他算准了贝时远不敢把这场事故闹上新闻，只能哑巴吃闷亏，选择息事宁人。

贝时远沉默的时候，曲夏晚敲敲门，旋即自己推门而入了，也不打扰丈夫谈正事，就这么娉娉婷婷地站在门口。

为免公司里的糟心事令妻子担心，贝时远及时冲舅舅递了个眼色，然后又做个手势让他出去。贝志斌识趣得很，冲曲夏晚点点头，就出去了。

“我妈昨晚打电话让我问你，”贝时远忙的时候经常不着家，曲夏晚道，“什么时候有空回趟汉海？她说老家的亲戚带来了海鲜，怕放坏了。”

“随时可以，”贝时远对岳母予取予求，对妻子也无微不至，他收起面上的疲惫，温柔笑道，“你订机票就好。”

曲夏晚其实在办公室外就都听见了。自打上回顾蛮生在观光厅里闹了一场，尽管他们面上依然相敬如宾，可两个人都知道彼此之间还有些事情没说开，两颗心始终隔山隔水的。曲夏晚很想在生意上帮贝时远一把，却一直苦于没有本事，也没有机会。她毕业之后就没工作过，对通信专业更是一窍不通。

这不，机会就来了。

第二天，曲夏晚就悄悄去找了贝志斌，请他带她一起去救治夏梨的医院。贝志斌一听就觉出不靠谱，赶忙劝她：“别别别，我一个糙老爷们儿去就行了。你千万别去，这家人跟疯了一样，没准当场撒泼打你呢！”

“可怜天下父母心，要我的孩子伤成这样，我肯定比她还疯。”曲夏晚弱质纤纤，却丝毫不惧，“我比你有优势，至少都是女人，不会让对方太过设防，一会儿把我送到了你就回去，夏妈妈见过你，你一出现很可能又会刺激到她，跟她沟通的事情你就放心交给我吧。”

曲夏晚想着礼多人不怪，路上挑了些鲜花与水果，泰国的莲雾、美国的蛇果、比冬枣个儿大的车厘子，反正一概都拣最贵的拿，还提前准备了一只信封，直接封了五万块。

她来到住院部，问过前台护士之后，就径直找去了夏梨的病房。然而事情没她想的那么简单，她刚刚亮明身份，夏妈妈就真的发了疯。女儿是学声乐的，人又漂亮，原本可以说是星途无限，可如今被炸伤毁容，事业还未起步就被断送了，始作俑者居然还好意思来猫哭耗子假慈悲？她扑上去就扇了曲夏晚一记耳光，旋即对着她又拉又扯又骂，护士们听见动静全赶了过来，好容易才把人拉开。

面对悲愤欲绝的女孩儿家属，曲夏晚深感内疚与痛心，只有挨打挨骂的份儿。她的乌黑秀发被揪下一大把，一张姣好的脸也被打肿了，但她没法责怪人家母亲，反倒理解对方。花束散落在病房里，水果和现金都没送出去，这下她的思路完全断了，只独自坐在候诊大厅里，愁容不展。

杨柳这两天失眠头疼，被白浩搀着来医院做体检，正巧就看见了候诊椅上的曲夏晚。她自己也觉得奇怪，每回与这个女人不期而遇，对方都是一副凄凄惨惨戚戚的模样，偏偏就是我见犹怜，令她身为同性都挪不开眼睛。

杨柳知道曲夏晚已经跟贝时远结婚了，看她衣服凌乱，脸上带伤，只怕她连着两回遇人不淑，又遭遇了家暴。

斟酌再三，还是走了上去，她轻轻唤她一声："贝太太，你没事吧？"

曲夏晚抬头看见杨柳，先是一愣，继而又展颜一笑，抬手拢了拢头发。就算两人间没有顾蛮生那层关系，展信的美女总裁也是鼎鼎有名，通信行业内无人不知的。

"你想不想聊聊？我有时间，我还知道这医院附近有家很地道的法式甜品店。"医院不是谈话的地方，杨柳直截了当地发出邀请，曲夏晚也没推搪，点点头，就跟着站了起来。

杨柳看见曲夏晚身侧的椅子上还有只硕大的果篮，嫌提着麻烦，一抬手就送给了邻座一位候诊的老太太，她微一欠身，借花献佛还大大方方，开朗笑道："阿婆，送给你，祝你长命百岁。"

曲夏晚狠狠一惊，哪儿来这么潇洒利索的女人？杨柳俯身时曲夏晚闻到她身上的一股香水味，不是那种芳醇甜腻的花果香，更像树汁或者珍贵木材，辛辣又高贵。

杨柳是开车来的医院，也就载着曲夏晚去了两条街外的甜品店。

深圳的春天通常来得早，道旁的绿植已经繁荣了大半，两个女人面对面地坐在窗边的位置，享受着早春的繁红嫩翠与充足的光线。

杨柳对法甜如数家珍，待一份份甜品全上了桌，各种颜色与造型的酥、泡芙、慕斯满满堆了一台面，简直像一个小小的童话世界。

曲夏晚不禁笑了："没想到，你竟然喜欢吃甜食。"

"我为什么不能喜欢吃甜食？"杨柳用小勺挖了一勺奶冻送进嘴里，闭目待它化于口中，露出完全满足的表情。

"我说不上来，"曲夏晚斟酌了一下自己的用词，道，"像你这样的职场女强人，应该更衬那种呛人又醉人的烈酒，而不是小女孩儿喜欢的甜点。"

"顾蛮生刚入狱那阵子，我非常嗜甜，恨不能用白糖腻死自己。"杨柳垂头看着一盘漂亮的甜点，用勺子轻轻敲击盘子的口沿，"其实我那时就想找你，但我怕控制不住我自己，一见你面就扯你头发。”

“你不会，你不是这样的人。”曲夏晚笑了一声，又是一番斟字酌句，才鼓足勇气道，“我有必要跟你坦白一件事情，我跟顾蛮生绝对没有你想象的那种关系，是当时的我单方面地放不下他，是我贪心不足。”

这回换杨柳一愣。

其实，这是一场迟来的对峙。走向曲夏晚之前，杨柳做足了攻击的准备，她已经备好了损毁的心理与挑衅的言语，却没想到这个女人这么真诚而单纯，居然试图向情敌示弱，跟情敌交心。好一会儿，杨柳才点了点头，道：“我知道，我从没那么想过他。也许是我自己的问题，是我在这段感情中不够大方。”

接下来两个人吃了点蛋糕，喝了点茶，有一搭没一搭地聊些生活话题，气氛融洽。杨柳再次注意到曲夏晚脸上的瘀伤，问起她为什么会在医院，曲夏晚便坦白道：“贝思的音乐机疑似炸伤了一个女孩儿，我想在不激怒女孩儿家属的情况下，拿回手机，送去鉴定。”

“你相信我吗？”杨柳听完事情的来龙去脉，已然有了主意，“你要相信我，我替你把那部手机拿回来。”

这个女人跟自己大不一样，她的自信与能力应付这种困难绰绰有余，曲夏晚跟看待救星似的看着杨柳，忙着佩服与点头。

这场下午茶在缓缓的音乐声中结束，杨柳提出开车送曲夏晚回家，曲夏晚却在这时收到了贝时远的短信，说：“我老公一会儿来接我。”

“那好，我先走了。”杨柳坐进自己的车里，看了曲夏晚一眼，似漫不经心地留下一句忠告，“珍惜眼前人。”

过了两天，杨柳换了一套深灰色的职业西装，戴了一副没有度数的平光镜，就大剌剌地走进了夏梨的病房。

病床上的女孩儿依然在昏睡，她的伤势恢复情况良好，但等待她的将是一遍又一遍痛苦难熬的整形手术。

杨柳示意陪护的护工离开病房，待病房里只剩下她与夏妈妈两个人，她向对方出示了一张名片，说自己是消协的公益律师。展信常年外聘一家律所从事法务合作，该律所名头响亮，所以借他们律师的一张名片，很能唬人。

夏妈妈接过名片看了看，有些疑惑地道："我们还没找消协……"

"你们找的《新深报》是消协的合作对象，消协要借助媒体宣传《消法》知识，媒体也要与行政单位和执法部门联手维权。"杨柳从公文包里取出录音笔，无论着装、谈吐还是细节，都表现得相当专业，"制售伪劣商品致人重伤已经涉嫌触犯刑法的相关规定，所以消协特意成立了专门的调查组，委托我所受理并取证。当然，因为是公益诉讼，我接下来给你的所有专业意见都是免费的。"

夏妈妈打消疑虑，向眼前的"律师"说起女儿的伤情，眼圈瞬间又红了。

"我相信，如果将夏梨送到医疗水平更发达的美国或者韩国，她的容貌是能够慢慢修复的，甚至可能最大限度地接近原样，但这段康复路肯定非常漫长，也需要大量的资金支持。所以，我认为现在我方的诉求应该是让贝思公司提供法律许可下的最高赔偿金，但为了避免对方以各种理由推卸责任，我方必须先提供更有力的证据。我所会委托法院认可的鉴定机构为你们进行鉴定，然后尽力督促贝思公司与你们协商。"

杨柳冷静且从容，俨然就是一名雷厉风行的女律师，几句话就命中了对方的软肋，无外乎是一个母亲为孩子的未来着想。比起面对贝思公司的人，夏妈妈此刻虽已经冷静下来，却依然犹豫："可你刚刚也说了，这个手机是很重要的证据，我要随随便便交出去……"

"那很简单，"杨柳微微一笑，掏出手机看了看，"人已经来了。"

她一早就算准时间，约来了公证员，保证送检全程录像。

然而送检的结果出乎所有人意料，这几部发生爆燃的音乐手机根本不是贝思的产品，而是仿冒的山寨机。压下一条负面新闻得花不少钱，如此一来贝思就不必担心被那些无良的记者、编辑牵住鼻子了，《新深报》先报道，电视台再跟进，"黑手机爆炸致毁容"的新闻很快就铺天盖地了。

鉴定结果刚出来的时候，贝时远决定去华强北市场转转。他一身英伦风的冬装，男模似的，刻意把普通话说得字正腔圆又略带点京腔，以便冒充从北方来的分销商。

贝时远慢悠悠地走着、看着，神色平静，目光周密。他在深圳发展多年，没少听说华强北商圈繁华热闹，但今天亲眼一见才知道名不虚传，这里充斥着大量和IT业相关的个人创业者，人人做着一朝飞升的淘金梦，从摩肩接踵的主街人流来看，兴许能够圆梦的还真不在少数。

身边跟着的贝志斌俨然一副秘书模样，他目的明确，在别的电子产品区逛了一会儿就直奔手机批发市场。电子市场的批发商见了这样的大客户难免殷勤，贝时远跟人聊热络了，便指了指柜台里明晃晃的山寨机，问道："为什么这里仿冒国产手机的多，而仿冒国外品牌的少呢？"

"仿冒国外品牌的也多，但一般就仿一个外形，而且很多时候连外观都不一定能仿全，就比如这款三星，采用的是真空纳米溅镀工艺，那些黑手机厂商哪里做得了？不像国产手机，核心专利少，同质化严重，只要仿个外壳就能以假乱真了。"

"麻烦，这几款都拿给我看看。"在贝时远的授意下，对方一次性把几款知名国产手机的山寨机全拿了出来。贝思自己的陈列柜里就有这些品牌的正品机，在他这样的专业人士看来，无论外形、布局还是操作界面，真机、假机，毫厘千里，但普通消费者估计很难看出两者的区别，何况仿冒的机子还动辄便宜好几百，更招人心动了。

贝时远让贝志斌将几款山寨机全买下来，继续带着目的闲逛。

又经过几个"一米柜台"，看见一间独立铺面规模比别人的都大，只卖贝思的手机，基本囊括了贝思上市以来的全部机型。稍一打听，这是这里最大的一家贝思高仿机专卖店。贝时远佯装要谈生意，让老板把贝思的几款机型全拿出来，逐个开了机，试用一会儿，便装作漫不经心地问："这仿得还挺真的，你们哪儿进的货？"

老板是个二十啷当岁的小伙子，一脸充满激情与梦想的青春痘，见贝时远一路采购了不少手机，真当他是来搞批发的："仿贝思的好几家呢，他们的音乐机特别火嘛，这地方就是谁卖得火就仿造谁。"

贝时远问贝志斌要来了随身携带的两把螺丝刀，一把十字形，一把五角形，当着老板的面，就把已经付了钱的几部贝思手机全拆了。不拆还不知道，这一拆基本全是问题。

"这不是一家仿的吧？"贝时远道，"这部锂电池板已经弯曲变形了；这部排线接口全部裸在外头，固定性太差；这部中框塑料太单薄，一经碰撞手机就容易变形……也就这部仿得还算中规中矩，这家仿的你还有多少，我全要了。”

“哟，行家啊！”老板听见“全要”二字，乐得满脸痤疮都要开花。

贝志斌跟在一边，不待贝时远使眼色，便心领神会地开始跟老板讨价还价。两方拉扯一番，生意顺利谈成。贝志斌当场付清货款，还约定要更多的货，老板喜形于色，更加热情。于是贝时远趁机接着问：“就你拿货的这几家，你见没见过他们的老板？人都什么模样？什么样的人做什么样的生意，别一回头又给我那些品质太差的，天天跟客户扯皮也受不了。”

“基本都见过。前几家质量是不行，用的配件太劣质了，很容易出事故，所以我现在基本都不从那些厂家进货了，也就在这儿消消库存。但你看中的这家真的不错，小老板姓白，人也爽气……”

贝时远眼睛微微一亮：“老板姓白？”

老板诧异道：“怎么，你也认识？”

“都是做这行的，肯定听说过。”白浩的外貌特征明显，贝时远问，“是不是一个冲天发、脸上还有少许白斑的年轻小伙儿？”

怕贝时远打听出更多消息就过河拆桥，老板警觉起来：“你问这么详细干什么？”

这话相当于不打自招了，贝时远了然地笑笑：“你放心，我肯定从你这儿进货，就是后面几批货，付款方式咱们得再商榷一下。”

两个人离开华强北商业街的时候，电子市场差不多都关门了。时值傍晚，天色很快灰暗下来，夕阳像肺痨病人的一口血。

贝时远自己没开车，坐的是贝志斌的大奔。贝志斌见外甥一出市场便一言不发，当他心里不痛快，忙安慰道：“去年全行业亏损十六亿，至少这里的商户都说，咱们贝思的手机还是卖得不错的。”贝志斌所言不虚，2005 年几乎整个国产手机行业都受了重创，一方面，加入世贸组织之后政策放开，国外品牌强势发力，光诺基亚、摩托罗拉、三星就瓜分了近七成的市场份额，而另一方面，华强北的黑手机在去年一年野蛮生长，现在有了个时髦的名字叫“山寨”，更有甚者，美其名曰“民间 IT 力量”。

贝时远眼望车窗外流动的景色，半晌，忽然开口：“我刚才想起顾蛮生了。”

“这时候想他干什么？狗咬吕洞宾，你不嫌他坐过牢，诚意满满地邀他加入贝思，他却为一点小情小爱拿你当仇人！”贝志斌不知道两人间的那点纠葛，只知道一点道听途说，“刚才那个老板说什么白老板，不用猜嘛，肯定就是上回来找我们借牌的那个白浩，说不定也是受了他的唆使，故意来抹黑我们贝思的。”

“没有白浩，还会有别人，那个老板都说了，市面上仿造贝思的小作坊很多。”又是一阵意味深长的沉默，贝时远淡淡道，“我是想到顾蛮生说过的核心技术了。你看这才两年时间，就因为没有核心技术，国产品牌的市场份额从快速上升变成了快速下降，国产手机企业基本都出现了巨额亏损。”

贝志斌一时语塞，只道：“那也只能怪那些假冒伪劣的山寨机嘛，恶意扰乱市场。”

贝时远半眯眼睛，思索片刻，道：“舅舅，你替我打几个电话，请咱们的友商一起吃个饭。记得，不仅要尽量请齐所有的国产手机厂商，还要请一些大的销售平台，这顿饭你尽快安排，越早越好。”

“去年国产手机市场份额暴跌，今年看来这跌幅还是止不住，也就咱们贝思凭借音乐手机的好口碑勉强保持住了盈利，全行业都眼红着呢。就那个东美通信的老庞，庞峰，他最近还公开在媒体上大放厥词，说爆炸就是因为贝思的手机质量有问题，我都恨不得发他律师函，告他诽谤。”贝志斌不解地问，“都这样了，你还请他们干什么？”

行业环境越差，同行越是斗得不可开交，贝志斌口中的这家东美通信就是贝思的老对手。前两年，贝思推什么机型，东美立马跟风，这两年跟不上了，就由老板庞峰亲自出头，屡次三番地公开诋毁贝思。贝时远却都不在乎，他合上眼睛，道：“我请他们来打假。”

老话说，一根竹竿容易弯，拧成的麻绳拉不断，贝时远知道，光靠贝思一家去跟整个华强北市场较劲，地方政府不重视，打假的效果必然大打折扣，所以，眼下他得撇除旧怨，表现大方，落户深圳的手机厂商能约的尽量约，不在深圳的则全由贝思报销车旅费与住宿费，实在约不来的，他也派人备上礼物，登门拜访。

贝志斌确实人脉广阔，不出一个礼拜的工夫就把人都约齐了。地点还是定在了贝思大厦楼上的宴会厅里，贝时远是东道主，早早地就坐在了包间里。

陆陆续续人都到了，最晚来的一个就是庞峰。他比贝时远年长整十岁，长得凤眼浓眉、面如冬枣，活脱脱一个再世美髯公，心眼却比针眼还小。按两家企业那点过节儿，庞峰本来是不想到场的，但又实在好奇贝思这回大宴八方到底葫芦里卖的什么药，终究还是来了。

迟迟不见服务员小姐来布菜，一张圆桌空空如也，庞峰乜了主座上的贝时远一眼，阴恻恻地道："贝总今儿请客，不会是鸿门宴吧？"

贝时远笑笑，抬手打个响指，招呼来了服务员小姐，令她先上冷盘。二十余名身着旗袍的美女便手托餐盘走进了包间，餐盘上是一道道罩着不锈钢餐盘盖的菜品，她们依次将这些菜放在了圆桌上每位老板的面前。庞峰低头看看餐盘，又酸声酸气地道："这冷盘都一人一位，到底还是咱们贝总阔气。"

"头一道菜上齐了，"贝时远微笑着一伸手，道，"各位请用。"

话音刚落，庞峰第一个就揭开了眼前的餐盘盖，然而，他发现里头不是一道菜，而是一部手机，准确地说，是一部国产品牌的仿冒山寨手机。这些高仿机还一一对应了正牌手机的每一位在座的老板。有一位眼尖的老板一下就认出了盘子里的高仿机，当场不快地喊起来："这不是我们公司的手机吧，做工这么粗糙，一看就是仿的！"

"我这两天去了一趟华强北市场，买了几款手机，想给各位看看。柯彩，还有呢。"随贝时远一声令下，柯彩又取出一只大盒子，"哗啦"一声把里头的手机全倒在了圆桌上，各家厂商各个系列，目测少说五十部。

贝时远笑了笑："华强北市面上还有很多，我没法全买回来，反正咱们在座的各位，一个都逃不了。"

庞峰没能领悟贝时远的意思，还当他想撇清那部爆燃手机与自己的关系，不屑地白了一眼："山寨这个事情是天要落雨娘要嫁人，只要有需求就会有市场，别说我们国内厂商没办法，就是国外品牌也没办法。"

"国外品牌机动辄两三千元，黑手机的价格普遍集中在五百元至一千五百元之间，本来就不针对他们的目标消费者，而这个价格却是我们国产品牌的主流价位区间。"贝时远微微笑了一下，"我想问问各位同行，去年一年亏损多少？"

见众人皆皱着眉头不言语，贝时远大方道："既然是我做东，那就我先说，去年贝思亏损超过两千万。"

庞峰不信道："去年贝思的音乐机大获好评，市场占有率第一，居然是亏的？"

"如果只看去年第四季度的财务报表，不光是亏的，还亏得很惨。"贝时远也不怕在人前自揭其短，拿起一部仿冒贝思的山寨机，当众拆下了它的手机后盖，"就说锂电池板吧，我这些天做了个调查，一块原装电池光原料成本就得四十元，加上废品损失、人工成本等，一块电池的出厂价不会低于六十元。然而，市面上这样一块劣质电池板的价格只要四到五元，以此类推，这些山寨机在研发和检测方面是零投入，材料成本又极低廉，没出问题的时候，他们赚钱，出了问题，却是我们正规厂家背锅，这么下去，哪有不亏的道理？"

其实也有别的厂商注意到了这个问题，一位老板叹气道："以前手机作为高精密器件，是有产业壁垒的。然而，台企的芯片解决方案一出，不到一年时间，山寨机就在华强北遍地开花了，我向工商部门反映，他们说管不了，还说山寨机太多了，实在打击不尽。这不，还有人呼吁要鼓励山寨，要重视并发展这种'民间 IT 力量'，这不就是鼓励侵权、鼓励盗版，要逼死我们这些正规厂商吗？"

旗袍美女们陆续上菜，一瓶五粮液、一瓶人头马也摆上了桌。今天到场的这些行业大佬，有的是农民起家，有的是技术出身，个性、气质与背景皆不相同，但对行业的忧虑是一致的。一个特地从北方赶来深圳的老板附和道："别说华强北了，中关村也是，我去看过，到处都有山寨机滥竽充数，冒充我们品牌机。"

"不夸张地讲，我们国产品牌手机已经到了生死存亡的时候。"贝时远替身边一位老总倒了杯酒，道，"行业大洗牌已经开始了，乐观估计，到明年这个时候，咱们在座的人得'死'一半。"

一整条长江刀鱼被服务员端上了桌，这个季节能吃到刀鱼实属不易，而清蒸最能体现"长江第一鲜"的鲜美，但餐桌上没人动筷子。

贝时远索性把话说透："大家应该已经听说了，最近贝思因为黑手机致人毁容的事情屡上新闻，闹得是沸沸扬扬。我想，我们品牌商正可以趁这个机会联合起来，向工商、信产部以及行业协会表态、施压，要求他们整治市场乱象，也正好可以借这个新闻让普通消费者认识到山寨机的危害。山寨机已经大军压境了，我们正规军还在这儿自相残杀，是不是太得不偿失了？"他再次看了眼庞峰，站起身，主动躬身向他敬了杯酒，"庞总，走一个？"

句句在情在理，庞峰也不再扭捏，同样端起酒杯跟贝时远碰了碰，便扬声招呼道：“大家一起来。”群情振奋，大伙儿齐齐碰了杯，都仰起脖子，将杯中酒一饮而尽。

黑手机爆炸致女孩儿毁容的新闻刚刚激起民愤，各大国产品牌便联合发出了“打假”申明。同时各自动用人脉关系，与信产部、国家工商总局的相关领导进行沟通，要求对手机市场存在的仿冒行为进行彻底整顿。于是总局下放地方，针对华强北商圈的打击黑手机的专项行动就开始了。

贝思这边进展最快，因为先前白浩为了贴牌曾密切联系过贝思的人，所以贝时远直接就提供了他的相关信息。有的放矢就好办，公安与市场稽查局联合行动，对重点对象重点摸排，一下就掌握了白浩的制假窝点。

原来，一年前顾蛮生一声不吭跑去了国外，向贝思借牌的事情就不了了之了。

政策一夕一变，白浩眼见周围的人都风生水起地做起了新生意，实在不想错过这个风口，思来想去，觉得既然贴牌不成，不如就直接仿造贝思机型，生产假冒的贝思手机。几个人一拍即合，以胖子的名义租了一间麻雀窝大的底层空屋当工厂，以电子广场的新铺子为总店，就开始生产起了黑手机。借着贝思音乐机的东风，生意好得出奇。

3 月的一个深夜，白浩带着包括胖子在内的六七个小工，正在所谓的生产车间里组装贝思的音乐机，忽感小腹肿胀，尿意袭来，他交代一句“我出去撒个尿”就推门出去了。

人刚站到草丛里，就意识到不对劲。一辆面包车由远及近而来，行驶得悄无声息，像黑夜里潜行的兽。可这地方偏得很，这么晚了，哪儿来这么辆车？

白浩忽然提起裤子，疯一般地往面包车的反方向跑去，同时对着出租屋大喊：“快跑，警察来了！”

面包车上的民警分组行动，出击迅速，一组人追上白浩，从背后将他扑倒，让他啃了一嘴的泥，另一组人瓮中捉鳖，几乎不费吹灰之力，就把民房里的一伙人一锅端了。

起初白浩还不当一回事，以前也传过要整治、要打假，哪回不是雷声大雨点小，罚点钱就了事了？直到被请进了看守所，被以“犯罪嫌疑人”招来喝去，他才悟到大事不妙。用公安的话来说，他这是产、供、销一条龙的制假售假犯罪行为，涉案金额达四百万，一条假冒注册商标罪，还是刑法标准里的“情节特别严重”，至少能判他四年半。

待外头的杨柳得知这个消息，白浩已经被批捕了。他蹲在拘留所的角落里，面如枯槁，心如死灰，只怕自己画虎不成反类犬，还没像顾蛮生那样干出一点大事业，就跟他一样蹲起号子来了。

杨柳立即为白浩委托了专业的刑辩律师，律师是相熟多年的朋友，也没有吹擂自己的水平，只摇摇头，表示难办。以前这种商标侵权的行为一般都不会被追究刑责，就算达到构成犯罪的程度，八成也能判缓，但最近正赶上黑手机致女孩儿毁容的新闻引发全民愤慨，又撞上上头重拳打假的风头，形势太过不利，只能尽量争取从轻或者减轻处罚。

而要争取从轻处罚，首先就得让被侵权人出具不予追究的谅解书。

杨柳见罢律师，第一反应就是去找曲夏晚。她自己跟贝时远没交集，但因为上次帮曲夏晚成功拿回了需要鉴定的手机，两个人聊得投契，一顿下午茶结束还互留了联系方式。电话很快接通，然而出乎杨柳意料的是，曲夏晚对她的来意一清二楚，在她开口之前，就直接表达了拒绝之意。

这个永远哀婉的淑女是这么说的：“这次全行业联合打假就是贝思挑的头，捣毁了一个黑窝点，正是杀一儆百的大好机会。就算不能彻底杜绝市场上的山寨机，至少也能让其他的山寨作坊不敢再贸然仿冒贝思，起到一定的警戒作用。你说我自私也好，说我狭隘也罢，我不想在他已经做了决定的情况下，去搅和他工作上的事情，我们夫妻间已经问题重重了，对不起，这个忙我实在帮不了你。”

挂了曲夏晚的电话，杨柳开着车满城乱晃。天快黑透了，城市仍在生长，一片由人精心培植的高楼又准时准点地亮起了灯火，她无意识地停在了一个地方，好一会儿才抬眼看见，原来是贝思大厦。

这栋楼雄伟更胜旧日，她想起来，这本该是她的楼。

然后她就想到了顾蛮生。

顾蛮生接到杨柳的电话时，正在法国波尔多就申远供货的基站设备进行工程安装。他的“分布式基站”方案一经提出，就得到了邢卫民的大力支持，经过一系列紧锣密鼓的研发与测试，室内基站部分的体积比空调还小，大大节省了原来宏基站的站址获取成本。申远为此拿下了法国运营商的大单，成为头一家成功打入欧洲市场的国内通信设备厂商。

中国和法国有六小时的时差，顾蛮生人在法国，为了工作方便，特地备了两部手机。他无牵无挂一个人，在异乡这几个月，国内的那部手机基本就没响过。此刻冷不防响起来，他看见屏幕上显示的号码，狠狠一愣。

跟顾蛮生一起在法国的申远员工叫老田，年纪跟他相仿，是个面相和蔼的胖子。见顾蛮生盯着号码出神，全脸的肌肉都打着哆嗦绷紧了，老田细了细眼睛，厚实的嘴唇扯出一丝意味深长的笑容：“看你紧张成这样，女朋友的电话？”

一别多日，杨柳从未主动联系过他，他也确实久未这么紧张过。经老田一提醒，顾蛮生才回过神来，赶紧接起杨柳的电话。出声前，他全无必要地正了正衣领，清了清嗓子，然后尽量平静且温和地道：“是我。”

申远拿下法国电信大单，全通信行业都知道，杨柳自然也知道这会儿顾蛮生人在法国。她言简意赅地说：“白浩出事了，你能不能回来帮他一把？”

顾蛮生二话不问，当即承诺：“好。”

简单地把工作交接一下，顾蛮生第二天就坐飞机回了深圳，先去见了杨柳。

“白浩现在是犯罪嫌疑人，拘留期间不准探视，我开车带你去见律师，具体消息一会儿你问他。”杨柳在接机口见了顾蛮生，飞快地看他一眼，扭头就走。便是普通好友间最基本的客套寒暄也全免了，她现在一颗心全扑在白浩身上。

回来时走得匆忙，顾蛮生行装简单，也没大件行李，他大步生风地跟上杨柳，问她：“现在什么情况？”

“听律师说，就涉案金额来看，三年以上、七年以下的刑期是跑不了的。”杨柳走路奇快，两人同去停车场一路，只听得她的高跟鞋“噔噔”作响，“目前对我们比较有利的信息有四点：第一，白浩是初犯，没有前科；第二，他们注册了公司，公司法人代表不是他；第三，公安机关扣押的那批手机还没有流入市场，应当以未遂论处；第四，因为引发手机爆燃事件的罪魁祸首是手机电池，所以我申请了质监局对该批手机的电池进行了鉴定，鉴定结果是质量合格，对消费者的人身安全不构成威胁，社会危害性小。”

满嘴“法言法语”，可见是真对这个案子下了功夫。顾蛮生一声不出地听着，心思却落在杨柳微微泛青的眼眶上，人也消瘦不少，显然是久未睡好。

直到杨柳一口气说完，他才耐心地问：“你还需要我做什么？”

杨柳猛地刹住脚步，扭头望着顾蛮生，冷漠近似凶狠地道：“我要你去求，去跪，去想尽所有的法子跟你的老同学达成和解协议，让他接受民事赔偿，不再追究白浩。”

顾蛮生的眼神黯淡一下，仿佛受了见血见骨的一击，陷入了一阵较长时间的沉默中。

杨柳稍顿一会儿，似乎也意识到自己这番话太伤人，收敛起话里的怨愤之气，平静地说下去：“我最痛苦、最艰难的时候是他陪在我身边，我不能不管他。”

顾蛮生很快恢复如常，笑出两长排洁白的牙齿：“知道了。不用去见律师了，你送我去贝思大厦吧。”

顾蛮生给贝时远打了一个电话，两个人约在了贝思大厦的顶层观光大厅里见面。顾蛮生依然到得稍早，一个人站高远眺，深圳连续几日阴雨，到处蒙着一层白花花、湿乎乎的雾气，一幢幢不知名的高楼掩在里头，高低错落，像竖立的矛子与长枪。

晚些时候，贝时远来了。他知道顾蛮生为何而来，也不主动点破，只走到他的身边，照常与他唠家常：“我听邢老说你去法国做个大工程，怎么这么快就回来了？”

顾蛮生没回头，道：“我这趟出去签的是商务签，不是工作签，只能站着办公，我收到消息时想着怎么才能以最快的速度回国呢？最好的法子就一屁股坐在工位上，你看，直接就被遣返了。”

这话半真半假，贝时远也没留心分辨，只笑着回他：“办工作签比办商务签麻烦，条条框框也多，咱们邢老是挺精打细算的，你多跟他接触，自然就了解他的办事风格了。”

如果不是他曾给过对方白浩的相关资料，贝时远未必会联合公安这么精准打击，一下就端了白浩的窝点，但一个人若自咎与愤怒都到了极处，面上反倒看不出来了。顾蛮生转头望着贝时远，目光平静得没一点波澜，只觉得嗓子有点痒，像是烟瘾犯了。

他伸手掏出烟盒，自己咬了一根在嘴里，又递上去给贝时远。

“我不抽。”贝时远道，“你也少抽点。”

“矫情。”忘了带火，贝时远显然也没备着打火机，顾蛮生把烟盒收回兜里，想想又不解馋地补一句，“你跟曲颂宁一样矫情。”

“他是挺矫情的，”贝时远道，“我出高薪挖他来贝思，他死活不肯。”

“贝总日理万机，也挺忙的，我就长话短说了。”贝时远的态度就是被害单位的态度，在法院量刑时是很有参考价值的。两个人先前闹得很不愉快，但贝时远今天能来，事情就还有转机，长时间的寂静之后，顾蛮生决定抛下面子：“法律上允许交易双方口头合同的存在，你确实曾经口头答应过我，允许白浩贴牌生产手机。要不你就高抬贵手，放他一条生路算了。”

要说法律，贝时远显然比他更懂法律：“白浩虽然曾经获得过我的口头许可，但他后续在使用贝思商标时没有保证手机的产品质量，在口头授权解除后仍然进行仿冒生产，依然构成假冒注册商标罪。这回打假不是一家企业，我不能事到临头又改立场……”贝时远对自己的老友多少有愧，便很难一口回绝他，然而话还未落地，令他瞠目的一幕就发生了——

顾蛮生居然屈下膝盖，一下跪在了他的面前。都说男儿膝下有黄金，跪天跪地跪父母，顾蛮生这一跪，贝时远惊得连连退后几步，良久才轻轻叹了一口气：“顾蛮生，你别这样。”

“不是有这么一句话吗？‘人挡着我，我就给人跪下，我不惯着我自己。’我的前半生就是太惯着自己了。”顾蛮生笑笑，忽地以膝盖着地一直跪行到了贝时远的身前，更加装疯卖傻地以戏腔道，“顾某愧无面目来见贝哥，如今身背荆杖前来请罪，望贝哥念在同窗的分儿上，你打也打得，骂也骂得，还望你要多多指教哇。”

改的是《负荆请罪》这一选段，但远比京剧里无赖缠闹，姿态低进泥里，横竖是要把自己糟践到底。

贝时远被顾蛮生一口一个“贝哥”地叫着，难受得满背芒刺。他不能答应这样的要求，只能各退一步地妥协，他再次深深长长地叹了口气，然后当着顾蛮生的面，掏出手机给贝志斌打电话：“跟白浩那边的律师说，我们接受和解。”

贝志斌大惊，还想再劝：“这次是政企协作联合整顿市场，咱们这一接受和解，还怎么以高压震慑造假者？让同行怎么看？”

但贝时远挂断了电话。

他最后这么说：“我会签下不予追究的和解协议书，但我不会承认他的手机获得了我的口头授权。”

这本来就是一种讨价还价似的谈判技巧，能让贝时远承认口头授权最好，不然也能接受退而求其次。顾蛮生长舒一口气，才渐渐觉出一种很沉很重的疲倦，一下压得他垮了。他只跪了几分钟，却像跪了一辈子，他坐在自己的脚后跟上，垂着头对已经转身离开的贝时远道：“谢谢。”

贝时远走了，顾蛮生又独自在大厅里坐了一刻钟，杨柳通过律师知道了贝思接受和解的好消息，赶紧给他打来了电话。电话铃声响了十几遍，他才听见，接起电话时听见杨柳道：“我就在楼下。”

顾蛮生坐电梯到了底层，电梯门一打开，就看见了杨柳。杨柳其实一直等着没走，她目光向下，看见顾蛮生的膝盖处有些细微的、可疑的尘垢。有时他的眼神很浮、很浪，有时又要命地专注且深情，光是不远不近地看着你，都能让你酥了半边——就像现在这样。

顾蛮生知道杨柳的目光落在哪里，只故作轻松地耸肩笑笑：“贝时远这人有时也挺拉不下面子，没想到事情这么容易就解决了。我回总部述个职，就得订最近的航班回法国了。”

杨柳强忍住阵阵心酸，只道：“贝思接受和解，案子就能从轻判缓，等批准了取保候审，他就能出来了，你不见他一面再走？”

“法国的项目还等着验收呢，我不赶紧回去不行。邢老是脾气好，但我也不能消极怠工，尽欺负老实人吧。”顾蛮生仍是一副藐视所有的嬉笑姿态，“不等他了，再说那小子阎王殿里敢开染房，出来第一眼想见的肯定不是我。”

“下回再见面，咱们就是对手了。”杨柳也不矫情挽留，大方地向顾蛮生伸出一只手，“恭喜你们申远的分布式基站成功进军法国电信市场，你果然在哪里都能发光。”

“也恭喜你们展信凭借多模控制器，拿下联通的 CDMA 网大单。”顾蛮生也握了下杨柳的手，却一时没舍得松开，他开起玩笑道，“我怎么听说你们也申请了分布式基站的相关专利，你这不是抄我的吧？”

“你不也抄了我的吗？你们最近推出的多模方案难道没抄我们展信？”杨柳当场反击。两边都申请了一系列的相关专利，通过各自的替代方案，比对方推出的产品晚了三五个月。

顾蛮生哈哈一笑：“产品功能上没差异，但最终会达到性能差距这个状态，各自有优势的基础小专利，不如咱们就互相交换了吧，国内企业得手拉手，才能一起开拓国际市场嘛。”

“行，”主意不错，杨柳很爽快地道，“我会跟邢老联系的。”

别的女人，柔的柔，软的软，就你跟谁都不一样。

这话到了嘴边又嫌没意思，顾蛮生最终只是笑着说：“杨柳，再见了。”

顾蛮生回法国没多久，白浩就取保了。经过与检察院的庭前沟通，律师乐观估计，最后判决的刑期最多六个月，还能缓刑。

所有的假冒手机全部依法销毁，惩罚性赔偿近百万，全是杨柳掏的钱。

白浩走出拘留所那天，杨柳亲自开车去接他。待白浩坐上车，她又从车后座上取出一套西装，一把塞进白浩手里，大剌剌地道：“为你接风，咱们今晚去吃点好吃的。”

三星米其林的法式餐厅，要求用餐客人正装出席，杨柳自己也穿得比平时优雅，西装外套下是一袭紫色的单肩礼服，很衬她那修长似鹅颈的脖子。

白浩难得身着正装，嘴上一圈浅浅的胡楂，乍看不怎么精神，杨柳伸手捏他一记下巴，细着眼睛左左右右地打量，忽地笑道：“瞧这帅气的小胡楂，倒显得老成了不少。”

杨柳一早订了窗边的位置，白浩原以为这顿晚餐就他们俩，没想到，还没被服务生引进餐厅，就看见一个美女临窗而坐，闻声回过头来，频频朝杨柳微笑挥手。杨柳也冲那美女点一点头，扭头跟白浩咬耳朵：“市场部新来的小李，漂亮又大方，你一会儿殷勤着点。”

白浩反应很快，一把将杨柳拽向一边，虎着脸道：“我刚从拘留所出来，你就拉我来相亲，这不是骗人家吗？你这是以强权逼迫民女。”

杨柳不以为然地反驳道："你姐我是这种人吗？我跟姑娘都实话实说了，人家姑娘认为制造山寨手机不是品行问题，可以先交个朋友，以观后效。"见白浩仍一脸的不情不愿，杨柳又安慰道，"我看你就是一个人的老没人管，才会干出这么违法乱纪的事情，再说只是吃顿饭，接触一下，人姑娘也有自己的考量，又没说明天就要嫁给你。"

白浩仍然阴着脸，拖拖沓沓地跟在杨柳身后，一个劲儿地抱怨："听说女人只要上了年纪都会对说媒这项活动无师自通。"

"随你怎么说。你这声'姐'叫了我这么多年，身为你的姐姐，我当然应该关心弟弟的个人问题了。"杨柳其实一早看出白浩对自己的那点心思，只当是小孩儿鬼迷心窍，所以话不多说，打算就这么直截了当地断他的念想。

这个叫小李的姑娘是地道的深圳本地人，但南生北相，五官大，身架子更大。相比宽肩窄腰、玲珑有致的身材，白浩更喜欢姑娘的眼睛，眼神很活泼，或者说很野，有点像杨柳。

小李对白浩挺满意，见白浩不热情，就主动没话找话："我听柳总说了你的案子，怪可惜的，现在华强北的电子市场那么热闹，是很有可能闯出一片天来的。"她抿了口气泡水，带着笑容看了杨柳一眼，"不过你回展信也好，柳总说最迟明年展信就要涉及手机业务，你来了，一定大有可为。"

餐桌上的白浩一直半歪着脑袋、半垂着眼睛，表现得对什么都不怎么感兴趣，然而一听"回展信"立马警觉起来，坐正了，目光直直地望着杨柳。

杨柳笑了一声，从手提包里取出一张纸片递到了白浩眼前，一份简单的入职通知，制作得跟专家聘书似的。杨柳貌似还很为自己的审美得意，少女心十足地说："我本想饭后再提这件事，既然小李先说了，那我就在这儿正式地说一声，白经理，欢迎你回来。"

杨柳有心给两人制造机会，中途找了个接电话的借口，离开了餐桌。谁知道还没在外面磨蹭够半小时，忽然看见小李气咻咻地冲出了餐厅，抬头见了自己，脸更通红，人更局促，含含糊糊地打了声招呼，就逃似的跑了。

杨柳折回餐厅，却见白浩品罢红酒又切牛排，心情大好地吃了起来。

"你说什么了？"杨柳生气地质问他。

“没什么，就说我不仅私造山寨手机，还纠集了一批刑满释放人员，一起走过私，杀过人。因为分赃不匀，先照要害连捅三刀，然后买了个锯子将尸体肢解了，用编织袋直接弃在了深圳湾，到现在还没被人发现呢。”白浩把半熟的牛排切得直冒血水，杀气腾腾，忽地停了手，又拿起桌旁那张入职通知，看也不看就撕了。

“你什么意思？”对方满嘴胡说八道，气得杨柳火冒三丈高，“就算现在不想谈恋爱，那至少可以来帮我吧？展信真的准备开通手机业务，这难道不是你擅长并感兴趣的吗？”

“我是感兴趣，”白浩抬起脸，冲站在身前的杨柳明媚一笑，“但是等我缓刑期满，我就要去非洲了。”

杨柳怔了不过三五秒，扭头就走。

白浩赶紧招来服务生结账，急匆匆地追了出去。

晚上九点多钟，一片薄雾在城市的上空浮动，转眼就被满城的霓虹旋得支离破碎。杨柳没有走远，而是坐在了街边花坛上。花坛里种着三色堇、矮牵牛还有一种不具名的紫红色花朵，随着夜风款款摆动，送来阵阵暗香。不远处是闹哄哄的人海，再远一点的地方是一栋擎天的贝思大厦。

白浩走向杨柳，因为杨柳一直低着头，他只有单膝跪在她的身前，才能看见她的眼睛。

“为什么要走？”她的哭声很轻，但泪水淌了一脸，“为什么你们一个个都要走？”

“我一直记得当年我跟着你还有生哥，一起去贵州山村卖我们的程控交换机的事情。他说‘农村包围城市’，从还没有被人发现的农村市场着手，成功避开了‘七国八制’下外资厂商的围剿，然后一步步渗透入城市，最终打开了全中国的交换机市场。现在的情况跟那时几乎一样，国内手机的中高端市场已经被国际大牌瓜分了，低端的山寨机市场我被监控着也做不了，虽然非洲经济暂时落后，但基础网络正在完善当中，那将是一片还没有被人发现的十亿级市场。”

白浩一席话说得自己眼眶微湿，饶动感情，趁杨柳沉思之际，他壮足胆子，想着“反正就要走了”，还怕什么牡丹花下死，他伸出双手捧起女人的脸，在她有所反应之前，狠狠吻了上去。而杨柳从头到尾没有挣扎，只是微微茫然地睁着眼睛，任这个年轻人轻轻吮吸她的嘴唇。

“而且我知道，如果我不闯出一片自己的世界来，我在你心里永远比不上他。”白浩浅尝辄止，心满意足，吻过之后他又仰头冲杨柳分外天真地微笑，“但你得保证，我不在中国的日子，你会不偏不倚，给我和生哥公平竞争的机会——我会派人盯着你的哦。”

杨柳几乎被这年轻人的热忱打动，眼里的河水凝成固态，嘴唇以一个温柔的姿态上翘。

白浩想起了他曾从顾蛮生口中听过的一首歌，他想为他心爱的女人吟唱已久，这既是一首歌，也是一场宣誓——

快起锚吧年轻的船长，心中怀念遥远的姑娘；

勇敢冒险征服远方，喀秋莎爱情永远属于他。

第三十二章

天才是方孔中的圆桩

白浩的事情解决后，曲夏晚特意给杨柳打去一个电话，约她在上回那家甜品店里见面。

“真的对不起，你上回帮了我，我却没能为你说一句话。”曲夏晚依然对甜食不感冒，只拿着茶勺轻轻搅动杯中咖啡，她低着头，不停地小幅度转动手腕，似乎不为做出搅动这个动作本身，只想借此避开杨柳的眼睛。

“你没必要道歉，是我强人所难了。”杨柳微微勾了勾嘴角，大方地说下去，“我也有公司，我知道这些仿冒品会对一家企业造成多么恶劣的影响，打击手段力度不够、处罚过轻，都会加重市场秩序的混乱，如果我是贝时远，一定也希望法院对造假者重判重罚。”

曲夏晚这下抬起了头，一双眼圈早憋红了，两边脸颊也羞愧得赤红。她来之前完全没想过，这个女人居然这么大度，良久，她才真心实意地道：“我终于知道为什么不羁如顾蛮生也会被你深深吸引了，杨柳，你真了不起。”

杨柳却笑了，她举起杯子喝了一口咖啡：“你别忙着夸我，我刚刚只是假设自己跟你老公一个立场，但站在我本人的角度，我恨透了他的不近人情，以后如果在生意场上遇见他，我一定当面骂他。”

对方惯常的魄力与磊落的态度令曲夏晚心理负担随之减轻，也更令她认定这人值得深交。曲夏晚轻舒了一口气，又低下头，拿茶匙搅动起咖啡：“没准你见到他的机会比我多呢。”

“怎么了？”杨柳察觉出女人的恍惚，“你那天说你跟贝总之间问题重重，方不方便告诉我，是什么问题？”

“不瞒你说，是因为顾蛮生。”曲夏晚坦诚道，“自打顾蛮生回来，好像一切如常，好像又什么都变了。”

“你说过，是当时的你单方面地放不下顾蛮生，是你贪心不足。”杨柳直截了当地问，“那么现在的你呢？你还贪心吗？”

“我……我不知道……”曲夏晚羞愧地眼睫一垂，好一会儿才鼓足勇气道，“每回一看见他，我的心就全乱了，我真的不知道……”

“我还是那句话，珍惜眼前人。”

“我也想，可……杨小姐，你知道吗？我们从来没有为鸡毛蒜皮的小事红过脸，他甚至从来没有对我说过一句重话，我妈那些无理要求他也一概满足，在旁人眼里，他是个十全十美的丈夫，英俊、多金、温柔、全心全意地为家庭付出，可一个星期他跟我说不到十句话，我有时巴不得他跟我吵一架，索性就敞开了吵得明白清楚，可我自己也不知道该怎么说，我们之间始终隔着一层。”

“那么，你们的夫妻生活还和谐吗？”

“他……他最近很忙……”曲夏晚没想到杨柳会这么问，脸明显一红。

“婚姻比爱情更需要经营，两个人能最终走到一起不容易，就算没有旧爱那点心理疙瘩，生活当中柴米油盐地磕绊多了，一样会出问题。科学研究表明，夫妻间和谐规律的性生活，有助于消除隔阂与压力，提高彼此的幸福感。老话不都说吗？两口子打架不用愁，晚上一个小枕头。只要三件东西，包你一晚上就把贝总搞定。”杨柳把头凑近曲夏晚，很是调皮地眨眨眼睛，“一道他最爱的菜，一件最性感的内衣，还有一把最锋利的刀。”

曲夏晚好奇地道：“最爱的菜、最性感的内衣，我都能理解，最锋利的刀是什么意思？”

杨柳坐直身体侃侃而谈，颇有武曌驯马的风范：“就是当前两样都不管用的时候，你只能让他选择，‘你是打算好好做我的丈夫，还是做我的亡夫’。”

曲夏晚“扑哧”笑了。两个女人俨然已成无话不谈的闺密，她也难得露出贪馋的样子："这里的甜品你有推荐的吗？我吃不了太甜的。"

杨柳看了一眼旋转的蛋糕架，轻轻拨转一下，便取下一枚花朵状的金黄色饼干，淡淡道："这种饼干全名叫'住在意大利史特蕾莎的玛格丽特小姐'，有个与爱情相关的故事。传说一位有名的糕点师热恋上一位少女，他一边默念心中所爱的名字，一边将自己的手印留在了饼干上。所以对法国人来说，这个饼干的意义跟巧克力很像，都可以用来向爱人告白。"

曲夏晚也拿起一枚玛格丽特饼干，从外观看，这饼干简洁朴素，不似她印象中的法甜华丽到近乎花哨。她轻咬一口，酥香的饼干入口即化，味蕾随之得到了极大的满足。曲夏晚吃完这枚饼干，又向对面的女人投去目光。杨柳正低垂眼皮，脉脉地注视着她自己手里的那枚饼干——那朵象征爱情的金色花朵。

原来爱情不只令她这样的傻女人烦恼，聪明强悍如杨柳也不能免俗，曲夏晚几乎瞬间做了个决定，她要彻底自拔于对顾蛮生的迷恋，她要校正误会，物归原主，她对杨柳语重心长地道："顾蛮生从未背叛过你，我确信他是真的爱你，所以，我也想把你送我的那句话再送还给你——杨柳，珍惜眼前人。"

经过了一系列政企联手打假的市场整顿措施，2006 年第四季度国产手机市场销量有所回暖，所有在山寨机的挤压中缓过一口气的正牌军对即将到来的 2007 年充满了期待。但贝时远仍不乐观。所谓"有需求就有市场"，通过这次打假行动，他才发现深圳的山寨机作坊竟已数以万计，烧不尽，吹又生，跟正规军打擂台一点不输阵。

接到妻子电话时，他正跟刘传富在餐厅里谈事情。刘传富人虽滑头，但确实久在电子产品行业浸淫，认识深刻，经验丰富，再加上贝思音乐机系列开发得相当成功，贝时远早有意把这人挖来。

电话接通，曲夏晚问他回不回家吃饭，他简单又客气地回她一句："你先吃吧，我还在工作，晚些时候回来。"

秘书柯彩坐在老板身边，眼珠瞬转，心里飞快算计起来，从这短短一句寻常的话语中，她意识到这对夫妻有些问题。

收了线，贝时远对刘传富道："刚才说到 Walkman 和 MP3 跟手机一样都是电子产品，我想问问，雷纳在产品的外观工艺设计上有哪些心得？当今手机趋势就是像素越来越高、内存越来越大，在功能与配置日渐趋于雷同的情况下，国内厂商比不了国外品牌的质量品控，只能想方设法在外观上下功夫，消费者第一眼的心动与否，往往决定了这款手机的销量。”

“可是手机外观也玩不出新花样了，拉丝、真空蒸镀，我们能想到的工艺别人也早想到了。”刘传富抿口酒，忽地想起什么，道，“Walkman、MP3 铝合金材质的居多，一般都用阳极氧化的方式着色，方法特别简单，我一开始还是个小作坊的时候就这么干了。”

所谓阳极氧化染色，是指铝及其合金制品经特定工艺处理后，表面形成一层氧化膜，使染料进入氧化膜的分子间隙中，从而着上颜色。

柯彩见刘传富酒杯已经半空，很有眼力见儿地起身替他添酒，笑着道：“作为小作坊，刘总倒挺下血本的，一套阳极氧化设备少说十几万吧。”

刘传富摆了摆手，哈哈一笑：“不用那么多，一千块都不用。”

柯彩惊道：“怎么做到的？”

刘传富掰起手指头：“一瓶自己配制的百分之十的硫酸溶液，一个小塑料桶，一个恒流电源，一瓶彩色的钢笔墨水，挑自己喜欢的颜色，泡的时间越长颜色就越深，再放到滚烫的蒸馏水里封孔就行了。”

贝时远由衷赞道：“看不出来，刘总不但商业头脑出众，动手能力也那么强。”

“不是我，是顾蛮——”刘传富忽地止住话头，似询问、似窥探地看了贝时远一眼，然后彻底封住了嘴。

本来兴许还没什么，偏偏这意味繁杂的一眼惹出了嫌隙。柯彩脑筋转得奇快，在大家都感到尴尬前开口：“刚刚刘总说阳极氧化染色时间越长，颜色染得越深，那么能不能通过合理控制染料在手机外壳上的停留时间，从而达到一种渐变染色的效果？”

贝时远心算数秒，眼睛明显亮了起来：“柯彩，你这主意可行！”

刘传富皱着眉头，毫不犹疑地接话道：“这种工艺倒是有，就是太考验工匠师傅的技艺了。要渐变效果，就得将工件逐渐抽离染缸，反复提拉至少三十分钟，力度一致，还不能有丝毫停顿，才能保证最后的颜色呈现得均匀。不像我们那时候就染一个颜色，只要把外壳浸到染液里，时间控制好，基本就没问题。”

贝时远的想法刘传富听懂了，刘传富的担心贝时远也明白，即使是手艺最老练的师傅，也无法保证每批产品的色差完全一致，以至于渐变染色单片生产容易，量产就很难实现。然而灵感这东西的表现形式就跟羽毛搔脚板差不多，忍痛容易忍痒难，一旦灵感出现，就一定得抓它挠它才能安心。贝时远沉吟片刻，又道：“手工染色，颜色必然有误差，品控难掌握，那么能不能通过计算机来精准控制需要染色的部位在染料中停留的时间，保证每个工件抽离染缸的程序完全一致，从而做到均匀的渐变色效果呢？”

“找个设计团队，模拟实验几次，应该可行。”刘传富毕竟见多识广，意识到方案可行之后，半真心半夸张地夸赞起贝时远，“每个行业都有这么几个不世出的天才，亏得咱们国产手机有贝总在！”

“不，这回还真不是我的功劳，”贝时远主动拿起酒杯，眼含脉脉笑意，转身向自己的秘书敬酒，“这得感谢我们柯彩。”

刘传富忙不迭地点头，跟着贝时远一起夸她智慧、能干。

柯彩与贝时远碰了碰杯，娇嗔地笑笑：“刘总，你这不是夸我，是咒我，智慧的女人通常难嫁，能干的女人令男人望而生畏。”

“什么，我们柯秘书还是单身？你身边的男人难道都瞎了眼？”刘传富瞪大了眼睛，一副不可置信状，“你们贝总身边这么多青年才俊，就没有一个你看得上的？我觉得顾蛮生就不错嘛，又英俊又聪明，跟我们柯小姐天造地设。你要不让贝总给你介绍一下？”

贝时远没说话，只是扭头定定看着柯彩，仿佛只要她点头，他就真能为他俩撮合。

“我不喜欢顾蛮生。”柯彩斩钉截铁地道，“他是英俊，是聪明，甚至广博勇敢，为所欲为，这样的男人可能会迷倒不谙世事的小女生，但在我看来他就是个武疯子，是个活土匪，知进不知退，缺乏自我约束，而一个缺乏自我约束的经营者，即使偶有所得，也注定不会在这个社会上赢取更大的成功。”她每个字都准确无误地踩在了贝时远的心坎上，两个男人瑜亮之间，又掺杂着旧爱新仇，哪可能真像面上表现得那么大度呢？

刘传富对顾蛮生一直有意见，听了这话自然高兴，说话越发放肆：“我们柯秘书知书达理，又真知灼见，谁娶到她真是三生有幸了！贝总，现在是不是后悔自己结婚早了？”

贝时远这时正看着柯彩，因为柯彩说话时也一直看着他。他以前其实没仔细瞧过这个女人，只知道她家境殷实，自身也优秀，只当一个秘书，其实是屈才了。此刻，女人的眼睛像一片蓊郁的雨林，荒生蛮长，贝时远一时感觉里头爱欲潮湿暗潮汹涌，再细看好像又没有。他经不住，便移开眼睛，微笑着喝了口杯中的茶：“我福分太浅。”

这个话题草草翻篇，贝时远胃不好，以茶代酒，刘传富本就贪杯，两个男人加一个女人，喝得痛快，聊得尽兴，基本达成了友好的共识。一顿大酒喝到凌晨两点，刘传富家在东莞，特意跑这一趟，这会儿还得去找酒店。贝时远见刘传富已经半醉，便把人扶起，说：“我家离这儿不远，干净的客房有的是，要不嫌弃就别住酒店了，去我家将就一晚。”

而这个时候，曲夏晚还一个人枯坐在餐桌前。

晚饭做的全是贝时远最爱的菜。贝时远曾跟她说过，小时候他家里有个阿姨，很擅长做肉菜，什么啤酒鸭、清炖狮子头，还有一道爆炒泡椒腰花，简直香飘千里，令人回味无穷。可因为自己跟她感情过于亲近，竟惹来亲妈的嫉妒与不快，最后随便找了个理由就打发走了。后来贝时远应酬渐多，又动了胃部手术，所以平日里非常注意饮食，偶尔重油重辣一回，就跟猫儿偷腥一样高兴。曲夏晚终日赋闲在家，生意场上帮不了老公的忙，便把心思都放在了如何犒赏他的胃上。三道菜折腾了她半天，尤其这道爆炒泡椒腰花，颇见功夫，光是去尽腰臊就不容易。

然而贝时远一声“应酬”就又把她打发了，她都快记不清，这一年来，他们夫妻同桌吃过几顿饭了。曲夏晚抽身来到卧室，从衣柜里取出一只精美的内衣包装盒。杨柳这人心直口快，说到做到，上回曲夏晚跟她吐露了心事，没几天她就真的寄来了一份礼物，内附一张写着英文的字条——have a good night。

曲夏晚将礼盒打开，里头是一件情趣内衣，高开衩的白色蕾丝睡裙，挂脖绑花，胸前绣了个红十字，还配着一顶护士帽。

面对这份别出心裁的礼物，曲夏晚简直哭笑不得，然而她现在的婚姻生活如一泓静水，一点波澜没有，一点激情不剩，好像确实需要大胆起来。她思来想去，终于决定冒险一试，她大起胆子将睡裙与护士帽一并换上，在镜子前左觑右看，还是觉得害羞，还是觉得不成体统。想了想，又翻箱倒柜，找了一件杏花白的针织衫披在外头，勉强遮挡一下。

换好睡裙没一会儿，就听见钥匙开门的声音。

他回来了！曲夏晚既兴奋又紧张地跑去了玄关处，打算给贝时远一个惊喜。

“夏晚可能已经睡了——”

门开了，春光乍泄，两个男人与一个女人面面相觑，最后女人又羞又恼，裹紧身上的针织衫，跑进了卧室，砸上了门。

刘传富醉意全无，目瞪口呆半晌，才来了一句不合时宜的：“贝总好福气。”

从未见妻子穿成这样，贝时远也还震惊着，只是一味点头：“是好福气。”

这一夜贝时远打不开自家主卧的门，也是在客房里睡的。

第二天，直到刘传富被贝时远送出门，曲夏晚才敢出来。她已经在卧室的卫生间里洗漱好了，穿得比任何时候都严实。

晨鸟在窗外低吟高唱，阳光下的新世界像一幅鲜艳的彩笔画。贝时远难得在家，主动做了早餐，在餐桌前张罗片刻，便转脸对妻子道：“护士小姐，来吃早饭吧。”

曲夏晚听出他这话里憋着笑，憋得音色都怪异了起来，她羞恼至极，全身的血液都似开锅般沸腾。她向着贝时远走过去：“我没脸留在这个家里了，我们离婚吧。”

“你到底为什么穿成那样？”听见“离婚”二字，贝时远不急也不恼，昨夜进门那画面依然浮在眼前，他费劲地憋着笑。

“为什么？你问我为什么？你不觉得自从顾蛮生回来，我们之间就很有问题吗？”脸已经丢尽了，反倒感到轻松，她决定豁出去了，“我跟顾蛮生真的没什么了，你到底还要考验我到什么时候？”说完就淌了一脸的泪。

“我没有考验你，是这阵子实在太忙，让你感到不安全、不被信任，是我的错。”妻子嘶声力竭地控诉，贝时远竟没来由地高兴起来，他走过去，将曲夏晚冰凉的十指攥在手中，捂到自己胸口。他一边温柔地亲吻她的脸颊、鼻尖，一边说：“等忙过这一阵子，我们一起去美国，好好放松几天，行吗？”

曲夏晚好哄得很，马上点头，破涕为笑。

“那件睡裙还在吗？”贝时远将妻子搂进怀里，贴着她带香的鬓发，轻笑着问。

“不在了！剪烂了！”这个男人鲜少笑得那么坏，曲夏晚的脸又红成了辣椒色。

“可惜，你穿那个真好看。”贝时远一把将妻子打横抱起，二话不说走向卧室，火急火燎地抬脚就踹门。

“干吗呀？”曲夏晚喊起来，像个不谙情事的小姑娘。

“今天君王不早朝。”

生产渐变色手机的主意一旦拿定，贝时远很快就联系了一家熟练掌握阳极染色工艺的化工厂，跟着负责人在厂里参观，还亲自上手，跟老师傅学习了如何为样板渐变染色。他试了几次，不是染得不匀，就是色差明显。

柯彩跟在身边，主动请缨要向老师傅学习。贝时远笑笑，让出自己的位置，没想到柯彩学得飞快，很快就掌握了染色的技巧。贝时远不知道这个女人早在背地里做足了功课，只当她聪明，忍不住就夸了几句。

就连工厂负责人也啧啧称奇：“贝总的秘书学东西太快了，这活儿漂亮得都能抵得上我们这儿的老师傅了！”

“我以前在一篇学术论文里看到过，这个工艺里，染色液的 pH 值很重要，稍稍调制不当，染出的颜色就会差之千里。除此之外，氧化剂用量、温度及电流密度都有讲究，工艺的良率水平如果不达标，就会大大提高生产成本，所以还得麻烦您配合我们多做几次打样调试。”向工厂负责人吩咐完毕，柯彩又拿出了一个渐变色色板，递给贝时远，她说，“我从女性审美的角度挑选了这几个颜色，贝总你看喜不喜欢？”

贝时远从中又挑了三个颜色，决定先进行模拟试验。

短短一个月，贝时远亲自与设计团队一起模拟试验，总算能用计算机精确控制工件在染缸中停留与抽离的时间。他把剩下的工作交给贝志斌，吩咐他小批量试产一批新机，就决定依约带妻子去美国。

说是出国旅游，其实一半也是为了公务，贝思受到一家叫 *Macworld* 的计算机杂志邀请，准备赴美参加他们举办的一个行业展会。

贺婉莹听说女儿要出国游，非嚷嚷着要跟着一起，她打电话给女儿，一把鼻涕一把泪地控诉，说自己跟那个女人处不好，再多待两天，非得被那个女人气死不可。

父亲死得早，曲夏晚处处惯着母亲，见劝不她住，只好答应带她同去。

渐变工艺的试验很成功，周遭一片“天才”的赞誉声，贝时远心情不错，又开会又见生意伙伴，一直工作到出行前的最后一刻，赶不及中途折返回家，便吩咐柯彩去接自己的妻子和岳母去机场。

柯彩也要跟着一起去美国。

贺婉莹面前竖着两只三十三寸的大行李箱，不像是去旅游，倒像准备搬家。她在曲夏晚楼下等了十来分钟，就不耐烦地喋喋抱怨：“这司机怎么回事？怎么让老板娘等那么久？”

曲夏晚自己的东西倒不多，耐心地劝母亲：“才二十分钟不到，妈，您也别太心急了。”

话音刚落，一个高挑明丽的女人就风风火火地赶来了。

“不好意思，迟到了，外来车辆进不了这高档小区，我在外头找了一会儿停车的地方。”柯彩冲贺婉莹微微鞠躬，奉承道，“您是阿姨吧？这也太年轻了，要不是贝太说过要跟您一起去，我还当您是贝总的姐姐呢。”

贺婉莹睨着眼睛，上上下下打量起柯彩，五官还算端庄，但腿太长，便衬得裙子短得轻浮，胸脯又过分骄傲地耸立着，显得不庄重。她不禁“哟”了一声，听着有些阴阳怪气：“这么漂亮的司机啊？”

“我不是司机，我是贝总的秘书。”柯彩落落大方，从贺婉莹手里接过两只大行李箱，一手一只地推动起来，“我先把东西放上车，你们慢慢来。”

柯彩迈开长腿，又风风火火地走在了前面，曲夏晚本想快步赶上，谁知母亲却猛地拽她一把，凑头在她耳边道：“我怎么觉得这个女的有问题啊，她从头到尾没拿正眼瞧过你。”

“你别瞎说了，她叫柯彩，时远的秘书，人挺好的。”曲夏晚刻意压低声音，放慢步子，母亲的话让她不好意思，怕被前面的柯彩听了去。

“那就是时远有问题，一家高科技公司，招人只看脸吗？”

“人家是正儿八经麻省理工毕业的，读的就是电子工程，你就别瞎操心了。”为了出国，贺婉莹特意做了头发，烫了一个滑溜的、有点蓬松的头发，全部拢到脑后。因为年纪大，皮松肉弛，眼睛就显得小了，瞪到极处还是只有豆子般大小，曲夏晚突然觉得这样的母亲像獾，那种特别能胡搅蛮缠的动物。

“妈不是瞎操心，妈是为你考虑，你是二婚，又一直没怀孩子，时远那么优秀，他不惦记别人，别人还惦记他呢。”

“爸爸还在的时候你不这样的，现在越来越像小市民了。”类似的话听了不下百遍，贺婉莹身为丈母娘，比她这个当妻子的还疑神疑鬼、疑天疑地，曲夏晚实在拿母亲没辙。

“别说，你爸年轻那会儿也风流着呢，他们单位不少女教师、女工程师对他暗送秋波，全都被我扼杀在摇篮里了。你妈我当了一辈子家庭妇女，最大的成就就是守住了这个家，你也长点心眼吧。”

母亲的话乍听胡搅蛮缠，其实也有几分道理，曲夏晚轻蹙着眉头，忧心忡忡地走着。她抬眼看见柯彩倚在车边，频频冲她们微笑，招手，喊着“这里这里”，很利索很大方的样子。她没来由地生出一些惭愧。

呸，瞎想什么呢。

作为贝时远的妻子，曲夏晚并不参加 *Macworld* 杂志举办的科技产品发布会，而是等在酒店里，等着被召唤去会后的私享晚宴。她不在举办方的邀请名单上，但柯彩却可以以秘书的身份陪同贝时远参加。

贝时远已经与柯彩同坐在台下了，柯彩的英语非常流利，标准的美式口音与麻省理工的学位为她博得不少好感。甚至很多人都以为，她就是贝时远的太太。

柯彩笑而不答，在心里道：总有一天。

发布会开始了，一个史蒂夫·乔布斯的男人走上了讲台，他的身后是一片巨大的背投幕布，黑色的背景上有一个被上帝咬了一口的苹果。

“此前的三十年只是开始，欢迎来到 2007 年。”贝时远看见，宣讲台上的乔布斯喝了一口水，然后他笑着说，“这一天，我已经期待了两年零六个月。”

在全场屏息的观众面前，他说，每隔一段时间，就会有改变世界的产品出现，他今天将发布三款这样的产品：一台可触摸的宽屏 iPod，一部移动电话，一台可上网的电子设备，然而，他只拿出了一部手机。

所有人都震惊了。这部手机没有传统的九宫格按键，却能轻易以手指触摸操控屏幕，这部手机也不受 WAP 浏览器束缚，可以随意浏览网站……台下的贝时远感到喉咙被一只无形的手死死扼住，他突然想到邢卫民的那句话——3G 时代一直在等待一个天才。乔布斯说他等待了两年零六个月，而这个世界未尝不在等着他。

紧接着他又想起一段旧事，十年前他曾陪母亲去香港观看回归仪式，当时香江两岸全都沉浸在香港回归的喜悦气氛之中，他的注意力却被偶然看见的一则广告引走了。

时间有些久远了，但贝时远依然记得那段广告词——

向那些疯狂的家伙致敬，他们特立独行，他们桀骜不驯，他们惹是生非，就像方孔中格格不入的圆桩……或许他们是别人眼里的疯子，但他们却是我们眼中的天才，因为只有那些疯狂到认定自己能够改变世界的人，才能真正改变世界。

这段广告展示了一系列疯狂的天才，比如爱因斯坦、鲍勃·迪伦、约翰·列侬、马丁·路德·金……这段广告其实说的也是乔布斯。而台上的乔布斯也确如广告说的那么疯狂又大胆，他说："我们把它命名为 iPhone，今天苹果将要重新定义手机。"

也不知道是不是水土不服，贝时远突然感到胃部阵阵痉挛，发布会还没结束，他就匆忙离开了会场。

另一边的曲夏晚一直到宴会快结束都没等来贝时远，她问柯彩，柯彩只回不知道。曲夏晚放不下心来，急着回酒店，柯彩劝她少安毋躁，可能贝总遇见什么生意上的伙伴，去别的地方喝酒了吧。

晚宴结束，曲夏晚回酒店，给母亲打电话。贺婉莹正在享受 SPA，一听女婿失踪，敷着面膜就赶来见了女儿。母女二人一起回了曲夏晚的房间，卡刚入槽，灯一打开，就看见贝时远原来坐在房间里。

"你到哪儿去了？夏晚找你你也不回她一声，她得多担心！"贺婉莹做大了表情，半干的面膜扯得脸疼，她"哎哟"一声。

"我哪是什么天才，他才是……他到底比我看得远……"贝时远像完全没看见眼前两个女人，他沉沉闭上眼睛，梦呓般喃喃自语。

"谁？乔布斯吗？"今晚所有人谈论的焦点都是乔布斯与他的 iPhone，曲夏晚完全不明白，风马牛不相及的两个人，他是在较什么劲?

“一年前他就提出过类似的操作系统，一个抛弃物理键盘与手写笔、可以自由上网的系统，可我太短视、太狭隘了……”比一般人更具远见的贝时远已经意识到，一个全新的时代就要来了，他现在追悔莫及，倘使当初听从顾蛮生的建议，无论是投入基于 Linux 的开源系统，还是改良版的 Win CE，即便未必能达到苹果 iOS 系统的流畅程度，但绝不至于在即将到来的智能机时代面前束手无措。

然而顾蛮生辞职后，他原先的项目组推进系统自研更为艰难，没多久就被贝志斌找了个理由给解散了。

曲夏晚还是没全听懂，只依稀猜出 iPhone 令贝思自愧弗如，便试着安慰丈夫：“我听人说 iPhone 配置很不行，我们华强北的手机都能连蓝牙了，它不仅没有蓝牙，还只支持 2G 网络……关键还卖得这么贵，谁会买它——”

贝时远垂着头，扯了一把领带，很轻声地说了一句：“你懂个屁。”

贝时远一贯是温柔的、体恤的，别说从没爆过粗口，跟她们母女说话连个高声都没有。曲夏晚完全愣住，贺婉莹还当自己听错了，居然又问一遍：“你刚刚说什么？”

“你们懂个屁。”贝时远口齿清晰，一字一顿地重复一遍。室内空气越发闷热，他厌倦了对牛弹琴，豁然起身。

“哎？你怎么说话呢？夏晚不是想安慰你吗？你自己手机做不过美国人，就拿我们娘儿俩撒气？”贺婉莹那张嘴就像机枪，荷着唇枪、实着舌弹，噼啪乱响，炸得贝时远头疼得厉害，转身就要摔门走。曲夏晚赶忙伸手拦他，没想到却被丈夫甩手一推，差点踉跄跌倒。

贝时远一夜未归，贺婉莹陪着女儿，呼天抢地地喊：“我女儿怎么这么命苦啊，嫁的两个男人都不靠谱……”

在柯彩的安排下，曲夏晚提前结束了还未开始的美国行，与母亲一起先回了国。听这位女秘书说，贝时远还得在美国多留几天，他想试着跟苹果谈一谈系统授权的事情。结果当然是挫败而归。极致流畅的 iOS 系统就是苹果的护城河。

贝时远回国之后，第一时间就召人开会，然而比起美国媒体集体高潮，认为 iPhone 即将改变整个世界，中国市面上倒是一片唱衰之声，包括东美通信的老庞，坐拥国产手机份额的半壁江山，基本看法却跟曲夏晚相同，他在行业报上发表了高谈阔论，认为苹果硬件不行，卖得太贵。

贝志斌这回没跟去美国，留在国内全权负责渐变色新机试产，他拿着几部五颜六色的贝思新机，邀功似的跟外甥说："咱们小规模试产的这批手机渐变效果特别好，是不是可以大批量投产了？这样还能赶上五一新机上市。"

贝时远一语不发，拿起一部手机看了看。这部手机的渐变色相当漂亮，由闪亮的粉色向剔透的蓝色过渡，既像鱼鳞般粼粼发亮，又似珍珠般透出细腻光泽。柯彩特意给它取名为"人鱼粉"，显然就是为了收割女性消费者的。

忽然间，贝时远扬手一掷，狠狠将它砸在了墙上。

贝志斌与柯彩同时惊呼："贝总！"

犹嫌不解气，连着砸了三部手机，贝时远反倒笑了。他规行矩步得太久了，人果然得疯一点，才够淋漓，够痛快。

"贝总，你这是干什么啊？"

贝志斌仍想再劝，却被柯彩使了个眼色，及时拦住了。她反应快，大约猜出了贝时远因何不快，便对他说："贝总让我也砸一只，好不好。"

不待贝时远同意，她自己拿起一部手机，奋力地朝墙上掷了出去。手机"砰"地砸在了先进青年企业家的表彰奖状上，玻璃碎得哗啦作响，惊得贝志斌喊破了嗓子，贝时远却放声大笑。这些日子他耳畔没有一句真话，反倒是这姑娘真诚坦率。

"把顾蛮生先前留下的那个项目组再召集起来，在 Win CE 的基础上，全力研发我们贝思自己的智能机系统，"宣泄够了，贝时远果断地说，"没有比通信产业更善变的市场了，消费者的喜好一夕一变，塞班一定会被苹果的 iOS 系统取代的，如果没有一个新系统诞生，在高端智能机市场，所有的企业都将走向灭亡。"

"那这批货呢？"贝志斌心疼地道，"已经小批量生产了一批手机，要不就把这批推向市场吧，不然这损失太大了。"

"不，全都不要了。"贝时远拿出破釜沉舟的决心，一点不惋惜眼前的损失，他的眼睛一瞥，忽然看见了一张早被自己扔进角落的名片。他看见名片上一个名字——顾远，并随之想起一个不修边幅的邋遢青年。

除了最初靠小灵通手机捞得第一桶金，贝思这些年一直紧盯着国内手机的中高端市场，这与贝时远“做必极致”的骄傲性子息息相关，然而当一个人的信心被优秀的同类摧残到了极点，反倒会耳更聪、目更明。他更明确地意识到，顾蛮生当初自研芯片失败，就是小灵通市场判断失误之后，没法以市场反哺科研造成的。系统研发不是一朝一夕的事情，他得做好打持久战的准备，但他不确定苹果还有多久就会凭借独一无二的 iPhone 彻底抢占中国市场，在中高端智能机市场又留给贝思多少试错的时间。

他微微眯起眼睛，边沉思边问贝志斌：“2G 两个标准，欧盟的 GSM，美国的 CDMA，3G 三个标准，欧盟的 W-CDMA，美国的 CDMA2000，咱们自主研发的 TD-SCDMA，说不准以后 4G、5G 来了，标准就更多了，是不是？”

贝志斌不懂贝时远想表达什么，只附和着他点头。

“信号、资费、网速各不相同，每家推出的套餐都不一样，要享受不同的优惠，只有办两张卡了，是不是？”其实不必贝志斌回答，他就已经有了答案，当初诸如摩托罗拉这样的大厂放弃“双卡双待”的研究，并非技术本身落后，而是国外可以轻松携号转网，无须多出一个手机号码，就能享受不同运营商的优惠政策与服务，而目前的国内是做不到的。

贝时远把玩着手中名片，当机立断，他要用“双卡双待”的手机撬开国内中低端手机的市场。

从美国回来之后，贝时远就没怎么回过家，不是在办公室里熬到天亮，就是奔波在去往各地的路上。

处理完手头工作，已是晚上十一点钟，秘书柯彩仍坐在办公室外间，就她一个人。贝时远诧异地问：“怎么还没走？”

柯彩仰脸冲他一笑，说：“等我把顾总离开前那个基于 Win CE 的新系统研发资料都整理好了就回去。”

苹果有如此惊艳的 iOS，以贝时远不落人后的性子，一定会重启自有系统的研发。

“这么晚了，明天再弄吧。”贝思再一次为柯彩刮目。这姑娘的确有才有貌，与众不同，好像总能一眼就看进他的心里。他问她：“坐什么车回去？”

明明打个车就完事，柯彩却故意说：“应该还能赶上末班地铁，贝总能不能捎我到地铁站。”

出于绅士风度，贝时远自然地道：“女孩子走夜路不安全，你住哪儿，我送你回去。”

贝时远驱车到家时，曲夏晚貌似已经睡了。自打那天冲妻子发了一通无名火，他俩至今还没对上话。月光照进窗台，画出一道亮闪闪的弧。桌上留着给他准备的晚饭，贝时远揭开一只倒扣着的碗，是他喜欢的菜。

曲夏晚其实没睡着，贝时远那天失了控地吼她推她，她感到伤心，却更感到愧疚，事业上她帮不上他一点忙，这段婚姻打从开始，两人间就横着一道难以逾越的堑。曲夏晚躲在被子里，佯装闭目，实则留神着门外的动静。她听出贝时远已经来到房门口，不知为什么，却一直没有推门进入。

曲夏晚在心里七上八下地默数，想着数到十就打开门，不管不顾地扑进贝时远的怀里，然而刚刚数到“七”，门外的贝时远就转身走了。这一夜他是在客房里睡的。

第三十三章

重圆

2007 年的情人节，给中国南边的这个窗口带来了无限商机。

晚上七点多，天气又凉又阴的，满街密集的灯火与情侣模样的年轻男女，他们柔情的眼神在夜色中闪闪烁烁，一种甜蜜的气氛充溢整座城市。

顾蛮生还跟老六蜗居在一起。虽然申远特意给他提供了人才公寓，一人独住三居室，非常好的待遇，但他没接受。老六提前关照顾蛮生，说自己晚上要带女朋友回家，让他尽量在屋子里别出声。顾蛮生挺仗义，不愿当人电灯泡，直接答应今晚随便找地方窝一宿。

老光棍初尝女人香，老六跳过了晚饭后的所有娱乐项目，直接就把姑娘带回了家。二话不说直奔卧室，情到浓时深处，两个人刚都有了感觉，隔壁屋里猛然传出一个男人的喊声："好！太好了！"

老六回来早了，顾蛮生还没来得及走呢。老六的女人长着一张橄榄形的长脸，因为表情过于夸张而扭曲，嗓门高了个大调："敢情这房子不是你的，还是跟别人一起合租的啊！"

老六骗女友自己卖山寨机挣了大钱，房子是他买的，这下拆穿了西洋镜。女友气咻咻地走了，他嗔怪地看了顾蛮生一眼："不是让你别出声。"

电视里的女主播刚才在播报一则短讯，一分钟不到，换作寻常人，左耳朵进右耳朵出，根本不会留意。但顾蛮生一字不漏地听完了，然后就抑制不住地喊了出来。

他挥着拳头道："刚刚新闻里说，中国移动完成对巴基斯坦电信运营商的收购了。"

扰人春宵不啻杀人父母，老六的好事被他打扰，气得简直要吐血："多大点事情，你至于嚷成这样吗？"

"多大点事情？千亿巴基斯坦卢比的项目，折合人民币也近百亿，你说多大点事情？巴基斯坦的人口规模已居世界第六位，GDP 增长得快，电信产业的发展速度比 GDP 长得还快。以前咱们是干完活儿就走人，辛辛苦苦给别人搞基建，猎着兔子跑了马，花大力气挣小钱，现在不一样了，业务扩张必然能带来财务回报，咱们也能'走出去'、挣大钱了。你知道英国的沃达丰吗？人家就是跨国性的移动电话运营商，那才叫有行业地位，电信强国，不能只是口头说说。"

老六摇摇头："什么叫电信强国？"

"算了，我犯不上跟你聊这个，你不懂，你没这股狼性。"

顾蛮生从沙发上拾起外套，总算意识到自己碍眼又碍事，冲老六笑笑道："你快去把人姑娘追回来吧，我就不在你们面前碍眼了。"

他一个人来到连野狗都成双凑对的街上，按捺不住兴奋的心情，给曲颂宁打了一个电话。他在电话里开门见山地问："中国移动是不是让你们单位总承包巴基斯坦的 2G 建设项目了？"

曲颂宁诧异道："你消息够快的，谁说的？"

顾蛮生答得很快："这还用谁说吗？中国的运营商那肯定找中国的服务商，你们还是移动旗下的设计公司，不找你们找谁？"

曲颂宁在电话里笑道："虽然中巴友谊源远流长，但他们的电信市场是完全开放的，政府不会干预市场竞争，这是我国电信运营商在海外的第一张通信网，不只是一个商业品牌，更代表了中国形象……"

"哎，你说话怎么越来越像你爸了，你们体制里的人是不是平时没活儿干的时候，就培训着怎么说话了？"顾蛮生听不得别人跟他讲大道理，比在学校那会儿上曲知舟的课还遭老罪，他笑嘻嘻地道，"我其实没你这么高的思想境界，我更在乎的是你们这回打算找哪家设备供应商合作。"

"你别招我犯错误，我这儿走不了后门，也一点内幕消息都没有。虽说移动是中国运营商，但招标过程一定是公开透明的，行业规矩，先招技术标，再招商务标。"

技术标就是把几家公司的技术人员关在一起现场PK，看看谁能达到预定的参数值，商务标就是在几方技术都达标的情况下，比拼一个性价比。曲颂宁继续说下去：“我们也是为移动服务，最多只能向你透露一点，我看这回巴基斯坦的2G网络基本就是你们申远跟展信打擂台了。”

“怎么说？”顾蛮生听见“展信”二字，心猛的一沉。

“因为巴基斯坦国内现在的基础建设程度还比较落后，只能先部署2G网络，但计划三到五年之内是要升级3G的，你们两家都推出了多模控制器与分布式基站，在平滑过渡和节省资源方面，都比国外设备厂有优势。”稍顿片刻，曲颂宁轻笑道，“也挺有意思的，你们两家都嚷着说是自己的专利，推出的时间先后也差不到半年，这当中不会有什么私相授受吧？”

顾蛮生没回答，跟着笑了一气就挂了电话。他抬眼又望了一眼远方的贝思大厦，这栋华丽的大楼仿佛与他缔结了某种神圣的契约，以至于他一见到它，就澎湃得很。

项目招标在即，顾蛮生代表申远，组了个技术团队远赴巴基斯坦的首都伊斯兰堡，身边跟着的还是他在申远的搭档老田。

飞机平安落地，一行人过机场安检，老田明显不自在，悄悄扯了扯顾蛮生的衣袖，跟他打商量：“我包里多带了几瓶老干妈，太多了招人注意，你能不能替我分担两瓶？”

“老干妈又不是违禁品，多带两瓶怎么了？”顾蛮生眼神犀利，瞧出老田心里有鬼，慢条斯理地道，“你要是不说实话，这忙我不帮。”

“不是违禁品，就是……就是肉臊子。”老田体胖嗜肉，这回他们到异国他乡来抢项目，少说得待一个月。一月不识肉味，思来想去忍不了，决定偷偷在老干妈的空瓶里塞上一点肉。老田嘿嘿笑道：“我以前去印度，羊肉太膻，咖喱味重，真的吃不惯，就我这几瓶，肉切碎丁蒜切末，不管是拌米饭还是拌面条，都绝了。”说着就拉开背包拉链，里头整整齐齐摆着几瓶伪装后的“老干妈”。

顾蛮生笑笑，挺讲义气地直接将老田的背包接过来，往肩头一甩。他不像老田那么佝偻猥琐，一副就怕别人不知道自己做了贼的模样，他大步生风，笑容可掬，还入乡随俗，大秀出发之前学的几句乌尔都语。安检员翻他背包，他就冲人一笑，大喊一声："SINO-PAK FRIENDSHIP，ZINDABAD（中巴友谊万岁）！"

巴方人员知道这群人都是中国来搞基建的，再加上老干妈在中国之外的土地上也很有名，不消细看，很快就将人放行了。顾蛮生他们直接通过 VIP 通道，走出了机场大门。

正等着车来接，又一队中国人来了，同样被巴方人员以贵宾的礼仪接待，踏 VIP 通道而来。由中国移动牵头建设一整个国家的 2G 网络，各大国内设备厂商都摩拳擦掌，申远来了，展信自然也不会缺席。

人在异国机场，很容易就能从各种肤色的人群当中发现一张张黄种人的面孔，何况杨柳这样的大美人，肌如白雪腰束素，简直打眼得不得了。自打上回为白浩一事回了趟中国，顾蛮生就几乎一头扎进了亚非拉，大半年没回过家，自然也没见到杨柳，所以，他看她的这一眼多情近淫，似一股涓涓的电流。

接他们的面包车来了，人仍定住不动，顾蛮生拿胳膊肘捅捅老田："你看那妞嘿，怎么这么俊哪。"

老田循着顾蛮生的视线瞧去一眼，回头就拿白眼刮他："什么这妞那妞的，这是展信的柳总，你连咱们通信行业最有名的美女总裁都不认识？"

"不认识，想去认识认识。"顾蛮生两眼直勾勾地盯着杨柳，他看见杨柳的眼睛朝他这边仓促一瞥，又极不自然地扭过头去，应该也看见他了。

"你别瞎折腾，"老田是个标准的技术宅，平日里埋头搞研发，基本不打听业内八卦，所以他不知道顾蛮生与杨柳的那段旧事，只摇摇头道，"我觉得咱们这回有点悬，人家美女总裁亲自来了，光这诚意，咱们就输了。"

"那就更得认识认识了，知己知彼，才能百战不殆。"顾蛮生故意装作与杨柳不相熟，迎着展信的技术团队走了过去。他笑吟吟地喊了她一声"柳总"："柳总，我们包了车的，既然是同一家酒店，那就一起吧。"

两家企业的技术团队都是提前来做准备的，巴方特意为他们安排了当地最好的酒店，说只有星级酒店才有警察守卫，能够保证中国友人的安全。

没想到杨柳还没答话，旁边的人倒横插一杠，一口就回绝了他："不用了，顾总，我们一会儿自己叫车走。"

顾蛮生低头瞥了这人一眼，依稀觉得眼熟，好像以前跟白浩混得挺热络，叫小贾。眼下白浩人在非洲，带着他的山寨手机开疆拓土，还真安排了一个人守着杨柳，其实就是为了保证他与顾蛮生能够公平竞争，他不在国内的时候，顾蛮生也不准离杨柳太近。

“走啦，老顾。”老田已经坐在了车上，不解风情地冲他招着手。

颠簸一路来到酒店，团队人员先开了一个小会，然后下楼去酒店的餐厅用午餐。同一屋檐下，抬头不见低头见，又遇见了展信的人。顾蛮生依旧热情地跟杨柳打招呼，喊她：“柳总，要不咱们坐一桌吧。”

顾蛮生浑顽不羁透顶，不待杨柳邀请，索性自己走过去，坐在了杨柳身边。他佯装客气地问展信的技术员：“饭后你们什么安排？”

杨柳兴许是被他跟烦了，终于开了口：“去考察站址。虽说基站还有机房建设用地是由服务商统一规划的，但我们作为设备供应商也该对此有所了解，以便调整策略，提供最佳的解决方案。”

顾蛮生猛拍大腿：“应该啊，太应该了。我们申远也正有这个打算，要不我跟柳总一起吧。”

小贾受人之托忠人之事，赶忙又煞风景：“不必不必，顾总你忙你的，我陪柳总去就可以了。”

顾蛮生气得直磨后槽牙，这小子是打定了主意不让他跟杨柳独处，偏偏杨柳态度很模糊，好像很乐意见他被人刁难，他急如热锅上的蚂蚁。一顿饭吃得全无胃口，饭后顾蛮生仍是没脸又没皮，非拉着老田跟展信的人一起去考察站址。然而这个小贾黏前贴后，横竖要插在他与杨柳中间。

顾蛮生视这个小贾为眼中尖钉，实在碍眼得很，他眼珠溜溜一转，忽然就想到偷偷藏着的那些“老干妈”了。他见到老田午饭时偷吃过肉臊子，便悄悄问老田讨来一瓶。然后他随意诌了个借口，拉走小贾，趁他不备，迅速将这瓶“老干妈”塞进了他的背包里。

万事俱备，顾蛮生抬手招来附近一个警察，用英语大喊起来：“我要举报，这小子偷偷将违禁品带入境了！”

清真之国严禁携带猪肉极其制品入境，一个巴基斯坦警察闻声过来，一把打开小贾的背包拉链，从中摸出一瓶老干妈。拧开瓶盖一看，里头明显不是豆豉而是肉末，牛羊肉犯不上这么偷偷摸摸，再闻闻味儿，显然就是猪肉没跑了。

顾蛮生正歪斜着嘴角暗自得意，哪知道巴方警察一听说他们是中方来的通信工作者，立即面露难色，意思是给个口头警告就算了，这瓶猪肉他这回没收，下不为例。

顾蛮生急了，用英语夹杂着生硬的乌尔都语，鸡同鸭讲，连比带画："这不行，这一码归一码，咱们国家讲究的是王子犯法与庶民同罪，何况只是个小小的技术员，所以您不用担心这样会影响咱们中巴五十多年的深情厚谊，该怎么教育就怎么教育，不然下回他还敢犯错。"

一通胡扯之后，小贾终于被巴基斯坦警察"请"去了小黑屋。

顺利拔了眼中钉，杨柳也没给他好脸色，没问出小贾被带去了哪里，索性直接打道回酒店了。她真信了顾蛮生的胡诌，以为小贾私带违禁品理应被处罚，还想着处罚结束很快能回来，哪知小贾一去不回，直接错过了现场的比拼测试。

比拼测试就跟学生摸底大考差不多，现场气氛严肃又紧张，几家设备厂商的技术团队彼此相隔几米远，待运营商的代表下达参数要求，便各展所长地鼓弄起各自的机子。

为了使天线的接收能力最优化，天线角度得一寸寸地调，然而展信的团队缺了小贾这个关键人物，设备参数怎么也达不了标。

顾蛮生见杨柳急得两眉紧蹙，自己更是急在心里，他走到杨柳身边，轻轻咳一声："锡纸，烤箱用的那种锡纸。"

锡纸能够聚拢网络信号，从而起到增强信号的作用，一经提醒，杨柳马上反应过来，跟一旁的技术员道："快去买点锡纸。"

顾蛮生回到自己的位置，老田打开专为比拼测试准备的比拼开关，一边调试自己的天线，一边不痛快地嘀嘀咕咕："我要回去给邢老打小报告，你这是故意放水，你这是通敌。"

解了杨柳的危难，顾蛮生心情不错，不屑与老田口舌之争，反而倒打一耙："通你爷爷的敌，你这分明就是对咱申远的设备没信心。毕竟都是中国企业，不至于这么刺刀见红，人家的技术员是咱们使诈关进小黑屋的，这样胜之不武，传出去丢的还是邢老的面子。"

两家公司一前一后完成了比拼测试，准备回去准备第二轮的商务标了。现场还有一些外国厂商的团队，但一来他们的多模控制器与分布式基站都是跟风中国企业研发的，二来报价一向偏高，顾蛮生与杨柳对形势都挺乐观，估计这趟这群老外就是陪跑的了。

走到试场门外，顾蛮生三言两语打发走老田，带上三分不正经，再次向杨柳发出邀约：“杨小姐，趁今天时间还早，咱们难得来一回巴基斯坦，要不一起看看伊斯兰堡吧？”

杨柳今天算是受了顾蛮生的帮助，也就破天荒地没有拒绝他的邀请。

顾蛮生简直喜不自禁，用一百块钱包下一辆出租车，司机叫阿巴斯，是个看着挺靠谱的中年人，听他自己说还曾当过兵。两边都自来熟得很，他热络地与司机拥抱三次，喊了两声“中巴万岁”，又转头笑嘻嘻地对杨柳道：“老田的相机我拿来了，全程当你的保镖与摄影师，免费。”

伊斯兰堡旅行资源颇丰富，顾蛮生来之前没做过攻略，就把他与杨柳的行程全交给了司机阿巴斯。他们先驱车向北，去看世界最大的费萨尔清真寺。

杨柳对金碧辉煌的礼拜大殿与宣礼尖塔兴趣寥寥，反倒对附近偶然路过的几栋红砂岩民房情有独钟。她踩着白色石板路跳跃着走出几步，然后停下来，回过头，要求顾蛮生为她留影。

杨柳不会拍照，用当今时髦的话来说，她不会摆 pose。但其实会不会都不打紧。她随意往哪边一站，哪边就风景独好了。

多半是深圳的高楼太过密集，很大程度上遮挡了视线，伊斯兰堡的落日明显比深圳壮丽许多，也炫目许多。顾蛮生看见，夕阳在杨柳身后煅烧，如同火鸟般下坠，她恰到好处地露出一点向情人使性子的神色，很天真、很调皮。一切都美得不可思议，顾蛮生不由得发怔，他的眼睛微微潮湿，心脏也奇妙地瘙痒起来。

杨柳不耐烦地喊他：“愣什么呢？我脸都笑僵了。”

顾蛮生垂目笑笑，连续按下快门。他的手指几乎不舍得停下来，这个女人的每一帧都极好看。

杨柳拍完照，就自顾自地晾下顾蛮生，转身走往别处去了。顾蛮生垂头立在原地，看似正认真地拨弄手里的相机。

阿巴斯不知何时来到他的身边，突然意味深长地道："你一定深爱着这个女人。"

阿巴斯说自己干司机这么些年，见过千百对情侣，千百双深情互视的眼睛，就是没见过他这样的。顾蛮生抬眼，冲这憨厚的中年人不置可否地笑笑。他深深的眼窝里仍有一片动人的潮渍。

夕阳最后烧了一阵，紧接着火势熄灭，天就迅速黑了下来。

酒店地处伊斯兰堡的中心地段，他们还得赶紧往回赶。车循原路返回，就在离酒店不远的地方，突然从暗处冲出两辆军用吉普，逼迫着他们停了下来。一伙持枪的歹徒从吉普车上下来，嘴里吱哇乱叫，非要后座的顾蛮生与杨柳下车不可。

这阵子巴基斯坦内部局势不太平，阿巴斯下了车，小心翼翼地将双手举过头顶，试着向来人解释："车上是中国来的朋友——"

话未毕，他就被人一枪托砸倒了。这伙歹徒用黑布条蒙住顾蛮生与杨柳的眼睛，用麻绳捆住他们的双手，毫不留情地将他们押上车，带走了。

他们被人拿枪口顶着杵着，推进了一间散发浓重霉味的屋子里。这伙歹徒还算客气，至少没用胶布封住他们的嘴。

待听出来人的脚步声渐渐消失，确信屋里只剩彼此，顾蛮生对杨柳轻声道："你靠近我，我用嘴替你将蒙眼的布解开。"

杨柳说"好"，然后循着声音向顾蛮生靠近，他们在黑暗中摸索、依偎，用肌肤彼此擦蹭，确定彼此的位置。终于，顾蛮生的嘴唇轻触到杨柳的眉弓，继而他轻启唇瓣，咬住了布条的一点边角，努力用牙齿往下撕扯。杨柳是尖瘦的小脸，等到蒙眼的布条滑过挺拔的鼻梁，就毫无阻碍地掉了下来。

目能视物，很大程度上缓解了被囚禁的恐慌。四面老墙被岁月剥蚀得厉害，关押他们的房间像只锈迹斑斑的铁笼子。房里没有灯，仅有的光线仿佛来自很远的地方，断断续续地洒进一扇半破的窗户。顾蛮生凭借这点微光，看见房间的角落里有些碎玻璃。他挣扎着挪过去，用玻璃碎片一点点割开捆手的绳子。

双手能自如活动之后，他赶紧回到杨柳身边，也替她解开了绳子。

"这是哪里？"杨柳紧紧挨着顾蛮生，从他宽阔温热的胸膛上汲取力量与温暖。

中巴关系向来不错，何况他们还是来搞基建的工程人员，顾蛮生道：“这当中多半有误会，讲清楚了，我们就不会有危险。”

两个人想找出一条出路，试着去推了推闭合的铁门，夜太静了，门内的一点动静很快惊动了门外的人。一个蒙着脸的巴基斯坦小伙儿持枪闯进来，恶狠狠地瞪着眼，用听不懂的语言冲他们嚷了一通。

“我们是中国来的通信工程师，我们是来帮助你们搞移动网络建设的……”顾蛮生用英语向对方解释自己的身份，但对方显然听不懂，他便想插科打诨地蒙混过去，一边用乌尔都语喊着“中巴友谊万岁”，一边向对方走近，并高举双手示意自己不打算反抗，也没有恶意。

可惜这个小伙儿完全不吃这套，见顾蛮生越靠越近，几声没把人呵退，就高举起枪托，照着他的太阳穴狠击了一下。

顾蛮生当场倒在地上，鲜血汩汩地冒出。

见屋里这对男女老实了，巴基斯坦小伙儿这才撞上门，又走了。

顾蛮生眉骨的伤口裂得吓人，血流不止，杨柳找不到止血的东西，又扯不开结实的衣料，只能用手替他捂着，但捂不住，她的眼泪也跟着下来了：“顾蛮生，你别闭眼睛，你跟我说说话……”

“好……”顾蛮生压根儿没想到这个女人还会为自己流泪，血流得有些狠了，他现在无所谓生与死，只是一阵阵地犯困，“你想听什么？”

“想听你学生那会儿的故事，但凡我不知道的，都想听。”

顾蛮生真就开始忆苦思甜地讲起了故事，讲他还是大学生的时候怎么被不靠谱的合伙人骗走了人生当中的第一桶金，当然他也讲到了原来雷纳背后的当家人就是当年骗他的刘传富。顾蛮生轻声道：“我当时抄了一块砖头，在他老家门口堵了一个月，想着他要不把钱给我，不是他死，就是我亡。”

“这些你都没跟我说过。”人到了生死攸关的时候，爱恨好像就轻了，两个人靠墙坐着，杨柳偎在顾蛮生怀里，极眷恋、极亲密的样子。

“没说过的多着呢，你要想听，等我们回去以后，我一件一件慢慢地告诉你。”他们聊了一会儿公事，又聊私事，好像聊些什么就能打发这炮火连天的漫漫长夜。

顾蛮生道：“虽说服务商的活儿不轻松，但等着被人挑选我们就很被动，不如以后直接拿下单子，再把做不了的项目外包出去。”

“怪不得人人说跟你打交道就是与狼共舞呢，你连最好朋友的饭碗都惦记着。”杨柳说的是曲颂宁，稍顿片刻，她又往顾蛮生怀里偎得更紧了些，道，“顾蛮生，我害怕。”

“怕什么？”血流了半宿，总算止住了。顾蛮生的一只眼睛完全肿了起来，他不得不一只眼睁一只眼闭，像个英俊的独眼龙。他低下头，吻了吻杨柳的眼皮，他的吻既深且长，他希望她闭上眼睛，闭上眼睛就不怕了，兴许还能做个好梦。

“我怕我还没来得及原谅你，我们就死在这里。”

“我们不会死的。咱们国家跟巴基斯坦什么关系啊，‘巴铁’两个字岂是白叫的？你看那小伙儿，我这么闹他，他也就拿枪托砸我一下，根本不敢动枪子儿。”

“死到临头还嘴贫。”杨柳笑出一声，她抬脸，恰逢顾蛮生低头，两人就顺理成章地接了个吻，轻轻浅浅的。

窗外的子弹声响了一整夜，像极了除夕夜密集的爆竹声。顾蛮生这么安慰杨柳，杨柳也就信了，他们相拥着睡了过去，睡相缱绻又安稳。

不记得自己睡了多久，顾蛮生被一阵杂沓的脚步声惊醒，他与杨柳几乎同时睁开眼睛，看见那道紧闭的铁门被再次打开了，一队士兵荷枪实弹地冲了进来，瞬间将他们团团围住。

分不清这些兵有没有杀人的意图，顾蛮生本能地紧紧搂住杨柳，不断哄她：“别怕，别怕……”

“不怕，我不怕。”杨柳也死死回搂着他，他们整整一晚上就这么搂着，魂与魂、肉与肉早焊在一起了，便是死亡也无法将他们分开。

结果却是虚惊一场，来的是巴基斯坦的军方，昨天绑他们的那伙武装分子与军方达成了某种协议，已经决定把无关的中方人员给放了。

为了确保中国工程师们的安全，军方甚至专门派人武装接送，为首的一个穿军装的巴铁还一个劲儿地向他们道歉。顾蛮生伤势不轻，先被送去了市里最大的医院，所幸只是外伤，医生替他处理了眉骨处的伤口，又为他与杨柳做了一些基础的身体检查，然后便说，都没大碍，都可以走了。

在巴基斯坦军方的护送下，两个人离开医院，又一路无话地回到酒店。申远与展信的人早等在酒店大堂里，一见两人露面，就激动地拥了上来。杨柳转眼被里三层外三层地围了起来，顾蛮生眼前人也不少，但劫后余生格外令人疲惫，他此刻不想聒噪，只想睡觉。他默默转身离开，然而刚彻彻底底洗了个澡，还没来得及躺回酒店的大床，房门便被敲响了。

打开门，杨柳就站在门外，不待他发问，她几乎是趔趄着扑了过来，狠狠捧起他的双颊，覆上自己一双火热的唇。久违的身体触碰，思念顷刻泻出，他们疯狂地撕咬对方，不知谁先咬破谁的舌头，满嘴都是甜津津的血腥味。他们互解衣扣，一路跌撞而行，最后相拥着倒在床上。顾蛮生先占据上位，但杨柳很快翻身而上，她垂目凝望他的眼睛，眼神像小别的情人那么饥渴放浪，也像新婚的妻子那么羞怯甜蜜。

他们疯了许久，直到漆黑的地平线上跃出了一枚鲜红的太阳，才四腿相缠着睡了过去。顾蛮生再次睁眼的时候，杨柳已经走了。摸摸空空的枕边，余温尚存，证明人刚走没多久，他一跃而起，跑到酒店阳台边，自上而下地眺望出去。

一辆出租车停在酒店门口，杨柳果然正提着行李，准备不告而别。

“杨柳！”他嘶吼着试图挽留她，声音太大了，扯碎了这个温馨静谧的美丽清晨，树梢上的一只无名鸟受惊而起，又扑簌簌地抖落几片雪片似的羽毛。

女人循声抬起头，望见男人，似笑非笑地弯起嘴角。

“杨柳！”顾蛮生又喊一声。

“最解气、最具报复性的行为就是分手后依然睡掉前任，然后始乱终弃，扬长而去。”国内还有事务等她处理，杨柳此番督战基本成功，打算把巴基斯坦余下的事情全交由团队的其他人处理，她极大方地冲顾蛮生挥了挥手，微微高起声调，道，“考虑到你在比拼测试里还有点本事，所以我有个提议，不如你还是回展信帮我吧。”

一夜春风之后，杨柳其实已经冷静下来，她想明白了，原不原谅顾蛮生还是其次，可顾蛮生帮申远盈利的每一分钱，不都是从展信手上挣走的？从这个角度来看，她应该不惜代价，化敌为自己所用。

然而顾蛮生毫不犹豫，一口回绝道：“这不行，邢老待我恩重如山，我不能说走就走。”

“那我的条件没变，还是哪天你买回我的柳生大楼，哪天我才原谅你——对了，小费已经放在你的床头了。”

这话听起来俨然是个冷酷的嫖客，顾蛮生完全没想到竟被杨柳摆了一道，他愣不过三五秒，旋即哈哈大笑。出租车已扬尘而去，他冲着杨柳的背影扯开嗓子，高声唱起了山歌小调：“白头偕老永不分，刀山火海一起奔，妹你在家等着我，我请媒人来提亲……杨柳，你在家等着我，我一定把它买回来！”

第六部分

归零

第三十四章

十年风雨十年灯

巴基斯坦的 2G 核心网项目招标结束，申远中标七成，展信中标三成，两家企业皆大欢喜。

顾蛮生供完设备先回了国，曲颂宁就留在了当地，他出国不少回，也是头一回来到巴基斯坦，见识了巴铁的热情好客，也见识了他们的自由随性。有时为保工程建设如期完成，巴方的卸料工雇而不来或雇而迟来，他就得自己带着为数不多的中方人员装卸基站与天线。

曲颂宁在隔着三小时时差的伊斯兰堡起早贪黑，舒青麦在国内也不安生。房子最后是遂了她的心意买了，但搬出来之后才知道，婆婆虽不好相处，却多少能在她生活上搭把手，现在工作、家务与孩子的教育问题全落在她一个人的肩上，事情一多实在有点顾不过来。

曲晨今年才上小学四年级，就在班级里垫了底，尤其是数学。舒青麦从儿子哆哆嗦嗦的手里接过他的期末考试卷，只见一片触目惊心的红叉。

“这么简单的题你都不会？”无外乎就是些小学生的加减乘除，舒青麦耐不住发了火，“你看你姐，基本门门满分，你们是双胞胎，你怎么就这么笨！”

曲晨不像爹也不像妈，奶奶贺婉莹宠孙子宠得没边儿，住一起时天天变着法儿地喂他，以至一个十岁的小男孩儿，除了吃一无所长。曲晨垂头丧气，鼓着圆润近似肿胀的两腮，嘟囔着还嘴道：“我像你嘛，你是乡下人没文化，我姐像我爸，是高才生还是工程师。”

“乡下人”三个字竟从儿子嘴里说了出来，舒青麦被这话扎疼了，瞠目一惊：“谁说的？”

曲晨抬头挺胸，理直气壮：“奶奶说的。”

舒青麦扬手给了儿子一巴掌。

曲晨张嘴就号，号得晚上没吃一粒米，累了就蜷在沙发上，哼哼唧唧地说肚子疼。儿子这两天一直嚷嚷着肚子疼，舒青麦只当他懒驴上磨屎尿多，故意找理由不做功课。她越看儿子越恨铁不成钢，跟女儿曲思彤一起吃了饭，连碗筷也懒得收拾，就回房躺下了。

直到夜里，曲思彤预习完第二天的课本内容，走到厨房里倒水喝，结果发现她那个胖弟弟还蜷在沙发上，一颗颗豆大的泪珠滑落眼角，额头的汗水比泪珠还大，他断断续续、有气无力地喃喃着：“姐，我肚子疼……”曲思彤觉出不对劲儿，扔下水杯，冲进家里的主卧就喊：“妈，曲晨好像不对劲。”

舒青麦正躺在床上烦心呢，压根儿不想理女儿：“他就是装的，让他装着去！”

“妈，真的不对劲儿……”曲思彤比母亲心细，扯落母亲的被子，拉着她就往厅里去。

曲晨仍蜷着，呜呜地小声哭，整个人筛糠似的发抖，确实不像是装的。人一着急上火，就容易方寸大乱，舒青麦连 120 都忘记打了，背起儿子就往屋外跑。

好容易打上车，把人送进了医院，一番检查诊断之后，医生说孩子阑尾急性穿孔，已经引起了急性弥漫性腹膜炎，必须马上手术。舒青麦自己也是学过医的，知道这病有不低的致死率，一下就蒙得动不得了。还是曲思彤乖巧懂事，搀着母亲劝她振作起来，无论如何得先把弟弟做手术的手续办了。

儿子很快被推进了手术室，护士随口说了一句：“孩子都病成这样了才送医院，做父母的怎么这么不上心。”

哪知一句话就触怒了孩子妈，舒青麦尖叫着“放你的屁”，冲上去就要跟那小护士较劲。亏得还是女儿及时跑来，一把将母亲拦腰抱住，才算没酿出一场医患闹剧。

这时，舒青麦想起了三个小时时差外的曲颂宁，千般苦、万般怨一齐涌了上来，她掏出手机给老公打电话。可巴基斯坦还没建成2G网络呢，电话自然接不通，她只能对着一片忙音的手机哭着喊：“曲颂宁，你快给我滚回来！”

曲颂宁完成项目回来的时候，曲晨已经康复了。他这会儿仍对儿子的手术一无所知，提着沉沉的行李箱，脚步疲惫地挪动到家门口，按响门铃许久，才意识到家里一个人没有。

曲颂宁是带着钥匙的，但舒青麦一气之下把锁都换了，这下便进不了家门了。他打妻子的手机，久久无人接听。转而打给岳母，果不其然，是妻子带了两个孩子回了娘家。舒妈妈还算是个明白人，体谅女婿刚从国外回来，劝他先自个儿休息调整两天，待媳妇气消了，再来接她不迟。

其实，曲颂宁知道，舒青麦一直对他的工作颇多微词，他不干一线胜干一线，加班、出差是家常便饭，忙时自己都顾不上，更别说家人了。他拿着手机坐在楼道口，垂着头，眼神略微涣散。手机信号满格，他不知怎地就想起顾蛮生这些天该在汉海，一条约酒的短信发过去，没几秒回复就来了，对方说：等着。

地方是曲颂宁挑的，还是他们经常喝酒的那个夜排档，生意好得一如既往，油烟气到处乱窜，地上的污水油垢像糖稀那么稠。

两个男人对桌坐着，曲颂宁问：“怎么想起回汉海了？”

“谈个项目，顺便看看我爸，老头子成天闲得发闷，哪儿哪儿都不舒服。”顾蛮生人往后仰，伸了个相当舒坦的懒腰，瞥到曲颂宁的行李箱，问他，“我说怎么想起来请我喝酒呢，原来是老婆不让进家门了。”

“说来话长。”曲颂宁苦笑着摇了摇头，给自己倒了半杯白酒，仰头一口灌下。

顾蛮生伸手一提曲颂宁挂在行李箱上的背包，自顾自地拉开拉链，从里头取出一只包装精美的礼盒，拿在手里晃了晃，不用拆也知道是什么。他撕开金光闪闪的包装纸，打开一看，果然，一盒巴基斯坦产的巧克力。牌子他叫不上，很大一盒，看了看盒子背后贴的标签，四十卢比，折合人民币才几块钱。

曲颂宁遵循旧习惯，每去一个地方都要给妻子买当地的巧克力。舒青麦好像喜欢极了巧克力，以前每回送她，她都高兴得像兔子一样又跳又蹦，有时非含咬着半颗，把另半颗用嘴送进他的嘴里，巧克力缓缓化在口齿间，甜蜜无穷，亦如他们的爱情。

但他再也买不到那种俄罗斯酒心巧克力了。味道其实都差不多，但它的意义非比寻常。有时曲颂宁会想，没有它，兴许就没有他与舒青麦宛似命定的这段缘分。

不待曲颂宁同意，顾蛮生就撕开纸盒取出一粒，送进嘴里抿了抿，微微皱眉道：“太甜。”

曲颂宁也取出一粒，尝了尝，却道：“太苦。”

“你是心里不舒服，吃什么都比黄连还苦，”顾蛮生见好友始终不开窍，轻轻叹气道，“老婆不是这么哄的。”

“我们大哥别笑二哥，”曲颂宁轻笑，“你不也没把杨柳哄好吗？”

“我跟你的情况不一样，我……”反应快如顾蛮生也一时接不了这话，他猛灌自己一大口酒，愤愤地将酒杯拍在桌上，“得得，我不说你跟青麦，你也甭提我跟杨柳，大丈夫事业未成，谈什么儿女情长。”

曲颂宁却不接他这一茬儿，塌着肩膀，垂着眼睛：“时间过得真快，一晃毕业也十多年了，”他又给自己倒了一杯酒，举杯对顾蛮生道，“十年风雨十年灯，为我们的青春干杯。”

两人碰了碰杯，各怀难以纾解的心事，仰脖一饮而尽。辛辣的酒液滑下喉咙口，烧得五脏六腑都熨帖起来，瞬间痛快不少。

顾蛮生放下酒杯，吃了两口小菜，问：“刚从巴基斯坦回来，应该能歇一阵子了？”

“歇不了，过两天我要去北京。”

“巧了，我也准备去。”两个人心照不宣地笑了笑。北京奥运召开在即，中国移动作为此次奥运唯一的通信合作伙伴，中国自主研发的 TD-SCDMA 标准也将成为奥运期间国内唯一的 3G 标准。

“TD 标准自 2000 年问世以来，就一直发展得磕磕绊绊，北京奥运是难得一遇的腾飞契机，现在信产部严格限制 CDMA2000 还有 W-CDMA 在国内的商用测试，就是为了力推咱们自己的 TD 标准，这是全行业的挑战，也是全行业的机会，所以全中国的运营商、设备厂商与终端厂商，无论是为国还是为己，为情怀还是为钱，都得使出百分之一百二十的力气请战奥运了。”

曲颂宁笑了：“你是为了情怀还是为了钱？”

顾蛮生也笑："我是属狼的，都为。"

"移动刚发出一期 TD 终端招标的公告，国产手机商都不会放过在奥运这个世界舞台打响知名度的机会。"曲颂宁微微一笑，略带调侃地道，"所以不出意外，贝时远肯定也会去，你们俩在会上照面，千万别打起来。"

"你放心，公是公，私是私，我分得清。"顾蛮生表现豪爽，抬手招来老板，又加两个菜。

饭饱酒还未够，曲颂宁忽然想起什么，作势要起身："我得先走了，时间不早了，都不知道这个点还叫不叫得来开锁师傅。"

"瞧你这日子过的。"顾蛮生摇摇头，把曲颂宁掏手机的手给拦下来，"你都请我喝酒了，我还能不管你吗？别找什么开锁师傅了，今晚去我那儿窝一宿吧，明天给你订车票，赶紧去把老婆哄回来。"

曲颂宁想了想，家里冷锅冷灶冷床铺，没有一丝人气，好像是没法住。于是点点头，两个男人又喝了一升白酒，结了账，便搭着肩膀回家了。

夜排档紧挨着一条酒吧街，该街的气质土洋莫辨，介于北京的三里屯和上海的新天地之间。曲颂宁已经烂醉了，外套不雅观地敞开，本该扎在裤腰里的衬衣也蹿了出来，他全顾不上。

汉海的夜晚霓虹闪烁，四野通亮，唯有月光照耀一片片悬铃木，投下丛丛鬼怪似的暗影。顾蛮生忽地顿住脚步，指着三五米开外一处摇曳的树影，入戏一般放声大唱："观江水滔滔浪腾，波浪中隐隐伏兵……"

这一句早听熟了，曲颂宁也跟着唱："俺惊也么惊，凭着俺青龙偃月敌万兵！"

两个男人在街上前俯后仰，哈哈大笑，惹得几个黄毛蓝眼的外国佬频频注目，像看疯子。

跌跌撞撞一路，总算回到顾蛮生的住处，曲颂宁没换衣服没洗漱，直接栽倒在沙发上，囫囵闭眼见了周公。

"不嫌你，去床上睡。"顾蛮生搡他一下，却跟搡尸体似的搡不动。月光银白如刀，透过窗台，劈在曲颂宁的半张脸上，他的喘息沉重均匀，仿佛经历了一场艰苦的远征，已经倦极了。

顾蛮生看了曲颂宁一晌，笑笑，摸出手机，给随自己同行的助理打个电话："明儿久光一开门营业，你就进去买块好点的女式手表，卡地亚、Tiffany 都行，买完了给我送过来。”

曲颂宁这觉睡得前所从未地舒坦，睁眼时已经日上三竿，起身环顾四周，顾蛮生不在家，大概是出门谈生意去了。他走进浴室冲了个凉，把自己打理得焕然一新，又走出来。

来到餐桌边，看见顾蛮生留下一个包装精美的礼盒，还附加一张字条，说总算替他把那个俄罗斯杂牌巧克力给找着了，让他一起带上，送给老婆。

曲颂宁不打算长时间叨扰老友，早饭后就带上顾蛮生找到的巧克力，赴火车站，买了一张去江北的车票。

好容易赶到岳母家，妻子还不同意他进门，得亏舒妈妈盼合不盼离，悄悄为女婿开了门。

曲颂宁一见妻子就道歉，说不该只顾着工作，忽视家人，还说以后尽量改正，做到事业家庭两不误。

“要我回去也可以，”舒青麦坐在沙发上，背身对着老公，“我妈得跟我一起回去，你不在的时候她能帮着我照顾家里。”

“好。”曲颂宁束手束脚地站着，频频点头。

“算你识相。”见对方答应得爽快，舒青麦稍稍消了气，转过身来，眼珠一瞥，就注意到曲颂宁提在手上的礼盒，“什么东西啊，拿来我看看。”

“好容易找到了。”曲颂宁把礼盒递给妻子，满心欢喜地候着她的反应。

“找到什么了？”舒青麦动手去拆礼盒，忽然喊起来，“干吗买那么贵的东西啊！”

曲颂宁没反应过来，明显一愣：“贵吗？”

“真好看，”舒青麦明嗔暗喜，像只花蝴蝶似的扑了过来，往曲颂宁脸上狠啄一下，然后又抬起手腕秀了秀，问道，“你看，好不好看？”

曲颂宁这才看见，妻子的洁白腕子上戴着一只卡地亚腕表，玫瑰金表壳，皮表还镶着钻，非常精美。原来顾蛮生耍了个花招，在巧克力盒子里藏了一块名表。

“名牌就是名牌，真好看。你说，好不好看？”妻子娇怯地坐进他的怀里，反反复复一句“好看”，看似早把先前的不愉快忘得精光了。

“好看。”曲颂宁掩住心里那点莫名的失望，温柔地对妻子微笑。

待妻子带着岳母与一双儿女跟自己回了汉海，曲颂宁给顾蛮生打了通电话，坚持要把手表的钱还他。

顾蛮生故意骗他道：“仿的，不值钱，你要一定想还，再请我一顿酒吧。”

曲颂宁拗不过，让他这会儿一口气拿出二十万也确实够呛。他握着手机的手微微发抖，嘴唇翕张半晌，才吐出一声：“谢谢。”

顾蛮生这边生意谈妥，回深圳之前，特意又去了一趟曲颂宁的家，想探探这老同学哄没哄好老婆。然而曲颂宁已经先他一步去了北京，家里没有大人，来开门的是曲思彤。

有段日子没见，女孩儿蹿着长高，五官脸形兼具父亲的清俊与母亲的俏丽，俨然已是一个亭亭玉立的少女了。

舒青麦带着母亲、儿子一起去游玩汉海了，顾蛮生笑着问曲思彤：“你怎么不跟着去？”

“我不喜欢凑这种热闹，这个时间热门景区到处是人，出去看人还是看景？”女孩儿说话仍是一副小大人的模样，一抬手，做出个既大方又官方的手势，意思是：请进吧。

女孩儿坐下，也招呼男人坐下。两个人天南地北地聊了会儿，女孩儿喜欢抬杠，也擅于抬杠，顾蛮生发现，跟这女孩儿聊天比跟商场上那些成年人打交道有趣多了。临走之前，他从兜里掏出一部手机，送给了曲思彤，说：“你妈一个人照顾你跟你弟俩确实不容易，但你爸工作忙，又长年扎在海外，你们要再遇上事就找我，我一定随传随到。”

没想到小姑娘接过手机，上上下下翻着看了一眼，竟一脸嫌弃地道：“这不是你们展信的手机啊。”

“展信不做手机，”顾蛮生试图解释，“再说，我也不在展信了。”

“展信为什么不做手机呢？”曲思彤想当然地认为，做基站的当然也应该做手机了，什么通信的前端与终端，这不都是一码事吗？

“做基站的不一定做手机，就像做电话的不一定做交换机。这个问题，三言两语我跟你说不清。”

“不一定，就是也可以做，是吗？”曲思彤理解的重点就没跟顾蛮生的表达合过拍，但她跟这个男人摽上劲儿了，非要打破砂锅问到底，“我姑父做手机可挣钱了，就连我们班上的同学都知道。你算算，中国现在十三亿人口，早晚人手一部手机，没准大家还贪新鲜一年一换，这么划算的买卖，你为什么不做呢？”

申远其实有消费者业务，只不过不是企业的发展重点，没有它的运营商业务有那么大的规模。但顾蛮生显然被小姑娘问蒙了，一时间还拿自己当展信的人，对啊！他想：我为什么不做手机呢？

“不要诓小孩儿，成年人自以为是地诓小孩儿是很可耻的。”见顾蛮生发怔，曲思彤两手交叉抱在胸前，相当老成地提醒他，“你在深圳，我在汉海，你怎么随传随到呢？”

“那还不简单，我打飞的来帮你。”顾蛮生不禁笑了，他与女孩儿水灵灵的大眼睛对接上目光，然后伸出一根小指，单膝跪在她身前。

这男人的眼睛太漂亮，眼神又太赤诚了，女孩儿从未与一个成年男人缔结过什么盟约，竟被对方看得极不好意思，她收起那些兴妖作怪的反叛念头，心躁、血涌地与他对视半晌，便郑重地伸手与他拉了拉钩。

2008年5月12日，中国汶川地震了。

据幸存者后来回忆，那天一早就有征兆，多少年没见过的奇景一股脑儿地出现了：凌晨两点天就被一道怪诞的红光映得通亮，像铁青的刀刃上挂了一注血，不知哪儿来的鹰群满天惊飞，数万只老鼠和蟾蜍横穿马路而过，一只赛着一只跑……

里氏震级达8.0级，汶川、北川、绵竹等十县、市受灾严重，据说这个强度的地震，全球每年也只发生一次。

救援学界有个共识，地质灾难发生之后存在一个七十二小时的黄金救援期，在此时间段内，灾民才最有可能被救助存活。

通信线就是生命线，然而，电话打不通了。

移动网络完全瘫痪，灾区同外界的联系几乎全部中断，三大运营商迅速反应，一把手甚至亲自坐镇成都，以成都为大本营，指挥通信抢修工作。申远作为目前国内最大的通信企业，临危受命，顾蛮生也主动向邢卫民请战，第一时间就带了数十人的通信保障团队，浩浩荡荡奔赴灾区。

抵达成都之后，顾蛮生才意识到，困难已在他们眼前崛起了千重山：基站倒塌、光缆断裂，关键是还没有电网，C 网、G 网都彻底趴了窝，反倒是小灵通还时不时冒出一点信号。团队围坐一起，用最快的速度分析完灾区的通信设施损毁情况，顾蛮生当机立断，先派出小队抢修小灵通基站，同时捐出两千部小灵通手机给前来救援的解放军官兵，以便小灵通信号完全恢复之后，他们在抢险救援时能够正常通信。

布置完抢修任务，顾蛮生与老田一起走出抢险大本营。他微蹙着眉头，不知终点地朝远方投去一眼。他们中午就到了，但天阴得有些骇人，这片山川被团团黑云笼罩，预示着祸不单行，暴雨将至。他轻轻叹气，对身旁的老田道：“以前我一直瞧不上小灵通这个技术，觉得这玩意儿落伍，没想到关键时刻还是它能救命。”

老田也跟着叹气：“主要还是小灵通覆盖半径小，站点多，也没有机房，通常就这么放置在房顶上，甚至拿根绳子吊起来就能用，所以不容易被倒塌的楼房压坏，还有就是它的通信线路是独占型，不是 C 网、G 网那样的共享型，哪怕多人同时拨打电话，也不会造成拥挤瘫痪。”

经过一下午的紧急抢修，成都及周边地区的小灵通基站全部修复完毕，申远的团队计划在运营商的统一调度下，向汶川、北川等受灾更严重的地区挺进。

雨下了一阵又停了，天还是闷热得邪门。顾蛮生正跟人一起清点剩下的抢修设备，做好离开前的准备，老田忽然抬手往斜前方一指，扬声喊他：“顾总，你看，那边是不是展信的人？”

顾蛮生抬头一看，认出几张熟悉的面孔，还真是。

四川一带，移动多用的是申远的基站，电信从联通那里花大价钱买来了 CDMA 网络，则更偏好展信，两拨技术人员也就理所当然地撞了个正着。显然，国家大难面前，两家通信设备企业都不甘落于人后。

展信的这群人手拿一个方头大脑的终端机器，瞧着像是什么新型号的通信设备。顾蛮生见他们个个脸通红、眉紧锁，似在焦急寻找什么，便对老田道：“问问他们缺什么，都是来抢险救灾的，能帮咱们就帮一把。”

平日里是水火难容的竞争对手，但生死关头还得守望相助。老田毫不含糊地点点头，当即走上前去打探消息。几分钟后，他折了回来，拧着眉头对顾蛮生道：“物资倒是不缺，就是他们的柳总带人深入了重灾区北川，听说那里刚发生了强烈余震，这会儿一队人马全失联了，指挥中心正准备派人去找呢。”

“什么？杨柳也来了？”顾蛮生一听就急了，赶紧去找四川电信部门的一位周姓局长打听情况。他这人天生爱髭毛，整个行业里都是出了名的，各省各市的电信局长鲜有不认识他顾蛮生的。

周局长额宽颐厚，一脸和善相，此番亲下一线，也是忙于救灾久未合过眼睛，他的眼眶深深凹陷，两鬓比他们上回见面斑白不少。

顾蛮生被对方告知，北川目前受灾情况最为严重，因为地处盆地，再加上周边山体大面积垮塌滑坡，全县通信中断，所有进县的公路也全线垮塌，重型救灾设备都进不去，如今县成了孤县，村成了孤村，如不及时把路打通，那边的灾民恐怕就凶多吉少了。

顾蛮生不解：“既然路都不通了，柳总怎么进的北川？”

周局长道：“还是柳总自己提的建议，她带着几位技术人员，拿着北斗终端机，坐着咱们解放军的直升机，以空投的形式进入北川。”

空投大活人，也亏得这个女人胆大心细。顾蛮生想了想，又问：“北斗终端机，是说咱们的北斗卫星吗？”

周局长点点头：“北川那边C网、G网、小灵通都中断了，连卫星中继都架不起来，但灾情上报、救灾物资调度都得靠通信，只有依靠我们自己的北斗卫星了。你们没来之前，咱们第一批进入汶川、北川等重灾区的先头部队，就是沿着317国道前进，然后将沿途所见的灾情与自己的准确位置通过北斗终端再发回给指挥中心。不得不说，北斗卫星为此次抢险工作开了个好头。”

“我明白了，这是因为我们的北斗系统具有美国GPS所没有的双向报文通信功能，拿着终端机的用户可以一次性传送一百四十个汉字，用来代替手机短信。”顾蛮生欣慰地点点头，继而主动向周局长请缨，他也要空投去北川进行通信抢修。

“保家卫国是军人的天职，攻坚克难是领导的责任，对你们民企来说，这样的牺牲还是太大了。”周局长的意思是，前路危险重重，重灾区的情况尚不明朗，不该由他们民营企业去冒险。

“国难在前，还分什么民企国企的？”顾蛮生用一句话就说服了电信局的领导，他说，“倘使展信的团队真的遭遇了不测，总得有人继续他们的工作吧？这儿没人比我更熟悉展信设备的设置和参数了。”

“难怪李书记总在人前夸你，行了，你去吧。”周局长轻叹一口气，伸手拍了拍他的肩膀，然后让人拿来一个比普通手机大出一圈的北斗终端机，郑重地交给了顾蛮生。

得知顾蛮生要坐直升机去北川抢修，申远的技术员们个个自告奋勇，也要同去。

“理县、茂县也是重灾区，也得尽快派人进去抢修，老田你经验丰富，我走之后，现场指挥调度的工作就交给你了。”顾蛮生的态度斩钉截铁，说一不二，说完，他就走向了一旁等待着的军用直升机。

天气依然阴得很，可能随时会有一场暴雨，螺旋桨隆隆转动，掀起一阵弥天盖地的沙土，他坐上去，跟着两名解放军战士一起飞向了高空。

成都作为此次汶川地震的抢险大本营，几乎第一时间就恢复了各项基础设施，周边地区受灾情况也普遍不算严重，所以顾蛮生起初没想到，北川这座有“大禹故里”之称的小城被毁得这样彻底，像失陷于一场最残酷、最惨烈的战争。

直升机找了块空地降落，但顾蛮生找不到地方落脚。这片土地深受难以言喻的创伤，他像踩着一个人被开膛破肚、鲜血淋漓的腔体，心惊又肉跳。在原地怔立了半分钟，顾蛮生慢慢转动因惊骇而僵硬的头颅，目光从左移向右，又自右移向左，最后，他的视线越过一栋基本被夷为平地的、依稀可窥原貌的建筑物，看见一只从残梁断壁中顽强地伸出来的手，根据娇小圆润的手指与袖口的花边判断，应该是一个来不及逃生的女孩儿。

幸存的男人们自发在废墟中挖掘伤员，幸存的女人们跪在蒙难的亲人身前号啕痛哭。到处都是血，干涸以后颜色发乌，柏油一样。

多年前，他曾到这里推销过程控交换机，正逢辛夷花开之时，从山脚到山顶，遍野都是淡玫红色的花朵，远远地看一眼，仿佛青山着裙插钗，真是妩媚极了，也俏丽极了。

后方指挥中心发来短报文，定位显示，展信的团队正在镇通信机房那边。顾蛮生与一位解放军战士同行，他们一边往机房所在地前进，一边用终端机给杨柳发短报文。

所幸很快就接到了杨柳的消息。她在短报文里回答，她目前很安全，但另一位同事在余震中受伤了。

北斗终端机带来了生的消息，顾蛮生大喜过望，长腿频迈，越走越快。赶了小半个钟点的路，天上忽然飘了点雨丝，泥地更加湿滑难走，以致身边那位小战士险些跟不上他。小战士气喘得粗且促，对顾蛮生道："你这劲儿不像个老板，哪有老板能比得过这两条每天五千米拉练的腿。"

顾蛮生慢下脚步，回头看了对方一眼。这个小战士长着一张讨喜的娃娃脸，看着最多二十岁，他把一声叹息掩藏在笑容里，道："我这劲儿不是来自这双腿，兴许再过几年，你就明白了。"

他想说的是：等你全心全意地爱上一个人，就明白了。

他们拿着北斗终端机，在一片废墟中摸索前进，约莫一小时之后，成功找到了镇里的通信机房。

杨柳果然在那里，正在照顾那位受伤的展信员工。她不知从哪儿找来一片巨大的尼龙袋，用手撑成一把伞的样子，替昏迷在地的那位年轻人遮着头顶，自己则半截身子露在外头，早被雨水打得透湿。

终于见着人了，顾蛮生的脚步反倒突兀地停了下来，失而复得的狂喜像一道惊电劈中了他。他动不了了。

雨越下越大，可能还夹杂着细碎的瓦砾与沙石，被风横着刮过来，把一张脸锉得生疼。不远处的大山隆隆作响，可能随时会激发一场泥石流。

杨柳感到有人靠近，回过头，就这么不浓不淡地乜斜着看了顾蛮生一眼。她的脸上沾着血与泥，又黏腻又落魄，一头及肩的发也蓬乱得像野草。

顾蛮生醒过来，缓步朝杨柳走过去，他的怒火在大雨中彻底爆发，失控地朝她吼道："你跑这儿来干什么？抢险救灾，争分夺秒，你一个女人在一线除了添乱还能干什么？"

"我是四川人，哪有家乡受灾，我袖手旁观的道理？"杨柳相当不以为然，"再说，你这话是瞧不起谁呢？女工程师怎么就不能上一线了？”

小战士也帮腔道：“不能小瞧女同胞，我们团的娘子军，有时考核成绩比男兵还高呢。”

“好好好，对不起，原谅我情急之下口不择言了，我绝对没有小瞧女同胞的意思。”顾蛮生举起双手，做出无奈投降的姿势，但他的态度依然强硬，“我是说你根本就不会调试设备，你到这儿来也帮不上忙。”

“谁说我不会调试设备了？我不可能永远束手无策地等着你，等着你像骑士那样从天而降，告诉我，该用什么样的滤波纸来增强天线信号。”杨柳淡淡一勾嘴角，她早就拿到夜大证书了，也对设备的参数与功能了如指掌，她相当笃定地说，“我会调试设备，而且我在一线，所有的问题都能当场请示，当场批准，能省下不少时间，就像你说的，抢险救灾，得争分夺秒。”

“可你们不是一个团队七个人一起出发的吗？怎么现在就你们两个人？怎么还跟其他人失联了？”顾蛮生问。

“我们兵分两路了。一路人去架设卫星中继，开通亚洲二号的应急通信系统，我跟小王则负责巡检各个站点的机房，看看还有没有完好的或者能够尽快修复并投入使用的设备。”

卫星通信不需要地面基站进行转接，确实是灾时应急通信的首选方式，但是卫星通信的容量毕竟有限，光实现指挥中心与各救援小组间的通信还远远不够，黄金七十二小时正在不断流逝，必须以最快的速度修复所有受灾地区受损中断的 G 网与 C 网。

听杨柳说，因为突然遭遇余震，山上巨石滚落，跟她同行的工程师小王为了救她受了伤，她也晕厥了好一阵子，醒来之后才重新发短报文联系上了后方指挥中心。

“所幸我的伤不严重，就是磕破点皮，整得灰头土脸的。”杨柳急切地说，“你们先送小王走吧，他这伤势不轻，得赶紧去医院。”

“要走一起走，”顾蛮生冷着脸道，“这儿随时可能再次发生余震，你一个人留在这里干什么？”

“我去调试设备。”

“还调什么设备，你想被埋在这儿吗？”

“北川是此次受灾最严重的地方，道路完全被封堵，连应急通信车都开不进来。我一路走过来，镇上的派出所办公楼都倒了，就这个通信机房还没有垮。刚刚终端机里说，经过连夜抢修，重灾区的光缆已经基本打通了，假设这机房里的设备还完好，只要调试成功，很快就能恢复信号。我都已经走到自家机房门口了，哪有不进去看看的道理？”杨柳一抬手，指了指十余米外一栋歪斜的白色楼房。

机房没有倒塌，但摇摇欲坠，这栋白楼以肉眼可见的夸张角度倾斜着，像那以浪漫闻名的比萨斜塔似的，白色的外墙上有数道巨大的黑色裂缝，如龟背上的纹理，交错纵横，屋顶时不时有瓦片脱落，噼里啪啦地碎在地上。

再来一波余震，这栋危楼必然彻底坍塌。

“现在灾区的话务量极高，信道繁忙成这样，就算接通了这个局站，手机也未必打得出去。”顾蛮生仍想劝杨柳跟自己走，“你在这儿死磕，又有什么意义呢？”

“你去登泰山，向着玉皇顶攀上的第一尺，有没有意义？你去爬长城，向着嘉峪关迈出的第一步，有没有意义？”杨柳淡淡地道，“跬步千里，每个局站都有意义。”

顾蛮生被这个女人深深地震撼了，她太敞亮、太潇洒，倒把男人们都衬矮了。他马上改口道：“那好，你带着你的工程师先离开，我进去调试。我对展信的设备比对申远的还熟悉，设备是否损坏，内置软件是否正常，我会逐一检查，能当场恢复使用最好，恢复不了我也会列个修复清单给你。”

“再熟悉你也不是展信的人，”杨柳一口拒绝了顾蛮生的提议，反而激他道，“要么你现在就答应回来展信，要么你就别管我们公司的事儿。”

“这都什么时候了，你还挖对手公司的墙脚？”顾蛮生都快笑了。他对这个女人了解得很，知道倘使她一意孤行地要担这份险，别说自己一张嘴劝，就是八匹马都拉不回。他不抱希望地又问一遍：“真的不跟我走？”

“我又不是一个人单干，后方指挥中心知道我的定位，我发出的所有短信都被收在了系统里，随时可以监察，你还怕什么呢？”

这个时候再生离死别、拉拉扯扯显然太矫情，顾蛮生不再多话，而是将自己的头盔摘下来，来到杨柳身前，替她戴上，杨柳的头盔兴许在前一次余震的时候掉了。

两个人离得那样近，气息相闻，一个微倾着头，一个略仰着脸，他们又完成了一次目光的叠合。女人的眼神鲜亮且直接，数十秒后，顾蛮生反倒招架不了，败退似的把头扭开了。他说："我等你平安回来。"

受伤的小王满脸满身都是血，已经完全动不了了，必须上担架。顾蛮生与小战士就地取材，在一片废墟中找出两件毛衣与一根折断的晾衣竿——这里什么都有。地震来时所有人都无暇自顾，房子一塌，锅碗瓢盆满地都是。

顾蛮生与小战士搭档着制作担架，将竹竿从毛衣领口处穿过，很快一副简易担架便制作完成了。他用手使劲儿压了压，还挺结实，然后就与小战士一起将小王抬到担架上，又将竹竿扛到肩头。

小战士在前，顾蛮生在后，两个人扛着伤员走出几米，顾蛮生忽地喊了声"等等"。他回过头，看了杨柳一眼，发现杨柳也正看着他。她落落大方地笑笑，然后冲他们挥了挥手，喊道："这儿交给我，我的工程师就交给你了，带他到安全的地方去。"

很快，顾蛮生从北斗终端机上收到了好消息，因泥石流阻断的道路已经被工兵团的铲车清理干净了。他回了一条短报文，得到更新的消息说，距他们五千米外就是解放军野战医院，即将驻扎完毕。

傍晚时分，雨总算停了，夕阳像山火一样极速蔓延，天地何其广袤辽阔。然而塌方与泥石流频频发生，道路依然崎岖又艰险。顾蛮生能明显感到脚下的土地仍震颤不止，仿佛地底沉睡着一只巨兽，正在低咽、颤抖，随时将以利爪獠牙破土而出。

他将担架抬得相当稳当，一步一步地扎实向前，偶而会分心腾出一只手，掏出自己兜里的手机看一看。

他正焦急地等待着手机信号，像一个产房外的年轻父亲。

忽然间，那消失许久的信号格又满了。这是北川发出的第一束数字信号，如同一声洪亮的婴孩儿啼哭，昭示着不屈的生命、不衰的信念与不灭的希望。

顾蛮生兴奋地挥动拳头，激动得破声大喊。

他知道这是杨柳平安地把设备调试通了。

第三十五章

北京，北京

距野战医院不远的地方，一个个绿色的军用帐篷被搭建起来，组成了一片临时宿营地。生命之路刚刚打通，受伤的北川居民被暂时安置在这里，等待下一步的救援行动。

夜色降临时又下了场小雨，雨水忽来忽止，地上的积水升腾成雾，视线从一片白茫茫的水汽中穿透过去，能看见这里所有的人都糊着一脸的血水、泥水与汗水，眼神惊惶未定。

北川灾情严重，再多的通信设备都嫌不够用。顾蛮生协助解放军官兵一起支起卫星通信系统，搭建了一个临时通信帐篷。除了工作，大多数时间他都沉着一张脸，滴水不进，也不说话。

北川轻微余震不断，他等了杨柳多久，一颗心就在嗓子眼里疯跳了多久。他从未经历过这么漫长的等待，每分每秒都是挫骨的煎熬。

“顾总！”那个娃娃脸小战士气喘吁吁地跑过来，喊他道，“卫星电话突然中断了，你能不能替我们看看，到底怎么回事？”

顾蛮生迅速起身，跟着小战士来到通信帐篷里。

他在一台笔记本电脑上登录数据维护终端，经仔细检查后发现，应该是余震造成天线偏移，引起了电平衰减。他对天线重新进行了调整，很快就恢复了通信。

还没站起身，又有几个战士听说这里有电信专家，赶紧抱着出了问题的笔记本或终端机来了。不管什么设备，顾蛮生来一个处理一个，来两个解决一双，直到调完最后一个设备，他走出帐篷，才发现杨柳已经回来了。

周局长为了视察灾情，也坐车进了北川。杨柳正跟他汇报沿途所见的通信设施损毁情况。顾蛮生蹙着眉，阴着脸，一言不发地向他们走过去。

周局长抬眼看见顾蛮生，当即面有喜色地喊："你们俩都在呢，刚刚接到消息了，都江堰那边的通信已经完全恢复了，这回你们两家企业都辛苦了！"

杨柳只当没瞧见顾蛮生，继续对周局长道："这些都是我们应该做的，我已经让展信的技术员们记录各个站点设备的损坏情况，之后尽快从公司调货，争取早日让所有灾区都恢复通信。展信设计了一套基于 Mesh 技术的无线自组网设备，安装灵活简便，且无须中心网关，群组内任意一条或几条线路被阻塞，只要在有效的天线覆盖范围内，其余设备都能够继续通信。"

周书记惊喜道："这是好东西啊，展信有多少，我们采购多少……"

这会儿正是跟电信领导们拉关系、套近乎的好时机，但顾蛮生一点顾不上，他冲周局长致歉似的点点头，说了一句"我跟柳总还有事要谈"，便一拽杨柳的手腕，强行把她拉走了。

"你放开，你干什么！"杨柳试着挣扎，但顾蛮生蛮劲十足，她越挣扎越没法把人甩脱，反倒在白皙的腕子上留下几枚深深的指印。

一直把人拽到最边上的一个帐篷后面，顾蛮生二话不说，捧着杨柳的脸就强吻她。他这辈子没受过这样的怕，好像胆真吓破了，胆汁儿一股股上涌，喉咙口到现在都发着苦。他用唇挤压，用舌传递，非要她也尝尝这样的苦味才罢休。

杨柳岂肯白白被人占便宜，当即凶狠地反咬回去，她的牙齿那样厉害，险些把顾蛮生嘴上一层皮给咬下来。

顾蛮生终于疼得受不住了，推开杨柳，骂了一句。

杨柳反手就给了他一记耳光。

这记耳光倒把他打清醒、打踏实了。顾蛮生揉了揉火辣辣的脸颊，又拭了拭嘴上的血，苦笑着摇了摇头："都什么时候了，你还在这儿跟领导拉关系、搞销售？"

"别以为谁都跟你似的没有觉悟，这些设备都是展信已经捐了或准备捐的，所有来救灾的展信员工也都是自告奋勇。国难当头，展信人出钱又出力，义不容辞。

当然，如果能顺便把你们申远比下去，那就更好了。”杨柳嘴角嘲讽地一翘，“这趟救灾，我们展信就是比你们申远跑得远。不同企业的风格是很不一样的，你们喜欢在领导面前摆花架子，我们就喜欢深入最危险的地方，实打实地为老百姓做点事情。”

“行行行，我说不过你，我也不说了。”顾蛮生气极反笑，“公路已经打通了，你现在马上给我回去！”

“我说了，不回去，我还要现场指挥呢。”杨柳同样感到好笑，“咱们现在的关系说好听了叫‘友商’，说直白了就是你死我亡的竞争对手，你顾蛮生一个申远的高管，凭什么给我下达命令？”

“那我找于新华，让他把你换回去！我倒要问问他，他一个大老爷们儿儿在后方当缩头乌龟，反倒让一个女人在一线玩命，你们展信的男人是死光了吗？”说着，顾蛮生就从口袋里掏出了手机，连连按下几个数字。

“于老师在专心致志搞研发呢，”杨柳一把从顾蛮生手里夺过手机，“不是我们展信的人，就少管我们展信的事！”

两个人相争不下，谁也说服不了谁。突然身旁一阵窸窸窣窣的响动，他们不争了，同时扭头看向一个地方——一个脏兮兮的女孩儿不知从哪里冒了出来，正直着一双眼睛，满怀戒备地盯着他们。

女孩儿八九岁的模样，圆脸圆眼的很秀气，但面色白得吓人，靛青色的血管一条条地浮在额头上，像害着一场大病。衣服明显比她的身材大出两号，被单似的罩在身上，倒挺干净。女孩儿其实在无人注意的暗处躲很久了，她看见男人吻了女人，也看见女人打了男人。她知道大人们用嘴唇互相摩擦表达爱意，也用手掌掴脸宣泄恨意，可她不懂，这两个人怎么又爱又恨、又亲又打的？

“你怎么一个人在这里？”杨柳试着向女孩儿靠近，哪知女孩儿突然蹿过来咬她的手，一把抢下了她的手机。

杨柳疼得轻喊一声，本能地伸手去拽那企图逃走的女孩儿。这一伸手，就拽住了空荡荡的一截袖子，她这才发现，这个女孩儿竟只有一条手臂。

趁杨柳愣神松手的当口，女孩儿拔腿就跑。

顾蛮生与杨柳赶紧跟了上去，很快撞见一个急匆匆的成年女人。女人是来找这个孩子的，向他们自我介绍说，她姓李，是女孩儿的老师。女孩儿叫孙妮，在地震中丢了一条手臂，由于感染不断，本该立即送往条件更好的成都医院进行二次截肢，但她昏迷中可能听见了部队医生与李老师的谈话，竟趁人不注意自己跑了出来。

杨柳可怜这个年幼却蒙受大难的孩子，问李老师："她的家人呢？"

李老师眼里泛着泪光道："她母亲和弟弟都没跑出来，那钢筋水泥造的大楼，就像豆腐一样碎在了地上……"

"那孩子的爸爸呢？"

"他爸爸在都江堰打工呢，一直联系不上，只怕也……"老师哽咽了。

杨柳扭头看女孩儿，女孩儿正一个人蜷缩着蹲在地上，垂着头，用仅剩的一只手翻来覆去地拨弄顾蛮生的手机。偶尔，她会抬头朝远处望去一眼，望着刚支棱起来的通信帐篷。男男女女、老老少少都在帐篷外排着队，这条队伍蜿蜒如龙，一眼根本望不到头，这个队伍能排到天亮，所有人都等着向远方的亲人报一声平安，或者听到一两句体恤的、热乎的话，以慰身心共受的巨大伤痛。

杨柳猜测，女孩儿八成是想用手机给父亲打个电话。

于是她朝女孩儿走过去，蹲在她的身前，柔声问："想找爸爸吗？"

女孩儿又摇头又点头的，想找，但也怕找，她知道都江堰也是重灾区，她想：父亲多半也跟母亲、弟弟一样出事了。

杨柳轻轻掀开女孩儿的袖子看了看，被纱布包裹的伤口又化脓了，渗着一点黄黄绿绿的黏液。杨柳的心被狠狠扎了一下，颤着声音问："为什么不跟解放军叔叔们去成都呢，去了那里伤才能好……"

女孩儿咬着下唇，半晌，仍是一字不发。

"醒来以后就不说话了，医生说这种失语症状可能是心理创伤引起的，经过治疗与训练，能恢复。"李老师叹口气，"现在最担心的是出现败血症，她这条手臂，保不齐得再截一次……"

每个字，蹲在黑暗中的女孩儿都听见了，但她面无表情，眼神空洞，好像在听一个与己无干的故事。救灾棚的边缘区域灯光幽暗，解放军想把好钢用在刀刃上，所以电力车都没舍得用，晚上只靠手摇发电机发电。

而这个女孩儿像一个没有血肉的孤魂，囿于人间苦难而无法还阳。

女孩儿终于肯跟着李老师走了。她即将被抬上担架，独自去往一个陌生城市，再截一次肢。杨柳简直不敢想，一个八九岁的女孩儿如何承受这样的痛苦。

杨柳捡起孙妮留在地上的手机，发现她十来分钟前曾拨出过一个号码，显然，就是她父亲的号码。杨柳抱着试一试的心态，也打了这个电话。因为抢通了那个危楼里的基站，现在这个镇的手机是有信号的，然而线路过于繁忙，一直都无法接通。她锲而不舍地不停地打，不停地打，总算在某一瞬间，电话接通了。

杨柳接起电话，听见那头一个浑厚又焦急的男人声音，她不禁颤抖着问："你是孙妮的父亲吗？"

得到肯定的回答之后，杨柳望了顾蛮生一眼，然后突然狂喜，向着即将离开的解放军医疗车飞奔而去，再迟一会儿，躺在担架上的女孩儿就将被送往成都。离开前她终于听见父亲的声音。

"阿爸！"女孩儿流下眼泪，这一声对于亲人的呼唤足以穿云裂石。

这温情一幕令杨柳也跟着落了泪。一个女强人不该让人看见自己脆弱的一面，所以她只能用额头抵住顾蛮生的肩膀，小心翼翼地压抑着自己的感情。

起初顾蛮生只是由她靠着，慢慢地，他才敢给予回应。在这一片残垣断壁间，他倾全力抱着她，也为这顽强的女孩儿掉了泪。

女孩儿被医疗车送去成都了，临走前，她从担架床上支起上身，朝杨柳笑着挥了挥手。她说她的爸爸在成都等她，她不怕了。

不再与对方较那无形之劲，两个人心平气和地坐在一起，眼望上空，或许是因为周遭所有的高楼都被震塌了，夜空反而显得格外辽阔，星子繁盛又明亮。

杨柳突然开口道："这样的灾难面前，我们通信企业能做的太少了，这趟还多亏了我们自主的北斗系统。"

顾蛮生沉默一会儿，问："你知道，我们的卫星导航系统为什么叫'北斗'吗？"

"因为北斗七星吗？"

"早在天文历法初始的上古时期，人们就崇信北斗星，因为它是所有星辰中最突出、最能为人指明方向的星星，书上说，它'常见不隐，终年照耀地平线上'。到了汉代，人们的北斗信仰里，它不仅可以用来定时、定位、定季候，甚至还扮演起了司命之神，即人死以后，魂魄分离，魄归大地，而魂，就归北斗掌管。"

杨柳好像懂了顾蛮生想表达什么，转过脸，看着他。

“北川，史籍说是治水英雄大禹的出生地。当年大禹三过家门而不入，你说，倘使他也经历过一场这样的地震，知道分别即永别，他会不会后悔没尽早回家呢？”

顾蛮生偏过身体，然后栽倒似的跪在了杨柳身前，他把上身蜷缩成母体中胎儿的模样，把脸埋在她的膝盖上。

女人的气息清冽、甘甜，女人的怀抱酥软、温暖，超越了一切死亡与苦难的阴影，令他无比确信，她是他此生流浪的终点，是他死后灵魂也终将回归的北斗门。

数分钟之后，顾蛮生说：“我想回家，我想回展信，我想回到你的身边。”

此后百年，当人们顿足回顾 2008 年的中国，或许会有个共识，这是一个有点魔幻的年份，用一些神圣的、驳杂的用词来归纳，这一年的中国受洗于一场举国同悲的大难，又在一场举国同欢的盛典中彻底涅槃。

这也是顾蛮生对 2008 年的感觉。汶川特大地震之后，北京奥运便如火如荼地来了。

那个鸟窝似的建筑宏伟又大气，令这座古老的城市变得更为登样，五个奥运萌物在大街小巷上朝每个人憨笑，向所有外来者表示欢迎。申远作为国内第一的通信设备厂商，顾蛮生被邢卫民委以重任，任奥运保障项目现场总指挥，坐镇北京，直到为期近二十天的奥运结束。

曲颂宁作为设计院工程师也早早扎在了北京，而且如他所料，贝思急于在品牌知名度方面赶超外国企业，所以一早就在 TD 手机上布局，成了此次中国移动 TD 终端一期采购排名第一的国产品牌。

此前，国务院机构大刀阔斧地改起革来，信产部合并入了工信部。李书记年前调入北京，任工信部党组副书记与副部长，眼下正分管着北京奥运的项目，适逢申远的顾蛮生与贝思的贝时远同在北京，他跟这俩都熟，便连同三家电信运营商一起开了个会。

领导面前，与会的行业人士踊跃发言，中国自主研发的 TD 网络已为奥运做好了全面准备，什么可视电话，什么流媒体视频下载，什么手机电视看赛事直播统统不在话下，总计二十八类四十五大项业务，成果相当喜人。

“不要报喜不报忧，”会议室里，李书记端坐中央，笑着对大伙儿道，“还有什么问题，大家畅所欲言。”

“我们去年就向全社会做出承诺，将在奥运期间，在北京地铁 10 号线与奥运支线实现手机信号全覆盖，”中国移动的负责人是个宽额方腮的中年人，他清清嗓子道，“7 月奥运支线才正式开通，又跟地铁公司就进场费的问题扯了一阵子皮，留给我们运营商的试商用时间就有些紧张了，现在还有一个小问题没有得到很好的解决。”

李书记肃容道：“奥运在即，只有问题，没有小问题。趁设备商与终端商都在，有什么问题就摊在桌上，大家一起解决。”

移动负责人继续道：“我们派出测试员，用此次移动招标采购的 TD 终端，在地铁内的每一个测试点进行试呼测试，发现 TD 手机的掉话率明显高于 GSM 手机。”手机掉话是个常见问题，但这批用以测试的手机还将在奥运会期间租用给来自海外的媒体与游客，以便他们畅享中国的 3G 服务。所以，小小一部手机，承担着全世界如何看待中国自主 3G 标准的重担，丝毫马虎不得。

正因为知道 TD 终端的使命重大，贝时远才会亲自坐镇北京，他略微思索片刻，主动发言道：“目前 10 号线与奥运支线覆盖的还不是 TD 网络，TD 手机需要进行双网话音切换才能通话，地铁作为无线通信中的特殊室内场景，地形狭长，人流量大，在设计通信覆盖方案时，包括信噪比、电磁波辐射等各种干扰因素都得充分考虑。正因为这些难点，目前在欧洲、美国一些大城市的地铁里，也都没有信号。”

移动负责人点点头，又道：“这趟我们特意委托了中通设计院的专家团队负责地铁移动信号开通，对方认为发生掉话的原因多种多样，如果设备商与终端商能够参与配合，协调解决起来就更快了。”

贝时远与移动负责人你一言我一语，讨论得相当热烈，唯独顾蛮生一直皱着眉头不说话，好像听得认真，又好像根本心不在焉。李书记注意到了顾蛮生的反常之举，便向他投去鼓励的目光：“蛮生，你有什么看法？”

除了运营商在为奥运紧锣密鼓地备战外，设备商与手机商也在通过测试不断优化参数。申远就购买了各种品牌的 TD 手机进行测试，顾蛮生轻而长地喘了口气，然后说：“我接到网优工程师的报告，这里有一个地铁内掉话率的分析，在样本数相同的情况下，摩托罗拉、三星、诺基亚的 TD 机型掉话率都不足零点三，基本与

GSM 手机持平。”他抬起头，与贝时远四目相对，一双眼睛像极深的井，“只有贝思的掉话率远远高出这个数字，运营商可以就已发生的掉话类故障统计一下，是不是这样？”

这话无疑就是推锅于终端设备，简单点说，就是贝思手机质量不过关。

贝时远看了看顾蛮生递来的数据报告，眉头亦紧，他目视李书记，平静地道：“3G 兵马未动，贝思粮草先行，作为国内最早从事 TD 手机生产的厂家，从 2006 年就开始进行各项 TD 终端测试，经过上千次测试与优化，解决了同频干扰与不同品牌终端之间的业务互通性问题，掉话率与 GSM 手机不相上下，通话清晰度甚至更胜一筹。所以我认为还是核心网存在隐性故障，才导致的频繁掉话。”

一句话又把矛头掉转了回去，这下顾蛮生也恼了。

“贝总还是别说大话了吧，此次中国移动招标的品牌又不是就贝思一家，怎么人家三星、摩托罗拉就没问题？”顾蛮生嘴角一勾，冷笑一声，“贝思的 TD 手机一经问世，散热问题就一直没解决好，由你们赞助夏季奥运会是有些勉为其难了，要不你们在手机盖上刻上一行小字，提醒用户手机温度过高易导致掉话，打开后盖散散热，重启一下就好；要不就等到中国办冬奥会的时候你们再来，那时天气没那么热……”

顾蛮生夹枪带棒，贝时远亦寸步不让，一个说是基站的问题，一个说是手机的问题，反正领导面前谁也不能认尿，横竖都要推己之锅，拆彼之台。这种态度显然是有问题的。

李书记不待他俩扯完皮，就怒拍了桌子：“你们一个是国内首屈一指的设备厂商，一个国产 TD 手机的领军人物，让你们坐下来，是一起商量怎么解决问题的，不是互相甩锅推诿的！”

一番孩子气的争论总算打住，两个人以目光乱斗几眼，都不说话了。会议室随之静了下来，一种更紧张凝重、互不买账的氛围却一触即发。

“1990 年北京亚运会的时候，全国没有一家能够挑大梁的通信企业，整个亚运村的小交换机系统以及移动通信系统还是四处托人，最后由国外品牌赞助的。现在国内通信业追赶了快二十年，总算有了自主研发的通信标准。而手机终端将是决定整个国产 TD 产业能否成功的关键。”李书记忆往昔峥嵘岁月，十分感慨，最后给两家企业下了一道死命令，简赅一句话，就是不能让别人觉得中国的 TD 标准不行。

李书记的命令下来，几方测试人员抓紧时间，对贝思手机、申远基站以及网优有关参数进行了一系列筛查，最后大家普遍认为掉话的问题出自贝思的手机天线。在空旷的室外环境，贝思手机的 2G、3G 互操作不受影响，但在地铁这样的特殊环境里，手机天线的位置与设计导致其接收电平的能力明显变弱，不易接受信号。

距奥运开幕式不足一个月，奥运第二批 TD 终端招标即将揭晓最终结果，对贝思来说，眼下正是临门一脚的关键时刻。然而手机硬件的问题摆在眼前，中国移动为保奥运万无一失，只能将贝思淘汰。最后，在一期招标中位列第一的贝思，以零中标落了马，反倒被一直以来的竞争对手东美捡了个大便宜。

中通设计院的技术团队眼下在北京，曲颂宁当然也在。老北京陈一鸣知道他们几个都在，给他打了个电话，约着一起吃顿饭，他做东。三个人当中，曲颂宁与陈一鸣交情最为泛泛，但最先答应的却是他。他虽一直在一线，也听说了顾蛮生与贝时远在李书记面前剑拔弩张、闹得不快的消息，他蓦地想起中学物理课上的一句话，轮与轴之间要安装轴承减少摩擦，谁是轴承一目了然。

7 月底的北京火伞高张，晚上七点，太阳还没有落下的意思，热烘烘的大地呈现出一片仿古的金釉色。街边的国槐有花无实，一串串米白色的小花像悬垂的铃铛，风一过就曳动不止，热闹非凡。

陈一鸣是东道主，替大伙儿选定了地方。曲颂宁今天收工早，先到了，他原以为那俩一个都不会到，没想到刚到约定的时间，顾蛮生与贝时远就一先一后出现了。他稍稍舒了口气，觉得他俩就是缺个机会把话说开。

这里是北京的小吃一条街，价廉物美人气旺，还未到夜宵的高峰时段，场面已经相当火爆。天色晚了些，远处的花香与近处的烟气一同飘荡，一排小塑料桌子脏兮兮、油腻腻，一群北京大老爷们儿儿打着赤膊吃夜宵，身上挂着的汗珠都似蚕豆大。

顾蛮生看了对桌的贝时远一眼，也不说话，大爷似的“扑通”坐下，抬手就要酒。曲颂宁笑着劝他：“来北京得喝豆汁。”

“别别别，我受不了那味儿。记得大学某个暑假，陈一鸣大老远的给我寄过，用那种一升的雪碧瓶，也不知道是天然那味儿，还是天热沤馊了，我都喝吐了。”

顾蛮生还是抬起手，招来了排档老板，“明天还要搞测试，度数高的不喝了，就来点啤酒吧。”

“说起来，”曲颂宁把目光投向陈一鸣，“你怎么没把你太太带来，上回我出差，没见着。”

“分居了，准备离婚呢。”老板腿脚利索，啤酒已经上桌了，陈一鸣自顾自地喝了口酒，幽幽长叹，“又要打光棍咯。”

“别听他瞎说，这小子有钱就变坏，”顾蛮生毫不留情面地戳穿他，“就该给丫戴一贞操带，保险起见，钥匙还得扔太平洋里。”

“我前些日子从网上加上施小苒了，她的车停在我的车位上，我全给贴了条，她跑来气咻咻地骂我一顿，说她正攒钱买阿斯顿马丁呢。”又是几年没见，陈一鸣肚腩愈大头愈秃，一身中年暴发户的气质，笑容也显得猥琐，“后来我打探出来，原来她也刚离婚。”

陈一鸣有意重温旧梦，话题一下跳跃回校园，三个人聊得不亦乐乎，只有贝时远不插话，一直闷头喝酒。

“时远,你的胃不好,还是少喝点。”一家老小都在的时候,曲颂宁管贝时远叫“姐夫”，但在顾蛮生面前，这个称呼容易唤起昔日矛盾，不合适。

“我不像你们，我是没机会为奥运添砖加瓦了，”贝时远笑笑，也招来老板，要了一瓶一斤装的白酒，“明天就回深圳了，今儿跟老同学不醉不归。”

陈一鸣不知他们那点过节儿，也没太关注通信行业的新闻，只诧异地问：“你怎么就回去了？贝思不是这次中标第一的手机商吗？”

一句话就点了炮了。

“在所有人还对 TD 标准心存迟疑的时候，贝思就毫不犹豫地决定生产 TD 手机了。2006 年开始布局奥运，在所有参与投标测试的企业中，贝思投入的时间最早，投入的精力也最多，甚至在拿到入网许可证之前，就以终端数据反馈并协助你们申远，在建网样板城市进行了网络优化。”贝时远仰头灌下一杯白酒，微微一勾嘴角，不无嘲讽地看着顾蛮生，“就因为你在李书记面前的一句话，全贝思上下，两年半的辛苦努力付诸东流。顾蛮生，你真是好样的。”

“我对事不对人，李书记既然问我，我只能据实回答。”顾蛮生神态倒很磊落，淡淡地道，“再说，我也干涉不了移动的招标结果。”

“参数可以修改，天线位置可以调整，又不是什么不能修复的大问题，哪怕剩余时间不到一个月，我加班加点不用一周就能重新生产一批手机并完成测试。你根本没必要在李书记面前直接拆我的台。”兴许是酒意一下冲了头顶，贝时远“噌”地站起来，一改往日的温文尔雅，情绪激动地道，“你不是对事不对人，你就是嫉妒，就是报复，你嫉妒我娶了曲夏晚，你报复我没有答应你跟白浩彻底和解！”

贝思被挤出奥运手机供应商的行列，倒不只是损失那区区十万部手机的钱，而是错过了一个借助奥运舞台走向全世界的机会。这次失利固然伤及不了贝思的根本，但多年布局功亏一篑，顾蛮生关键时候的拆台令他相当恼火。

“我没你那么公私不分，也没你那么小肚鸡肠。”顾蛮生也站了起来，两个男人针尖对麦芒，他确实没有存心拆台的意思，但这样的解释太过轻描淡写，贝时远显然没法相信。

难得不算闷热的北京夏夜，夜风相当清畅，可空气里的火药味却越来越呛人。曲颂宁赶紧跟着站起来，一左一右地按了下两人的肩膀，劝道：“大家都是为了奥运能够成功举办，没必要闹成这样。”

他劝了又劝，拦了又拦，但两个老友都不买账，依然剑拔弩张地对峙着。可能刚才一杯酒喝得急了，贝时远胃部一阵痛苦的痉挛，瞬间面如槁灰，他一下站不住了，不得不用手撑着桌面，才令自己不至于倒下。

曲颂宁发出一声惊呼，顾蛮生反倒笑了，冷腔冷调地说：“李书记又不在这儿，你这鞠躬尽瘁、抱病报国的样子演给谁看呢？”

贝时远动动肩膀，推开曲颂宁伸来扶他的手，他强忍着胃疼，将自己余下的半杯酒一饮而尽，然后将酒杯用力地摔在地上，以示割席之意，转身就走了。

“时远！时远！”曲颂宁在他身后喊着。

见叫不回来人，曲颂宁坐下来，但不动筷子，只叹着气道：“那么多年的同学，至于吗？”

“谁惯的他一身少爷脾气，要惯你惯着，我忍不了。”贝时远走了，顾蛮生拉开油腻腻的塑料椅子，反倒神清气爽地坐了下来。领桌光膀子的老爷们儿正在猜拳喝令，他夹了一筷子炸虾仁，送进嘴里，皱着眉头嚼了两下，忽地抬手一个响指，招来了老板。他又夹起一条金黄色的长虾，用手指着道：“你这糊挂得太厚了，油吸得多，都哈喇了。还有你这油用得也不好，最好是在调和油里加两勺芝麻油，不用多，五比一的比例就行，这样炸出来酥而不腻，还透着一股芝麻香呢。”

“挺会吃啊。”老板笑笑，这人不像是来砸场子的，而真是老吃客，“我让厨房给你换一盘吧。”

“不用你了，我自己来。”顾蛮生我行我素惯了，一旦动了灵窍，必要马上付诸行动。说着他竟站起身，将自己的袖子挽起两折，扭头就往厨房走。

厨房半开放式，顾蛮生拿起肥皂仔仔细细地洗了手，还真打算露一手，就做这道炸虾仁。他取了一只鸡蛋，用筷子在壳上凿个小洞，沥尽蛋清只留蛋黄，先调制面糊，接着去虾头，取虾线，断虾筋，一连串动作行云流水，相当娴熟，老板都看呆了：“要不是请不起你，我得挖你过来给我帮厨。”

“你瞧我像干什么的？”顾蛮生往虾上撒了少量盐，准备腌制。

“瞧不出来，但吃个东西都这么讲究，肯定是大老板。”老板不是奉承。

“不是大老板，就是个打工的，等我哪天封刀挂剑了，就来你这儿帮厨，钱不多要，酒管够就行。”顾蛮生垂着长而浓的睫毛，从容又认真地备着菜，“老子说，这治大国如烹小鲜，其实做生意也一样。对合作伙伴，得挑精拣肥、擒纵自如，对竞争对手，就得煎炒烹炸、赶尽杀绝。”

不远处，这场戏看得陈一鸣直发蒙，他问曲颂宁：“这是……哪一出啊？”

曲颂宁叹了口气，拾起手边的筷子：“甭理他们了，吃咱们的吧。”

夜色好像忽然深了，像谁在天上打翻了墨。陈一鸣看似仍不知今夜的祸源究竟在哪儿，侧头瞧了瞧厨房里颠勺动铲正不亦乐乎的顾蛮生，又仰头望了望天，心里想的却还是那张肖似女明星的脸。

奥运前最后的这段日子，过得比离弦箭还快，转眼，所有人的终极大考就来了。

作为本届奥运会的第一大设备供应商，顾蛮生吩咐团队里的核心网工程师按分钟统计粒度，密切监控所有奥运场馆附近的 TD 网络，一旦发现 KPI 指标异常，立即进行优化处理，一次次及时出击，解决了可能出现的网络拥塞问题。

“离开幕式启动还有二十分钟，设备无告警，指标全部正常。”

“十分钟。”

“五分钟。”

“一分钟。”

倒计时的尽头，万众期待的奥运开幕式终于开始了。不多久，电视转播镜头忠实地记录了这样一幕：一位褐发碧眼的外国姑娘用视频电话向大洋彼岸的家人传递开幕式现场盛况，视频几无延迟，非常流畅，姑娘抬头看见了镜头里的自己，兴奋得挥动着手里租借来的 TD 手机，红口白牙地大笑起来。

据后来中国移动官方统计，北京奥运开幕式上使用的通信技术设备均创下了历届奥运会之最，七千名用户在此期间使用了中国自主标准的 TD 网络，超过十分之一都是来自奥运现场的视频通话。

直到全程三个半小时的开幕式圆满结束，顾蛮生才长长地喘了一口气，他的后背已经完全湿了，全是被紧张的汗水洇湿的。

这个时候李书记的电话来了，顾蛮生做了个“嘘”声的手势，直接开了免提。此时已经临近午夜，申远的员工们呕心沥血了这些日子，每天睡不过四小时，早就累坏了。但所有人都聚精会神地等待着领导的进一步指示。

“伦敦市作为 2012 年奥运承办城市，伦敦市长对北京地铁的信号覆盖赞不绝口，有意请中国企业一起帮忙建设伦敦的移动通信网络。”李书记最后在电话里笑着说，“大家都辛苦了，这次全球大考，咱们的 TD 网络没丢份。”

老田他们一个个的都莫名兴奋，又拥抱又击掌，甚至淌了一脸喜极而下的泪。只有顾蛮生许久不动，一直一脸深沉地看着他们哭，看着他们笑，仿佛完全置身于此刻的欢乐之外。

火树银花不眠夜，所有夜景照明设施都应时应景地开启了。夜宵当作庆功宴，老田带着一拨人来向顾蛮生敬酒。为保障奥运场馆网络通畅，顾蛮生虽是现场总指挥，却是所有团队成员里最拼的一个，他总能第一个指出问题所在。顾蛮生本就是空降，邢卫民力排众议重用了他，大伙儿埋怨过他，腹诽过他，最终也都由衷地佩服他，心甘情愿地为他拼命。

“先别喝，”顾蛮生没接受敬酒，神态严肃地抿了抿嘴唇，好一会儿才道，“我有件事情宣布。”

“什么大事？”老田没看出对方神色异样，还没心没肺地嘻嘻哈哈，“除了宣布你要结婚了，什么事情都不能耽搁了这杯酒。”

“也差不多吧，”顾蛮生淡淡勾了勾嘴角，“我刚刚向邢总打了辞职申请，我要离开申远了。”

“这么突然？”老田一愣，还当顾蛮生在开玩笑，将信将疑地问，“你要去哪里？”

“展信。”顾蛮生试着挤出一丝轻松的笑容，向老田递出了一只手掌，“以后再见面，咱们就是对手了。”

这句话他已经在心里藏了很久，打从在北川那栋歪斜的白楼前再见到杨柳的那一刻起，他就知道自己放不下她，放不下展信，他像游历天边的风筝，随她素手轻轻一下拉扯，终究是要回家的。

这个钟点，饭馆被申远的人包场了。欢庆的气氛被瞬间洗刷一空，全场肃然。

数分钟死一般的沉寂之后，老田猛一抬手，将杯中酒液全泼在了顾蛮生的脸上。

他骂了一句“三姓家奴”，所有人都掉头而去。

第三十六章

基闹

北京奥运的圆满成功令全中国的3G步伐都大大加快了，2009年年初，工信部为中国移动、中国电信和中国联通三大电信运营商发放了第三代移动通信的牌照，标志着中国正式进入3G时代。

与此同时，曲颂宁因为在奥运期间表现优异，总算提上了一个副科级。按说他年纪轻，有干劲，既有名校文凭又一早入了党，不该这么晚提干，可国企讲究论资排辈，又最不缺有背景的人。

曲颂宁的直属领导叫方春国，一个其貌不扬的中年人，草根出生，一贯喜欢走群众路线。有一年搞通信设备维护，突下一阵鹅毛大雪，身为科长的方春国明明可以住酒店开空调，可他偏偏要和普通员工一起住板房。

方春国找来曲颂宁，跟他说，为了2010年的世博会能够顺利举办，汉海将紧随北京之后，加快自主标准TD网络的建设步伐。领导们给移动下达了指标，移动又给设备厂商与集团内部的服务单位下达了指标，这指标层层往下传达布置，就落到了曲颂宁的手里。

曲颂宁从节省成本与平稳推进的角度考虑，提出新建的3G网络可以共用部分2G网络的基础设施，他为自己负责的区域专门设计了一套共站址与共享室内分布系统的建设方案。如今实诚如曲颂宁也长了个心眼，吸取2G建设时期屡次发生基闹事件的教训，挖坑机就静静候在路边，直到无人的半夜才敢偷偷施工。

然而工程完成之后，工程师发现一个站点死活运行不起来，远程一通排查没找出问题出在哪里，没办法，还得亲自去一趟现场。小区用的是展信的设备，这点芝麻谷粒大的事情曲颂宁没打算麻烦顾蛮生，就联系了展信在汉海办事处的员工。待两方人马一起赶到了现场，才发现整台基站设备里空空如也，蓄电池组、电缆、电板全都被小偷搬走了。

曲颂宁赶紧报警。没想到警察来了之后，一直藏着的站点就藏不住了。

原来，道高一尺，魔高一丈，为了避免基闹，电信运营商们现在也贼了，都将基站设备伪装成大树或者空调主机，明晃晃地藏在居民的眼皮子底下。现在东西一被偷，就彻底露馅了。

小区居民穿着裤衩、趿着拖鞋，蜂拥而出，坚决反对新建3G基站。有人道："原来2G够用了，建什么3G啊？3G比2G基站建得密，是不是意味着电磁辐射也更大啊？"

"3G系统沿用了蜂窝小区制基站建设，但采用了更多的新技术，一个基站只能覆盖几百米，与2G相比，基本上是通信协议的更改与射频频段的变化，本质还是一样的。"曲颂宁跟大家解释，但基本鸡同鸭讲，解释不通，居民们防辐射意识提高了，一口咬定3G就是万恶之源。

曲颂宁让设计院的同事给方春国打电话，说了小区这边的情况，方春国却道："工信部的领导马上要莅临考察，你处理基闹事件有经验，像以前那样给人做科普，把事情尽快摆平。"

曲颂宁只得试着安抚居民的情绪，还想拿实验数据来摆事实、讲道理，说明基站的电磁辐射对人体没有影响，然而这法子不是回回管用，他话还没完，围观群众就七嘴八舌地闹开了——

"如果对人体没影响，为什么要偷偷摸摸半夜施工？又为什么要伪装成空调机？难怪我最近一直头疼，原来就是这辐射闹的。"

"要我说，这个小偷偷得好，你们这些人就是为了钱不顾我们老百姓的安危了，这不是骗人吗？"

…………

众人一直扯皮到太阳西沉，扯皮的队伍仍在不断扩大之中，一时间，各种头疼脑热都来了。在情绪激昂的群众口中，电信运营商连带着曲颂宁都成了昧着良心赚黑心钱的奸商，都应该被拖出去千刀万剐。到最后，新的 3G 基站不但没建成，反而连以前的 2G 基站都被愤怒的居民一并强拆了。

曲颂宁身边跟着个同单位的小姑娘，小姑娘毕业没多久，目前还是实习岗，平时她恭恭敬敬地管曲颂宁叫师父，曲颂宁也挺照顾后辈。眼见居民要强拆机房，小姑娘急了，冲下去拦着不让："破坏公用电信设施，是要判刑的，你们知道这是在危害公共安全吗？！"

"到底谁危害公共安全了？你们这些奸商不顾老百姓死活，还倒打一耙了？"

"小林。"曲颂宁喊实习生的名字，用手势与目光劝她忍让，通信工作者，尤其是搞基建的通信工作者，个人地位相当弱势，遭遇抵制与逼迁早已是家常便饭，当忍则忍，不当忍的也得忍。

"曲工，你就是人太好了，秀才遇到兵，讲道理是没用的，明明是我们占理，干吗还怕这群刁民？"先前警察立完案就走了，小姑娘拿出手机，对着方才推倒机房的几个男人一通拍照，扬言自己要报警。

"你拍什么照？你把手机拿来！"为首的一个打赤膊的男人冲上来就要抢小林的手机，曲颂宁当然不能让人欺负了女孩儿，左搡一下，右推一记，居然很快就演变成了暴力冲突。

两方人马都憋着一股怨气，动起手来格外没分寸，拳脚棍棒之下，曲颂宁为了保护小林，不惜以自己的身体当作人肉盾牌，结果被不知哪儿来的黑手一砖头砸在肩上，就听见骇人的"咔嚓"一声，他的锁骨应声断了。

直到警察来了，这场闹剧才草草收场。

曲颂宁被送进了医院，肩膀锁骨骨折，少说得住院一星期。

小林一直对这位清俊儒雅的师父很有好感，碰上这事又深感内疚，自己是初生牛犊不怕虎了，到底连累了前辈。她见曲颂宁家人迟迟没来，他又行动不便，便主动守在病床边，替他削个水果倒个茶。小姑娘热情得过头，曲颂宁推搪不得，只得接受。

"哟，这谁啊？"

小林正要给曲颂宁喂粥，身后突然响起一个尖细的女声，小林循声回头，看见一个挺漂亮的女人站在门口，她身边跟着一个更漂亮的女孩儿，扑上来就管曲颂宁叫“爸爸”。

哦，原来是曲太太，小林放下手中的粥碗，跟舒青麦打了声招呼，就把病房留给了这一家三口。

“混了这么多年、拼了半条命才提个副科，什么一线的苦活儿累活儿都要你打先锋，凭什么？”舒青麦也心疼丈夫，可关心的话在嘴边溜了一圈，脱口就变得难听起来，“叫花子逞英雄，又穷又爱摆谱，你真是好大的出息！”

“妈，说话别这么难听。”弟弟宁可在家看动画片，也不肯来医院探病，曲思彤看不惯母亲这么势利，不客气地打断了她。

因为一个人忙不过来两个孩子，舒青麦把亲妈接来一起住了。然而多一个人多一张嘴，舒妈妈的花销全落在曲颂宁的肩上，三室两厅的房贷本就压力不小，国企那点薪水难免就捉襟见肘了。一见丈夫因公受伤，舒青麦又动起了劝他跳槽的心思，顾蛮生有展信，贝时远有贝思，随便去谁的公司，凭他的学历、经验与能力，都妥妥能拿百万年薪，但不管她明讽还是暗示，曲颂宁就是不接这话茬儿。

对丈夫的伤势毫无怜悯，舒青麦拉长了脸，老调重提：“穷则思变，顾蛮生做前端的基站，贝时远做终端的手机，就你这个搞电信基建的最没出息。”

曲颂宁还没开口，曲思彤就帮着父亲戗母亲：“我就觉得我爸的工作特别好，特别有意义，没必要跟姑父他们一样。如果人人都下海，人人都从商，谁来搞基础建设呢？”说着与父亲交换一个狡黠的眼神，父女俩都笑了。

“怪不得说女儿是爸爸的小情人呢，你们父女俩就合起伙来气我行了。”舒青麦揪了一把曲思彤的辫子，恶狠狠地道，“你爸没大碍，你赶紧回家做作业，别在这儿添乱。”

母女俩匆匆地来，又匆匆地走了。走出病房，恰与刚取了输液药品的小林打了个照面。小姑娘挺热情，朝舒青麦喊一声“师母你走啦”，便一步一摇曳地走了。

舒青麦故意仰起下巴不搭腔，待与女孩儿擦肩而过才回过头，左觑右瞧，女孩儿的脸其实没什么记忆点，但没生养过的腰肢不盈一握，怪招人嫉妒的。给别人的丈夫喂饭递水，这是一件很失分寸感的事情，女人的直觉告诉她，这个女孩儿对自己的丈夫有意思。

此后，舒青麦单方面地闹了几回，但曲颂宁摆明了不接茬儿，没一点用处。她一肚子暗火无处发泄，宝贝儿子不舍得打骂，只好拿亲妈与女儿撒气。舒妈妈二十多年前就能为了回城抛夫弃女，自然也不是省油的灯，她将女儿满屋故意乱扔的衣服拾起来，摇了摇头，劝她道：“你别拿衣服撒气啊，有本事去小曲他们领导那里使劲儿，他自己不肯辞职，你让他不得不辞职不就行了？”

舒青麦“哦”了一声，眼珠滴溜儿一转，隐隐感到受了启发。舒妈妈趁机挨着女儿坐下，在她耳边煽风点火，呼出一口热烘烘的气息：“你不是跟我说过，小曲身边那个实习生小姑娘跟他黏黏糊糊的，明显对他有意思吗？你就带着俩孩子去找他们党委书记哭去、闹去，就凭小曲这死要面子活受罪的性子，他肯定没脸再待在他们单位里。”

“这……不太好吧。”舒青麦挺犹豫，“他要知道不得恨死我？”

“恨就恨呗，恨也只是暂时的，等他活儿轻松了，钱也多了，就琢磨过味儿来了，再说，就凭你家那个姐夫，还愁没有这样的好工作？”

舒妈妈活了大半辈子，最晓得诬人清白这招的厉害。尽管时代不同了，但纪律还是那个纪律，曲颂宁若在民企或者外企，最多被一些好事者以舌翻滚、以眼观瞻，可他人在国企，不能有严重的作风问题。

舒青麦经由母亲指点迷津，也恍然觉出这招管用，她偷偷打开曲颂宁的手机，没想到还真让她抓着一些把柄。小姑娘可能年轻，说话处事没什么社会人的分寸，没事找事地常给曲颂宁发消息，问些工作抑或生活上的傻问题，有次甚至用彩信发了一张自己的自拍照。

舒青麦知道女儿心向着爸爸，便打算瞒着她，只带着儿子去找曲颂宁的党委书记。她给儿子买了些巧克力、酸奶、冰激凌之类的零食，叮嘱他称病向老师请一天假，跟自己上爸爸的单位去。

母子俩头挨着头咬耳朵，一见女儿洗完澡出了浴室，立马没事人似的散开了。曲思彤瞧出母亲面色有异，心头一阵阴影掠过，又见曲晨面前摆着大堆零食，越发心里起疑。待母亲回了房间，她便悄声拷问起弟弟：“妈刚跟你说什么了？”

“没什么，让我明天请一天病假。”曲晨低头舔着甜筒上的果仁与巧克力屑，嘴唇上糊了一层，没注意到姐姐一双饱含凶光的眼睛。

“你又没生病，干什么让你请病假？”

“妈说不能告诉你。”

“你不说实话，我以后再不让你抄我的作业。”曲思彤比弟弟高出不少，冷脸盯着他，还真有一丝压迫感。

“妈说要我跟她一起去爸单位闹去，好让爸换个工作，让我们住上更大的房子，让我有更多零花钱。”

“你不准去。”曲思彤一听就急了，“我是你姐，我说什么你就得听着，咱妈没文化也没觉悟，你别跟着她瞎闹。”

“你就比我早出生十分钟，摆什么姐姐的谱啊。”小胖子努努嘴，伸出舌头吧嗒吧嗒地舔嘴唇，“我想要更多的零花钱，我想要住大房子。”

这小王八蛋被一点零食就收买了，曲思彤阻止不了，也意识到光阻止弟弟不顶用，自己亲妈的性子她再了解不过，按下葫芦浮起瓢，该闹的还是会闹。这个时候她突然想起了顾蛮生，赶紧掏出那个男人曾送给自己的手机，给他打了个电话。

电话接通了，一个悦耳的男声从遥远的天边传来，曲思彤再耐不住心中的焦虑与委屈，直接迸出哭腔：“顾蛮生，你快来帮帮我，我妈她疯了，她要到我爸单位里闹去。”

趁曲颂宁还没出院，舒青麦与母亲拟定了作战策略，找定个工作日，一大早就带着儿子堵在了曲颂宁单位的门口。

中国通信设计公司位于一栋80年代建造的大楼里，马赛克外墙已经斑驳脱落，像打满了补丁的旧衣裳。舒青麦从来没进过曲颂宁的工作单位，只偶尔在经过时抬头看一眼，这栋楼完全比不了贝思大厦的辉煌壮观，她在大楼下仰脸站了三分钟，满脸的厌恶与嫌弃。

刷卡才能进门，舒青麦不是员工，只能带着儿子守在门外。

曲思彤揪心不下，也跟着来了，还想试着劝母亲回家，舒青麦反倒骂她：“死丫头，少胳膊肘往外拐！你要不滚回学校上课去，要不就跟你妈一起。”

曲思彤根本劝不动母亲，也不知道她到底打算怎么闹，只把最后的希望全寄托在顾蛮生身上，她悄悄躲去一边，掏手机看短信，顾蛮生清清楚楚地回了她一条消息，说自己正在路上。

舒青麦带着儿子在门外等了一会儿，没想到"情敌"路窄，小林居然朝她走了过来，还是一步一动胯，腰窝风骚地、令人咂舌地凹陷着，舒青麦看见这腰就来气。小林完全不知来者不善，看见舒青麦，还笑盈盈地管她叫"师母"，道："师父还没出院上班呢，师母是来找谁呀？"

舒青麦见单位门口人来人往，各干其事，正是她攫取关注的好机会。她眼珠一转，冲上去就掴了小林一耳光。小姑娘当场被这记耳光打蒙了，瞪眼捂着红肿的脸颊，半晌才回过神来哭着喊："你……你凭什么打人？"

一记耳光不啻一声旱雷，果然有不少人赶来围观。舒青麦挺着胸脯，气势夺人："你天天发短信撩骚我老公，我还不能管教管教你了？"

"你胡说，谁撩骚你老公了！"

"我在医院的时候全看见了，你坐在他床上，你一口我一口地喂他喝粥，平时发他的短信我也看见了，"舒青麦拿出曲颂宁的手机，掐着嗓子故作媚态地念出几条小林发来的短信，又对围观的群众道，"大伙儿来评评理，这是一个正经人家的女孩子会做的事情吗？瓜田李下，有妇之夫，不知道避嫌吗？"

无风亦能起浪，舒青麦文工团出身，嗓子出众，演技也不赖，她一把眼泪一把鼻涕地控诉着，非说曲颂宁跟这实习生小姑娘有些不清不楚的瓜葛。这类桃色新闻最容易人云亦云，尤其是当事人的老婆亲自打上门来，基本就坐实了七八分。围观人开始嘀嘀咕咕地议论起来，看样子，至少一半的人已经信了。

剩下一半人在窃笑、在嘀咕：曲工那么清俊文雅一个人，怎么娶了个这么没素质的老婆呢？

"把你们党委书记叫出来，我倒要问问他，一个共产党员可不可以作风这么败坏？"

母亲又哭又闹，周围人摇唇鼓舌，曲思彤从未这般丢脸，她一向是个逞强的姑娘，她不敢再上前劝说母亲，只恨不得躲她躲得远远的。她一步步地往外退，退到离人群很远的地方，却仍感到自己在众人的目光中越来越小，最后小成了虫豸，小成了蜉蝣。手机恰在这时响了，她恍恍惚惚地接起电话，一个温暖体己的男声说：“马上就到。”

马上？曲思彤其实不信，上海距离深圳一千多千米，一个大老板还真能为她一个小女孩儿打飞的不成？

顾蛮生像是猜到了女孩儿所想，一分钟后，对她道：“看你左边。”

曲思彤扭头向左边望过去，一辆出租车在街对面停了下来，车门打开，一个男人迈开长腿，下了车露了面。男人站在出租车方才停下的地方，手机举在耳边，正朝她微笑。上午九点钟的太阳照射在男人的脸上、肩上，为他镀上一层生动的金色，这个男人好看得像译制片里的阿兰·德龙。

所有的担忧与压力都消散云烟，曲思彤的嘴唇惊喜地动了动，脆生生地喊出来：“顾蛮生！”

顾蛮生说到做到。接到曲思彤电话的时候，他人在外地跑市场，小乡镇没有机场，只得先坐火车回深圳，再赶红眼航班飞汉海，最后打了辆车，堵了一阵早高峰，终于不算迟地来了。

“我妈在那儿呢！”曲思彤拉起顾蛮生的手，向着父亲的单位一溜小跑。

直接在单位门口大吵大闹委实难看，方春国带来了党委书记，党委书记试着安抚舒青麦，有话到办公室里讲去。哪知舒青麦一见领导来了，表演欲望越发高涨，她的嗓子又脆又亮，喊起来惊得二十米开外的路人都频频驻足、回头。

“书记，如果小曲抛下我们，我们娘儿仨可怎么活呀？”舒青麦佯作委屈得不得了，擦着泪跟领导打商量，“要不您把他开除得了，我实在不放心——”

顾蛮生及时出现，一把扯住女人的手腕：“别闹了，快回家。”

舒青麦野起来恶声恶气，不管不顾，像匹尥了蹶子的母马。顾蛮生居然还拉扯不动她。眼见舒青麦越来越疯，喊出来的话越来越不堪入耳，他急中生智，一个低头弯腰，直接将女人拦腰抱起，扛在了自己的肩膀上。

“顾蛮生，你……你干什么？”舒青麦蹬踹踢打，无所不用其极，但顾蛮生一句话就将她收拾老实了。他的一只手往舒青麦的后腰上轻轻一搁，淡淡道：“你再乱动，信不信我扒你裤子，打你屁股？”

顾蛮生这人疯起来也是什么都干得出来的，舒青麦虽豁得出去，但到底要脸，没这么豁得出去，她又“哎哎”地叫了两声，然后彻底放弃了挣扎。

“我姐，”顾蛮生伸出一根手指，冲围观者点了点自己的太阳穴，“我姐小时候受过刺激，这儿不好使，平时看着挺正常，春天一到就犯病。”

“这不是展信的顾总吗？”党委书记认出顾蛮生，沉下脸道，“上回委内瑞拉那个3G项目，你怎么能绕过我们直接跟最终客户签单呢？最后还反过来分包给我们，往死里压价，你再这样，你们展信要的软件就不卖给你们了。”

自打回归展信，顾蛮生就没少干这种暗度陈仓的“缺德”事，他回过头，扬眉笑笑：“再说再说。”

不顾周遭怪异的目光，顾蛮生抬头挺胸，扛着一个女人满大街走。

待到了没人的地方，他才撂下舒青麦。不待女人冲他尖叫，他却先发了脾气：“你到底怎么想的？”

“他自己做出不负责任的事情，就别怪别人不给他脸。”舒青麦自知理亏，声音明显怯了。

“以前你不这样啊，你现在怎么变了？舒坦日子不过，非要没事找事？”当年曲颂宁在青藏高原上给顾蛮生写了不少信，他一字一句地研读下来，不仅记住了一望无际的雪山与遍地开花的红柳，还记住一个比百灵鸟还轻盈美丽的女孩儿。所以，顾蛮生不明白，是否真跟书里说的一样，结了婚的女人都成了死鱼眼睛。

“舒坦日子？你知道我过的是什么日子吗？他三天两头地往外地跑、往国外跑，一年到头就着不了几回家，没搬出来之前，他妈比老佛爷还难伺候，搬出来以后，我就彻底守了活寡。儿子急性阑尾炎，他在哪儿？闺女考奥数，他又在哪儿？上回在巴基斯坦找不到装卸工，他自己搬卸料，满身都是乌青，这回又被基闹的人打伤住院，他是我老公，难道我不心疼吗？”

这些压心底的话是舒青麦喊出来的，喊着喊着她就哭了。比起方才在曲颂宁领导面前的惺惺之态，她这回哭得太情真意切了，像在眼睛上抹了一把辣椒泥，睫毛膏全不雅观地化在了脸上，眼睑下方一块淤积的黑色，简直秽不可看。

顾蛮生被舒青麦哭得心软了，他总算相信，这个女人如此绞尽心机，是因为心疼丈夫，是因为过得并不如意。

一旁的曲思彤也心疼起了哭成花脸的母亲，掏出纸巾递给了顾蛮生，顾蛮生又转而递给舒青麦。他轻轻叹口气，道："不过有一点你尽管放心，老曲没有那种花花肠子，在学校那会儿他就是校草，多少漂亮女孩儿上赶着贴凑，他没一个放在眼里，我当时还想，凡人是配不上他了，他以后得娶一个仙女吧，然后我就看到了你，"顾蛮生成心想哄女人开心，煞有介事地停顿一下，"还是老实人有艳福啊，他果然就娶了一个仙女！"

舒青麦"扑哧"一声，破涕为笑："他算哪门子校草，他没贝时远精神，更没你会来事儿，再说，你们一个理工科学校，哪儿来那么多漂亮女孩儿？"

"你别去他单位闹了，我会再劝劝他的。你先告诉我，他怎么进的医院？"

曲思彤抢在母亲之前说了父亲的情况，顾蛮生这才知道曲颂宁因为基闹受了伤，还是展信的设备被偷、被强拆了。

送别了母女俩，他给汉海分公司的同事打了个电话，原来，地方电信运营商推进 3G 不顺利，剩下的招标工作也几乎全停了。

顾蛮生觉出事态的严重性，直接打车赶去了分公司。几个业务员垂头丧气地从他身边经过，其中一个说："今年的指标肯定完不成了，我真急得想跳楼。"

顾蛮生眼睛豁然一亮，把人拦住，道："跳楼好啊，你这就去，我看着你跳。"

业务员认出眼前是"二进宫"的顾总，吓了一跳，还当对方拐弯抹角地责怪自己办事不利，忙道："顾总，我不是不尽力，实在是……"

"我知道你们的难处，没有责怪你们的意思，我只是要你们做一件事情。"顾蛮生也知道两天之后，李书记就要来汉海视察工作。他笑眯眯地走过去，一左一右地勾上两个业务员的肩膀，忽地开口唱道："观江水滔滔浪腾，波浪中隐隐伏兵……"

顾蛮生嗓子好是出了名的，戏腔相当动听，但两个业务员全被他唱蒙了，彼此对视一眼，这一出《单刀会》到底几个意思？

顾蛮生嫌这两人太笨，左右各往脑袋上敲了一记，却仍卖着关子不说明话，只微微笑道："咱们就搞它一个大新闻。"

一晃两天过去，李书记果然来了汉海，还没踏出中国通信设计公司，就听人前来报告了一个消息，说外头乱成了一锅粥，有人要跳楼。

围观跳楼的群众像看大戏似的乱拱，一片吵嚷之声。

李书记派人打听清楚来龙去脉，才知道这要跳楼的是展信的员工，因为实在完不成公司指标了。

待跳楼的人被民警及消防人员安抚下来，李书记听人说顾蛮生眼下就在汉海，直接打了个电话，把人唤来了跟前。

不一会儿，顾蛮生就来了，李书记请他入座，对他笑道："我今天听了一个大新闻。"

有人端来了泡好的清茶，顾蛮生还装傻："什么新闻。"

李书记道："你们展信的人要跳楼。"

顾蛮生顾左右而言他，低头喝了一口茶，便夸张地摇头咂嘴道："这茶叶不好，隔了年的。"

李书记不容他装傻充愣，开门见山地问："你的员工因为完不成业绩要跳楼，你这做领导的没责任？"

"我有什么责任啊，要说有责任，"顾蛮生停顿一下，偷瞥了一眼李书记，道，"那也是您的责任。"

"我的责任？"李书记都快被他逗乐了，"我有什么责任？"

"我给您念念，您听听是不是您的责任，"顾蛮生从兜里摸出手机，刷开一个新闻，当场字正腔圆地念了起来，"年初，工业和信息化部向中国移动、中国电信、中国联通分别发放了第三代移动通信业务牌照，中国电信业正式进入三足鼎立的 3G 时代。按照工信部的相关规划，在今后三年内，三大电信运营商对于 3G 网络的直接投资将达到四千亿元，今年规模为一千七百亿元。在用户规模上，到 2011 年我国 3G 用户总量将达到一点五亿……"他放下手机道，"国家要进行 3G 调控，这任务就落到了运营商头上，运营商是我们这些设备商的甲方，又把任务摊派下来，您说说，我那些员工面对几千亿的压力，能不寻思着跳楼吗？"

李书记问："怎么，这个目标很难完成吗？"

"技术上讲，不难。经过奥运这场大考和全行业的共同努力，我们累积了足够的经验，在技术上已经没有任何问题了，但现在的问题是，市民不支持基站扩建，我们这头建，他们那头拆，基闹愈演愈烈，都酿成了流血冲突，一位设计院的一线通信工作者都被打伤住院了。"

李书记又问："2G 的时候，基闹问题不是不严重吗？"

"怎么不严重？那也是我们挨家挨户地做讲座、搞科普换来的一时太平。而且以前 2G 基站少，沟通起来还没那么困难，现在 3G 来了，相对 2G 来说，3G 基站发射功率小、承载的话务量与数据量却大大增加了，要实现 3G 全网络覆盖，需要建设的基站和覆盖点比 2G 要多约三分之一，所以选址问题更棘手了，我们设备商加班加点，真是什么办法都想了，晚上悄悄施工，人家说你要是辐射不大，为什么要偷偷施工？把基站装扮成大树或者灯杆，一旦伪装被识破，人家又说，你要是危害不强，为什么要拼命伪装？现在还是 3G，以后咱们还得升 4G、升 5G，基站只会越来越多，不从根本上解决群众的忧虑，一定还会出问题的。"顾蛮生正经不过三五秒，又嬉皮笑脸道，"上有运营商得罪不起，下有老百姓使唤不得，在这样的条件下还得完成指标，这就是逼太监生子，让公鸡孵蛋，微臣实在做不到啊。"

三十好几的人了，还跟当年一样，贫起来满嘴跑火车，李书记都快被他逗笑了："那你想怎么从根本上解决问题？"

"我有个提议，管不管用不好说，"顾蛮生板正脸色，大起胆子道，"我想请书记开放党政机关办公大楼的楼顶，用实际行动向所有市民证明，3G 的基站建设是安全的。"

听这意思是要把基站架到市政府的头上，李书记忍住笑，故意道："谁以前在我面前大言不惭，说民企有困难找市场，只有国企才动不动就找市长？"

"人贵在成长，要不怎么说我当年太幼稚呢？"顾蛮生轻拍了一下嘴巴子，笑嘻嘻地道，"会哭的孩子有糖吃，我现在都想明白了，一直哭的孩子没出息，但偶尔哭一哭，哭对了方向、哭对了人，那也是一门技术。"

"你成长得够快了，"李书记不置可否地道，"有人告状都告到我这儿来了，说你回归展信之后，都开始跟运营商抢饭碗了？"

"那是因为我浪费的时间太久了，"顾蛮生笑笑，"回到起点，从头再来。"

"你忘没忘当年咱们的约定？"企业与企业的气质是截然不同的，在李书记看来，比起勤勤勉勉的申远，顾蛮生更适合狼性十足的展信。

"不敢忘，不会忘。"顾蛮生说，"我在努力。"

由市政府带头，整个汉海市的市、区各级机关都积极开放了大楼楼顶，用以建设通信基站。这一举动为整个2009年的中国3G网络建设拉开了良好的序幕。后来人们做了个统计，这一年，中国共建成3G基站三十二点五万个，网络覆盖全国三百四十二个地市、两千零五十五个县(市)和六千多个乡镇，开创了全球电信发展史上建设规模最大、速度最快的新纪录。

第三十七章

塞翁失马

曲颂宁出院之后，肩伤还未好透，就一刻不待地回到工作岗位，他已经知道了妻子携子大闹单位的事情。党委书记将他招去办公室，两人进行了一场严肃的谈话。

曲颂宁是打算辞职的。清俊有礼的曲工以前人缘很好，大姑娘小媳妇都爱闲时跟他逗闷两句，但现在单位里的女同事个个眼神古怪，躲着他走，尤其是小林。她们都怕招来不必要的是非，被他那泼妇似的老婆打上门来。他这些年埋首技术岗位，倒失了学生那会儿的豁达与机敏，这些眼神令他羞愧得抬不起头来。

然而党委书记还是惜才，无论如何不同意他辞职，最后还是在曲颂宁自己的要求下，暂时给他调了个岗。

这两年，国有通信企业不断向海外扩展业务，越洋海底通信成了国际通信最主要的信息通道，也与世界区域经济发展息息相关。中通设计院为了不掉队，新订造了两条亚洲最大的海缆船，又逢中、日、美共建跨太平洋超高速海底光缆，汉海市电信局为中方承建单位，中通设计院为参建单位，两艘大船很快就准备装船起航了。曲颂宁此趟作为海缆施工工程师，也将随船出征。

他当时只想暂时逃避家里的和单位里的白眼，没想到，却因祸得福了。

曲颂宁在海上漂了几个月，还没踏上陆地，就遇上了日本发生的一场大地震，造成西岸通信大面积瘫痪，也波及了中国沿海一带。一时间，白领们最爱的即时通信软件 MSN 就登不上了。沿海一二线城市多写字楼，沿海运营商一天得接八百个投诉电话，斥责他们只收钱不干事，掉线的 MSN 大幅影响了他们的日常工作生活，千万级的生意都黄了。

基本年年都有海底光缆因地壳震动断裂的情况，但像这回这样大面积断网的事件却鲜少发生。日方损失严重，紧急与中国的运营商联系，中方又立即找到中通设计院。

曲颂宁有着丰富的陆缆系统设计经验，兼说得一口流利日语，能与日方工程师们无障碍交流，所以，顺理成章地在修复工程里挑了大梁。他任总协调官，用不到三天，就让受地震影响地区的通信基本恢复正常，又用不到一个月，断裂的海底光缆也抢修完毕了。

曲颂宁功成身退，回到家里，却发现灶是冷的，锅是空的，妻子与丈母娘光脚盘坐在沙发上，边嗑瓜子边看电视。

舒妈妈从来没把女婿家当外人的地方，一双长满鸡眼的大脚就搁在茶几上。见曲颂宁推门而入，才慌忙撂下，冲他讪讪一笑："小曲回来啦。"

丈母娘还知道问候一声，但身为妻子的舒青麦仍瘫坐在沙发上，一动不动。电视上播的这部电视剧叫《潜伏》，这一年孙红雷与姚晨火遍大江南北，一个是我党插入军统的一柄尖刀，一个是大大咧咧、泼辣率直的农村大妞。但漂在海上的曲颂宁对此一无所知。舒青麦指着镜头里那个大眼大嘴、长相端庄的女星，也不知道在跟谁说："姚大嘴演技真好。"

此时，舒青麦已经对曲颂宁换工作的事情死心了，换言之，她也对他这个人死心了。她哭、她号、她怨、她闹，有时她甚至恨不得再投一回娘胎，这一回，她一定不会为了这样一个窝囊的男人奋不顾身，放弃大好的提干机会。

当着曲颂宁的面，舒青麦换了一个频道，这回屏幕里出现一个身穿军装的漂亮女人，长着酷似王翠平的大眼大嘴。这个女人跟她曾是同一个部队文工团的，如今却是享受国务院颁发"政府特殊津贴"的女高音歌唱家了，各种文艺演出都有她的身影，还担任了这档民歌节目的评委。

"这狐狸精当年还没我唱得好呢。"提起旧事，舒青麦就愤愤不平，她又淡淡瞟了进门来的丈夫一眼，便摁着遥控器，把频道调回了余则成与王翠平，随口说了一句，"饭菜都在冰箱里。"

“没事，我一会儿自己热。”曲颂宁其实不饿，只觉得累。

“奖金呢？”舒青麦只关心他带回家多少钱，往曲颂宁眼前伸出了一只手。

工资卡已经被舒青麦收着了，曲颂宁又掏出一张银行卡递给妻子，说：“这里头的是奖金。”

“多少？”

曲颂宁刚要开口回答，舒青麦又不耐烦地打断他：“算了，能有多少，我自己会查的。”

一旁的舒妈妈冲女儿挤了挤眼睛，示意她也别太过分了。舒青麦却极不满地回瞪母亲一眼，意思是别拦着，我就这个态度了。

曲颂宁还是没忘记给妻子带些日本的巧克力，尽管知道如今的舒青麦并不喜欢巧克力，但这几乎成了他的习惯，跟三餐一样必不可少。巧克力收在行李箱里，他把行李箱留在客厅，转身去了厨房，打开冰箱，发现里头空空如也，只有一口盛在小碗里的米饭。

“蔬菜隔夜要致癌的，我倒了，不是还有酱瓜吗？饭里兑点水，凑合凑合吃吧。成天就把孩子扔给我一个人，你这点工资还不够请个保姆的呢。”舒青麦仍然“咔嚓咔嚓”地吐着瓜子皮，果盆里盛满了，就直接吐在茶几上。比起撒泼吵闹，她找到了最治她丈夫的那一手，就是怠慢他、无视他，冷刀子比热枪炮还伤人。

曲颂宁的一腔期望与柔肠溃败千里，默默地关上冰箱，走出了厨房。他没拿出行李箱里的巧克力。

“妈，你太过分了！”曲思彤一直见不惯母亲这么对待父亲，母女俩相处得简直如同仇人一般。

她走上来，一挽父亲的胳膊，头也不回地将他往门外拉扯：“爸，我们出去吃。”

刚走出家门，曲思彤就掏出了手机，发起了短信。

“谁给你的手机？”曲颂宁十分诧异。

“有人送给我的。”曲思彤冲父亲调皮地眨眨眼睛，很是老成地道，“我还叫他一起来了，他这两天在汉海，咱们让他请客。”

到了地方他才发现，原来女儿叫来的是顾蛮生。顾蛮生两手插在兜里，一种能令所有女人酥半边的恣意笑容斜挂在嘴角上。

这是一个晴天的夜晚，星光很亮，旋起旋灭，但风有些大，好像群马嘶叫。曲颂宁的郁郁之色一扫而空，很是惊喜："你们俩什么时候成朋友了？"

"说来话长，不过，你女儿比你有意思。"顾蛮生绅士风度十足地替曲思彤拉开椅子，笑着将菜单递到了女孩儿的面前，"曲小姐，吃什么你点。"

"我点你买单，不准狡赖。"曲思彤毫不客气，对老板道，"盐烤大闸蟹不错，来三只，四两的。"

"你女儿也比你会吃。"边聊边等上菜，顾蛮生对曲颂宁道，"你这么就快回来了？我记得2006年也是地震震断了海底光缆，也大面积断过一次网，那次花了一个多月才勉强修好了海缆恢复了通信，这次可快多了。"

"海缆维修与恢复通信是两个概念，前者需要时间较长，而后者可通过使用其他线路在较短时间内实现。这回咱们比2006年有经验，靠着船载终端配合北斗系统，或者租用其他国家的商用卫星，很快就能让我们国家的江浙一带和日本大部分断网地区恢复通信。"

接着，曲颂宁就讲起来海缆路由的断点定位以及船载终端的注意事项，专业范围之内，顾蛮生听得津津有味，倏然回头，却见曲思彤放下了手头的大闸蟹，也瞠着眼、托着腮，一张脸洁白透亮，满眼的懵懂和向往。

通信专业知识对业外人来说，枯燥难懂好似天书，何况还是个丁点大的小女孩儿。顾蛮生冷不防在曲思彤眼前打个响指，吓她一跳，又笑她道："听那么认真，你听得懂吗？"

"听不太懂，但我就是爱听。"曲思彤听得一知半解，似懂非懂，却依然兴致勃勃，"爸，既然卫星也可以通信，为什么还要用海底光缆呢，全用卫星，不就不怕海缆出故障了吗？"

"技术上说，卫星通信有传输时延大与信号干扰等缺点，而且通信成本极其昂贵。"曲颂宁试着跟女儿解释明白，"所以，目前国与国之间的通信，主要还是靠海底光缆。"

"我明白了，"曲思彤一下高兴起来，好像发现了多了不得的秘密，"就像爸爸你当年参建的'八纵八横'一样，光缆就好像是人体的神经，可以在设备之间传递信号。”

顾蛮生也被这小女孩儿的喜悦感染，凝神看她一晌，忽然对曲颂宁道：“你女儿像你。”

“更像我姐，跟我姐小时候简直一模一样。但性子显然不同，我姐小时候就爱照镜子，一照一整天，还偷抹我妈的口红，但这丫头，”曲颂宁垂眸看了女儿一眼，虽是嗔怪的口气，眼神却无比温存怜爱，“不爱红装爱武装，还爱上房揭瓦，比她弟弟都不服管。”

这点顾蛮生同意。小丫头身上这股劲儿眼熟，他一时想不起来在哪里见过，反正，是一棵好秧苗。

“哎哎，你们怎么当着面编派我啊，我还没问完呢，海底那么深，潜水员是怎么下海维修光缆的？”曲思彤的问题都很天真，盐烤螃蟹对她已然失去了吸引力。

“具体作业都有水下机器人，以后有机会也带你上海缆船上看看。”在女儿的欢呼声中，曲颂宁忽然想起什么，扭头对顾蛮生道，“我这趟出去，跟申远海洋合作，就是申远旗下从事海缆通信网络建设的那家子公司，还遇见不少贝思的人，老听他们的人说什么通信业的当代吕布、‘三姓家奴’，还当是谁呢？原来骂的是你。”

顾蛮生对邢卫民还有愧疚之意，但对贝时远全无一点客气。空气里平白生出一股硝烟味，他仰脖子灌下一大口酒，笑道：“骂他们的去啊，孙子对爷爷有意见，那是正常的。”

曲颂宁轻笑：“你以前给我洗脑，说伟人必备素质就是‘度量大如海，意志坚如钢’，你目前只做到了后者。”

“我不是伟人，我是商人。”顾蛮生笑着伸个懒腰，“iPhone 重新定义了手机，系统比那些洗发水广告里的头发丝儿还顺滑，谷歌、安卓模仿苹果，也搞了一个可以上载各种应用的系统，还是免费授权。智能机时代就要来了，华强北的山寨厂商都在闷声发大财，我一个这么爱财的人怎么会落于人后呢？单腿儿的蛤蟆蹦不远，所以展信下一阶段的发展目标，是运营商和消费者业务，两手都要抓。”

曲颂宁轻轻叹息：“那么贝时远没说错，你在李书记面前的那番话就是故意的？”

顾蛮生很认真地想了想，然后敛容道：“不，不是。”

“你也别太拼了，”顾蛮生是挚友，贝时远是姐夫，曲颂宁夹在中间，也觉难办，

“出逃了申远，又得罪了贝思，你在业内树敌太多，终归不好。”

“这话应当我对你说，别太拼了。我刚刚一看见你，就知道你在家没看上老婆的好脸色。”顾蛮生为曲颂宁倒了杯酒，劝他道，“你跟我不一样，我是天为罗盖地为毯，赤条条来去无牵挂，你毕竟有老婆、孩子，能调回来就调回来吧，青麦一个人也不容易，家和万事兴。”

曲颂宁无言以对，甚至不太愿意在最好的朋友面前谈及最亲的家人。一阵恍惚的沉默之后，他也为顾蛮生添酒，酒杯还未满，酒瓶就见底了，他扬手招来老板，让对方再来一瓶。待最烈的白酒上桌，他涩然一笑道：“今朝有酒今朝醉吧。”

总算啃完螃蟹的曲思彤突然插嘴道：“我也要喝。”

曲颂宁对女儿板下脸：“你个小女生喝什么酒，别闹。”

“哪条法律规定小女生就不能喝酒了？”曲思彤反应够快，知道父亲这边说不通，立马用央求的眼神去看顾蛮生，“顾蛮生，你说说，我能不能喝？”

“别没大没小的，”曲颂宁早听这个名字不入耳了，“叫顾叔叔。”

“我不叫他叔叔，他说我可以叫他名字的。”曲思彤把眼睛瞟向顾蛮生，“你说是不是，顾蛮生？”

“是是是，”顾蛮生不敢惹这小丫头，面露为难之色，“可你爸在这儿呢，我站你这边，他一准跟我断交。”

“胆小鬼。”小丫头嘟囔不迭，曲颂宁拗不过宝贝女儿，只好往她的杯子里倒上一点点。

曲思彤忽雨忽晴，一旦得偿所愿，立马满脸溢笑。她双手举杯，面朝两个大男人，极其豪迈地道：“干！”

一顿大酒喝罢，已是明月当头，所有的晦气不快都云散烟消了。

曲颂宁最后还是决定听从顾蛮生的建议，一个人老在海上漂着确实顾不了家里。那场风波差不多也该平息了，他给领导打了申请，希望调回原岗位。

没想到塞翁失马，他不仅如愿调了回来，而且还直接连升两级，越过科级被提为副处。这在设计院里还是破天荒的头一遭。

曲颂宁此次与日方通信运营商合作，不仅准确无误地判断出海缆故障位置，也充分运用了汶川地震抢险中累积的经验，使用多种线路结合的方式迅速替许多日本企业恢复通信，挽回损失超过十亿日元。

日方运营商对他赞不绝口，日本媒体都来采访了好几拨，曲颂宁流利的日语更添众人好感，不少日本民众也赞他专业、谦逊，还很腼腆、英俊。后来不仅媒体和民众对他赞不绝口，就连日本首相都发来了感谢信。原本默默无闻的曲颂宁一下子成了设计院里的红人。领导们突然发现，原来这个低调清俊的小伙子不仅是科技先辈之后，而且工作十载兢兢业业，先进事迹更是车载斗量。

副处跟副科看着只差两级，但在单位里的地位就截然不同了，同样地，曲颂宁的家庭处境也变了。正逢曲颂宁三十五岁生日，过去这些年，最好的待遇不过是一碗长寿面，但今年这半整的生日过得极其铺张。舒青麦邀来一众亲朋，去顶好的馆子包间开筵，饭后又请大伙儿一起去钱柜唱卡拉 OK。

她跟曲母处不好，早些年还碍着面子，对曲家人客气有加，现在却是连敷衍都懒得敷衍了。曲颂宁也不愿提个副处就在单位里过于张扬，所以到场的多是舒青麦的同事和朋友。五彩缤纷的天花灯下，一阵鬼哭狼嚎之后，专业出身的舒青麦终于带着她的“节目”登场了。

包间门一打开，一个藏族美女袅袅婷婷地立在门口，不知谁先“哟”了一声，所有人都跟着沸了起来。

舒妈妈很会来事儿，知道女儿女婿眼下关系不佳，特意给女儿准备了一套相当富丽的藏族女装。舒青麦嫌穿着不比当年轻盈，自己还操剪子动针线地改良了一番。此刻，她华服艳妆，盈盈而笑，洁白的水袖倏然飘起，像唐古拉山上被风扬起的雪。

“是谁带来远古的呼唤，是谁留下千年的期盼……”

只要伴奏，不需话筒，她且歌且舞，来到丈夫身前。

嘴唇鲜红得像刚刚吮过血，粉又扑得奇白，这样的妆感很重，重得疲惫。改良过的藏服腰部勒得很紧，勾出那种素鸡似的不美观的曲线，丝毫不显轻灵，反倒有些滑稽。但舒青麦浑然不觉，或者说，根本不在意。都说成功的男人背后注定有一个不凡的女人，她为自己的不凡深深陶醉。

她终于走出了那片大山。

“这就是青藏高原……”

她明显没有以前的灵气了，舞姿不再灵动，但嗓子依然出众，轻轻松松就攀上了音域的高峰。

曲颂宁目光空洞地望着妻子，任舒青麦不断勾挑地将水袖甩在他的脸上，他始终端端正正地坐着不动，仿佛魂游天外。

“亲一个！亲一个！”舒青麦献唱完毕，众人开始拍手起哄。这对小夫妻领证时偷偷摸摸，补办的婚礼又不欢而散，洞房从没闹过，大伙儿都想补偿这个遗憾。

“那就亲一个吧，我要亲得仔细一点，毕竟现在亲的是曲处长了。”舒青麦大方地靠向丈夫，凑上一张喷着热气的鲜红的嘴，忽又止住，她极其夸张而炫耀地喊起来，“我这不是对领导耍流氓吧！”

深爱的女人近在咫尺，然而他却发现，自己无法看清她的脸庞，她过分热情的眼神反倒将他灼伤了。在一派春节似的欢乐气氛中，他与他的妻子接了一个与幸福无干的吻。

第三十八章

多才必然多欲

顾蛮生是立完军令状才回的展信，他不仅答应杨柳，要替她买回属于她的柳生大厦，更答应了李书记，要让展信成为全球顶尖乃至领先的通信企业。

单靠无线通信业务追赶，兴许太慢，顾蛮生想的是如何拓展一个崭新的业务，实现对申远乃至国外设备大厂的近道超车。他很快就想到了手机，紧接着又想到了中国移动。他想与中国移动合作生产定制手机。

展信虽然是全国排名第二的无线通信设备企业，但在终端领域终究是新人，如果能在全国运营商营业厅里铺货，无疑能迅速获得消费者的信任，提升品牌知名度，而且还能按订单需求生产，不用担心库存积压。三家运营商里，就属移动用户最多、底子最厚，而 TD 技术却是起步最晚、发展最慢。

用户多、底子厚，意味着手握巨额项目资金；起步晚、发展慢，就造成了可供选择的 TD 终端匮乏，而 TD 终端匮乏，又造成了消费者不愿选择 TD 网络，如此一来，便陷入了恶性循环。中国移动显然深谙此道理，所以早在 2009 年年初刚获得 TD 牌照不久，就提出了 TD 终端补贴政策，表示将拿出一百亿来补贴 TD 终端产业链。

是的，一百亿，天大的馅饼。不得不说，经历了激进甚至有些冒进的创业期，他更通透了，好风凭借力，才能上青云。

自打劝服市政府在头顶上建基站，汉海一个城市做了表率，别的城市也紧跟而上，运营商的选址压力得到了很大程度的缓解，以至展信跟几家运营商的关系维系得相当不错，其中当然也包括移动。顾蛮生是说一不二、想做必做的性子，他立即北上，拿出程门立雪的精神头，找到了移动里负责定制机项目的钟经理。

钟经理自然认识顾蛮生，这三个字早在通信行业里被骂透了，什么当代吕布，什么“三姓家奴”，实在听得太多，以至于他现在对顾蛮生的观感很复杂，就像再美味的食物老被沤着，也铁定能沤出怪味儿来。所以钟经理把人引进门里，都没给他看座，开门见山地就问：“顾总今天来，什么由头？”

“老钟，气色不错。”顾蛮生却没拿自己当外人，坐在了钟经理的红木沙发上，嫌硌，又从旁边的椅子上拿起个垫子，自己垫在了身后。坐舒坦了，看了眼果盆，挑出一根最生的香蕉，剥皮就吃。他就喜欢生的，所以单从吃这点上，就能看出这人癖性很怪。

钟经理见对方没有开口的意思，便耐着性子重复一遍刚才的问题，顾蛮生这才慢吞吞、笑嘻嘻地提出了合作定制手机的想法。

钟经理反问道：“移动确实有定制手机的计划，但为什么要跟你们展信合作？国外那些品牌还排着队呢。”

“我知道你们五年前就生产过定制机，还叫什么‘心机’，结果呢，雷声大雨点小，联合十几家外国知名手机商，折腾了一阵子，就不弄了吧。再说，美国的拜通芯片至今不支持TD标准，诺基亚到现在都没答应涉足TD终端，你们王总都亲自上门几回了吧。”顾蛮生笑笑，颇不给面子地道，“行内人就别说行外话，咱们自己的标准自己清楚，人家瞧不上。”

话是实话，但终究太长他人志气，钟经理佯装动了火气：“谁说我们的TD标准不行了？”

“3G时代拼的就是网速，三家运营商里，联通的W-CDMA最成熟，带宽21兆/秒，几乎是咱们TD技术的五倍——五倍，说明什么？说明咱们没比2G强多少啊。”话音戛然而止，顾蛮生装模作样地叹了口气，“我不说了，再说下去，您老脸都绿了。”

“你说，你再说，我看你也憋不住。”钟经理按捺住火气，倒想听听这人还能说出什么惊世骇俗的话来。

“还有咱们是时分双工，上下行业务无法同时展开，移动性和覆盖能力都有限。联通的3G业务品牌叫‘沃’，电信的叫‘天翼’，就咱们移动叫‘G3’，就是把3G倒一倒，您说是不是太没想象力？”

“怎么着，你这是专门上门来揭我的短来了？”

“我怎么敢哪，没有TD，就没有3G时代的话语权，我们的通信技术就会一直受制于人。所以，从技术上讲，TD标准还不够成功，但从全局战略上看，咱们移动那可是为了全中国的电信事业发展做出了巨大的贡献与牺牲的，咱们钟经理也是厥功至伟啊！”千穿万穿，马屁不穿，顾蛮生声情并茂，字正腔圆。

“得得得，你少给我戴高帽子，技术上的问题我也说不过你，”再说下去就真要中这小子的招了，钟经理赶紧道，“就算诺基亚这样的大牌暂时无意合作TD技术，国内可供选择的厂商也很多，我为什么要选你们展信呢？”

“便宜啊。”顾蛮生答得理所应当，“对移动来说，能以低于全行业的价格采购一批经由个性化定制的手机，从而更好地提升品牌知名度与美誉度，还由此锁定了一批忠实的消费者；对消费者来说，话费补贴大大降低了购机成本；而对展信本身来说，这是一个打开终端市场的大好机会，所以在利润上我们可以出让许多，这就是一个三赢的局面。”

展信作为国内第二的通信设备企业，通过移动内部评估这关应该不成问题，但钟经理就是莫名看顾蛮生不痛快，这小子，好像不是来求人办事，倒像是别人都上赶着求着他。想了想，他决定难一难他，他一语不发地转身走向书房，取出一支普普通通的水笔，递给了顾蛮生。

顾蛮生接过笔，上上下下地看了看，没看出任何玄机：“我没明白。”

钟经理故意憋着笑道：“情况是这样的，我儿子今年就高考了，偏偏就这牌子的笔用得最顺手，可厂家两年前就已经不生产了，市面上也买不到。都说展信的顾蛮生偷奸耍滑少有人及，吹拉弹唱是无所不能，还会唱戏呢。我就想，顾总能不能想个办法，再弄来一支？”

顾蛮生在心里叹气：考试用哪支笔不都一样吗？拉不出屎还赖上马桶了，现在的小孩儿真是娇气，但他嘴上却信誓旦旦地保证，包在自己身上。

一出钟经理家的大门，顾蛮生就给手下打电话，要求他们联系厂家，拿来所有代理商或经销商的联系方式，然后他拍下这只笔的照片，发了彩信给所有人。

展信的人打着飞的满中国地跑，总算在山东一个落满灰尘的仓库里找出了一支。

费了九牛二虎之力才找来了那支水笔，顾蛮生亲自给钟经理送上了门，没想到却在钟家看见了贝时远。

对方显然也是为了那一百亿的肉饼来的。展信准备布局消费者业务的消息，在行业里也不是秘密，所以顾蛮生这边一有动静，贝时远也坐不住了。

两个男人四目相对，微妙地注视彼此，还是贝时远先开口道："多才的人必然多欲，就是顾总的处世哲学太霸道，什么蛋糕都要分一块，什么事情都不给别人留条后路。"当年两人约定不做对方的核心业务，贝时远这话就是在暗暗指责顾蛮生背信。

"客气客气，我哪有贝总深谋远虑。我听人说的，别的手机企业还忙着自建渠道，以营销与低价在日益萎缩的市场份额里求生，贝总为了不在进一步的智能机市场上落于人后，破釜沉舟，直接把刚生产出来的一批砖头机给砸了，啧啧，这魄力，中国的企业家里没谁比得上了。"

"传言多有美化的部分，不过我还是得谢谢顾总，东美抢下奥运赞助之后，又豪掷千金，一举拿下了今年的央视标王，这么花钱迟早得把自己花垮，你算是提前替我解决了一个对手。"话虽如此，到底还是意难平，贝时远淡淡一笑，"就这方面，我还得谢谢顾总。"

钟太太要留人吃饭，最后一个都没留成。钟太太没问钟经理，不用问也知道，这两个男人，一个是每天上房爬树的野小子，一个是彻头彻尾的贵公子，不睦，正常。

移动定制机没有公开招标，就等着在世界通信日那天，在中国信息通信大会上发布战略合作。信息大会当日，顾蛮生像个刚挂牌的公关，衣着光鲜，神采飞扬。他知道这是展信的消费者业务一举走到公众视线里的绝佳机会。

可结果大大出人意料，中国移动公布的第一批定制机合作方是贝思，而不是展信。

贝时远多了个心眼，怕顾蛮生也拿出什么新技术，直到最后一刻才向移动亮出"双卡双待"的杀手锏，几乎打了他一个措手不及。

三家运营商争夺客户的大战之中，各种低资费套餐层出不穷，你家打电话便宜，我家流量更大，作为第一个为国产标准挑大梁、吃螃蟹的中国移动，单靠着一个不太稳定的TD网络去打市场，显然是有些吃力的，但如果手机可以“双卡双待”，再多加一张电信或者联通的卡，他原先积累的客户数量优势就立马显现出来了。

别说找来一支水笔，就是找来一个亲娘都不管用了，顾蛮生先前在钟经理那儿获得的允诺，连同他看中的五亿移动手机用户，就如同贝时远当年看中的奥运宣传窗口，都在移动公布合作方的瞬间化为乌有了。

贝思与展信在信息大会上位列领导两边，答案揭晓的时候，贝时远特意前倾身子，侧头看了一眼顾蛮生。他优雅而得体地冲他点了点头，仿佛在说：承让。

顾蛮生的一腔怒火被这极为挑衅的动作点燃了，不顾大会尚未结束，拂袖而去。

比起贝时远报了奥运那时的一箭之仇，更令他不快的是，移动携手贝思推出了“双卡双待”的定制手机，一推出市场就卖疯了。

对于曲颂宁提副处的事，方春国打从开始就不乐意。

方春国经营群众路线多年，都没提上副处，没想到曲颂宁因为那些风言风语调了岗，结果却傻人撞大运，偏偏撞上了日本大地震和通信网络大瘫痪，一调回来就成了领导，还直接越过了自己。

职务升迁意味着岗位调整，曲颂宁不再需要冲杀一线，虽然依然出差，但频率明显低了。缓过最初那点不适应，他也觉得这样对家庭、对家人挺好，夫妻关系缓和不少。

工作还得继续，正巧设计院承接的赞比亚2G网络建设项目中途停工了，领导们一合计，就把它交给了曲颂宁。

其实这个项目本来是要交给方春国的，但方春国那点心思九曲十八弯，他知道这个项目是个顶顶烫手的山芋。怎么说呢？通信基础设施的建设投入巨大，一些较为落后的发展中国家通常难以自筹项目资金，需要承包商们带资建设。

所谓带资建设，就是承包商先自掏腰包，等到该项目运营后，再由其产生的现金流进行带息偿款。回款期一般比较长，所以别说爱立信、阿尔卡特这样的国外大设备厂瞧不上非洲市场，就连展信与申远这样的中国民营企业有时都不愿担这个风险，不会主动争抢项目，是宁愿只挣小钱，只做幕后的设备供应商。

而中通设计院得益于国企背景，中国与亚非拉兄弟的关系又十分好，这样的项目可以先由国内银行贷款垫付，签个三方协议，再由那些国家以各种资源置换给中国作为偿款。

本是一举多得、两全其美的事，但偏偏这个赞比亚的项目出了问题。项目前期工作刚刚敲定，国内这个签三方的银行行长就因为经济问题进去了。没了银行担保，项目就不能继续推进，已经耽搁好一阵子了，赞比亚的领导人都跟着急了，别说全世界如火如荼发展着的3G，赞比亚就连基础的2G网络也没有，举国上下都巴巴地盼着用手机呢。

然而设计院里也没人敢挑头。国家反腐倡廉是主旋律，虽说这个行长进去的原因与赞比亚的项目没有一点关系，但风头之下，难保不会被人以放大镜指摘挑刺，怎么做都招非议、惹话柄。所以，方春国不想沾。

领导问他原因，他不方便直说，忽然计由心生，他想到了曲颂宁。你不正春风得意着吗，没理由不让你难受难受。于是他特别自谦、特别诚恳地对领导说："小曲作为业务骨干，又刚升副处，应该给个大项目锻炼锻炼。何况，当初这个项目他就参与着做过设计案，谁能有他上手快啊。"

领导觉得有道理，问了曲颂宁的意思，曲颂宁哪有方春国的心机，也完全不知道这个项目背后的弯弯绕，马上答应下来，就似飞蛾投火般积极。

他当初做设计案的时候就去赞比亚出差过几天，对非洲人民的淳朴热情十分难忘，他所在的团队甚至受到赞比亚总统的亲自接见，总统亲切地称呼他们为"来自中国的朋友"。而这位祥貌慈爱的老总统，在得知赞比亚2G网络规划顺利，不日即将落成时，几乎是掬着热泪对所有中方参建人员道："谢谢，谢谢……"

还有赞比亚的那些孩子，那些一笑一口白牙的黑皮肤小孩儿也令他印象深刻，他们从没见过手机，无意间见到曲颂宁手里的手机，争着抢着要看要摸。

曲颂宁刚接下这只烫手山芋不多久，赞比亚等不及中方迟迟无人回应，其国有电信公司的领导就在赞比亚驻中国大使的引领下，不远万里地找上门来了。

赞方那边跟着一个华人翻译，个子不高，但一脸精明，好像也在赞比亚电信公司有个小职位。他深谙中国特色的圆桌文化，所以正式拜访结束，又私下里邀曲颂宁与方春国等人吃饭，打算通融通融，交流交流。

曲颂宁赶着回去给女儿辅导功课，也觉得这种私交无甚必要，所以婉言谢绝了，但方春国一口应允，待曲颂宁一走，他就高高兴兴地跟着对方一起下了馆子。

饭桌上，他对赞方的电信领导与那位精明翻译说："这个项目也不一定就会黄了，一看两国政府之间的关系，二看有没有项目负责人愿意推动这事。"

赞比亚是整个非洲南部与中国最早建立外交关系的国家，长期获得中国的基建援助。2009年又是中赞建交四十五周年的特殊日子，两国的友谊自不必说。翻译与领导交头接耳片刻，又道："现在这个项目的中方负责人就是刚才那位曲副处长吗？"

"就是他嘛。"方春国眼睛转了转，试图让对方相信，有些人得喂饱了才肯办事。他的话说得相当委婉，很见水平，像是飞鸟落在雪上的一点爪痕，半隐半浮的。所幸，对面的人听懂了。

这位华人翻译的好处就在于，除了圆桌上的礼仪，更懂得这背后的潜规则，行行业业都不例外。所以他旁敲侧击地打听了方春国的价码。而方春国见机会来了，反倒立马表明自己的高洁态度，一番义正词严地拉扯之后，话锋一转，又道："都说了项目负责人是我们曲处，你跟我通关系没用，你得找他去，或者更简单点说，他明面上不好意思要，你得找他的媳妇儿去。"

曲颂宁正直又寡欲，但他老婆明显不一样，方春国是见过舒青麦耍赖撒泼的，知道这女的空有一副厉害外表，其实外强中干，精明却不聪明。

正巧时令到了中秋，赞方那位翻译带着方春国给的地址找去了曲家。

舒青麦刚把工作辞了，她最近越发心气儿高，跟主管一言不合就撂挑子走人，也不急着找新工作。听见门铃声，还当是来抄水表的，舒青麦放下手中的遥控器，穿着睡衣，趿着拖鞋，慢吞吞地去开了门。眼前一个陌生男人，高档的西装配合精致的领带，手里提着两盒月饼，一脸客气地对她道："请问这里是曲处长的家吗？"

"是……快进屋吧。"舒青麦赶忙拢头发，她发量多，发质又硬，不打理时就像一丛蓬乱的草。

翻译带来的两盒月饼，一盒真是月饼，另一盒里则装着十万元的现金。在一番别有所指的话语中，舒青麦打开盒子一看，话不多说，立即两颊绯红、两眼发光地收下了。这位翻译还代表赞方悄然许诺，项目启动之后，还会再送。

待人一走，舒青麦心情好极，披上一件亮色的细褶针织衫，就去了家附近的银行，高高兴兴地把钱给存了。她全然不知黄雀在后，一双犀利的、不怀好意的小眼睛，一直在污黑的角落里盯着呢。

方春国本来只想借这送礼的事情浑水摸鱼，暗中抹黑一把曲颂宁，没想到看样子舒青麦还真收了人家的钱。沙沙作响的梧桐树后，他嘴角嘲讽地一翘，挤出面上数道丑陋的横纹，心道：好戏就要开场咯。

晚上曲颂宁到家，一眼就看出妻子的不对劲。她平日在家懒散随意，常常穿着大汗衫、大裤衩，不梳头发不洗脸，但今天却打扮得格外光鲜，唇色还是血红欲滴，更要命的是一双眼，原本细细长长风流妩媚，硬是被眼线笔描画得大如核桃，也不知是存心还是无意，眼尾微微晕开，像洇了一片墨。

曲颂宁倒也不觉得打扮就比不打扮好，简装素颜并不折损舒青麦的美丽，他对多年疏于照顾家人一直有愧，更喜欢她舒服自然的样子。

"晨晨与彤彤呢？还没放学？"他注意到桌上两盒月饼，又随口问了一声，"家里来客人了？"

"放学了，送他们奶奶家去了，今晚家里就咱俩。"曲颂宁升职之后，好像所有的矛盾都一下解决了，便连紧张多年的婆媳关系也跟着缓和了。舒青麦笑容暧昧，眼波流离，也不回答曲颂宁的第二个问题，拉着他就往卧室里走。

"你找你们领导催催去，你那个赞比亚的项目还是尽早推进的好。"舒青麦伏在曲颂宁身上，忽然调皮起来，捉弄似的用手指去戳他的腰窝。这个女人一旦调皮起来就特别可爱，曲颂宁一下抱紧了妻子，翻了个身，边笑边吻她脸颊。

舒青麦再次抢占上风："我说真的，人家非洲兄弟没有通信网络，这日子怎么过呀？"

曲颂宁有些奇怪地问："你平时不是不爱听我工作上的事吗？怎么今天这么关心？"

舒青麦不好说自己收了钱，只好胡诌道："我不是想着这是你第一次总负责这么大的项目嘛，要是干好了，没准还能往上升呢。"

曲颂宁点点头："我本来也是要催这个事的。"

夜风如水，他点燃马达，夫妻俩好一顿闹。

上一任负责人刚因为敏感问题坐了大牢，多少双眼睛虎视眈眈，一直没人敢主动推进这个项目。只有曲颂宁，一见领导的面就提这事，不见面就发邮件，领导没回复还上赶着催。在他看来，是对工作认真负责，但在更多人看来，这种热情就很蹊跷。

午饭之前，经曲颂宁发起，众人端坐在大会议室。他认认真真做完报告，便立在幻灯片前，静待在座领导们的反应。但会议室静得离奇，能听见一根针落地的声音。领导们互相看了一眼，没人说话，又是好一阵子尴尬的沉默之后，一直对他不错的党委书记终于开口了："小曲，最近家里没什么事情吧？"

"没什么事情。"曲颂宁感到茫然。

"你母亲呢？也没事？"

"也没有，都挺好的。"曲颂宁越发不解。

几位领导个个面色严峻，最后仍是党委书记替他解了惑，他说："国资委前两天接到了匿名举报，说你收受了贿赂，在调查小组介入前，党组决定先展开自查。"

党组派人旁敲侧击地向赞方的电信官员求证，对方当场承认给曲颂宁的太太送了礼，还想当然地以为这就是中国特色的办事方式。而这一切，身为项目负责人的曲颂宁全被蒙在鼓里。经这一句提醒，他才想起了不久前那个灼烈的中秋夜，顿时心头阴霾遍布，后背冷汗淋漓。

党委书记对他一直看着成长的小曲是了解的，瞧他反应也的确像是不知情，他想给他一个自清的机会，便叹口气道："你要不要先回去问问家里，贪内助要不得啊。"

提前下班，曲颂宁一路浑浑噩噩地回到家里，打开门，见妻子仍靠在沙发上看电视，他瞬间失态地咆哮起来："中秋那天，你是不是拿了别人什么东西？"

纸包不住火，舒青麦一下就明白收礼的事情暴露了，她还梗着脖子不愿承认，嘴硬道："谁收礼谁不得好死，你听谁胡说八道的。"说着就要往卧室走，试图单方面终结这场谈话。

曲颂宁一下扳住妻子的肩膀，问她：“你到底收没收人家钱？”

“就算收了又怎么样？那些领导的夫人不都这样吗？我才拿多少。”舒青麦大言不惭，丝毫没觉得自己有错。她使劲儿挣了一把，没挣脱，便夸张地喊起来，“怎么？你这是要家暴吗？才当上个副处就要摆官威，打老婆了？”

妻子的短识与短智暴露无遗，曲颂宁疲倦地松开手，跌坐在沙发上。他抬手捂住脸，良久才闷声道：“有人向上级匿名举报，调查小组就要介入了，职务侵占是要坐牢的。”

舒青麦这才意识到闯了大祸，撕心裂肺地哭起来：“为什么别人拿那么多都没事，我才拿一点点就被举报啊……”她仍没觉得自己有错，只觉得这世道不公平。

很快，贺婉莹知道儿子可能有牢狱之灾，打着车就来到了曲家。婆媳二人间的火药桶被彻底引燃了，她扑向舒青麦，又推又打，歇斯底里地哭着骂：“我当初怎么就容你嫁进家门，你就是个扫把星、丧门精，闲来就要生事的主儿！好好的日子都被你给糟蹋了！”

舒妈妈知道这次是女儿的过错，只敢小声劝着亲家母消消气，但舒青麦不买账，她忍着婆婆的打骂，很快就忍不住了。兴许是被欺压太久了，兴许也是害怕到了极处，人一害怕就容易口不择言，她决定豁出一切还击这个女人。她一把将眼前的婆婆推出一个趔趄，冷笑着道：“这家还不是我一个人挑起来的，只有你把你儿子当宝贝，他在我眼里，连个像样的男人都算不上！”

“呸！”贺婉莹啐骂道，“当初是谁耍足心眼，死乞白赖地要嫁过来？没我儿子，你个小贱丫头还在乡下喂猪呢！”

“我承认我死乞白赖过，但我还真没稀罕过你儿子，从来都没有。我就是太想离开那片大山了。我妈当初为了离开农场，连个糟老头子都肯跟，我有什么不可以的？”

舒妈妈突然强扯了一把女儿的袖子，舒青麦还恶声恶气地问“干什么”，然而一回头，就看见了站在门口的曲颂宁。

曲颂宁呆立在家门口，一动不动，也没什么表情，仿佛一截空心的木头。为什么这么说？因为这个男人外表看着好像如常，内里却被蚀化了，一碰就能颤颤地碎一地。

他始终记得那个突然出现在军用帐篷里的女孩儿，女孩儿那么漂亮，在一众魁梧黝黑的康巴汉子中间，她的皮肤像雪白的绸料，一双眼睛又妩媚又调皮，可惜那天的高原山风凛冽，阳光也灼烈，他没有看见她眼里过于昭彰的欲望。

然后他就有些悲哀地发现，那个女孩儿早就不见了，或者说，她从来就没来过。

事到如今，只有任人指摘的份儿，幸亏没有证据能表明曲颂宁本人知晓此事，而且在调查结果出来之前，他便主动退还了所有贿款。最后组织上报，决定不予追究他的刑责，但腐败这根高压线谁也踩不得，尤其是这种跨国受贿，严重损害了中国的国际形象，曲颂宁最终还是因为严重违反党纪，被开除了党籍和公职。

方春国顶上了他的位置，经营筹划多年，总算是如愿升了。

舒青麦得知曲颂宁没有被追究刑责，当场松了一口气，工作没了就没了，她早就想好了后招。她给曲夏晚打电话，电话里一口一声亲热的"姐姐"："姐姐，你能不能跟姐夫说说，给你弟安排一个工作……"

兴许是电话那头的曲夏晚问了什么，这时候她的聪明劲儿又回来了，信口雌黄："嗐，还不是因为工作太出色，被同事排挤陷害了，也怪我不小心，没注意到人家送来的月饼里还夹着人民币呢……"

那头的曲夏晚不知又说了什么，舒青麦立即眉开眼笑，继续道："不用当什么高管，工作适合他就好，能让他有点时间照顾家里，至于工资待遇……哎呀，你是颂宁的姐姐，哪能亏待了自己弟弟呀，我信得过你。"

收了线，舒青麦回过头，瞧见不知什么时候站在自己身后的曲思彤。小女孩儿看待母亲的眼神又冷又静，仿佛在说，她是打心底里瞧不起她。

"你这什么眼神，你妈不也是为了这个家吗？"舒青麦知道顾蛮生送了部手机给曲思彤，又让女儿给顾蛮生打电话，说货比三家才不吃亏，找工作也一样。

"你得让两家大公司都觉得你爸奇货可居，才能要到好的价码。"

这回连曲思彤都感到丢人丢大发了，死犟着不肯打这电话。舒青麦就狠狠在女儿胳膊上掐了一把，当场掐出一块指甲盖大小的乌青，她骂道："不识相的臭丫头，你想我们一家都跟着你那没出息的爸爸喝西北风吗？"

这个时候，舒青麦已经把整件事情的来龙去脉打听清楚了。她认为，错不在自己收了那么点钱，而是这个项目本身敏感，曲颂宁当初就不该接下它，人家方春国就比他聪明，比他会审时度势。所以说来说去还是曲颂宁一个人坑害了全家，说到最后她甚至自己都信了，她一次次在饭桌上，在孩子面前数落丈夫：“当年在青藏高原，你就是这样不长心眼，还‘我来签字’，什么火药桶都敢扛，你真以为自己是董存瑞啊？”

电话最终还是由舒青麦本人打了，曲颂宁选择去了展信，正如妻子所言，他是个男人，就得挑起养家重担，不能让一家老小陪自己去喝西北风。

工作很快就落定了，顾蛮生当然没有亏待老同学，展信的工资比原来在设计院里翻了几番。舒青麦掉了疤痂忘了疼，不禁又在饭桌上得意起来，觉得自己这是曲线救国，觉得开头是起糟了，但这尾押得好。

曲颂宁默默地听，默默地扒饭，从来不接妻子的话茬儿，仿佛这件事情根本与他无干。

除了比以前更安静些，他好像已经没事了，就是这阵子总是胸闷、心悸、头晕、胃疼，好像哪儿哪儿都不舒服，又好像哪儿哪儿都没大毛病。最令舒青麦不满意的是，好像丈夫那方面也不太行了。正是虎狼年纪，哪有夫妻生活都过不上的道理，舒青麦有些着急，催了曲颂宁去医院检查，别是出了什么大毛病。

正巧展信有入职体检，曲颂宁去了医院，结果显示一切正常。

等出检查报告的时候，曲颂宁就坐在医院的长走廊里，他坐姿端正，一动不动，甚至一眼不眨，脸上漫着一股活人少见的灰气，仿佛此刻地裂天崩也不能掀起他情绪上的一点波澜。一个颇有经验的老医生从曲颂宁身边经过，停下脚步看了他片刻，说他这可能不是生理上的毛病，而是心理上的，建议他去医院的精神科看看。

曲颂宁认为没有必要，但没有病因就没法向妻子交差。重新挂了精神科的门诊，经由一番摆布，拿到了一张病例诊断书，上面写着：重度抑郁症。

从药房里拿了一点抗抑郁的药，曲颂宁便小心翼翼地将诊断书藏了起来。回到家里，他将成人维生素的药瓶倒空，将抗抑郁药装了进去。他想：倘使被她发现，她会说什么呢？无非就是小气、矫情、不像个男人。他实在听怕了妻子那女高音似的叫声与骂声，但又担心对方问他得什么病，他搪塞不了。

曲颂宁刚刚服完药，舒青麦就开门回来了。因为展信的新工作不错，她心情大好，带着儿子去百货商厦买了不少东西，可一见丈夫，她脸上那舒展的笑容便全不见了，像百花栽在沙漠里，风一过，就只剩下惨淡的黄土。

瞧见丈夫手中的维生素药瓶，舒青麦从鼻腔里挤出阴阳怪气的一声："哟，从来也不见给我、给我妈买点营养品，倒挺会保养自己的。"

曲颂宁轻吁一口气，先前的担心都是多余的，她早忘了他今天去体检了。

第三十九章

出海

贝思的移动定制机一上市就卖疯了。

此刻的贝思手握国内企业绝无仅有的两大专利技术，一个是“双卡双待”，一个是基于 Win CE 的智能机操作系统，再加上移动庞大的用户数量，运营商实体门店前人山人海，长队如龙，据说抢购一台贝思移动手机，至少得排四五个小时的队。

为了知己知彼，顾蛮生也排在人群里头。十点钟预售，他七点钟就来了，结果一条长队已经从街头排到了街尾。队伍里年轻人居多，也有龙钟老者，可能是从众心理作祟，队伍越排越长，谁都想来凑个热闹。

7 月的深圳暑气蒸人，柏油马路异味弥漫，像是快被烤化了。每个人都红扑扑、汗津津、油汪汪的，但他们热情不减，只有顾蛮生百无聊赖，时不时催促似的往队首张望一眼，一脸的不耐烦。

白浩跟顾蛮生站在一块儿。他昨天刚刚回国，哪儿都不愿去，直接带了个马扎，跑来移动门店门口排队。去了一趟非洲，小伙儿越发精神了，脸庞坚毅，肌肉虬结，一笑两排雪白的牙，就是天天太阳暴晒，比以前黑了不少。他坐在小马扎上，仰起笑脸招呼顾蛮生：“生哥，换你坐。”

“不用。”顾蛮生含了根烟到嘴里，没点着，就这么咬着解闷儿。

有个姑娘买到手机从他们身边蹦蹦跳跳地走过，喜悦之情溢于言表。顾蛮生朝姑娘手里的东西瞥去一眼，觉得这款手机的渐变彩壳挺新鲜，阳光下尤显花里胡哨，外观上看倒是不错。

又在大太阳底下熬了十来分钟，总算排到他俩。

移动向贝思定制了两款手机，硬件配置稍有差别，但主打的都是“双卡双待”与智能系统，顾蛮生与白浩各自买了一款，白浩用手掌托着手机掂了掂，惊喜道：“配重很均匀，不愧是国内最注重细节的手机品牌，一般的国产机都头重脚轻，操作起来不舒服。”

顾蛮生也掂了掂，手感确实不错，别说国产手机比不上，就是诺基亚、摩托罗拉也得略逊一筹。他把手机揣进兜里，不服输地辩一句：“手机又不是买来看的，贝时远读书那会儿就屁精。”

排了几小时的队，两人都饿得够呛。白浩一去非洲两三年，顾蛮生猜他惦记着一口故土的味道，便请他去一家本地酒楼吃烧腊。

“深圳变得真快。”这家酒楼白浩以前常来，昔日豆腐干大小的烧腊档，历经十余年的发展，竟也成了老字号。他立在店门口，仰望着崭新的檀木制的匾额，一时感慨万千。

“整个中国都发展得很快。”顾蛮生笑笑。

一个挺漂亮的女服务员送上菜单，白浩二话不说先敞皮带，意思就是要放开了吃。他笑嘻嘻地说自己早就想死了深圳的肠粉、虾糕与光明乳鸽，程度深至日思夜想，结果一觉睡醒暴汗如雨，衣被尽湿，就跟做了一回春梦似的。

顾蛮生跟那服务员都听乐了，他翻开菜单，点着招牌菜那一页，道：“那就都要吧。”

店里坐了八成满，菜上得倒很快。白浩以两手抓着乳鸽，先是从鸽子头到鸽屁股，来来回回好一通深嗅，然后才十指大动，狼吞虎咽。这吃相浑似饿鬼投胎，把身边的女服务员都招得捂嘴直笑。

顾蛮生这会儿倒没了胃口，慢条斯理地动一下筷子，就得灌自己一大口酒。

顾蛮生喜欢烈性白酒，还不屑茅台、五粮液之类的醇柔好酒，反倒喜欢呛人的江口醇，辣喉的北大仓，白浩知道，他最喜欢的就是牛二。这其中当然是有缘故的，缘故就是苦过。当年顾蛮生一穷二白到了深圳，最困难的时候夜无庇护处，一瓶牛二一个人，绕着整个深圳走一圈，一夜就对付过去了。

“我差点忘了，给你带了好东西。”白浩取湿巾，擦了擦十根油亮的手指，从随身的小黑包里掏出一瓶黄澄澄的液体，递给顾蛮生道，“你猜猜，这是什么东西？”

用矿泉水那样的塑料瓶装的，顾蛮生拧开闻了闻，一股香甜的酒精味瞬间充满了鼻腔：“闻着像酒，但比酒的香味腻些。”

“鼻子挺灵。这是非洲的特色香蕉酒，得用空心的草秆子这么吸着喝。”说着，白浩变戏法似的又从包里取出几根蔫头耷脑的枯草根，一双英气的剑眉贱嗖嗖地冲顾蛮生一挑，“利比亚田间的麦草，纯天然，高端货。”

顾蛮生真用草秆子喝了一口瓶里的酒，皱着眉头咽下去：“这也太腻了。”

“是你不懂欣赏，这瓶里的每一滴都是咱们非洲兄弟用脚丫子踩出来的。”

“这有意思，”旁人一听以脚酿酒，必然立马面露嫌恶之色，顾蛮生反倒双目一亮，笑着说，“法国最好的葡萄酒都是用脚踩出来的，咱们的国酒茅台也有‘踩曲’这个说法，据说被招来踩酒曲的还都是体态轻盈的少女，光是想想那‘方寸肤圆光致致，白罗绣屧红托里’的画面，就美不胜收了。”

他拔出瓶里的麦草秆子，仰头连着灌下几口香蕉酒，白浩笑着劝他：“别看这酒口感甜腻，后劲很大。”

顾蛮生搁下酒瓶，问他：“你刚刚说利比亚，你的灵飞在那边发展得怎么样？”

白浩又低头朵颐，边吃边道：“也就刚起步，一没技术，二没资金，一开始在非洲和东南亚两边跑，做做贴牌机，小挣一笔，去年年底刚开始做自己的品牌。”

顾蛮生掏出贝思的“明魅”新机，换上自己的SIM卡，然后开流量上百度，查了查新闻。他用字正腔圆的普通话念道：“利比亚难逃动荡之局，多地发生骚乱事件……那边形势这么乱，你没遇上什么危险吧？”

“还好，打打停停，都习惯了。”白浩看见顾蛮生用手机浏览网页十分流畅，惊喜道，“这已经是3G手机啦？”

“国内早就是3G时代了，你这个都不清楚，倒知道贝思新机是‘双卡双待’，谁告诉你的？”其实多此一问，肯定是杨柳。

果然，白浩暂且放下乳鸽，又夹了一筷子肠粉，道：“柳姐说的。”

顾蛮生脸色稍变，努力掩饰着：“你们……联系得挺频？”

白浩摇摇头："倒没有，主要是展信在那儿有办事处，都是中国人，我跟你、跟柳姐又有那么点渊源，所以大家都混得挺熟的。"

"展信在那儿还有办事处？"顾蛮生微蹙起眉头一琢磨，疑道，"我怎么听说是申远先拿下的市场？申远产品过关，报价又低，跟那边运营商的关系维护得很不错，别的设备商已经很难插一脚了。"

以前他的办公室墙上贴着一面中国地图，想要把"七国八制"的外资交换机一个个撵出去，现在贴着一面世界地图，国际上领跑的是爱立信，国内领跑的是申远，他也想一个个地追上去，再像狼捕食猎物那样，一口一口地蚕食干净。地图上红圈红线的画了很多，跟老师批注作业似的。

顾蛮生回归展信之后，杨柳基本放了权，展信又回归了昔日的狼性做派。他不再只是守着全球各地的通信展会等待客户标书，而是主动出击，在全球超过一百个国家设立代表处，哪怕有些地区的市场已被友商牢牢占据，展信的代表处里只有一个常驻员工，他也得派人打进去。所谓"乱拳打死老师傅"，有一丝机会就不能放弃。

他的地图目前还没更新到非洲的这个小国上，可能他自己都忙忘了。

"你还不知道，已经搬站啦！"白浩总算扔掉手中已经被啃得天残地缺的鸽骨架，嫌没过瘾，又徒手抓取盘里另一只皮脆肉肥的，金黄的油汁直顺着指缝往下淌，"一开始是申远的市场，你们展信在那边统共也就四五个人，但比四五十个人还有战斗力，天天堵着几家大运营商，去缠、去磨、去打商量，当然也没少说申远的坏话。后来人家都烦透了，说设备肯定不会采购你们的，要不你们帮着维护维护，清清告警吧。结果，机会还真就来了。就像新闻里说的，突然就动乱了，反政府军跟政府军天天干仗，到处扔炸弹、放黑枪。有次我跟胖子走在路上，'嗖'一颗子弹就擦着我的耳朵飞过去了，血崩了胖子一脸，都不知谁干的。生哥，你看。"白浩突然一侧头，朝顾蛮生拨弄了一下左边耳朵。

顾蛮生细了眼睛，一看，果然耳垂上方残缺了一道大口子，像睡着的时候被耗子叼了一块肉。

"后来呢？"他问。

"后来形势一度控制不住，好些国家都准备撤侨了，申远那边的技术员也顶不住枪林弹雨，都回国了。因为战火，那边许多通信设施出了问题，可是申远没人了，非洲人民自己又不懂这些，整个国家都快陷入网络瘫痪了。关键时刻还是咱们展信人挺身而出，顶着密集的炮火，从检查到维修再到上电，全套服务井井有条，也没主动提钱的事。别说把几家运营商感动得眼含热泪，连人家副总统都亲自接见了他们，这不正巧赶上 2G、3G 更新换代，申远所有的站就都顺理成章地被咱展信搬了。就我回国前几天定下的事儿。”

“你柳姐把消费者业务交给了我，一切从零开始，所以海外业务我最近没太关心，也没听下头人来汇报一声。”顾蛮生挺欣慰地笑出一声，“他们干得好，回来以后全都奖励。”

“那时胖子还问我说，展信的人也太拼了，跑市场就跑市场，怎么还玩命呢？我说，因为头狼是这个精神，所以手下的狼群全一样，不服输，不怕死，不认命。”

讲起自己在非洲的经历，白浩先前还眉飞色舞、口若悬河，宛如以醒木拍桌的说书人，此刻却突然敛了神色，双手托起酒杯，微伸着颈子，向顾蛮生做出敬酒的姿势：“生哥，从你身上学来的这些，够我受益终身，我敬你。”

“我很久没自己跑市场了，还挺怀念咱们刚开始奋斗的日子，苦是苦了点，但一腔热血，有奔头。”顾蛮生倒是很乐意自己跑市场，但现在的展信不再是当初只靠程控交换机这单一产品闯天下的时候，正准备顺应时代，多点开花。

“你现在是三军统帅了，运筹帷幄于帐中，上前线的事情就交给手下吧。”白浩总算搁下筷子，面对满桌狼藉，边心满意足地长舒一口气，边摸摸凸起的肚子，嗯，人在异乡整整两年的饥饿被填得半饱了。

顾蛮生问他：“你也老大不小了，怎么，这两年就没看上一个姑娘？我听说华人在非洲创业的不少啊。”

“哎，大丈夫事业未成，何以家为？”白浩不敢在顾蛮生面前提及个人问题，这会让他们的关系非常尴尬，便故意岔开话题道，“说起来，你觉得贝思的这款新机怎么样？”

顾蛮生便又拿起手边的手机研究起来，所谓的智能系统就是在他当初参与研发的那个系统上优化而成的，贝时远还给它起了个名叫“magi1.0”，作为国内首款智能机系统，它霸占了多个“第一”，什么“专利第一”，什么“颜值第一”，什么“国产手机销量第一”，不仅征服了广大消费者，还一举打趴了老对手东美，反正举国赞誉之声，而贝时远对顾蛮生只字未提。

顾蛮生倒也没想着贪这功劳，实话实说道：“谈不上多惊艳，跟苹果的流畅度也没的比，但苹果还没登陆中国市场，安卓也才刚刚起步，贝思的这款操作系统又比塞班更智能，目前看国内是没有敌手了。”

“咱们中国人有自己的操作系统是好事儿，不过我关心的倒不是这个，我这趟回来主要是看上他的‘双卡双待’了。”

“‘双卡双待’怎么了？”顾蛮生的注意力都在新系统上，可能潜意识里就认定了这个技术不怎么高端。

“还不是非洲的运营商太多了，每个运营商的信号覆盖面积又很小，如果不多备几张电话卡，没走几步就打不了电话了。可现在非洲能买到的手机全都只有一个卡槽，想要顺利通话，要不就随身携带好几部手机，要不就不厌其烦地不停换卡，前者伤钱，后者费劲，所以我这趟回来，是想向贝时远要个专利授权，能不能允许我使用他的‘双卡双待’技术。”

经由白浩一点醒，他才意识到这个技术的实用之处，一方面令消费者能多选一个运营商多享受一个通信套餐的优惠，另一方面又照顾了一些商务人士“公私分明”的隐私需求，不得不说，贝时远确实考虑周全，有两把刷子。

顾蛮生总算动了一下筷子，不紧不慢地道：“我话先说在前头，授不授权是你们两家公司的事情，我不掺和，也掺和不了。”

“我知道。”白浩或多或少听杨柳提过几句，一时瑜亮的两个人终于还是闹掰了。

“你打算怎么做？直接找上门去？”顾蛮生想了想，道，“其实‘双卡双待’没有很高的技术壁垒，说到底还是单通模式，A卡通话则B卡处于离线状态，好像看着是双行道，其实还是单行道，你要是有资金、有时间，也能搞出类似的技术。”

“这不是怕专利绕不开吗，上回就差点进去，要再被他告一回，怕是要赔得我倾家荡产了。再说，我也没资金、没时间。非洲的手机市场现在就是一块亟待开垦的沃土，十亿级的市场啊，等国外那些大企业都琢磨过劲儿来，就晚了。”

“那你自己想想怎么跟贝时远谈，”顾蛮生不再过问白浩生意上的事情，话锋一转，盯着他的眼睛道，“你这趟回来没去见见杨柳？”

“还没见，”话题终是拐到这儿了，白浩偷偷瞥了顾蛮生一眼，眼里带着一点怯意，像是随时提防着他生气，“这不你又回来了嘛，我寻思着我要是跟她见得太热络，有点第三者插足的意思。”

“没事儿，窈窕淑女，君子好逑嘛，一个单身且优秀的女人，当然值得被更多好男人追求。”甜腻腻的香蕉酒到底喝不惯，顾蛮生手起脖仰，狠狠灌下一口牛二，“实话说，我跟杨柳现在是死棋一盘，你还有机会。”

“那我真见了？”白浩松了一口气，眼神明显一亮，整张脸都跟着喜兴起来。他又举杯向顾蛮生敬酒，一双眼睛定定注视着他：“杨柳是我这辈子要定了的人，可你是我大哥，你们俩在我心里五五均分，跟谁生分了我都不乐意。”

“去了一趟非洲，臭毛病不少，咱们之间用得着这么客气吗？”顾蛮生轻轻一笑，也举起酒杯，回敬了白浩一下。对方一声“大哥”其实令他很感慨，跟邢卫民与贝时远翻脸之后，昔日贝思、申远的老同事全都断了联系，曲颂宁眼下又在非洲，他已经许久没被人这么全心全意地仰慕与信赖过了。

“其实……”白浩眼里的怯色倏地浓厚几分，欲言又止地动动嘴唇，终于还是说了，“我没回来之前，柳姐就跟我在电话里说，想跟我一起去非洲看看，主要是慰问一下在枪林弹雨里成功搬了申远站的展信员工，最多也就一礼拜吧。”尽管白浩想把这趟非洲行往公务上扯，但面对顾蛮生一双黑黢黢又寒湛湛的眼睛，他还是心虚，还是忐忑，“要不你也一起去？就当犒军了。”

“她去我去都一样，她是董事长，总比我这个 CEO 有分量。我手头的新业务还忙着，就不去了。”

顾蛮生笑笑，又灌了自己一大口牛二，他着实低估了这口苦酒的味道，被呛得直咳。

杨柳与白浩同行，结束了二十几个小时的飞行旅程，便踏上陌生的非洲土地。机场那边，展信的员工们早就正襟等着了。利比亚办事处的负责人叫曹旭，三十挂零头的年纪，一个圆脸平头的大小伙子，不笑时瞧着十分精干，一笑起来嘴角边就露出一个浅浅的梨涡，特别阳光。

曹旭一见杨柳就报喜：“申远这阵子把企业发展重心放在了欧洲市场上，已经被咱们连搬了几个非洲站点了。”完成展信的入职培训之后，他就被派来了利比亚，如今他已在这片土地上工作到了第三个年头。

杨柳颇欣慰："通信设备经历了从有线交换机到无线基站的改变，通信速率也越来越快，但咱们展信人的这股劲儿是不变的。"

一行人走出机场，放眼望去，一条宽阔平整的柏油路也没有，只有几条瘦嶙嶙的纯天然土路，犬牙交错，铺向树林深处。

白浩一手扶着行李箱，一手提着一只鼓囊囊的大包，该包沉似大鼎，他一脚还没迈出机场，"咵"一声，背包的带子就断了。包里的东西跟着背包一同掉在地上，叮叮当当一阵响。

"你都带了什么东西，这么沉？"杨柳人高挑，腿又长，走起路来风风火火，几步已在众人前方。她听见响动，回头看了白浩一眼，见拉链已经散开了，这只大包被塞得满满当当，里头全是清凉油、风油精、片仔癀、百雀羚，还有张小泉的指甲钳。

利比亚办事处的中方人员就那么几个，加上白浩一行人，几年也用不了那么多，她不由得好奇道："你带这么多清凉油干什么？"

"这些国货都是国粹啊，好用又便宜，在咱们非洲友人的眼里，也代表了'中国制造'。"白浩收拾完东西站起来，意识到杨柳的目光比先前多了些内容，很有些得意地说，"非洲天气炎热，蚊虫又多，当地人一开始没见过清凉油，用过之后觉得提神醒脑又祛痒痒，很是喜欢，现在清凉油被他们当作'神药'，有时在市场上甚至能当货币来使用呢。"

杨柳不信，"哧"地笑了："还能当钱使？这是你胡诌的吧。"

曹旭也笑："也不全是胡诌，这里轻工业不发达，咱们的指甲钳、清凉油确实都是稀罕东西。"

杨柳便又调侃白浩："你带这么多清凉油，是准备来这儿搞副业，做买卖了？"

白浩道："我带这些不是为了卖钱的。"

杨柳问："那是为了什么？"

白浩眨眨眼睛，故作神秘："你要是多留几天，一准就知道了。"

几个人正说着话，一个黑人小孩儿不知打哪儿钻了出来，瞪圆了黑白分明的大眼睛，一把就扯住了杨柳的衣角。见他嘴唇翕动，念念有词，似乎是在吐露一个发音不怎么标准的“钱”字。

白浩冲杨柳一笑：“这几年中国人到非洲来发展的不少，当地人都潜移默化地学会说中文了。”

杨柳正想掏钱解围，没想到曹旭及时出手拦住了她，朝她递了个“使不得”的眼色。她扭头一看，周围还有一些成年黑人都盯着这个讨钱的小男孩儿，眼神直勾勾的，瞧着蠢蠢欲动。

曹旭道：“这个时候不能给钱，你给了一个，一群人就会一拥而上，少给一个都不行，挨顿打都是轻的。”

“那你们在这儿工作岂不是很危险？平时出入一定要注意安全。”杨柳收起准备掏钱的手，那群蠢动着的黑人死死盯着她。

白浩插话道：“这儿有条连着桥的路就两千米，但经过必须打车，就是打车都很危险，必须车窗紧闭。那天我跟着老曹从站点回来，忘了这茬儿，结果刚打开车窗，就伸进一只手拿着一个手雷，把我吓得够呛。”

“不能这么说，世界之大人之多，哪儿都可能遇上危险。”曹旭笑笑，“绝大多数的非洲人民热情且友善，只要让对方知道我们是参与基建的工程人员，一般都不会太为难。”

杨柳走一步，小孩儿跟一步，就是拉扯着她的衣角不愿撒手。杨柳想了想，从白浩的包里摸出一盒小小的红罐。她将清凉油扭开，用手指抹了一点，便弓下腰，在那非洲小男孩儿的眉心轻轻一点。

一股带着奇异清香的凉意袭来，小男孩儿立马笑出了满嘴牙龈，他的牙缝很大，但牙奇白。

“送给你了。记住，这是‘中国制造’。”杨柳用英语说了这么一句，又将清凉油盖再次拧好，郑重其事地放进小男孩儿的掌心里。

小男孩儿应该能听懂英语，用中文回了声“谢谢”，就一溜烟地跑没影了。

车子没开出多远，一车的人就灌了一嘴的尘与沙。然而天空湛蓝，蕉林碧绿，作为利比亚唯一成型的城市，越接近首都的黎波里的市中心，便越能感觉到城市的气息，驶上主干道国王路，道旁老树在蒸腾的热气中打蔫，建筑大多灰扑扑的。

杨柳从白浩嘴里知道当地办事处的员工过得苦，所以此次特地带来了一位专业的厨师，美其名曰：犒军必先犒其胃。

离办事处还有几百米，忽听见不远处传来一两声枪响，厨师随口就问："这是放炮仗呢？"

经历了巴基斯坦的惊魂一夜，杨柳已经能够准确地分辨出炮仗与枪声的区别，她摇头道："应该是兵变的反动武装还在与政府军交战。"

"已经平息了，还有零星的武装分子趁乱打劫，偶尔会出来闹一下。"曹旭问杨柳，"柳总打算先去哪儿转转？"

杨柳说："哪儿也不去，就去咱们的办事处。"

展信利比亚办事处是一栋砖红色的三层小楼，外观四四方方，墙面十分整洁。小楼内外两层院子，内院住人，外院养狗。几条黑色大狗，胸宽体壮，站起来足有一人多高，像是罗威纳犬与野狗的串儿。

洗漱，休息，倒倒时差，杨柳加上白浩，与展信办事处的五名员工一起用了晚餐。

利比亚常年动乱，食材短缺得厉害，几个人灵机一动，自己在办事处旁开辟了一个小菜园子。五名员工来自国内五个城市，分别种下了自己家乡最常吃的蔬菜，东北的小王种了韭菜，上海的小雷种了苋菜，最年长的老孙来自四川，所以辣椒绝不能少。一园子的蔬菜经由悉心栽培，油油绿、艳艳红，瞧得人眼馋。

杨柳用乡音与老孙笑着道："虽然这回我是带着大厨来的，但老乡见老乡，我就不泪汪汪了，我来给你们露一手。"

杨柳厨艺其实不佳，但美女总裁亲自下厨，一群糙汉受宠若惊，竟从齁咸里品出了甜如蜜，瞬间大动筷子，将满桌的菜肴卷扫一空。

几条黑狗也沾了光，除了日常的狗粮，还多啃了几块骨头。

"为什么养这么多狗？"杨柳伸手摸了摸一只大狗，从前额摸至后背，背毛短而硬，像一身密匝匝的钨丝。

"一些友好的当地人提醒我们，这儿治安不好，有时警察会与匪徒一个鼻孔里出气，报警还不如养狗安全。赵本山的小品里不是有个金句：交通基本靠走，治安基本靠狗。现在的利比亚差不离就是这情况。"

“但咱们展信来了之后，‘通信基本靠吼’的时代已经一去不返了。”白浩不是展信人，但比展信人还骄傲。没聊两句闲话，嘴贫的臭毛病便犯了，可能也是跟顾蛮生学的，他笑嘻嘻地道，“其实这几条都好改善，也都在改善，但有一条，实在苦了咱们这些在异国他乡搞新基建的中国人民。”

杨柳问他：“哪条？”

白浩虎下脸，佯装痛苦姿态：“性生活基本靠手。”

杨柳使劲儿掩住笑，随手抓了根香蕉掷过去：“不要脸。”

全场哄笑，月亮的清辉透过窗子洒了一地，这是杨柳深入非洲大陆的头一夜，这个夜晚就在一片恣情欢乐的气氛中过去了。

第二天大早，白浩来敲办事处的大门。展信的员工习惯早起，杨柳也已经起床了，她一身蓝衬衣加白色牛仔短裤，没有往日里美女总裁的高冷范儿，显得青春又清纯，像个学生。

白浩穿着紧身背心，露着两条肌肉棱棱的修长胳膊。肩头仍旧背着那只鼓囊囊的大包。他神采奕奕地问杨柳道：“想不想跟我一起出去搞路演？”

杨柳欣然答应。

到了地方才发现，白浩口中的“路演”就是不知打哪儿找来一群非洲小孩儿，送他们一点清凉油，他们就帮着他走街串巷，到处刷墙贴广告。

待那些黑人小孩儿欢天喜地地一哄而散，白浩对杨柳道：“非洲大陆没有城管，什么惊世骇俗的广告词都没人管，电视广告我暂时投放不起，而且这边看个有线电视也不容易，这儿也没有专业的广告公司负责街边的灯箱片、广告牌，所以没有比刷墙更好的宣传方式了。”

杨柳略做沉思，点点头：“是个省钱又管用的聪明法子，就是苦了点。”

“你跟生哥当年不也是这么苦过来的？其实，这也是从生哥那儿学来的，我记得他跟我说过他当年在学校里承包电影院，就是这么宣传的。他还跟我说过‘技术适配’，分布式基站不就是因为解决了欧洲寸土寸金的土地问题，才第一次打开欧洲市场的嘛。”提及顾蛮生，白浩难免牵动感情，“我没念过书，也不懂怎么做生意，但庆幸的是我跟对了人，我的身边一直就有一个全世界最好的老师。”

“你还是别太捧着他了，他这人有个毛病，骄则刚愎。”杨柳微微一笑，接过白浩手里的手机把玩一下，灵飞手机卖得相当便宜，一部折合成人民币才一百多块，但质量还是相当过关的，她点头道：“手感不错，操作起来也挺流畅的。”

白浩笑着道：“这是你说的，干企业得学会吃亏，不能因为售价便宜就偷工减料，我已经做好了在这片土地上打持久战的准备，利润薄点就薄点了。”

白浩的一番变化令其相当刮目，杨柳由衷道：“行啊，咱们所有的招式都被你偷师了，你早晚会青出于蓝的。”

白浩自己也提了一桶油漆，备了两只刷子，他朝杨柳狡黠地眨眨眼睛：“你可是咱国内第二大通信设备商的老总啊，就不知道，我雇不雇得起你一起刷墙？”

杨柳二话不说撸袖子就干活儿，但对白浩这句话有意见，表情严肃又从容：“纠正一下，展信只是暂时落于人后，迟早会是世界第一。”

他们在非洲的一面面土墙上留下了五彩缤纷的宣传口号，留下了白浩的联系方式，他既热情零售也欢迎代理，他的计划是年内在当地开出第一家灵飞的手机体验店。

利比亚的夏天，室外温度逾五十摄氏度，太阳烤得人体水分全干，都不流汗了，直接“唰唰唰”地往下掉盐花。杨柳苦中作乐，还能即兴发挥，提笔就在墙上画起了简笔画。她画的就是非洲人最喜欢的“五大兽”，其中狮子画得最好，野牛画得最次。

白浩说：“你画的牛都像注了水的猪。”

杨柳不理他，也不理头顶毒辣的太阳，她弓着腰，保持半蹲的姿势，仍专心致志地在土墙上涂画。

她站的地方是一片稀泥塘子，最近也没下过雨，不知道哪儿来的积水，各种秽物堆积其中，但就在这些秽物旁边，是一簇簇挤挤挨挨的糖果色的野花。

白浩一眨不眨地盯着她的侧脸看，简直无心其他。这个女人真美，认真使她更美。别人形容美女总爱用花、用月、用各种淫词艳句，但白浩觉得，杨柳更像个战士。

他很想冲过去抱抱她，或者干脆在她颊上、唇上啄一口，但最后到底没敢。他只伸出满沾油漆的一根手指，捣蛋似的在她脸上刮了一下。

“好啊！”杨柳近乎野蛮地嚷起来，举起刷子就打。

一个星期很快过去，杨柳国内一堆事儿，白浩也不清闲，利比亚只是他手机事业的其中一站，他准备出发去往下一个非洲国家了。

临别前的那个夜晚，展信员工给两人搞了个送别会。或许是因为房屋大多低矮，利比亚的天比深圳的宽，太阳落山之后，天与地共了同一种铁黑色，一眼看不清地平面的分割线，这天便显得更宽了。

一些利比亚人也来参加了送别会，他们有的是的黎波里电信部门的职工，有的则纯是热情的当地人。送行晚会当然要跳舞，利比亚人个个能歌善舞，忽而甩头，忽而扭腰，忽而抖臂，忽而晃脚，舞姿野性又舒展，充满魅力。

白浩起初只坐在一边打着拍子，见大伙儿又唱又跳的十分快活，被勾得心痒，也跟着一起瞎跳起来。这些利比亚人用的都是灵飞的手机，灵飞手机有个特点，就是立体声外放时声音奇响，犹如十个扩音喇叭叠加使用。这就是白浩进军非洲的技术适配策略，他知道非洲人都爱放着音乐跳舞。

夜里有风，夹着一股热气流穿过香蕉林，整片树林被击节敲打，哗哗作响。

杨柳一边品尝稠似奶汁的香蕉酒，一边观赏白浩的奇异舞姿。

他其实不会跳舞，但不怵生，既然来到非洲就要跟当地人打成一片，他嗷嗷地喊着，呀呀地唱着，他扭得那样难看又那样自信，他笑得那样好看又那样张扬，杨柳起初浮着一丝笑容，忽然间，这丝笑容僵在了嘴角边。

她在这个男人飞扬的眉眼间看到了另一个男人的影子。

顾蛮生丢掉的那枚袁大头被白浩收着了，还贴身带着。他倒不会假占卜之名，行独断之事，但也时不时地会拿出来把玩一下。

杨柳不止一次看见，白浩那副吊儿郎当、嘴角微微歪斜的样子，跟当初的顾蛮生简直如出一辙。

但现在的顾蛮生已经很少流露出这样恣意的表情了，他总是微微眯着眼、蹙着眉，一脸的城府与忧忡。

几个不雅观的旋转扭动之后，白浩恰与杨柳四目相望。他很快意识到，杨柳的眼神陡然生出一些令他读之不懂的内容，显然是她透过自己看到了另一个男人。

白浩不嫉妒顾蛮生，但也不甘心。他的眼神凄怆起来，步子也跟着乱了，他踢踢踏踏地跳，越跳越跟不上节拍，越跳越胸闷气躁，忽然间天旋地转，他眼前一黑，人就栽葱似的倒了下去。

许久不见人起来，起初大伙儿还以为他是被香蕉酒的后劲儿撂倒了，曹旭与一个利比亚友人走上前去，笑着搡他一下，这才发现，坏了，人已经没意识了。

众人手忙脚乱地将白浩送去了当地最大的一家医院，结果诊断报告显示，他得了疟疾。

疟疾潜伏期长，白浩自己都没注意到，他又天生能忍会扛，先前一点头疼脑热的症状，也全没放在心上。幸亏这一晕倒，送医及时，没有被他拖拉成更致命的脑疟。

这下杨柳便走不了了。

白浩无亲无故，灵飞与展信的那些员工又都是糙老爷们儿，压根儿指望不上他们能悉心照顾病人。于是白浩住院期间，杨柳便负责在病房陪护，白浩醒过一会儿，又昏睡过去，他好像很冷，冷得直打冷战，额头却沁满了豆大的热汗。

病房窗外就是一片野生香蕉林，满树的香蕉已熟至金褐色，空气里弥漫着一股香甜的腐酵气味，果蝇嗡嗡纷飞。杨柳取了一条干净的毛巾，边轻撣飞虫，边替白浩拭汗。

床上的男孩儿应该有知觉，皱了皱眉头，但没惊醒，依旧紧闭双目，一动不动。两个人有阵子没这般独处了，尽管人前她仍以姐姐自居，然而自白浩把关系挑明后，有些东西到底变了味。

杨柳坐在白浩床边，俯身注视着他的脸。这个男孩儿鼻梁挺直，下颌有力，松垮垮的病号服下是一具强壮滚烫的身体，俨然已是一个成熟男人了。她情不自禁地想更贴近他，一只手欲近又怯，终究还是大着胆子探了探他的额头——

像是伺机已久，白浩忽然伸手，牢牢按住杨柳的手腕，但他仍没睁眼。或许是病迷糊了，或许根本就是假病真疯、将错就错，他将她的手轻轻贴在自己的脸颊上，无比缱绻地蹭了蹭，一滴泪水旋即从他的眼角淌落下来。

这是一个男人为她落的泪。

这滴泪烫得杨柳手一麻，像烟头揿灭在缎子上，吓得她赶紧把手抽了回来。她的心里有些异样，多半是明白了，这个男人其实是为自己病的。

杨柳走出病房去倒水，却发现曹旭还没走，他坐在医院的长排塑料椅上，正垂着头看手机。杨柳坐到他的身边，一眼就看见屏幕上一个小孩儿的照片，小圆脸、小梨涡，五官与神态都像极了曹旭。

曹旭嘴角噙着笑，对身旁的杨柳道："我出国的时候我老婆刚怀孕，这会儿孩子都会叫爸爸了。"

展信海外办事处的员工无疑是最辛苦的一群通信人，商务签的一个月能回一趟家，常驻的一年半载都见不了亲人一面。

杨柳来了一趟非洲，才对大伙儿的辛苦感同身受，她带着谢意，道："你可以申请调回国内，我在合适的位置给你安排一份新工作。"

"我们这儿本来人手就不多，我再回去了，他们铁定忙不过来。"曹旭扭头看着杨柳，嗫嚅一下，还是决定说了，"柳总，我能不能向你提个建议？"

"当然，你们这边还缺什么，尽管向公司伸手。"杨柳当他要改善办事处的生活条件。

"经过这次骚乱事件，我发现非洲当地的通信人才太过缺乏，一旦网络出现告警甚至瘫痪，他们就很依赖我们中方人员。所以我想，在整个非洲的基础硬件设施不断加强建设的同时，我们能不能也开展一些软性服务。"

"具体怎么说？"

"比如展信与当地政府或者大学合作，开设通信技术培训中心。一方面有助于提升咱们展信在当地的声誉与口碑，因为非洲人民非常信赖自己已有的合作伙伴，运营商在设备选择时几乎不考虑第一次接触的陌生企业，不是这次突发事件，展信很难拿下申远的市场；另一方面，古话说，授人以鱼不如授人以渔，我始终觉得商人和企业家是不一样的。我这是不是太理想主义了？"

曹旭忐忐忑忑不自信，杨柳却很为他这段话感到惊喜，同时很快学以致用："你说得没错，商人以利为先，企业家则更应该担起社会责任，而且从长远看，虽设立培训中心不以盈利为目的，但对于展信品牌影响力的提升，可能比斥巨资参加各种展会还有成效。随着整个非洲大陆的基建大发展，市场会越来越大，展信的机会也一定会越来越多，而且筑巢引凤，这些由展信资助培训出来的人才，也很有可能认同展信的企业文化，将来为展信工作。"

她当机立断地决定，展信要走出国门，与全球的顶尖学府合作，设立海外助学基金会，不仅要建立培训中心，同样也要建立研发中心，以便打造一个国际化的科研团队。

亏得送医及时，白浩在医院里住了一个多星期，基本就完全康复了。杨柳总算放下心来，国内多少事还等着她处理，助理一天一问她的行程，如何也不能再耽搁了。她与白浩两个人，一个要坐飞机，一个要坐车，一个要回中国，一个则要去往下一个非洲国家。

“你不送我去机场？”见白浩背着大包就走，杨柳在他背后喊住他。

“不送了，胖子还等着呢，我得赶快去跟他会合了。”

“那我送送你吧。”杨柳说。

“那就更不必了。”白浩笑笑，说了一句，“千山独行，不必相送。”

这句话听得耳熟，杨柳又是一阵恍惚。这种如少女怀春的情绪她已在非洲重复多次，按说以她的年龄和经历，不应该。

白浩太像顾蛮生了，太像二十岁的顾蛮生。

她承认她的心脏为他动了一下，但她还是分不清，这种异常的、不规律的跳动是为了白浩本人，还是为了二十岁的顾蛮生。

第四十章

诉讼不是目的

奥运会没能合作成功，市场份额又连年被外资品牌大幅挤压，移动高端定制机的热销总算令贝思打了一场漂亮的翻身仗，贝时远春风得意，很快就打起了“上市”的主意。

白浩找上贝思谈授权的事情，但此刻的贝思总裁贵人事忙，压根儿就抽不出空来见他。“双卡双待”极受中国市场的商务人士青睐，也因此受到了国内外不少手机企业的关注。一时间，上门求合作的人络绎不绝，区区一个山寨小公司，当然难入他的法眼。而在所有有意向的合作者中，贝时远与一家叫 LIX 的韩国企业打得最为火热。

贝思以与日本京瓷合作起家，却是以模仿韩国三星而家喻户晓，主打的音乐机也一度被国内市场认为“韩味”十足。比起诺基亚的朴实耐用，贝时远本人也更崇尚三星的简约精致，所以贝思手机的零部件大多采购自韩国。LIX 作为不逊于三星的韩国手机企业，此番有意加深合作，于是两家企业迅速进入了蜜月期，两家高层也频繁地在中韩两地会面，推研合作细节。

为此，贝时远亲赴韩国，负责接待他的是 LIX 负责亚太区业务的高层金先生。金先生有一张典型的韩国面孔，宽颧弓、高鼻梁，鼻梁上也架着一副金丝边眼镜，乍一眼倒有几分像贝时远。

两人一见如故，相谈甚欢，很快就称兄论弟起来。待轮到金先生到中国来考察贝思时，贝时远大尽地主之谊，甚至主动邀请对方住在自己家里。

两个男人在客厅里谈事情，曲夏晚便在厨房里忙碌，贝时远不吝为家里请阿姨，但曲夏晚体贴丈夫的胃病，一日三餐不愿假手他人。

她正准备果盘，忽然听见金先生道：“现在的‘双卡双待’手机还不完善，两张卡的3G网络不能同时在线，往往是一张卡在使用3G网络时，另一张卡就会自动降为2G，贝思有没有想过解决这个问题？”

贝时远一贯地诚恳而谦逊，认真答道：“通常情况下，这个问题可以通过一部手机两套基带芯片的方案进行解决，但这样也会产生新的问题，成本增加不说，手机功耗也会令电池难以负荷。贝思目前正在与国内的芯片公司共同设计一套可以在两个网络间自由切换的控制芯片，已经初具模型了。”

金先生直摇头，频叹气，做遗憾状：“贝总怎么会选择国内的芯片公司呢？不是我冒犯，中国根本就没有能够自给自足的半导体企业。在全球集成电路领域，除了美国的拜通，就是我们LIX了。贝总是不是考虑一下，换一个合作伙伴呢？”

贝时远笑道：“贝思跟韩国企业合作多年了，当然很愿意加深合作，关键还看怎么操作。”

“在通信领域，专利置换、优势互补是很常见的。在中国本土手机品牌当中，贝思已经确立了明显优势，然而对于海外的推广渠道，你们目前还处在起步阶段。但LIX与贝思的情况正好相反，我们不比三星进入中国的早，目前LIX在中国的移动服务中心不到贝思的五分之一。你拿专利来换我的市场，我们合作之后，可以共同组建技术中心与售后网络，贝思可以在LIX全球二十万零售点里销售手机，从而对海外市场进行有效覆盖，而LIX则可以减少大笔售后服务的成本，两家企业真正实现双赢。”

金先生的提议相当具有诱惑性，贝时远当然心动了。在深植中国市场的现状下，这次合作能够借助LIX的知名度开拓海外市场，完成贝思的品牌升级。这是他梦寐以求的机会。

金先生趁热打铁，接着道：“合同的事就先交给法务去拟吧，我的意思是先让技术团队碰个面，我实在是好奇，怎么用一套控制芯片实现双卡双3G信号。”

曲夏晚在厨房里忧心忡忡，有一件事情她没告诉贝时远。

贝时远买的别墅三层独栋，相当豪华，堪比古时候几进几出的大院子，与陌生人同住一个屋檐下，倒也不至于不方便。

金先生在她家小住，基本与贝时远同出同入，然而某日曲夏晚看完朋友提前回家，却发现金先生一个人在贝时远的书房里寻东摸西、行迹鬼祟，问他一声，他便露出标准谦恭的韩式笑容，说自己回来取个东西，又夸曲夏晚的房子太大太漂亮。

第二天，金先生就搬出了贝宅，表示自己初来乍到，难免疏忽。

这只是一个不经一提的小插曲，曲夏晚稍后就忙忘了，然而这场谈话又使她想了起来，她虽不懂手机通信技术，但这些理应属于商业机密，贝时远显然过于信任金先生，该不该说的，全都说了。她分着心，手里的水果刀忽地一滑，就在指尖切了一道又深又长的口子。

曲夏晚轻吮手指，淡淡的血腥味充斥口腔，她隐隐觉得，不是好兆。

一宿不得安宁，曲夏晚第二天就约了杨柳一起喝咖啡。

两个女人保持着良好的关系，时不时相约小聚。

天蓝得像海，天上飘着的云像一条泅渡的白鲸。

还是同一家甜品店，曲夏晚跟杨柳说了自己的担心，又摇摇头，苦笑道："也许是我多心吧，金先生人挺客气，处事也很大方，倒显得我有些胡思乱想、杞人忧天了，可能是我一直没工作，与社会脱轨了。"身为家庭主妇，一旦碰上贝时远生意上的事情，曲夏晚惯常不自信。

杨柳品了一口咖啡，笑笑道："你并不是杞人忧天。虽说现在是经济全球化的大背景，中外合作屡见不鲜，但中国企业通常缺少对商业秘密的保护意识，尤其在知识产权上，在华强北，许多中小企业能够迅速发迹，靠的就是山寨和盗版，我们不尊重别人的知识产权，自然也缺乏对自己的保护。而很多外国企业很擅长利用自身优势制造合同陷阱，展信这一路过来，就吃过洋亏。"

曲夏晚问："什么时候的事情？具体是什么情况？"

杨柳笑笑："太多了，常在河边走，哪有不湿鞋的道理？具体什么情况，我就跟你说个印象最深的吧，差不多是十年前的事情了，那时候顾蛮生还没坐牢，他向美国拜通采购芯片，等到我们这边机器全都开动，万事俱备只欠东风了，对方突然反悔，以一招‘长臂管辖’差点将展信告上法庭。因为芯片的不可替代性，最后我们不得不寻求和解，以原合同两倍的价格重新签订协议。”

“‘长臂管辖’是什么意思？”曲夏晚不懂就问。

“1998 年，美国国会修改了《反海外腐败法》，使得所有与美国有关联的域外企业，都随时可能被美国政府逮捕、起诉，哪怕这丝关联只是该企业使用了谷歌的邮箱。”杨柳再呷一口咖啡，道，“韩国虽然没有《反海外腐败法》，但一场商业战争可能比军事战争更诡谲，更狡诈。能够借助 LIX 的渠道开拓海外市场是很诱人，正因为诱人才更容易丧失他以往的判断力，你还是应该提醒一下贝时远，小心驶得万年船。”

与杨柳的一场详谈没有纾解她的不安，曲夏晚带着满心忐忑，打车回了家。

一推开房门，贝时远竟然也在，他今天比平时到家早，刚刚见了中介机构，因为胃病推了惯例的酒局，但从他的面色来看，他对贝思上市充满信心。

也不知胃病什么时候会突然复发，平时贝时远在妻子的督促下药不离口，很注意养生。

曲夏晚从阿姨手中接过胃药与水杯，体贴地端到丈夫面前，她跟她提起了金先生进他书房的事，不敢直接说自己这段话是从杨柳那儿听来的，只能拐弯抹角地道：“我觉得跟外资企业谈合作，还是得多长一个心眼，特别是你们这个行业，专利技术与企业的生存发展息息相关，虽说可以合作共赢，可说到底还是竞争对手。我听说，以前一个中国企业跟美国拜通谈合作，表面上花好月好什么都好，结果中方这边的生产线都开动了，美国那边却突然以‘长臂管辖’推翻了旧合同，强行临时加价，就因为技术垄断，那家中国企业一点办法没有，只能认栽。所以这次贝思跟 LIX 合作，你是不是也别太信任他们了？”

“你说的是展信的事吧。”曲夏晚还是料错了贝时远，同一行业里，岂有他不知道的大新闻？然而他的重点竟完全不在金先生的蹊跷上，反倒一脸狐疑地望着妻子：“你平时从不关心我们行业里的新闻，怎么会对展信的往事这么清楚？”

“是柳总告诉我的。”曲夏晚自知瞒不过去，只能承认，“你总嫌我不懂你们专业的事，柳总的话总能听一下了吧？”

“你什么时候跟杨柳那么熟了？因为顾蛮生？”贝时远放下了手中的水杯，脸上笑容全失，“这话可能就是顾蛮生让她跟你说的，展信现在也在发展消费者业务，当然要阻挠贝思的成功。”

贝时远一向是豁达的、从容的、游刃有余的，从未这般急切、刚愎与小心眼儿，曲夏晚亦有些不快：“好奇怪，你不相信跟你熟识这么些年的老同学，却偏偏信一个才见面没多久的外国人。”

贝时远扭头看着妻子，淡淡反问道：“你明明知道为什么，又何必多此一问？”

直到这一刻曲夏晚才彻底明白过来，他们此刻相距不足两尺，心却离了万丈远。虽然平时的贝时远极力表现得无所谓，但自己那段早夭且早已放下的初恋，其实一直硌在他的心里，硌得难受，硌得生疼。

那边杨柳没有顺路回家，而是掉头回到公司。

顾蛮生正在消费者业务部，跟于新华商量新机的事，目前展信的手机发展策略仍是为运营商进行高端定制，还没有正面上场，与国内目前的手机龙头东美、贝思一较高下的打算。

“难得你们两个大忙人都在，”杨柳笑道，“正好，我也听听你们在消费者业务上的市场策略。”

于新华道：“已经接到了联通的订单，正在加班加点地生产。”

杨柳问：“也就是说，我们目前手机部的发展策略，跟申远一样？”

看得出杨柳并不赞同这个策略，顾蛮生解释道：“这只是目前情况下，展信的最佳选择，一方面能巩固我们与运营商的关系，加深合作；另一方面定制机能旱涝保收，撇开了一个崭新品牌推向市场的种种风险，但我不会给展信设限，没有哪个条款规定展信只能为运营商定制手机。眼下智能手机刚刚上马，华强北的山寨机又来势汹汹，别看东美、贝思目前风光，国产手机行业两三年内必然大洗牌，展信到时候再登场也不迟。”

杨柳点点头，又问：“你怎么看贝思与韩国的这次全球合作？”

贝时远为了IPO过会增加筹码，不断向外散布消息，八字刚有一撇的中韩合作，全行业已尽人皆知。顾蛮生自然也听说了，他皱眉略微沉思，道：“贝时远这个人我再了解不过，过分完美主义了，这倒也不怪他，人家是高干子弟，从小眼界就高，跟我们这些荒生野长的穷小子不一样。这是他的长处，也是他的短板。”

“怎么说？”

“我那天买了一部贝思手机，品控确实没话说，但定价直逼国外品牌的高端机。‘双卡双待’与首个国产智能系统‘明魅’是他高定价的底气，也是他品牌的护城河，但前者没有很高的技术壁垒，后者的操控性完全不如苹果，则更像是个噱头。我现在有些怀疑，一个‘双卡双待’不值得韩国那边祭出这么优厚的合作条件，这样的合作背后可能有别的目的。国产手机的安全策略一定是‘高性价比’，他一味追求以高端机‘出海’，倘使失败，最后可能会失去国内的三四线市场。”

“我也是这样想的，”杨柳点了下头，稍做停顿，又道，“我答应了曲夏晚，劝贝时远慎重合作，你们过几天都要参加北京的通信大会，你有机会就提醒他一下，毕竟你们是老同学。”

然而杨柳还是没想到，这两个老同学已是仇人相见红眼，顾蛮生要不提这茬儿，贝时远兴许还会三思而行，顾蛮生一提，他便非这么干不可了。

通信大会还没开始，顾蛮生主动找到贝时远，道：“我以前也吃过这些外资品牌的亏，他们表面上跟你谈合作谋双赢，背地里就想着怎么摆你一道。天下乌鸦一般黑，我劝你做生意多留个心眼儿，还是别跟这些商人太交心了。”

顾蛮生的话跟妻子说的几乎完全一致，贝时远很难不往阴暗里揣测：曲夏晚口中的“杨柳”只是一个借口，她其实没少背着自己跟老情人偷偷见面。

这个认知令他相当不快，以至于很快就风度全失。

“顾总成天‘美帝国主义亡我之心不死’，要说背地里耍花腔、捅刀子，我的第一课还是从你这儿上的。”贝时远讥诮地勾了勾嘴角，“你怕不是展信的消费者业务开展不顺利，又眼红起别人即将登陆海外市场了吧？”

“行，算我多事。”话不投机半句多，顾蛮生不恼反笑，“那我祝贝总‘出海’成功，早日上市。”

当时贝时远没想到，金先生明面上就合作协议上的“技术共享”与“专利置换”等条款拉来扯去，看似在为 LIX 争取最大权益，暗地里却悄悄申请了“双卡双待”

的相关专利，并开始大量投产“双卡双待”手机。

旋即，LIX 手机大大方方登陆了中国市场，带着外国大牌的光环，挤下了原本属于贝思的销量第一。

等贝时远意识到不对劲，还没来得及再跟金先生进行沟通，韩方就率先撕破了脸，一纸专利侵权的诉状将贝思告上法院，要求贝思全部“双卡双待”机暂停销售，并索赔一亿。

贝时远这才意识到，自己被 LIX 摆了一道。韩国人太精明，或者说他们的专利团队太无所不能，利用中国企业往往不太注重知识产权这个弱点，竟然绕开贝思的“双卡双待”专利，将一系列相关的专利都申请了下来。如此一来，贝思反倒成了涉嫌侵权方。

官司未打先热，一下子就成了全行业的热议话题，原先贝思发的通告做的宣传，如今都成了背上芒刺眼中钉。

《证券法》明确规定，企业招投标或申请上市，都有“三年内无重大违法违规行为”这一条。正值 IPO 过会的关键时刻，突然冒出专利侵权这样的负面消息，对贝思无疑是个沉重的打击，贝时远不得不打落牙齿和血吞，低声下气地去寻求 LIX 主动撤诉。

此刻的金先生一改原先的亲切嘴脸，由他全权代表的 LIX 一会儿答应撤诉，一会儿又反悔，而每回接受和解的条件都比上回提得更加苛刻，这般来来回回地折腾，其实就是一种耗敌的战术。

“LIX 一直都是贝思的海外供应商，我们合作得一直很愉快。”贝时远稍显急切地辩解一句，话一出口他便悔了，高手过招，胜败往往只在瞬息之间，他的急切无异于示弱，而示弱便犯了兵忌。

最后金先生说，只有贝思接受 LIX 的注资，并且按韩方要求更换公司管理层，他们才愿意私下和解。

金先生的态度丝毫没有磋商余地，反倒相当热情地给了贝时远一个拥抱，对方拍打着他的肩膀，用流利的中文说：“这是看在我们的友谊的分儿上，我能为你和你的贝思，争取到的最大权益。”

贝时远最后一点幻想彻底破灭，他终于意识到顾蛮生没说错，对这些虎视眈眈的外来者来说，诉讼不是目的，是手段，是关键时刻蚕食鲸吞敲竹杠，是变着法儿地来恶心你。

贝时远保持着微笑不动，离开金先生在国内的豪宅，才慢慢咽下一口恶气，只觉得胃内酸液翻腾，一时难受得他连路都走不了了。

司机见他面色极其难看，问他要不要上医院，贝时远捂着胃部，摇摇头："还是回家吧。"

还没到家门口，妻子的短信就来了：我妈来了，说今天请我们在外头吃饭。

她在短信里留下的地址是贝思大厦的旋转餐厅。贝时远只能耐着疲倦，嘱咐司机掉转车头。

说是贺婉莹请客，自然还是贝时远买单。菜很快上齐了，人均四位数的高档地方，以特色粤菜为主，佐以部分西餐。

贺婉莹不知道餐厅还得订位，包间没了，只剩下大堂，嫌大堂人多嘈杂，她当场翻脸，冲领班喊道："没有包间了？你知道我女婿是谁吗？他是你们这栋大楼的老板！"

贺婉莹嗓门奇大，可能是老年合唱团里练出来了，她一开口，举座皆惊。领班自然认得贝思的贝总，但是没有包间也凭空变不出来，她为难地望着贝时远，摊手摇头道："贝总，真的全订满了……"

曲夏晚也见不惯母亲拿鸡毛当令箭的样子，忙打圆场："没关系，我们就在大堂里吃，大堂空气好，视野还宽敞……"

可贺婉莹一声女儿的劝也不听，只恶狠狠地盯着贝时远道："时远啊，妈妈难得来一趟深圳，还是到你的地方吃饭，你不能让妈妈不如意的。"

贝时远一向对丈母娘予取予求，冲她微微颔首，道："好的，妈，你等我一会儿。"

贝时远扭头向领班打听，包间里的客人有没有他的朋友。领班回答："还真有，紫荆阁里的王总，是贝思生意上的老朋友，也刚到没一会儿。"

贝时远走向紫荆阁，向刚上了几道冷盘的王总说明情况，表示这顿饭他请了，希望王总能割爱让出这间包间。两人相识多年，自然好说话，一番简单的寒暄之后，王总和一众朋友让出包间，径直去往餐厅大堂。

贺婉莹大展面子，心满意足，昂首挺胸地说了一句：“我女婿就是有本事。”

冷盘、热炒、海鲜、酒水，一概都拣最贵的，贺婉莹吃女婿的、用女婿的已成了习惯，难得面子上请一回客，其实还是有事相求——她希望给儿子曲颂宁在贝思谋一份轻松工作。

交代服务员上壶暖胃的热茶，贝时远点点头道：“只要颂宁肯来贝思工作，什么岗位都由他自己挑。”

“可他就是不肯，那个顾蛮生也真是的，当初拼了命要挖颂宁去展信，现在人请去了，倒把他扔去了鸟不拉屎的穷地方，一年到头都回不了一趟家，比原先在设计院的工作还辛苦。”

自打曲颂宁加入展信，是哪儿偏僻去哪儿，哪儿危险去哪儿，简直活成了拼命三郎。曲妈妈谈起儿子就想落泪，不禁又骂骂咧咧道：“以前顾蛮生追夏晚的时候，天天跑我家，一口一个小舅子，现在倒好，把他老同学派到那么苦的地方去，风餐露宿不说，听说非洲那里天天打仗，又是强盗又是军匪，一不留神是要送命的。”

曲夏晚及时向母亲使了一个眼色，她知道“顾蛮生”这三个字很有可能会触贝时远的逆鳞。

这类老阿姨的制敌之道就是一哭二闹三上吊，说到这里，话里已经明显带上了哭腔。

这阵子贝时远为了贝思上市，毫无疑问是开了酒戒的，旋转餐厅几乎天天宾朋满座，他受得住，他的胃也吃不消。这会儿他已经没工夫吃那些陈年旧醋了，他面上倦色加重，强忍着胃疼对岳母道：“顾蛮生虽然六亲不认，但对颂宁还是很看重的，不会故意为难他，想来那些危险地方，也是颂宁自己要求去的。”

“就怪那个贱丫头！我当初就不应该让那个贱丫头进门，她可真有本事啊，老公在外面拼着性命养家，她天天在家打牌跳舞，一群男男女女搂搂抱抱，也不避讳外人，有时见了街坊，我都替她脸红！”

“妈，”这话太难听了，曲夏晚赶紧低声劝母亲，“都是一家人了，别老一口一个‘贱丫头’的……”

“怎么，我还说错她了？”

贝时远完全没了食欲，只觉得丈母娘咬牙切齿的面目相当可憎，声音更是聒噪得像千百只鸭子齐唱。他不再搭话，也不动筷子，只扶着前额，微微侧头从明净的窗户望出去。天边白云舒卷，他才感到被紧扼的喉咙稍稍松解一些。

曲夏晚看出贝时远不舒服，试着换一个话题。她想到了最近贝思深陷的与韩国合作方的纷争，有些担心地问："公司的事情不要紧吧？"

"事到如今只能反诉对方专利无效，但打官司未必对我们有利。"贝时远轻轻叹一口气，胃更疼了，他其实不想深入这个话题。

曲夏晚还是从新闻里得知贝思被韩企状告侵权一事，也知道这事会影响贝思上市，影响铁定有，损失铁定大，她是真的不明白："可明明是贝思先申请的专利，怎么就被 LIX 告了呢？"

"还是我们对自己的专利太不上心了。像美国的拜通，甚至养着一个庞大的律师群体，发明一个专利 A，就会把专利 A 可能涉及的相关专利 B、C、D、E、F 全都申请下来，而我们中国企业往往 A 是 A，B 是 B，这才给了对方可乘之机。"

"可这是在我们中国的土地上打官司，韩国人也不见得就能打赢吧？"

"对这些外企来说，诉讼不是目的，而是手段。这样的官司少说得拉扯个一两年，所以，一句'发行人的专利所得视为企业重要资产，现专利权权属不明，企业发展存在严重不利变化的风险'，贝思就只能含恨止步 IPO 了。"贝时远扭头看了妻子一眼，曲夏晚眉微蹙，一双漂亮的眼睛空洞地睁着，似懂非懂地望着他，像个木美人。以前贝妈妈就没少抱怨他娶了块"木头"回来，他一直不以为然，现在倒理解了这个比喻的意思，可不是吗？木不如草顽强，不如石坚韧，空有秀丽外表，一摧即折。

贝时远有些倦怠地说："我跟你也说不明白这些，你还是别问了。"

然而，堵不住贺婉莹那张嘴，她两腮鼓胀，鼻孔翕动，两片嘴唇怪异地抖动，犹如一条上了岸的鲇鱼。她一会儿骂那舒青麦，一会儿骂顾蛮生，骂起来气壮山河，十个击鼓的祢衡都得含羞而死。

贝时远被吵得头晕眼花，冷汗直流，他很想大声喊贺婉莹"闭嘴"，却不能这么直接恣意地冲丈母娘发火。上回在美国失了一回态，回去之后妻子尚能体谅，丈母娘却哄了足足两个月，才容他再进曲家大门。

"时远啊，还是说回你小舅子的事情，你得想办法帮妈妈劝劝他……"

胃部强烈的烧灼感令他如坐针毡，汗水在额头越沁越多，然后顺着他的眉弓、眼眶往下流淌，一股脑儿地全流进眼睛里。贝时远不得不摘下眼镜，擦了一把眼睛，这个动作如同轻弹男儿泪，连来换餐盘的服务生都意识到他脸色不对，附在他耳边小声地问："贝总，你是不是哪儿不舒服？"

"展信有什么好的？还是应该加入你们贝思……时远，妈妈的话你听到没有，时远？"

在耳膜被噪声刺破的一瞬间，贝时远豁然而起，对曲夏晚道："我想起来我公司里还有点事情，我先回去处理一下。"

然后他又向贺婉莹欠了欠身："妈，你跟夏晚慢慢吃，结账的时候报我名字就可以。"

"哎？时远，我话还没说完呢，时远！"

贺婉莹尖锐的声音响在背后，贝时远一刻不待，步履匆匆地走了。

他目前这状态开不了车，也不想开车，他今天半道匆忙回家，就是想回到妻子身边。人说，温柔乡即英雄冢，可温柔乡何尝不是英雄在历经磨难与挫折之后的一片港湾，一方净土？

贝时远给妻子发消息：我在停车场等你。

曲夏晚的手机嘀嘀作响，她看见短信，马上回了一条：你要是累了就先回去，不用等我。

"吃饭就好好吃饭，别老拿着个手机，你爸爸以前最不喜欢你们吃饭时三心二意。"贺婉莹往女儿碗里夹了一筷子老鹅头，关切地摸了一把她的脸，"我女儿这么瘦了，得好好补补营养。"

此时贝时远的消息又来了：能不能现在就来？

贺婉莹见女儿心猿意马，不耐烦地问了一声："谁啊？"

曲夏晚隐隐觉出事情有异样："时远，他今天好像和往常不一样，要不我还是去看看吧。"

"哎？你要把妈妈一个人留在这里吃这么一桌菜啊？男人嘛，为工作烦心的时候都这样，你爸当年也这样，你得给他们一点自由空间。"提起故去的丈夫，又想起人在非洲的儿子，贺婉莹不由得红了眼眶，对女儿道，"你弟弟一去就是大半年，你弟媳妇从来不知道带两个孩子回来看看，妈妈一直都是一个人吃饭，就今天一天，你好好陪陪妈妈，不行吗？”

曲夏晚最见不得母亲神伤落泪，暗叹一口气，只好又回了贝时远一条：还是你一个人回去吧，我妈难得来一趟深圳，现在又在兴头上，我至少得陪她吃完这顿饭。

刚搁下手机不久，又收了一条垃圾短信，贺婉莹嫌这短信铃声吵得慌，督促着女儿赶紧关机，说今晚上天塌地陷也不能叨扰她们娘儿俩。

曲夏晚对母亲言听计从。

贝时远被妻子拒绝，已然胃疼得握不住方向盘了。他的喉咙口不断上涌一阵古怪腥味，像血，他晃晃悠悠下了车，踉踉跄跄往外走，出了停车场，眼前是秋风送爽的深夜，是灯繁影乱的长街。

意识到自己即将昏迷，贝时远不断给妻子打电话，他甚至忘了可以拨打救护车，可换来的只是忙音一片。

他用尽所有气力，颓唐地倚靠在街心花园的长椅上，忽然间他想起了另一个女人，一个永远不会对自己说“不”的女人。他给助理柯彩打电话，电话果然很快就被接了起来，柯彩清脆的声音传过来，开口就问：“贝总，司机说你今天不舒服，你现在人在哪里？”

女人体贴又焦虑的声音令胃痛有所缓解，贝时远报出自己当前的所在地，就闭目晕了过去。

柯彩赶到时，贝时远由于胃溃疡出血严重，已经陷入昏迷，她紧急拨打了120，贝时远被抬上救护车送进了医院，而那辆救护车恰巧从走出贝思大厦的贺婉莹母女面前驶过。贺婉莹啧了两声，又拉着女儿去唱卡拉OK。

贝时远接受治疗，暂时止住了出血，他躺在病床上，仍陷在昏睡之中，柯彩陪在床边。病床上的贝时远微蹙着眉头，好像早就为公司操碎了心，就算昏迷都不得安宁，他的两颊苍白得有些骇人，呼吸声沉重而疲惫。

柯彩完全情不自禁，悄悄伸手抚摸了贝时远的眉弓与眼眶，继而又摸他的鼻梁与嘴唇，最后她做了一个更大胆的动作，她直接把脸枕向他的胸口。她听见他的心跳声如此沉稳有力，感人肺腑，她的手指便也在他的胸膛上流连不去。

一个护士来换吊瓶，看见这幕，想当然地以为女人是男人的爱人，便喊她一声。

柯彩从迷梦中惊醒，赶忙坐起来，她不自然地拢了拢头发，干咳了一声道：“我一直看着这点滴，正准备叫人。”

护士娴熟地换掉了吊瓶，看了看病历单上的名字：“你是贝时远的太太吧？”

柯彩既不能说“是”，又不舍得说“不是”，只含糊其词地问对方：“还有什么事吗？”

护士友好地冲对方笑笑：“病人的胃溃疡非常严重，通过药物治疗已经不能完全恢复，医生建议做胃切除手术，需要病人与家属共同商量后决定。病人现在还没醒，你先想一想吧。”

护士换完吊瓶离开病房，房间里又只剩下柯彩与贝时远两个人。柯彩注意到床头柜上贝时远的手机，想着要动手术，总得通知他家人一声。她作为贝时远的贴身助理已经好些年，他的手机密码自然不是秘密，她解锁手机之后，第一个就找出了曲夏晚的联系方式。

然而刚准备拨通电话，柯彩又犹豫了。她喜欢贝时远有些年头了，这份喜欢，跟贝思老总的地位、身份与金钱倒也没什么关系，纯属雉鸣求其牡，一个优秀的女人被一个同样优秀的男人所吸引征服。为此，她也嫉妒了曲夏晚很多年。

沉吟片刻，柯彩决定给贝时远的母亲打去一个电话，她调整出一个更利落的、职业范儿的声线，以期给一位长辈留下一个好印象。

她在电话里说：“贝夫人您好，我是贝总的助理小柯，贝总昨夜突发胃病昏倒在大街上，贝太太又一直联系不上，现在医院要动胃切除手术，这么大的事情，我想着还是请您过来商量一下。”

除了对贝妈妈，柯彩把消息瞒得很死，公司上下无一人知道，曲夏晚也一直没联系上贝时远。待她接到通知赶去医院的时候，远在汉海的贝妈妈也已经坐飞机到了。

曲夏晚赶紧为自己的迟到道歉：“妈，对不起我来迟了。”

贝妈妈一把年纪，仍珠光宝气，仪态万千，生生把所有同性都衬成了孔雀面前的山鸡。贝时远这时已经被送入手术室了，她冷淡地看了儿媳一眼：“你昨天为什么关机？”

曲夏晚在贝妈妈面前一向卑怯，不敢扯谎隐瞒，只好实话实说：“昨天我妈来深圳了，我陪我妈吃饭……”

“你妈是你亲人，老公就不是了？”贝妈妈说话时神情依然和蔼，姿态依然端庄，可话里夹枪带棒，相当不客气，“你成天在家里无所事事，也不像一般的家庭主妇还要买菜、做饭，现在连老公病倒在大街上都不管不问，你是怎么做别人的妻子的？”

贺婉莹也来探望女婿，正跟医生打听贝时远的病情，忽然听见女儿被人诘难，立马风风火火地赶来了。她平日里对舒青麦俨然就是个“恶婆婆”，却不允许别人说自己的女儿一句不是。贺婉莹毫不犹豫地杵到贝妈妈身前，像母鸡护鸡崽似的将女儿拉往身后，她说：“亲家母，话不是这样说的，你是不知道，平日里时远的一日三餐基本都是我们晚晚亲手做的，有时时远加班，她还亲自去公司给他送夜宵，你怎么能说她成日里无所事事呢？”

贝妈妈微微一笑：“时远打小胃不好，我一直叮嘱他要注意饮食，忌油忌腻忌生冷，按说不至于发展成要切胃这么严重，”她淡淡瞥了一旁无措的曲夏晚一眼，“以后时远的三餐还是让阿姨来做吧。”

“亲家母，你这话越说越不好听了，你这意思是时远的胃病是我们晚晚造成的了？你讲讲道理好吧？”贺婉莹的脾性是典型的欺软怕硬，平日与贝家相处，在光彩熠熠、一把年纪还宛似少女的贝妈妈面前，她总是不自觉地低人三分，但一护起女儿，便理直气壮，不管不顾了。

曲夏晚在她背后悄悄扯她的袖子，但根本扯不住，贺婉莹双脚劈成圆规状，只差伸手点着贝妈妈的鼻子骂了：“昨天也就陪我吃饭、唱歌的时候关了一会儿机，后来她一直开着的呀，从头到尾也没有人来联系过她。我倒要问问，现在通信方式那么发达，一个电话打不通就再打一个，你们医院怎么就不联系病人的家属？”

见这凶悍的中年妇女把矛头转向自己，那个为贝时远换吊瓶的小护士忙摆手解释：“我们也想联系家属，是这位女士——”

柯彩怕小护士说出她在病房里不堪的一幕，赶紧打断对方道：“是我正巧路过街心公园，把贝总送来医院的。当时贝太的手机是关机了，万不得已我才给贝总的母亲打电话的。”

贺婉莹上上下下地打量了柯彩一眼，比起单纯的女儿，她更早地觉出这个女人的不对劲，她鼻腔里发出一个令人不愉悦的噪声，嘴角冷冷一翘："哟，我说怎么亲家母这么快就坐飞机赶过来了，原来是有人先告状了。"

"小柯做得对，不通知我，你们母女俩还想把这么大的一件事瞒下来吗？"贝妈妈已经听够了贺婉莹的聒噪。完成胃切除手术还有一段时间，她以冷冽的眼风扫了始终不发一言的曲夏晚一眼，对柯彩道："小柯啊，这儿空气不好，你陪我去喝杯咖啡吧。"

柯彩表面功夫依然做得到位，即便随贝妈妈离开，也不忘给贺婉莹母女微微欠身行礼，接着她便把高跟鞋踩得当当作响，摇曳着走了。

手术很成功，但术后调养是门不容马虎的功夫活儿。贝妈妈不放心曲夏晚，索性退了回汉海的机票，直接住进了贝宅。

贝时远在母亲的悉心照料下，恢复得很快，同时那场贝思与LIX的官司也出了结果。LIX状告贝思专利侵权，贝思反诉对方专利无效，法院最后各打三十大板，认为两家企业所采用的"双卡双待"移动通信方法不包含彼此专利的全部必要技术特征，技术、功能与最终效果都不尽相同，所以互相之间不构成侵权。

在贝妈妈的要求下，贝时远减少了工作时间，但减工不减量，他把家里的书房改造成了办公室，时不时就要把一众高管招来开会。而老板因病修养，正是表现的机会，高管们也乐意频频登门。

其间，因为贝妈妈眼下住在贝宅，贝志斌既然沾着这么点亲故，众人里跑得最勤快。对于这场不输不赢的官司，他的建议是继续上诉，否则不就白吃亏了。

"中国企业在进军海外的道路上，谁没吃过一点洋亏呢？这亏我吃得也不亏，至少长了个经验。"病了一场，虽不是要命的大病，倒也令他悟透了一些道理，贝时远此刻豁达起来了，微笑道，"其实叫你来，是因为我突然有个想法，想听听舅舅的意见。"

"你说，我听就是了。"贝志斌太了解自己这个外甥的脾性，虽说素有"儒商"之名，不比他的老同学顾蛮生张扬刚愎，但其实一旦他真正打定某个主意，也是个谁劝都不听的犟脾气。不由心中暗道：哪回"想法"不是"决定"？所谓"听听"也就真是听听罢了。

“法院已经判了互不构成侵权，这个官司我不想再打下去了。”

贝志斌抢白道：“LIX 现在这样明目张胆地盗用‘双卡双待’技术，他们已经把我们‘明魅’系列的销售额抢去大半了。”

“‘明魅’是该重新定位了，与外资品牌相比，我们的优势就是性价比，明魅应该面向更广大的年轻人，而不是面向一二线城市的商务人士。不过我今天找你来，不是说这个，既然韩国可以不付我们专利费就使用这个技术，为什么咱们中国企业反倒不行呢？”贝时远笑笑，他做了一个更大胆的决定，他要公开“双卡双待”技术。

“这也不必公开吧，就算韩国已经用了，咱们拿来跟别的国内企业专利置换多好？”国内通信企业还没有无偿公开专利的先例，通常情况下，即便企业不收费，专利所有者也更乐意进行专利置换。

贝志斌想了想，很快又转过弯来，想了想，点头附和外甥道：“刀子不能白挨，这场官司咱们贝思元气大伤，口碑下滑，都快沦为行业内的笑柄了，既然这个技术谋不得利，咱们就求个好名声吧。”

“也不是为了求名。”贝时远淡淡道，“有需求就有生产力，中国市场已经证明了这个技术很受欢迎，很快，国外的手机厂商乃至芯片厂商都会用各自的方式加入竞争中，那个时候，无非就是手机里多加一个卡槽的事情，这个技术没有那么复杂，这个红利本来我们就吃不了多久，与其到时候被更多的外资模仿或者反超，还不如为整个国产手机行业做件好事。”

贝时远的想法果然没错，专利一经公开，“双卡双待”机瞬间就在山寨市场里铺天盖地了。深圳华强北里可能有着全世界模仿能力最强的一批人，经由他们发扬、推广，甚至再行创造，“双卡双待”手机在高端市场的辉煌战绩昙花一现，很快就成了“低端”“廉价”的代名词。

贝志斌为此十分遗憾：“外头现在一提到‘双卡双待’就是粗制滥造的山寨机，连带着咱们贝思都被许多消费者狠狠嘲笑了一把。”

贝思坚持走国产手机的中高端路线，就是因为老板一贯好面子，这回他反倒毫不介意，笑笑说：“也许若干年后，苹果也会推出‘双卡双待’手机，‘双卡双待’是中国式智慧的体现，整个中国通信行业发展史上一定有它的位置。”

第四十一章

一切归于泡影

就在中国通信业如火如荼迅速发展之时，发生了震惊全国乃至世界的一件大事，就是顾蛮生把邢卫民给告了。

展信的公司发言人宣布，将在法国、西班牙和意大利对申远提起诉讼，指控其侵犯了展信 W-CDMA 的一系列专利权，甚至将法国第三大手机运营商一并告上了法庭。

申远作为北京奥运唯一的通信赞助商，以其卓越表现成功打开了欧洲市场，在国内也稳居行业龙头的位置。表面上展信是告法国运营商，其实就是告其设备供应商申远。

顾蛮生派出谈判代表，要求与运营商单独签署专利技术的使用协议，可哪有先用了一家基站再用另一家企业技术的？法国运营商当然断然拒绝此“荒唐”协议。顾蛮生便趁机“恶人先告状”，还对外表示，采取法律行动是情非得已，此举不针对运营商，目标还是终止申远对展信知识产权的非法使用。

以前的分布式基站和多模控制器，两家企业就互相置换了专利，诸如这类的操作已属业内的约定俗成，顾蛮生此番打破平衡，首次在国际舞台上演了一出同室操戈，还把外国运营商拉下了马，无疑就是为了抢夺海外市场。

申远被这一招打得措手不及，也恼羞成怒地在国内多地反告了展信侵权。

但顾蛮生不在意。人逢喜事精神爽，他有心事业爱情双丰收，特意趁杨柳三十五岁生日，订了贝思大厦上的顶级餐厅为她庆祝。

顾蛮生也知道杨柳这人拧得厉害，凡事说一不二，没把柳生大厦买回来就绝不会原谅他当年的荒唐事，所以眼下虽然同一屋檐下朝夕相对了，两个人还你进我退地较着劲，乐此不疲。

白浩人没回来，礼物却托人送到了。拆开礼盒包装，原来是一条钻石项链，瞧着足有两克拉。杨柳正跟白浩打电话，见顾蛮生进门，便用眼神示意他：替自己把项链戴上。

顾蛮生取出项链，来到杨柳身后，将她乌黑的长发拨拢到一侧，露出一段雪白如缎、曲线迷人的颈子。杨柳的头发已经长长了许多，她短发干练，长发妩媚，怎么着都好看。

“礼物收到了，你什么时候回来？”

“待我回国之日，就是娶你之时，”电话那头的白浩半真半假、嘻嘻哈哈地道，“我不拼出个‘非洲手机之王’，怎么有脸回来娶你？”

两个人你一句我一句、有一没一搭地说着玩笑话，丝毫不顾忌旁人，听得顾蛮生胃液翻涌，醋意十足。

前阵子杨柳与白浩一起去非洲，半个月杳无音信，他没立场打去一个催促杨柳回国的电话，心里却像是打翻了五味瓶。

总算挂了白浩的电话，杨柳转过身来正对顾蛮生，随手拨弄一下锁骨下方的钻石项链，笑着问他：“好看吗？”

也不知是美人为钻石添了彩，还是钻石沾了美人的光，此刻的杨柳一袭低胸的红色礼服，香肩雪肤，熠熠生光。

顾蛮生被惊艳得倒吸一口气，努力平复一下，才道：“好看。”

顾蛮生其实也准备了一份带钻石的礼物，就是多年前他没送出去的那枚婚戒。人挺有意思的，给这一堆碳原子赋予了“恒久远，永流传”的意义，瞬间就与人间最炙热缠绵的感情画上等号了。

没想到冤家路窄，戒指还没送出去，就撞见了申远的人来这儿搞团建。两人选的饭店本不是同一层，但老田一眼瞧见观光电梯里的顾蛮生，想起最近申远在展信这儿吃的闷亏，一口恶气咽不下去，说什么也要找顾蛮生讨回公道。

大厅灯光及时调暗，顾蛮生刚把蜡烛点上，老田来得正是时候。顾蛮生与杨柳临窗而坐，他借着酒劲儿直扑过去，嘴里喊着：“哟，这不是展信的顾总吗？”

老田身后有人追着，也是申远的熟人，扯着他的胳膊，让他别惹事。

一个身着白色及地长裙的漂亮姑娘在餐厅里拉大提琴，琴声温暖宽厚，似有实质，像极了情人的怀抱。

幽幽烛光下，顾蛮生不急不慌，也没什么表情，只抬手将领带扯开。

“先是展信，再是贝思，然后是申远，兜兜转转绕了一圈又回到展信，人各有志没关系，可邢老把你当接班人培养，你一回头就把他告了，你这叫什么？”老田点着顾蛮生的鼻梁，唾沫横飞，“我告诉你，顾蛮生，你这就叫三姓家奴，忘恩负义！”

“人中吕布嘛，我就当你夸我了。”顾蛮生垂着眼睛拨转酒杯，瞧着一点不在乎。

“哟，小丁你得学着点，”老田冷笑一声，对身边一个戴着眼镜的小年轻道，“奥运前夕，你在领导面前揭贝思的短，捅了你的老同学一刀，又在申远进军海外市场的重要关头，一纸诉状，再捅你的老恩师一刀，一个优秀的企业家就得皮厚心黑！”

顾蛮生依旧不吭声，由着老田发泄。

“你也不打听打听，人家是谁的红颜知己？还真当自己是展信的一把手了？你不过就是别人又一个裙下臣，是一把手，咋不弄多点股份？我等着看你的结局，兔死狗烹，你不会比吕布好到哪儿去！”

老田说话不留情面，精准地拣着他的软肋下刀子，他这会儿已经知道顾蛮生与杨柳之间的那点过往了。

一位女企业家，尤其是一位美貌与智慧咸集的女企业家，在一个几乎全是男性的行业中杀出一条血路，难免会招来不必要的非议。江湖上关于杨柳的流言不少，甚至有说她跟李书记关系暧昧的，顾蛮生多多少少也听过一些。

悠扬醇厚的大提琴声充满诗意，顾蛮生的目光落在杨柳胸前那颗光华璀璨的钻石上，忽地将烛台猛掷在地上。

“别拉了！”顾蛮生的嗓门彻底粗了，对一直在不远处窥视这场闹剧的餐厅经理吼起来，“怎么着，我是来吃饭，还是来受气的？”

琴声戛然而止，餐厅经理赶紧带人一溜小跑过来，礼貌地将老田两人“请”了出去，又连着赔了不是，替顾蛮生将桌子重新收拾一遍。

大提琴声又响了起来，带着嗡嗡的回音。顾蛮生表现绅士，主动替杨柳切牛排，三分熟的牛排，生了些，一刀下去，血红的汁水便顺着紧密的纹理溢出。

“不得不说，这是贝思那场官司给我的启发。那些跨国企业最喜欢拿‘知识产权’说事儿，也最擅长利用专利手段打击对手，我们中国企业也得学以致用，才能避免限于被动。”他知道对方会问，索性自己先解释，“就咱们一直合作的拜通，不仅有整整一面的专利墙，还有全世界最大的维权律师团队，这种诉讼官司更多的是市场竞争的手段。我们这回告申远与法国运营商，能打赢官司最好，就算打不赢官司我们也赢得了品牌和市场，这一波广告都不亏。”

杨柳淡淡道：“可你这么拿老东家开刀，是不是不太好？听说法国那边都派调查组去申远调查了，差点将他们逐出欧洲市场，外头都说，相煎何太急。”

“以前你不就不喜欢我只凭义气做事吗？你说开公司、做生意，不是逞英雄、充好汉。生意场上无父子，更谈不上师生了，这场诉讼就是一个商业行为，在科技企业当中，发生知识产权纠葛很正常，邢老不是初出茅庐的毛头小子，他会明白的。”

杨柳不再说话了。这些话她确实说过，顾蛮生没说错，事实上这件事情他也没办错，中国通信企业主动状告欧洲运营商是破天荒的头一遭，一时间，欧洲各大报纸与网站的头版都刊登了这则专利诉讼的新闻，不管这官司是输是赢，反正确如顾蛮生所料，展信不仅重挫了竞争对手的锐气，在国外的知名度也大幅提升了。

杨柳垂下眼睛，听着顾蛮生跟她说他那些令人血热的抱负，静静用着餐。

晚上十点左右，两人晚餐结束，顾蛮生为了开车送杨柳回家，滴酒未沾。两个人前脚跟着后脚地来到停车场，却一路没搭话。他看出了杨柳这一晚上的心不在焉。

月光像水银一样泻了满地，城市火树银花。

顾蛮生绷着脸，开着车，驶过一条长街，突然开口道：“我要个保证。”

杨柳微微颔首：“当初是你主动放弃了展信的股份，如果你现在想要回去，我说了不算，我们可以在董事会上商量一下，怎么跟你签一个股权激励的新协议。”

“你知道我说的不是股份，”顾蛮生转头看了杨柳一眼，“我要你给我一个保证。”

杨柳其实一开始就听懂了顾蛮生想要什么，她沉下脸道：“顾蛮生，我们早就说好了，什么时候你把‘柳生大厦’买回来，什么时候我再接受你。”

“买回‘柳生大厦’不是一天两天的事，我拼杀沙场替你卖命，别到头来公司不是我的，人也不是我的。”顾蛮生倏地打了一把方向盘，把车停在一大株三角梅花树的旁边。深圳街边的三角梅全年开花，夏季最盛，一片片艳丽的桃红色花朵迎风摆动，像舞女的裙裳。

“我要一个保证。”顾蛮生转过头，盯着杨柳，一双幽黑长眼转为血红，像觅食的狼。

“你别听着风就是雨的，我就是我自己，我不是任何人的红颜知己。”杨柳猜到顾蛮生今晚的不快因何而来。

“那白浩呢？”顾蛮生不依不饶，目光从杨柳的脸上移至胸前，“钻石是什么意义你不知道吗？你怎么能随便收一个男人的钻石？”

“白浩跟我亲弟弟没两样，姐姐收弟弟的礼物还要旁人允许？”杨柳也被顾蛮生的态度惹火了，存心激他道，“当然，我也从不排斥跟他的关系出现新的可能，也许哪天我就会结束现在的单身状态，接受他的追求。”

明明没喝壮胆酒，却一脸过激的醉态，顾蛮生瞠目看着杨柳，胸膛剧烈起伏，连浓长的睫毛都根根奓开。他眼里有火，杨柳看出来了，既是欲火，又是怒火，互相掺杂着越烧越旺。忽然间，他翻身到她身上，干燥滚烫的大手伸进她的裙子里，低哑地吼着：“我要你给我一个保证，我现在就要……”

杨柳挣了两下没挣开，慌乱中，她的手按下了车窗按钮，车窗降下小半，一枝艳桃色的三角梅花枝猛地探进车内，哆哆嗦嗦地拦在两人中间。

顾蛮生已经丧失神志，一把扯断花枝，沾了满手含着汁液的花瓣。

意识到这个男人动了真格，杨柳也发起狠来，在有限的空间内抡圆手臂，一个巴掌打过去。

或许是没少挨这个女人的打，顾蛮生这回反应快，及时抓住了杨柳的手腕，两个人脸贴着脸僵持着，对峙着，杨柳眉心微蹙但眼神刚硬，像雪亮的剑锋直刺而来。

最后还是顾蛮生服软了，认输了，他颓唐地松开卡着她手腕的手指。

“我本来想今晚让你进我家的门，现在看来不必了。”杨柳干脆地推开车门，头也不回地走了。

顾蛮生也没去追。这会儿清醒了，他隐隐意识到自己功亏一篑，杨柳这性子吃不吃软不知道，但铁定不吃硬。他摇摇头，笑一声，往嘴里叼进一片落在椅背上的桃色花瓣，闭目仰靠着细嚼，留下一嘴的苦与涩。

最后，申远与展信的这场专利之争以各打三十大板收尾，法院判决互相赔偿，但实际上还是申远亏了。两家的仇算是彻底结下了，但顾蛮生不介意，凭此一役的胜利，他要带着 3G 基站及解决方案，开始大举进攻海外市场。

顾蛮生的战术依然与当初销售程控交换机一样，主动进攻，四处出击，即使是物资极匮乏的非洲落后地区，也要设立哪怕仅有一名员工的办事处。

曲颂宁主动跟他打申请，要去海外工作。

顾蛮生有心关照老同学，道："你还是留在国内吧，我打算派你去汉海分公司，这样工作之余，你也有时间能照顾家里。"

曲颂宁却不愿意："我不是来享福的，你别拿我当朋友，就当你一个员工，哪儿最艰苦，我就去哪儿。"

三十多岁的曲颂宁与二十岁时的他简直气质迥异，一张脸瘦得有些脱了相，神态里的那丝疲惫掩都掩不住。顾蛮生觉出老友状态异常，有些担心地问："家里没什么事情？"

"没事，都挺好的。"曲颂宁使劲儿挤出笑容，"那些你没去过的地方我替你去看看，还跟以前一样，到了就给你写信。"

顾蛮生实在拗不过，只好点头答应。

同是个把月不着家，当年曲颂宁在设计院，舒青麦是三天一大吵两天一小闹，非逼他回家不可，但现在的她却没一句不痛快的话。反正钱拿回家就行，展信的薪水本来就比设计院高得多，越艰苦的地方补贴还越多。

曲颂宁最近一次去的是刚果民主共和国，也就是一部分国人口中的"穷刚果"，基础设施基本没起来，疟疾与登革热却到处肆虐。展信在那里有个全国电信覆盖网的项目，当地雇员三十余人，但中方员工只有他一个。

项目三个月前刚刚建成，各站点的基站调测也已完毕，所以大部队回了中国，只需要一个维护人员留守当地，处理基站可能出现的各种故障。展信代表处在一栋三层高的小楼里，外头有个没种花草的小院子，院内养了三条恶犬。当地的武装分子骚乱不断，刚方怕中国的工程师遭遇危险，特意嘱咐道："保镖靠不住，得养狗。"

曲颂宁吃住都在代表处里，安安静静的一个人。刚方当地的雇员都会英语，沟通倒是没有障碍，但通常情况下，展信的基站不会频繁出现故障，他所在的地方又偏僻，所以常常三天见不到一个活人。

收到告警提示时，曲颂宁第一时间就会赶到现场，收不到时，他要不就读书，要不就提笔给顾蛮生写信。明明已经有了最快捷的网络，但他似乎就偏爱这种质朴得甚至有些落伍的通信方式，通信通信，鱼传尺素雁传书，不就是这两个字最原始而本真的意思吗？

没几天，深圳的顾蛮生收到了来自刚果的信，因为通信不便，好几封信是一起来的。信上的字体依然出众，跟曲颂宁本人一样清秀有型。信里，他详细讲述了自己如何在树林里捕捉毛虫，一杯新鲜的毛虫价值一千五百刚果法郎，比人手指头还粗，炸至遍体金黄，咬起来满嘴油腥，非常酥脆。

很快，顾蛮生从这些长信里发现一个问题，信的收尾部分，曲颂宁总会提及他的儿子与女儿，提及他的母亲与姐姐，提及与他并不相熟的杨柳及展信同事，甚至以大幅笔墨提及刚果的毛虫与猴子，却独独对自己的妻子只字不提。

放下手中的信，顾蛮生沉吟良久，一个电话招来公司里负责与曲颂宁对接的技术人员，问他："最近曲工跟你联系过吗？"

技术员站得笔管条直，向老板汇报道："就一次，那边一个基站出现了信令链路中断告警，在更换载波、合路器甚至是主板的情况下，故障仍没有排除。后来分析指标数据，我提出的解决办法是闭塞 E1 线路，而曲工则要求我这边配合进行 E1 扩容。"

顾蛮生微微一眯眼睛，跟着思索片刻，道："你的方法偷懒，他的方法麻烦，你的方法一旦解蔽之后，还有可能发生故障，他的方法却是一劳永逸。还有呢？"

技术员道："就这一次，一般情况出现故障，曲工都能就地自己解决。就是，曲工的声音听着怪怪的，好像生病了，没什么精神，他还说他跟森林里的一只猴子成了朋友，每天都要去看它。"有句话没敢在老板面前说下去，他跟曲颂宁当面打过交道，觉得这人贪静话少不合群，一直都怪怪的。

技术员离开了总经理办公室，顾蛮生蹙着眉，转着手中的钢笔，最终没有给老友提笔回信，而是直接一个电话打去刚果的办事处。他对曲颂宁说："你在那边也几个月了，我找人跟你轮换，你先来深圳，再回汉海。"

老板一声铁令下来，曲颂宁只能回国。先坐几小时的车到附近的大城市，再坐飞机直飞深圳。

出了机场，忽来一阵小雨，又密又急，曲颂宁没带伞，也不着急避雨，他就这么冒雨在街上慢慢走着。

眼前车如流，人如织，这座城市以其年轻、剽悍与不断变化著称于世，他有些悲凉地发现，自己始终难以全情融入。

雨密了一阵，终于停了，满街的小摊贩又热情起来，更有甚者，拿着个山寨机追着顾客跑。曲颂宁也被问了几回要不要买手机，听得最多的一句是"'爱疯死'（iPhone4），香港过来的'爱疯死'，你排队一晚上都买不到的'爱疯死'"。

远在刚果的曲颂宁也知道2010年的国产手机市场属于一个外来者。iPhone4一经上市，国内所有的苹果售卖点门口都连夜排起了长龙，一向爱凑热闹的媒体纷纷登载了iPhone热销的新闻，毫不无夸张地说，这款手机就是叫人爱到疯，爱到死。

曲颂宁垂着眼帘，穿过满街山寨机与"爱疯死"的叫卖声，忽然间，他从这沸反盈天的喧嚣中辨认出了一个熟悉的声音。

程北军。

曲颂宁在心头默念出一个名字，停下脚步，四下顾盼。

程北军的声音极具穿透力，仿佛黄钟大吕，再闹的人群都挡不住。曲颂宁稍一仔细就听清楚了，这个声音搅进了一场纷争里。他循声望过去，结果却被眼前所见吓了一跳。

哪儿还是记忆里那个刚毅如石、挺拔如松的军人，他只看见一个容貌扭曲、体态佝偻的男人，穿着一身蒙了尘灰的军装，还瞎了一只眼睛。

程北军这两年也在深圳混，在人流最多的街上摆了一个小摊，专卖手机相关的衍生品。曲颂宁听出来，一个顾客在他这儿买了一副耳机，没用多久耳机线就断了，顾客认为是耳机质量问题，所以跑来要求退钱。但程北军说这一看就是被狗或别的什么动物咬断的，不该由自己担责。

“你看看，这线上还有牙印呢。”程北军指着耳机线上的牙印说。

“你拿假货冒充名牌，要不把钱退了，要不我现在就找工商去！”顾客是个穿着体面的男人，瞧着三十啷当岁，他只字不提“牙印”的事情，依旧拽着程北军不依不饶。

“我从没说过这是正品，这个价也不可能买到正品啊。”程北军红着脸辩解。

“怎么没说过？我清清楚楚地问过你，你说是正品。”顾客一口咬定问过程北军，程北军自己也记不清了。每天这么多人来来往往，对方兴许问过，兴许又没问过，兴许他只是一贯模棱两可地回答：“一样用。”

围观者众多，但没有一个人站在残疾的军人这边，相反，人们纷纷指责他以次充好卖假货，为军人这个群体抹黑。

一听“军人”二字，程北军一张狰狞老脸明显一变，接着就彻底认栽了。他当场退回这顾客买耳机的一百元，然后对所有围观的人笑嘻嘻地解释说：“我哪儿是退伍军人啊，我不是，退伍军人也是这世上‘最可爱的人’，我这身军装就是在地摊上淘来的。”

他宁死不愿给这身橄榄绿抹黑。

男人如愿以偿拿到了退款，临走之前犹嫌不解气，竟飞起一脚，将程北军摆摊的小桌给踢翻了。

程连长在部队里是出了名的暴脾气。哪个列兵淘、不服管，他能以军事技能当场将对方撂倒，还敢跟团长话赶话地顶着上。但眼前这个男人像是完全没有脾气，他默默忍受着一切无礼的诘难，走出两步，迟缓而费劲地蹲下身去，一件一件地收拾起被踹翻的耳机、数据线与充电器。曲颂宁这才注意到，这个男人不仅半张脸被毁了容，一只手抖似筛糠，一条腿也瘸了。

待围观人群悉数散去，曲颂宁才走上前，蹲下身与程北军一起收拾。

程北军这时才看到曲颂宁，怔了怔，很快缓过来。他有些尴尬地笑笑：“深圳够小的，这都能碰上，这不是咱们的通信专家吗？”

“程连长，你怎么会弄成这样？”收摊，叙旧，曲颂宁小心控制着自己的目光，尽量不执着于男人脸上可怖的伤疤和瞎了的一只眼睛。

“别叫连长，早不是连长了。一场保障军事演习，车辆轮胎意外爆炸了。”他轻描淡写地讲述起那场事故，掏出一根烟，点着抽了一口，笑笑，“可惜没炸死，死了倒好了，死了就是烈士了。”

“你怎么会来深圳呢？”曲颂宁又问。

原来，程北军因演习致残之后，部队首长执意挽留，还给他在连里安排了一个相当清闲的职务。但他不愿被当闲人供着，宁死不肯接受领导的好意。他拿着自己的五级伤残证明，毅然决然地离开了青海。

按说，每年能拿三万多块的抚恤金，再由当地政府安排一份工作，怎么都够吃喝了。偏偏屋漏又逢连夜雨，他回到家乡县城，遇上了打小一起玩闹的伙伴，对方寒暄没两句，就请他做担保，说要借一笔钱南下深圳发展。

当年穿一条开裆裤的兄弟，程北军一点没多想，二话不说就替人签了字。结果那小子心比老墨黑，直接拿了借来的六十万块钱跑了路，再也联系不上了，害得他不得不承担起连带清偿责任，偿还那笔欠款。

后来，程北军重新跟被借款人签了一个新的合同，就以他自己的名义签的，承诺每年还人八万，分七年半还清。

“那小子以前天天跟在我屁股后头转，一口一声‘北军哥’，十七八岁还瘦得跟猴似的，一遇上修路旧改的事儿却比谁都积极，他说没钱筹资，投劳总行吧，一个人能干三个人的活儿，一声苦都不吭。当年招兵的时候没招上他，哭得稀里哗啦的，他爸还写信让我劝劝他，就怕他想不开要投河。我是真把他当亲弟弟，哪知道这人心不古啊。”程北军抽了口烟，鼻子里喷出浑浊的烟雾，苦笑着摇摇头，“我回村之后，那小子跟我说全中国的人都在往华强北跑，深圳的亿万富翁就跟山里的笋头似的，春风一吹，遍地都是，他也要去做手机生意。所以我就跟着来了，我就想一边摆摊一边找人，不管怎么着，都碰碰运气。”

华强北的一米柜台闻名全国，寸土寸金，程北军租不起，也没本钱做手机生意。所以他在街边摆了个地摊，卖卖耳机、数据线这类与手机相关的衍生品。

“你为什么要扛下这笔债呢，明明不是你借的钱，你自己也过得很艰难。”曲颂宁不理解，虽然法律上程北军有还款义务，可如今这个世界老赖太多了，何况他是真的心有余而力不足，法院的执行庭未必会苛责一个伤残军人，他又何苦非要负重余生呢？

“别提了，借钱给他的是我们那边小县城里的一个老太太，家里有个脑瘫的儿子，完全没有生活能力。她借这笔钱给那孙子，就是因为那孙子承诺，以后每年都会分可观的红利给她。老太太省吃俭用一辈子，卖了家里唯一一块地才攒下的这笔钱，就是怕她哪天死了，她的儿子没收入，就活不了了。她知道我是当兵的，就是信我那身军装才借的钱，这笔钱要没了，她的命就没了，她儿子的命也没了，我怎么能不还呢？”程北军忽觉嗓子眼被一口浓烟呛得奇痒，咳嗽一下，便止不住地连咳起来。好一会儿，他才涨红着脸缓过来，问曲颂宁：“换作是你，你能不还吗？”

联系对方的处境，曲颂宁很认真地想了想，然后郑重点一点头：“得还。”

“我告诉自己努把力，先把本金还上，要能多挣一些钱，利息也不能少了人家的。所幸，老天待我不薄，生意渐渐好起来了，去年还了钱后就入不敷出，只能去睡桥洞，今年倒还能给我余下一点买烟的钱。”程北军这时忽然想起了舒青麦，上上下下打量了一眼曲颂宁，一只独眼释放出戏谑的光彩来，“小青是跟你了吧？你小子有艳福，拐跑了咱们团最俊的一个姑娘。我后来听她指导员提过一句，她连提干都放弃了，不管不顾就随你去了汉海。你们现在过得怎么样？”

“挺好。”他只能这么答。可不挺好吗？爱情这东西太娇贵、太恣纵了，经不得一点现实的消耗与抹杀。

“小青，我还是管她叫小青同志吧，她跟一般姑娘不一样，一身不达目的不罢休的劲儿，做事特别有目的性。说实话，我挺怕她那样的人的。”程北军深深长长地吐了口烟，也不知道是夸舒青麦还是贬她，显得感慨万千，“其实你们俩就完全不是一类人。”

“不是一类人，也是一家人了。”曲颂宁垂下眼睛，“晚了。”

“工作呢？还在设计院？”

“不在了。”

“怎么不在了？跳槽了？”

“说来话长，”曲颂宁陷入一阵不短时间的沉默中，答非所问地道，“这个世界变化得太快了。”

“是太快了。”程北军也有同感，又抽一口烟道，“刚从部队回老家那会儿还没这感觉，等到了深圳的时候才真是吓了一跳，原来这个世界已经变成这样了吗？”

曲颂宁跟着附和：“不知道为什么，我最近老想起当年我们在青藏高原上修兰西拉干线的事情，说是有个连队运气不好，遇上了死活不肯提前收稞的收稞人。”

程北军点头道：“我也记得，那儿的老百姓都挺配合，光缆进藏也都高兴，就那一个人，为了不让挖揽沟，人高马大一个汉子蹲在青稞地里哭，一个连队干等着他一个人琢磨过劲儿来。”

“当时还不明白，多好的事儿啊，时代在加速，社会在进步，怎么就有人因循守旧，不肯接受新事物呢？”曲颂宁露出一丝苦笑，“现在终于懂了。”

“我以前听过一个故事，”程北军也懂了，“一个樵夫误入深山，看两个童子下了盘棋，回去时才发现斧子柄都烂透了，山下的世界已是百年之后。以前没明白这故事什么意思，如今算是明白一点了，我不就是那个看棋的樵夫吗？”

多可怕，看棋的樵夫下了山，却突然发现自己跟整个世界格格不入了。

加速的时代改变命运，也因此催生欲望。程北军没有欲望，曲颂宁也没有欲望，讽刺的是，他们自己没有欲望，却总被旁人的欲望拖累，他们挥舞螳臂，发出咆哮，最终被滚滚的时代车轮无情碾过，徒留一声几不可闻的叹息。

程北军最后叹口气，说：“其实咱俩都是观棋客，咱俩都是收稞人。”

他拖着一条残腿，一瘸一拐地推着车走了。他的影子被血色的夕阳拉得很长，乍一看，还真像一只孤绝的螳螂。

告别程北军，曲颂宁回到展信总部，听同事说顾蛮生出差了，短时间里可能回不来。展信提供免费的人才公寓，供他在深圳工作时居住，但曲颂宁惦记着久未见面的一双儿女，归心似箭，没等跟顾蛮生见上一面，就坐飞机回了汉海。

相比热得最早的南方城市，汉海还没入夏，道边花坛里的虞美人与金盏菊开得十分热闹，大街上的行人春风满面。

家门半开，门后传来一阵阵铃铛似的笑声，听着陌生，曲颂宁在门前迟疑片刻，抬手推门而入，却一眼看见舒青麦正跟一个男人搂着跳舞。她穿得漂亮，眉眼更是绰约，像一只花里胡哨的蝴蝶，身边围着一张张与她同一年龄的面孔。男女都有，这些人互相搂搂抱抱，嘻嘻闹闹，开些稍稍越界的玩笑。

因为展信薪资优渥，舒青麦一时不急着去找工作，在家闲了一阵子后，整个人便彻底懒了下来。除了喜欢吊嗓子练歌，她还发展出了一个新的爱好，就是集结一批同样不务正业的社会人员，美其名曰是她的“舞友”，实则就是成天一起跳舞打牌。

家里乌烟瘴气，糖纸、瓜子壳与扑克牌散在茶几上，烟头扔了一地，水曲柳地板都烫坏了。曲颂宁看见那个男人的手紧托着舒青麦的腰，时不时不安分地揉捏一把，舒青麦便咯咯地很买账地笑，娇嗔地啐道：“讨厌，痒死了。”

对于共眠一床的女人越来越陌生这个事实，曲颂宁已经有所准备了，他一点不觉得愤怒，只感到深深的疲倦。他悄声放下手中的行李，抬头望了妻子一眼，凑巧这时他的妻子也看向了他。

两个人的目光无声无息地相接。舒青麦的脸孔一刹抽离血色，很快又恢复如常。她出身农场，对曲颂宁此刻流露出的眼神一点不陌生，那种犁了一辈子地、临了却要挨一刀的老牛才有这样的眼神。

但她忙着扭头继续跳舞，根本顾不上。

曲颂宁默默转过身，提起玄关处的行李，又出了家门。他按原路折返去坐地铁，火车站的下一站就是机场。他在万里无云的天空下跌跌撞撞地走着，这座城市的空气腻得他想死，他顶不住了，他必须赶紧逃回非洲。

顾蛮生听自己的员工汇报，曲颂宁只在国内停留了两天，就马不停蹄地回到了刚果。他安排的技术员白去接替他了，还没把代表处的那张单人床睡热乎呢，又匆匆忙忙回了国。

随那位技术员一同到顾蛮生眼前的，仍是一封日记似的信，曲颂宁在信里说：

昨天收到故障告警，在基站现场检查时，一个刚方的人员在离我们不到两米的地方，突然七窍流血，倒在地上。大伙儿说可能是埃博拉，刚来的同事吓得脸色惨白，说想回家，可家在哪儿呢？每天夜半时分我都会推开窗，想着埋骨在这儿的森林或者沙漠里倒也不错，想着如果哪天我真回不去了，你或许能替我向青麦转达一句话，告诉她，对不起，我终究还是没能带她走出那片大山。

顾蛮生这个时候彻底觉出不对劲了，他问回国的技术员："曲工没跟你说什么吗？"

技术员翻了翻眼，实在想不起什么重要的事情，只说："没说什么，曲工本来也不太爱说话，他就跟我说他这趟走得匆忙，让我回来之后，替他把工作抽屉里的一瓶维生素寄过去。对了，他吃维生素就跟吃糖丸一样，一把一把地往嘴里塞。"

顾蛮生来到曲颂宁的工位前，打开了他没上锁的抽屉，果然有瓶维生素。但令他感到奇怪的是这瓶维生素开过封，何况只是保健品，国内、国外哪儿的商店买不着？犯不上大老远地还要人给他寄。拧开药瓶闻了闻，不似盒上标注的柑橘味，却有一股明显的药味。顾蛮生心头疑惑伴随不安，又在曲颂宁的工作桌上翻了翻。

先翻出一张全家福，一家四口漂漂亮亮、整整齐齐，很是招人羡慕。顾蛮生放下照片，又翻找一番，偶然一瞥，发现一本终端维修的专业书里夹着一张纸片。

他将纸片取出，打开一看，竟然是一纸抑郁症的诊断书。

顾蛮生后脊一阵发凉，这才意识到大事不妙。他懊悔不已，自己怎么就没注意到好友的异常，一个有家有口的男人断不该这般安静、悲戚、了无生意。

他马上给刚果当地的项目人员打电话，让他们赶紧发现问题去找曲工，没有问题制造问题也得去找曲工，以曲颂宁认真敬业的性子，一旦忙起来，就没工夫想着轻生了。

背弃申远，开罪贝思，白浩还成了情敌，身边再没有可以说说心里话的人，顾蛮生一宿未眠，思来想去。第二天收工以后，顾蛮生敲开了杨柳的办公室大门，他问她："有没有时间，一起喝一杯？"

上回两个人闹得挺尴尬，顾蛮生几天没好意思跟杨柳说话，反倒是杨柳表现潇洒，主动前来找他，留下一句"我就当你那天喝多了，我不介意，你也好好干你的，别再胡思乱想"。

顾蛮生打从心底里佩服杨柳，得，又把他一个男人给衬小了。

所以他也不介意跟她吐露心事。他将曲颂宁的诀别信递给杨柳，说怕自己劝不回曲颂宁，又或者能劝回他的人，却劝不回他一颗已经枯死的心。

杨柳知道舒青麦几次在曲颂宁原单位大闹的事，也知道她惹出了不少乱子，沉吟片刻，道："解铃还须系铃人，他们夫妻俩的问题得让他们自己解决。我有个建议，你给舒青麦办一张签证，让她以家属的身份陪同曲颂宁出国。”

杨柳的意思明显，兴许家人的陪伴，才是目前的曲颂宁最欠缺的。

顾蛮生赞同杨柳的建议，点头附和道：“也好，他俩的问题早晚得解决，这小子就是什么都喜欢闷心里，才把自己闷出病来了。这事儿怪我，那地方除了疟疾和登革热，要什么没什么，谁都不乐意去，他一个人在那儿胡思乱想，愁上加愁，所以才尽琢磨着要干傻事。”

杨柳安慰他道：“你也别太担心了，还想着吃药控制病情，就表示他还想自救，暂时应该不会出事情。”

顾蛮生想了想，又道：“最好还是让舒青麦劝他交接工作，先回国休息一阵子。”想到曲颂宁那几封信里的自毁倾向，他急得爆了粗口，“妈的，我真恨不得明天就打飞的过去，一根裤腰带把他绑回来！”

杨柳微微歪着头，目光牢牢地定在顾蛮生的脸上。这些日子，他的眉头常常紧锁，眼神愈加晦涩，他不再是那个毛头小伙儿的模样，或者更准确地说，他老了。但此时此地，杨柳忽然从顾蛮生的眉眼里触到了他当初的模样，她不禁“哧”的一声笑了出来。

顾蛮生也看杨柳，诧异地问：“笑什么？”

“其实我本来还有点担心，担心你跟以前不一样了，以前的你是义字当先，勇字当头，可这次回来以后，你的所言所行常常让我觉得很陌生。”柔和的餐厅光线下，杨柳定定地注视着顾蛮生的眼睛，渐渐露出微笑，“直到刚才，好像当年那个顾蛮生又回来了。”

说完她就伸出一只手，轻轻覆盖上顾蛮生的手背。他们慢慢十指相扣，她握他的力道那样温存，那样体恤，但她没有告诉顾蛮生，她是在万川村的头一个夜晚爱上他的。

最近的航班直飞汉海，顾蛮生没有空手上门，而是假杨柳之手，给好朋友的妻子挑了一些礼物。给舒妈妈的保健品，给曲晨、曲思彤的电子产品，给舒青麦本人的一套高档化妆品，还有一盒巧克力。

舒青麦一直觉得曲颂宁的亲朋都瞧不起自己的乡下出身，所以见了他们永远都是一张欠多还少的脸，即使见了顾蛮生也一样。直到看见杨柳从顾蛮生背后走出来，她才收起一副明显的鄙弃态度，硬生生挤出一个市侩的笑脸。

“哎唷，这不是柳总吗？”舒青麦谦卑地弯着腰，将杨柳迎进屋里，见顾蛮生与杨柳都提着礼盒，越发客气地道，“来就来了，还带什么东西啊。”

“曲工是我们顾总的老同学兼死党，又是展信不可或缺的栋梁之才，于公于私，都该来他家看看。”杨柳上下打量了舒青麦一眼，相当亲切地拉起了她的手，“以前就老听顾总说，曲夫人长得年轻又漂亮，我还暗暗不服呢，没想到今天一见面，还真是个大美人！”

“我哪能跟柳总比啊，”恭维总是令人高兴的，舒青麦也是由衷夸赞杨柳，“柳总才是大美人，还是能把这么大一家公司打理得井井有条的女强人！”

“你的头发烫得真好看，这染的是栗子棕吧，衬得你特别白。”杨柳四下张望一眼，问，“孩子呢？”

“在他们奶奶家呢，晚上还要上提高班。”

两人拉着手同坐在沙发上，亲亲热热的好似姐妹俩。

自打进门，顾蛮生的脸色就不太好看，他强忍着对舒青麦的那点恶感，礼貌地冲两位女士一欠身：“你们女人有话聊，我上二楼的阳台上抽根烟去。”

顾蛮生一走，杨柳便说起了正事：“中国现在虽然有了自主知识产权的3G标准，但从技术上来讲，国内通信企业还不能直接跟国外大厂掰腕子，我们暂时很难全方面地打进欧美国家，只能先去第三世界拓展市场。我的本意是不希望已经成家的员工去海外工作，这样个人牺牲太大了，但曲工一再坚持，我们实在劝不住他。”

“他非要去非洲是恨着我呢，恨我害他丢了设计院的工作，不想看见我。”对于这段如履薄冰的婚姻，舒青麦其实心里门儿清，只是嘴硬地不愿意承认自己的问题。当着另一个优秀女人的面，她更要替自己挣面子，于是强词夺理道，“哪个成功男人的背后没有一个狠女人，在关键时刻推他一把？他自己没出息，还好心当成驴肝肺，他躲着我跟我怄气，难不成还要我低头去哄他不成？我一个人支撑着一个家，已经够辛苦的了。”

这个女人简直钻进了钱眼里，杨柳不得不许以重利，如果舒青麦愿意陪同曲颂宁一起去非洲，不仅一切花销均由公司承担，每天还会给她一笔不菲的补贴。

展信不仅工资高，对待员工家属也相当大方，舒青麦快速在脑海里算了一笔账，亏倒是不亏，但她其实还是不太乐意，嫌非洲太贫穷太落后，荒天野地的，没准还会得疟疾呢。她很快就找到了一个冠冕堂皇的借口："我还有俩孩子呢，不能说走就走吧。"

房子隔音效果不佳，舒青麦那些狡赖的话，二楼的顾蛮生听得清清楚楚。因为跟曲思彤时常保持联系，他知道这个母亲毫不称职，成天不是打牌就是跳舞，就连女儿初潮都不闻不问。曲思彤不好意思去卫生室，只好打电话向顾蛮生求救，最后还是顾蛮生又打了一趟飞的，带着曲思彤去了商场，买了卫生巾与少女内衣。

"孩子正值青春期呢，爹妈都不在身边，恐怕不太好……"

顾蛮生越听舒青麦的话越不得劲，心头业火升腾，直接用食指与拇指捻灭了手中的烟。他大步下楼，"噔噔噔"地回到了客厅里。

"不是还有你妈，还有曲颂宁的妈吗？"他一见舒青麦就怒不可遏，冲她喊道，"再说你是一个称职的母亲吗？这个时候拿孩子当什么借口？"

"我妈妈身体也不好，她年轻那会儿吃够了苦，不能老来还给人当保姆吧？！"舒青麦还想强辩，茶几上的手机忽然叽喳起来，她拿起一看，原来是舞搭子找她打牌呢。

"行了行了，我一会儿还有急事呢，柳总，我就不留你们吃饭了，改明儿再单独请你。"舒青麦用不耐烦的眼神、语气将顾蛮生往门外轰，见顾蛮生依旧两眼冒火地杵着不动，她牌瘾上来，急于脱身，只好敷衍地承诺道，"我保证会去做体检、办签证的，还不成吗？"

"行，稍后我让汉海分公司的同事联系你，手续什么的，他们比我熟悉。"杨柳冲顾蛮生再递个眼色，示意这招行不通，还得他俩自己跑一趟刚果。

顾蛮生已经反身走了，没想到半分钟后又折回来，在舒青麦来得及把门关上之前，用力将它撞开了。舒青麦"哎哟"一声，险些被一股冲击的蛮力甩出去。

"舒青麦，你仔细看看，好好的一个人被你折磨成什么样了！"他从西装内侧口袋里摸出一沓信纸，连同那张抑郁症的诊断书一起砸向了她。

"重度抑郁症？"舒青麦先展开了诊断书，吓得手一抖。她有点医学方面的常识，知道这是一种相当棘手的心理疾病，严重者甚至可能导致自杀。

然后她就颤抖着打开了那些信，一目十行地阅读起来，她发现其中最久远的一封信得追溯到十来年前，追溯到那片莽莽高原上，她与曲颂宁刚刚认识的日子。

这些信都是写给顾蛮生的，但信中的主角从来都只有她一个人。

这是我在青藏高原上的第一天，我遇见了一个女兵，她给了因高原反应难受得乱七八糟的我几颗巧克力。如果不是巧克力一直都被我焐在兜里，我一准以为自己正置身梦中，而她，是来自皑皑山顶的一只美丽的雪雀，又或者，只是一片圣洁的雪花……

这是我在青藏高原上的第二十四天，我结交了一个朋友，爱上了一个人。

…………

如果哪天我真回不去了，你或许能替我向青麦转达一句话，告诉她，对不起，我终究还是没能带她走出那片大山。

这些信是对她青春岁月的反刍，时间却恰到好处地去除了其中的糟泔，她想起自己当年是如何毅然决然地打了退伍报告，又如何满心忐忑地坐上了去往陌生城市的火车，彼时的她二十岁，勾勒的爱情如此美妙，描绘的人生多么美好。

她突然掩面大哭起来。

顾蛮生叹口气，拿起那盒杨柳带来的巧克力，走到女人身边，交给她："这个牌子的巧克力是我托俄罗斯的朋友找了好久才找到的，外包装都变了，也不知道还是不是当年的那个味道。这些年他送了你那么多回，甭管你看不看得上眼，你也送他一次吧。"

女人又是一阵撕心裂肺的哭。

顾蛮生亲自将舒青麦送到了刚果，但没陪她走进展信在当地的办事处。他们坐的车由一位展信的当地雇员开着，顾蛮生将一些零散的纸币交给舒青麦，再三提醒她，这里拦路的恶霸屡见不鲜，甚至可能碰上武装抢劫的人，手上备一点钞票，关键时候记得破财求平安，千万别和这些匪徒起冲突。

那个雇员就跟着附和，说："停车时如果有人敲你车窗，千万不能开窗，上回他就遇见一个劫匪，二话不说塞进车里一只手雷，最后破了好大一笔财。”

女人接过钞票，依然面露哀伤，她对顾蛮生说：“我跟他之间的问题积存太久了，不可能几句话就彻底解决，我只能先劝他跟我回家，等他住院康复了再说。”

“有你这句话就够了，”顾蛮生轻轻叹息，用目光指向那个独居一隅的小院子，“你去吧，有什么问题随时联系我。”

目送舒青麦进了院子之后，顾蛮生又在原地停留了好一会儿，确认那边无事，才吩咐司机掉转车头。

他先回了国，没两天就接到舒青麦用手机传递的消息，她要跟曲颂宁一起回国了。她说他们还没有深谈，但她总算送出了那些俄罗斯巧克力。曲颂宁应该很喜欢，因为他立马就把它们焐在胸口的衣兜里，还是当年那副傻样。

没想到顾蛮生担心什么来什么，曲颂宁夫妻俩在回程路上就被打劫了，来人目标明确，行动迅速，可能知道在非洲搞援建的中国人有钱，一早就盯上他们了。

去机场的那段路，还是由当地雇员开车，不知道是同为黑人，还是他们串通一气里应外合，刚一停车，司机就被歹徒们放跑了，于是，只剩下曲颂宁与舒青麦，面对着三个手持自制土枪的武装分子。

舒青麦受过顾蛮生的叮嘱，当即反应过来，乖乖将一些纸币与值钱的东西都交了出去。刚果法郎不值钱，歹徒们也都认识人民币，十分满意地收进了口袋。正准备离开，为首的一个黑人忽然注意到曲颂宁鼓鼓囊囊的胸口衣兜，又折了回来。

曲颂宁见状不妙，赶忙用英语解释：“这就是一些巧克力，不是值钱的东西……”

这群武装分子别说英语了，就是官方语言法语都不会，他们见曲颂宁态度坚决，越发认定是值钱东西。为首的黑人叽里呱啦地说着当地语言，用枪口用力戳了戳曲颂宁的胸口，显然已经急了。

舒青麦拿胳膊肘捅了捅身边的丈夫，意思是不就是几块巧克力嘛，给他们不就完了吗？然而曲颂宁一贯的执拗脾气发作，就是不肯拿出来，还试图鸡同鸭讲地跟对方掰扯清楚。

两边还没拉扯两下，忽然间，为首那个黑人的土枪走了火，一颗子弹飞射而出，不偏不倚就打穿了曲颂宁的心脏。

“砰！”一蓬血雾溅起，还带出少许破碎的肉块，曲颂宁应声倒地，舒青麦愣了三五秒，随即扑倒在地，搂着丈夫的躯体撕心裂肺地惨叫起来。

歹徒怕这样的叫声惹来警察，索性一不做二不休，又朝女人的身体上补了几枪。

在当地警察赶来之前，他们全都逃之夭夭了。

夫妻俩倒在一起，倒在一小片由血液迅速汇积而成的湖泊里。舒青麦身中数弹，当场身亡，曲颂宁还留有最后一口活气，一双未瞑的眼睛直直望着头顶上方的天空。

远处有成片的香蕉林，在风中翻滚着激荡的绿色波涛，发出半似哭声、半似笑声的阵阵轻响，太阳已经黯淡下去，落在地平线上，像嵌在天边的一枚老旧的铜钱。

濒死时分，曲颂宁已经失聪，也逐渐失明，他的眼前不断掠过一些人、一些景，他的母亲，他的朋友，他那一双永远在捣蛋的儿女……那一张张鲜活的脸孔明明灭灭，最终悉数淡去，彻底湮逝于一片黑暗。

他试着用最后一丝力气伸出手，握住妻子还未冰凉的手。

他们许久不曾这么亲近了，幸好，那熟悉的肌体的热度还未散去。曲颂宁紧紧握住妻子，瞬间觉出几分恍惚：这里是未经开垦的非洲大陆，这里好像是那人迹罕至的青藏高原。

闭起眼睛前，他最后动了动嘴唇，无声地对妻子说：不要走出那片大山了，我们一起回去吧。

经过大使馆出面斡旋，曲颂宁与舒青麦的遗体被送回国内火化。痛失爱子，贺婉莹哭得几近昏厥，曲颂宁的葬礼全由顾蛮生操持。

见一个外人出钱又出力，贝时远感到过意不去，主动提出分担费用，但被顾蛮生一口回绝了。

大礼在一个晴好的秋日举行。曲颂宁的同事、舒青麦的舞友，还有两位母亲与他们那些远远近近的亲戚，全都一身肃杀的黑衣，前来参加大礼。灵堂里的挽幛挂得如同蛛网一般，到处都是黄黄白白的花圈。

身为儿子，小胖子曲晨手捧骨灰盒，站在所有宾客的斜前方，然而他的年纪还不足以理解永别的意义，仍然站没站相地歪斜着，满脸茫然。直到哀乐响起，贺婉莹先崩溃地哭了起来，她的哭声像会传染的坏疽，一个传一个，很快所有人都哭了起来。小胖子这才跟着咧开缺了门齿的一张嘴，挤着眼睛号啕。

顾蛮生身着黑色西服，站姿笔挺。尽管是这场葬礼的出资人与策划者，他的情绪却一直被收敛得很淡，他想：应该把悲伤的权力与时间留给曲颂宁的家人。然后顾蛮生发现，所有人都带着一脸惨相痛哭流涕，只有一个小姑娘跟他一样从头到尾没掉一滴眼泪，甚至面无一点悲色，都没红一红眼圈。

这个小姑娘就是曲思彤，面对父母离世的巨大悲剧，她神情严肃得古怪，一双薄唇始终倔强地紧抿着。直到一双楠木棺材被推走火化，她嫌弟弟号得实在失态又难听，忍不住低声斥他一句："别哭了！哭抵什么用？"

以前她是个孩子，现在她是长姐了，她得表现出一副能照顾奶奶、照顾弟弟的坚强样子，以告慰父母的在天之灵，她被剥夺了像个孩子那样哭泣的权力。

杨柳看见顾蛮生向着小姑娘走了过去。他来到她的身前，半跪下来，微微仰脸注视着她的眼睛。

"哭吧，痛快地哭吧。"顾蛮生像是完全了解女孩儿心中所想，他伸出一只手，搭扶在她的肩膀上，"你可以哭得像个孩子，因为你已经是个大人了。"

男人的声音温柔得不可思议，女孩儿紧咬牙关半分钟，心底的悲伤终于一泻千里。她把头埋进对方的怀里，起初压抑着自己不哭出声音，但很快就压不住了。一阵宣泄似的号啕中，她突然感到这个男人也掉了一滴泪，恰好掉进她的脖子里，像一颗炙热的、飞奔的子弹，正中了她少女情怀的靶心。

若干年后，成年的曲思彤经常回忆起父母大礼的这一天，好像就是从这天起，一个女孩儿变为女人的原始意识觉醒了，她落下了因他而得的病根子。

第七部分 相争

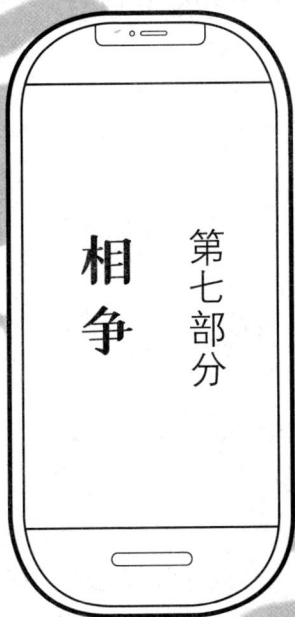

第四十二章

等到十八岁

曲颂宁与舒青麦的尸骨已经化灰入土了，哪知道，他们遗在人间的两个孩子却引发了一场轩然大波。

按说，死去的两人的母亲都健在，法律上，哪个都可以成为一双孩子的监护人。但舒青麦的母亲知青出身，此后又常年生活在小县城，深知自己一直不受这个亲家母的待见。

所以，她自觉地、主动地退出了竞争，说这两个孩子都在大城市生活读书惯了，父母双亡已是人生当中莫大的变故，再离开熟悉的城市去往县城，只怕一年半载都适应不了。

然而，贺婉莹心满意足地将一双孙儿带回了家，跟他俩住了三个月，就觉出一种不痛快来——她把孙子宠得没了谱，却怎么也瞧不顺眼孙女。

本来手心手背都是肉，但曲思彤像是到了生长突增期，简直一天一个样，还越长越像她的母亲了。她的眼梢渐渐上挑，下巴颏儿又收得很窄，她走路时一扭一扭、蛇里蛇气的，像是在故意模仿母亲跳舞的样子。

有时贺婉莹外出回家，冷不防看见孙女，都以为看见了她那个不肖儿媳妇舒青麦。结果就是她不止一次私下里打电话向女儿抱怨，说："这小丫头长得太像她妈了，天生一副小浪蹄子样儿，我一看见她就想起惨死异乡的你弟弟。要不是那个姓舒的女人成天在家作天作地、没事找事，你弟弟也不会丢了好好的设计院的工作，不会被逼去非洲，更不会在那穷乡恶土丢了命……”

每每说到这里，都要挤出老泪数滴，听得电话那头的曲夏晚心里也不是滋味。

“妈，好了好了，你也别哭了，你提他一次就哭一场，时间长了你身体也吃不消。”曲夏晚试着安慰母亲。

“现在就吃不消了，你妈就这点退休金，两个孩子的花销哪里够。”

“那我跟时远每个月再多给您寄点钱。”

“知道你老公有钱，但这不全是钱的事情，你妈老了，这精力也跟不上了。”

“要不我给你找个住家保姆。”

“我不喜欢家里有外人，前几天新闻里还说，住家保姆下手毒杀独居老人……”

“要不你搬到深圳来，我跟时远在我们家附近给你买套房子，这样平日里也好有个照应，减轻你的压力。”

“都说落叶归根，你妈都这把年纪了，还要背井离乡去别的城市生活？”贺婉莹一通胡搅蛮缠，其实早就拿好了主意，她说，“要不你把曲思彤接过去跟你住吧，你个做姑姑的，正好做她的监护人。”

“这怎么行？他们是双胞胎，从出生起就没分开过，你莫名其妙地把其中一个送走，你让两个孩子怎么想？”

“那你就把两个都接走。”孙子虽然讨喜，但却顽劣痴肥，时不时就要闯出一些祸来，这阵子贺婉莹被他折腾得也够呛。可把儿子留下的独苗揉在心坎里想一想，到底还是舍不得，她又嘟嘟囔囔地补一句，“晨晨你接走可以，给我留下也行，反正那小浪蹄子的女儿我不要。”

她在一楼的厅里跟女儿打电话，完全没注意到二楼的曲思彤已经悄声下了楼，将她这番话，前前后后一字不落地全听了进去。女孩儿抿了抿嘴唇，又一声不响地回到了自己的房间。

“妈，你这话说的……什么叫‘那个小浪蹄子的女儿’，思彤不也是你的孙女吗？”曲夏晚听不了这番胡搅蛮缠的话，抬眼见贝时远洗完澡从浴室出来，便潦草打发了母亲，说容她再考虑考虑。

其实，不用贺婉莹提及，曲夏晚倒没少想把弟弟的一双孩子接来跟自己住。只是，自打贝时远动了胃切除手术，贝时远的母亲就名正言顺地从汉海搬来了深圳，搬进了贝宅。曲夏晚深知，婆婆不比母亲，何况自己这个婆婆一直有个心病——

她以二婚的身份嫁入贝家这么些年，至今没能怀孕。

几番检查之后，只说是曲夏晚宫寒不易怀孕，为此，贝妈妈特地请了一位营养师，说是要帮着夫妻俩正确备孕，每日曲夏晚的一日三餐都得严格按照食谱上吃，还天天被逼着灌中药。然而，压力越大越怀不上，贝妈妈抱孙子的心愿始终未能满足，突然间，家里又要多两个别人家的孩子，想来她肯定一百个不乐意。

曲夏晚只好曲线救国，晚上同床的时候，先轻声跟贝时远提了这事。贝时远倒颇大方，表示只要妻子愿意，随时可以把姐弟俩接来深圳。

“可我怕你妈不乐意，要不，你先旁敲侧击，探探她的口风？”

贝时远也痛快地应承下来，可没承想，这一探，贝妈妈当场作色。她态度坚决地撂下狠话，这个家里如果要添孩子，那也只能是贝时远的孩子，不然待那双孩子进了门，她就搬出去，去睡公园、睡大街。

曲夏晚只能又通过电话把这个“噩耗”告诉母亲。

接电话的正是曲思彤，曲思彤扭头喊了一声“奶奶”，待两人通上电话，她又悄悄回到房里，拿起分机听筒，偷听了她们的谈话。

谈话内容令她无比伤心，她得出一个结论：自己如孤鸟无枝可依，谁也不想要她。

没几天，曲思彤的班主任打电话叫来了贺婉莹，说父母死后，曲思彤的成绩一落千丈，这次语文考试甚至一字不答，直接交了白卷。

班主任知道曲思彤父母的事情，叹口气：“孩子受了心理创伤，希望家人能够多疏导疏导，这么好的苗子，毁了可惜。”

贺婉莹拿着白卷手直抖，一回头，看见曲思彤逆光站在办公室门口。

这两个月，小丫头似又长高了一些，脸庞轮廓相当清秀，一双狐狸眼微微上挑，她的睫毛长而浓，所以显得眼部轮廓特别清晰，像是戏台上描画过眼线的红伶。最可恨的是她的眼神，既驯服又不服，既自卑又自傲，简直跟她母亲一模一样。

贺婉莹瞬间恍惚，又以为眼前的人是舒青麦，待总算缓过神来，她尖声尖气地冲曲思彤喊起来：“你怎么回事？为什么要交白卷？你爸爸以前成绩多优秀你知道吗？你一点不像他，你就像你妈……”

曲思彤紧攥衣角，脸上一阵红，一阵白，像是羞恼愤恨到了极点。突然之间，在贺婉莹发出某个高亢尖锐的音节之后，她转身就跑。

“哎？曲思彤，你去哪里？！”贺婉莹的嗓子像锣，“哐哐”地吵着，“曲思彤，你给我回来！”

班主任跟着喊，两个女人的声音一焦躁一温柔，此起彼伏地响在她身后，女孩儿却抬手捂紧了耳朵，她向着校门越跑越快，转眼就消失在众人的视野里。

这晚曲思彤没有回家，贺婉莹还没当回事，心道：小丫头果然像她母亲，这么小就知道生事儿。直到曲思彤失联的第三个晚上，她才意识到事情的严重性，慌慌张张地先报了警，又给远在深圳的女儿、女婿打了电话。

曲夏晚临上飞机前，想起自己这个侄女跟家里人都不太亲，偏偏跟顾蛮生热络，于是又给顾蛮生发了一条消息，告诉了他曲思彤离家出走的事情。

她前脚上飞机，顾蛮生接到消息，后脚就赶赴了机场，两人的目的地都是汉海，他也为这打小就鬼主意多的丫头忧心忡忡。

公安可以通过电信技术锁定曲思彤的手机方位，可这丫头是谁？她父亲就是电信专家，她知道不能用手机，很聪明地问街边一个小卖部借了座机打电话。她第一反应就是打给顾蛮生，没想到顾蛮生此时竟在汉海，就是为了找她而来的。

“你先答应我就你一个人来找我，”曲思彤在电话里说，“你要是敢带人来抓我回去，就算回去了，我下回还会跑，会跑得更远，让你们谁也找不到。”

顾蛮生不想失信于一个小女孩儿，答应她只身前往，他说：“告诉我你在哪里，我这就来找你。”

曲思彤抬眼看了看四周，报出了街名。其实她一直躲在上回跟她爸还有顾蛮生一起吃饭的那条小吃街上。昼伏夜出，白天就小心翼翼地把自己藏起来，晚上等到夜排档开市，她就帮一家老板刷碗来换口粮。

顾蛮生赶到的时候，曲思彤正叼着一只花卷，摆动腰肢、哼着小调刷碗。

顾蛮生无奈地摇头笑笑，这丫头，小日子过得还挺悠闲，完全不顾她的家人已经急成了热锅上的蚂蚁。

抬眼看见老板刚招呼完一桌客人，他故意板下脸孔，唬他道：“我是便衣，你摊上事儿了，你雇佣童工。”

老板左睨一眼顾蛮生，右觑一眼曲思彤，吓得一打激灵，连连摆手：“她……她跟我说她是大学生，为了写社会学的论文，出来体验生活的。”

嚯，还挺会编的。顾蛮生不由得回头看了曲思彤一眼，小丫头一抬俏丽的下巴颏儿，显得相当得意。倒不怪老板看走了眼，曲思彤今年十三岁，但人高腿长，相当高挑，眼神又远比同龄人成熟，确实可以看作十七八。

找到人就放心了，顾蛮生嘱咐老板搬来一张塑料小桌，两个人找了个相对人少的安静地方，吃起了夜宵。

顾蛮生给女孩儿点了一盆三斤的小龙虾，老板劝她一般人受不住，可曲思彤坚持要重辣。一个人一口汽水一口虾，痛并快乐地啃了起来。

“嫌辣就再点一盆。”顾蛮生点了瓶一斤装的牛二，不要杯子，就这么对着瓶口喝。

“不行，我自己点的虾，跪着也得啃完。”曲思彤啃虾啃得龇牙咧嘴，眼眶都被辣红了。她长饮一口汽水，突然说，“哎，顾蛮生，我能不能跟你回去？”

“那不行，你的家人还在呢，我做你的监护人，不合法。”这个问题，其实他在收到曲夏晚短信的时候就想过了。

“可她们都不想要我。”曲思彤无比落寞地垂下头，任浓长的睫毛荫蔽一双漂亮的眼睛，“谁都不要我。”

顾蛮生不能向一个小女孩儿随意做出承诺，只能说：“你如果相信我，就先跟我回去，我喊上你奶奶、姑姑还有外婆，我们一起商量出一个解决办法。”

街上食肆多，油烟气聚成了一片雾。曲思彤放下手里的龙虾，绷着油腻腻的两片唇，一言不发地注视着顾蛮生。顾蛮生的眼睛也盯着她，他们的目光互相激劝，彼此慰勉，像过去那么多次那样，她同时从这个男人的眼睛里看见了大仁大义、大情大爱与大喜大悲。

女孩儿终于点了点头。

接下来，“三方会谈，三堂会审”。贺婉莹代表一方，贝时远夫妇代表一方，舒青麦的母亲代表一方，而顾蛮生作为找回女孩儿的功臣，也获准在场旁听。

贝时远定定心神，先开口：“实在很抱歉，因为某些不便说的关系，思彤跟晨晨不能跟我们住。但我可以支付所有的抚养费，我希望他们能有一个理想的成长环境。”

顾蛮生鼻子里“哼”出一声，意思是：贝总还真是财大气粗。

贺婉莹紧跟着女婿表态：“我也养不了，我年纪大了，身体又不好，这俩小祖宗把我折腾得够呛，就住了这阵子，我头发都全白了，这就是刚染过，你们看发根。”她侧过头，抬手一捋乌亮乌亮的鬓发。

舒妈妈最后发言：“我家的条件大家也是知道的，而且人口也多，我们小地方比不了汉海还有深圳，孩子要是跟着我，肯定是要被耽误的。”

反正三方人马都不想要，浑然不把这双孩子当人，好似他们只是一对不讨喜的物件，可以由人呼前喝后，推来搡去。

顾蛮生看着坐在众人前方的曲思彤，女孩儿低着头，颌部的线条绷得很紧，像是正咬着牙，极力忍耐某种痛苦。

“行了，都别说了。”一直默坐旁观的顾蛮生突然起身，沉着脸道，“孩子住我家，就算法律程序上有瑕疵，我们可以另外签一个责任书。”

曲思彤惊喜地抬起头，亮着一双眼睛望向顾蛮生，他多像一个披坚执锐的英雄，知道自己英武，所以说话透着一股不容置喙的自信，谁也不怕。

“曲晨可以跟着我，但思彤毕竟是个青春期的女孩子，跟着我一个独身的大老爷们儿儿过，肯定不方便。我有个想法，当然也要征求思彤的意见，”顾蛮生来到曲思彤面前，单膝下跪，以一个成年人的身份向小女孩儿展现谦卑的姿态，他微微仰视着她的眼睛，柔声地说，“你以前说过你想出国看看，你们家在美国也有亲戚，要不你就去美国读书吧，等你十八岁的时候，只要想回国就给我打电话，我头一个去接你。”

比起这些只知推卸责任的亲戚，她一直更信任这个男人，感到自己被这个男人的眼神所攫、所迷、所惑。最后曲思彤重重地、毫无负担地点了点头。

这场闹剧，终于以女孩儿坐上远去大洋彼岸的飞机而宣告结束。

连着几天暗无天日的阴雨天气之后，2011 年的春天就这么来了。

顾蛮生不打商量就成了一个青春期男孩儿的监护人，其实根本全无准备。见他一个大老爷们儿儿粗手粗脚不懂照顾孩子，杨柳有空的时候便会帮他一把，带着曲晨出去吃顿饭或者指导一下功课。

不得不说，展信的柳总带孩子很有一套，曲晨管顾蛮生叫“顾叔”，却管杨柳叫“柳姐”，而且摆明了亲疏有别，喜欢姐姐多过叔叔，惹得顾蛮生常常不快地大喊：“以后不准这么叫了，这差着辈儿呢！”

春天一来，深圳差不多又是全国最早热起来的城市。青春期的男孩儿本就发育得快，杨柳担心顾蛮生粗枝大叶，曲晨没有入夏的衣服，特地找了个不忙的下午，去了一趟百货商厦。

她眼光高，勉强挑了几件合意的，便一边接着一个商务电话，一边搭着扶梯从三楼的男装部往下走。冷不防一抬眼，忽然看见两张熟悉面孔。奢牌聚集的高档百货，又是上班时间，商场里客流稀少，所以杨柳一眼就认出了这两个人，正是贝时远的母亲与他的秘书。

两个人居然挽着手，一路说笑，俨然一副母女般的亲密姿态。

三言两语挂了商务电话，杨柳隐隐觉得怪异，却又说不出个所以然来。待目送贝妈妈与柯彩离开，她立马按下了曲夏晚的手机号码，与她约在老地方喝下午茶。

气候到了，作为深圳市花，三角梅满街竞放，或红或紫或白，热浪之中舒枝展叶，醒目又妖艳。曲夏晚迟到了十来分钟，一见面，就双掌合十地向杨柳致谢：“亏得你的电话解救了我，贝时远他妈妈又约了一个什么专家，非要带我去做检查。”

“什么检查？”杨柳关切地问，“你病了？”

“还不是生孩子那回事。”自打贝妈妈住进来，家里气压常年偏低，曲夏晚似乎只有在外头才敢放声言、尽情笑，她吐吐舌头，相当俏皮地说，“那些中药真是苦死我了，每天她都按时按点地灌我三剂，我今天一定要多吃点甜品补回来。”

杨柳轻笑一声：“贝妈妈看着这么西化，没想到骨子里还挺传统的。”

曲夏晚摇摇头：“也能体谅老人家想儿孙满堂的心理，所以一般她说什么就是什么，我能满足她的尽量满足。前阵子为了我弟弟那两个孩子的事情，她又老调重弹，很不高兴。其实当初嫁进贝家门时，她就觉得我不够好，怕是不生个孩子，我们这个家就别想太平了。”

杨柳搁下咖啡杯，相当不以为然：“都什么年代了，能不能生孩子还是衡量一个女性是否优秀的标准吗？贝时远的意思呢？”

曲夏晚又摇头，眉间惆怅也添了一重：“他倒从来没把这事放在心上，他说一切顺其自然，这辈子有孩子缘就有，没有就没有了，他不止一次为我跟他妈妈争执，可他越是这样，我越觉得自己亏欠了他。”

杨柳微眯了眼睛，耐心听着她说下去。

“你知道吗，我家小时候沾我爸的光，住的是那种花园小洋房，我特别喜欢藤本月季，让家里的阿姨在院子里种了好多，一到春夏，那些花就爬了满墙，又粉又紫的，非常漂亮。现在想想，我好像就跟那些花一样，什么本事没有，什么技能不会，空有漂亮外表，一辈子只能靠着攀附别人而活。”

听到这里，杨柳已忍不住地要纠正她，她说：“你是一个美丽、温柔又善良的女人，跟你相处很舒服，这已经是很多人所不具备的优点了。你完全没必要妄自菲薄，把自己活得那么卑微。”

“我哪儿漂亮了，你才漂亮，你一出场就像一朵盛放的红玫瑰，把所有人都衬成了狗尾巴草。”曲夏晚受不住杨柳的恭维，忽然道，“杨柳，其实我挺羡慕你的，真的。”

“我？羡慕我什么？”杨柳笑了，“我小时候很淘，跟院里的男孩儿一起下河捞龙虾，上树掏鸟蛋，我一定爬得最高，也往往摔得最惨。”

“你跟顾蛮生挺像的。”曲夏晚思索一下，又改口道，“不是挺像，是简直一模一样。你知道吗，顾蛮生大学的时候因为把我弟打了，给他写过道歉信，那信里说的好像就是你刚刚说的这些，你们俩要是打小就认识，那肯定是大院里的阴阳霸王，弄堂里的雌雄双煞！”

“你这什么比喻？”亏得一口咖啡咽得早，杨柳“扑哧”一声笑出来，俄而，又垂下眼眸，轻轻叹气道，“有时候，太过相像的两个人反倒不能携手走到最后。”

“只要你爱他，他也爱你，怎么就不能走到最后呢？”曲夏晚其实不太理解杨柳这话，在她看来，有爱万事足，她问对方，“难道你现在已经不爱他了吗？”

杨柳沉默了足足两分钟，仍旧发觉这个问题很难回答。

“好了，不说我了，都差点忘记今天约你出来的正事了。”她敛了笑容，道，“你怎么看贝时远的那个秘书？我那天看见她挽着你婆婆的手臂在逛街，亲亲热热的样子，好像她们才是婆媳俩。”

“你这话一听就是没有结过婚，哪有婆媳关系能好成这样的。”曲夏晚笑笑，全不在意地道，“柯彩又聪明又能干，在生意上很能帮上时远的忙，很多时候都能弥补我的不足。”

“我在一些商务场合见过她几次，确实挺能干，但她给我的感觉不舒服，做事目的性太强，太工于算计。”杨柳不想挑拨别人的夫妻关系，更不愿捕风捉影，平白令曲夏晚不安，于是笑笑，又抿一口咖啡道，“我只是随口给你提个醒，只要你觉得没问题就好。”

服务员及时送来了甜品拼盘，打断了两个女人的谈话，空气里弥漫着鸡蛋、牛奶和香草精混合的甜香，曲夏晚的注意力彻底被酸甜的树莓冰激凌与绵软的千层蛋糕引走了。她已经被家里的中药苦怕了。

告别曲夏晚回到家中，或许是今天关于孩子的谈话令她忆起了一桩旧事，杨柳忽然开始满屋子翻箱倒柜，终于从床头柜最下层的一个抽屉里，找出了一张小小的B超照片。

照片上隐隐约约可见胎儿的轮廓，正做着经典的吮吸手指的姿势，可小指头还调皮地翘了起来，像比画了一个数字六。

杨柳躺靠在沙发上，望着这张照片陷入沉思。她很快想起来，顾蛮生刚重回展信的时候，曾有一次问过她，问她当时有没有拍那种孕妈间非常流行的胎儿B超照。

她谎称自己没有拍，然后就扭过脸，轻描淡写地开启了别的话题。但她迄今记得，听见这句话时的顾蛮生，眼神瞬间黯淡，眼里是藏不住的深深的气馁和失望。

怪只怪彼时两个人都太年轻，因为拒绝向对方臣服，便如竖着钢针的刺猬，以用刺扎痛彼此为乐。

杨柳轻轻叹一口气，挑了一本近期准备阅读的书，将这张小小的照片夹回书里，随手放在书桌上的小书架上。

第四十三章

变天了

2011 年春末的一个清晨，街上一丝风没有，寥寥无人，只有一只灰白的晨鸟立在电线杆上，不时啾鸣三两声。忽然间，一声重物落地的巨响，打碎了一个个正酣的美梦——

华强北商圈的一栋七层民房里，一个男人慌不择路，竟然直接从四楼跳下。他砸在了一辆黑色的奥迪车上，又囫囵翻了个身，重重摔在地上。

车玻璃碎了一地，奥迪车发出一阵刺耳的蜂鸣声。跳楼的男人显然不打算自杀，即使摔断了腿，他仍奋力地从地上爬起来，拖着条残腿，一瘸一拐地想要逃跑。但没跑出多远，就很快被从小道包抄而来的便衣们擒住了，一声喝令，他便抱头蹲在了地上。

为首的一个警察面容冷峻，将受伤的男人一把提溜起来，为他戴上了手铐。见对方乖乖就范，他才严肃地开口："你就是朱旸吧，我们早就盯上你了。"

历时近半年的一场针对山寨机与走私机的清查行动终于临近尾声。清查的结果令所有的国产手机厂商大呼欣慰，数千家销售山寨机、水货机的商户连夜撤离了华强北，他们认为，山寨机的好日子终于要到头了。

被关进看守所的朱旸通过法援的律师，辗转联系上了顾蛮生。

律师来到展信，被人请进了 CEO 办公室，面对办公桌后正襟危坐的顾蛮生，表示朱旸的案子铁板钉钉，没有很大的辩护空间，只有认罪认罚，退赔足够的金额才能获得轻刑。

尚未入伏，深圳的气温已节节攀升，顾蛮生的办公室却没开空调。他不接律师的话茬儿，站起身，“嚯”地打开了紧闭的窗户。高楼的风哧溜一下灌了进来，瞬间为这闷热的6月带来些许清凉。

“一连几天，天气预报都发布了大风黄色预警，是不是不开空调也挺凉快？”顾蛮生这么问律师。

“中国的天气预报就跟小道新闻一样不靠谱，也不知道这场阵雨落不落得下来。”律师试着把他们的谈话引回正事上来，他注视着顾蛮生的眼睛道，“我的当事人手头没有存款，家里经济条件也不好，一下凑不出这五倍的罚金。他托我来找顾总，就是希望能向顾总借笔钱，等他出来以后一定会努力还上。”

顾蛮生淡淡地问：“罚金多少？”

“案子目前还没判，但根据我的经验，罚金至少三百万。”

“那他准备借多少？”

“差不多就借这些。”

“走私货物的罚金是偷逃应缴税额的一倍以上五倍以下，”顾蛮生快速地估算了一笔账，笑了，“这些年他靠走私挣得不少啊，怎么就一分钱都没存下来？”

“还不是沾上了不该沾的东西，冰毒。”律师道，“不过我当事人说，他一年前就戒了。”

“还吸毒，”顾蛮生嘴角讥诮地一勾，冷笑一声，“他哥要知道自己有这么个‘好’弟弟，非从地底下爬出来不可。”

这个时候，杨柳正为了华强北清查山寨机、走私机的消息来找顾蛮生，却被他的助理拦在门口，道：“顾总这会儿有客人。”

“谁？”

“朱旸的代理律师。”

“朱旸？”杨柳咂了一遍这个令她耳熟的名字，好一会儿才想起这么个人来，她不由得眉头一紧，“这个人这么多年都没消息，怎么突然让律师找上门来了？”她很快就有了一个结论，朱旸其人好逸恶劳，品行不端，当初在展信就没少以职务之便捞油水，如今时隔多年再次出现，一定是惹上了要赔钱、吃官司的大麻烦。

杨柳用眼神示意助理不必通报，转身来到顾蛮生办公室门口。门虚掩着，她犹豫了一下没有推门进去，但也没有离开。

当年被杨柳扫地出门之后，朱旸就跟着他的老乡一起干起了走私手机的生意，起初也就勉强能够糊口，真正让他赚得盆满钵满的，是 iPhone4 登陆中国。

作为一款颠覆了整个行业的手机，iPhone4 将科技与艺术完美糅合，还有其独有的建立在 3G 网络上的 FaceTime 视频电话功能，一登陆中国市场就卖断了货。好像有个“爱疯”就高人一等似的，然而国内行货太贵，动辄七八千，有些没有经济基础的消费者甚至愿意“割一个肾来换一台 iPhone4”，听来像天方夜谭或都市传说，但竟是真的。

朱旸就是这个时候开始从香港那边大量偷运苹果手机，好听点叫港版，其实就是走私机，一台能比国行机便宜两三千，所以完全不愁销路。都说男人有钱就变坏，他本来就喜欢那些不正经的娱乐场所，常在河边走，又岂有不湿鞋的道理，某天终于经不住旁人引诱，吸了毒。

朱旸在看守所里见律师的时候，就告诉了律师他哥在青藏高原上的那起事故，还反复叮嘱律师一定要在顾蛮生面前提及。这是一张无往不利的感情牌，朱旸知道顾蛮生这人讲义气、重情义，当初不就是因为自己的哥哥，他才对自己诸多包容忍让吗？

“主犯跑了，照目前的形势看，我的当事人很可能被认定为主犯，那少说就是十年刑期，只能以良好的认罪态度来减刑。”律师接着对顾蛮生道，“朱旸嘱咐我一定要将原话转达给顾总，我也就在这里转达一下，他说，如果当年他没有从瀚海大学退学，如果他哥没有因为车祸去世，他就不会在没有文凭的情况下还担上了长子养家的重任，也就不会行差踏错，走到今天这一步。所以他希望顾总能够不看僧面看佛面，就冲着当初在青藏高原上，他哥朱亮大半夜地为你开车去城里买夜宵的情分上，先借他这笔钱。待他出来，一定都会还上的。”

一番话令门外的杨柳顿感揪心，三百万对如今的顾蛮生来说只是小数字，但她怕他在不该心软的时候再次心软，又被那个狗皮膏药似的朱旸缠上、赖上。

然而杨柳完全没想到，顾蛮生一秒钟也没耽搁犹豫，直接就拒绝了律师的要求。

“我一分钱也不会借给他。”顾蛮生淡淡地道，“别说是他了，就是他哥当初车祸没死，现在跑来借钱的是朱亮，我还是这句话，我一个子儿都不会给他。”

这个答案完全出乎杨柳的意料。她本以为，面对误入歧途的挚友之弟，顾蛮生会纠结、会犹豫、会痛定思痛，最后慨然答应或者拒绝，反正如何都不会是现在这样轻描淡写，这样冷酷无情。

律师毕竟见惯了类似的场面，不多作纠缠，直接向顾蛮生告辞走人。打开门时，他看见杨柳，也客气地点了点头，旋即大步离去。

杨柳又在门口怔立片刻，然后才推门而入。

“刚刚是朱旸的律师来找你吧。”她对顾蛮生道，“对不起，我在门外都听见了。”

“我正巧也有事要找你。”顾蛮生“嗯”了一声，看似并不想深谈这个话题，他将桌上的笔记本向杨柳拨转了一下，里头正播放着一条社会新闻——

《南方日报》讯：由深圳市打私办联合深圳海关、深圳市市场监管局、福田区打私办等部门，在华强北开展为期一个月的专项行动，重点整治流通领域走私贩私活动……

顾蛮生笑了：“华强北山寨机清查行动结束了，听说那边的铺子连夜搬空一半。”

杨柳竟没打算跟顾蛮生深聊工作上的事情，只淡淡地道：“其实刚才在门外，我已经酝酿了一肚子的话，打算劝你不要跟那种泼皮无赖再扯上任何联系，没想到你自己倒先拒绝他了。”

明明事情的发展完全遂了自己的心意，杨柳却很难高兴起来。自打顾蛮生重回展信，她就敏锐地察觉出他变了，这种变化是日渐月染、白往黑来的，具体变在哪里好像又说不清楚。

顾蛮生一点没注意到杨柳面色异样，气定神闲地接着道：“苹果的智能机高歌猛进，诺基亚的霸主地位难保了，整个中国的手机行业，不，整个世界的手机行业都要变天了。”

杨柳看出他根本不在乎朱旸的事情，便问他道：“手机行业要变天了，什么意思？”

顾蛮生坐回自己的老板椅，抛玩着一枚普通硬币，微笑着道：“高端芯片有拜通，低端芯片台湾、大陆都能生产，所有的配件都能采购，操作系统方面，苹果虽然肯定不会授权它的iOS，但安卓发展了几代，现在也不差了，手机行业的门槛说穿了比刷墙的都低。以前还有一张准入牌照，现在连这个都取消了，我要是刷墙的，还费那劳什子力气干什么，现在就扔掉漆桶、刷子去造手机。”

杨柳不太理解：“可工信部早在2007年就取消了手机牌照核准制度，那个时候也没见多少正规军来做手机，数来数去，还是那几个国产品牌。”

“因为那段时间正是华强北山寨机市场最蓬勃发展、欣欣向荣的时期，山寨机虽售价低、利润薄，但销路极广，一年下来挣个上亿不是难事，反倒比费尽心力自己做品牌要强。”顾蛮生笑容加深，走来杨柳面前，伸手点了点她的鼻子，“不信你就等着瞧，国内手机行业的大洗牌就要开始了，现在正是我们展信正式进军手机市场最好的机会。”

面对顾蛮生的雄韬伟略、滔滔不绝，杨柳只能敷衍地、假模假式地笑笑。不知为何，她心不在焉。

果然，顾蛮生关于“变天”的推测没有错，苹果的成功令所有同行都馋红了眼，再加上国家这次是动了真格要严打走私机与山寨机，华强北市场一蹶不振，原先的山寨机厂家纷纷开始转型做起了自己的品牌。

一时间，市面上的手机品牌如雨后春笋，一股脑儿地全冒了出来。有的主打美颜相机，有的主打水墨屏纸质阅读，反正都是拜通处理器加上安卓系统，装个壳就能推向市场，门槛确实不比刷墙的高。而老牌手机厂商转型不及，死守着塞班系统，结局当然是相当惨烈的。国际上一个叫诺基亚的巨人轰然倒下，而国内最先顶不住的，就是贝思的老冤家，东美。

曾经国内手机行业的头把交椅，蝉联几届央视广告标王的东美通信，正式对外宣布破产了。

全行业为之一惊，杨柳的注意力却在这时被另一件事情吸引走了。

展信跟别的企业打知识产权方面的官司，由于律师与法务部门当场拿不了主意，承办法官通过电话邀顾蛮生本人前来调解。顾蛮生为表对这个官司的重视，所以由司机开车亲自去了一趟法院。杨柳随他同行，没想到结束庭审正准备回去的路上，偏巧遇上了被法警押送来受审的朱旸。

天色很阴，黑黝黝的云像墨汁洇在了白宣上，不断向四周侵蚀、扩散，预示着一场暴雨即将到来。朱旸遥遥看见顾蛮生，如同见了救星，竟用尽全身力气挣开了法警束缚，边冲向他边嘶声大喊：“生哥！生哥你救救我吧！我不是主犯，我就是个混子！你就看在我哥的面子上救救我吧！”

他被迅速追上来的法警扑倒了，脸孔朝下地被压在地上，由于一下磕猛了，门牙竟也磕掉一颗，满嘴的血和泥。

他仍然在喊：“生哥！看在我哥的面子上救救我吧，我一定改过自新，重新做人，我下半辈子做牛做马都会报答你的！”

杨柳忍不住回头看了一眼，朱旸已经被制伏了，脸上鼻水、涎水、血水全都流作一处，即便咎由自取，也惨极了。他不断喃喃重复同一句话：看在我哥的面子上、看在我哥的面子上……

杨柳不禁又去看顾蛮生的表情，但顾蛮生根本没有表情，他大步生风，头也没回，很快就坐上了司机的车。

司机一脚油门，黑色大奔在敞阔的大路上跑了起来，坐在后座上的顾蛮生倏然笑出一声。

“顾总，瞧着您心情不错，案子赢啦？”司机问。

“那肯定是赢了，我亲自出马，焉有不赢之理啊？！”顾蛮生仿佛一点不受朱旸的影响，或者说，他眼下眼里不留尘，根本就没看见他。他开始跟司机讲述自己如何在庭审之后再战对方公司的老总，逼得对方不得不节节退让，最后俯首称臣，他的语气嚣张又得意，还不时哈哈大笑，露出雪白的后槽牙。

好一会儿，顾蛮生才想起杨柳还坐在自己身边，问她：“晚餐打算去哪里吃？挑个好地方，庆祝我小赢一场？”

“不饿，回家吧。”杨柳扭过头，视线投向车窗外。天色更暗了，忽然一道雪亮的电光闪了一下，像老天被谁狠劈了一刀，紧接着隆隆一声惊雷响，终于，这场预告已久的暴雨倾盆而下。

俗话说，船大掉头难，那些山寨机企业可以白纸上作画，从头再来，而不少老牌企业光是面临仓库里近千万部的塞班手机库存就犯了难。时代的潮流是势不可挡的，国产手机更是一年换几代，哪有时间给他们慢慢消化这些已经淘汰了的产品？

贝思成了老牌手机厂商中唯一成功掉头的企业，说白了，就是贝时远有远见。虽说贝思自己基于 Win CE 开发的系统很快就在安卓系统的打击下形同鸡肋，但作为最早开始进行智能机转型的企业，比起那些死守塞班系统的企业，他留给了自己更多转圜的余地与时间，足以平稳过渡至系统随大流地升级为安卓。而在跟 LIX 的那场诉讼之后，贝时远也很快认清了自己的企业定位，将“贝思”与“明魅”两个品牌分开，“贝思”继续延续中高端机的品牌定位，而“明魅”则发力电商，以多彩外壳与高性价比，向年轻一代的消费者进军。

东美的老庞在宣布破产之后，特意让自己的助理打电话给柯彩，邀请贝时远吃了一顿饭。两家老板虽都是亿万身家，但闹起矛盾来跟小孩儿也没俩样，一早就互相拉黑了对方。

昔日东美老总最后奢侈了一把，他知道贝时远虽生于汉海、长于汉海，但祖籍是杭州，所以特意挑了一家经营杭帮创意菜的私厨餐厅，餐厅藏匿在一片深圳罕见的老式园林建筑之中，因为人均消费惊人，平时也没什么客人，更显得这地方雅致又清幽。

此行虽不是公务，但电话是柯彩接的，贝时远自然也就带她一起来了。服务员小姐引他们进了 VIP 包间，包间以水墨画风格为基调，窗帘绘着一幅鱼戏莲叶图，半遮半掩，隐约可见外头葱茏的夏天。

“抢下了那么多次的央视标王，到头来竟是这么个下场。”老庞粗略地跟贝时远算了笔账，苦笑着摇了摇头，“一千万的塞班机库存，少说就是三十亿，还不算全国各地几十万家销售门店的运营成本，世界塞班机老大诺基亚都快撑不住了，我一个小小的东美又算得了什么呢？”

贝时远也摇头，叹气，眼前的老庞两鬓全白，仿佛一夕之间精疲力尽，已经与当年那个意气风发的标王判若两人了。

老庞也挺坦诚：“有一件事，你今天必须给我释疑，以前每次都是你跟我竞争，咱们抢央视标王、抢奥运赞助、抢足球队的冠名权，怎么突然有一天，这些你都不抢了？别的手机企业都还抱着塞班机，铺天盖地搞营销的时候，你怎么就想到要悄悄研发起自己的智能手机了呢？”

贝时远微眯了眼睛，沉吟片刻，道：“因为一个人，这个人在 2006 年，在手机核准牌照还没取消的时候就跟我说，营销不是长久之计，手机企业得有自己的‘护城河’。”

“那么早？”老庞笑出一声，开玩笑地问，“谁啊，乔布斯？”

贝时远轻声叹一口气，没有说出“顾蛮生”的名字。

“东美当初从你手里抢下了北京奥运的手机赞助，全世界都看见了我的logo，那是何等风光，唉，好汉不提当年勇，我这个孬汉也不提了，总而言之，还是你厉害。”老庞又摇摇头，叹了口气，他举起酒杯，“知道你胃不好，你就以茶代酒吧，咱们碰个杯，也算是你这个老对手向你致敬。”

贝时远爽快地端起一杯清茶，与老庞碰了碰杯，抿下一口微苦的茶，他问老庞：“今后什么打算？”

老庞只能以酒消愁，手起杯落地一饮而尽，抬起手背抹了把嘴，道：“可能会去美国休息一阵子，再想想该怎么东山再起。你呢？那些新品牌不断以低价机冲击市场，我看这个行业得乱好一阵子，你的贝思下一步打算怎么做？”

以前老庞这人锋芒毕露，坊间人称“庞大炮”，仗着腰包充盈，说话口无遮拦，四处开炮，最喜欢的就是针对贝思与贝时远。两个人隔空打过几次嘴仗，胜负各半，如今，庞大炮昔日风采荡然无存，说话间竟也有了几分“人之将死其言也善”的味道。

到了这个地步，贝时远没打算再瞒对方，其实这个行业本就没有不透风的墙，想瞒也未必瞒得住。他实话实说道：“贝思的现况也没外界以为的那么好，做电脑的、做空调的，甚至做美颜软件的都来插一脚，叫得上名字的品牌少说几十家，这种情况至少还得维持个好几年。我想在子品牌上先试试水，看看能不能利用电商平台打破原有的销售模式。”

“手机也能在网上卖吗？”习惯了线下开店的老庞一惊，旋即马上给贝时远竖了个拇指，“眼界宽，才能走得远，这点上我确实不如你。”

这顿饭食之无味，不过一个钟头就匆忙结束了。

临了，老庞向贝时远告别，也没有一身壮士身先死的豪迈，只黯然地说一声“但愿后会有期”就走了。他的脊佝偻如弓，脚步很沉，一步一个拖沓的声响，显得很不精神。

“这个行业真是催人老，以前的庞总意气风发，无论什么时候都抬首挺胸，像个雄赳赳气昂昂的将军，可现在的他，如果只看背影，我一定认不出来。”贝时远望着老庞远去的背影，心头五味杂陈，他到底不愿俯首于顾蛮生的优秀，但又不得不承认，如果不是一直跟顾蛮生较着劲，他就不会砸掉刚刚生产出来的塞班机，那今日的贝思多半也会步上东美的后尘。

“贝总，”身旁的柯彩突然喊他，她从随身小包里掏出了两张电影票，递到他的眼前，“最近不是电影节嘛，许多经典片子重映，我约了朋友去看电影，可她临时放了我的鸽子。再过两小时电影就要开场了，我一时也约不到别的人。现在时间还早，要不这票就送给你，你回去接你太太一起看吧？”

贝时远摇摇头：“不用了，票还是你留着吧，夏晚这几天在美国。”他想起来，这两天确实是电影节，大量经典老片重映，每一场都是一票难求。

柯彩故意装作不知他家的情况，问：“贝太一个人去旅行？”

“不是，她的侄女在美国，虽说那边有亲戚照应，但她还是不放心，时不时就会去看看。”家家有本难念的经，贝家似乎还是最难念的那一本，贝时远轻叹口气，“反正，票你留着吧。”

“我留着也约不到人，我自己也没有一个人看电影的习惯，”柯彩轻叹气，微蹙眉，做出惋惜状，“这可是《廊桥遗梦》哎，我好不容易才抢到的电影票，浪费了太可惜了。”

柯彩其实早就知道曲夏晚不在家里，也知道贝时远最喜欢的导演就是伊斯特伍德，自打在医院里与贝妈妈见了面，她便费尽心机地讨好她、笼络她，如今对贝家那点事情，她了如指掌。

贝时远见时间还早，柯彩这边又没有归意，想到自己一个人回家，对着满腹牢骚的母亲也委实没意思，便微微一笑道：“要不咱俩一起看吧。”

这次影展，伊斯特伍德的电影其实有两部，一部是更为人熟知的《完美的世界》，另一部则是当初在美国上映时也争议颇大的《廊桥遗梦》。柯彩别有用心地挑了这部《廊桥遗梦》，而且出高价，找黄牛，抢来了不止一个场次的电影票。

这是一部歌颂相见恨晚、爱而不得的电影，用更直白俗气的话说，这电影讲的就是一段婚外恋。

黑漆漆的电影院里，当看到深爱女主角的男主角独自去世，两人自廊桥一别之后再未相见，柯彩潸然泪下，她用纸巾不断轻拭眼角的泪水，也惊起了贝时远的注意。他没想到，这个女人平时看来职业干练，竟也有如此细腻柔软的一面。

舒缓哀伤的片尾曲响起，掌声经久不息。放映厅外的一个角落里，一对迟到了整场电影的年轻情侣总算到了场，他们在隐约传来的一片掌声中，热烈地旁若无人地彼此拥吻。气氛对了，就什么都对了。

电影散场后，连日的风雨已经停了，雨后空气新鲜，月明星稀。一部好电影令贝时远心情莫名轻松，家里那些嘈杂与不快都散若云烟了。他与柯彩肩并肩地一同走往停车场，随意讨论着电影剧情，结果惊喜地发现，柯彩竟与自己喜欢同一位导演，伊斯特伍德的每部电影她都如数家珍，她说她最喜欢的就是《廊桥遗梦》。

“因为是爱情片吗？”贝时远其实喜欢导演早期的西部片，那种孤胆英雄的落寞气质令他着迷。

“不全是，”柯彩认真道，“因为真正的爱情往往相见恨晚，求而不得。”

贝时远倒不同意她的话：“这电影把婚姻描写得太可怕了，婚姻本来就不靠激情维系，而是平淡中双方履行责任。电影里有一句话说得好，‘尽管爱情的魔力不可抗拒，可如果放弃责任，爱情的魔力就会消失，就会蒙上一层阴影’。”

“那你的婚姻呢？是王子与公主幸福到老了，还是爱情已经被消磨殆尽，只剩下平淡中的责任了？”女人突然停下脚步，这么问。

贝时远一直边走边漫不经心地与柯彩交流，冷不防被迫停下来，便转头对上她的眼睛。他这才发现，女人描眉打鬓下，美得十分隆重，尤其一双眼睛亮得惊人，里头某种灼灼的感情简直呼之欲出。他不禁被吓了一跳。

一个卖花的小孩儿恰在这个时候跑来撞了他们一下，高举起手里一枝打蔫的红玫瑰，笑盈盈地对贝时远道：“哥哥，哥哥，给女朋友买枝花吧。”

女人的眼神更直接了，两个人就这么无言地互相看着。夜晚十一点多钟，地上的积水挥发着泥土的淡淡腥味，雨后的薄雾在城市上空缓缓浮动，像一尾一尾白色的游鱼。

卖花的小孩儿看出这对没戏，又一溜烟地跑没了。

今天的影展还有最后一场，处理完公务，杨柳也约了朋友来看电影。时间还早，她慢悠悠地找地方停车，忽然被一对男女攫走了目光。她看见他们站在昏黄的街灯下，一言不发地彼此对峙，他们前方的信号灯已经转为绿色，但两个人始终一动不动，只是这么静静地互相看着。

又是一对痴男怨女。杨柳淡淡一笑，刚准备移开双眼，倏然又意识到事情不对劲。这个男人的身影非常熟悉，这个女人她也见过。她认出了他们。

这时男人扭过头来，也看见了她。他的脸色骤然一变，很快就带着他的秘书略显窘迫地离开了。

进场前目睹的这一幕令杨柳无心观影，影片放映结束，她拒绝了友人约她一起泡吧的邀请，沉着脸开车回到家中。躺靠在沙发上，杨柳看了看手机上的时间，决定给远在大洋彼岸的曲夏晚打个电话。

她本想把今夜所见一五一十地告诉曲夏晚，可转念一想，当时贝时远与柯彩间的气氛虽然微妙，却也不是出轨的铁证，顶多是两人之间有人动了不该动的心思。所以，话到嘴边她又及时改口，变成了一句最寻常的寒暄："你在美国怎么样？该不是乐不思蜀，不想回来了？"

"再不从那个家逃出去，透口气，我都快闷死了。"曲夏晚承认，她三天两头飞去美国，不只是为了人在异乡的曲思彤，而是实在受不了与贝妈妈同处一个屋檐下的压力，堂而皇之地找个借口罢了。

"你不想一天二十四小时对着你的婆婆，有没有想过出去找份工作？"杨柳问。

她倒不是没想过找工作，曾经也有一个不错的机会摆在面前，她路上偶遇大学室友，对方如今已是某电视台的节目总监，对方在两人闲聊中透露，该节目正在招募出镜记者，不要求是应届生，就是没编制，还得吃苦。

曲夏晚大学念的就是新闻系，打小的职业理想就是当主持人，只是后来阴差阳错，没当成主持人，反倒成了阔太太。曲夏晚对大学室友的提议非常动心，回家就着手准备投简历，没想到被丈夫贝时远看见，简单问了问她缘由，兜头就是一盆冷水。

"你这么些年没工作过，什么也不懂，什么也不会，唯一的主持经历就是校迎新晚会，怎么跟那些比你年轻又比你经验丰富的人比？"他拿起她的简历看了看，笑着在她额前落下一吻，"再说当阔太太不好吗？多少人羡慕你，何必出去自找苦吃。”

说着他就将她的简历对半撕了两下，随手弃了。

曲夏晚将这个令人气馁的故事告诉杨柳，叹气道：“我确实什么也不懂，什么也不会。”

“可你现在这样逃避，就跟和贝时远两地分居没两样了，”思来想去，杨柳还是决定婉转提醒一下曲夏晚，“小心别人趁机惦记你的老公，窥伺你的家庭。”

周末之后的第一个工作日，杨柳很早就去了一趟贝思。她知道贝时远动了胃部手术之后，鲜少朝九晚五，他肯定比员工到得晚。

来人都要登记，杨柳一身西装，大步生风地来到前台，稍稍四下环顾，贝时远果然是个外貌至上的完美主义者，贝思的前台大厅辉煌不失雅致，前台小姐漂亮得能跨河而过去竞选港姐，就是口红的颜色涂得艳了点。

她对前台小姐道：“我有个项目要跟你们贝总谈，我进去等他。”

因为顾蛮生，两家企业关系紧张，这是全行业皆知的秘密，杨柳这话显然是胡掰瞎扯，但因为理直气壮，反倒令人挑不出错。

前台小姐挺为难，让不让杨柳进公司似乎都不合适，只能先礼貌地拦着，说：“我们贝总还没到，要不柳总你在大堂里等？”

“二十亿的项目，你让我在大堂等？”杨柳和蔼地微笑，随手抽了前台桌上一张纸巾，替对方擦了擦口红，然后垂下眼睛，满意地点了点头，“这样好看多了。”

前台小姐被这气势完全摄住，不敢再阻拦推搪，只好拨打柯彩的分机号，请她前来救急。

柯彩很快出现在前台大堂，向杨柳微微一欠身，不卑不亢地打招呼：“柳总，你好。贝总这会儿还没到公司，你找他有什么事，都可以先跟我说。”

“找的就是你，借一步说话。”杨柳扭头就走。

柯彩停滞在原地五六秒，这才不情不愿地跟上去。廊桥之夜她也看见了杨柳，接到前台电话的时候就已经明白对方为什么找上门来了。

“柳总有何指教？”她尽量不卑不亢。

杨柳不冷不热地注视着柯彩，也不说话，忽地朝着她的脸伸出了自己的手。

柯彩比曲夏晚高不少，自然不怵对方，但杨柳跟她身高相仿，气势更是胜了她一大截。柯彩本能地有些怕这个女人，被这动作吓一跳，赶紧往后退了一步。她以为对方要掴自己一个耳光。

“怎么，你以为我会打你吗？”杨柳挑眉笑笑，手指轻佻地捻过柯彩的发丝，便取下一瓣艳桃红色的花瓣，递在了她的眼皮子底下。

“应该是我来的路上没注意，风把花瓣吹来，沾在了我的头发上。”对方不是要打自己，柯彩稍稍宽心，试着套近乎，“这花好像是三角梅，到花期了，柳总喜欢吗？”

“不喜欢。”杨柳回答得斩钉截铁，“三角梅的寓意不吉利，以至于这花也显得很轻浮，很俗艳。”

柯彩这才反应过来，三角梅寓意三角恋，对方还真是来警告自己的。被杨柳不着痕迹地贬损一番，还没法直接还嘴，柯彩用指尖弹走这片花瓣，脸色变得不好看了，话也跟着不客气起来：“我以为像柳总这样斯文体面的女强人，是没工夫管别人家的闲事的，毕竟，又不是那些成天张家长、李家短的泼妇，您说是吧。”

“你还真说错了。我出生在农村，打小荒生野长，就喜欢抱不平、管闲事。记得小时候，隔壁邻居家未满月的两头猪崽子被野狗叼走，我跟我爸抄起烧火棍就去追，我跑头一个，愣是兽口夺食，救下一头，那狗牙都被我打掉了，小猪还活着呢。”杨柳朝柯彩微笑，表现出十足的耐心与好脾气，“我还喜欢公私分明，一个行政助理，只需做好她的本职工作就可以。柯小姐是聪明人，应该知道一个过犹不及的员工，是很难在这个行业干下去的。”

柯彩听出了杨柳话里的警告之意，没敢吭气。

杨柳看出对方听懂了，大方一笑，扭头就走，一点不拖泥带水。

第四十四章

新派汉奸

2011 年的某个寻常春日，顾蛮生接到一个电话，打电话来的女人自称是曲晨的班主任，说孩子在校打了人，请顾蛮生赶紧到学校来一趟。

顾老板不得不百忙之中抽空去了一趟学校，在一群闹喳喳的孩子当中穿行，摸进了教导处。两个男孩儿都被要求靠墙站立，直挺挺地杵在那里。

顾蛮生先看了曲晨一眼，小胖子鼻青脸肿的，伤得不轻，一张脸没一处干净，但被打的孩子可能逊于体重，瞧着竟更惨一点。两个男孩儿被罚站了还不服气，不停地互相撇嘴、斜眼，怒容相向，显然是没什么大碍。

曲晨一见顾蛮生就故作委屈地抹眼泪，反倒被顾蛮生骂了一句："男人流血不流泪，敢哭我现在就揍你。"

班主任是个姓陈的女教师，挺文雅，也挺秀气，因着年轻，学生家长都管她叫"小陈老师"。

小陈老师知道顾蛮生的身份，对他说话十分客气。可被打孩子的家长不买账，点着小胖子的鼻子尖声告状："你家这孩子太不像话了，仗着肥头大耳的就欺负人，同学之间说说话，突然就把我孩子打成这样——"

听明白了是对方占理，但顾蛮生嫌女人说话难听又聒噪，便不耐烦地打断道："不就是男孩儿打架嘛，正常。我知道了，我回去一定定好好教育他，打架的前提是保护好自己，不能杀敌一千自损八百啊，得把别人打得满地找牙，自己皮都不破一寸。"

“哎，你这家长怎么说话这么不着调啊，难怪你家孩子有人生、没人养！”女人没想到会遇上这样的家长，扭头向老师继续告状，“小陈老师，你评评理，你评评理啊。”

“顾总不是这个意思，”年轻女教师没有应付这种场面的经验，只好两边打圆场，“谢妈妈，你先别生气——”

“我还就是这个意思。小陈老师，我还有事要忙，孩子就先领回去了。”顾蛮生扭头看了看被打男孩儿的母亲，歪嘴笑笑，“你也别嚷了，带你的孩子去验伤吧，验完把验伤单和你的银行卡号都交给陈老师就行。”

“哎，有钱了不起啊！我这就去验伤，验出伤我就报警，抓你家这个小劳改犯……”

不待女人嚷完，顾蛮生已经自说自话地把曲晨带走了。

顾蛮生自己开车来的，黑色大奔上，他以余光瞥了瞥副驾驶座上的男孩儿，态度挺好地问：“为什么打架？”

小胖子垂头丧气地绞着十根手指，一个字也不说。

“不想说就不说吧，今天阿姨请假，咱们先去吃饭，回去收拾你。”顾蛮生其实真不觉得这是什么大事儿，这俩孩子打架在他看来就是猴子挠痒，他那会儿打架可比他们狠多了，缺胳膊断腿儿也是常事。不过他看曲晨这胖墩墩的身材一直不顺眼，平时让他锻炼，他总推三阻四，今儿个总算逮着机会，可以好好练他一练了。

顾蛮生直接开着大奔把曲晨带去了小吃街。

没到夜市的时间，但已经有些小馆子开始营业了。顾蛮生笑着对曲晨道：“以前我跟你爸经常吃小摊儿，后来就跟你姐，这是你们曲家的传统，不爱上大饭店，就爱路边摊。”

“我没有这个传统，我妈、我奶都不让，说脏。”小胖子不比他姐好对付，被家里两个女人娇养惯了，一脸厌弃地抬手捂着鼻子，嫌这地方的东西不卫生，死活不肯落座。顾蛮生拿他没辙，只能跟老板道：“来两个卤鸭腿，再来一斤麻辣鸭头，其他烧烤什么的您看着准备吧，多加点素。”

煎的、炒的、炖的、炸的，打包了一大堆，一脚油门回到顾宅，顾蛮生决定先罚俯卧撑，再吃饭。

对小胖子曲晨来说，这两百个俯卧撑简直是催人小命的酷刑，头十个还能勉强保持标准姿势，十个之后就开始乏力，他屁股高高翘起，腰却耷在地上，根本动不得。

“叔……叔我真的不行了……我想哭……我想吐……”小胖子一个鲤鱼打挺没起来，趴在地上哭哭啼啼地求饶，可顾蛮生压根儿不理他。

“住我家就得按我的规矩来，想当年你爸在我们学校那是校草，多少女生排着队给他送情书。你不能让他的优秀基因到你这儿断档啊，赶紧的，再给我做五十个。”顾蛮生说着自己也伏在了地板上，“两百个俯卧撑只是开胃小菜，我陪你一起，我单手撑，怎么样？”

杨柳正好开门进来。她一直都有顾蛮生家的钥匙，见爷儿俩全趴在地上，不禁笑起来：“这是唱哪一出啊？”

曲晨如遭大赦，赶紧趁机爬起来，乐颠颠地喊道：“柳姐来了。”

顾蛮生也站起身，生气地兜头给了男孩儿一记：“跟你说多少遍了，你要不管我叫哥，要不管她叫婶，辈分都被你叫乱了。”

一进门，一股油腻腻的香气扑面而来，杨柳瞧见茶几上堆着几个打包的餐盒，打开其中一个瞧了瞧，当即高兴地说：“我还来巧了，正饿着呢，加双筷子我就跟你们一起吃了。”

三个人怎么舒服怎么来，没进餐厅，直接坐在了地板上，准备红酒佐烧烤。顾蛮生取来一瓶好年份的拉图，问曲晨道：“别以为你柳姐来了，这事儿就翻篇了，你先告诉我，今天到底为什么打架？”

一听这话，小胖子反倒来劲儿了，猛地撂下筷子，气咻咻地说：“顾叔，你给我们学校捐一栋楼吧。”

顾蛮生不解：“好好的，干吗要捐楼，再说你们学校是民办的，学费一年好几万，不差钱。”

曲晨偷偷看了杨柳一眼，见杨柳眼神流露出鼓励之意，胆子便大起来，嘟囔着嘴回答：“他们……他们说你是汉奸，我不服气，捐完楼我还打他们。”

顾蛮生没听明白，一愣：“什么汉奸，我怎么就是汉奸了？”

2011 年中国最热门的社会化媒体就是微博，据统计，全中国的网民使用数到今年已经接近五成，惹得不少专家惊呼：传统媒体将死，中国互联网新生态格局即将成型。

自媒体横空出世，一个百万粉的大V也不知是不是闲得慌，把展信这些年海外助学基金会的捐款金额做了一个详细统计，然后就给顾蛮生冠上了一个“新派汉奸”的头衔，认定了他这是崇洋媚外。没想到这条微博响应者众多，一下就转发了近万条，业内人士趁机落井下石的不少，就连曲晨的老师同学都看见了。

曲晨委委屈屈地说下去：“他们说微博上说的，说你是新派汉奸，说你每次都给外国大学捐款，一捐就是几百万，都不见你为国家做点事。”

“呸，我又不是只在国外捐款助学，国内大学我也捐了不少啊！说这话的人其心可诛，赤裸裸的就是污蔑。”中学生哪懂展信捐资助学的背后是为了人才竞争，估计也是这臭小子平日里没少嘚瑟家里有钱，招人牙痒得很。但顾蛮生考虑不了那么多，气得摔下筷子，恶狠狠地道，“捐！明天就捐！捐完了，哪个兔崽子再胡说八道，你就揍他丫的，校长来了你都甭怕。”

“胡说什么呢？别瞎宠孩子。”杨柳杏眼圆瞪，叱了顾蛮生一句，“再说都传好几天了，你的反射弧也够长的。”

小胖子存心报复，赶紧逮着机会跟着杨柳揶揄顾蛮生：“顾总年纪大了，微博都不上，快跟时代脱节了。”

顾蛮生确实不爱用微博，只好狡辩道：“3G还没完全普及，4G就又快来了，我这不忙着呢嘛。”想到这小胖子也没白跟着自己，又饶感欣慰，说，“倒挺知道维护自己人的，行了，今天剩下的俯卧撑就全免了。”

曲晨时不时就被逼着锻炼，仰卧起坐少说一百，俯卧撑还得加倍，在此魔鬼般的训练之下，几乎是一天一个样，已经比刚来的时候清减不少了，他往嘴里塞下一块肉串，边嚼边问：“顾叔，3G和4G有什么区别？”

“嘿，难怪说是双胞胎呢，前两天你姐给我打电话，也问了这个问题。”顾蛮生试着向他解释，“简单点说，就是网速更快了。相对于3G时代，载波聚合技术是4G的关键。”

曲晨继续问：“那什么叫‘载波聚合’？”

“4G在频带利用率上已经逼近香农定理的极限了，如果要提高系统吞吐量，就必须提高系统的带宽或者信噪比。载波聚合，又叫多载波技术，一般一部手机就接到一个小区，使用一个频点。用了载波聚合技术，就是说，在有多个小区都能覆盖到你手机的情况下，你就可以使用多个小区的频点一起来给你传输数据。因为手机发数据，是要占用这个频段资源的，如果小区的频段资源越多，带宽越大，网速也就越快。”

一番术语听得曲晨迷迷瞪瞪，兴趣很快就被卤鸭腿吸引走了，倒是杨柳问顾蛮生：“这阵子怎么没看见于老师？”

“在俄罗斯呢，咱们不是在那边成立了一个数学中心嘛，几位年轻的俄罗斯科学家以前受过展信资助，现在在为展信工作。”顾蛮生扭头看看曲晨，笑道，“你现在懂了为什么我要做新派汉奸了吧。”

曲晨肉不离手，含糊地应声：“懂……懂……”

杨柳又问：“于老师是不是一直在那边研究你说的那个基带空口算法？”

顾蛮生点头道：“就前几天李书记还给我打电话，开口就问我，3G还没完全普及，4G又要来了，设备越来越多，运营商的建网成本居高不下，管理和维护起来也相当麻烦，成本一高，资费就降不下来，资费降不下来，老百姓就有意见。李书记成天忧国忧民，说‘你们当初发明了一个多模控制器，使得2G到3G能够更平滑地过渡，现在能不能再想个办法，让一套设备能够同时支持2G、3G、4G’。领导一句话，我们于老师就天天扎在实验室里了。”

“我有个问题，”小胖子放下手中的鸭骨架，正儿八经地提出了心中疑惑，“一套基站同时支持2G、3G、4G，这样，原来运营商要采购三套，现在只需要采购一套，运营商是节省成本了，设备商不就吃亏了嘛。”

“你小子这方面倒挺机灵，别的设备商是吃亏了，我们展信不就占领市场了？”顾蛮生笑笑，又看着杨柳道，“现在申远主要把精力投放在欧洲市场，可能是嫌非洲市场回款太慢。虽然目前展信在欧洲市场的份额不如爱立信、诺基亚甚至是申远，但只要这个算法研究成功，我有信心，能从他们手里，把欧洲市场给抢下来。”

“你就吹吧。”小胖子又泼冷水，“我同学都说，展信没什么了不起的，你们做的手机又慢又难看，而且技术根本比不上欧洲、美国，只知道抄袭别人的专利，还仗着比别人便宜，才拿下的市场。”

“你回去告诉你那些同学，他们还真说错了。”顾蛮生神情严肃，一本正经地纠正道，“欧美厂商也没少模仿我们那些革命性的创新，展信的多模控制器，申远的分布式基站，现在爱立信、诺基亚不都在用吗？我们的专利越来越多了，技术也越做越好了，特别是射频这块，不比欧美差。”

小胖子其实听不懂，只顾着皱鼻子挤眼睛，就是不相信。他左看杨柳，右觑顾蛮生，一双乌黑眼珠来来回回地滴溜溜地转，突然开口道：“顾叔，我们小陈老师好像对你有意思。”

顾蛮生“哈”了一声，悄悄瞟了一眼杨柳的反应。

“真的。”小胖子煞有介事地重重点头，“她不止一次地偷偷问我‘你爸爸怎么那么年轻、那么帅呀’，后来知道你不是我爸，她又问我你结没结婚，为什么单身？反正，她平时对我可好了，要不是今天那谁的妈闹进了教导处，她根本不会管我。”

“行啊，既然对你好，赶明儿就请你们小陈老师吃个饭。”顾蛮生扭头看了杨柳一眼，故意问，“就是不知道，我们柳总同不同意？”

经历了上回的不愉快，他胆怯了，委婉了，只敢这么带着忐忑的心思，运用着略显幼稚的招术，欲近又远地商量着、试探着。

“同意啊，我为什么不同意。”杨柳笑笑，见红酒瓶里余酒不多，便直接拿起酒瓶，仰起脖子，将剩下的那点红酒一饮而尽。

她搁下酒瓶，用手背擦擦嘴角，站起来，垂眸看着顾蛮生：“我这就告辞了，过两天白浩回国，记得一起吃个饭。”

顾蛮生一语不发，期盼与渴望落了空，他忽然耍起脾气，抬手就把酒瓶与酒杯拂在地上。“咣”一声，全碎了。

“碎了好，岁岁平安嘛。”杨柳又起了一个全无所谓的笑容，对小胖子曲晨道，“姐姐回去了。”

“柳姐……柳姐你别走啊，我都跟人说好了，今晚就住我同学家……”原本餐桌上氛围不错，小胖子有意助攻，没想到却弄巧成拙，他在茶几底下暗暗推了顾蛮生好几下，示意他赶紧出声，把人留下。

连一个孩子都敏感地意识到顾蛮生与杨柳的关系不一般，曲晨完全不明白，为什么彼此较劲这么些年，两个人就是没把心结打开。但顾蛮生霸道惯了，粗野惯了，这种别别扭扭、唯唯诺诺、吞吞吐吐的求爱方式令他感到憋屈。他忍到今天实属不容易。

“她矫情她的，你推我顶屁用。”他不管不顾地骂出来，坏脾气败露殆尽。

杨柳此刻还没出门，顾蛮生的话当然听见了，她脚步一滞，然后头也不回地走了。

人走之后，顾蛮生很快又后悔起来。他拿起筷子做鼓槌，在残碗破杯上敲敲打打，哼唱起了《一无所有》。

我曾经问个不休，你何时跟我走，
可你却总是笑我，一无所有……

兜里的手机突然响了，将他从一脸醉态中彻底惊醒。顾蛮生掏出手机一看，居然是远在俄罗斯的于新华。

都说情场失意商场得意，顾蛮生心头隐隐有了个好预感，赶忙接起电话。

果然，于新华从遥远又寒冷的俄罗斯带来了好消息：基于基带空口算法的SingleRAN解决方案终于研究了出来，从此展信的基站可以一套兼容所有网络模式了！

第四十五章

红颜知己

被杨柳警告之后，柯彩决定调整自己的策略。她担任贝时远的秘书多年，见过多少漂亮的女孩子为了俘获年轻有为的贝思总裁，前赴后继，不夸张地形容，简直是四面芙蓉开。但贝时远从未有过一点逾矩之举，他珍视他的家人，仅次于珍视他的事业。

蛇打七寸，柯彩连宿难眠，躺在床上翻来覆去。她想到梁红玉执桴鼓、退金兵，想到观音婢赞帝治、奖忠良，想到这些女人都有一个共同的特点，就是能够辅佐她们的男人迎来事业成功，而这点，恰恰是家庭主妇曲夏晚做不到的，也是长久横亘在他们夫妻二人间的一个问题。

有了新的策略，柯彩彻底收敛了自己的言行，不再在贝时远面前流露出那种炽热甚至露骨的眼神，反倒让贝时远微微自咎起来，认为那个廊桥之夜，是自己会错了意。

“明魅”新系列机很快也投奔了安卓的怀抱，但市场定位依然不清晰，针对如何推广“明魅”这个子品牌，贝思内部召开了一个产品讨论会。

会上，贝志斌提出六个字：年轻化、性价比。但言之泛泛，无非就是挑选年轻人更喜欢的偶像作为代言人之类的陈腔老调，连一贯态度温雅的贝时远都不禁沉下脸，道：“在座这么多人，就没有一点创新的思路吗？”

会议室内一片寂静，作为会议记录员的柯彩在轻声敲打键盘，嗒嗒嗒。

贝时远轻轻叹气：“那就提议几个偶像型明星，作为备选代言人吧。”

还不待贝志斌拿着大数据报告继续开口，柯彩突然插话：“贝总，我有一个人选。”

贝时远不抱期望地点点头：“你说。”

柯彩定定地望着贝时远，红唇轻浮一笑：“你。”

一言既出，满堂愕然。贝志斌吹须瞪眼，率先发难：“哪有企业负责人为自己公司代言的？”

“那又有哪条法律规定，企业负责人不可以为自己公司代言呢？”柯彩有备而来，立即反驳，“贝总具有官二代的家庭背景，年轻有为，人又长得不逊于那些偶像明星，这些都是别的品牌商羡慕都羡慕不来的优势，为什么不好好加以利用呢？”

不管怎么说，这倒是个新鲜有趣的点子。贝时远眉间的愁雾总算散去，他朝柯彩笑笑道：“乍一听这老板有点不务正业，你先说下去。”

柯彩镇定自若，继续道：“3G已经商用普及了，4G又箭在弦上，可能不久的将来，5G也会到来，互联网正在逐步从PC端转移至移动端，由电脑大屏转向手机小屏，互联网产品体积越来越小，带来的用户舒适度越来越高，也就越能利用影响力直接变现，移动互联网时代同样也是网红经济时代。”

贝时远点点头，“嗯”了一声。

柯彩受到鼓励，越发神采飞扬：“国内的手机企业往往喜欢对标苹果，抄不来技术就抄外观，抄不了系统就降价销售。但其实有一点他们都忽视了，苹果品牌本身就具有超强的文化魅力，而这种魅力与创始人乔布斯的个人魅力是分不开的。”

对方完全切中了他的隐秘心思，贝时远不禁饶有感触地道：“1997年的时候，我曾在香港看过一个苹果的广告，至今记忆犹新，我甚至都能背诵出那段广告词，‘或许他们是别人眼里的疯子，但他们却是我们眼中的天才，因为只有那些疯狂到认定自己能够改变世界的人，才能真正改变世界’。其实，那时我还不知道苹果到底卖什么产品，但我记住了那个疯狂的天才乔布斯。”

“乔布斯的个人魅力加持了苹果的品牌效应，甚至渐渐形成了一种品牌宗教，现在苹果的粉丝有着跟明星粉丝团类似的名字，叫作‘果粉’，乔布斯也被果粉们亲切地尊称为乔帮主，通过这样的情感捆绑，实现‘粉丝导向型’消费，这不就与我们刚刚说的‘网红经济’异曲同工吗？其实，将贝总运营成一个成功的网红，成本要远远低于找一位明星代言，而前者可以直接养成一批贝思品牌的粉丝，后者只能实现短期的宣传效果。现在最具人气的社交软件就是微博，我们可以为贝思品牌的粉丝起一个名字，比如‘贝壳’，然后培养一批职业的贝壳，让他们潜伏在所有的社交媒体里，为品牌做软性宣传。”

柯彩的这番话是极具说服力的。

常年居于幕后的贝思总裁在2011年的尾端突然高调了起来，他首次在广告片中出镜，并亲自参加了热门综艺节目，宣传“明魅”系列的新机。广告片请了两位男星，一个是公认的实力派，一个是新晋爆红的年轻偶像，但他们都不是主角。主角只有贝时远一个人。

整则广告都没有花里胡哨的场景与构思，就是上门拍了一组贝时远在贝思工作时的日常。贝时远依摄影师的要求拍了几组特写，他坐在露台一把休闲沙发椅上，身后就是深圳的地标建筑贝思大厦，圆身尖顶，直入云霄，在阳光下折射出炫目五彩的光，景色相当壮丽。

这部广告片一经推出，果然为贝思成功俘获了一批女性“贝壳”，再加上贝时远在综艺节目上的惊艳亮相，他已婚的信息被刻意模糊了，他的人设是如此多识多金、谦逊优雅，他的微博粉丝很快就破了千万，不逊任何一个当红明星。

“明魅”新机的销售也如愿取得了开门红，柯彩当居首功，贝时远因此破格将她提拔成了明魅子品牌的副总经理，可以直接越过总经理贝志斌，向他本人汇报。

这下，柯彩认为时机到了。她自认是如此了解他，了解他的抱负，他的野心，他的忧愁，他的喜怒，她不再甘心“得力助手”或者“红颜知己”的定位，她想要他的爱情，为了这份爱，哪怕要她丧廉耻、摒忠义、狠杀伐，她也在所不惜。

柯彩走进贝时远的办公室，不请自入，她对贝时远道：“贝总，今天是我生日，我想请你吃顿饭。”

“好啊，”贝时远答应得很爽快，头也不抬地在电脑前操作着什么，“对了，小柯，你知道给准妈妈送礼物有什么讲究吗？”

“哪位老总家要添丁了吗？”柯彩想当然地问。

“不是别人，是我，夏晚怀孕了。”贝时远总算抬头，含笑看了柯彩一眼，似想起什么，很快他又面露歉意地道：“对不起，今晚还是不能陪你吃饭了，我得早点回家。你今天也别加班了，祝你生日快乐。”

柯彩如遭棒喝，完全愣在原地。最后，她也不知道自己是怎么离开了贝时远办公室的。

这一晚，柯彩独自在家，用红酒将自己灌得死醉。那个清风徐来的廊桥之夜，他的眼神浓稠得不可思议，分明败露了他的心思。

她还是不甘心。

支持多种制式的SingleRAN解决方案与当初的分布式基站一样，一经推出，就引得包括爱立信、诺基亚在内的欧美设备商纷纷效仿，但对顾蛮生来说，第一时间占据了市场，而运营商在这段时间内也只会用展信的设备，这就够了。

世界移动通信大会已经从戛纳移至了巴塞罗那，又被业内人士称作“巴展”。这一回，展信在巴展上风光无限。顾蛮生亲临现场，面对展台前挤得满满当当的外国媒体，他想起十多年前第一次参加世界移动通信大会的经历，十年风云变迁，十年谷底蛰伏，他忽然热泪盈眶。

具有技术与价格的双重优势，展信连夺欧洲几大主流运营商的4G网络大单，展信2012年的销售额不仅成功反超申远，再次回到了国内行业第一的位置，也一举排名世界第二，紧追老大爱立信。

但顾蛮生乐不出来。

他没打算跟曲晨班上几个小孩儿较真，但一句“手机又慢又难看”还是戳中了他的痛点，尤其是被拿来跟贝思相比。没几天，他在企业高管会议上，当着全场高管的面，就将一台刚从生产线上拿来的手机，砸在了手机部负责人的脸上。

负责人叫邵南，高颧弓、宽下巴、赭色嘴唇，一张脸颇有奸雄相。他跟顾蛮生年纪相当，既在摩托罗拉中国分公司任过高管，也成功营销过昔日国内第一的东美手机，东西结合的履历不仅亮眼，还是顾蛮生尚未回归展信的时候，由一位大股东亲自带来的。

顾蛮生入狱那些年，杨柳为了企业能够生存下去，引入资本，改变了展信原有的组织架构。

大庭广众之下，邵南既羞且恼，却不得不讪笑着掩饰自己的情绪。

顾蛮生早前就瞧不上邵南和他背后的大股东，觉得这群人全没真才实学，只会钻营奉承。他瞥了一眼手机背面的“中国移动”，冷冷地说：“如果没有具有划时代意义的 iPhone，3G 就没有真正的用武之地，从这点上说，所有的通信设备企业都沾了乔布斯的光，然而现在乔布斯已经带着他的辉煌离世了，展信居然连一部属于自己的手机都没做出来。”

邵南解释道：“可给运营商定制手机，不是我们一直在做的事情吗？不只我们这么做，我们的老对手申远也是这么做的。”他停顿片刻，试着补充一句为自己开脱，“这个方针还是你和柳总一起制定的。”

“此一时，彼一时，”顾蛮生定定地看着邵南，“合约机很快就做不了了。”

邵南辩了一句：“没有规定说合约机不让做啊。”

顾蛮生道：“我就问问你，工信部最常挂在嘴边的，是哪四个字？”

邵南胡猜一气：“赶欧超美？”

顾蛮生脸色暗了一分，纠正道：“是提速降费。”

“提速降费。”邵南还是不理解，“是没少这么说，可跟合约机能不能做有什么关系。”

“给你一组数据，2010 年，三大运营商的运营成本中，中国移动的手机补贴高达一百六十多亿，中国电信一百二十亿，中国联通在三家中最少，也有五十亿；2011 年，移动手机补贴增长 29.1%，电信增长 159.2%，联通的终端补贴增幅最大，达 182.6%。”这一串数字顾蛮生不用看，早就熟稔于心，他淡淡地道，“三大运营商的营销成本已经逐渐超过了建网成本，既然想降费，就必然得降低成本，成本从哪里降？工信部几次点名运营商宣传费用太高，哪天国资委大手一挥，勒令三大运营商减少营销费用，那个时候合约机不想停也得停。”

“就算工信部真的会出台政策限制合约机，我估计我们也至少还有两到三年的时间。”杨柳知道顾蛮生一直想甩开运营商做展信自己的手机，尤其是最近贝思风光无限，收购了国外著名的 PC 品牌，他更不服气地想杀到对方的大本营去。

“我希望你的这个决定不是为了跟谁赌气。清查之后，华强北那些山寨小厂基本都转做了正规军，现在市场上少说有五十个叫得上名字的国产手机品牌，还有苹果、三星这样的强敌在外，虽然一直按运营商的要求定制手机很憋屈，但至少旱涝保收。”

邵南跟着附和点头：“那么多国产手机企业绞尽脑汁想跟运营商套近乎，想挤进定制合约机的市场，为什么我们还要出去呢？”

“展信必须未雨绸缪，等消息真的出来，再布局就晚了。”顾蛮生根本没打算给邵南调整的时间，他直接招来了一个新的手机部负责人。他一抬手，用韩语向门外喊了一声，一个戴着金丝边眼镜、相貌儒雅斯文的男人便大大方方地走进了会议室。他两手背后站在会议长桌的尽头，一身西装挺括有型，面上的浅笑带着三分客套、三分倨傲。

众人认得这张脸，曾经LIX中国区的负责人，与贝时远因专利侵权案交恶，至今还挂在对方合作品牌的黑名单上。顾蛮生这个时候把这人请来，无疑就是重掴贝时远的脸。

“邵总没有能力就让贤吧，你的工作我再安排，或者你也可以另谋高就。”顾蛮生说话毫不客气，直接起身走人，“各位都见过Kim了，那就散会。”

顾蛮生走了，高管们却都没走。

有人安慰被当场夺权的邵南：“邵总，这事肯定不赖你。这朝令夕改的谁受得了，当初明明是他自己说要给运营商定制手机，还一、二、三、四罗列了那么多条非做不可的优势，今天就一股脑儿地全推翻了……”

又有人说：“我反正不信国资委会下令运营商削减营销费用，顾蛮生也不是诸葛亮啊，这么能掐会算，他当初怎么就没算出小灵通会大火呢？”

“而且消费者业务本来就是锦上添花的用途，咱们靠SingleRAN大火了一把，正是全行业的眼中钉肉中刺，外头阿尔卡特朗讯早就合并了，诺基亚都卖掉了手机业务，国内还有申远虎视眈眈，一心想夺回龙头老大的位置，咱们不得不铆足精力跟这些业内巨头继续交锋啊……”

“还有这个姓金的韩国人，他懂不懂咱们中国的市场啊，这一来就管这么大的部门，反正我是不放心……”

这些人你唱我和，仿佛学舌的鹦鹉，翻来覆去就是不满顾蛮生的决定。这些话或许是说来安慰邵南的，或许根本就是说给杨柳听的。

杨柳自然也都听见了，她没有过多表态，只是恩威并施地安抚了众位高管几句，令大伙儿都不敢多话，各自悻悻地散去了。其实她心里也不满，也担忧，她怕顾蛮生急功冒进，重蹈覆辙。

很快，韩国人金先生带着展信的首款非定制机 Jovy1 正式在媒体面前亮相。金先生深谙营销之道，再加上本就认识贝时远，发布会全程中，十余次点名对标贝思，明里暗里都在说自家的手机比对方的强。

如此一来，妻子怀孕带来的喜悦，也不能冲淡贝时远对顾蛮生乃至展信的恼火情绪，他当即决定以彼之道还施彼身。

Jovy 手机的订货会前夕，贝时远高调亮相一个王牌综艺节目，先是与主持人直接现场跑分，以证贝思手机的性能优于展信；然后又数次暗讽展信的手机做得像砖头，还是块反应慢、用一会儿就烫得手拿不住的砖头；在外观上，细节亦追求完美的贝思手机确实比 Jovy 更胜一筹，全场观众哄然大笑。

整场节目虽未直接点名，但从贝时远别有用心的描述以及只打了一点马赛克的手机画面来看，显然指的就是展信的 Jovy1。

贝时远如今坐拥千万粉丝，影响力不容小觑，再加上王牌综艺本身的巨大流量，展信 Jovy1 手机在订货会上惨遭滑铁卢，仅订出去了几万台。

顾蛮生信心满满的第一战就打出了个哑炮。

顾蛮生恨得牙痒，恼得失智，非说跑分软件有猫腻，要找律师起诉贝时远恶性竞争。结果被律师告知从法律层面还告不了他，而且这一告等于不打自招，坐实了展信手机的种种问题，更添外人的笑话。

贝时远这边一雪前耻，心情相当畅快，又把贝思上市提上了日程。手机企业要上市，市场份额就得保持领先，海外市场也得有所作为，在柯彩的建议下，“明魅”准备发力印度。作为人口仅次于中国的亚洲大国，印度的智能手机市场高速增长，成了国内国外所有手机商眼中的一块香饽饽。贝时远亦不敢怠慢，定下行程，与柯彩两个人同去印度考察，独留待产的妻子一人在家。

曲夏晚在家的日子却不好过，这个孩子是她一次次上医院、灌下数斤苦极了的药水才换来的，越来之不易，便越忧心失去，为此，她患上了严重的产前忧郁症。

贝妈妈倒是有孙子万事足，难得体贴媳妇，知道自己是压力之源，很快收拾行李搬出了贝宅，还通知了贺婉莹前来陪女儿待产。

然而，自贺婉莹搬来之后，家里便怪事不断。曲夏晚总是深更半夜地接到骚扰电话，有时来电的是男人，有时来电的是女人，咒她，也咒她腹中胎儿，满嘴污言秽语，极尽诟骂、侮辱之能。

曲夏晚忍无可忍，可把电话线拔了对方就打手机，非逼着她连手机一并关机才暂且消停。

智能手机时代，谁离了手机能活？就算她从早到晚都关机，可这骚扰电话居然还能打到贺婉莹的手机上。报警也不顶用，这一年中国的手机号码还没被要求实名制，警察也查不出到底是谁搞的鬼。

频遭骚扰之后，曲夏晚的忧郁症就加重了，成天不吃不喝，身体与精神状态都每况愈下。她换了一张新的电话卡，开始频繁地在工作时间给贝时远打电话，提些各种各样的无理要求。有时候，贝时远一场工作会议能被妻子的来电打断五六次。

"明魅"开辟印度新战场，正是紧要关头。贝时远也被妻子闹得烦了，尽量压抑着负面情绪问："又怎么了？我不是让你把电话线拔了，还给你换了一个新的手机号吗？你不是也说，换了号码之后，骚扰电话已经没有了吗？"

曲夏晚刚刚狠吐过，由于一直没怎么进食，吐得全是黏稠胃液，这会儿嗓子都已经被胃酸灼得哑了。她两眼肿似鲜桃，带着哭腔，粗着嗓子，不断在电话里重复说："可我还是害怕，你能不能回来陪陪我。"

"怀胎得十个月，我不可能十个月都不出去工作。"贝时远只能让一会议室的人等着他，他大步走向门外，压低声音向妻子解释道，"打电话的就是些无聊的人，我已经跟小区保安打过招呼了，你跟你妈多在家，少出门，不会有事的。"

"那你能不能让我养条狗。我小时候，老觉得晚上有人撬我家房门，后来我爸给我带回来一只萨摩耶，我就不再害怕了……"

"好，我今天提前下班，就去宠物市场看看。"贝时远抬起手腕看手表，他跟妻子拉拉扯扯，这场无甚意义的谈话已经持续了二十分钟了。他耐着性子哄妻子挂掉电话，感到太阳穴两侧突突跳动，胃部阵阵烧灼。

这个时候，柯彩从会议室里走了出来，轻轻唤了贝时远一声："贝总，你没事吧？"

“没事，”贝时远按了按自己的睛明穴，轻声叹气，“你们都讨论了什么？”

“我刚刚在会上提了个建议，以往那些手机商都是先生产再销售，但 Mei1 的销量让我很有底气，我觉得 Mei2 的时候我们完全可以采取另一种方式，先预售再生产。第一，这是一种饥饿营销，‘贝壳’们会担心买不到新机而激发购买欲；第二，手机产业链物料的价格往往会随着时间推移而大幅下降，预售就相当于节约了成本；第三，现在整个手机行业都在震荡洗牌，预售可以避免库存堆积，使贝思不会重蹈东美的覆辙。”

唯一能令贝时远感到欣慰的是，起初公司内部对他破格提拔柯彩颇有微词，但这个女人的蜕变是日新月异的，任子品牌副总没多久，她就已经能够独当一面了。

“公司的事情交给我就可以了，你还是回去陪陪贝太吧。”柯彩轻搭贝时远的肩膀，无比体贴地道，“因为荷尔蒙的关系，孕妇很容易情绪波动，更需要多体谅多照顾一些。”

“我一会儿还得去逛逛宠物市场，今天就到这儿吧。”贝时远努力掩饰掉面容上的疲惫，朝柯彩露出一笑，十分感激地对她道，“辛苦你了。”

贝时远转身而去，柯彩无法控制地得意地笑了。这个女人视追求爱情为殉道，那些骚扰电话就是她雇人打的，而她现在有了更好的主意。

城市里养不了凶悍的大型犬，贝时远为妻子买了一条金毛幼崽，据卖狗的贩子介绍，这种狗是“狗中暖男”，待人热情又温柔，很懂得慰藉情感，体恤家人。而自这条宠物犬进门，曲夏晚一腔过剩的荷尔蒙有所寄托，精神还真的好了不少。

夏天开始退场，秋风输送凉意，一切似乎都在向好的方向发展。女儿精神恢复，胃口也开了，贺婉莹喜不自禁，每天亲自上市场挑食材，照料女儿的一日三餐。

曲夏晚照旧一觉睡到晌午，睁眼就不见了成天伏在自己腿边的小金毛，喊了两声，没回应，以为它趁夜色从院子围墙的空隙里钻了出去，很是担心。

“狗是认路的，出去野够了，会自己回家的。”贺婉莹随口宽慰女儿，从座位上起身，给她盛了满满一碗甲鱼汤，“你看你，肚子一天天大了起来，脸瘦得比巴掌还小，我看一两肉都剔不出来。你家阿姨不会买菜，非要我在一旁盯着不可，我跟她讲，她还不听。这甲鱼当然要吃野生的，野生的营养才好，不像养殖的，都是喂激素长大的。野生还是养殖关键看这指甲的颜色，发黑发黄的是野生的，肉色的或者白色的，都是家养的……”

贺婉莹就一只甲鱼喋喋不休，但曲夏晚一个字也没听进去。一阵风扑打在客厅的落地窗上，发出阵阵令人心悸的颤音，一种古怪而不祥的预感令她越发担心。

午饭过后，阿姨将餐桌收拾干净，留在厨房里洗碗。贺婉莹一刻也闲不住，又去教她怎么挑燕窝、洗燕窝。

曲夏晚一个人坐在厅里休息，耳边萦绕着用来胎教的帕格尼尼，一束暖融融的阳光洒进屋子，为她带来些微平静。

这个时候门铃响了，曲夏晚乐得动动，自己跑去开门，从快递员手中接来了一只大纸盒子，掂在手里，还挺沉。她看见寄件人的署名是贝时远。眼下贝时远刚刚从印度回国，她认定这盒子里藏着什么意外惊喜，便取来裁纸的小刀，高高兴兴地拆开了包装。

没想到，打开盒子，一股腥热的气息扑面而来，一条血淋淋的死狗乍然出现。

正是她走失的那条小金毛。

曲夏晚发出一声撕心裂肺的惨叫，因极度的恐惧往后退了一步，拖鞋底一个打滑，人就重重摔在了地上。盒子跟着掉了，热乎乎的狗尸也摔落出来，仿佛还未死透，这可怜的小东西抽搐似的动了动前肢，未曾瞑目的狗头就对着她的脸。

曲夏晚几乎吓疯了，全然顾不上自己流血的下体，捂着脸，凄厉地狂叫起来。

贺婉莹与阿姨听见声音从厨房赶来，一见满地是血，分不清是人血还是狗血，赶紧拨打了 120。

可惜还是迟了。曲夏晚这段时间承受的压力极大，胎儿本就气血不足，这一跌就跌没了。

医院里。

病床上，已经得悉噩耗的曲夏晚突然明白过来，以贝时远的名义给自己送东西，就是要她亲手打开，长久以来骚扰自己的人必然不是贝时远口中无聊的外人，而是她或者她老公的身边人。接着她就想起了杨柳对自己的告诫，一下云更开雾更散了。她懊悔，自己早该注意到，一直在背地里搞鬼的就是柯彩。

但她太累了，已经哭不动了，肚子里那团皱巴巴的肉掉没了，她的魂儿也跟着全散了。她朝在身边陪护的母亲转过脸，露出红红的眼圈凄惨一笑："是柯彩……一定是柯彩……"

只是凭空猜测，也没有直接证据。但贺婉莹此时已经理智全无，女儿说什么她信什么。她怒不可遏，一心要让害她们母女的人付出代价，直接打车就从医院赶去了贝时远的公司。

"柯彩呢，让那个贱女人出来见我！"一脚踏进贝思大门，贺婉莹边嚷边往里闯。

前台知道这个女人是贝总的丈母娘，见她一脸杀气腾腾，也不敢拦着，只悄悄给柯彩打了个电话，提醒她："彩姐，贝总的丈母娘气势汹汹地来找你，看着像要惹事。她已经坐二号电梯上来了，你小心着点。"

今天是个好日子，一家核心供应商来访，准备与贝思加深合作。柯彩挂了电话，嘴角噙起一丝隐秘的淡笑，该来的总算来了。

贝时远这个时候已经知道曲夏晚流产了，但公司事忙，他走不开。柯彩得到前台提醒，便有意将贝时远与供应商往二号电梯的方向引，微笑着道："徐总，我们再去研发中心看看，您这边请。"

"叮"一声，电梯门开了，一张怒气冲天的脸出现在门后。柯彩循声转过头，朝电梯里的贺婉莹微眺一眼，嘴唇无声地动了动，仿佛在说：没错，就是老娘干的。

"好啊，贱女人，我跟你拼了！"贺婉莹自以为侦破了这个女人不可告人的目的，一腔怒火"噌"地就燃到了顶点。她直接扑了上来，出手就揪住了柯彩一头长而卷的秀发，趁对方来得及反应之前，狠狠甩过去两个耳光。

这一幕显然把三步之外的供应商吓着了，他停在原地，茫然地问贝时远："贝总，这是怎么回事？"

贺婉莹扭过头，瞧见女婿就站在自己身后，以为来了能为自己撑腰的人，忙冲他喊："时远，就是这个贱女人，又杀狗又打骚扰电话，害得晚晚孩子都没了！你今天一定要把她开除了，不，你要把她扭送去派出所！让她坐牢！让她枪毙！"

贺婉莹是边哭边喊的，犹如老马的一声长嗥，既瘆人又凄惨。她的喊声引来了所有人，这些人都在看笑话。

合作方面前这样大闹成何体统，贝时远已经疲惫到了极点，见保安闻讯而来，立时无力地对保安挥了挥手："麻烦把这位女士请出去。"

"贝时远！我看错你了，你就是跟这个狐狸精有一腿，你就是护着这个狐狸精！"一见女婿这个态度，贺婉莹又喊起来，她女儿还躺在病床上生不如死，她不想活了，她也豁出去了，她对前来劝她离开的保安手搡脚踢，是撒足了野，耍够了泼，"你们给我把手拿开，你们拉我干什么？！"

到底是老板的丈母娘，保安们不敢过于粗鲁，只能由着贺婉莹瞎闹。贝时远连最后那点对妻子、家人的痛疚之心也被闹没了，他忽然厉声呵斥保安："你们还站着干什么？都想被开除吗？！"

得到老板准许，保安们一拥而上，贺婉莹终于被"请"了出去。

丈母娘一走，贝时远强打精神，谈笑自若，努力维持着自己完美的形象不至狼狈。待与徐总达成初步合作意向，将人送离了公司，他就独自回到了自己的办公室。

孩子没了，对贝时远的打击丝毫不比对曲夏晚的少。那种极端的、随时可能将他覆没的痛苦再次席卷而来，他用手肘撑着桌子，以虎口支着额头，仿佛攥着虚无中最后一丝气力，强撑着自己不要倒下。

这时，柯彩在办公室外敲了敲门，见里头久久无人应声，便擅自推门而入。

"贝总，对不起，都是我的错，让你的家人产生了误会，在合作方面前给贝思蒙羞了，古人蒙冤是一死以证清白，我不能死，就只能辞职了。这是我的辞职信，还请你批准。"柯彩的头发刚才被贺婉莹揪了一把，现在还是乱的，恰到好处地凸显了她的委屈与凄楚。她故意在这个时候递上辞职信，就是拿捏准了贝时远的七寸——工作上，贝思离不开她。

对于柯彩那点纯属于一个女性的暧昧心思，贝时远其实不是一点感觉没有，可是"明魅"的业绩蒸蒸日上，柯彩功不可没，他不愿也不必为一点儿女情长舍此一员大将，只能佯装不知情。

"我知道这件事情跟你无关，"真假、对错、黑白，他懒得再去梳理辨析。贝时远轻轻叹气，这一年他好像已经叹足了半辈子的气，全身各处都不舒服，"你的辞职信我不会批准。今天的事情你也别往心里去，继续好好工作吧。"

事情闹到这般田地，不等对儿媳妇大为不满的贝妈妈提议两人离婚，曲夏晚自己都受不住了。她离开医院后，第一时间就把离婚协议书递在贝时远面前。协议书上已经签了字，财产分多分少她毫不介意，只想赶快逃离这场婚姻。

贝时远久久盯着眼前这张纸，苦苦一笑，试图最后挽留自己的妻子："我跟柯彩真的没什么，你为什么就不能信任我？"

然而曲夏晚大不一样了，仿佛死过一回又重获新生，她已经悟到了，她与贝时远间存在着不可弥合的隔阂，只有分离才是他们这个故事最好的煞尾。

她去意坚定，淡淡地道："我从来都没有怀疑过你，这些年，我一直怀疑的都是我自己。等我终于看清楚这点的时候，我已经偏狭、卑微到不再是我了。这样不平等的关系注定无法长久，这样的爱情只会被时间消磨干净……"

曲夏晚将签字的钢笔递到贝时远的手里，沉默一会儿，神情既不悲怨，也无痛楚。她最后说："趁我们还没有太不堪，结束吧。"

人到机场之后，她才通过手机把离婚的消息告诉了杨柳。行李挺沉，但她一身轻松，她对杨柳说："我这么个家庭主妇也没什么朋友，唯一聊得来的人就是你，所以我觉得有必要知会你一声，我离婚了，要出国一阵子，散散心，顺便照顾照顾我弟的女儿。"

杨柳默然片刻，问："去多久？"

曲夏晚回答："可能一年半载，可能三年五载，我也不知道。"

所有听到这个消息的人，都不支持她的这个决定，哪怕是为她在贝思大闹一场的亲妈，都劝她忍一时风平浪静。曲夏晚自己也犹豫过、动摇过，她天人交战、灵肉厮磨，直到上飞机的这最后一刻，依然心怀隐忧。

杨柳是头一个也是唯一一个支持她离婚的人。

"论语里有句话，不患人之不己知，患不知人也。我以前一直在想，这两句话到底哪句更可怕，后来长大了，明白了，其实这两句话都不可怕，真正可怕的是己不知己。一般遇上你这样的情况，都该劝和不劝离，但我支持你的决定，你现在的声音听上去自信很多，也快乐很多。"杨柳展现出足够的厚道与细心，对这个仍对未来无所适从的女人道，"以前人们把离婚当作女人的末日，但4G都快来了，这个时代早就不一样了。我不想劝你坚强，劝你自立，我只是想提醒你，一个女人可以爱人，也应当被爱，但最重要的是，她得先爱她自己。”

带着杨柳这句话，曲夏晚终于毫无负担地坐上了飞往大洋彼岸的飞机。

飞机升向半空，她临窗坐着，转头俯瞰大地。她产生了一个感觉，和她初次来到这座城市时的感觉一样，它像一片黑黪黪的没有温度的森林，人人都是这森林里磨牙吮血的动物，但某一瞬间，她又会觉得，这片森林拥有触目的美，是丰富多彩的，是生机勃勃的，值得所有人赞美与期待。

飞机引擎猛然轰鸣，脚下的城市便越来越小。归期未定，曲夏晚仰头后靠，慢慢合拢眼睛，她下定决心，这一次她要脱下旧胎，换上新骨，她要学会先爱自己。

第四十六章

把大象冲进厕所

贝时远这边离了婚，那头顾蛮生马上还治其人之身，也找了一群网络水军，真真假假地把他的那点家事全抖落了出来。

贝时远当初把自己打造成了比一众明星还有号召力的“网红”，吃尽了个人魅力所带来的企业红利，如今便也要接受这把双刃剑的反噬。所以，这回挨骂还在其次，连“明魅”的营业额都一度受了影响。

在公司公关部的建议下，贝时远只能先低调避过舆论风口，暂停了所有后续的综艺节目录制。但顾蛮生的还击也给他提了个醒，使他猛然悟到：其实，国内通信设备厂商的竞争远不如手机行业激烈，贝思现在进军通信设备市场仍大有可为。

手机品牌百花齐放，但通信设备企业就这么两三家，再加上智能机的飞速发展倒逼了运营商加强网络建设，3G 之后有 4G，4G 之后还有 5G，基站覆盖面积越来越小，需求量就会越来越大，而且还有个最关键的好处，通信设备属于整个通信行业的前端产业，只要运营商愿意买单即可，完全不用在乎普通消费者间的口碑。

他想：顾蛮生都已经做手机了，我又为什么不能做基站呢？

贝时远忙着布局通信设备市场，两家企业也暂停了明争暗斗，顾蛮生重金请来的金先生终于不负众望地交出了一份不错的答卷。

展信的手机成功抢占了“明魅”的一部分市场份额，顾蛮生望着金先生呈报上来的销售数据，随口问了一声：“咱们每部手机的利润是多少？”

“约百分之六。”金先生回答。

“多少？”顾蛮生不可置信地又问一遍。

“百分之六。”

“这他妈挣的不就是卖白菜的钱？”答案大出意料，顾蛮生直接爆了粗口，惹得来自韩国的金先生一通腹诽：同是中国老板，顾蛮生跟贝时远的风格实在相差太远，一个过于草莽，一个又总是摆着端着，拿腔拿调。

打从开始做运营商定制机，顾蛮生就知道国产手机的利润率不高，但为运营商定制手机做的是一锤子买卖，不用花钱营销，担心销量，所以不当家不知柴米贵，他一直不知道利润率竟然这么低。

顾蛮生重新翻了翻金先生拿来的数据表，很快就意识到了问题所在：“拜通实行的是全流程收费，基站芯片要收，手机芯片也要收，特别是手机，光卖芯片不算，还要按整机零售价格的百分之五收取专利费，也就是说，我在手机上镶颗价值一亿的钻石，它也要收五百万？”

“可以这么说。”金先生点点头。

“这他妈的不就是专利流氓吗？”以前就跟拜通有过生意场上的过节儿，顾蛮生不禁又爆了粗口，转头在自己的笔记本上操作一番，念出一段新闻，“拜通今年第二季度财报披露，营收九十亿美元，净利润为二十点八亿……这都超过百分之二十的利润率了！”

金先生道：“因为拜通出售的是芯片和专利，每年投入的研发费用差不多也要占了这么多，普通的通信企业很难达到它的高度。”

顾蛮生想了想，继续道：“我们国家的通信行业里有句话，四流企业卖力气，就是做代工；三流企业卖产品，就是整机销售；二流企业卖技术，就是卖芯片和IP；一流企业卖专利，就是定标准靠授权收费。你们韩国是不是也这么说？”

“也有类似的。”金先生点点头，“高科技行业免不了都这样。”

顾蛮生意味深长地“嗯”了一声，挥手示意金先生出去，自己则又握着那份财务报表，眯着眼，陷入沉思之中。目前看，这一季度展信手机业务的成本与收入堪堪持平，倘使算上后续可能会增加的市场营销与研发费用，那就是亏的。

很快，他端坐沉思的姿势依旧，心思却胡天野地地活泛起来。这一楼层的展信办公区整个都静悄悄的，顾蛮生忽地一抬下巴，从喉咙深处发出一声极其逼真的狼嗥，然后把自己逗乐了，笑出一嘴晃眼的白牙。

这天回家得早。顾蛮生到了家才发现，忘记顺路捎带外卖了，望着家中少年一张耐不了寒又忍不了饥的脸，只能亲自下厨。

曲晨帮着在一旁打下手，眼睁睁地看着顾蛮生站在锅前走神，裹了面粉的茄子在油锅里翻腾，渐至乌黑，最后全焦透了。顾蛮生不是不会做饭，事实上展信的老板上了年纪之后反倒越来越有生活情趣，尤其在做饭这一点上相当有天赋，川、鲁、淮、粤无所不会，蒸、煮、炒、炝无所不为。

“叔，想什么呢？”曲晨对顾蛮生正在冥想的事情相当好奇，这个男人天生精力旺盛，脑子转得比一般人快得多，鲜少这么失神又失态。

顾蛮生眼下没心思做饭了，关了煤气，吩咐曲晨去拿泡面。等着沸水把面饼泡开，他从兜里摸出展信的手机，压在泡面盒上。突然似想起什么，他指指手机问曲晨：“你知道这么小一部东西，为什么越卖越贵吗？”

曲晨点点头：“我们物理课上老师说过，手机的价值其实都在芯片上，也就小拇指的指甲盖那么大。”

顾蛮生接着道：“别看就指甲盖这么大，芯片却是整部手机的灵魂，而且也不是一块。这么小一部手机，里头就包括有中央处理器、图形处理器、基带芯片、储存芯片、音频处理芯片，等等，而这些主要芯片当中最重要的就是中央处理器与基带芯片。”

“中央处理器我知道，电脑也有。”曲晨问，“基带芯片是干什么用的？”

“基带芯片专门用来处理各种 2G、3G、4G 乃至 5G 的通信协议，没有它，手机就连接不了基站，也就没有了通信能力。你要用这样的手机打游戏，也只能玩单机版。”

一拿游戏打比方，曲晨就通透了。泡面快熟了，散发出一股惹人垂涎的香味。

顾蛮生拿下压泡面的手机，道：“到目前为止，中国内地还没有一家企业能制作这两类芯片，从这个意义上说，咱们中国现在的手机商全是‘组装厂’，基本没有技术含量。”

曲晨乐了："你这人怎么混起来连自己都骂啊？展信不也生产手机吗？展信也没有技术含量吗？"

顾蛮生转过头，含笑瞅着少年："走着瞧，展信要做国内第一个吃螃蟹的人，自己生产芯片。"

对于自研芯片，顾蛮生其实有心结。昔日他响应国家号召投身909芯片工程，结果却是铩羽而归，连着流片失败六次。如今的展信多点开花，销售额远超当年，他心心念念地就想雪耻。

跟挖来金先生的时候一样，顾蛮生独断专行，只跟自己的助理交代了一声要出差去英国，待回来召开公司决策会议的时候，展信自己设计芯片已是板上钉钉的决定了。

顾蛮生在会上道："展信目前的主营业务是基站、光通信与手机，这两年，在于老师的带领下，我们已经凭借多模控制器与分布式基站抢占了原本进不去的欧洲市场，我希望研发部门能够秉持着这种不断挑战与创新的精神，继续攻克下一个难题。"他稍做停顿，微微一笑，"这趟去英国，我给大家带回来一个好消息，展信已经拿到了ARM公司的授权。"

英国ARM公司是世界知名的半导体知识产权提供商，自己不卖芯片，却提供一种精简指令系统供别的企业修改使用，就好比它不卖酒店与KTV，却出售毛坯房让买者自己装修。全球超过九成的智能手机都采用了ARM结构，但目前有能力在此基础上自行设计CPU的，只有拜通、苹果和三星。

原本安静的会议室一下炸了锅，众人面面相觑，继而开始交头接耳。

"怎么每次都是这个反应？"顾蛮生舔舔嘴角，笑了一声，"有什么话，尽管拿到台面上来说。"

一位股东果断地反对道："我不认为这是一个好的决策，路线不对，白走弯路。展信的手机业务纯属锦上添花，事实上，目前国产手机行业大乱斗，展信现有的成绩也相当一般。我们应该以爱立信为标杆，力争全球通信设备领域的第一，而不是再不务正业地去设计什么手机芯片。"

"有数据显示，3G的商用市场成熟之后，移动用户呈爆炸式增长，连我侄子这样的中学生都人手一部智能机。大浪淘尽见真金，我预料，不出三年，国产手机大乱斗的时代就会结束，到时候能存活下来的企业一定会得到最丰厚的回报。而展信，就将是其中之一。”

另一位股东不无嘲讽地笑出一声，道：“顾总上回还预料说运营商会取消对手机厂商的补贴，可现在呢？我们退出的定制机市场全被申远拿下了，现在是赚得盆满钵满，还不费劲，而我们一台手机的利润却薄得吓人，再加上广告营销，那就是亏本买卖。我就不明白了，顾总为什么总喜欢做这种吃力不讨好的事情呢？”

顾蛮生面孔严肃，一点不觉得自己的方向有错误：“利润低，就是因为没有核心技术。买了人家芯片，一台手机还得额外再交整机售价百分之五到百分之八的专利授权费，这不就是流氓吗？这些年展信一直在全球范围内捐助大学，网罗人才，建立科研中心，甚至没少被讽‘新派汉奸’，没有理由不将目前在无线技术领域前沿的研究成果化为实打实的真金白银。”

所有人都不满意，所有人都有质疑，但顾蛮生信心满满，全都兵来将挡，一一驳回，反正就是铁了心要设计自己的芯片。

只有杨柳始终没有出声，她太了解顾蛮生的脾性，狂妄、激进、自以为是。十多年前他就敢花重金请来半导体专家五朵金花，事实上也正是他这份“执着”让展信一度陷入破产危机。虽说，如今的展信不再是当年那个靠程控交换机发家的小企业，但自研芯片，就意味着企业差不多每年都要额外拿出利润的三到四成去搞研发，多半一时半会儿成功不了，只能白白烧钱。

杨柳终于出声了，她就问了顾蛮生一句话：“你还记得我们的老对手北电是怎么破产的吗？”

顾蛮生知道杨柳要借北电讽自己。作为曾经全球通信企业的标杆，北电接连决策失误，其中最致命的一条就是 3G 策略失败，它试图主推由英特尔主导的 3.5G 技术 WiMAX，结果 WiMAX 没能得到欧洲与中国市场的认可，又赶上 2008 年金融危机，一下就垮了。破产后的北电迅速被国际通信巨头们蚕食一空，引来全行业的一声唏嘘。

见顾蛮生避而不答，杨柳替他说下去：“通信行业日新月异，一个决策失误，大象也有可能被冲进马桶里。作为快消电子产品，手机起码一年更换一代，手机内集成晶体管数以十亿计，内部电磁波干扰将会严重影响内核性能，就这一个问题，你想过怎么解决吗？目前的展信，完全没有自行设计芯片的经验与能力。”

杨柳摆出了眼前的困难与问题，但顾蛮生全然不为所动。

“我这个人属狼的，贪得很。”当着一众董事和高管的面，他直截了当、不容置喙地表了态，“我希望未来十年内，展信不只是一家能赚钱的企业，而能够成长为‘世界最受人尊敬’的企业之一。无论是行业内还是行业外的人，都不能简单地把展信归纳为某一类企业，我们不是做基站的或者卖手机的，而是能够制定行业标准、为包括运营商与消费者在内的所有客户提供涵盖全行业的全套产品与技术，包括网络端的接入网设备与核心网，终端的智能手机，而其中最重要的就是移动端芯片。”

说完，顾蛮生就相当潇洒地转身离开了会议室，只留下满座对他这一决定极其不满的人。

在场的董事与高管，相当一部分都是顾蛮生坐牢时期才陆续加入展信的，他们接触他的时间较少，但也不约而同地对他产生了一个共识：这是一个妄人，一个疯子，一个赌徒。

永远想着要“拔份儿”，要“扎台型”，永远不会甘于平淡，也永远不会向极限低头。

这样的人创业容易守业难，让企业位于山巅还是谷底，都在他的一念之间。

为了自研芯片的事情，展信又开了几次决策大会，开一次会就拔一回剑，张一次弩。顾蛮生与董事会谁也不能将谁说服，展信内部也由此出现了分化，一派主张“倒顾”，一派主张“挺顾”，明里暗里都闹得不可开交。最后，还是在杨柳的斡旋下，双方都同意各退一步，以投资别的半导体企业来替代展信自研芯片。

展信意欲投资半导体企业的消息在业内放出风去，很快，在一众毛遂自荐者中，一家叫“原芯电子”的公司就进入了顾蛮生的法眼。

原芯电子的创始人是个年纪与顾蛮生相当的海归，名叫刘向，毕业于美国普林斯顿大学，曾拜师于一位诺奖得主，还参与过苹果 A 系列芯片的研发，个人履历可谓相当亮眼。他说自己带着一腔拳拳报国心回国发展，随他一起回来的，还有一款叫“原芯一号”的芯片，采用 28 纳米工艺，最大功率 5W，主要针对的就是中高端智能手机与平板电脑。

在向顾蛮生展示芯片性能时，刘向艺高人胆大，甚至邀请了不少行业媒体，在展信的测试中心，用展信的原型机进行功能演示。

演示结果令在场所有人欣喜不已，这款芯片的表现非常出色，跑分完全不输拜通最新发布的 PT800。

刘向表示，由于资金不足，目前他的公司只是完成了“原芯一号”的出样，还未能实现量产。

尽管杨柳再三劝他慎重，但有多家行业媒体与国内半导体专家集体背书，又频频传来刘向与贝时远暗中接洽的消息。一时间，顾蛮生膛中血热，生怕大好的项目被贝思抢先，毫不犹豫地就投了原芯电子二十亿。

得来全不费工夫，顾蛮生当然得意，他把这则好消息通过电子邮件告诉了远在大洋彼岸的曲思彤。然而女孩儿心较比干多一窍，因为同屋的女孩儿正要申请大学，她托其辗转打听，仔细核实，结果发现，刘向其人履历造假，他不过是普林斯顿大学的交换生，从未拿到正式的毕业证书。

如此一来，他自称在苹果公司参与 A 系列芯片研发的经历也就存了疑，曲思彤将这些一并写进了邮件里，又发回给了顾蛮生。

面对曲思彤的邮件，顾蛮生清醒过来，不由得浑身一凛。他立即掏手机打电话，找人重新检测“原芯一号”。这一细查才发现，刘向拿来测试的芯片曾被人为地打磨过，原封装上的标志被去除之后，又打上了原芯的标志。再查验、对比相关技术资料，可以确定的是，“原芯一号”的真实身份其实是另一家美国公司的芯片，根本没有自主知识产权。

李代桃僵，得到风声的刘向连夜卷款逃往美国，等警察接到报案赶去他的原芯电子，他人已经无影无踪了，只留下一公司的半导体人才面面相觑，他们也不知道自己老板竟是骗子。

展信投资的二十亿虽追缴回了一部分，但媒体看热闹不嫌事儿大，当初信誓旦旦为刘向背书，转眼落井下石比谁都快。此事经由好事的媒体们一阵渲染，顾蛮生与展信仍不免沦为了全行业的笑柄。

为此，贝时远特意给顾蛮生快递来了一幅画。

这画叫《万山红遍》，取自毛主席的《沁园春·长沙》一词，朱砂殷红如血，铺满整幅画面。

很多年前，顾蛮生在瀚大的迎新晚会上就别出心裁地改过这首词，以其倜傥不羁博得了满堂喝彩。这四个字寓意极好，一幅画价值近两亿，但贝时远送来的显然是幅假画，还是一目了然、假得不能再假的赝品。这不就是嘲笑他阴沟里翻船，有眼不识真芯片吗？

如今已经很难说清楚了，可能贝时远一早就知道刘向是个骗子，这才频频与他联系，就为了唬顾蛮生上当，也可能他也不知道，只是好容易等到机会，故意怄他一怄。可这又能怪谁呢？自打当年被刘传富骗走了二十万，他在商海沉沉浮浮这些年，还没吃过这么大的亏。顾蛮生默立在画前，望着满纸磅礴的红山，眼底倏然血性大动。他将办公桌上的书本、文件乃至电话、摆件一股脑儿地全扫在了地上。

外头人只听见老板办公室里传来乒乒乓乓一阵乱响，都僵站着，谁也不敢主动进去触他霉头。

最后，还是杨柳推门进屋。办公室已是一片狼藉，她弯下腰，将被砸到门边上的电话机拾起来，又走到顾蛮生身边，将电话重新放回办公桌上。

顾蛮生疯够了，力尽了，后背洇出大片汗渍，连额发都湿成了一绺一绺的。他垂着头，两手撑着办公桌，仍一眨不眨地盯着这幅《万山红遍》。

杨柳劝他道："我替你把这幅画扔了吧。"说着就动手去拿桌上的画。

顾蛮生及时握住杨柳的手腕，然后回头看她一眼。他的肌肉虬凸起来，握她的一下很有力度，他的眼神明亮又炽热，甚至带着点不着调、不应景的粲然与亢奋。

"不不不，"顾蛮生笑笑说，"我要把它裱起来。"

大概到了 10 月底，深圳的街头才现出一点秋景。接连下了几场雨，每下一场，绿化带里的榕树就"噌噌"地新刷一层漆，树叶由深绿变为金黄，继而又变为枯竭的褐色，然后就离了枝头，飘零满地。

双休日，顾蛮生难得在家，非拉着曲晨教他玩微博。

"哎呀，很简单的，你就这么注册一下。"曲晨手把手地教他，"想看什么关注什么，都可以在这个搜索栏里搜索。"

顾蛮生想了想："先搜搜'贝时远'吧。"

“好嘞。”

随着曲晨手指跳动，搜索的结果就出现了。关于小三的骂声已经歇了，互联网时代，人们的记忆都不好。顾蛮生不满意地撇撇嘴：“再搜搜‘展信’。”

“好嘞。”曲晨输入“展信”，马上跳出来一篇图文，他快速而潦草地扫了一眼文章，又把这篇微博关掉了。

“写的什么？”

“没……没什么。”

“又是‘新派汉奸’？”顾蛮生笑笑，从曲晨手里拿回笔记本，自己搜着看了看。他很快看见一篇文章，标题叫《展信为什么能够成功》，作者看着像是业内人士，开头一段引语就写得相当专业。

“为什么能够成功？这文章不就是我的功劳簿吗？”顾蛮生面带笑容，一字一句地往下读。曲晨圆睁眼睛，吐着舌头看他，果不其然，不一会儿他的笑容就不见了。顾蛮生的眉头渐紧，神情也越发严肃。这篇文章通篇都在写他刚愎自用耽误展信发展，而展信有今天的成功完全是仰仗了于新华。

对于“新派汉奸”这个称呼，顾蛮生尚能一笑了之，但这篇文章令他相当不快。无论是分布式基站还是SingleRAN解决方案，都是顾蛮生或者杨柳授意，再由于新华带领技术团队研发出来的，在这篇文章的作者或者普罗大众的眼里，于新华确实就是展信不可或缺的中流砥柱。事实上，顾蛮生坐牢那几年，也就是展信最困难的那几年，展信的CEO本来就是于新华，还是顾蛮生回来之后，于新华主动让贤，自己辞去了CEO的职务。

顾蛮生倒不太介意外人怎么论述两人对于展信的功绩，但这篇文章的词句之间，对展信的一些过往，尤其是“原芯事件”中那些不为人知的细节都描述得非常详细，显然是出自展信内部人士之手。

不多久，就连展信人自己的论坛上，也开始出现了这种声音：展信可以没有顾蛮生，但不能没有于新华。

顾蛮生心里渐渐生出一个预感，而他的预感一向很准。

这帮王八蛋要政变。

这个预感果然没错，那篇明显出自展信自己人之手的文章在网上发酵之后，几个股东同时向杨柳提议召开临时董事会议，由于新华重新接替顾蛮生的 CEO 之位。

顾蛮生回归展信之后，刮骨疗毒般的大动作不断，确实触犯了不少人的利益，再加上他性格骄狂、苛刻，喜怒无常，开罪了不少诸如邵南这样的高管。公司尚处于追赶者角色的时候，众人拧绳成一股，一心想要赶超申远，所以个中问题都被蒸蒸日上的业绩掩盖得很好，而一旦展信重新变成国内通信行业的领导者，它们便都争先恐后地浮出水面了。

不满顾蛮生的人们发现，“原芯电子”事件虽未给展信带来不可估量的损失，却恰是一个千载难逢的可以罢黜顾蛮生的机会。尽管投资原芯电子是公司高层们集体拍板同意的决定，但身为 CEO 并竭力推动此事的顾蛮生，当然得为此承担首要责任。

所以，“倒顾派”的股东们在这个时候搬出了于新华，他们故意在互联网上煽风点火，以期树立于新华的声望，并借此向杨柳弹劾顾蛮生，说他这种激进冒失的经营风格并不适合如今的展信。

世无不透风的墙，尽管倒顾派们瞒着他进行了这些操作，但顾蛮生还是通过那篇微博长文嗅出了危机来临前的味道，所以临时董事会议召开前夕，他亲自去找了杨柳。

两个人知根知底这么些年，舍了一切寒暄客套，他单刀直入地问杨柳：“这临时董事会议是不是为我开的？”

“是的。”杨柳回答得很爽快，其实她已经拿定了主意。

“这群人真是闲得蛋疼，”答案不出所料，顾蛮生冷笑道，“日子才好过一点，就想着内斗。”

“也不能怪他们，原芯事件起因在你，而你确实让公司蒙受了损失。”

“我承认，因为想跟贝思较劲，因为我自己不甘心曾经在芯片上栽了跟头，所以犯了一个相当愚蠢的错误。”尽管被刘向忽悠的不只是他一个，还有不少专家教授，乃至行业媒体，但顾蛮生认错认得相当痛快，他很自信地说，“但我同时也要声明，这点失误跟我的贡献比起来微不足道，我为展信带来了千亿营收。”

“听你这口气，”杨柳抬眼望着顾蛮生，“你没打算吸取这次的教训，还想要研发芯片？”

见顾蛮生态度坚决，杨柳自己说了下去：“我不知道你听没听过奥卡姆剃刀原理，它说‘如无必要，勿增实体’。到目前为止，整个世界范围内都没有一家企业可以做到像你说的那样，拜通只生产芯片出售专利，苹果只做自给自足的终端消费品，三星不涉足通信设备业务，诺基亚已经只剩下通信设备业务，你这种‘什么都要做’的理念是不切合实际的，反而可能会掣肘展信的发展。”

“我不仅什么都要‘做’，还什么都要做到‘好’。”顾蛮生道，“我以为我们认识这么多年，你应该很了解我。”

“就是因为太了解你了，我才想提醒你，现在公司高管中对你有意见的不在少数，早就有了挺顾和倒顾两派人——”

“别人怎么想，我根本不在乎，”顾蛮生一脸不屑地打断杨柳，居然还在微笑，“我只问你的态度。”

杨柳沉默片刻，轻叹了一口气，答非所问地道：“你有的时候确实太自负，太目中无人了，这点你真的应该向于老师好好学学。”

“于新华是个非常优秀的科研人员，这点我承认。”顾蛮生轻哼一声，薄如刀刃般的嘴唇讥讽地抿紧，微翘，“但他的身上缺少兽性，作为一个企业的领导者，他不仅不合适，而且不合格。比起于新华，展信更不能缺少的人是我。”

“展信已经不是当初那家小企业了，更不是你顾蛮生一个人的公司，你也别对自己的判断太自信了，”杨柳有些被顾蛮生这种狂妄的态度惹恼了，“你忘记小灵通的教训了吗？”

顾蛮生皱紧眉头，语气愤懑又严肃：“投资原芯电子是战术失误，但自研芯片的策略方向没有错，我不可能在同一个地方跌倒两次。”

互不买账地唇枪舌剑顿时令气氛糟糕起来，杨柳也动了气，厉声道：“我本以为这次回来，你会有所改变，可你还是这样，刚愎到令人讨厌。你爸的那句话没有错，你的性格适合在企业逆境的时候，带领着它拼搏发展，一旦企业转为顺境，你就飘飘然了。你问我的态度，那我现在就告诉你我的态度，我不会重蹈当年覆辙，我不会让你的个人意志凌驾于展信的利益之上！”

“你少拿我爸的话来压我，你这就是卸磨杀驴！”顾蛮生直接动了怒——最近他总是很容易动怒，他抬手就把杨柳书桌上的树杈型小书架拂倒了。

十来本书哗啦一声散落在地，夹在其中一本书里的一张照片也掉了出来。顾蛮生注意到了，瞠目一愣，然后慢慢地弯下腰，将照片从地上拾起来——

这是一张只有黑白两色的超声波图片，能清楚地看见胎儿安详满足的侧颜，与那调皮翘起的小指头。

看清照片的瞬间，顾蛮生的胸腔似被什么东西重捶了一下，疼得他两耳轰鸣，几乎站都站不稳了。他一下就明白了，这是杨柳打掉的孩子，他的孩子。

顾蛮生蹲在地上，良久没站起来。

“如果是男孩儿，我想把他的房间砌成蓝白色，墙上挂一个金属制的锚或者一个木头舵盘，再贴一个独眼铁钩手、疯疯癫癫的海盗船长；如果是女孩儿，我希望能把全世界最好的都给她，把她宠得无法无天……”顾蛮生说到这里短促地笑了一声，但笑声听来令人难过，像漏音的风琴，“在牢里的时候，每晚我都躺在那张硬板床上翻来覆去地想，假如我俩有个孩子会像谁？是像你这样野蛮泼辣，还是像我这样吊儿郎当。可惜，我想我大概再没有机会知道了……”

起初他拿着照片一直颤，一直抖，终于慢慢平静下来。他站起身，转向杨柳，直到此刻，杨柳才看见一双无望地流着泪的眼睛。

泪水使他眼波分外蒙眬，像醉着酒，顾蛮生慢慢地伸出手，将这张照片递还给杨柳。

“所以，现在的决定是什么？”他挺淡然地问。

“他们提出要把你调往欧洲，任展信西欧地区分部总裁，好让于新华接替你的位置。展信费了九牛二虎之力才打开了欧洲市场，确实该派个能人好好守成——”

“好好好，”顾蛮生龇着白牙，笑笑，“别拿这些小孩儿都不信的理由来诓我，于新华本人的意思呢？”

杨柳实话实说：“于老师没有反对。”

顾蛮生直直望着杨柳的眼睛：“那你的意思呢？”

杨柳垂眸沉默了好一会儿，才迎上他的目光，缓缓开口道：“我也支持于老师接替你的工作。”

顾蛮生很明显地怔住了，像被人用刀子猛扎了一下软肋，血早就流干了，连疼痛都麻木了。经历了足足几分钟的僵死之后，他如释重负，顿然复苏，一副“万物皆不入我眼”的容光又出现在了这张英俊的男性面孔上。

“我从来没把自己当作展信的救世主，如果这些都是你的意思，那我明白了。”他舔了舔自己的嘴唇与白牙，迷人地笑着，倒退着向着门口挪了几步，“能让那群蠢货、庸才这么绞尽脑汁地踢我出局也不容易，不用劳师动众地为我开这个会了，我现在就告诉你，老子不干了。”

说罢，顾蛮生轻松转身，摔门而去。

2013 年年末，中国通信行业迎来两个堪比地震的消息，前者通信人早有准备，后者却是人人始料未及的。

一个消息是：国家工信部向三大运营商发放了 TD-LTE 牌照，TD-LTE 承袭自 TD-SCDMA 的“时分双工”技术，中国正式开启 4G 时代。

还有一个消息是：展信的顾蛮生下台了。

明面上是顾蛮生自己辞职，但业内人士都门儿清，原芯事件令顾蛮生被抓着了把柄，展信内斗中“倒顾”一派取得了胜利，他被杀驴卸磨，踢出局了。

面对毁誉参半的种种争议，顾蛮生本人心情倒是不错，拒绝了不少国内外大企业递来的橄榄枝。他安于赋闲在家，没事就督促曲晨那个小胖子减肥，偶尔则漂去西藏。

起初是晃晃悠悠独自一人，后来找着了一个驴友，程北军。

曲颂宁在深圳再见到程北军之后，曾给顾蛮生写过一封信，信里就提到这位致了残的程连长，希望顾蛮生闲来无事能够帮他一把。曲颂宁虽没当过兵，但在青藏高原上修筑光缆干线的那段记忆太过刻骨，他打心眼里认定程北军就是自己的连长。

顾蛮生按曲颂宁提供的街头方位找过几次，终于被他碰上了。但刚刚表明身份，交谈不过两三句，他就意识到，程北军其人如其名，彪悍强硬，宁折不弯，你要明着施舍他，一准被他认为是侮辱。

所以顾蛮生从来不提钱的事情，两人就是驴友，而且志趣相投，一拍即合。

顾蛮生一直梦想着从深圳出发骑行去西藏，但也一直找不到搭伴的人，跟谁提这事，谁都说他疯，不得已让曲晨上网发帖子招募，结果等了半天，等来一个平均年龄六十岁的老年团，直到他遇见程北军。程北军虽然跛了脚、毁了容，但骑起车来迅疾如风，毫不含糊。两个人每年都相约着来这么一次说走就走的西藏行，一次历经八十天，计划是，总共十一条进藏的骑行路线，他们要花十一年把它们全骑完。

这回两个人一起骑到了羊卓雍措。这地方又名“羊卓雍湖”，藏语意为“碧玉湖”，湖水果然青碧如许，风吹草低见牛羊，满湖面上都泊着俗称“黄鸭灰雁”的两种鸟类，偶尔还能见到鹤。都是珍惜野生动物，据说曾有一个骑行者抓了一只烤作野味，被当场逮住，判了三年。

他们跟一个大学生团搭伴骑行，白天就你追我赛地赶路，骑累了，就到路边歇一脚，偶尔还能遇见卖甜茶的小馆子。

这种茶甜而不腻，味道跟城里那些动辄十几元一杯的奶茶相似，但只要五毛一杯。盛茶的杯子都不是一次性的，杯壁上覆着一层深褐色的茶垢，用指甲轻轻一碰，都能刮下厚厚一层来。一个女大学生嫌不干净，不肯喝，但其余人都无所谓，举杯痛饮，顿觉满嘴留甘，相当解渴。喝完甜茶就吃饭，顾蛮生用随身带着的午餐肉罐头跟店家换了一碗酸奶拌白饭，狼吞虎咽地吃完了。

程北军见他这吃相跟饿了三五顿似的，不禁笑道：“你是我见过最奇的人，别的大老板要旅游也是去迪拜，住香格里拉，就你喜欢自讨苦吃。”

“大酒店哪有幕天席地的有意思，”勉强饱了，顾蛮生又问店家要了一杯甜茶，“再说，我早就不是大老板了。”

“也对，我听说了，你被人踢出展信了。”程北军说话向来不会弯弯绕。

“没人能把我踢出我的公司，是我自己不想干了。”顾蛮生仰起头，望着奇蓝的天和奇白的云，兴致大发地学了声狼叫，“天高任我游，无爱一身轻。”

程北军笑笑，举起甜茶敬了敬顾蛮生：“你别装大方，我不信，被踢出这么大一家公司，你能不恨？”

“恨啊，怎么不恨？恨得天天心里猫挠狗吠的，恨不能给那帮孙子各来一记撩阴腿，断他丫的子子孙孙。”说到这里，顾蛮生自己笑出一声，“不过现在真的想开了，不但想开了，还觉得有意思。有的人一生毫无波澜，年年岁岁花相似，过一天跟过完一辈子没两样；有的人一生就这么起起落落，落落起起，一辈子活完了别人的几辈子，想想也值了。”

“可我觉得你值不了，你这人心太野，太不安分，跟曲颂宁完全不一样。”

冷不防提及这个名字，两个人同时一怔，旋即陷入沉默。

这一下就面对面地默坐良久，顾蛮生不忍回忆故友，只开口道：“其实我也不算完全闲着。我离开展信时没要钱，拿全部股份换了那家芯片公司。”

程北军一时发蒙：“哪家？”

顾蛮生龇牙一笑：“哎，就是骗了我二十亿的那家。”

“你还敢折腾芯片？”没等顾蛮生把话说完，程北军就咋咋呼呼地打断了他，“就连我们村里缺了门牙的小孩儿都知道你被骗了，还被骗惨了，都被自己一手扶起来的公司撵出去了，你居然还拿全部股票去换那家骗子公司？”

“他拿来我面前展示的芯片虽然是假的，但他的公司是真的，里头那些半导体人才是真的，留下的那些技术资料就更是真的了。我这回擦亮眼睛仔细看了，这人就是急于求成，其实慢慢按他的思路设计下去，未必做不出像样的芯片。”毫无疑问，这脸是丢大发了，纵是皮厚如顾蛮生也不禁挤着睛明穴做头疼状，“我都在同一个坎儿上栽两次了，我还就不信这个邪了，我顾蛮生难道这辈子就造不出一块像样的芯片？”

“那你接着说。”程北军不明就里地点点头。

“虽然那骗子留下了足够多的技术资料，我也有从事这个行业多年的资源与人脉，但自研芯片，实在是太烧钱了。亏得我目前只搞芯片设计，如果要形成一个包括设计、制造、封装、测试的完整产业链闭环，就更烧钱了。所以，我现在正在到处募集资金呢，要不，你投我一些，我也算你一份。”

“我哪有钱？”先前两人提及曲颂宁，就想起他当日信里的嘱托，尽管顾蛮生将自己的好意释放得不着痕迹，程北军依然一口回绝道，“我知道你这是接济我，我不需要。”

“谁接济你了？苍蝇腿就不是肉了？”顾蛮生反应快，立马道，“企业招收退伍军人是有包括税收补贴在内的一系列优惠政策的，我这是利用你。”

话到这个份儿上，程北军也就不再推辞了，但他有个条件。他说：“我也是要投钱的，你得照章办事，我投多少就按多少算。”程北军在深圳起早贪黑地摆摊，硬是提前把欠家乡老太太的那笔钱连本带利地还上了，自己还多攒下了一小笔。

顾蛮生也不扭捏，爽快地道：“行，都依你。”

两个人以甜茶代酒，杯子碰杯子，各自痛饮一大口。程北军又道：“可我倾家荡产也就只能给你二三十万吧，你真要找投资人，还是得找个有钱的。”

顾蛮生哈哈一笑：“那当然，咱中国谁最有钱，咱就找谁去呀。”

程北军想了想：“两个姓马的。”

顾蛮生拍了拍自己的自行车轮胎：“等这趟骑行结束，我也不回去了，就还骑着这辆车，直接去杭州。”

两人又大饮了一口甜茶。程北军也知道顾蛮生那天突然在自己眼前出现，一定是受了曲颂宁的嘱托，他无比感慨，轻声叹气：“我最后一次见小曲，也问过他同样的问题，你说，这个世界发展得那么快，对咱普通老百姓，到底是好，还是不好？”

“也好，也不好。”顾蛮生摇摇头，敛容认真地回答，“我不知道。”

那几个跟他们一起骑行的大学生茶足饭饱，又精神满满地跨上了自行车，举起手挥动，齐声呼唤着顾蛮生与程北军赶紧出发。

顾蛮生再痞再横，到底也到不惑之年了，见这架势，不由得“唉”地叹了口气。这一路他都憋着股劲儿，暗暗地跟这群二十岁的年轻人较劲，但眼下人困马乏，实在较不动了。

他摇摇头，无可奈何地笑了：“不行了，不行了，当年我去贵州跑市场，几小时的山路还扛着一台跟冰箱差不多重的千门交换机，硬是不喘一口长气地走了下来。现在真是不服老不行了。”他扭头去看程北军，满脸纳闷地问，“你说这些小年轻，怎么喝个甜茶就跟打了鸡血一样，这么快又生龙活虎了？”

程北军比顾蛮生还年长七八岁，凭着军人的意志力强撑到现在，更不容易。他冲那些年轻人挥挥手，扬声喊道：“你们先走吧，我们一会儿就追上来。”

“就说两位大叔跟不上我们吧，还非要跟着来，”小年轻们嘻嘻哈哈地笑了，“行了，那我们先走一步，前一个路段等你们。”

说着，呼啦一下，一行人全骑走了。

这时候顾蛮生才慢悠悠地站起来，跑到公路边，朝他们来时的那条路看了一眼，便伸出手，跷起大拇指，做了一个拦车的手势。

不一会儿，一辆小卡车就由远及近地停在了他的身前。这个地方有个约定俗成的习惯，见车随手能拦，而车主基本都会停下，只要顺路就免费载你一程。

顾蛮生将自己的自行车搬上小卡车，回头招呼程北军："来，程连长，上车。"

"说好骑行的，你怎么就搭车了？"程北军那点言必信、行必果的军人作风便又冒了出来，犟着不同意。

"我是说骑行，可又没说从头骑到尾。再说我这人你还不了解嘛，典型的恶霸奸商，精致的利己主义者，为达目的不择手段，嘴里什么时候有实话了？"顾蛮生一点不以之为愧，相反还很得意地咧开了嘴，冲程北军频频招手道，"上车上车，一会儿就抄到那几个臭小子跟前，好好嘚瑟嘚瑟。管谁叫大叔呢。"

见程北军还别别扭扭地不肯上车，顾蛮生二话不说跑上前，扛着他的自行车就走。程北军车蹬得不比他慢，但跛子跑不过正常人，顾蛮生相当无赖地道："要不你就上车，要不你就走着去西藏吧。"

这下，程北军彻底没辙了，只能硬着头皮跟他上车。不一会儿，他们就赶上了前面那群骑车的小伙儿，惹得他们叽叽哇哇乱喊："这两个大叔怎么耍赖啊？！"

程北军羞得脸红，都不敢抬眼，顾蛮生却哈哈大笑，还冲那几个小伙子喊："大叔我先走一步了，前一个路段等你们！"

晚上，两拨人一前一后到了一个小村子，便结伴寄宿在藏民家中，藏民朴实热情，大方拿出自酿的青稞酒招待远来的客人。一个大学生耳朵尖，一路没少偷听顾蛮生与程北军的谈话，几杯青稞酒下肚，便凑过头来问程北军："听说你在这儿当了好些年的兵？快跟我们几个说说，都遇见过什么有意思的事情。"

"其实也没什么有意思的事情，都是一些日常琐事。我想想啊，哦，想到一个，康巴藏族吃羊肉，喜欢将羊从头劈到腚眼子，整整齐齐地一剖为二。有时牧民们养的羊意外死了，咱们部队就会去买那些死羊，也是资助性质的。没大毛病的就加个菜，不行就处理了。有时还会拿罐头、米、油跟牧民们换羊崽子。"

"养肥了好加餐？"大学生这么问。

"一开始是这么想的，后来养着养着就养出了感情，成了全连的宝贝。有一天夜里，羊圈被高原上的野狼突袭，我们听见动静赶去一看，好嘛，我们都不舍得加餐呢，反倒让野狼打了牙祭了。那个负责喂羊的兵，抗洪受伤时都没掉过一滴泪，结果那天晚上号哭了一宿。”

程北军在这片高原上当了十年的兵，说起这些鸡毛蒜皮也饶带感情，眼圈时不时地要泛红，一旁的顾蛮生连同几个小伙儿听得异常认真，宛如在听老师授课的学生。

“还有，这里的牦牛会上公路，大摇大摆、慢慢悠悠，你要不是开着坦克，都不敢催它快点，一般的车哪儿撞得过牦牛啊，一撞车前盖就瘪一个大坑，牛却纹丝不动……”

这位好客的藏民家里有个二十出头的大小伙子，名叫穆穆，生得黝黑英俊。听见程北军是曾经驻扎在这里的解放军，忙跑来问，是不是参与修建过兰西拉光缆干线。得到肯定的答案，便一定要向他敬酒。

程北军大方接受，小伙子便端起碗来，以藏语亮嗓开唱。一声清啸乍入长空，余音如此悠长，许久才渐渐消隐于夜色。

修建“八纵八横”的时候，穆穆还是个半人高的孩子，不理解为什么这么多人费这么大的力气做这种事情，直到家家户户都装上有线电视，用上宽带网络，才懂得了这个工程的深重意义。

向来讷言的藏人青年今天一气儿说了好多，说他现在就从事直播工作，藏人大多不善言辞，坐在电脑前直播肯定比不了一些汉族人能说会道，但移动直播就不一样了。这里的雪山、湖水、红花，还有雪域的牦牛、天上的鹰，就是世间最美的语言。

穆穆其实对通信行业知之甚少，甚至不知道基站与手机的关系，但他明白一点，没有 4G 的速度，移动直播就实现不了。他还笑着说，他的直播生涯刚刚起步，已经能挣一些钱了，他的心中充满热望，相信有朝一日他能靠直播带领全村人民致富。

“距离‘八纵八横’全面开通，也十多年了吧。”听了藏族青年一番话，顾蛮生意味深长地道，“咱们在这儿还招手上车呢，城市里现在都流行滴滴打车了，咱们国家幅员辽阔就是好，走哪儿都新鲜，走哪儿都不一样。”

“这个世界越来越快，对有些人来说很好，对有些人来说可能不好。”程北军沉默好一会儿，最后不得不承认，这一路的所见所闻已经令他由观棋客变成了歌颂者，他平静而笃信地说，“但归根结底，还是好的吧。”

结束西藏之行，顾蛮生就马不停蹄地赶去了杭州，以唇之骁、舌之勇、脑筋之灵活多变，还真成功“忽悠”来了几百亿。他从展信带走了贝时远送来的那幅画，撷取“万山红遍”之意，将“原芯电子”更名为“红山半导体”，然后高调对外宣布，将继续进行集成电路设计。

第八部分

5G时代

第四十七章

危境

2014 年的年头先来了一个消息，国内三大运营商接到国资委的通知，要求他们自减营销费用，且明确规定了具体消减的数字，其中，仅中国移动一家三年里就被要求削减两百多亿。

两百多亿，意味着国内手机厂商将无法获得补贴，运营商定制机必然全面取消。

亏得顾蛮生提前预测了形势，展信一早脱离了运营商定制机的围城，目前展信的手机销售成绩不错，跟所有国产手机商一样，搭载着拜通的处理器，不说像苹果那般惊艳全球，起码也是中规中矩、无功无过。

但对另一家设备商申远来说，它的手机业务一向全部倚仗运营商，如此一来便断了一臂。

没想到，屋漏偏逢连夜雨，不多久，另一个噩耗传来，美国以申远将通信设备及相关技术出售给威胁美国安全的国家为由，将在未来五年内禁止其向美国企业购买敏感产品。所谓的敏感产品，就是顾蛮生一直念念不忘的通信芯片。

作为最早进军欧洲市场的国内通信设备商，芯片被断之后，申远正常的生产经营活动几乎全部停止，如此又断一臂。

申远遭遇了企业成立迄今最大的危机，很快，一把手邢卫民就被传气病，卧床不起了。

随着移动互联网迅速发展，纸媒日渐式微，娱乐杂志都没人看了，遑论科技报纸。但这2014年的两条科技新闻，不仅震撼了整个中国通信行业，也令杨柳在惊骇之余，豁然大悟，自己错了，错得离谱，顾蛮生既含狼子野心，又具忧患意识，确实是一个伟大企业家该有的模样。

而这个时候，这个与她纠缠小半辈子的男人已经离开展信很久了。

这期间，她从来没有主动联系过顾蛮生，顾蛮生也没来找过她。偶尔她倒从白浩、曲晨乃至李书记这些外人嘴里听说他的境况，他的红山半导体拿了ARM的公版架构进行设计优化，已经获得了政府补助与百亿投资。

杨柳合上笔记本，拿起手机，想给顾蛮生打电话。但手指微颤着犹豫一会儿，最终还是没能按下他的号码。其实她跟那个男人一样，都爱惨了对方，但那份别别扭扭的骄傲不允许他们低头。

杨柳仰靠在老板椅上，闭目小憩，她的眼前突然出现了十多年前的那条贵州山路，几株不知名的紫红色小花深扎在野草丛里，顾蛮生卸下肩头的交换机，浑然不觉肩膀上的血口子与满裤腿的黄泥巴，他一边大笑，一边哞喉高歌：

哥哥哥哥我好狠心，把妹拖进刺林林……

正当她心头撞鹿之际，这个极为英俊的男人摇身一变，变作了一个笑容阳光、头发冲天的大男孩儿，不正经地喊她“柳姐”。

杨柳被这段被篡改的记忆吓了一跳，亏得助理的敲门声及时惊醒了她，原来是拜通那边来人了，来的还是老熟人，丽莎。

丽莎依旧是貌似客气、实则强蛮，她说两家公司素来关系不错，希望能在原有基础上继续深化合作，简单点说，就是对方希望展信接受美方注资，让拜通成为展信的股东。

业内人都知道申远如今境况惨淡，估计离宣布破产不远了，这个时间点，拜通前来谈注资，显然是杀鸡以儆猴，大行流氓之事。

杨柳不卑不亢，表示愿意考虑，暂时稳住对方，然后客客气气将人送走。

人一走，她便紧急召开了公司高层会议，一脸凝重地问大家，申远已是前车之鉴，现在如何能够避免这悬头一剑也落在展信身上？

身为 CEO，于新华率先开口："美国那边断供之后，申远所有的经营活动就被迫中止了，买不到元器件就卖不了产品，卖不了产品便收不到钱，企业现金池太浅了，现金流就断掉了，据说现在员工工资都成了问题。我认为展信的当务之急是赶紧加强现金流储备。"

众高层纷纷点头，赞同于新华的观点。

只有杨柳知道，现金流中断只是申远陷入目前困境的表因，一旦制裁时间拉长，再大的现金池也终将被耗空。就好比一个人若因被人勒喉窒息而死，再大的肺活量也无济于事，勒喉的这个手段才是根本原因。

有人又这么说："其实换个思路，接受拜通注资也是好事，展信能够更快地成为国际化大公司，没准还能在纳斯达克上市呢。"

见杨柳始终不出声，于新华再次表态："在经济全球化的今天，也没必要把接受美资企业注资一事想得太过复杂，兴许这样一来还能促进中美交流，互相学习先进技术。"他想得非常简单。

众人又是连连附和。

"我再考虑考虑，大家散会吧。"杨柳望了大伙儿一眼，轻声叹气。她不得不承认，危机中的展信，比起性子绵软温和、书生意气的于新华，更需要的是野蛮强硬的顾蛮生。

顾蛮生的悠哉日子终于在 2015 年春天来临的时候，被一阵闹哄哄的电话铃声打破了。

先是杨柳的助理给他打了电话，开门即见山，请他重回展信。

顾蛮生毫不犹豫地推辞了，说自己早就不关注通信行业的事情了，正准备报名参加铁人三项呢。

这话摆明了就是胡扯，为了完成领导任务，助理不得不亲自上门，再次认认真真、诚诚恳恳地向顾蛮生发出邀请。没想到顾蛮生再次摇头拒绝，这回态度更强蛮，不仅没留人吃饭，还直接把人推搡出了门。

这两年曲晨一直跟顾蛮生住在一起，不但人瘦了、高了、俊俏了，心眼也见长了，他自以为很了解顾蛮生，有一点却不太明白：“你明明心心念念想回展信，为什么还假惺惺地说自己不想回去？”

顾蛮生兜头给了曲晨一记，笑着道：“历史学过没有？王莽中篡，汉魏禅代，这历朝历代，但凡要改朝换代，都得演这么一出‘一辞再辞三辞’的戏码。”

“我不明白，我重理轻文。”曲晨翻着眼想了想，骂了一句，“美国人可真够损的，凭什么制裁我们中国的企业啊？”

“这叫美帝特色的‘长臂管辖’，早就不是第一次了。1987年，对，那时候你还没出生呢，日本的东芝刚在半导体行业超越美国，美国政府便以危害美国国家安全的名义，抓了两名东芝高管，关了东芝在美国的工厂，罚了他们一百六十亿美元，还禁止他们再向美国出售商品。东芝一下受了重创，虽说现在还活着吧，但也今非昔比了。”见男孩儿听得认真，顾蛮生调动丰富的知识库，笑着说下去，“还有更惨的呢，2014年，法国的阿尔斯通，曾经全球最大的电力设备公司，也是莫名被美国人抓了高管，最后整个公司都直接被美国的通用给肢解了。反正，美国那些喜欢搞垄断的商业巨头，种种恶行是罄竹难书。”

顾蛮生边说话，边站在镜子前，左觑右看，似乎对镜子里的男人十分满意。他今天刮了胡子，换了西装，喷了古龙水，把自己捯饬得光鲜水灵，一下年轻好几岁。

“怎么着，”曲晨反身坐在椅子上，两条胳膊就这么环着椅背，笑得倍儿猥琐，“你把自己倒腾得这么靓仔，是准备去见柳姐吗？”

“不是我去见她，是她今天要来见我。”顾蛮生手里拿着一条红色圆点领带，挂上脖子，竟然十分不自信地问曲晨，“是不是太隆重了？”

曲晨点点头：“略输气质。”

“这条呢？”顾蛮生又换了一条，灰色条纹，在镜子前照了一通，似乎仍然对自己不太满意，“这条是不是太呆板了？”

曲晨努努嘴：“稍逊风骚。”

顾蛮生面前挂着十来条领带，真丝的、织棉的、素色的、斜纹的，实在选不出来，索性决定不戴了，随意点、自然点。松开衬衣最上方的两粒扣子，露出半拉健美有力的胸膛。

“你怎么知道柳姐今天会来？谁说的？”曲晨不怎么相信，他知道杨柳脾气拗得很，顾蛮生被踢出展信之后，两人的分歧似乎不可弥合，再也没有了往来。

“花说的，鸟说的。”以他对杨柳的了解，助理回去那天，她就该憋不住地要跑来了。她的性子风雷火炮，一件事情憋三天就是极限，而今天是第三天。

顾蛮生笑笑道：“今天小区里的栀子花特别香，树枝上的喜鹊也叫得特别欢畅。”

“柳姐那脾气，我不信。”

“你今年几岁？”顾蛮生忽然问。

“快十八了。”

“有身份证了？”

“十六就有了。”

“行，”顾蛮生爽快地道，“暑假你去展信实习吧，我给你安排一个部门。”

“哎，你现在只是一厢情愿，柳姐人还没影呢。”

“她一定会来的。”顾蛮生终于照完了镜子，抬起手腕看了看表，紧张得长喘了一口气。他猛一回头，用粤语问道：“靓不靓仔？”

曲晨同样用粤语回答他：“系（是），你最靓仔啦。”

这才舒缓了紧张情绪，顾蛮生也觉得自己好笑，他展露白牙大笑，忽又来了疯劲儿，竟扯开嗓子唱起了山歌：“哥哥哥哥我好狠心，把妹拖进刺林林……”

歌还没唱完，门铃就响了。曲晨“嗖”一声蹿出去，从猫眼往外一看，立马回头冲顾蛮生比大拇指，意思是：还真被你猜对了。

杨柳来了。

杨柳从来就没把自己当这家里的外人，来了直接脱风衣，进厨房，掀开空锅空碗看了看，好像她上门也不为别的，就为了找吃的。

“怎么什么吃的都没有，你们爷儿俩儿在家都不吃饭的吗？”说着，她就自说自话打开冰箱，“吃什么？”

“你看吧，你做什么我们吃什么。”顾蛮生笑笑，“反正都不咋的。”

话音还没落地，杨柳就从冰箱里拿出一个西红柿，回头狠砸过来。而顾蛮生似早有所料，一抬手，轻轻松松就接住了。西红柿熟得恰到好处，殷红可爱，他张嘴咬下一口，满嘴酸甜汁液：“谢了。”

“客气。”杨柳找齐了食材，利索地关上了冰箱的门，“做个番茄牛腩，再做个蜜汁樱桃排骨。”

“要不要我打下手？”

“你们爷儿俩儿就等着吃吧。”

曲晨小时候看不明白，所以管一个叫“叔”，一个叫“姐”，现在他算是看明白了，但还是不理解。一个是中国第一通信设备企业的创始人，果敢泼辣的女强人，年轻时就是远近闻名的大美人，四十出头了不仅漂亮依旧，而且更添风韵与气质；另一个呢，说一声整个中国通信行业的传奇亦不为过，然而，就是这么默契又相配的两个人至今没能走到一起。他百思不解。

别人家的董事长都不管事儿，杨柳却是个事事喜欢亲力亲为的，每天在公司里日理万机，生活起居便全由阿姨料理，所以，顾蛮生对她的认知也是，此人基本不会做菜。

全开放式的家装，灶台与油烟机都干干净净，光可鉴人，可见平日里没少点外卖。杨柳在厨房忙碌，曲晨便在厅里欣赏，美人挥油盐、舞刀铲的样子也是相当愉悦人心的。

顾蛮生也跟着欣赏，很快就有些瞠目，杨柳以修长手指握着刀为樱桃去核，动作娴熟又轻盈。再往下看，从热锅下油到翻炒勾芡，哪儿哪儿都不像生手。

曲晨咽了一口唾沫，冲顾蛮生挤挤眼睛，意思是：这么好的女人，你没这个福气。

两道菜先后出了锅，被一同摆上了桌，蜜汁樱桃排骨浓油赤酱，番茄牛腩色泽鲜艳。

“这可都是本帮菜，”杨柳没动筷子，等着顾蛮生给反馈，“你尝尝，正不正宗？合不合你口味？”

“我这种人吧比较难取悦，粗茶淡饭不介意，山珍海味却未必满足，其实吃什么不打紧，关键是和谁坐一桌。”顾蛮生说这话就是为了给杨柳留台阶，待夹了一筷子排骨，尝了尝，立马由衷地夸赞道，“你现在手艺可以啊。”

“我以前只是懒得进厨房罢了。”杨柳似乎也对自己的厨艺颇满意，吃一口肉喝一口酒，吃相相当豪放，毫无一个淑女应有的窈窕样子，“有空回汉海，看看你爸妈，两位老人家不容易，想见儿子，电话都打到我这儿来了。”停顿一下，杯子半空了，她低头给自己又添了点牛二。

“不是我不想回去看二老，可每回见他们，他们都催我结婚，这谁受得了。”

“年纪也不小了，是该有个着落了。”杨柳这话接得无比自然，顺手又替曲晨夹了一块牛肉，她垂着眼皮，从头到尾都不看顾蛮生，“那个对你很有意思的小陈老师呢，没发展一下？”

曲晨赶忙插嘴道：“他嫌人家豁嘴爬牙，长得难看。”

“胡说，我也见过，明明挺漂亮的姑娘。”杨柳总算抬头，淡淡瞥了顾蛮生一眼，“展信今年招了不少女工程师，要不你回来，我按着你的要求，给你介绍一个。”

“哎，白浩这话是真没说错，女人一上年纪就爱说媒拉纤，简直无师自通。”顾蛮生笑吟吟地道，“要我妈再给你打电话，你就替我跟她说，娶不着老婆能怪我吗？我都攀登过珠穆朗玛了，哪儿还瞧得上家门口的小土丘啊？”

这话有歧义，杨柳啐道：“别拿我开涮。”

顾蛮生知道对方想歪了，忙作无辜地辩解：“我这不是夸你嘛，怎么能是涮你呢，哎，你这人怎么老把别人想得这么龌龊……”

杨柳大大方方地扭头问曲晨：“以你对你顾叔的了解，他是不是那个意思？”

这俩人也奇了，明明平时刻意避着对方不见面，一开口就像老夫老妻。曲晨识趣地三两下扒尽米饭，又夹了最大块的牛腩塞进嘴里，便站起来，向两人抱拳告辞：“什么意思都跟我没关系，我跟同学出去打球，今晚就住他家了。你俩继续动刀动枪或者打情骂俏，悉听尊便。”

曲晨一出门，两人间的和谐氛围便消失了。杨柳低着头，夹菜扒饭，顾蛮生没怎么动筷子，酒却一口口地往下灌。他们较劲许久，彼此之间横亘着漫长的白天黑夜，足有天涯与地角那么远。

终于，在这种极度怪异与压抑的气氛里，杨柳也放下了筷子。她起身收拾餐桌，顾蛮生却突然打破沉默道：“放着吧。”

“我就见不得不干净。”杨柳不听他的，捧着一叠碗筷就往厨房走。

“我让你放下！”顾蛮生暴怒而起，直接从杨柳手里夺下碗筷，发泄似的砸在地上。这会儿天黑了，客厅里的窗帘随风轻舞，一截枯黄的月光从窗外溜进来。

杨柳站着不动，她知道，顾蛮生对她还是有天大的怨。好一会儿，她才道：“你回来吧。”

顾蛮生没接这话，他低着头，用鞋底碾着脚下瓷碗的碎片。

杨柳便继续说下去：“枪打出头鸟，如果不是申远早些时候顶在前头，今天被制裁的可能就是展信了。”

顾蛮生静静听着。

“现在申远垮了，展信就是出头鸟了。当年咱们费了多大力气，才把‘七国八制’赶出去，你应该也不想看着你一手发展起来的公司被制裁、被肢解吧？”她指望他能在危急时刻重回展信，一力擎天。

顾蛮生还是没搭腔，抬起眼，静静地看着杨柳，这一对视，便滋啦啦火花四溅了。

“当初是我判断失误，是我没能由始至终地站在你这一边，我向你保证，只要你肯重回展信，这样的事情就再不会发生。”杨柳这辈子没跟人低过头、示过弱，“我错了，但现在，展信需要你。”

“你呢？”顾蛮生终于开口。

杨柳沉默了。她不是没有想过这个问题，与心里那个不肯服输的自己交战许久，最后她目盈洸洸秋水，望着顾蛮生的眼睛，“我也需要你。”

积蓄已久的欲望乍然迸发，顾蛮生扯开自己的衬衣，粗鲁地将杨柳抱上餐桌，跪在她两腿之间吻她。她的身体不自然地僵硬一下，很快便舒展又松弛了。他闻见她身上那股淡淡的熟悉的香味，带点烟熏感，隐隐能闻出里头一股花椒混合生姜的辣味儿——多少年过去，她依然最爱他第一次送她的香水。

顾蛮生的嘴唇简直像是有一团热腾腾的火，窜到哪儿烧到哪儿，但每一处被他吻过的地方却又仿佛受寒一般，不由自主地起了一层肉色疙瘩。在这种冷与热的极致对抗感下，杨柳半睁半闭着眼睛，耳边忽又响起那嘹亮的山歌：

哥哥哥哥我好狠心，把妹拖进刺林林……

想起贵州那条崎岖的山路，她便风情万种、柔情无限，她终于顺服自己的内心躺下去，仿佛躺在了荒天野地间，任一片野草般蛮生狂长的欲望将她淹没。

其实，杨柳来找顾蛮生的时候，顾蛮生的红山半导体正经历着第二次手机 SoC 芯片（系统级芯片）的流片失败。第一次芯片流片回来直接变砖头，顾蛮生与公司全员连着熬了几个大夜，从代码检查到版图，最后几个人脑门顶着脑门，用 X 光一寸寸照射，才发现竟是内部上下层走线交叉引起的相互干扰。

第二次流片回来总算能够成功上电了，但测试结果与 EDA 软件（电子设计自动化软件）的仿真结果相去甚远，又失败了。俗话说事不过三，顾蛮生跟芯片磕了十来年，前前后后少说几十亿打了水漂，但他偏生不信这个邪，回了一趟母校瀚海大学，找了国内顶尖的研究所，拿着流片数据与工艺文档开会研究，又连着熬了半个月的夜，这才改良了设计。

第三次流片刚刚提上日程，但拜通的最后通牒也来了。

第三次流片，意义重大，非生即死，不成功只有两个下场：一是像申远一样被制裁至破产，二是接受美方注资，从此丧失中国通信企业好容易才在国际社会上争来的话语权。

杨柳问了顾蛮生一个问题："多久才能让红山芯片装进我们展信的手机？"

"我还需要一点时间，可能半年，可能更久。"

"红山芯片的性能怎么样？"

"能用。"

"仅仅是能用？"杨柳一惊。

"仅仅是能用。"顾蛮生实话实说，"这还是基于流片成功的理想情况，在半导体技术上，我们落后太多了。"

两人合计一下，务必向外界保密红山芯片的流片情况，先由杨柳与丽莎周旋，暂且稳住拜通，以免接受制裁。杨柳假意答应接受拜通注资，却在每一个合同细节上纠缠不放，试图为顾蛮生争取足够多的时间。

直到第三次流片终于宣告成功。

杨柳忍了丽莎三个月，一朝吐气扬眉，她打电话请她来参加展信新机的发布会，并表示将当场宣布这项重磅合作。

丽莎施施然而来，悻悻而归，她没想到杨柳通过媒体竟对外公布了一款国产手机处理器：瑶光 204。

她说："展信已经拥有了替代拜通芯片的解决方案，将在红山半导体旁边新建一个研发中心，专注设计下一代瑶光芯片。"

而顾蛮生也将重归展信，接替于新华任CEO。

发布会结束后的庆功会，丽莎手托红酒杯，主动来到顾蛮生身边，她祝贺他重回展信，又道：“以展信与红山现在的科研能力，自研芯片还是一件很吃力的事情吧？我看你们的芯片太大了，我都怀疑它能不能装进手机里。”

顾蛮生笑笑：“瑶光芯片完全自产自销，不必去适应友商的手机，所以不用担心尺寸问题。”

“那么良率呢？成本呢？”丽莎看似云淡风轻，实则处处逼人，“你们通信行业一直有句话叫买船不如租船，在经济全球化的大背景下，中国企业应该学会包容开放，接纳自己的友商，顾总，你说对吗？”

“确实会增加展信手机的生产成本，但站着死，总好过跪着生。”顾蛮生又笑，与眼前的美人碰了碰杯，说了一句“Cheers”。

丽莎正准备回他同样一声，顾蛮生却连连摇头，做出一副为难样子：“太雅太雅，我不习惯，我大学都没毕业呢。我们中国人喝酒喜欢对诗、划拳、行口令，我就不用你对了，我自己来一句吧。”

顾蛮生清清嗓子，当着满座员工、媒体与友商的面，高高一举酒杯，嘹亮地喊道：“不须放屁！试看天地翻覆，干！”

全场快活的笑声。丽莎的脸孔青得难看，像覆了一层霉绿。

这下，拜通入股展信的如意算盘就算落空了，这则好消息很快传遍业内，就连李书记都给顾蛮生打来电话，笑他这都已经是几进几出了，还说：“听你小子的声音就知道你现在春风满面，什么时候办喜酒，一定请我。”

“那得看人家愿不愿意嫁给我，但凡我们柳总愿意点头，我倒插门也没关系。”顾蛮生故意把这话说得响亮又漂亮，眼神忽忽悠悠地往旁边一瞟，杨柳刚起，正在用笔记本浏览曲夏晚的推特。

与贝时远离婚之后，曲夏晚得了笔钱，她虽主动放弃了要足数，也够她后半生过得相当惬意了。在先后两段婚姻中，她都担任了家庭主妇的角色，工作技能全无，倒练出了一手好厨艺。她现在的推特照片里全是中西结合的创意菜，什么小龙虾比萨，什么三文鱼荞麦面，她用英语详细介绍了如何烹制这些美味菜肴，偶尔她本人还露个脸，被不少外国网友盛赞是清丽大方的东方美人。

曲夏晚的粉丝数量还挺可观，杨柳在她的评论里发现有人留言：你的三文鱼荞麦面太美味了，这位来自东方的美丽厨娘拯救了我的婚姻。

这简直是一个业余厨师能得到的最高褒奖，杨柳从屏幕里一张张洋溢着笑容的照片里发现，这个女人的变化是翻天覆地的，她更自信、更生动、更斑斓了。

她由衷地为她高兴。

杨柳的目光很快从屏幕上转移回来，落在了自己的无名指上。她的婚戒款式简单，钻石也不算很大，这是顾蛮生尚一穷二白时就想为她戴上的戒指，几天前，他终于如愿以偿。

杨柳是通信业界罕见的女性领导者，终日在男人堆里摸爬滚打，而曲夏晚也如她本人所说，毕业后常年闷在家里，身边一直没有知心朋友，用时髦的话说，两个人互当对方是闺密，私下时常联系，彼此倾吐心声。前几天杨柳接受了顾蛮生的求婚，心里却忐忑不安，他们之间隔着如沟似堑的十余载岁月，这次复合来得太合理，又太不合理，她曾在电话里问曲夏晚，自己是否做错了决定？

曲夏晚没有替她拿主意——换作以前，她一定觉得有爱万事足，劝她抛下骄傲与明智，欢天喜地地嫁给这个自己年轻时就深深爱慕的男人。到底哪儿不一样了呢？曲夏晚自己也费解，她只是回答杨柳，说自己最近在读严歌苓，看到小说里有一句话，一种世间“最难诠释的感情”，很像她跟顾蛮生：

永世在配合中对立，在相持中谅解。

申远赔完巨款就已经支撑不住了，美国得了便宜不卖乖，仍不肯完全解除禁令。如今国内通信设备行业三分天下，申远为了活下去，又不想像昔日法国的阿尔斯通一样被美国企业吞并，只能选择跟展信或者贝思合并。

申远遭受制裁这段时间，偏偏邢卫民被查出患了肝癌，而且一发现即是晚期。但事关申远未来，与展信或者贝思合作的事项他仍拖着病体亲自跟进，他主动打了电话给顾蛮生，提出要跟他当面聊聊。

顾蛮生赶去第一人民医院的时候，正巧遇见走出病房的贝时远。贝时远这两年低调不少，鲜少在综艺里抛头露面，暗地里反倒大动作不断，贝思在通信设备领域刚刚起步，交出的成绩单已经很亮眼了。

两个男人擦肩而过，没看对方一眼，没跟对方说一个字。

顾蛮生其实是有些恼火的，邢卫民同时约了他与贝时远，显然就是想坐地起价。

医院有些年头，近两年也没翻新，他的脚步定在病房门外，看看已变作鸽子灰的一片白墙，推门走进去。

在相当一部分申远人的眼中，顾蛮生还是背信弃义的“三姓家奴”，他们虽然给他让了道，面上的神情却相当叵测，尤其是老田，盯着顾蛮生，一双血红的眼珠费劲地爆瞪着，差点脱了眶。

以前的邢卫民庞眉皓发，相当清癯，一身令人折服的知识分子气质。他视员工为家人，一直以来讲究的是以德服人，所以申远人也个个对他忠心耿耿，敬重有加。但矛盾的地方就是，忠心归忠心，但不太乐意卖命。顾蛮生对此既羡慕又不屑，他常说自己更喜欢以钱服人，以钱服人，员工才愿意卖命。

而眼前病床上的邢卫民，病得油将尽灯将枯，只剩一把嶙峋瘦骨。他一天里半数时间其实都在昏睡，原本都已经上呼吸机了，一见顾蛮生立马又精神了。他自己伸手取下呼吸机，又招呼太太扶着他坐了起来。

到底是昔日恩师，顾蛮生挺客气地问：“邢老身体怎么样？”

邢卫民提起自己的病，挺释然：“发现时就是晚期，拖一天是一天了。”他的病，虽然做了手术，其实意义不大。

顾蛮生又问：“那么换肝呢？好像有个明星就是肝癌患者，做了肝移植手术之后在镜头前出现，看着还挺好。”

“已经出现明显转移了，医生也不建议进行肝移植，就这么着吧，我这辈子挺值的了。”邢卫民自己不抽烟，知道顾蛮生要来，却为他备了一盒中华。他从床头柜上拿起红底镏金的烟盒，递在顾蛮生面前，他的手像一截枯死的木头。

顾蛮生接过烟盒放在一边，冲老人摇头道：“戒了。”

邢卫民笑了：“西方一个心理学家说，永远不要和能够成功戒烟的人交朋友，因为这种人有着惊人的意志力，很可怕。”

肝癌这样的恶性病会造成严重腹痛，正说着话，邢卫民的脸色猝然变了，他痛苦地捂着腹部，眼睛失了仅存的光泽。

顾蛮生担心邢卫民的情况，准备起身告辞：“邢老您先休息，要不我改天再来。”

邢卫民赶紧拉住他，强作一笑：“得了这病之后，我嗜睡得很，趁这会儿还清醒，我得跟你谈谈申远的事情。”

顾蛮生点点头：“展信也希望能够收购申远。”

一直候在一边的老田这个时候终于忍不住了，怒目惊呼一声“顾蛮生，你别太过分了”，就扑上来揪住了他的领子，他说：“当年邢老待你不薄吧，他现在病成这样，你还打他公司的主意。”

“那就不说收购，说兼并，其实都是一个意思，但要是这么说你们能够舒服一点，那以后就都这么说。”顾蛮生被人猛揪了领子，勒得喉部相当难受，仍平心静气、一动不动，淡淡地道，“2002 年的时候，贝尔就和阿尔卡特合并了，诺基亚在智能机市场节节败退，如今专注通信设备，看样子最近也要和贝尔合并。全球电信市场飞速发展，他们怪中国企业抢占市场，想靠合并的方式维持以前的优势，再将咱们打垮，咱们也不能坐以待毙。”

“是这个理。”邢卫民一句话，老田总算松了手，仍不甘不忿地盯着顾蛮生。然后老人又挥了挥柴火棒似的手臂，一群人呼啦散去，病房里便只剩下了他与顾蛮生。

两人那天对话的内容后来已无从考证，老田他们只知道，谈话之后，顾蛮生走出病房，面色相当严峻，而邢卫民态度坚决，他不知用何种办法说服了董事会，不在贝思与展信之间竞价，而是将申远现有的业务一拆为二，一家卖一半。

所以他们认为，一向骄狂粗野的顾蛮生终于吃了瘪，他只能选择接受，或者眼睁睁地看着申远全被贝思收购。

两害相权取其轻，顾蛮生选择了前者。

邢卫民满意地闭上眼睛，似乎累得很了，他重新戴上了呼吸机。守在门外的一票大老爷们儿儿又涌进病房看他一眼，然后各自眼圈红红地、静悄悄地离开了。

肝癌晚期几乎没有治愈的可能，不多久，申远官方发出讣告，邢卫民因罹患肝癌致多脏器衰竭，抢救无效，在第一人民医院去世了，享年七十岁。

媒体称这位老学究为中国通信行业的开拓者、中国自主 3G 标准的奠基人，行业内外自发去参加追悼会的人不少，都为邢卫民的逝世深感痛惜。

尽管没人邀请，顾蛮生也去了，但他没进追悼会现场，也没在签到簿上签名，只一个人默默地在礼堂外的角落处等着。

顾蛮生看见贝时远也来了，他悲伤得相当得体，眼白上略微洇出一点显眼的血色，面上却没有多余的表情。

贝时远在签到处向邢卫民的外孙女略鞠一躬，说了声："节哀。"

礼堂大门一闭，厚实的木门就将大门内外阻隔成两个世界，门内窸窸窣窣传来一些声音，分不清是悼词还是哀乐，顾蛮生耐心等着，从兜里取了盒烟，抽出一支叼进嘴里。

突然礼堂内有人放声大哭起来，继而好似所有人都跟着哭了，顾蛮生知道，这是邢卫民的遗体被推去火化了。以这种安静孤僻的方式送罢老人家最后一程，他转过身，在参加追悼会的宾客拥出来前，悄然离开。

第四十八章

5G 标准

申远被拆分之后，通信设备业务全都被贝思兼并，贝思大乘东风，一跃成为能与展信平分秋色的国内头部通信设备商，接着又一鼓作气，接连收购了两家欧美通信公司，在 3GPP 里的话语权都大幅提升了。

正逢国内 4G 网络建设得如火如荼，为了在最快时间内占领市场，贝时远迅速制定新策略，那就是宁作亏本买卖，也要把展信比下去。

一连几次投标失利，顾蛮生终于从一位相熟的运营商那里得知了贝思的报价，他发现若按这样的价格，贝思每一单都必然亏损，这种杀敌一千自损八百的销售手段令他相当恼火，摆明了就是冲着自己来的。

被一点意气激得脑热，所以顾蛮生亲下一线，也开起了针对贝思的员工动员大会。他横着眉，立着眼，拳头虚握在空中奋力挥舞，像刺秦前的荆轲。他以慷慨而激昂的音调对全公司的年轻业务员们下达了死命令：他亏一千，我亏一万，剿灭友商，不遗余力。

于是，一个长夏将近的热闹午后，两拨人马就狭路相逢了。

两边的业务员千方百计地想刺探出对方的军情，打探出对方的报价，所以都在投标截止的最后一刻才赶来递交标书。偏偏主干路就这一条，等红灯的时候，冤家相见，分外眼红。

此前贝思一连赢下了几个局点，底气十足，见到展信的人不免嚣张。驾驶座上的一个年轻人摇下车窗，对身旁一车的展信人比出一个中指，怪腔怪调地笑道："你们还送什么标书啊，赶紧收拾收拾回家吧，再投一次也不过是多输一场！"

展信的小伙儿不服气，当场还击道："你们就侥幸赢了一两场，也不看看全球范围内，谁家市场占有率高。"

"后发也可以制人的，不信咱们这趟走着瞧。"贝思那位年轻人回了一句嘴，一抬眼，见信号灯由绿转黄，便抢先发车，高声笑道，"你们展信就跟在我们贝思后面吃灰吧！"

都是血气方刚的年轻后生，哪里肯忍这气，展信的驾驶员二话不说，也将脚下油门一踩到底。

"是他们先不仁，我们才不义的，顾总说了，以后贝思的人见一个打一个，打残、打死了他负责！"两辆车一路并驾齐驱，司机则一路互相谩骂，他们随意变道、轧黄线不说，还不时互相擦一擦，蹭一下，试图把对方逼上街边的绿化带，结果一路鸡飞狗跳，险酿连环车祸。

最终，双双被交警扣下，谁也没赶上标书投递，白白让价格贵出三四成的诺基亚占了便宜。两家公司的司机更是因为不顾他人安全，在城区主干道上飙车被刑拘了三天。

这件事闹得挺大，就连李书记那边都听到了闲话，再一问左右，原来这已经不是贝思与展信第一次大打出手。在国内打个架、飙个车还是小事，两家公司前阵子为抢西班牙第二运营商的大标，互相向欧洲法院投诉，夸大其词地揭对方老底，差点被别有用心的人找到借口，以"三反"为名，将中国的通信设备商全部排除在欧盟的运营商网络建设之外。

同根相煎实在难看，李书记先打电话给贝时远。贝时远不卑不亢，又有礼貌，他解释道："守规矩的总怕撞上不守规矩的，我只是正常地生产经营，每一次都是展信的人先动的手，先告的状。"

李书记又打电话给顾蛮生，叱骂他道："你是山大王还是活土匪，什么叫'打残、打死了我负责'，你负得起这个责任吗？"

"是贝时远先不计成本地恶性竞争，他要把我逼上绝路，我当然得反击了。"顾蛮生在领导面前也不服软，"要不您老直接给我下一道'行政命令'，说贝思的贝总是皇亲国戚，我顾蛮生一介小民竞争不得，不然这就是咱们两家民营企业的市场行为，不受领导干预！”

说完，他还先把电话挂了。

但经由领导一敲打，再差点因不当竞争被挤出欧洲市场，顾蛮生不得不暂时收敛，先不跟贝时远斗气。公司里还有更需要他操心的事情，芯片问题暂时得到解决，公司高层间又莫名风传起一句话：顾蛮生回来只是为了救急的，展信 CEO 的位置还该由于新华来坐。

二度让贤，简直是业界美谈。但对于顾蛮生来说，被于新华撵出展信一事，其实一直令他耿耿于怀。

于新华虽然技术过硬，但性格宽厚近乎迂腐，所以顾蛮此次生回归展信，第一时间就把自己的老师调去了手机部，想给他一点挫折，省得再倚老卖老地跟自己唱反调。没想到于新华居然在完全不熟悉的领域也干出了成绩，包括“飞行模式”在内的几项专利都令业内赞叹不已。

待这句话传进他的耳朵里，顾蛮生便深刻意识到，只要于新华在展信一天，那些老油条就与他情笃笃似鱼水相欢，对自己则是有事钟无艳，无事夏迎春，保不准哪天看美国那边无人生事，又要借于新华的名义逼他出局。他想要收权，也必须收权，可收权就得铁腕“削藩”，他实在吃不准杨柳这趟会不会站在自己这边。

暑假尾声，曲晨被杨柳安排在展信的软件开发部里实习。他打小喜欢玩游戏，所以爱乌及屋，计算机水平相当不错。

于新华的儿子于小峻也在同一部门，他不是来实习的，他已经大学毕业，来展信工作快一年了。昔日乖巧伶俐的男孩儿青春期就不长个儿，如今瘦瘦小小，猴精一样。曲晨与于小峻年纪相仿，背景相似，所以私底下关系不错，下班之后也常黏在一块儿。

于新华多年来一门心思搞科研，一直疏于管教儿子，所以于小峻纨绔气息浓重，平日里挥金如土，顾蛮生听曲晨说，光是给喜欢的主播打赏，一晚上都花十几万。

顾蛮生不免狐疑，于新华本人崇尚艰苦朴素，一件淡蓝色衬衣能穿十几年，都穿垮了。虽没时间教育儿子，但在金钱方面，也一向管得很严。

早晨上班前，顾蛮生交代曲晨：“让你进公司不白进，你平时多注意着点，于小峻哪儿来这么多钱。”

曲晨嫌顾蛮生年纪大了就啰唆，人家爸好歹也是展信曾经的一把手，儿子花点钱怎么了，但他没敢在嘴上争辩，曲晨约他今晚下班后去会所，一起给一位网红女主播过生日。他打小被妈妈、奶奶宠成了一个浑不吝，后来跟着顾蛮生，不得不在高压之下循规蹈矩，这一下近墨者黑，骨子里那点不着调的因子又统统被唤醒了。

匆匆忙忙收了工，两个大男孩儿就直奔会所。曲晨在这里包了间 VIP 房，一开门，华丽的欧式皮沙发上坐了一排美女，全是时下最流行的网红脸，还都袒巨胸、露长腿，一身清凉的短打上阵。

嚯！曲晨本能地裆下血涌，赶紧倒吸一口凉气平复，他还没开过这方面的窍呢，他一直觉得电竞游戏比女孩子有趣多了。

两男数女，边掷骰子边唱歌，突然间，顾蛮生的电话来了，说：“你姐姐刚刚来了电话，说她在那边的大学和深大做了交换生，和你姑姑下周回来，你现在人在哪里？”

山中不知时日过，一看手机，这才发现已经凌晨两点了。曲晨冲周围美女做了个噤声的手势，然后忐忐忑忑接起电话，随口就溜了个谎，“我……我在公司里加班呢，是你说的，让我跟同事们多学习嘛。”

一位满脸俏酡红的美女“扑哧”笑了一声，赶忙伸手捂住嘴。

亏得电话那头的顾蛮生没听见，交代一声“注意身体”，就主动收了线。

曲晨收起手机，想了想，还是怕极了顾蛮生，他贼模贼样地觑了于小峻一眼，征求他意见似的问：“要不今天就到这儿？”

“这才几点，这么早就回去？”于小峻意犹未尽，觉得这人扫兴，“他又不是你老子，你怕他做什么？”

“不早了，都快两点了。再说最近跟贝思较劲一直没捞着便宜，他火正大着呢，我不能自己往他枪口上撞啊。”

“顾总至于吗？咱们展信家大业大，还怕被贝思搬几个站？”于小峻相当不以为然，忽然伸手，掐了身边一位美女的屁股一把，神魂迷乱地笑了笑，“你说说，没有4G的移动网速，哪来的直播行业，没有直播行业哪来的这些小美女呢？所以理论上，这些小美女都是咱们展信养着的，你今晚上挑一个，哥哥请客。”

不说这个倒好，一听于小峻说了这话，再见几位美女频频对着自己搔首弄姿，曲晨吓得脖梗子起了一层鸡皮疙瘩，赶忙头也不回地走了。

但一回家，就意识到了气氛不对，他正摸着黑，蹑手蹑脚地想上楼，客厅里的落地灯竟自动亮了，抬眼便见顾蛮生坐在厅里，一脸要杀人的戾气。他面前的茶几上放着三根皮带，一条LV经典老花，一条黑色万宝龙，还有一条不知道什么牌子的小羊皮皮带，是他姐曲思彤去法国游玩时买的，在顾蛮生生日时寄来给他当礼物。

“选一根吧。”顾蛮生确实没听见那声娇笑，但他凌晨两点的时候还在公司，下楼去软件开发部巡视一圈，这不高明的谎话立即就穿帮了。他自己就是被老子打出来的，潜移默化地也信了棍棒底下出孝子那套，所以该教育孩子的时候从不含糊。

“我……我将功补过行不行，我知道于小峻到底哪儿不对劲了！”曲晨急中生智。

“哪儿不对劲？”

“有次我上他家找他玩，发现他偷偷见过我舅外公。”

“贝志斌？”这两个人本该没有一点交集，顾蛮生疑惑道，“于小峻见他干什么？”

“这我就不知道了，我还问过他那人是不是我舅外公，他非说我看错了，后来我就把这事儿给忘了。”

经历了这些年的挫折与背叛，他的疑心越来越大，这一琢磨，就明白了事情不对劲。顾蛮生对曲晨道：“我要是没记错，于小峻上班是自带的笔记本？”为了保护公司机密，展信技术部门的员工是切忌将电脑带回家去办公的，但于小峻是于新华的儿子，他的部门领导也就睁一只眼闭一只眼了。

“是啊，他自己的笔记本，MacBook Pro，比国产笔记本漂亮多了。”

“展信员工的工作电脑都装有监控软件，不仅能够在开机后全天候对员工屏幕进行录屏监控，还能主动分析异常情况，统计汇报该员工在看公司资料或者数据时，在哪些页面停留的时间不合常情，方便监管人员一眼就找出不法分子。”顾蛮生讲到这里，面上怒色已然消了几分，他微笑地看着曲晨，道：“你帮我想想，怎么把这个软件安装进于小峻的 MacBook Pro 里，又不打草惊蛇？”

曲晨心领神会，立即活泼地眨眨眼睛，“我找个机会，问他借笔记本打游戏就行了，一定不会让他发现的。”

顾蛮生自己都没想到，原本只是试试，结果真网住了这条叫于小峻的大鱼。

于新华从不准许儿子花钱大手大脚，于小峻手头一紧便动了歪念，从监控软件的记录来看，他已经不止一次，将展信软件开发的内容泄露给了贝思。

顾蛮生一直对于新华怀有戒心，却一直找不到理由将他撵出展信，这下得来全不费工夫，抓住于小峻这个大把柄，就为铁腕“削藩”找到了个极好的理由。他当机立断，决定以于小峻泄露公司重要信息为名直接报警，先下手为强。

曲晨与于小峻厮混这些日子，多少生出一些友谊，他有些不安地问:“这么严重？还要闹到报警这个地步？”

“笨蛋，你自己去查查《刑法》第二百一十九条，于小峻的行为构不构成侵犯商业秘密罪？”顾蛮生其实已经有了周密的主意，两个星期之后就是展信新机的秋季订货会，由于新华全程主持。他打算在这之前报警，让经济警在众目睽睽下直接把于小峻带走。

“可是……可是一般遇到这种情况，公司不都是私下将泄密员工开除，不会报警的吗？”

“领导者必须铁腕掌权，等你长大了就明白了。”顾蛮生拍拍男孩儿的肩膀，忽见杨柳向他们走了过来，便用力在他后脖颈上捏了一把，施加沉重压力，他附耳轻声警告他，“这事就你知我知，你跟谁也不能说，尤其不能告诉你柳姐。听到了吗？”

顾蛮生手掌滚烫，又重似大鼎，压得曲晨几乎抬不起头来，他只能极小幅度地试着转动脖子，用余光向身边男人瞥去。对方正冷眼看他，眼神吓死个人，曲晨后来花了很长时间才弄明白，这就是外头人常拿来形容顾蛮生的“狼性”。

狼馋血，他只能唯唯诺诺地点着头：“知道……知道……”

距离订货会的日子越来越近，不仅展信的代理商与终端合作商会参加，各家媒体也将济济一堂。这个时候曲晨的暑假实习已经结束了，可于小峻还经常一个电话打过来，邀他一起打游戏或泡吧。傻小子对即将到来的狂风暴雨一无所知，好像是真把自己当哥们儿，惹得曲晨一见手机来电时的那个名字就心惊肉跳，每回都找千奇百怪的借口推托，生怕自己露馅。

这两天他上历史课，听老师讲了白起、韩信被秦王汉祖赐死的故事，勉强懂了一点顾蛮生说的“铁腕掌权”。怎么办呢，他想：顾蛮生这人下定决心的事情谁也拦不住，唯一能阻止这件事情发生的只有杨柳。

然而杨柳此刻人在国外，待接到曲晨的电话赶回国，订货会已经结束了。

她从别人口中听说了这堪比八点档连续剧的惊心一幕：一群便衣经济警直接冲进订货会会场，因泄露公司重要信息的证据经公安机关确认后生效，于小峻被当场铐走了。

她既惊且怒，惊的是事情本可以不必闹得满城风雨，那么难看，怒的是自己从头到尾竟都被枕边人瞒得严严实实。

去探望过了于新华，杨柳回到顾蛮生的住处。两人虽未正式同居，但她经常在这儿留宿。她收拾好自己的东西，等着顾蛮生回来。

顾蛮生一进屋，看见杨柳坐在厅里，脚边放置着行李箱，该明白的就全明白了。

窗外的天空阴得很，照进屋里的光线是铅灰色的，他向她走过去，用故作轻松又带点哀求的声音道：“你还坐在这里等我，是不是说明事情还没到不可挽回的地步？”

缓过最初的那阵惊和怒，杨柳这会儿已经完全冷静下来了，她抬头，淡淡地看了一眼顾蛮生：“你可以先跟我商量一下的，于老师在公司近二十年，没有功劳也有苦劳，何况他曾为展信带来那么多新专利与新技术，何况他还是你的授业恩师——”

顾蛮生料准了杨柳就要提这一茬儿，冷笑着打断她：“咱们能不能在商言商，少打这些感情牌？劳动合同里就签署了保密协议，于小峻正是利用了自己总经理儿子的身份，才可以这么肆无忌惮地查看别的员工的技术资料，再盗取关键信息卖给贝思。公司因为于小峻蒙受了巨大损失，他当然应该为自己的行为付出代价。”

“再退一万步讲，你根本没必要做得这么绝情，直接在订货会上报警抓他的儿子。”杨柳投向顾蛮生的眼神转得深邃一些，但神态依然平静，“你完全可以私下与他沟通，我相信于老师对此并不知情，他一定会承担责任，以实际行动赔偿公司的损失。”

“光明正大地报警抓，目的就是要让全世界看看贝思是怎么恶性竞争的，顺便敲山震虎提醒他贝时远，少在我背后搞这些小动作。你没看今天的新闻吗？不是第一时间贝思的声明与道歉就来了吗？”

杨柳失望透顶，反倒笑了起来：“你自己心里清楚，敲打贝时远只是一个借口，你就是针对于老师。你把他从他最擅长的研发中心调去了手机部，你让一个技术人员去做推广、搞营销，归根结底，你不愿别人将他视为比你还对展信重要的人，你现在已经变成了一个集权主义的狂热崇拜者了。”

顾蛮生微眯眼睛，沉吟片刻，竟也没有否认杨柳的这番话：“我针对他，不是因为我嫉妒，至少不全是。每一个对公司有益的决定，那群吃饱了闲饭就蛋疼的老东西都以他的名义来跟我唱反调，为了展信的长远发展我只能这么做。”

“每一个对公司有益的决定？”杨柳冷笑一声，“你还不如直接说，他反对的是你的决定。”

“兵熊熊一个，将熊熊一窝，这么简单的道理，你难道不懂吗？”顾蛮生相当自信，“我这辈子可能犯过很多错误，可能有的错误还非常愚蠢，但在这件事情上我没做错，甚至这可能成为展信从此走向伟大和辉煌的转折点。先除了于新华，才能进一步‘削藩’，我宁可将公司的股份分给每一位为公司发展做出贡献的技术人员，也好过留给那群只会唱反调、拖后腿的蠢货。时间已经证明了我没有错，只要战略正确，战术上的一点小错误根本就无关痛痒。这不就是你请我回来的原因吗？”

杨柳破了先前不惊不怒的金身，提高音量质问对方：“既然你的目的就是想收权，你为什么不利用手头的证据跟于老师私下协商，让他主动卸任总经理的职务呢？”

“我这边让他卸任总经理，可能明天他就会带着他的技术、经验甚至是大部分展信的骨干成员去投奔贝思，甚至自己出去开公司。我不能养虎为患，给展信的未来树这样一个强敌，所以，只能让他在整个行业里身败名裂、举步维艰。”顾蛮生淡淡一勾嘴角，“你不该在这里责怪我，要怪只能怪他自己教子无方。”

杨柳大睁双眼，彻底愣住，但很快，她就释然了，通透了。

她的理智告诉她，顾蛮生的这番话没有错，甚至可能是为了展信长远发展考虑出的最佳选择。

但将感情作为度量的标准，她便接受不了了。

她接受不了，她答应托付终身的这个男人和她当年深深仰慕的那个男人已经隔山隔海了。

她永世难忘万川村的那个夜晚，那个夜晚他跪在她的身前，捧起她一只伤痕累累的脚，就像温柔托起她的一颗心。她由上自下地、无比羞涩地注视着他，他的眼睛被一片浓密的睫毛荫蔽，脸上的月光像一泓液态的白银。

那一刻，一个女人的心脏为一个男人静止了数拍，接着便如激越的鼓点般一阵乱跳。她终于承认自己爱上了他，爱上了他顽勇、果敢之外的义气与善良。

“我还记得朱旸让他的律师来找你，我在门外偷听你们谈话的时候，”杨柳再次平静下来，望着顾蛮生，这次平静得异常彻底，好像所有的情绪都从这张美丽的脸孔上涤净了，“我不断地在心里祈祷你会拒绝再受那个瘾君子牵累，可当你真的断然拒绝对方的要求时，我又发现自己其实并没有那么高兴，因为我知道，如果是十年前的顾蛮生，他一定会毫不犹豫地揽事上身，为亡友照顾他的弟弟……”

顾蛮生听见这话时的表情非常奇特，说不上来是痛苦、愤怒还是怨恨、嘲讽，好一会儿，他才开口道：“你不觉得你这个人很矛盾吗？当初是谁跟我说，一个优秀的企业家不能只有江湖义气，还得有雷霆铁面、杀伐决断。我变成这样、做这一切都是为了展信、为了你，这不就是一直以来你想要的吗？”

“没错，是身为展信董事长的我想要的，你现在确实是一个完美的职业经理人，你忠诚、能干又冷酷，你面对目标不遗余力，你绞杀对手不死不休，可怎么办呢？也许女人就是这样矛盾的生物，”杨柳微微一笑，可嘴角刚刚舒展一半，一滴眼泪就掉落下来，她知道这将是她最后一次为他落泪，然后她说，“我发现我已经不再爱你了。”

她从没有跟他说过这么重的话，即使当年他为别的女人坐牢也没有。一切已无可挽回。顾蛮生滞在原地，眼睁睁地看着杨柳提上行李离去，感到心脏被无形的利齿撕去一块血肉，他疼得皱了一下眉头，心想：好厉害的牙口。

杨柳离去之后，天空迅速暗了下来，转眼光线就全没了。其实才是傍晚时分。顾蛮生坐在杨柳刚刚坐过的地方，没开灯，就这么垂目坐在雾样的黑暗中。

他的肉身仍在遭遇攻击，一身血肉都快被磨吮干净了，他试着回忆那些已经翻篇的故事、逝去的人，回忆自己当初为什么一头扎进了通信行业。故事没结尾，人面很模糊，他全想不起来了。

最后，顾蛮生放了于小峻一马，主动向公安机关撤诉了，但他跟于新华秘密签订了一个协议，要求于新华承诺，永远退出通信行业。

4G 令半个中国都沉迷于直播的时候，神秘莫测的 5G 业已悄然登场，国际电信联盟首先制定出了它的标准：峰值速率最低 20Gbps、用户面时延必须低于 0.5 毫秒。这个峰值速率比 4G 时期的 LTE 蜂窝网络提升了二十倍。

3G、4G 时代的移动通信标准各国各自为营了相当长的一段时间，国际电联一拍脑门儿，认为标准混乱不利于产业链的发展，且易造成资源浪费，所以，全球的 5G 标准必须统一。而在这个统一的标准框架下，“民间”组织 3GPP 将负责制定更加详细的包括终端、基站和系统端到端技术的标准规范、技术规范和产业标准。

标准唯一，意味着国内通信企业压力倍增，虽然一早国内的高校、通信企业与研究所就启动了 5G 研究，这两年标准文稿在提交，专利也在申请，但进展并不算顺利。

3G 的时候我们有 TD-SCDMA，4G 的时候有 TD-LTE，但这两个标准其实只有中国以及少部分亚非拉国家使用（TD-LTE 的发展还得归一半功劳于美国），上下行速率也一直被诟病比欧美标准慢。

3G、4G 时代的大量专利被欧美企业垄断，所有国内通信产业的相关公司都要向他们支付天价的专利费。钱倒在其次，一旦通信标准完全由美国企业制定，覆巢之下无完卵，哪家中国企业又能保证自己不会重蹈申远的覆辙？

正当众人着急继续推进自己的 5G 研究之际，顾蛮生却突然公开宣布，展信已经有了国内自主产权的 5G 技术，并将积极参与国际上的 5G 标准制定。

国内外通信企业闻言纷纷大惊，顾蛮生这两年高调研究芯片，在芯片设计领域也算硕果累累，但从没听说过他也加大科研力度，投入了 5G 研发，而这些年拜通一刻不放松地紧盯展信，实在不明白，这家中国公司什么时候背着自己布局了 5G 技术，竟悄然走在了世界通信领域的前沿？

展信上下都深谙“枪打出头鸟”的至理，所以关于5G的研究一直在暗中进行，而展信5G技术的来源是一篇数学论文，这篇论文又来自申远。

当时邢卫民已经病入膏肓，却坚持在病床上给重回展信的顾蛮生打电话，支开老田这一干人等之后，他对顾蛮生说，他打算把申远旗下的主营业务一拆为二，光通信业务卖给展信，基站设备业务卖给贝思。

申远一旦将基站设备业务并入贝思，贝思与展信的差距将大幅缩小。顾蛮生不顾对方身体抱恙，话已经不太客气了：“您今天约我又约贝时远，不是有意抬价吧？那我把话也撂在这儿，不管贝思出你多少，我都加价百分之二十。”

邢卫民没有接受这个报价，反倒问了顾蛮生一个问题：“如果哪天展信遭遇申远今天所受的不公待遇，你打算怎么做？”

这场对话伊始，顾蛮生其实是相当恼火的，但听到这里，他的面孔瞬间严肃起来，稍做思考之后便认真道：“邢老，不瞒你说，我早就预料到会有这么一天，所以我才那么迫切地渴望自研芯片，也为此绕了不少弯路，闹了不少笑话。外头人笑我被踢出展信之后就只知道守着个骗子公司瞎折腾，也亏得这样才没引起拜通的注意。前阵子展信被拜通要求注资，我只能拿着还不完全成熟的CPU与基带芯片匆忙应战，倒也把他们唬回去了。不过好消息是，经过一段时间的拼命追赶，现在我们的SoC芯片的性能已经不比拜通的差了。”

邢卫民相当清醒：“你们展信目前是解决了IC设计的问题，那晶圆制造呢，后期封测呢？还有最核心的IP部分，不还是绕不开英国公司吗？”

“对于你说的这点，我是既乐观也悲观，乐观在咱们中国人吧，别看平日里信奉中庸之道，讲究无为而不为，但关键时候还挺能干大事儿的，比如新中国成立初期，咱们一穷二白，不也造出了两弹一星吗？”

护士推门而入，来检查输液瓶里是否还有余液，病房顿时安静下来，只有空调发出轻微的嗡鸣声，顾蛮生与邢卫民都不说话了，谨慎得像搞地下交易。然后护士征得允许，将紧闭的窗帘拉开一些，大片阳光一下涌了进来，如同一汪暗金色的蜜。

直到护士离去，顾蛮生才继续说下去：“但悲观就悲观在，在半导体领域，中国相对于一些先进国家或者地区，依然落后了不止一个技术世代。就拿晶圆代工打比方，国内目前的晶圆制造龙头企业，产能还集中在60~40纳米等相对落后的制程阶段，可他的竞争对手 16 纳米都已经实现量产了……”

硅片上雕刻的电路间隔又称“蚀刻尺寸”，蚀刻尺寸越小，处理器的计算单元越多，性能也就越强。目前最先进的芯片制程是 16 纳米，中国内地企业和国外的差距是显而易见的。

“但不是有一句话这么说嘛，即使身处黑暗，也要追求光明。”顾蛮生既乐观，又悲观，但终究还是乐观的，“特别是去年，国家颁布了《国家集成电路产业发展推进纲要》，还专门成立了一个扶持半导体企业的‘大基金’，今年我国的半导体企业，无论是上游的材料环节，还是中游的设计制造，都明显有了大幅增长。在政策与市场的双重利好下，虹吸效应已经慢慢形成，未来我国的半导体行业还会有更大的发展。”

邢卫民吃力地点点头：“其实申远也曾想过自研芯片，也进行过一番尝试，甚至一度接近了成功。但是，后来拜通那边听到风声找到了我们，承诺只要我们放弃研发，就提供更便宜、性能更好的芯片。”

“这是他们的惯用伎俩了，先给些蜜糖似的小恩小惠，一旦中国企业放弃自主研发，就得被狠狠卡脖子了。”顾蛮生露出一丝轻蔑的笑容，“不光在通信行业，我有个汽车制造业的朋友，他刚想自研发动机，日本车企就找上了门，以收购他的研发部门与发动机生产线为条件，提供更便宜、性能更好的发动机，亏得我那位朋友坚持到底了。”

“当时申远内部也进行了一场激烈争论，最后大家还是决定放弃研发，一方面担心‘建成即落后’，另一方面也认为造船不如买船，”说到这里，老人摇摇头，沉沉叹了口气，“在这点上，我确实不如你和展信更有远见与魄力。”

顾蛮生自嘲地摇摇头：“别，别提什么远见与魄力，我在芯片上栽的跟头还少吗？”

邢卫民笑笑道：“但目前的形势是，只要无法实现全产业链的封闭式自给自足，都有可能遭遇到非正常手段的排斥和打压，而这本不该是经济全球化大背景下发生的事情。”

“科技应该是无国界之分的。”他一向赞同在商言商，可偏偏有人要把政治牵涉进来，顾蛮生微蹙眉头，形势比他想象的更为严峻。

邢卫民突然问：“你对未来的 5G 标准有什么看法？”

“4G 的最大速率不过 1Gbps，如今 5G 的要求提升了二十倍，4G 时代的 Turbo 码由于迭代译码算法的局限性，决定了它没有办法胜任 5G 的高标准，而 LDPC 译码器是基于并行的内部结构，这意味着译码的时候可以并行同时处理，不但能处理较大的数据量，还能减少处理时延。”LDPC 一早就由拜通主导研发了，顾蛮生的展信当然也布局了一些专利与技术，但他仍做出了一个悲观的判断，“3G、4G 标准就是咱们自己在玩，现在电联规定 5G 标准必须统一，那么 5G 时代将依然由拜通占据绝对的控制权。”

“那不一定。”邢卫民用目光指了指床头柜上的笔记本，“你先看看这篇论文。”

这篇论文来自土耳其教授 Arikan，他的导师正是“通信之父”香农的学生，同时也是信道编码技术 LDPC 码的发明者。

相比 LDPC 码，极化码具有理论优势，它的性能最接近香农极限，同时具有译码复杂度低、可并行译码以及译码错误可检测性等优点，但它也有自身劣势，还有待投入研发，加紧优化，真正从一篇理论文章变成了商业模式下的专利与技术。

原来邢卫民真正要交给顾蛮生的不只是申远日渐萎缩的光数据业务，而是这篇数学论文和一个完全基于这篇论文产生的“新项目组”实验室。

申远在破产之前，就已经花费大量人力、物力投入了 5G 技术的研究，只不过竞争对手先下手为强了，而所有外人都还不知道。

然而顾蛮生并不看好邢卫民处心积虑藏起来的这个技术，他淡淡地道：“我之前也看到过这篇论文，但 LDPC 在长码数据信道的优势目前看来，几乎是无法颠覆的。极化码虽然具有理论优势，但它的码长问题还有复杂的译码算法都很难在短时间内解决，而且它被发现的时间太短，尚在理论研究阶段。目前主流设备厂商仍以研发 LDPC 专利和技术为主，展信也不例外。”

“你还记得 3G 时期，咱们的 TD-SCDMA 是如何被确立为第三个 3G 标准的吗？”

“欧标 W-CDMA 与美标 CDMA2000 都采用的是频分双工，因为它与 2G 技术一脉相承，只有邢老你甘冒风险，以尚处于理论研究阶段的时分双工艰难从咱们的外国对手手中抢来了一个中国自主的 3G 标准。”顾蛮生似乎明白了邢卫民的意思，3G、4G 时代拜通积累的技术与专利已经足够雄厚，与其当对方的跟班，不如另辟新的领域做行业的引领者。

“那 4G 呢？”邢卫民又问。

“3G 时代的 TD 标准，基本就是咱们中国人自己玩，4G 稍微好一点，别的一些亚洲国家也部署了 TD-LTE 的网络，但其中原因，还是因为 3G 时代的美标落后于欧标，所以美国人不甘心地又弄了个号称 3.5G 的 WiMAX，它跟咱们的 TD-SCDMA、TD-LTE 一样，都采用的是‘时分双工’的技术，除中国大陆之外的其他亚洲地区都部署了 WiMAX 网络。后来 WiMAX 在欧洲企业的集体围剿下倒了下去了，但我们却从中得利。亚洲其他国家地区升级 4G，因为频分双工与时分双工的技术差异，只能向我们的 TD-LTE 标准转换。其实，从这个意义上讲，中国到目前为止，还没有真正引领全世界的通信技术。”

“我大胆做出一个判断，未来的 5G 技术之争，应该就是极化码与 LDPC 之争。”邢卫民休息好一会儿，才缓过气来慢慢说下去，“这两个技术其实没有好坏之分，科学也不该有国界之分，但今天，一件产品如果包含百分之二十五的美国技术就得遵守美国禁令，难保哪天这个百分比不会变得更小，更危险。由哪方主导，那么那一方一定会在基础专利上更有话语权。”

“话语权”三个字深深打动了顾蛮生，这意味着一旦极化码进入 5G 标准，中美双方的通信企业就能互相牵制，而拜通乃至它背后的美国政府都再也无法为所欲为了。

而在这场血淋淋的技术战争之中，你只有尽可能地在专利上占据了空间，才有资本为自己争取足够的时间。

见顾蛮生蹙眉沉思，邢卫民轻咳了两声，接着说：“如果说芯片是通信产业的心脏，那么标准就是通信产业的脊梁，一旦失去标准，就只能依附别人而活。所以我决定把申远的无线业务卖给贝思，贝思在无线领域只是一个新人，它能够替你分担掉来自拜通或者其他美国企业的注意力，又不至于招致报复或者打击。但这个实验室只能交给你，但即使展信拥有继续实验下去的能力与环境，这仍是一件非常冒险的事情。”顾蛮生为邢卫民这番话深感震撼，这位年逾古稀的中国老通信人，竟如此高瞻远瞩，“5G 一旦成功投入商用，世界就将进入万物互联的时代，中国将在十年后，通过 5G 创造九千亿美元，折合人民币就是六万亿的产出，这话不是我说的，而是咱们共同的老对手拜通说的。申远的‘新项目组’已经为5G的到来做了海量的基础研究，在理论上，极化码可以‘达到’香农极限，其译码复杂度低而可靠性高，专利壁垒也相对合适，只是如何将这些理论研究转化为商用核心科技，如何进一步提高极化码译码性能，还得交由信道编码专家们继续研究。现在我把这个实验室还有所有的实验数据都交给你了。你连号称‘九死一生’的芯片设计都敢碰，还怕一篇数学论文吗？”

一段长时间的交谈令邢卫民相当疲倦，倦得说罢最后一句话，就闭上了眼睛，一口一口地捯起粗气。渐渐地，他的鼻息减弱，喉咙深处却发出一种类似废弃风箱的声音，听上去十分骇人。顾蛮生很想叫医生，但邢卫民慢慢地摇了摇头，他伸出一只手搭在顾蛮生的手背上，然后稍施几分力气，缓慢又有力地将它握住了。

如同缔结一个盟约，传承某种力量，顾蛮生也握住了邢卫民的手，他看见老人眼睛半合，心满意足地笑了。

邢卫民最后说：“我这前浪是快要被拍死在沙滩上了，但我相信你，也相信那些更年轻的后浪，一定会在5G时代有一番大作为。”

第四十九章

伟大的背后都是苦难

曲思彤回国了，她是被一腔热情赶着回国的。

曲夏晚的意思是让她在美国念完大学再回国，可曲思彤归心似箭，直接申请了中美两所院校合作的交流生项目，顺理成章地提前回到国内。她知道，今年 10 月，3GPP 将开会商讨 5G 通信标准。

曲夏晚拗不过侄女，只能陪她一起回来。

夏至刚至，深圳的气温极速蹿升，十九岁的女孩儿亭亭玉立，刚下飞机，一股攻势颇猛的热浪迎面而来，几乎当场将她撂一跟头。

女孩儿身边还有一位成熟女性，一身低调优雅的米色穿搭，因为从不刻意留驻岁月，她的脸并不过分年轻，但依然美丽又精致。女人与女孩儿一同走进机场地铁，忽然被一幅手机广告引去目光，她停下脚步，站在那面广告灯箱片前潜心观察，娴静得如同一幅画。

自打手机与通信设备两项业务花开并蒂，贝思这些年发展迅速，品牌宣传也越发铺天盖地，这次豪掷千金，连着挑选了四位当红的偶像艺人，以至地铁里全是“明魅”系列手机的广告。

曲思彤轻轻喊她一声，曲夏晚回头看她，相当坦然地笑一笑。此一时彼一时，

注：本章标题来自华为的广告语。

她的心境早就变了，不会再为这段失败的婚姻滋生任何沮丧、焦虑或者悲伤。

回来前说好了先一起去看奶奶与弟弟，可曲思彤刚一落地就反悔了，说已经跟人约好了。

曲夏晚问她："你深圳哪有朋友？"

"有啊。"女孩儿用手指卷着衣角，平日里疯疯癫癫、大大咧咧，难得摆出这么一副羞涩姿态。

曲夏晚猜到了她要去展信，便也不点破，只说："那我跟你奶奶在酒店等你。"

顾蛮生的住处倒是地方大，除了装修的色调偏冷感，简直皇宫一般。曲晨说了她们一家数口都能住那里，但曲夏晚没答应。她不想再麻烦任何人。

待送走姑姑，曲思彤抬手拦了辆出租，对司机骄傲地报出一声："师傅，麻烦去展信。"她很高兴地发现，好像全深圳的人都知道展信在哪里。

6月，街边的美人蕉和三色堇都开得十分热闹。出租车渐近目的地，曲思彤远远地就看见展信总部的门口聚了一拨年轻学生，瞧来都跟自己一般年纪。

"师傅，你知道这些学生在这儿干什么吗？"

"好像都是通信专业的大学生，参加了展信的一个什么人才计划，每天都乌泱泱一大拨人来参观学习。"司机大叔见前头人多，车开不过去，便对身后的女孩儿道，"我停这儿吧，你走两步就行。"

出租车停妥当了，曲思彤一推车门下了车，她头戴一顶棒球帽，肩挎一个大帆布包，水蛇腰一扭，小尖下巴一翘，便从这群男孩儿中间趾高气扬地走了过去。

他们一下安静了，频频向她行注目礼。这么漂亮的姑娘，确实有她趾高气扬的道理。

曲思彤来到门卫室，门卫大爷抬头瞥她一眼，想当然地以为她也是来参观的学生，说："你们都来早了，咱们顾总外出，还没回来呢。"

曲思彤正想解释自己不是来参观的学生，忽见不远处一辆黑色大奔驶了过来，学生们瞬间沸腾起来，都知道这是顾蛮生回来了。

奔驰停在展信总部门口，女孩儿透过一群同龄男孩儿看见，那个经常出现在她梦里的男人从车里下来，带着微笑，朝着大家走了过来。他比她记忆中的样子老了一些，鬓边白发驳杂，眼角微有细纹，但这些岁月的痕迹一点无损他的魅力，就像磨破了封皮的名著依然能够流芳。

这个男人当然是一个好故事。

顾蛮生走到门房间，对看门大爷笑笑道："怎么不让这些未来的栋梁进去啊，这可不是咱们展信的待客之道。"

看门大爷也笑着回他："学生们都不肯进去，怕一进去反倒见不着你了。"

太久没见了，人群中的曲思彤鼻子猛然一酸，见顾蛮生正转头看向自己，赶紧抬手压了压帽檐，挡住一双止不住要流泪的眼睛。

顾蛮生像是没注意到曲思彤，照旧跟身边人说说笑笑，说要请今天来展信参观的这些尖子生一起吃饭。说着便从女孩儿身前走过。正当曲思彤庆幸顾蛮生没有认出自己时，忽然一只微热厚实的大手落在她的脖梗子后头，轻轻揪了她一把。

"还装什么，车上就看见你了。你也不看看这赤地千里的，就你一朵狗尾巴花啊。"历届通信工程专业的男女比例都严重失调，也难怪人堆里能一眼瞧见她，顾蛮生见到曲思彤也高兴坏了，笑着道，"走，领你好好看看展信这些年的变化。"

顾蛮生刚一转身，曲思彤就不管不顾地一跃而起，直接骑在了他的后背上，惹得在场所有学生都瞠目一惊，心道：这么水灵的大姑娘，怎么活泼得像猴儿一样。

"顾蛮生，我坐了一夜的飞机，都快累死啦，你背我一段呗。"她习惯了连名带姓地喊他。

"行吧，那就背一段。"也不嫌大庭广众的不好看，顾蛮生哈哈大笑，在这个小丫头面前，他一向不把自己当长辈。

学生们都被领去研发中心参观了，曲思彤就随着顾蛮生来到他的办公室里。曲晨恰巧路过，探头探脑地张望一眼，一下就认出了自己的同胞姐姐，二话不说，忙跟着一起钻进了办公室。

"你怎么在这里？"曲思彤见了弟弟也不喜兴，反倒嫌他碍眼，"你不是应该去接奶奶与姑姑吗？"

"你这是不了解展信还是怎么回事，展信的人能说翘班就翘班吗？我同组的女工程师怀孕九个多月都不下火线，羊水破了才打车去医院，半路上孩子的脚就伸出来了。”曲晨一脸夸张与莫名的得意，咋咋呼呼地说，“再说她俩还用我接吗？这会儿肯定在 shopping 呢。”

“你怎么就是展信人了，你大学毕业了吗？”曲思彤睨着眼、撇着嘴。

“我来这儿暑假实习啊，我每年暑假都来实习啊，谁让你当初非要出国的？现在意识到外国的月亮未必更圆了吧。”曲晨存心激她。

“顾蛮生！”曲思彤急了，扭头就找顾蛮生，“凭什么他能在展信实习啊，他多笨啊，他七岁还尿床呢！”

“谁……谁七岁尿床了？”丢人的旧事被揭穿，曲晨的一张俊脸红成了猴屁股，仿佛呛了一口最辣的辣椒面，说话都结巴了，“你……你别血口喷人！”

“不仅尿床，你那时候胖得跟猪一样，数学天天考零蛋，人见人嫌！”

“你好，瘦得跟麻秆似的，左右邻居都当你是捡来的！”

到底是双胞胎，一见面默契十足，说掐就掐。两人吵得不可开交，曲思彤其实也不为争个口舌之快，吵着吵着就没意思了，她又及时掉转炮火对准了顾蛮生，不依不饶地道：“我不管，我也要进展信实习！”

顾蛮生忍着笑，故意说：“就算我是 CEO，我不还是打工的吗？不能一而再、再而三地开后门，再说你弟弟为展信抓住了卧底，是做了贡献的，你得想想，你能为展信做什么？”

这话还真没把她难住，其实，曲思彤离开美国之前，就灵机迸发，都想妥了。她微微抬头，一眨不眨地望着墙上那幅已经有点年纪的世界地图，对顾蛮生道：“今年 8 月，展信是不是就得参加 3GPP 的 5G 标准投票会了？”

顾蛮生道：“你也知道了？”

“这能不知道吗？全世界学通信的都知道啊，美国商务部都放话了，一定要拿下 5G 标准。”

一大群高校的专家与展信的工程师还在临阵磨枪，加班加点地优化极化码，顾蛮生明明心里焦虑，仍故作轻松地道：“3GPP 这个会不是一个标准投票会，充其量也就是技术讨论会，再说，眼下 5G 被划分为三大场景，一个是 eMBB，也就是超高清视频等大流量移动宽带业务，第二个是 mMTC，大规模物联网业务；第三个是 URLLC，需要低时延、高可靠连接的业务，如无人驾驶车辆等。8 月这次会议也只是对其中一项标准 eMBB 进行讨论，没外头宣传得那么重要。”

“离投票都不到两个月时间了，你怎么还坐在这儿呢？”曲思彤夸张地瞪大眼睛，一惊一乍道，“你这会儿应该四处拉票去呀。”

曲晨在一旁插话道：“还能拉票吗？这不算舞弊？”

曲思彤不客气地白了弟弟一眼：“你懂什么？你当拜通那边这会儿就闲着了吗？在美国，通常在这种涉及巨大商业利益的时候，公司都是要找盟友的。就比如奥斯卡颁奖季前，大多数提名影片都会游说公司去向评委们拉票，这是合情合理合法的商业公关行为。”

顾蛮生微眯了眼睛：“那你认为我该怎么做？”

“一般奥斯卡奖项的游说公司会判断每个评委对电影的喜好，放弃去敌方阵营做无用功，而专门去游说立场摇摆不定的那些评委。我们也可以学他们这手，在投票前，将能争取的、特别是投票权重高的企业都争取过来。”曲思彤脑子太活了，一下就想到了那些视顾蛮生为偶像的通信专业大学生，马上说下去，“比如英国的爱尔特公司，一直有个全球大学计划，目的是与各国高校进行项目合作。展信就可以为他们在中国内地牵个头，比如，邀对方共同举办一个全国大学生 5G 算法比赛，将爱尔特邀来做评审，一方面可以让对方有机会接触更多中国高校，一方面又可以向他们展示咱们展信的实力，不是一举两得吗？”

“可以啊，”这个方案完全可行，比展信的公关部还想得周到，顾蛮生不由得笑道，“你爸就够聪明的了，你这完全青出于蓝了。”

主意打定了，这一夜，双胞胎姐弟一个都没回酒店，全跟着顾蛮生回了顾宅。三个人头碰头地趴在餐桌上，熬夜分析那些会参与投票的通信企业，一一对症下药，制订能够攻略他们的方案。

长夜被达旦的灯光照得雪亮，窗帘在习习夜风中跌宕，满屋子咖啡的醇香。小年轻精神头足，顾蛮生不行，老犯困，但他犯困不喝咖啡，喝烈酒，半瓶牛二下肚，立马就抖擞了。

顾蛮生忽然抬起脸，看了一眼身边的这对曲家姐弟，一样的双胞胎，一样十几二十岁的姣好面孔，他不禁想起了自己也跟他们一般大的那段时光，心里充满感慨。

他饶动感情地说："你们让我想到了二十年前，我跟你们爸爸、姑姑第一次去深圳，也是这么一腔热血地头碰着头，研究了一晚上怎么说服别人让我们做代理商。"

这段故事两个年轻人都听了不下百遍，倒不是顾蛮生本人祥林嫂似的喋喋不休，而是媒体和群众太渴望书写和品读一个成功者。从野蛮生长的街头混混到闯出浮名的有志青年，从饫甘餍肥的商界大亨再到抗争权威的民企英雄，二十年恍惚如一梦，而深圳就是他梦开始的地方。

顾蛮生悄悄憋住带了点潮意的眼眶，把曲思彤眼前的笔记本拨转到正对自己，笑着道："我看看，你都写多少方案了？"

他一眼就看见了贝思，位列所有通信企业的第一位，它是曲思彤最想争取的援友。

确实，贝思近两年连着收购了两家美国电子消费品企业，其投票权重甚至不输苹果、三星。然而顾蛮生盯着这个名字看了一晌，只觉种种难平意在胸中翻滚，最后一言不发地把它从方案里删去了。

第一次 3GPP 投票的结果令所有国人大失所望。

5G 通信分为控制信道和数据信道，控制信道主要传输指令和同步数据参数等，数据信道主要传输数据。

8 月的投票旨在确定 5G 数据信道编码方案，拜通主推的 LDPC 因其在长码上无可争议的优势率先拿下名额，而短码的较量两者不分伯仲，经过一番唇枪舌剑、拉锯角力，最后展信竟也以非常微弱的劣势落败。

而这场投票中，贝思连同它旗下的两个企业都选择了弃权。

顾蛮生压力骤增，若一个多月后的控制信道编码方案上演今天的投票结果，展信便将在 5G 标准上颗粒无收，数十亿研发连同邢卫民临终前托付的一腔信任也将一起付诸东流。

如此一来，贝思的这三票连同它的投票权重就变得至关重要。

到了这个时候，顾蛮生不得不放下身段去找贝时远公关一下了。然而手机拿在手中，按至最后一个键，别别扭扭、犹犹豫豫，最终还是拉不下这个脸面。顾蛮生把手机随意扔在办公桌上，仰头长叹，好奇怪，人竟能越活越回去，当年他为了白浩尚能屈膝一跪，如今年纪大了，反倒把面子看得比天大。

曲思彤偷偷从办公室门外探进一个脑袋，看出顾蛮生心情烦躁，便也没进去打扰他。她太了解他了，打从孩子起就了解他，她知道这个人好极面子，自己永远开不了这个口，所以决定暗中推他一把。

曲思彤给贝时远打去了一个电话，故意把话说得含含糊糊，只字不提投票的事，只说自己从美国回来了，想请姑父吃个饭。

贝时远欣然答应。

转过头，曲思彤忍着得意的坏笑，敲门进了顾蛮生的办公室。她以差不多的理由也把顾蛮生约了出来，说这顿她自掏腰包的晚饭，就定在贝思大厦上头的旋转餐厅。

吃饭那天，天气晴好得不像话，顾蛮生连宿没睡好觉，起迟了，比约好的时间晚到了小半个钟头。他也不着急，慢吞吞地走，一路被曲思彤推着搡着抱怨着，总算踏进了事先预订好的包间。

贝时远一向守时，两个男人一打照面，顿时全明白了。

贝时远垂目，优雅地喝了一口茶，微微笑道："好久不见啊，顾总。"

这种处处高人一等的态度二十年来就没变过，顾蛮生知道自己这趟是来求人的，一下就觉得自己矮了贝时远三分。他心里搓着一团火，冷脸斥了身旁的姑娘一声："要你多事。"

"既然都来了，就坐下聊聊呗，反正我请客。"曲思彤有意给两人留下交流空间，屁股还没挨着凳子又跳着站起来，她说，"我去点菜。"

"喝点茶吧，这里的西湖龙井不错。"待包间里只剩下他们两个人，贝时远拿出了东道主的架势，替顾蛮生沏上了茶，"而且绿茶败火，你最近应该多喝点。"

"你怎么知道我最近上火啊？"顾蛮生平时不怎么喝茶，手起杯落，就将微烫的龙井牛饮而尽。贝思弃权的事他耿耿于怀，他努力克制着不动气，咂咂嘴道："这龙井和袋泡的绿茶有区别吗？这么贵，不一样吗？"

"对牛弹琴和劝顾蛮生喝茶是一个意思，一会儿让服务员上瓶牛二吧。"贝时远笑了一声，自打于小峻的商业间谍案闹得沸沸扬扬之后，两家企业都收敛不少，虽然暗地里始终相互龃龉，但至少明面上再未动过刀枪。

贝时远喝了口茶，又道："记得学生那会儿考前突击，我问过你，想不想去挑战香农定理的极限？我都还没恭喜你呢，这么多年过去了，你终于做到了。”

票都没投，这声恭维根本分文不值，顾蛮生快人快语，开门见山：“我就问你，LDPC 在长码上的优势我认，可在短码上，极化码到底哪里不如 LDPC？”

“没有不如 LDPC，两者基本能打个平手，所以我选择弃权了。”面对顾蛮生压抑着的一腔火，贝时远四两拨千斤，轻描淡写地道，“极化码作为一个最近才进入公众视线的编码方式，贝思没有专利储备，相反，LDPC 的一些基本专利已经过期，一些衍生专利也濒临过期，贝思一直在此基础上进行研发。这关乎着一家企业最基本的商业利益，我没有站队拜通，就已经是对你最大的敬意了。”

话不投机半句多，曲思彤磨磨叽叽地准备回到包间时，却看见顾蛮生已经站起身，头也不回地走人了。

她正准备去追，忽听身后男人喊她名字：“思彤，陪姑父吃顿饭吧。”

曲思彤应声回头，想了想，还是坐了下来。

话题自然绕不开曲夏晚，贝时远问女孩儿：“你姑姑也跟你一起回来了吗？”

“回来……也没有……”曲思彤既点头又摇头，有点为难地说，“她应该不希望我告诉你。”

“你姑姑现在还是一个人？”

“还是一个人，她说她不会排斥下一段感情，但也不再惧怕一个人了。”曲思彤沉默一会儿，大着胆子问贝时远，“你呢？你没有跟那位爱慕你的女助理结婚吗？”

贝时远苦笑一声，摇摇头。

原来曲夏晚离开没多久，柯彩以为时机成熟，就肆无忌惮地向他表达了倾慕之意。贝时远这才恍然大悟，他为自己的莽撞、粗心，甚至那一点点因出色异性的爱慕而生出的虚荣心感到愧疚。他当即劝退了柯彩，然后不止一次地给远在美国的曲夏晚打电话，试图挽回这段感情。

他没料到，这个温柔孱弱的女人竟断然拒绝了他的请求。她说，当藤本月季不再附墙而生，她就长成了树。

她还说：“我现在很快乐。”

一顿气氛松快的晚餐之后，贝时远开车将曲思彤送回顾宅，他由衷地感谢这个没有血缘关系的女孩儿，他说这几年，除了必不可推的应酬，他都一个人吃晚饭。

曲思彤像只轻盈的蝴蝶飞了出去，忽又停下来，回头看他："你知道她回来以后住在哪儿吧，你可以去找她的。"她的目光充满了对一个失意者的温柔的同情。

贝时远笑笑，又摇头。如今花非花，雾非雾，事过情迁，他只要知道她快乐，别无他求。

老宅不堪承受回忆，他已经搬了家，反正独居独处独自睡觉，住哪儿都一样。

贝时远开着车，穿过半个夜幕下霓虹璀璨的城市，在等一个红灯的时候，忽然接到电话，拜通的丽莎与她的助理今晚要来拜访。

贝思用的也是拜通的芯片，自然跟丽莎熟识。他简短地客套两句，便问起了对方的来意。

其实不问也能猜到，他们跟顾蛮生白天的来意相同，也是来拉票的。但不同的是，比起展信通过展示自身实力迂回拉票，拜通则实际得多。丽莎直接向他开出了条件，说如果贝思在控制编码的投票中选择支持拜通，他们将为贝思优先提供最新款的芯片，让贝思能够全球首发性能最优异的手机。

由于除苹果、三星和展信能全部或局部使用自研芯片，几乎所有企业都仰仗着拜通的鼻息，优先提供最新款芯片，对拜通而言不过是举手之劳，但对贝思来说，就是个抢占全球市场的大好机遇。

长久以来，贝时远最大的心愿就是能让贝思品牌成功出海。

他陷入了短暂的犹豫之中，还未来得及作答，耐性素来不佳的丽莎就向助理交头接耳地说了句话，意思是如果贝思选择支持展信，那也很有可能触犯禁令，遭受制裁。

贝时远原先一直在两难中犹豫，听见这话，反倒笑了，他凝神注视女人那双攻击力十足的大眼睛，平静而简练地点点头："我明白了。"

丽莎知道贝时远听懂了暗示，也满意地点了点头："我们两家公司的关系一直很好，中国也有像贵司这样享誉全球的电子制造企业，并不需要自讨苦吃地参与到行业标准的制定当中去嘛。"

电子制造企业，这就是行业里常说的"卖产品的三流企业"，贝时远没有当场反驳丽莎。他没有勇气自诩科技企业，只能再次以微笑化解。

两位不速之客一起离开了，夜也更深了些，贝时远临落地窗而立，良久眺望远方。夜色浓郁不化，高楼间霓虹成簇，如此璀璨，仿佛焰火与硝烟共舞，一如这座城市本身的魅人气质。

闹出间谍门的风波之后，贝时远对舅舅贝志斌大光其火，他本人其实一直对此不知情。他特意关注了一阵子网上的舆情，自打婚姻亮起红灯，他已经不太关注这些了。然而这一关注，便有了一个了不起的痛悟：网民们提到展信无不交口称赞，而提到贝思，却个个嗤之以鼻，认为它只是一个营销至上的整机组装公司。

他由原来的别墅搬去了高楼的平层，长久以来，住得高却未必能真正看得远。他不服输，却又不得不认输，他终于承认，曾几何时他与顾蛮生瑜亮之间，而现在，自己已经相差对方千里之远了。

承认失败反倒令人松快，贝时远深深长长地喘了口气，掏出手机看了看。他一直默默关注着妻子的推特，按着那个独特的网名搜了搜，发现她又注册了一个微博。他高兴地想，她应该是准备长留国内了。

转眼一个多月过去，3GPP 关于 5G 标准的第二次会议开始。经过了从早到晚的唇枪舌剑，由于拜通与展信都没办法说服对方阵营接受自己的方案，投票再次开启。

当场唱票公布结果，令顾蛮生大感吃惊的是，贝思与他旗下两家移动通信企业，不再潇洒地作壁上观，全都转向支持了自己。

如同第一次以微弱差距惜败一样，这回赢也就赢在了这几票上。

展信成功获得了 5G eMBB 场景下的控制信道编码标准。3G 时代的 TD-SCDMA 是欧标与美标相互博弈的产物，4G 时代的 TD-LTE 的成功又脱不开运气成分，所以从这个意义上说，这是中国厂商第一次掌握了国际移动通信标准制定的话语权。

一时间，顾蛮生与所有参加会议的中国通信人全都热泪纵横。

企业代表们回国之前，顾蛮生特意约贝时远见了个面，然而致谢的话还未说出口，贝时远反倒神态轻松地先开口道："没必要谢我，我投的不是国籍，是技术，在控制信道编码方案上，极化码确实大幅领先于 LDPC。"

顾蛮生笑笑："领不领先暂且不说，我听人说，拜通的人也去找过你？"

“找过，”贝时远大方点头，道，“正是他们高层的一句话，让我恍然大悟，就像你一直说的那样，对于中国企业来说，拿来主义的空间越来越少了，没有核心技术，就永远得被别人牵着鼻子走。”

11月的美国不温不凉，天空中洁白的云絮缓缓飘移，一阵阵秋风令人倍觉舒爽。两个男人手拿冰过的啤酒罐，碰了碰，然后各自饮下一大口。两人间谈恩仇俱泯还太早，只是经历了这样一场大战，他们其实都疲倦透了。毕竟，他们都不再年轻了。

“你的胃……能喝酒吗？”顾蛮生问。

“啤酒没关系，你呢？”轮到贝时远问，“这么低度数的酒，喝得惯吗？”

“喝不惯，”顾蛮生努努嘴，“一股尿味。”

“你知道，邢老临终前跟我说了什么吗？”贝时远笑笑，自己说下去，“就是我们在第一人民医院打照面的那天，他希望我能快速抢占市场，一是能引去别人的注意力，为你布局5G技术腾出空间与时间，二是比起独木秀于林，他更想看见百花齐放，全行业共同发展。当年他慷慨地借我手机牌照，也是出于这样的胸怀。”

老人家天真又赤忱，顾蛮生也不禁点头，颇有几分感慨地道：“从3G时代开始，邢老就四处奔波，致力于推广中国自主的移动通信标准，他始终看重行业发展多于个人利益，光是这样的胸怀我就比不了，他已经在那样的环境下，尽他所能做到最好了。”

天快黑了，两个男人再次眼望远方，夕阳沉没在视线尽头，和平鸽漫天飞舞。好像一切尘埃落定，一切又刚刚开始。

过了一会儿，顾蛮生转头，定定地看着贝时远：“不管怎么说，也不管你是出于哪种考量，还是得谢谢你站在我这一边。”

贝时远轻叹：“我们争了二十年，总体还是利大于弊，没有你这么强大的对手，不会有我今天，也不会有咱们外国同行都被比下去的一天。”说着他便向自己这位老朋友递出一只手掌，“谢谢你，对手。”

顾蛮生轻笑，也伸手与贝时远击掌，他说：“谢谢你，朋友。”

第五十章

花非花，雾非雾

刚刚拿下一个短码标准，通信领域的革命尚未完全成功，顾蛮生却被一个更大的困难网住了——自打那天在旋转餐厅吼了曲思彤一句，曲思彤就一直生着气。

现在三个人住在一起，抬头不见低头见，曲思彤没笑脸，也不喊人了，记仇之深、脾气之大简直令他莫名其妙。他琢磨不透姐姐，只能拐过弯来问弟弟："我那天吼她一句是我不对，可也犯不上这么大气性吧？你小时候不也没少挨我的骂吗？"

曲晨全神贯注于打游戏，随口应道："我跟她不一样，我把你当长辈，我当然不能生气，哪有挨长辈两句骂就生气的道理？"

顾蛮生诧异道："我不也是她的长辈吗？"

曲晨一张嘴，就泄了亲姐姐的秘密："她把你当恋人呢，我都看出来了，你还不知道？"

顾蛮生完全蒙了："这不可能，我跟你爸比亲兄弟还亲，这不是乱伦吗？"

"你自己好好掂量掂量，她这回生气，是不是恋人之间使小性子？"一局间隙，曲晨总算放下鼠标，回头朝顾蛮生露出一个爱莫能助的表情，"反正我这姐打小就早熟，你还是自求多福吧。"

曲晨迫不及待要杀第二盘，顾蛮生一个人坐到厅里，细细一想，才发觉确有可疑。不知什么时候起，这个小丫头注视自己的目光就变了味，就像歌里唱的，给他一个眼神，热辣滚烫。他被这个惊人的发现吓了一跳，立马决定，必须把这苗头扼死在襁褓之中。

第二天，他就给曲思彤订了机票，还给她内地所在的学校打了电话，表示因为家庭变故，她必须提前结束交换生交流，返回美国。

曲思彤不乐意住校，也不拿自己当外人，经常偷偷摸摸地溜回顾蛮生的家。

今天一推门，她就意识到气氛不对劲。顾蛮生正襟危坐于客厅，脚边放着一只硕大的粉红色行李箱，正是她从美国提回来的那一只。

“我让阿姨替你把东西都收拾好了，”顾蛮生面孔冰冷，语气强硬，“你今天就回美国。”

“为什么啊？我还得当两年的交换生呢！”曲思彤急了。

“我已经给你学校打过电话了，说你家里有事，不能再交流了。”顾蛮生的态度是从未有过的强硬坚决，拍了拍身前这只行李箱，“你检查一下你的行李，要是不缺不漏，我一会儿就送你去见你姑姑，回美国前，你还是跟她住在一起比较好。”

“我家哪儿有变故了？我家人不都在国内吗？”曲思彤霸道得很，直接一屁股坐在了顾蛮生身边，“你为什么非要撵我走？不说清楚，我赖定了。”

“我……我说不清楚……”顾蛮生哪儿好意思开这个口，只虎着脸道，“反正你再不走，你爸的棺材板都压不住了！”

顾蛮生何许人也，什么时候这么紧张过？曲思彤狐疑地一眯眼睛，在心里细一咂摸，马上就猜到了来龙去脉。她向顾蛮生凑近了自己一张脸，威胁地问：“你说，是不是曲晨那小胖子跟你说什么了？”

双胞胎心有灵犀，她对顾蛮生的那点心思，从来就没瞒过弟弟的眼睛。

顾蛮生只能承认：“我知道曲晨是胡说八道，可这不也平白污了你一个大姑娘的清白吗？所以我决定，还是送你出国，对咱俩都好，主要是对你好……”

没想到曲思彤大大方方抢白道：“他没有胡说八道，我就是喜欢你。”

“别……别说这话……千万别说这话……”怕话越说越没谱，顾蛮生吓得赶紧打断她。有些话，覆水难收。

“不说也可以，那你先告诉我，”曲思彤还跟小时候一个脾性，没大没小没分寸，一下又把脸向顾蛮生贴得更近，近到几若呼吸相闻了，她调皮地眨眨眼睛，“你为什么不喜欢我呢？”

冷不防被一股青春的朝气扑了一脸，顾蛮生赶紧从沙发上站起来，胡乱抓了一把头发，道，“你爸是我兄弟，咱们差着辈儿呢。”

“明明不是亲的。”

“不是亲的也不行啊，再说你才多大岁数？”

“我二十了，成年了。”

“成年了也不行啊，你怎么就不明白呢？”顾蛮生真的急了，吹胡子瞪眼，像狗追着自己尾巴似的原地打转，“你们这个年纪的女孩儿不都觉得我这个年纪的大叔特别油腻吗？你怎么就跟别人不一样呢？”

“你头一天认识我？我打小就跟别人不一样啊。”曲思彤笑得甜蜜又笃定，“再说你一点也不油腻，你好看着呢。”

“可你不好看啊，”顾蛮生不能任大好年华的姑娘动错了心思，存心激她道，“你尖嘴猴腮、长颈鸟喙，头身五比五，还腿粗胸平没屁股，嫫母见了你都能找回人生自信，嫫母不知道？那就东施，东施被你一衬托就真变西施了，你说就你长成这样，我怎么会喜欢你呢？”

任哪个小姑娘都不愿被人当面点着鼻子骂难看，谁想曲思彤百毒不侵，眯着眼睛打量顾蛮生，忽然来了这么一句：“你激我也没用，我也好看着呢！而且我也确定了，我就是喜欢你。”

“你别这样说……真别这样说……”顾蛮生这半辈子就没这么怕过一个人，就差给这丫头跪下了，他最后只能实话实说，“能被你这么年轻漂亮的女孩儿喜欢，照理说我该得意，其实我是很得意，我也不想当圣人，但我必须实话告诉你，我这半辈子都深爱着一个女人，可能此生不渝。”

连半辈子的话都说了出来，摆明了不是开玩笑，曲思彤终于想起了那个名字，杨柳。

她离开中国时其实还是个孩子，对杨柳其人的印象十分模糊，于是一不做二不休，问弟弟拿了杨柳的手机号码，直接把人约了出来。

杨柳接到电话也是一惊，想了想，便大方答应了对方的请求。

二十岁的女孩儿青春无敌，秋水眸、瓠犀齿，那本该秘不宣人的少女心思在这样一张脸上显露无余，没有遮遮掩掩，没有弯弯绕绕，实打实的就是喜欢。

咖啡厅里，曲思彤丝毫没有不便启齿的羞涩与腼腆，直截了当地就问杨柳：“你和顾蛮生……现在还在一起吗？”

杨柳淡淡道：“同事关系。”

“只要不是情人关系就好，”曲思彤一听这话，顿时长舒一口气，“我喜欢顾蛮生，他却好像还喜欢你，我想我是可以和你公平竞争的吧。”

杨柳几乎要笑了，故意问：“怎么公平？你比我年轻二十岁。”

“我还没想好，但我觉得女人的年龄完全不是问题，刚才你一进门，我突然有种感觉——我不用再惧怕四十岁到来的那天了。你很出色，也很美丽，”女孩儿的赞美真心实意，稍一停顿，她活泼地眨眨眼睛，“当然我也不差。”

“感谢你的夸奖，可我们可能没法成为对手了，我已经接受了另一个男人的追求，”杨柳平静地微笑，“我不爱他了。”

“为什么？”曲思彤听见这话，脸上竟未见一丝喜悦，反倒惊呼道，“顾蛮生多好啊，你为什么不爱他了？”她露出了孩子气的一面，仿佛心爱之物不被他人接受，又着急又费解。

杨柳忍住笑，试图正经向对方解释：“可能因为我们有同样的韧度吧，做拍档比做恋人更合拍。”

“那你的未来一半得是多优秀的人啊？反正我想不到，爱过顾蛮生，还能再爱上别人。”

情窦初开的小女孩儿，一口一个“顾蛮生”，简直是春天的黄鹂夏天的蝉，闹得不得了。

杨柳权当哄小孩儿，附和着她说了不少，最后看了一眼时间，微笑道：“我这儿还约了一个人，一会儿她就来了，你的意思我已经充分了解了，你的坦率我也很欣赏，我祝福你有情人终成眷属，要不咱们今天就到这儿？”

女孩儿一走，杨柳耳畔顿时清净不少。她抬眼望向咖啡厅的玻璃大门，姑侄俩几乎前后脚，很快，曲夏晚像一阵令人陶然的春风，来了。

甜品店里不少客人扭着头，一双眼睛追着她跑，满脸皆是欣赏大美人的神色。这事儿怪奇怪的，这个四十岁的女人容光焕发，仿佛一捧阳光在她脸上徘徊不去，竟比她含苞待放的少女时期更引人注目。

曲夏晚知道杨柳先前约见的人是曲思彤，笑着问："你们谈得怎么样？"

杨柳摇摇头："你那个侄女，真是让人受不了。"

"小时候就挺活泼，再受西方文化熏陶了好几年，性格就更外向了。"其实在美国的时候，曲夏晚就看出了曲思彤对顾蛮生的心思不一般，但她不是那种古板的长辈，不觉得两个人的年龄差是问题。

她加深笑意，道："也不怪小丫头着了道，顾蛮生是那种无论多少岁都会引得小姑娘怦然心动的男人，咱俩年轻的时候，不也没能幸免吗？"

杨柳点点头："他不是故事里那种传统的英雄，有的时候像个侠客，雄心吞宇宙，还总能拯救你于危困之中，有的时候又是个十足的王八蛋，反正永远出人意料，确实招小姑娘喜欢。"

"谁让咱们现在都是大姑娘了。"曲夏晚笑着抿了一口咖啡，放下了杯子。

现在她们都放下了。

两个人聊了聊各自这些年的境遇，杨柳再次欣喜地确定，如今的曲夏晚自信大方，与当初那个唯唯诺诺、悲悲切切的女人已经判若两人了。她看着她，忽然心生一念，道："我一直在关注你的推特和微博，刚刚突然产生了一个想法，对你来说，可能是个全新的尝试。"

"你说说看。"曲夏晚表现出兴趣。

"如今直播行业十分红火，人人都想分一杯羹，正巧我有个朋友投资了一个平台，我想让他签你当主播。你就还做你最擅长的中西结合创意菜，再为大家讲讲中西方不同的美食文化，你的推特和微博都有相当数量的粉丝，说明对此感兴趣的大有人在。"杨柳停顿一下，说下去，"我记得以前你就说过你的梦想就是当主播，虽然此'主播'非彼'主播'，但也是个面对观众，展现自己的机会，不妨考虑一下。"

"我真的可以吗？"见杨柳目光笃定，曲夏晚便也不再推辞，痛下决心般重重点头，道，"那我就尽力试试吧。"

这边两个大姑娘达成了愉快的共识，那边小姑娘出了咖啡馆，心情相当不错，轻哼京剧小调，独自往路口的便利店走去。深圳对曲思彤来说还是个新奇而陌生的地方，她没注意到这条小路正在翻修，路上行人很少，只有蔽日的大树与翻飞的尘土，而一个头戴鸭舌帽的男人已经悄悄尾随了她好几天了。

“曲思彤。”

鸭舌帽男人轻声而快速地追到女孩儿身后，突然喊她一声名字，拍了一下她的肩膀。

曲思彤刚一回头，一只粗糙大手就拿着块喷了乙醚的帕子，狠狠捂住了她的口鼻。她挣扎不过三五秒，就彻底晕了过去。

男人将女孩儿拖上了一辆旧车，在路人来得及发现这场恶行之前，发动引擎扬长而去，带起一路灰蒙蒙的尘埃。

经历了多年冷窗冻壁的监狱生活，朱旸终于提前出狱了。他在牢里表现得非常不错，就是憋着一股劲儿，想向顾蛮生报复。监狱里多少个难挨的日夜，他无时无刻不在想，如果不是当初顾蛮生怂恿他打下那记闷棍，如果不是顾蛮生间接害他哥丧命高原，他的人生万不会跌入这样的绝境。

出狱之后，他没处营生，忽然在新闻里看到了展信拿下5G控制信道标准的消息，好歹也在通信行业干过这么些年，他很快就敏锐地嗅到了5G的商机。

商机就是聒噪的媒体与热情的老百姓。自展信拿下5G控制信道标准，一觉睡醒的老百姓，还没整明白3G和4G的区别，就发现5G的概念铺天盖地了。

其实，展信与顾蛮生尚算清醒，此役只是小胜，离国内媒体宣扬的“展信独霸5G时代”相去甚远，但以前这套通信行业的规则都是外国人玩，咱们只能充当旁观者，末了还得为别人制定的标准买单。如今一朝扬眉吐气，举国媒体众口籍籍，老百姓的情绪便也空前高涨了。

朱旸迅速联系上两个也新近出狱的牢友，花钱买了几张假身份证与假公司的营业执照，还弄了一张与展信的合作合同。最重要的是他还有不少与顾蛮生的合影，如今顾蛮生这个名字举国皆知，而照片里的顾蛮生二十来岁，一般人想PS造假都不可能。

紧接着，他便打着展信合作方的名义四处行骗，自称是展信顾总的老同学，受展信公司委托埋5G的管线管道，要向外进行项目分包。

5G概念火热，再加上展信的名号响遍全国，而通信行业因其科学性壁垒极高，许多承包商不懂个中常识与知识，完全不知道5G标准制定与正式商用之间还有很长一段路要走。所以对朱旸的话深信不疑，毫不犹豫都就交出了数以百万计的工程保证金，前赴后继地扎进了这张由谎言编织的大网里。

三个人连骗多家，一个月时间就到手六七百万，然而纸到底包不住火，反应过来的承包商们联合报了警。

“这骗子说跟顾蛮生是铁哥们儿，还有很多合影？”承办民警觉得不可思议，接着问道，“会不会是PS的照片？”

“不可能，照片里头的顾蛮生瞧着才二十来岁，不是老同学、老朋友，哪有这个年纪这么亲密的照片。”这位承包商被骗了三百万，捶胸顿足懊恼不已，“要不是这些照片，我也不能信他的呀。”

公安找来警队模拟画像专家一，让几位受骗的包工头一起做了嫌疑人的模拟肖像，结果答案出奇地统一，这个化名为“冯致远”的顾蛮生的老同学，就是已经录入系统里的朱旸。

公安出击迅速，制定周密计划实施抓捕。朱旸先前因走私就有过被公安伏击的经历，所以警惕性比一般的犯罪者高不少。回家途中他意识到形势不妙，连家中那几百万钱款都不要了，拔腿就跑。

人在顺境的时候，报复的心思就淡了下去，眼下又变得身无分文，他越想越觉得这一切还是得赖顾蛮生。于是坐车南下，决定伤害顾蛮生的家人实施报复。

原本下手的对象是曲晨，没想到却看见顾蛮生家中有个女孩儿常出常入，心想：女孩儿比男孩儿好对付，他就跟踪并掳走了曲思彤。

涉案地警方与深圳警方共同侦办此案，已经抓住了朱旸的两个同伙，从他们口中得知，朱旸打着展信的旗号行骗，除了是顾蛮生的老同学外，还有一层更深层次的原因，就是他心心念念地想要报复顾蛮生。

警方拿着朱旸的照片找去了展信，顾蛮生这才意识到，曲思彤不是跟自己闹别扭又离家出走了，而很有可能是被朱旸绑架了。

顾蛮生半辈子都不爱跟警察打交道，但事关曲思彤的安危，只得与公安人员面对面坐下，共同商议案情。根据警方推断，朱旸眼下身无分文，他绑走曲思彤，很可能是为了向顾蛮生勒索钱财。他们希望顾蛮生在接到朱旸的敲诈电话后，不要露出破绽，以便警方能够顺利定位，将其抓捕归案。

果不其然，没两天，顾蛮生就真的接到了朱旸的电话，说自己这回要是被抓，就得把牢底坐穿了，所以他要偷渡出国。他告诉了顾蛮生一个地址，让他带一笔现金赶来赎人。

电话挂得很快，来不及追踪到朱旸的地址，顾蛮生把心一横，对家中的便衣刑警道："还是我去。"

朱旸吃了好几年牢饭，已是满脑奸计、满腹坏水，他怕顾蛮生报警，几次通过电话改变交赎金的地点，最后将地点改为了郊区一栋待拆迁的大楼里。

顾蛮生被朱旸戏耍一天，待赶到交赎金的地点，天都黑透了。朱旸临时要求与他见面。

此大楼已经完全废弃，整栋楼破败漆黑，得亏深圳是座不夜城，远远近近的数十栋高楼一入夜就上演灯光秀，浓烈斑斓的灯火从破开大口的窗户照进来，依稀能够令人视物。大楼的顶部已被拆除，电梯也全部停运，顾蛮生拾阶而上，一直到了与朱旸约定见面的次顶楼。刚一从楼梯门口进去，就被埋伏在暗处的男人抄起钢筋狠砸在头上。

这一下势大力沉，顾蛮生鲜血飞溅，险些直接跪在地上。

拿钱跑路只是幌子，他恨透了对方当年对自己弃置不理，他其实想要他的命。

趁顾蛮生还没站稳，朱旸又抡起钢筋，狠砸他的肩膀与后背。

这下顾蛮生终于跪了下去，他两手费劲地撑在地上，衬衣的后背已经洇出一片血色。

"都怪你！如果不是你，我怎么会变成现在这样？！你怎么不代替我哥去死？你应该去死，去死！"朱旸丑态毕现，反反复复就这一句话，兴奋得手舞足蹈，疯了一样。

顾蛮生始终示弱地跪着，意识到对方已经疯到神志不清，赶紧趁机反击。他头一低，猛地扑过去，用身体巨大的冲击力将对方撞个趔趄。朱旸手中钢筋落地，两个男人赤手空拳地扭打在一起。

"快住手，别打了！别再打了！"大楼亟待拆解，玻璃碴与水泥块满地都是，曲思彤虽手脚都被胶带捆着，但手里藏着一枚玻璃片。只要朱旸不注意，她就小心翼翼地割绳子，时刻准备逃跑。眼见顾蛮生因为伤重，打斗中似乎难占优势，她再也顾不上小心了，一气儿拿着玻璃片在自己腕部乱划，划得皮肤如同破絮，热血淌了满手，总算挣开了胶带。

她同样用玻璃划开脚上的胶带，站起来，冲上去就帮顾蛮生的忙。不料已经落了下风的朱旸早有准备，一下掏出兜里的小刀，再次钳制住了她。

“别动！”双手都用来制伏曲思彤，朱旸只能埋头向自己的胳膊，胡乱蹭了一把鼻血。

刀刃紧紧抵在女孩儿的脖子上，已划出一道细细的血线。

面对这个明摆着豁出一切的亡命徒，顾蛮生再不敢轻举妄动。他慢慢将双手举过头顶，尽量安抚朱旸的情绪，他说：“这是曲颂宁的孩子，她跟我俩的恩怨没有一点关系，你放她走，你想要干什么，全冲我来。”

朱旸知道警察肯定来了，自己这回根本逃不出去，所以他眼下别无他求，只想要顾蛮生去死。他恶狠狠地盯着顾蛮生的眼睛，道：“要我放了这丫头也行，你把一条命还给我哥，咱俩就互不相欠了。”

“顾蛮生，不——”脖子一下被勒得更紧，曲思彤说不出话了。

顾蛮生看似思考了半分钟，在这半分钟里，他先看了看危在旦夕的曲思彤，她是个很会笑的姑娘，眼睛像她母亲，天生带着含笑的媚气，但此刻她的眼里充满着悲戚的泪水，不为她自己，而是为了他。

他冲她一笑，他用这个笑容告诉她，他已在心里将她由一个女孩儿还原成了一个女人。

然后顾蛮生脸色一沉，再次看向朱旸，严肃地道：“记得你答应的，我死了就放过这个姑娘。”

话音刚一落地，他就朝着破口的窗户冲出两步，然后纵身跳了下去。

曲思彤不顾可能被割喉的风险，疯狂地挣动与喊叫，而朱旸也一下愣住，他没想到，顾蛮生真会为这女孩儿连命都不要。他将信将疑地从窗口探出半个脑袋，想看看顾蛮生是不是真的跳了下去——

“砰”一声，仿佛是红酒瓶塞被开启的声音，一颗子弹正中朱旸的眉心，他直挺挺地倒了下去。

大楼底下早就安排好了救生气垫。在顾蛮生决意独自上楼面对朱旸时，警方就告诉了他，他们在对面楼上埋伏好了狙击手，只要把朱旸诱到窗口处，就能一击毙其性命，解救下人质。

不顾脑花飞溅着倒在自己身边的朱旸，曲思彤也扑到了破窗前，透过一双蒙眬泪眼，她发现站在警察身边的顾蛮生安然无恙，正朝她歪斜着嘴角，挥了挥手。然后他又扶了一把腰，龇牙咧嘴地跟这次行动的队长说："你们这消防气垫也太硬了，砸得我老腰都快断了，浑身都疼……"

经历失而复得的狂喜，曲思彤的心脏似被什么重物擂了一下，然后她突然一跃而起，大喊了一声"顾蛮生"，便也在众人的惊呼声中从窗口跳了下来。

"咚"一声，人安全地砸在了鲜黄色的气垫上。但她年轻，身板结实，一骨碌从气垫上爬起来。她像一梭射出腔膛的子弹，不管不顾、不回头不停留地朝顾蛮生跑过去，然后狠狠撞进了他的怀里。

一个男人能为她跳楼，不管是真是假，是成熟英俊如顾蛮生，还是个口歪眼斜的丑八怪，她这辈子都赖定他了。

白浩从非洲回来了。他没有对杨柳食言，他带着他的灵飞回国上市，同时也带了镶嵌着一颗硕大的冰糖似的钻石戒指，准备向杨柳求婚。

回国之后，白浩第一时间就去感谢了贝时远，顺道也把顾蛮生一起请了出来。贝思昔日开放"双卡双待"的专利授权，不只催生了大量华强北的山寨厂商，也让他一举在此基础上研发出了"四卡四待"手机，终于成功打开了非洲市场。

白浩说："我也是运气好，非洲这两年跟当年的中国电信市场一样，发展之势摧枯拉朽，待国外大品牌们琢磨过味儿来，市场早被灵飞牢牢占据，想挤也挤不进来了。"

"好啊，"顾蛮生忍不住重重拍了一把白浩的肩膀，"你小子现在是真有大出息了，新闻里天天在吹，说你是名副其实的非洲'手机之王'。"

贝时远也同样对白浩刮目相看："现在全球手机终端市场趋于饱和，品牌竞争相当激烈，常常是你方唱罢我登场，你能够单枪匹马地在非洲闯出一片天地，不只是因为‘双卡双待’，还因为你自己的能力与远见。”

“回国上市之后，你接下来想干什么？”顾蛮生问他。

“一方面守住现有市场，开辟新的战场，另一方面，既然挣到钱了，我也该为国家的半导体事业献一份微薄之力了。”白浩笑嘻嘻地望着顾蛮生，既是打商量，又是谈生意，“要不你的红山半导体也让我投一点，众人拾柴火焰才高嘛。”

“这我说了不算，我也不是最大的股东。”顾蛮生笑笑，“你得去趟杭州，问马老板同不同意。”

“你们赶紧联合国内的晶圆代工企业，研究研究7纳米技术的芯片，只要能够实现量产，贝思立马换供应商。”贝时远也附和着两人的高昂情绪。忽又想起什么，眉头一紧，对顾蛮生道：“我听说，展信已经上了那边的黑名单了，你小心一点。”

“我知道。”基于极化码的5G专利技术，令展信在全世界范围内占据领先优势，自然已成了一部分人的眼中钉，前路危机重重，但顾蛮生相当大气地笑了笑，“准备好了。”

“今天不谈这些，还是谈点令人高兴的事情吧，”白浩与杨柳联系得频，基本也知道了顾蛮生目前的感情状况，故意打趣他道，“生哥，你可以啊，左牵黄，右擎苍，老夫撩妹忙啊！”

“别别别，别提这茬儿！这丫头太厉害了，比她爸有勇，比她妈有谋，肯定是我前世里的冤家，今世来向我讨债的……”听着是抱怨曲思彤，但他眼角眉梢全是笑。

贝时远微微一笑，趁两人你来我往彼此打趣揶揄的时候，偷偷看了一眼手机——

在杨柳的推荐下，经由专业团队运营打造，曲夏晚如今已是颇有名气的美食主播了。不像一些网红为博眼球常常行为出格，她的风格温婉大气，老少通吃。

贝时远就是她最狂热的粉丝。这种狂热不只体现在他给曲夏晚砸的礼物遥遥领先于第二名，他还无微不至地关心着她的生活，她的每一个短视频他都会评论，她被沸油烫了手他就给她公司寄去最好的烫伤药膏；她去哪个风景名胜拍外景，他会给她旅游线路上最贴心的建议……

这种匿名的无微不至的体贴是卓有成效的，因为曲夏晚终于在私信里回了他一条消息：我总觉得我们似曾相识，也许哪天可以见一面。

贝时远对自己的全新角色甘之如饴，他想：做一个成功女人背后的男人，也不错。

饭桌上，白浩又问顾蛮生："刚才你问我，现在换我来问你了，从终结'七国八制'到打破'山寨为王'，从1G空白、2G跟随、3G突破、4G同步再到如今的5G领先，展信已经是全球通信行业的领头羊了，你接下来想干什么？"

保持领先优势那是自然，但顾蛮生天生不是安于现状的性子，这个问题他也一直在思考。接下来还能干什么呢？

白浩也不追问下去，他正忙着筹备婚事，问顾蛮生要不要携他的小女友来当伴郎伴娘。顾蛮生却摇摇头，说他结婚那天他肯定在青藏高原上呢。

顾蛮生依旧保持着每年骑行去西藏的好习惯，不过这回不是跟程北军一起。程北军自从成了红山半导体的股东，腰包满胀，开始热衷于家乡脱贫建设，早没工夫跟他一起骑去西藏了。

不再蹉跎等待，白浩与杨柳随意挑了个日子，领完证就办酒。杨柳把展信当作自己的娘家，让白浩的婚车直接来公司接人。

一个是全球领先的信息与通信技术公司，一个是笑傲非洲的"手机之王"，如此强强联合不仅是展信全公司的喜事，也惊动了国内整个通信业界。

杨柳结婚当天，各家公司的贺礼纷纷而来，助理忙中不出错，将其一一登记汇总，然后一并交给了全程陪同新娘的曲夏晚。年轻干练的女孩儿一边接着响个不停的电话，一边对曲夏晚说："里头有一件是顾总送的。"

杨柳拆开曲夏晚拿来的快递盒子，里头是个大楼模型。从那充满辨识度的外观上看，就是知道这是一直立在展信对面的贝思大厦，但这个模型的楼顶却刻着一个崭新又熟悉的名字——柳生。

杨柳心弦一动，赶紧转过头，向着窗外望出去——她这才发现贝思大厦的招牌已在她不知不觉中悄然更换了，顾蛮生言出必践，这栋大楼如今归她所有。

顾蛮生拿出自己在红山半导体的部分股份，与贝时远交换了这栋贝思大楼，将它送给杨柳与白浩作为新婚礼物。

正如他自己说的，她是他此生最敬重与爱慕的女人，这种感情早已凌驾于爱情之上，如诗也如梦，永恒不逝。

久久凝望窗外那栋大楼，新娘的泪水溢了满脸。

就在白浩与杨柳互相宣誓“爱你不渝”的时候，顾蛮生与曲思彤的西藏骑行小分队也在同一时间正式从深圳出发了。曲思彤一直就想去看看青藏高原，看看那里矗立着的兰西拉光缆干线工程纪念碑，她知道，她的父母就是在那样艰苦严寒的地方相爱的。

这些日子，顾蛮生每天都紧锁着眉头，问他在想什么也不回答，好像在思索什么极为深奥的问题。

两人刚刚骑行了五千米，顾蛮生就豁然大悟了，他双手脱开车把，越蹬越频，越骑越快，他疯了似的上下挥舞手臂，大喊大叫。

“我想到了！我想到了！”

他想到了那个早已远去的1994年，他已经回忆不起那年的巴乔、阿甘与肖申克，却如那一刻般感到胸中热血翻涌。

他想到自己接下来要干什么了——人工智能。

5G技术是构建人工智能世界的基石，他已经打下了坚实的基础，没有理由不去伸手摘取这颗科学皇冠上最耀眼的明珠。

这是一个百花抽芽、万物生长的寻常春天，却也是他人生的又一个不凡的阶段。他已拥有了一段新的感情，也将经历一场新的冒险，他飞快地向着前方骑行，似春水东奔，宣泄着积攒了整整一冬的激情与热望。

曲思彤亦被这股兴奋劲儿感染，连蹬了几下轮子，追上去问：“想到什么了？”

顾蛮生不做正面回答，只忽然抬起一手，指着遥远的前方，以戏腔唱道：

观江水滔滔浪腾，波浪中隐隐伏兵——

预感又一桩撼动世界的大事即将发生，曲思彤完全跟这个男人疯到了一块儿去，她也脱开车把，放声唱道：

俺惊也么惊，凭着俺青龙偃月敌万兵。